dtv

Wenn in T. C. Boyles Amerika von »Good Home« die Rede ist, darf man auf alles gefasst sein: Eine betörende Frau lässt sich auf den Hundemann ein – kurz zuvor hatte sie ihm ihre Kätzchen anvertraut, doch was er mit ihnen vorhat, kann sie nicht ahnen. Eine Zwölfjährige soll vor Gericht gegen ihren alkoholkranken Vater aussagen. Plötzlich gibt es viele Wahrheiten, gute und schlechte, notwendige und schmerzliche. Ein Witwer legt sich eine Schlange zu, aber die Ratten, mit denen er sie füttern will, wachsen ihm so sehr ans Herz, dass er über tausend von ihnen beherbergt. T. C. Boyle erkundet die dunkle Seite der amerikanischen Seele – und glänzt dabei mit seinem einzigartigen Humor. Die neuesten Stories des amerikanischen Bestsellerautors sind skurril, witzig und bitterböse.

Tom Coraghessan Boyle, 1948 in Peekskill, NY geboren, unterrichtete an der University of Southern California in Los Angeles. Sein Werk wurde vielfach ausgezeichnet, für den Roman ›World's End‹ erhielt er 1987 den PEN/Faulkner-Preis. Boyle, dessen Eltern beide Alkoholiker waren, setzte der eigenen Drogen- und Alkoholsucht die Literatur entgegen und wurde als »enfant terrible« zum Pop- und Literaturstar seiner Generation. Fast sein gesamtes deutschsprachiges Werk ist bei dtv lieferbar.

T. C. Boyle

Good Home

Roman

Aus dem Englischen von
Anette Grube und
Dirk van Gunsteren

dtv

Die englischen Originalerzählungen erschienen erstmals in folgenden Magazinen: *The Atlantic:* »The Silence« (2009); Best Life: »Bulletproof« (2007); *Harper's:* »Question 62« (2005), »Admiral« (2005), »My Pain Is Worse Than Your Pain« (2009), »What Separates Us from the Animals« (2010); *The Kenyon Review:* »Hands On« (2005), »In the Zone« (2010); *The New Yorker:* »La Conchita« (2005), »Sin Dolor« (2007), »The Lie« (2007), »Ash Monday« (2007), »Thirteen Hundred Rats« (2007), »A Death in Kitchawank« (2009), »Los Gigantes« (2011); *The Paris Review:* »Balto« (2005); *Playboy:* »The Unlucky Mother of Aquiles Maldonado« (2005), »Three Quarters of the Way to Hell« (2003), »Good Home« (2010); *A Public Space:* »Anacapa« (2008). Alle Erzählungen erschienen 2013 in dem Band *Stories II. The Collected Stories of T. Coraghessan Boyle. Volume II* bei Viking in New York.

Die Erzählungen beginnend auf den Seiten 279, 301, 321, 347, 369 und 413 wurden von Anette Grube übersetzt, die beginnend auf den Seiten 11, 35, 51, 75, 97, 123, 135, 153, 175, 201, 223, 241, 263 und 393 von Dirk van Gunsteren. Das Motto auf Seite 7 wird zitiert nach Wallace Stevens, »Hellwach, am Rande des Schlafs«, übers. v. Hans Magnus Enzensberger, München: Hanser 2011.

**Ausführliche Informationen über
unsere Autoren und Bücher
www.dtv.de**

2019 dtv Verlagsgesellschaft mbH & Co. KG, München
Lizenzausgabe mit Genehmigung der
Carl Hanser Verlag GmbH & Co. KG, München
© Carl Hanser Verlag München 2018
© 2013 by T. Coraghessan Boyle
Umschlaggestaltung: Peter-Andreas Hassiepen
Satz: C.H.Beck.Media.Solutions, Nördlingen
(Satz nach einer Vorlage von Carl Hanser Verlag)
Druck und Bindung: Druckerei C.H.Beck, Nördlingen
Gedruckt auf säurefreiem, chlorfrei gebleichtem Papier
Printed in Germany · ISBN 978-3-423-14717-0

Für Michael Krüger
und Anna Leube

Ich weiß nicht, was ist mir lieber:
Die schöne Modulation
oder die schöne Andeutung,
der Triller der Amsel
oder sein Verhauchen.

Wallace Stevens,
»Dreizehn Arten eine Amsel zu betrachten«

INHALT

Balto	11
La Conchita	35
Frage 62	51
Sin Dolor	75
Hieb- und stichfest	97
Hände	123
Die Lüge	135
Die unglückliche Mutter von Aquiles Maldonado	153
Admiral	175
Aschermontag	201
Dreizehnhundert Ratten	223
Anacapa	241
Drei Viertel des Wegs zur Hölle	263
Mein Schmerz ist größer als deiner	279
Das Schweigen	301
Tod in Kitchawank	321
Was uns von den Tieren unterscheidet	347
Good Home	369
In der Zone	393
Los Gigantes	413

BALTO

Es gab zwei Arten von Wahrheiten: gute und schmerzhafte. Das war es, was der Anwalt ihres Vaters ihr sagte, und sie hörte ihm zu, sie tat ihr Bestes – auf ihrem Gesicht eine schmale, glänzende Sichel aus Sonnenlicht, reflektiert von der gelben Küchenwand –, aber es war schwer. Schwer, weil es ein Werktag war, weil die Schule vorbei und dies der freie Teil des Tages war, ihre Gelegenheit, im 7-Eleven herumzuschlendern oder mit ihren Freundinnen zu chatten, bevor Hausaufgaben und Abendessen den Tag beschlossen. Schwer auch, weil ihr Vater dabei war. Er saß auf einem Hocker an der Küchentheke und nippte an einem Becher, in dem kein Kaffee, eindeutig kein Kaffee war. Im sanften Widerschein des Sonnenlichts sah sein Gesicht weich aus, die Falten in den Augenwinkeln waren beinahe verschwunden, die *Krähenfüße* – wie sie dieses Wort liebte: als hätten die schuppigen Klauen des Vogels sich dort festgekrallt, wie etwas aus einer Horrorgeschichte von Edgar Allan Poe, der Rabe Nimmermehr. Aber war ein Rabe nicht etwas anderes als eine Krähe, und wieso hießen diese Falten dann nicht Rabenfüße? Oder Adlerfüße? Es gab ja Menschen, die eine Adlernase hatten – sie kamen andauernd in Geschichten vor –, und trotzdem sprach man von Krähenfüßen, das war doch irgendwie unsinnig.

»Angelle«, sagte der Anwalt – *Mr Apodaca* –, und der Klang ihres Namens holte sie in die Gegenwart zurück, »hörst du mir zu?«

Sie nickte. Und weil das nicht zu reichen schien, sagte sie auch etwas. »Ja«, sagte sie, doch ihre Stimme klang seltsam in ihren Ohren, als spräche jemand anders für sie.

»Gut«, sagte er, »gut«, und beugte sich über den Tisch, sodass der Blick seiner großen, feuchten Hundeaugen etwas Bedrohliches bekam. »Das hier ist nämlich sehr wichtig, das brauche ich ja wohl nicht zu betonen.«

Er wartete auf ihr Nicken, bevor er fortfuhr.

»Es gibt zwei Arten von Wahrheiten«, sagte er, »so wie es zwei Arten von Lügen gibt. Es gibt schlimme Lügen, die auf Täuschung und Betrug abzielen, das weiß jeder, und dann gibt es die Notlügen, kleine Schwindeleien, die keinem wirklich wehtun« – er stieß langsam die Luft aus, als stiege er gerade in eine warme Badewanne – »und vielleicht sogar etwas Gutes bewirken. Verstehst du, was ich meine?«

Sie saß ganz still. Natürlich verstand sie ihn. Er behandelte sie wie eine Neunjährige, wie ihre kleine Schwester, und dabei war sie zwölf, beinahe dreizehn, und dass sie sich nicht rührte, dass sie nicht antwortete, nicht nickte, ja nicht einmal blinzelte, war ein Akt der Rebellion.

»Wie zum Beispiel in diesem Fall«, fuhr er fort, »im Fall deines Vaters, meine ich. Du kennst das aus dem Fernsehen, aus Filmen. Der Richter will von dir die Wahrheit hören, die ganze Wahrheit und nichts als die Wahrheit, und du musst es schwören wie alle anderen – wie dein Vater, wie ich, wie jeder, der vor Gericht aussagt.« Auch er hatte einen Becher. Seiner stammte, wie sie sah, aus der Collegezeit ihrer Mutter – B. U. stand in großen roten Buchstaben darauf, Boston University –, aber es war Kaffee darin oder vielmehr bis eben darin gewesen. Jetzt schob er das Ding auf dem Tisch herum, als wäre es eine Schachfigur und er wüsste nicht, wohin damit. »Ich will nur, dass du daran denkst – und auch dein Vater will das, oder nein, es ist von sehr großer Bedeutung für ihn, dass du es nicht vergisst –, es gibt gute und schlechte Wahrheiten, das ist alles. Und das Gedächtnis ist nur bis zu einem gewissen Grad zuverlässig. Ich meine, wer kann schon sagen, was wirklich passiert ist – schließlich hat doch jeder seine eigene Version: die Joggerin, der Junge auf dem Fahrrad ... Und es könnte sein, dass der Staatsanwalt dich fragen wird, was an jenem Tag passiert ist. Nur er und ich werden dir Fragen stellen, du kannst also ganz unbesorgt sein.«

Aber sie war besorgt, schon weil Mr Apodaca da war mit seinem perfekt sitzenden Anzug und der perfekt gebundenen Krawatte und dem Hundeblick, und außerdem, weil man ihrem Vater am Straßenrand Handschellen angelegt, ihn ins Gefängnis geworfen und den Wagen beschlagnahmt hatte, was bedeutete, dass ihn keiner benutzen konnte, weder ihr Vater noch ihre Mutter, wenn sie aus Frankreich zurückkehrte, weder Dolores, das Hausmädchen, noch Allie, das Au-pair-Mädchen. Das alles wusste sie, aber da war noch etwas anderes, etwas, das mit dem Gesichtsausdruck ihres Vaters und dem zuckersüßen Ton des Anwalts zu tun hatte und bewirkte, dass sie sich verhärtete: Sie sprachen von oben herab. Als wäre sie so dumm wie ihre kleine Schwester. Aber das war sie nicht. Das war sie nicht.

An jenem Tag, dem Tag des Vorfalls – oder Unfalls, er würde es von nun an als Unfall bezeichnen müssen –, hatte er sich mit Marcy zum Mittagessen in einem Restaurant am Yachthafen verabredet, wo man draußen sitzen und zusehen konnte, wie die Sonne die Masten der leise schaukelnden Boote beschien und das Licht gebrochen wurde, sich wieder bündelte und abermals gebrochen wurde. Es war einer seiner liebsten Orte in dieser Stadt – einer seiner liebsten Orte überhaupt. Ganz gleich, wie überarbeitet er sich fühlte, wie schwer das Leben war, wie überproportionale Dimensionen jede Aufgabe, jeder Termin annahm, sodass auch zwanzig Leute, ein Team, eine Armee nicht damit fertiggeworden wären – an diesem Tisch am Ende der Terrasse zu sitzen, mit Blick auf den Dschungel aus Masten, die ausgebleichten Holzstege, den funkelnden Halbkreis des Hafens und die Hügel, die ihn umrahmten, hatte immer eine beruhigende Wirkung auf ihn. Das und der gerade eben nicht zu kühle offene Chardonnay aus der Gegend. Er war beim zweiten Glas, als Marcy die Treppe herunterkam, wobei sie die Hüften schwenkte wie ein Model auf dem Laufsteg, und über die lange Terrasse auf ihn zuschritt. Sie schenkte ihm ihr unkompliziertes Lächeln, ein Lächeln, das auch ihre Augen funkeln ließ und alles einschloss – den Tag, das Lokal, die Sonne und die Brise und den blankgescheuerten Geruch des Ozeans und mittendrin ihn –, und dann beugte sie sich zu ihm und küsste ihn, bevor sie sich auf den Stuhl neben ihm sinken ließ. »Sieht gut aus«, sagte sie und meinte den Wein, der wie getriebenes Gold in dem Glas vor ihm stand. Er winkte dem Kellner.

Und worüber sprachen sie? Belanglosigkeiten. Ihre Arbeit, ein Paar Schuhe, das sie gekauft, zurückgebracht und dann doch wieder gekauft hatte, den Film, den sie zwei Abende zuvor gesehen hatten – das letzte Mal, dass sie zusammen gewesen waren –, und sie sagte, sie könne noch immer nicht glauben, dass ihm das Ende gefallen habe. »Und zwar nicht, weil es kitschig war«, sagte sie – und da wurde ihr Wein serviert, und sollten sie nicht vielleicht gleich eine Flasche nehmen, ja, klar, eine Flasche, warum nicht? –, »und es war ziemlich kitschig, sondern weil ich es total unglaubwürdig fand.«

»Was fandest du unglaubwürdig – dass ihr Mann sie zurückgenommen hat?«

»Nein«, sagte sie. »Oder ja. Es ist jedenfalls idiotisch. Aber was soll man von einem französischen Film schon erwarten? Da sieht man immer diese geschmeidigen Rasseweiber in den Dreißigern –«

»Oder Vierzigern.«

»– mit tollen Beinen und einem Make-up wie, ich weiß nicht, bei einem Kiss-Revival, und obwohl sie mit dem wunderbarsten Mann der Welt verheiratet sind, fühlen sie sich unerfüllt und lassen sich, angefangen beim Metzger, vom ganzen Dorf flachlegen.«

»Juliette Binoche«, sagte er. Er spürte den Wein. Er fühlte sich gut.

»Ja, genau. Sie war's zwar nicht, aber sie hätte es sein können. Sein sollen. In den letzten, sagen wir, zwanzig Jahren hat sie in allen französischen Filmen außer dem hier mitgespielt.« Sie stellte ihr Glas ab und stieß ein kurzes, melodisches Lachen aus, das wie das Lied eines Vogels klang, ein Lachen, das ihn verzauberte, und er dachte jetzt nicht mehr an die Arbeit, weder an die Arbeit noch an irgendetwas anderes, und da wurden der Kühler und die Flasche gebracht, der Wein so kalt wie der Keller, aus dem er stammte. »Und am Ende kommt das ganze Dorf und jubelt ihr zu, weil sie ihren romantischen Idealen treu geblieben ist – auch ihr *Mann*, Herrgott.«

Nichts konnte ihn aufregen. Nichts konnte ihn aus der Ruhe bringen. Er war verliebt, die Pelikane glitten über den Bauch der Bucht, und Marcys Augen waren lüstern und schön und zufrieden mit sich selbst, aber trotzdem musste er hier mal kurz auf die Bremse treten. »Martine ist nicht so«, sagte er. »Und ich auch nicht.«

Sie sah über die Schulter, bevor sie eine Zigarette hervorkramte – immerhin waren sie in Kalifornien –, und als sie sich vorbeugte, um sie anzuzünden, fielen ihr die Haare ins Gesicht. Lächelnd richtete sie sich auf, der Rauch wurde von ihren Lippen gerissen und verweht, kaum dass sie ihn ausgeblasen hatte. Diskussion erledigt.

Marcy war achtundzwanzig und hatte in Berkeley studiert. Sie und ihre Schwester hatten in einer Nebenstraße der Innenstadt ein Geschäft für Künstlerbedarf eröffnet. Sie hatte ihren Abschluss in zwei Fächern gemacht: Kunst und Film. Sie fuhr mit dem Fahrrad zur Arbeit. Sie war Asiatin. Oder vielmehr Chinesin, wie sie ihn korrigierte. Jedenfalls chinesischer Abstammung. Ihre Familie, hatte sie ihm bei ihrem ersten Rendezvous mit so viel Ironie in der Stimme erzählt, dass das Thema gleich wieder erledigt gewesen war, ging auf den ehrenwerten Urgroßvater zurück, der als blinder Passagier im klischeehaften Mehlfass im Laderaum des klischeehaften Frachtschiffs über den Pazifik gekommen war. Sie war in einem aus dem Boden gestampften Vorort von Syracuse aufgewachsen, und ihr Akzent – die A sprach sie so flach, dass sein Name nicht wie »Alan«, sondern eher wie »Ellen« klang – haute ihn um, weil er so gar nicht zu einer Frau passte, die (die Worte entschlüpften seinem Mund, bevor er wusste, was er da sagte) so *exotisch* aussah wie sie. Und weil er ihren Gesichtsausdruck nicht zu deuten wusste – war er zu weit gegangen? –, sagte er ihr, er sei beeindruckt, denn seine eigene Familie gehe nur über drei Generationen zurück; sein Großvater sei von Cork nach Amerika gekommen, doch falls er sich in einem Fass versteckt habe, dann sei es bestimmt voll Whisky gewesen. »Und Martine stammt aus Paris«, hatte er hinzugefügt. »Aber das weißt du ja, oder?«

Die Flasche war halb leer, als sie bestellten – und es gab keine Eile, überhaupt keine Eile, denn sie nahmen sich diesen Nachmittag frei, keine weitere Diskussion –, und als das Essen kam, sahen sie einander für einen ganz kurzen, flüchtigen Augenblick an, bevor er eine zweite Flasche bestellte. Und dann aßen sie, und alles verlangsamte sich, bis die ganze Welt in einer neuen Perspektive erschien. Er nippte am Wein, kaute, blickte in ihre unvergleichlichen Augen und spürte, dass die Sonne ihm die Hand auf die Schultern legte, und in einem plötzlichen Aufblitzen von Erkenntnis sah er die Möwe, die sich auf dem Geländer hinter Marcy niederließ, sah, wie die Brise über ihre Federn strich und die Sonne ihre Brust aufleuchten ließ, bis es auf der ganzen Welt nichts Strahlenderes, nichts Vollkommeneres gab als dieses Wesen, dieses Mitwesen – und ihm war es vergönnt, es zu sehen. Er wollte Marcy davon erzählen, von dem Wunder dieses Augenblicks, vom Fallen der Schleier, von der Offenbarung, der Freude, doch stattdessen schenkte er ihr nach und sagte: »Also, wie war das mit den Schuhen?«

Später, als Mr Apodaca in seinem kleinen weißen Kabrio mit dem Mercedes-Emblem auf der Kühlerhaube rückwärts aus der Einfahrt gesetzt hatte und der Nachmittag zu einem Brei aus Anrufen und SMS zerschmolz – *Chilty ist in Alex Turtieff verknallt, lol!* –, machte Dolores ihnen *chiles rellenos* – gefüllte, frittierte Paprikaschoten – mit Rohkost und als Nachtisch Eiscreme. Danach sprach Allie mit ihr und Lisette die Hausaufgaben durch, und dann wurde es still im Haus, bis auf das leise Pulsieren der Musik, die ihr Vater im Wohnzimmer hörte. Sie war fertig mit Mathe und schrieb gerade einen Aufsatz über Aaron Burr für ihren Geschichtslehrer, Mr Compson, stand aber auf und ging in die Küche, um sich ein Glas Saft oder vielleicht eine heiße Schokolade aus der Mikrowelle zu holen – das würde sie erst entscheiden, wenn sie in der Küche mit der indirekten Beleuchtung über den steinernen Arbeitsflächen war und die Kühlschranktür weit offen stand. Sie dachte an nichts Bestimmtes – Aaron Burr war oben, auf ihrem Schreibtisch –, und als sie an dem bogenförmigen Durchgang zum Wohnzimmer vorbeikam, fiel ihr das Flackern des Fernsehers ins Auge, und sie blieb stehen. Ihr Vater war noch da, er lag mit einem Buch auf dem Sofa, der Fernseher war auf stumm geschaltet und zeigte irgendein Spiel, Football oder Baseball, und im Hintergrund knurrte leise die Musik. Sein Gesicht hatte den leeren, versunkenen Ausdruck, den er beim Lesen bekam oder manchmal, wenn er quer durch den Raum oder aus dem Fenster ins Leere starrte, und seine Hand hielt den Becher umfasst, den er neben dem Buch auf der Brust balancierte.

Er hatte sich beim Abendessen zu ihnen an den Tisch gesetzt, aber nichts gegessen – er werde später ausgehen, hatte er gesagt. Zum Abendessen. Einem späten Abendessen. Er sagte nicht, mit wem, aber sie wusste, dass er sich mit dieser Asiatin treffen würde. Marcy. Sie hatte sie nur zweimal gesehen, beide Male durch das Fenster ihres Wagens, und beide Male hatte Marcy ihr zugewinkt – ein Aufleuchten der Handfläche, ein kleines Wedeln der Finger. In ihrer Klasse war eine Asiatin. Sie war Chinesin und hieß Xuan. Das passte zu einem asiatischen Mädchen. Xuan – das war anders. Ein Name, der sagte, wer sie war und woher sie kam: von weit her, von der anderen Seite eines Ozeans. Aber Marcy? Wohl eher nicht.

»Ah«, sagte ihr Vater, hob den Kopf und spähte über die Armlehne des Sofas, und ihr wurde bewusst, dass sie ihn beobachtet hatte. »Na? Hausaufgaben erledigt? Brauchst du Hilfe? Was ist mit diesem Aufsatz – soll ich ihn gegenlesen? Um wen geht's da noch mal? Madison? Ach, nein, Burr. Burr, stimmt's?«

»Ist schon okay.«

»Ja?« Er sprach langsam und gepresst, als bestünde der Klang nicht aus Schwingungen der Luft, die durch die Luftröhre und über seine Stimmbänder strich, wie es in ihrem Biologiebuch erklärt war, sondern aus etwas Schwererem, Dichterem. Er würde ein Taxi kommen lassen, das war klar, und vielleicht würde sie – *Marcy* – ihn nach Hause bringen. »Das könnte ich tun, kein Problem. Ich habe noch« – sie sah ihn die Hand vors Gesicht heben und das Handgelenk drehen – »eine halbe, eine Dreiviertelstunde Zeit.«

»Ist schon okay«, wiederholte sie.

Sie trank ihre heiße Schokolade und las für Englisch eine Erzählung von William Faulkner – das Bild des Autors im Lesebuch war ein Schnappschuss und zeigte wilde Augen und gebändigtes Haar –, als sie die Stimme ihres Vaters hörte, die in einem Strom durch den Flur trieb, mal murmelnd, mal spitz und erregt, dann wieder dicht und schleppend. Es dauerte kurz, bis sie merkte, dass er Lisette ihre Gutenachtgeschichte vorlas. Es war ganz still im Haus, und sie hielt den Atem an und lauschte, bis sie mit einem Mal die Worte verstand. Er las *Balto* vor, eine Geschichte, die sie geliebt hatte, als sie noch kleiner gewesen war, in Lisettes Alter, und sie hörte seine Stimme durch den Flur und sah vor ihrem geistigen Auge die Illustrationen: Ein verirrter Sonnenstrahl ließ die Brust von Balto, dem Leithund des Schlittengespanns, aufleuchten, während sich der Schneesturm wie eine gewaltige Faust über ihm zusammenballte, sie kämpften sich durch Alaskas Eis und Sturm und Temperaturen von vierzig Grad minus, um den kranken Kindern in Nome das Serum zu bringen – und diese Kinder würden sterben, wenn Balto es nicht schaffte. Diphtherie. Dort wütete eine Diphtherie-Epidemie, und das einzige Flugzeug war kaputt – oder nein, es war für den Winter demontiert worden. *Was ist Diphtherie?*, hatte sie ihren Vater gefragt, und er war zum Bücherregal gegangen und hatte in der Enzyklopädie nachgesehen, um ihr die Frage zu beantworten, und auch das war ja auf seine Art eine Heldentat gewesen, denn als er sich wieder auf das Bett gesetzt hatte, wo Lisette an sie gekuschelt lag, der Regen an das Fenster trommelte und nur die Nachttischlampe zwischen ihnen und der schwärzesten Finsternis war, hatte er gesagt: *Siehst du, es steht alles in Büchern, alles, was du wissen willst.*

Baltos Pfoten bluteten. Er hatte Eisklumpen zwischen den Zehen. Die anderen Hunde zauderten immer wieder, doch er war der Leithund und wandte sich zu ihnen um, er knurrte und biss sie, damit sie an ihrem zugewiesenen Platz blieben und sich ins Zeug legten. *Balto*. Mit dem Geschirr um die Schultern, dem zottigen Kopf und dem unbeugsamen Willen, der ihn durch den Tag und die Nacht trieb, eine Nacht, so finster, dass sie nicht sehen konnten, ob sie noch auf dem richtigen Weg waren oder nicht.

Jetzt, als sie aufrecht auf der Bettkante saß und auf Lisettes Schweigen und die schleppende Stimme ihres Vaters lauschte, wartete sie darauf, dass ihre kleine Schwester mit ihrer Babystimme die unvermeidlichen Fragen stellte: *Dad, Dad, wie kalt ist vierzig Grad minus?* Und: *Dad, was ist Diphtherie?*

Die Sonne kroch unmerklich langsam über die Terrasse, betastete die Risse in den lackierten Bodenbrettern und ließ das niedrige Messinggeländer, an das Marcy sich lehnte, golden aufleuchten. Sie hatte den Stuhl zurückgekippt, die Ellbogen auf die Messingstangen gelegt und die Beine ausgestreckt, der Sonne entgegen – wohlgeformte, spektakuläre Beine, lang und fest und gebräunt, Beine, die ihn an den Rest ihres Körpers denken ließen und daran, wie sie im Bett war. Unter der linken Kniescheibe hatte sie eine Narbe in Form eines unregelmäßigen Ovals, wie von einer Verbrennung oder einem Schnitt, eine Narbe, die ihm noch nie aufgefallen war. Tja, er war an einem neuen Ort, die zweite Flasche war leer bis auf ein halbes Glas für jeden, und die Welt stand da in allen Einzelheiten, alles war deutlich und scharf konturiert, als hätte er schon immer eine Brille gebraucht, sie aber gerade erst aufgesetzt. Die Möwe war verschwunden, aber auch sie war besonders gewesen, eine sehr besondere Möwe, und an ihrer Stelle waren Spatzen da oder Zaunkönige, die über den Boden hüpften, irgendwelche Krümel aufpickten und wie von einem Katapult geschossen über das Geländer davonstoben. Er überlegte und kam zu dem Schluss, dass er keinen Wein mehr wollte – zwei Flaschen waren reichlich –, wohl aber irgendetwas, um den Nachmittag zu beschließen, einen Cognac vielleicht, nur einen.

Sie hatte von einer jungen Frau erzählt, die für sie arbeitete und die er ein- oder zweimal gesehen hatte: neunzehn, hübsch, mit einem weichen Gesicht. Sie hieß Bettina und war sehr lebenslustig, ging jeden Abend aus und hatte in letzter Zeit stark abgenommen.

»Kokain?«, fragte er. Marcy zuckte die Schultern. »Hat sie in der Arbeit nachgelassen?«

»Nein«, sagte sie. »Noch nicht.« Doch dann erzählte sie von morgendlichen Verspätungen, überdrehter Redelust nach der Mittagspause und Arztterminen, zu vielen Arztterminen. Er wartete einen Augenblick, beobachtete ihre Zunge und ihre Lippen, die wunderbare Art, wie die Worte ihrem Mund entströmten, bevor er sich vorbeugte und mit dem Finger über die helle Linie unter der Kniescheibe strich. »Du hast da eine Narbe«, sagte er.

Sie betrachtete ihr Knie, als wäre ihr gar nicht bewusst, dass es ihr gehörte, und zog das Bein an, um es kurz zu untersuchen, bevor sie es wieder der Sonne, der Terrasse und der Berührung durch seine wartende Hand entgegenreckte. »Ach, die?«, sagte sie. »Da war ich noch ein kleines Mädchen.«

»Eine Verbrennung oder was?«

»Fahrradunfall.« Sie dehnte die Silben, langsam und akzentuiert.

Seine Hand war auf ihrem Knie, die Wärme der Berührung, und er strich noch einmal über die Stelle, bevor er sich aufrichtete und sein Glas austrank. »Sieht aus wie eine Verbrennung«, sagte er.

»Nein, ich bin bloß hingefallen.« Sie stieß wieder dieses Lachen aus, und er sog es auf. »Du hättest meine Stützräder sehen sollen – oder jedenfalls das eine. Es war so platt, als wäre ein Lastwagen darübergefahren.«

Ihre Augen flackerten im Nachhall der Erinnerung, und sie beide sahen es für einen Augenblick vor sich: das kleine Mädchen mit dem umgeknickten Stützrad und der Schürfwunde – oder nein, es musste schlimmer gewesen sein, ein Schnitt oder Riss –, und er dachte nicht an Lisette und Angelle, noch nicht, denn er überließ sich dem Strom dieses Tages, ganz und gar; es gab nur diese Terrasse, die angenehme, langsam untergehende Sonne und die Möwe, die jetzt fort war. »Willst du noch etwas anderes?«, hörte er sich fragen. »Einen Rémy vielleicht, um den Nachmittag abzurunden? Ich meine, von Wein habe ich jetzt genug, aber ein Cognac, nur so für den Geschmack?«

»Klar«, sagte sie, »warum nicht?« Sie sah nicht auf ihre Uhr, ebenso wenig wie er.

Und dann kam der Kellner mit den beiden Schwenkern und einem dunkelbraunen Schokoladentäfelchen für jeden von ihnen, mit Empfehlung des Hauses. *Schwenker*, dachte er und ließ die Hand kreisen. Was für ein perfektes Wort für dieses Ding, ein Wort, das die Funktion des Benannten klar umriss, und dann sagte er es laut: »Ist es nicht wunderbar, dass es so etwas wie Cognacschwenker gibt, sodass man den Cognac schwenken und daran riechen kann? Und außerdem ist es ein Wort, das einem genau sagt, was man mit diesem Gegenstand macht, im Gegensatz zu ›Serviette‹ oder ›Messer‹. Man serviert keine Serviette, man misst kein Messer, nicht?«

»Ja«, sagte sie, und die Sonne beschien ihr Haar jetzt in einem flachen Winkel, sodass die hellen Strähnen und ein Ohrläppchen aufleuchteten, »stimmt wahrscheinlich. Aber ich wollte dir doch von Bettina erzählen. Der Typ, den sie neulich aufgerissen hat – nicht ihr Freund, sondern dieser One-Night-Stand –, hat sie geschwängert.«

Der Kellner, wohl ein Collegestudent, dem die Haare ins Gesicht hingen, kam vorbei und fragte, ob sie noch etwas wollten. Da erst dachte er daran, auf die Uhr zu sehen, und tief in der stillen Lagune seines Geistes machte sich die erste leise Beunruhigung bemerkbar. *Angelle*, sagte sie. *Lisette.* Er musste sie mittwochs nach dem Fußballtraining von der Schule abholen, denn mittwochs hatte Allie frei, und Martine war nicht da. Martine war in Paris und tat, was ihr Spaß machte. So viel war sicher. Und heute – heute war Mittwoch.

Angelle erinnerte sich, dass sie an diesem Tag länger als gewöhnlich auf ihn gewartet hatte. Es war nicht das erste Mal, dass er zu spät kam – eigentlich kam er fast immer zu spät, wegen der vielen Arbeit, weil er einen so vollgepackten Terminkalender hatte –, aber diesmal war sie schon halb mit den Hausaufgaben fertig, der blaue Rucksack lag zusammengesunken neben ihr, und sie saß, das aufgeschlagene Buch auf den Knien, am Bordstein und wartete noch immer. Die Sonne war hinter den Bäumen gegenüber verschwunden, und in den Shorts und dem T-Shirt, das sie beim Fußball durchgeschwitzt hatte, war ihr kühl. Lisette war früher als sie mit dem Training fertig gewesen. Eine Weile hatte sie neben Angelle gesessen und in zwei verschiedenen Farben große X und O auf ein Blatt Papier gemalt, aber dann war ihr langweilig geworden, und sie war zu den Schaukeln gerannt, wo zwei andere Kinder spielten, deren Eltern sich ebenfalls verspäteten.

Alle paar Minuten bog ein Wagen um die Ecke, und dann sah sie rasch auf, aber nie war es der ihres Vaters. Sie sah einen schwarzen Geländewagen vor der Schule halten, und dann stürmten Dani Mead und Sarah Schuster lachend aus dem Gebäude, ließen die Rucksäcke von den Schultern gleiten, stiegen mit schwingenden Haaren auf den Rücksitz in dem höhlenartigen Innenraum und schlugen die Tür zu. Die Bremslichter des Wagens leuchteten kurz auf, bevor er langsam vom Parkplatz und auf die Straße rollte, und sie sah ihm nach, bis er um die Ecke verschwand. Er musste immer arbeiten, das wusste sie, er versuchte immer, sich durch den Haufen Arbeit zu graben, den er aufgetürmt hatte – so drückte er es aus: *Ich muss mich durch den Haufen Arbeit graben*, und dann stellte sie sich ihn in seinem Büro vor, umgeben von Papierbergen, von Stapeln, die auftragten wie der Schiefe Turm von Pisa, in der Hand eine Schaufel wie einer von diesen Männern in den orangeroten Jacken, der sich über ein

Loch in der Straße beugte –, aber dennoch wurde sie ungeduldig. Ihr war kalt. Sie war hungrig. Wo blieb er nur?

Als die letzten beiden Kinder von ihren Müttern abgeholt worden waren und die Sonne nur noch einen schmalen Streifen Licht auf das Ziegeldach der Schule und die Palmen dahinter warf, als Lisette sich wieder zu ihr auf den Bordstein gesetzt hatte, um zu quengeln und zu jammern wie das kleine Baby, das sie war (*Er ist bestimmt betrunken, ganz bestimmt, wie Mom gesagt hat*), und Angelle ihr sagen musste, sie habe ja keine Ahnung, was sie da sage, kam er endlich. Lisette sah den Wagen als Erste. Er erschien wie eine Fata Morgana am Ende der Straße und bog so langsam um die Ecke, als rollte er ohne Motorkraft und mit niemandem am Steuer dahin, und Angelle fiel ein, dass ihr Vater ihr gesagt hatte, man müsse immer, ausnahmslos immer die Handbremse anziehen. Sie hatte eigentlich keine Fahrstunde haben wollen – dafür hätte sie sechzehn sein müssen –, aber sie waren zur Sommerhütte in die Berge gefahren, kurz nachdem ihre Mutter nach Frankreich abgereist war, und es war weit und breit niemand sonst da. »Du bist doch ein großes Mädchen«, hatte er gesagt, und das stimmte, sie war groß für ihr Alter – die Leute dachten immer, sie sei schon in der achten Klasse oder sogar auf der Highschool. »Probier's mal, es ist ganz leicht«, hatte er gesagt. »Wie beim Autoscooter, nur dass man möglichst nichts anrempelt.« Sie hatte gelacht, und er hatte gelacht, und dann hatte sie sich ans Steuer gesetzt, und er hatte ihr gesagt, was sie tun sollte, und ihr Herz hatte so heftig geklopft, dass sie gedacht hatte, gleich würde sie über dem Sitz schweben. Durch die Windschutzscheibe sah alles ganz anders aus, sie war schmutzig und hatte ein paar gelbliche Flecken, und die Welt lag hinter Glas. Die Sonne schien ihr in die Augen. Die Straße war ein schwarzer Fluss, der zwischen vertrocknetem Unkraut dahinströmte, Bäume kamen näher und blieben wieder hinter ihnen zurück, als würden sie von einer Welle zwischen ihnen hindurchgetragen. Und der Wagen kroch die Straße entlang, genau wie jetzt. Zu langsam. Viel zu langsam.

Als ihr Vater am Bordstein hielt, merkte sie sofort, dass irgendetwas nicht stimmte. Er lächelte ihnen zu oder versuchte es jedenfalls, aber sein Gesicht war zu schwer, es wog tausend Tonnen, es war aus Stein wie die

Gesichter der Präsidenten am Mount Rushmore, und das Gewicht verzerrte das Lächeln, bis es mehr eine Grimasse war. Wut wallte in ihr auf – Lisette hatte recht gehabt –, fiel aber gleich darauf in sich zusammen, und Angelle hatte Angst. Einfach nur Angst.

»Tut mir leid«, murmelte er, »tut mir leid, dass ich so spät dran bin, ich ...«, und er sprach den Satz oder die Entschuldigung oder was immer es sein sollte nicht zu Ende, sondern öffnete stattdessen die Tür, die Fahrertür, und stieg mühsam aus. Er nahm die Sonnenbrille ab und polierte die Gläser mit dem Hemdzipfel, bevor er sich schwer gegen den Wagen lehnte. Mit einem schwachen Lächeln – einem halben Lächeln, nicht mal einem halben Lächeln – sah er Angelle an und setzte die Brille sorgfältig wieder auf, dabei konnte jeder sehen, dass es zu dunkel für eine Sonnenbrille war. Außerdem war es seine alte Brille – zwei blau schimmernde Gläser, hinter denen seine Augen verschwanden –, was bedeutete, dass er die gute Brille, die für zweihundertfünfzig Dollar beim Ausverkauf in der Sunglass Hut, verloren hatte. »Also«, sagte er, während Lisette die hintere Tür aufriss und ihren Rucksack auf den Rücksitz warf, »ich hab ... ich hab einfach die Zeit vergessen. Tut mir leid. Tut mir wirklich leid.«

Sie warf ihm einen Blick zu, der ihn zu Asche verbrennen sollte, damit er merkte, wie sie sich fühlte, aber sie wusste nicht, ob er sie ansah oder nicht. »Seit vier warten wir auf dich«, sagte sie und hörte die Gekränktheit und den Vorwurf in ihrer Stimme. Sie öffnete die andere hintere Tür direkt neben ihm, denn sie würde sich zum Zeichen ihrer Missbilligung auf den Rücksitz setzen – sie beide, Lisette und sie, würden hinten sitzen, damit der Beifahrersitz leer blieb –, doch er stoppte sie, indem er plötzlich die Hand ausstreckte und ihr das Haar aus dem Gesicht strich.

»Du musst mir helfen«, sagte er, und seine Stimme hatte etwas Flehendes. »Ich ...« Die Worte wollten nicht heraus, sie verdickten sich, sie gerannen in seiner Kehle. »Ich ... Ach, warum soll ich dich anlügen? Ich würde dich nie anlügen.«

Die Sonne verschwand. Ein Wagen fuhr vorbei. Dann ein Junge auf seinem Fahrrad, ein Junge, den sie kannte, und er warf ihr im Vorbeifahren einen Blick zu, die Räder ein verschwimmendes Blitzen.

»Ich war ... ich habe mit Marcy zu Mittag gegessen, um einfach mal ...

du weißt ja, wie schwer ich gearbeitet habe ... ich brauchte einfach mal ein bisschen Entspannung. Die braucht jeder. Das ist ja keine Sünde.« Eine Pause, und seine Hand wanderte zu seiner Tasche und dann wieder zu ihrem Haar. »Und wir haben etwas Wein getrunken. Zum Essen.« Er sah die Straße hinunter, als suchte er nach den schlanken grünen Flaschen, in denen der Wein gewesen war, als wollte er sie als Beweisstücke vorlegen.

Sie stand da und starrte ihn mit gerecktem Kinn an, ließ aber zu, dass seine Hand zu ihrer Schulter glitt und sie drückte, wie er es tat, wenn er stolz auf sie war, wenn sie eine sehr gute Note bekommen oder ohne besondere Aufforderung ganz allein den Tisch abgeräumt hatte.

»Ich weiß, das ist schrecklich«, sagte er, »ich meine, ich tue es nur sehr ungern, aber ... Angelle, ich habe nur diese eine Bitte, denn die Sache ist die« – und er zog die Brille mit den kleinen blauen Gläsern ein Stück herunter, sodass Angelle den matten Glanz der Augen sah, die auf sie gerichtet waren –, »ich glaube, ich kann nicht mehr fahren.«

Als der Parkwächter den Wagen brachte, geschah etwas sehr Seltsames. Ein kleiner Aussetzer, der ihm nur unterlief, weil er nicht achtgab. Er war abgelenkt von Marcy in ihrem flachen, offenen MX-5, von der leuchtenden Röte des Wagens – es war ein schlankes, geschmeidiges Ding: Ohren anlegen und abheben –, und sie küsste zwei Finger, streckte sie ihm entgegen und fuhr winkend und mit wehendem Haar vom Parkplatz. Und da war der Parkwächter, vermutlich ebenfalls ein Collegestudent, kleiner und dunkler als der andere, der oben stirnrunzelnd das Trinkgeld zählte, aber mit demselben Haarschnitt, als wären sie beim selben Friseur oder so gewesen, und er sagte irgendetwas zu ihm – *Ihr Wagen, Sir, hier ist Ihr Wagen, Sir* –, und das Seltsame war, dass er ihn für einen Augenblick nicht erkannte. Er dachte, der Junge wolle ihn verarschen. Das war sein Wagen? Das war etwas, das ihm gehörte? Dieser schlammbespritzte, anthrazitfarbene Geländewagen mit zu wenig Luft in den Reifen? Mit der Beule im vorderen Kotflügel und dem sich über die ganze Flanke ziehenden Kratzer in Kniehöhe, der aussah, als hätte irgendeine metallische Kralle zugeschlagen? War das ein Trick?

»Sir?«

»Ja«, sagte er und starrte in den Himmel. Wo war seine Sonnenbrille? »Ja, was ist? Was wollen Sie?«

Eine ganz kleine Pause. »Ihr Wagen. Sir.«

Und dann, wie es manchmal eben geschieht, fiel es ihm wie Schuppen von den Augen, und er klappte seine Brieftasche auf und entnahm ihr zwei Dollar – von vielen Fingern weich gemachte Scheine, so weich und schlaff wie Filz –, und der Parkwächter steckte sie ein. Und dann saß er im Wagen und wollte den Stecker des Sicherheitsgurts in das Schloss stecken – wo war das verdammte Ding? Noch immer war tief über dem Meer ein schmaler Streifen Sonne zu sehen, und er kramte im Handschuhfach nach seiner alten Sonnenbrille, der Reservebrille, denn seine neue war irgendwo anders, jedenfalls steckte sie nicht in seiner Tasche oder hing an der Schnur um seinen Hals, und als er sie aufgesetzt hatte und das Radio irgendeine Musik mit einem guten Drive spielte, fuhr er die Einfahrt hinunter, um sich in den Verkehr auf dem Boulevard einzureihen.

In diesem Augenblick bekam alles harte, scharfe Kanten, und er wusste, dass er betrunken war. Er wartete zu lange – er war zu zögerlich, zu vorsichtig –, und der Fahrer hinter ihm drückte auf die Hupe, sodass ihm praktisch nichts anderes übrigblieb, als ihm den Finger zu zeigen, und vielleicht lehnte er sich auch aus dem Fenster und brüllte etwas nach hinten, aber der Wagen unter ihm setzte sich in Bewegung, irgendjemand wich ihm in weitem Bogen aus, und dann fuhr er den Boulevard entlang. Wenn er überhaupt an etwas dachte, dann vermutlich an sein letztes Verfahren wegen Trunkenheit am Steuer – das hatte ihn aus dem Nichts erwischt, als er nicht mal wirklich betrunken gewesen war, vielleicht auch gar nicht betrunken. Er hatte Überstunden gemacht und sich anschließend bei Johnny's Rib Shack ein paar Spareribs und eine Dose Bier geholt, die geöffnet zwischen seinen Oberschenkeln stand, und als er den Hügel hinunter- und unter der Unterführung hindurchfuhr, wo man nach links auf die Schnellstraße abbiegt, hatte er nur auf die Ampel geachtet und den senffarbenen Volvo, der dort stand, zu spät gesehen. Und er war so wütend gewesen – nicht nur auf sich selbst, sondern auch auf die

Welt insgesamt und auf die Art, wie sie ihn immer wieder mit Problemen und Hindernissen, mit dem Unerwarteten und Unvorhergesehenen konfrontierte, als hätte sie sich gegen ihn verschworen –, dass er, den Schoß nass von verschüttetem Bier, aus dem Wagen mit dem zerknautschten, zischenden Kühler gestiegen war und die benommene Frau am Steuer des anderen Wagens angeschrien hatte: »Na los, bitte, zeigen Sie mich an!« Aber das würde jetzt nicht geschehen. Nichts würde jetzt geschehen.

Die Bäume zogen vorbei, an Fußgängerübergängen gingen Leute über die Straße, Ampeln schalteten auf Gelb, und er hatte alles im Griff, er glitt dahin, doch gerade als er den Plan fasste, die Mädchen auf dem Heimweg zu Burritos oder Burgern einzuladen, kam ihm ein Streifenwagen entgegen, und sein Herz erstarrte zu einem Eisblock, um sich im nächsten Augenblick zu verflüssigen, wobei es klopfte, als wollte es ihm aus der Brust springen. *Blinker, Blinker,* ermahnte er sich, den Blick auf den Rückspiegel geheftet, und dann blinkte er rechts und bog in die erstbeste Straße ab, eine Straße, die er nicht kannte, und dann bog er abermals ab und noch einmal, und als er sich umsah, hatte er keine Ahnung, wo er war.

Was ein weiterer Grund für seine Verspätung war, und da stand Angelle und musterte ihn mit diesem harten, kalten, abschätzigen Blick – es war genau der Blick ihrer Mutter –, denn sie war perfekt, sie war pflichtbewusst, sie wurde ausgenutzt, sie war die beste Tochter der Welt, in der Geschichte der Menschheit, und er war schlicht und einfach ein Arschloch. Es war falsch, sie darum zu bitten, und doch geschah es, und er sagte ihr genau, was sie zu tun hatte, es war ein Kinderspiel, gerade mal vier Kilometer bis nach Hause, und das mit dem Stopp unterwegs würden sie lassen – sie würden nach Hause fahren und sich Pizza bestellen. Er wusste noch, dass er darüber geredet hatte: »Na, Mädels, wie wär's mit Pizza heute Abend? Hm, Lisette? Mit Zwiebeln und Peperoni? Und diesen kleinen gerösteten Artischockenherzen? Oder vielleicht lieber mit Würmern, zermatschten Würmern?«, wobei er sich über die Lehne nach hinten gebeugt hatte, um sie aufzumuntern, damit alles wieder in Ordnung war und die Angespanntheit aus ihrem Gesicht verschwand, und er hatte den Jungen auf dem Fahrrad nicht gesehen, hatte nicht mal gewusst, dass es ihn gab, bis Angelle einen leisen, erstickten Schrei ausgestoßen hatte und etwas mit einem entsetzlichen dumpfen Schlag gegen den Kotflügel geprallt war.

Der Gerichtssaal roch nach Bohnerwachs, demselben Wachs, mit dem auch die Böden in der Schule behandelt wurden, süß und stechend zugleich, ein Geruch, der in seiner Vertrautheit beinahe tröstlich war. Doch sie war nicht in der Schule – sie war für den Vormittag vom Unterricht befreit –, und sie war auch nicht hier, um getröstet zu werden, ja nicht einmal, damit sie sich wohlfühlte. Sie war hier, um Mr Apodaca und dem Richter und dem Staatsanwalt und den Geschworenen zuzuhören, die über den Fall ihres Vaters zu befinden hatten, und um für ihn auszusagen, um zu sagen, was sie wusste, um eine Art von Wahrheit zu sagen, die vielleicht nicht ganz und rein, aber notwendig war, eine notwendige Wahrheit. So nannte Mr Apodaca diese Wahrheit jetzt: *notwendig*. Sie saß mit ihm und ihrem Vater in einem der unbenutzten Säle am Hauptkorridor – einem anderen Gerichtssaal –, und er ging die ganze Sache noch ein letztes Mal mit ihr durch, um sicher zu sein, dass sie alles verstanden hatte.

Ihr Vater hielt ihre Hand, als sie hineingingen, und er setzte sich neben sie auf eine der Bänke, während sein Anwalt noch einmal Schritt für Schritt schilderte, was sich an jenem Tag nach der Schule zugetragen hatte, um sicherzugehen, dass sie alle auf demselben Stand waren. Das waren seine Worte – »Ich möchte, dass wir alle auf demselben Stand sind« –, als er sich vor ihr und ihrem Vater aufbaute und sich mit den Händen auf die Barriere aus poliertem Holz stützte. Der Glanz seiner Schuhe wetteiferte mit dem des Bodens, und unwillkürlich sah sie irgendeinen mexikanischen Jungen vor sich, irgendeinen Schulabbrecher, der nun als Schuhputzer sein Geld verdiente und sich mit diesen Schuhen abmühte, während Mr Apodaca hoch über ihm auf dem mit Leder bezogenen Stuhl thronte und die Füße auf die Stützen aus rostfreiem Stahl gestellt hatte. Sie stellte sich ihn vor, wie er mit strengem Blick die Zeitung las oder noch einmal die Einzelheiten eines Falls, *dieses Falls*, studierte. Als er fertig war, als er alles mit ihr durchgegangen war, Minute für Minute, Geste für Geste, als er ihr hier auf die Sprünge geholfen und dort ein Loch in den Bauch gefragt hatte – »Und was hat er dann gesagt? Und was hast du geantwortet?« –, bat er ihren Vater, kurz allein mit ihr sprechen zu dürfen.

Ihr Vater drückte ihre Hand, ließ sie los und erhob sich von der Bank. Er trug einen neuen blauen Anzug, dunkel und streng, der seine Haut hell wie Teig aussehen ließ, und sein Haar war rings um die Ohren so kurz geschnitten, dass es aussah, als wäre dort eine Maschine am Werk gewesen, ein Heckenschneider oder ein Rasenmäher wie der, auf dem der Schulhausmeister saß, wenn er den Fußballplatz mähte, nur viel kleiner, und für einen Augenblick stellte sie sich vor, dass Menschen, so winzig wie in *Gullivers Reisen*, sich mit Mähern, Balkenschneidern und Scheren am Kopf ihres Vaters zu schaffen gemacht hatten. Seine Krawatte war die langweiligste, die er hatte, in einem Blau, das in Schwarz überging, ohne Muster, ja sogar ohne Streifen. Sein Gesicht wirkte schwer, die Krähenfüße waren deutlich zu sehen – Klüfte, Risse, Schlitze, als hätte ein Metzger die Haut zerschnitten und zugerichtet –, und sie bemerkte zum ersten Mal die kleine graue Hautfalte unter seinem Kinn. Das alles ließ ihn alt und verbraucht aussehen, als hätte er seine besten Jahre hinter sich, als wäre er nicht mehr der Held, sondern der beste Freund des Helden – derjenige, der nie die Frau und nie den Job kriegt. Und welche Rolle spielte sie? Sie war der Star. Sie war hier der Star, und je länger der Anwalt auf sie einredete und je schwerer das Gesicht ihres Vaters wurde, desto mehr wurde ihr das bewusst.

Mr Apodaca sagte nichts und ließ das Schweigen im Raum hängen, bis auch die Erinnerung an die Schritte ihres Vaters verblasst war. Über dem Richtertisch auf dem Podium hinter ihm hing das gerahmte Wappen des Staates Kalifornien. Er beugte sich über die Lehne der Bank vor ihr und kniff für eine Sekunde die Augen fest zu, sodass Tränen darin standen, als er sie dann aufriss und Angelle ansah. Oder jedenfalls hatte es den Anschein. Die Wimpern waren feucht, und das ließ jede einzelne hervortreten, und Angelle musste an die Halme der Zuckerrohrpflanzen denken, die am Zaun ganz hinten im Garten wuchsen. »Ich möchte, dass du mir sehr gut zuhörst, Angelle«, flüsterte er, und seine Stimme war so leise und gepresst, dass sie klang, als würde man Luft aus einem Reifen lassen.

»Denn das, was jetzt kommt, betrifft dich und deine Schwester. Es könnte dein ganzes Leben verändern.«

Wieder Schweigen. Sie fühlte sich flau und wollte nichts sagen, doch er schwieg so lange, dass sie schließlich den Kopf senkte und sagte: »Ja. Ja, ich weiß.«

Und plötzlich, ohne jede Vorwarnung, ertönte seine Stimme wie ein Peitschenknall: »Nein. Nein, das weißt du nicht. Hast du eine Ahnung, was auf dem Spiel steht? Hast du auch nur den Hauch einer Ahnung?«

»Nein«, sagte sie. Es war nur ein Flüstern.

»Dein Vater wird sich im Anklagepunkt Trunkenheit am Steuer schuldig bekennen. Er hat einen Fehler gemacht und wird ihn zugeben. Sie werden ihm den Führerschein abnehmen, und er wird eine Therapie machen und jemand anderen finden müssen, der dich und deine Schwester zur Schule bringt. Ich will es nicht beschönigen – das ist eine sehr ernste Sache, aber es gibt noch etwas, das du wahrscheinlich nicht weißt.« Sie wollte den Kopf abwenden, doch sein Blick hielt sie fest. »Der zweite Anklagepunkt lautet Gefährdung von Minderjährigen, und damit ist nicht dieser Junge gemeint, der sich – zum Glück, zum Glück – nur das Knie aufgeschrammt hat und dessen Eltern sich bereits mit einer Schmerzensgeldzahlung einverstanden erklärt haben. Nein, damit bist du gemeint, weil er dich ans Steuer gelassen hat. Und weißt du, was passieren wird, wenn die Geschworenen ihn in diesem Punkt für schuldig befinden?«

Sie wusste nicht, was nun kommen würde, nicht genau jedenfalls, aber sein Ton – dunkel, unheilschwanger, erfüllt von Zorn und der Drohung, die er mit dem nächsten Atemzug ausstoßen würde – gab ihr das Gefühl, klein zu sein. Und verängstigt. Eindeutig verängstigt. Sie schüttelte den Kopf.

»Sie werden ihm dich und Lisette wegnehmen.« Er ballte die Fäuste, stieß sich von der Barriere ab und drehte sich um, als wollte er vor dem Richtertisch auf und ab gehen, als wäre er der ganzen Sache überdrüssig und hätte nichts mehr zu sagen. Aber dann fuhr er unvermittelt und mit einer heftigen Schulterdrehung zu ihr herum, und seine Faust mit dem anklagend ausgestreckten Zeigefinger stieß auf sie herab. »Und nein«, sagte er und konnte sich kaum beherrschen, konnte seine Stimme kaum im Zaum halten, »die Antwort auf deine unausgesprochene Frage oder Entgegnung oder wie immer du es nennen willst, ist: Deine Mutter wird nicht kommen und dich holen – jetzt nicht und vielleicht niemals.«

Schämte er sich? Fühlte er sich gedemütigt? Würde er das Trinken aufgeben und sein Leben in Ordnung bringen müssen? Ja, ja und abermals ja. Doch als er um halb zwölf neben Jerry Apodaca im Gerichtssaal saß, durch dessen hohe Bogenfenster das Licht hereinströmte, und seine Tochter, Marcy, Dolores und das ernst dreinblickende Au-pair-Mädchen sich auf die schimmernde Bank hinter ihm setzten, war in seiner Tasche ein Flachmann, und das schwache Brennen eines Single Malt Scotch pulsierte in seinen Adern. Er hatte vor nicht einmal zehn Minuten auf der Herrentoilette einen kräftigen Schluck genommen, nur zur Beruhigung, und anschließend hatte er sich den Mund mit Wasser ausgespült und ein halbes Dutzend Pfefferminzpastillen zerkaut, um jede Spur von Alkohol aus seinem Atem zu tilgen. Jerry wäre fuchsteufelswild, wenn er es geahnt hätte ... und es war schwach und feige, es war unentschuldbar, absolut unentschuldbar, aber er fühlte sich preisgegeben und ängstlich und brauchte irgendeinen Halt. Nur für jetzt. Nur heute. Nachher würde er das Ding wegwerfen, denn wofür war ein Flachmann schon da, wenn nicht dafür, einen Säufer, der einen Anzug trug und sich regelmäßig die Zähne putzte, vierundzwanzig Stunden am Tag auf seinem Pegel zu halten?

Er wippte unter dem Tisch mit dem Fuß und schlug rhythmisch die Knie zusammen, ein nervöses Zucken, das auch noch so viel Scotch nicht unterdrücken konnte. Der Richter ließ sich Zeit, die Assistentin des Staatsanwalts saß weiter rechts an ihrem eigenen Tisch, studierte Akten und grinste schief. Ihr Gesicht wirkte permanent selbstzufrieden, als wäre sie die Königin des Gerichtssaals und des Countys, und sie hatte ihm vor der Pause schwer zugesetzt, und das war gemein, einfach gemein. Sie galt als der Kampfhund der Staatsanwaltschaft – jedenfalls hatte Jerry sie so bezeichnet –, und in ihrer Stimme schwangen stets Sarkasmus, Skepsis und Gereiztheit mit, doch er war bei seiner Version geblieben und hatte sich nicht irritieren lassen. Er war nur froh, dass Angelle es nicht hatte hören müssen.

Jetzt aber war sie hier und saß direkt hinter ihm. Sie war vom Unterricht befreit, wegen ihm. Und das war vermutlich ein weiterer Punkt auf seinem Schuldkonto, *denn was für ein Vater würde ...?* Aber dieser Gedanke war so deprimierend, dass er ihn nicht weiterverfolgte. Er widerstand dem Impuls, sich zu ihr umzudrehen und sie anzusehen, mit einem Lächeln, einem Augenzwinkern, einer kleinen Geste, irgendwas. Es war zu schmerzlich, sie hier zu sehen, vor Gericht zitiert, aus der Schule gezerrt, und außerdem wollte er nicht den Eindruck erwecken, als würde er sie zu irgendetwas drängen oder zwingen. Jerry hatte solche Skrupel allerdings nicht. Er hatte es immer wieder mit ihr geübt und war sogar so weit gegangen, sie zu bitten – nein, anzuweisen –, etwas anzuziehen, das ungefähr der Vorstellung des Richters vom Erscheinungsbild eines braven, aufrichtigen, freimütigen Mädchens entsprach, etwas, das sie jünger aussehen ließ, als sie war, zu jung, um die Unwahrheit zu sagen, und viel zu jung, um auch nur mit dem Gedanken zu spielen, sie könnte sich ans Steuer eines Wagens setzen.

Dreimal hatte Jerry sie wieder hinaufgeschickt, damit sie sich umzog, bis sie schließlich, sanft überredet vom Au-pair-Mädchen (*Allie*, und er durfte nicht vergessen, ihr einen Zwanziger zu geben, mindestens einen Zwanziger, denn sie war Gold wert, pures Gold), ein weißes, mit Spitzen besetztes Kleid mit hohem Kragen angezogen hatte, das sie bei irgendeiner Schulaufführung getragen hatte, dazu eine weiße Strumpfhose und schwarze Lackschuhe. Irgendetwas hatte nicht gestimmt vorhin, im Wohnzimmer, das hatte er an der Art gemerkt, wie sie die Schultern gehalten hatte und hinauf in ihr Zimmer gestampft war, mit hartem Gesicht und einem Blick, der ihn hatte versengen sollen, und er hätte es erkennen und ihr ein bisschen mehr Aufmerksamkeit widmen müssen, aber Marcy war da gewesen und hatte ihre Meinung geäußert, und Jerry hatte alles Mögliche einfach verfügt, und er selbst hatte genug mit sich zu tun gehabt – er hatte nichts essen oder denken oder tun können, hatte es gerade mal geschafft, in die Vorratskammer zu schleichen und den Flachmann zu füllen. Als es ihm schließlich eingefallen war, hatten sie schon im Wagen gesessen, und er hatte es versucht, wirklich, er hatte sich zu ihr umgedreht und kleine Witze darüber gemacht, dass sie nun einen Tag frei hatte, und was würden ihre Lehrer denken, und was hätte Aaron Burr getan – bestimmt hätte er jemanden über den Haufen geschossen, oder? –, aber Jerry war noch ein letztes Mal ihre Aussage mit ihr durchgegangen, und sie hatte mit ganz und gar verschlossenem Gesicht neben Marcy gesessen.

Der Gerichtssaal sah genauso aus wie der, in dem der Anwalt ihres Vaters sie vor eineinhalb Stunden bearbeitet hatte, nur dass dieser voller Menschen war. Sie waren allesamt alt oder jedenfalls älter, bis auf eine Frau in einer engen karierten Jacke, wie sie Angelle im Schaufenster von Nordstrom gesehen hatte. Sie war in den Zwanzigern, saß auf der Geschworenenbank und machte ein gelangweiltes Gesicht. Die anderen Geschworenen waren hauptsächlich Männer, Geschäftsleute, wie sie annahm, mit schütterem Haar, kleinen Augen und großen, fleischigen Händen, die sie im Schoß gefaltet oder auf die Balustrade gelegt hatten. Einer von ihnen hatte Ähnlichkeit mit Dr. Damon, dem Direktor ihrer Schule, doch er war es nicht.

Der Richter thronte hinter dem Richtertisch auf dem Podium. Zu seiner Rechten war die amerikanische Fahne, zu seiner Linken die des Staates Kalifornien. Sie selbst saß in der ersten Zuschauerreihe zwischen Allie und Dolores, ihr Vater und Mr Apodaca saßen vor ihr an einem Tisch. Die Schultern ihrer Anzüge waren kantig, als trügen sie Schulterpolster wie Footballspieler. Der ihres Vaters war so dunkel, dass sie die Schuppen sehen konnte, Körnchen, fein wie Staub, auf dem Kragen seines Jacketts, und das war ihr peinlich. Und er tat ihr leid, das auch – und sie selbst tat sich ebenfalls leid. Und Lisette. Angelle sah zum Richter und dann zum Staatsanwalt mit seinem grimmigen, grauen, scharf rasierten Gesicht und zu der finster blickenden Frau neben ihm, und unwillkürlich dachte sie an das, was Mr Apodaca zu ihr gesagt hatte. Sie machte sich ganz klein, als Mr Apodaca sie aufrief, und der Richter, der ihren Gesichtsausdruck sah, lächelte ihr aufmunternd zu.

Sie merkte kaum, dass sie vortrat, dass sich eine Stille über den Saal legte und der Gerichtsdiener sie aufforderte, die rechte Hand zu heben und zu schwören, nichts als die Wahrheit zu sagen – all das würde erst später zu ihr durchdringen wie die Erinnerung an Bruchstücke aus einem Traum. Doch dann saß sie im Zeugenstand, und alles war mit einem Mal hell und laut, als hätte sie im Fernseher auf ein anderes Programm umgeschaltet. Mr Apodaca stand vor ihr, seine Stimme klang weich und angenehm, beinahe als würde er singen, und er lotste sie durch ihre Aussage, wie sie es geübt hatten. Ja, sagte sie, ihr Vater habe sich verspätet. Ja, es sei schon dunkel geworden. Nein, ihr sei nichts Ungewöhnliches an ihm aufgefallen. Jeden Mittwoch hole er sie und ihre Schwester von der Schule ab, denn mittwochs hätten sowohl Allie als auch Dolores frei, und sonst sei niemand da, denn ihre Mutter sei gerade in Frankreich.

Aller Augen waren auf sie gerichtet, und es war ganz still, so still, dass man hätte meinen können, die Zuschauer seien auf Zehenspitzen hinausgeschlichen, dabei waren alle noch da und hingen an ihren Lippen. Sie wollte noch mehr über ihre Mutter sagen: Sie werde bald zurückkommen – das habe sie versprochen, als sie das letzte Mal aus ihrer Wohnung in Saint-Germain-des-Prés angerufen habe –, aber Mr Apodaca ließ es nicht zu. Er führte sie mit seinen Fragen, er sprach jetzt wieder zuckersüß, als wäre sie ein kleines Mädchen, und sie wollte die Stimme erheben und ihm sagen, er solle sie nicht so behandeln, sie wollte ihm von ihrer Mutter erzählen, von Lisette, von der Schule, dem Rasen, den Bäumen, von dem Geruch im Inneren des Wagens und dem heißen Alkoholdunst im Atem ihres Vaters – alles, um das Unvermeidliche abzuwenden, die Frage, die auf die eben gestellte folgen würde und der Dreh- und Angelpunkt des Ganzen war, doch jetzt hörte Angelle sie, leise und freundlich und zuckersüß aus dem Mund des Anwalts ihres Vaters: »Wer saß am Steuer?«

»Ich wollte noch etwas sagen.« Sie hob den Blick und sah nur Mr Apodaca an, seine Hundeaugen und sein weiches, bittendes Gesicht, das in dieser Kindersprache mit ihr redete. »Ich wollte nämlich ... ich wollte nämlich sagen, dass das nicht stimmt, was Sie über meine Mutter gesagt haben. Sie kommt zurück, das hat sie mir versprochen, am Telefon.« Sie konnte nichts dagegen tun, dass ihre Stimme brach.

»Ja«, sagte er eine Spur zu schnell, »ja, das verstehe ich, Angelle, aber wir müssen jetzt klären ... Du musst die Frage beantworten.«

Oh, und jetzt wurde die Stille im Saal noch tiefer – es war die Stille der

Tiefsee, die Stille des Weltraums, die Stille der arktischen Nacht, in der man die Kufen des Schlittens und die Schritte der blutenden Hundepfoten nicht hören kann, und ihr Blick ging zu ihrem Vater und seinem Gesicht, das Hoffnungslosigkeit und Angst und Verwirrung verriet, und in dieser Sekunde liebte sie ihn mehr als je zuvor.

»Angelle«, sagte Mr Apodaca leise. »Angelle?«

Sie wandte sich wieder zu ihm, blendete den Richter, den Staatsanwalt und die Frau in der karierten Jacke aus, die vermutlich eine Studentin und vermutlich cool war, und wartete auf die Frage.

»Wer«, wiederholte Mr Apodaca und sprach jetzt langsamer, »saß« – langsamer, noch langsamer – »am Steuer?«

Sie hob das Kinn, sah den Richter an und hörte die Worte aus ihrem Mund kommen, als wären sie dort hineingelegt worden. Sie sprach die Wahrheit, die schmerzliche Wahrheit, auf die niemand gekommen wäre, denn sie war beinahe dreizehn, beinahe ein Teenager, und alle sollten es wissen. »*Ich* saß am Steuer«, sagte sie, und der Gerichtssaal erwachte zum Leben, weil so viele Leute auf einmal durcheinanderredeten, dass sie zunächst glaubte, sie hätten sie nicht gehört. Also sagte sie es noch einmal, lauter, viel lauter, so laut, als wollte sie es dem Mann mit der Kamera am anderen Ende des langen, kirchenartigen Saals mit den mit Schweiß polierten Bänken, den Fahnen und Emblemen und dem ganzen Rest zurufen. Und dann wandte sie den Blick von dem Richter ab, von dem Mann mit der Kamera, dem Gerichtsschreiber und den Fenstern, durch die das Licht so blendend hell hereinströmte, als wäre draußen eine Bombe gezündet worden, und sah ihren Vater an.

LA CONCHITA

In meiner Branche fährt man fünfundsechzig-, siebzigtausend Kilometer im Jahr, das sanfte Brummen des Motors bei dreieinhalbtausend Touren klingt einem in den Ohren wie eine Art von gleichmäßigem Schnurren, und Ablenkungen kann man sich nicht leisten. Man kann es sich nicht leisten, müde oder nachlässig zu werden oder den Blick von der Straße zu wenden, um sich anzusehen, wie der Nebel die Palmen an der Ocean Avenue verfremdet, oder zu bewundern, wie das Licht auf dem spektakulären Abschnitt der Schnellstraße zwischen Malibu und Oxnard auf den Bergflanken liegt. Wer sich ablenken lässt, könnte sehr schnell sehr tot sein. Ich weiß das. Die Lastwagenfahrer wissen das. Aber so ziemlich alle anderen – und vor allem Honda-Fahrer, so leid es mir tut – scheinen nicht mal zu merken, dass sie am Steuer sitzen und nur halb bei der Sache sind. Ich habe versucht, das zu analysieren, wirklich. Sie wollen was kriegen für ihr Geld, diese Honda-Fahrer, sie wollen Wertbeständigkeit und Zuverlässigkeit, aber für das einzig Wahre – und damit meine ich deutsche Ingenieurskunst – ist ihr Geld ihnen zu schade. Und trotzdem scheinen sie zu glauben, dass sie einer Geheimgesellschaft angehören und andere nach Belieben abdrängen oder schneiden können, weil sie es einfach draufhaben. Weil sie so hip sind. So Honda eben. Und ja, ich habe eine Pistole, eine Glock 9 mm. Sie ist in einem speziellen Fach, das ich in die Lederverkleidung der Fahrertür habe einbauen lassen, aber das heißt nicht, dass ich sie auch benutzen will. Oder noch einmal benutzen würde. Es sei denn im äußersten Notfall.

Das einzige Mal, dass ich geschossen habe, war während der Serie von Freeway-Ballereien vor ein paar Monaten – die Polizei sprach damals von einer »statistischen Blase« –, als im Großraum Los Angeles im Schnitt zwei Leute pro Woche auf irgendwelchen Schnellstraßen umgelegt wurden. Ich hab das nie kapiert. Man sieht irgendeinen Volltrottel zentimeterdicht auffahren und wild die Spuren wechseln, und vielleicht zeigt man ihm dann den Finger, und vielleicht fängt er dann erst richtig an zu nerven, aber man ist doch schließlich wach, oder? Man hat ein Gas- und ein Bremspedal, oder? Doch die meisten Leute, glaube ich, merken nicht mal, dass sie am Leben sind oder dass sie den Typen, der neben ihnen fährt, gerade fuchsteufelswild gemacht haben oder dass ihr Motor brennt oder dass die Straße da vorn in einen Krater führt, so groß wie das Meer der Stille, denn sie haben ihr Handy zwischen Schulter und Ohr geklemmt und feilen sich die Nägel oder lesen Zeitung. Lachen Sie nicht. Ich hab's gesehen: Sie sehen fern, sie essen Kung Pao aus der Schachtel, sie lösen Kreuzworträtsel und telefonieren mit zwei Handys gleichzeitig – und das alles bei Tempo hundertzwanzig. Jedenfalls, ich hab bloß zweimal gefeuert: peng, peng. Hab kaum gemerkt, dass ich abgedrückt hab. Außerdem hab ich natürlich tief gehalten – ich wollte ihm Löcher in seine Türschweller schießen oder die idiotischen, scheißgroßkotzigen Super-Avenger-Geländereifen erwischen, auf denen er ungefähr vier Meter über der Straße thronte. Ich bin nicht stolz drauf. Wahrscheinlich hätte ich nicht so weit gehen sollen. Aber er hat mich zweimal abgedrängt, und wenn er mir den Finger gezeigt hätte, wäre das ja noch okay gewesen, aber er hat's nicht mal gemerkt, er hat nicht mal gemerkt, dass er mich innerhalb einer Minute zweimal um ein Haar in die Leitplanke gedrückt hatte.

An diesem bestimmten Tag aber schienen alle schön Abstand zu halten. Es war kurz nach Mittag, und es regnete. Das Meer lag wie ein riesiger brodelnder Kessel zu meiner Linken, die Straße war nass und ein bisschen rutschig – so nass und schwammig, dass ich stellenweise auf hundert runtergehen musste, um Aquaplaning zu vermeiden. Aber das war nicht einfach nur Regen. Es war einer von einer ganzen Reihe von Wolkenbrüchen in der vergangenen Woche: Die Luft saugte sich weit draußen auf dem Meer mit einer Ladung nach der anderen voll und lud das Wasser dann über den Hügeln ab, auf denen es nach den Buschfeuern im letzten Winter keinen Baum und keinen Strauch mehr gab. Ich war bereits spät dran, weil es im Topanga Canyon einen Erdrutsch gegeben hatte und Felsen, so groß wie Geländewagen, auf der Straße herumlagen und Polizisten in Regenmänteln ihre Lampen schwenkten und die Straße auf zwei

Spuren verengten, dann auf eine, und sie schließlich ganz sperrten – das hörte ich dann im Radio, als ich die Engstelle hinter mir hatte und zwar in Zeitnot war, aber anscheinend noch Glück gehabt hatte. Straße gesperrt. Tja, das wär's dann gewesen.

Ich fuhr nicht gern bei Regen, weil es einfach verdammt gefährlich war. Die anderen Fahrer stellten den Fuß auf die Bremse, klammerten sich ans Lenkrad, als wäre es eine Art Voodoo-Fetisch, der sie vor Betrunkenen, Kurven, Schlaglöchern, streunenden Kojoten und messerscharfen Stahlblechen beschützen würde, und gerieten in Panik, kaum dass der erste Tropfen auf ihre Windschutzscheibe geklatscht war. Wie nicht anders zu erwarten, stieg die Unfallrate bei jedem Regen um ungefähr dreihundert Prozent, und das hier war, wie gesagt, kein normaler Regen. Aber ich hatte eine Lieferung nach Santa Barbara, eine dringende Lieferung, und wenn ich keine kürzere Lieferzeit von Tür zu Tür garantieren konnte als Fed-Ex oder Freddie Altamirano (mein Hauptkonkurrent, der eine ProStreet FXR fuhr, als wäre er nicht von dieser Welt), konnte ich meinen Laden zumachen. Und diesmal ging es nicht um das übliche Aktien- oder Wertpapierpaket oder irgendein Spitzendrehbuch, das vom Autor zum Regisseur und wieder zurück geschickt wurde, sondern um etwas, das ich zwei- oder höchstens dreimal im Monat hatte und das nie aufhörte, mich zu faszinieren. Im Kofferraum stand, gut verstaut zwischen zwei Styroporblöcken, eine »Budweiser Light Fun-in-the-Sun«-Kühltasche mit einem Beutel voll zerstoßenem Eis und einer menschlichen Leber, und wenn das komisch klingt, tut's mir leid. So ist das eben. Schlichte Tatsache. Eineinhalb Stunden zuvor hatte ich sie am Los Angeles International Airport abgeholt, weil der Flughafen in Santa Barbara wegen Überschwemmung geschlossen war, und wenn Sie eine Definition für »Zeitdruck« suchen – hier ist sie. Die Empfängerin, eine siebenundzwanzigjährige Mutter von drei Kindern, hing in der Universitätsklinik an lebenserhaltenden Apparaten, und ich war spät dran, konnte aber nicht viel machen.

Jedenfalls, ich war kurz vor La Conchita, einem kleinen Ort, nicht größer als ein aus der Hügelflanke gesägter Wohnwagenpark, und zwar dort, wo die Schnellstraße hinunter zur Küste führt, und ich fuhr gerade durch die langgezogene Kurve bei Mussel Shoals und schaltete runter in den vierten Gang, um einen Miet-Lieferwagen zu überholen (die schlimmsten, die allerschlimmsten, aber das ist eine andere Geschichte), als der Hügel ins Rutschen geriet. Es knallte ein paarmal scharf – ich dachte zunächst, weiter oben hätten Blitze eingeschlagen –, und dann ertönte ein dumpfes, bebendes Grollen, als wäre dem Tag mit einem Schlag die Luft ausgegangen. Da war ich schon dabei, noch weiter runterzuschalten, denn ich hatte die Kette der Bremslichter auf der Straße vor mir gesehen, vor mir und dem Lieferwagen, in dem irgendein Zombie nach Goleta oder Lompoc unterwegs war, auf dem Beifahrersitz seine Zombie-Freundin, mit einem kleinen weißen Hund auf dem Schoß. Ich kam zum Stehen. Er nicht. Ich sah gerade noch die Bremslichter aufleuchten, bevor er an mir vorbei ins Heck eines Mercedes mit eingeschalteter Warnblinkanlage schleuderte, woraufhin der ganze schimmernde weiß-orangerote Lieferwagen mit zwei Rädern abhob und auf die Seite krachte.

Ich sage lieber gleich, dass ich bei irgendwelchen Unfällen nicht von großem Nutzen bin – und wenn man so viel unterwegs ist wie ich, sieht man eine Menge Unfälle, das können Sie mir glauben. Ich kenne mich nicht aus mit Wiederbelebungsmaßnahmen, ich bewahre nicht die Ruhe und weiß nicht, wie ich auf andere beruhigend einwirken soll. Bis jetzt hatte ich Glück, weil nie ich derjenige war, der seinen Wagen um einen Telefonmast gewickelt hat oder am Steuer eingeschlafen ist, und keiner von meinen Bekannten hat je beim Essen einen Erstickungsanfall bekommen oder sich ans Herz gegriffen oder angefangen, aus Mund und Ohren zu bluten. Ich sah den Hund wie einen Haufen Lumpen auf der Straße liegen, ich sah den Fahrer des Lieferwagens, der sich wie ein Perlentaucher, der zum Luftholen an die Oberfläche kommt, durch das Seitenfenster schob und vom herabströmenden Regen verschluckt wurde. Zu meiner eigenen Sicherheit und zur Sicherheit der Leute hinter mir fuhr ich den Wagen als Erstes so weit auf den Randstreifen, wie ich es wagte, ohne im Schlamm stecken zu bleiben. Ich holte gerade mein Handy hervor, um den Notruf zu wählen, die Straße war blockiert, der Tag im Eimer, meine Gedanken bewegten sich im Kreis, und das Spenderorgan lag ungeliefert und unübertragen im Kofferraum und wurde mit jeder Minute unbrauchbarer, als die Situation sich verschlimmerte, deutlich verschlimmerte.

Ich weiß nicht, ob der Durchschnittsmensch tatsächlich eine Vorstellung davon hat, was ein Erdrutsch bedeutet. Ich hatte keine – jedenfalls nicht bevor ich das Fahren zu meinem Job gemacht habe. Man sieht einen Bericht in den Abendnachrichten: umgefallene Telefonmasten, ein paar umgestürzte Bäume, ein, zwei plattgemachte Wagen und eine eingestürzte Garage, aber insgesamt scheint es nicht so schlimm zu sein. Immerhin war es ja keine heiße Lava, kein Erdbeben oder einer dieser Feuerstürme, die sich jedes Jahr im Herbst durch dieses oder jenes Viertel fressen und ein paar Hundert Häuser in Schutt und Asche legen. Vielleicht liegt es an dem Wort selbst: *Erdrutsch*. Das klingt so harmlos, beinahe gemütlich, als wäre es die neue Attraktion im Freizeitpark Magic Mountain oder vielleicht sogar irgendwie sexy, weil man an die Schlammringkämpfe denkt, die zu meiner Highschool-Zeit, als ich zu jung war, um mir so etwas ansehen zu dürfen, äußerst beliebt waren. Aber dieses Bild zeugt von einer beschränkten Phantasie. Ein Erdrutsch, das weiß ich jetzt, ist nichts anderes als eine Lawine, nur dass anstelle von Schnee vierhunderttausend Tonnen flüssiger, mit Felsen und Baumwurzeln durchsetzter Schlamm mit der Gewalt eines Tsunamis auf einen zukommen. Und zwar schnell – schneller, als man denkt.

Das Geräusch, das ich trotz der geschlossenen Fenster und der freundlichen Stimme des Sprechers auf dem aus der Bibliothek ausgeliehenen Hörbuch gehört hatte – ich habe immer ein gutes Buch dabei, um mich von den Vollidioten rings um mich her abzulenken –, war das wütende Kreischen der Spundwand am bergseitigen Ende von La Conchita. Stahlträger brachen wie Hühnerknochen, Eisenbahnschwellen wurden durch die Luft geschleudert. Vor mir, jenseits des umgestürzten Lieferwagens, waren einige Wagen weitergefahren, doch jetzt rollten die ersten Felsen über die Straße, gefolgt von einem dickflüssigen Strom von Schlamm. Ein Brocken, so groß wie eine Kanonenkugel, schlug gegen den Unterboden des Lieferwagens, und eine Handvoll Kieselsteine prasselte an die Seite meines Wagens, und das hieß, dass ich ihn würde lackieren lassen müssen, vielleicht sogar ausbeulen. Der Regen nahm noch mehr zu. Der Schlamm breitete sich auf dem Asphalt aus, umspülte die Räder, floss unter den Wagen durch und weiter, und wenig später hatten sich die dunklen Zungen auch über die Gegenspuren geschoben.

Was ich tat? Ich stieg aus, eine normale Reaktion, und sofort füllten sich meine Schuhe mit Schlamm. Er war bloß etwa dreißig Zentimeter tief und hatte hier, am Rand des Erdrutsches, die Konsistenz von Pfannkuchenteig. Nur dass er dunkler war. Und er roch wie etwas, das lange unter der Erde gelegen hat und nun wieder ans Licht gekommen ist, er roch feucht und urtümlich wie ein offenes Grab, und für einen Augenblick war ich wieder bei der Beerdigung meines Vaters und sah vor meinem geistigen Auge das Rechteck der ausgehobenen Grube mit ihrem Saum aus Wurzelwerk und meine Mutter, die versuchte, stoisch zu sein, während mein Onkel mir den Arm um die Schultern legte, als würde das irgendwie helfen. Ich will damit nur sagen: Es war kein angenehmer Geruch.

Türen knallten. Jemand rief etwas. Ich wandte den Kopf und sah, dass der Fahrer des Lieferwagens seine Frau oder Freundin oder was sie auch war aus dem Führerhaus zog und dass sie dabei den Hund erblickte, der auf einem noch freien Stück Straße lag und vom Schlamm nach dessen eigener Logik umflossen wurde. Hinter mir stauten sich schon mindestens hundert Wagen, die Motoren drehten im Leerlauf, die Scheinwerfer beleuchteten trüb die Szene, und die Scheibenwischer klatschten wie ein sehr müdes Publikum. Auf der Straße rannten Leute herum. Ein paar Meter nördlich des umgestürzten Lieferwagens wurde ein Pick-up langsam vom Schlamm davongespült wie ein kleines Boot, das mit der Ebbe aufs Meer hinaustreibt. Meine Jacke war klatschnass, das Haar hing mir ins Gesicht. Die Leber wurde nicht frischer.

Plötzlich stand ich unerklärlicherweise am Kofferraum meines Wagens. Ich schloss ihn auf und sah hinein, ich weiß eigentlich nicht, warum – wahrscheinlich wollte ich mich bloß vergewissern. Ich hob den Deckel der Kühltasche an, und da war sie, die Leber, glatt und wie poliert, eher rosig als rot, und sie sah gar nicht wie Fleisch aus, sondern wie etwas, das aus sehr weichem Stein geschnitzt war. Aber sie war okay, es ging ihr gut, sagte ich zu mir. Ich musste die Ruhe bewahren. Nach meiner Schätzung blieb noch mehr oder weniger eine Stunde, bis es kritisch wurde. Die Frau mit dem Hund – sie stand klagend über ihn gebeugt, und das Wasser, das von ihrer Nasenspitze tropfte, war rötlich vom Blut aus einer Wunde an ihrem Kopf – blickte auf und rief mir etwas zu. Vielleicht wollte sie wissen, ob ich mich mit Hunden auskenne. Oder ob sie mein Handy benutzen dürfe, um einen Tierarzt anzurufen. Oder ob ich ein Messer, eine Sauerstoffmaske, ein GPS-Gerät, eine Decke hätte. Ich weiß, ehrlich gesagt, nicht, was sie rief. Sie wollte etwas von mir, aber unter dem Brummen der laufenden Motoren, dem Zischen des Regens, den Rufen und Flüchen konnte ich sie nicht verstehen, und im nächsten Augenblick war jemand anders da, irgendein Mann, der sich um sie kümmerte. Um nicht im Regen herumzustehen, stieg ich wieder in den Wagen – überall Schlamm: auf dem Teppich, am Türrahmen, an der Mittelkonsole – und wählte die Nummer des Assistenzarztes im Krankenhaus.

»Es gibt ein Problem«, sagte ich.

Seine Stimme klang wie ein blechernes Jaulen. »Was soll das heißen? Wo sind Sie?«

»Es sind noch ungefähr zwanzig Kilometer, aber ich komme nicht durch, weil es einen Erdrutsch gegeben hat – es ist gerade erst passiert, und die Straße ist blockiert. Total blockiert.« Zum ersten Mal blickte ich auf zu dem Hügel und sah die klaffende Wunde in seiner Flanke, die Spur der Schlammlawine und die zerstörten Häuser. Alles war grau vor Regen.

»Wie lange wird es dauern, bis die Straße wieder frei ist?«

»Ehrlich gesagt: Das könnte sich eine Weile hinziehen.«

Er schwieg, und ich versuchte, ihn mir vorzustellen. Ich kannte ihn nicht, er war irgendein Assistenzarzt, hatte eine Brille und kurze Haare, weil das leichter zu pflegen war, wenn man nach einem Schichtplan lebte, und er biss sich auf die Lippen und starrte aus dem Fenster in den strömenden Regen. »Gibt es eine Möglichkeit, dass ich zu *Ihnen* komme? Ich meine, wenn ich jetzt in den Wagen springe und –«

»Vielleicht«, sagte ich, und ich wollte wirklich, dass das hier auf jeden Fall klappte, denn mein Ruf stand auf dem Spiel, und diese Frau brauchte die Leber, auf die sie schon seit Gott weiß wie lange wartete, die Leber mit den besten Vergleichswerten, von jemandem in Phoenix, der gerade gestorben war, und ich wäre gelaufen, wenn ich gekonnt hätte, ganz klar, ich hätte mir die Füße wundgelaufen, doch ich durfte ihm nichts vormachen. »Aber vergessen Sie nicht, dass sich der Verkehr inzwischen in beide Richtungen staut«, sagte ich und bewahrte nicht die Ruhe, kein bisschen. »Da kommt keiner durch. Direkt vor mir ist ein Unfall, und die Straße ist verschüttet. In beide Richtungen. Selbst wenn Sie sich gleich auf den Weg machen – sieben, acht Kilometer von hier ist Schluss. Also sagen *Sie's* mir. Sagen Sie mir, was ich tun soll. Sagen Sie's mir.«

Wieder Schweigen. »Na gut«, sagte er schließlich. Seine Stimme klang gepresst. »Sie wissen, wie dringend es ist. Wie ungeheuer dringend. Wir müssen das durchziehen. Wir werden es durchziehen. Lassen Sie Ihr Handy eingeschaltet, ja? Und tun Sie nichts, bis ich Sie wieder anrufe.«

Ich saß mindestens fünf Minuten einfach nur da, das Handy in der Hand, und starrte in den Regen. Ich war nass bis auf die Haut und begann zu frieren, also ließ ich den Motor an und schaltete Heizung und Gebläse ein. Der Schlamm floss noch immer, so viel konnte ich sehen, und der weiße Hund war ebenso verschwunden wie das Pärchen aus dem Lieferwagen. Offenbar hatten die beiden irgendwo Unterschlupf gefunden, entweder in der kleinen Tankstelle mit Lebensmittelladen, die La Conchitas einziger Gewerbebetrieb war, oder in einem der Wagen hinter mir. Auf der Straße waren Leute, Gestalten mit eingezogenen Köpfen, die durch den Schlamm stapften und einander zuriefen, und ich glaubte entferntes Sirenengeheul zu hören – Polizei, Feuerwehr, Rettungswagen – und fragte mich, wie die wohl durchkommen wollten. Sie werden mir das vielleicht nicht glauben, aber ich dachte tatsächlich nicht viel über die Gefahr nach, obwohl ganz klar war, dass wir alle verschüttet werden würden, wenn ein weiterer Teil des Hügels abrutschte – nein, ich machte mir mehr Sorgen um die Ladung im Kofferraum. Warum riefen die mich nicht zurück? Worauf warteten sie? Ich hätte schon längst unterwegs sein können, die Kühltasche auf der Schulter, und irgendjemand – ich dachte an einen Rettungswagen der Klinik – hätte mir entgegenkommen und das Ding ein paar Kilometer weiter übernehmen können. Aber nein, die

Rettungswagen würden ausnahmslos bei der Katastrophe da vorn sein, bei denen, die in ihren Wagen eingeklemmt waren, mit blutenden Kopfwunden, gebrochenen Knochen, verletzten Organen. Oder bei denen in den Häusern. Ich wandte den Kopf und sah zum rechten Seitenfenster hinaus auf das Gespenst von La Conchita: rechtwinklig angeordnete Reihenhäuser und Wohnwagen, ohne Elektrizität und geduckt unter der Last des Regens, und dahinter die an der Hügelflanke, die eben noch da gewesen und jetzt verschwunden waren. Genau da, gerade als ich mich umwandte, tauchte neben dem Wagen eine dunkle, verschwommene Gestalt auf, und das Gesicht einer Frau erschien am Fenster. »Machen Sie auf!«, rief sie. »Machen Sie auf!«

Ich war nicht darauf gefasst, ich zuckte zusammen – sie war so plötzlich da. Ich brauchte Zeit, um zu reagieren, aber ich hatte keine Zeit, denn sie hämmerte jetzt verzweifelt mit beiden Händen gegen das Fenster, und ihre Augen starrten mich durch das verschmierte Glas an. Ich drückte auf die Taste, und die Scheibe senkte sich. Der Geruch, dieser Friedhofsgeruch, drang auf mich ein, und da war sie, eine Frau in den Zwanzigern mit verschmiertem Make-up und Schlamm im nassen Haar, das wie die ausgefransten Enden eines Seils herunterhing. Noch bevor das Fenster ganz unten war, schob sie den Kopf in den Wagen und packte mein Handgelenk, als wollte sie mich hinauszerren, und rief etwas von ihrem Mann, ihrem Mann und ihrer Tochter, ihrem Baby, ihrer kleinen Tochter, ihrer kleinen Tochter, und ihre Stimme überschlug sich, sodass ich kaum verstehen konnte, was sie sagte. »Sie müssen mir helfen«, rief sie und zog an meinem Arm. »Helfen Sie mir. *Bitte.*«

Und bevor ich wusste, was ich eigentlich tat, war ich ausgestiegen und stand wieder im Schlamm. Ich dachte nicht mal daran, das Fenster wieder zu schließen, ihre Dringlichkeit hatte mich getroffen wie ein Stromschlag, und warum ich die Pistole nahm und in den Hosenbund steckte, weiß ich wirklich nicht. Vielleicht, weil Panik ansteckend und Gewalt das Einzige ist, was beruhigt. Ich weiß es nicht. Vielleicht dachte ich an Plünderer, vielleicht wollte ich mich vor dem schützen, was mich da draußen erwartete, sei es nun gut, schlecht oder irgendwas dazwischen. Ich ging vorn um den Wagen herum, der Schlamm spritzte bis zu meinen Knien, und sie nahm wortlos meine Hand und zog mich vorwärts. »Wohin gehen wir?«, rief ich durch das Rauschen des Regens, doch sie zog und zerrte an mir und stapfte durch das Durcheinander, bis wir die verschütteten Bahngleise überquert hatten und – jetzt rannten wir beide – nach La Conchita kamen, wo zäher Schlamm floss und Häuser verschüttet waren.

Ich muss Hunderte Male hier vorbeigekommen sein, mit hundertzwanzig, hundertdreißig, immer auf der Hut vor der Highway Patrol und dem unvermeidlichen Knallkopf, der die Überholspur blockierte, und ich glaube, ich habe nur ein- oder zweimal gehalten, und das auch nur zum Tanken, in einer Notsituation, wo ich so darauf erpicht gewesen war, meinen Auftrag schnell zu erledigen, dass ich vergessen hatte, auf die Tankanzeige zu sehen. Was ich von La Conchita wusste, beschränkte sich auf das, was ich gehört hatte: Es war billig oder jedenfalls relativ billig, hier zu wohnen, denn 95 hatte es schon mal einen Erdrutsch gegeben, der ein paar Häuser hinweggefegt und Makler und Käufer gleichermaßen abgeschreckt hatte, aber die Leute waren wieder zurückgekommen, weil sie ein kurzes Gedächtnis hatten und die kleine Gemeinde – etwa hundertfünfzig Häuser und der erwähnte Laden – die Phantasie enorm beflügelte. Es war das letzte Küstenstädtchen in Südkalifornien, das man sich noch leisten konnte, wie in den schönen alten Zeiten, bevor die Schnellstraßen kamen und die Megalopolis sich alles einverleibt hat. Ich wollte immer mal dort halten und mich umsehen, aber irgendwie hatte ich nie die Zeit gefunden – der ganze Ort war vom einen Ende bis zum anderen kaum mehr als vierhundert Meter lang, und bei hundertdreißig rauscht man im Nu daran vorbei.

Aber da war ich jetzt, mittendrin, umging die Schlammtentakel, rannte an Häusern vorbei, die dunkel und unversehrt dastanden, tastete mich die Straße entlang dorthin vor, wo der Hang abgerutscht war, und diese Frau mit den nackten, schlammverschmierten Beinen und den verkrampften Schultern ließ nicht eine Sekunde lang mein Handgelenk los. Und das war seltsam, es war ein seltsames Gefühl: als wäre ich wieder in der Grundschule und für irgendeine eigenartige Variante eines Dreibeinrennens an ein anderes Kind gebunden. Nur dass diese Frau eine vollkommen Fremde und dies kein Spiel war. Ich bewegte mich, ohne nachzudenken, ohne Fragen zu stellen, und meine Füße waren schwer vom Schlamm. Als wir das Ende der Straße erreichten, nach eineinhalb langen Blocks, alles bergauf, war ich außer Atem – um die Wahrheit zu sagen: ich keuchte –, aber ob meine Lunge brannte oder meine Schuhe hoffnungslos ruiniert waren oder die Reparatur des Wagens fünfhundert Dollar oder mehr kosten würde, war vollkommen unwichtig, denn plötzlich fiel es mir wie Schuppen von den Augen. Das hier war der eigentliche Notfall. Das hier war Heimsuchung und Verlust, es war ein Bild des Grauens: Die Häuser waren zerbrochen wie Eierschalen, Autos waren verschlungen, Teile von Dächern über die Straße geschleudert worden, und wo sie gewesen waren, sah man nichts als Tonnen von Schlamm und ein Gewirr zerbrochener Balken. Ich war wie betäubt. Ich war ehrfürchtig. Irgendwo bellte ein Hund, es war ein gedämpftes Bellen, als wäre er geknebelt. »Helfen Sie mir«, wiederholte die Frau und erstickte beinahe an ihrer Stimme, »verdammt, tun Sie doch was, graben Sie.« Und erst da ließ sie meine Hand los, warf mir einen verzweifelten Blick zu, stürzte sich auf den Schlamm und begann, mit bloßen Händen zu graben.

Ich sag's noch mal: Ich bin kein Held – ich kriege kaum mein eigenes Leben auf die Reihe, wenn Sie's genau wissen wollen –, aber jetzt kniete ich wortlos neben ihr nieder und grub. Sie schluchzte, der Schock und die Aussichtslosigkeit ließen ihr Gesicht schlaff werden. Wir brauchten eine Schaufel, verdammt, eine Spitzhacke, einen Spaten, aber das Werkzeug war verschüttet, alles war verschüttet. »Ich war im Laden«, sagte sie immer wieder, es war ein Singsang, und ihre grabenden Finger bluteten, die Nägel brachen ab, und die Bluse klebte nass an ihrer Haut, sodass man die harten, angespannten Muskeln sah, »im Laden, im Laden«, und mit einem Mal stand ich wie neben mir. Ich packte einen abgebrochenen Balken und stieß ihn in den Schlamm, als wäre das mein Lebenszweck. Nasse Erde flog beiseite. Ich vergaß alles andere. Ich stand bis zu den Knien, bis zur Hüfte in einem Graben, der Schlamm floss beinahe so schnell wieder hinein, wie ich ihn hinausbefördern konnte, und sie war neben mir mit ihren gemarterten Händen und sah aus wie Alice, wie meine Alice, als ich sie kennengelernt hatte, mit ihrem schlangengleichen Haar und dem

Lächeln, das einen quer durch den Raum zu ihr zog, wie meine Alice, bevor die ganze Sache den Bach runterging. Und ich fragte mich: Würde Alice mich ausgraben? Würde es sie überhaupt kümmern?

Ich beugte Rücken und Schultern, ich krümmte mich und schaufelte, ich kratzte und wühlte in der Erde. Ist es lächerlich, wenn ich sage, dass ich bei dieser schweren Arbeit, bei diesem Graben, verschwitzt und panisch und durchpulst von Adrenalin, meine Frau wiederfand? Und dass ich in ihr etwas entdeckte, etwas in der wilden Entschlossenheit ihres Wollens und dem Schmutz auf ihren verschmierten Armen, das ich unglaublich sexy fand? Ich kannte ihren Mann nicht. Ich kannte ihre kleine Tochter nicht. Ich grub, ja – das hätte jeder andere an meiner Stelle ebenso getan –, aber ich war kein Held. Ich grub nicht, um jemanden zu retten. Ich grub für sie. Und es gab einen Punkt, nach zehn, fünfzehn Minuten, an dem ich sah, was passieren würde, so klar und deutlich, als könnte ich in die Zukunft blicken. Diese Menschen dort unten waren tot, längst tot, erdrückt und erstickt, und sie würde trauern, diese scharfe junge Frau in den verschlammten Shorts und dem nassen Oberteil, deren Namen ich nicht mal kannte und die immer wieder sagte, sie sei doch nur zum Laden gegangen, um eine Dose Tomaten für die Sauce zu holen, die auf dem Herd köchelte, während ihr Mann den Tisch deckte und das kleine Mädchen ein Bild ausmalte. Ich sah es vor mir. Die Trauer. Mit der Trauer musste man rechnen. Und ich sah, dass sie im Lauf der Zeit – nach einem halben oder einem Jahr vielleicht – ganz langsam und auf eine zarte und zerbrechliche Weise darüber hinwegkommen würde, und dann würde ich für sie da sein, an ihrer Seite, und sie würde sich auf mich stützen, wie Alice es nie gekonnt oder gewollt hatte. Man kann sagen, es war ein ziemlich biblisches Szenario. Für fünfzehn lange Minuten war ich ein Seher, ein Prophet. Aber ich kann Ihnen sagen: Jemanden auszugraben ist eine verdammt harte Sache, und man weiß nicht, was für Gedanken einem dabei kommen, man weiß es einfach nicht.

Irgendwann erschien ein Nachbar mit einer Schaufel, und ich könnte Ihnen nicht sagen, ob er dreißig oder achtzig war, drei Meter groß oder ein buckliger Zwerg, denn ich warf mit einer einzigen fließenden Bewegung den Balken weg, entriss ihm die Schaufel, stieß sie in die Erde und fühlte eine Ekstase, wie sie nur die Heiligen kennen. Ich stand schultertief in der Erde und hämmerte auf etwas ein – einen Fensterrahmen, eine eingedrückte Mittelstrebe, spitze Scherben –, als das Handy in meiner Brusttasche läutete. Es läutete und läutete, fünfmal, sechsmal, aber ich konnte nicht aufhören, die Schaufel in die Erde zu stoßen, ich kannte nur noch Bücken und Aufrichten, die Erde wurde jetzt lockerer, und am Boden des Lochs kamen zersplitterte Schindeln zum Vorschein wie ein vergrabener Schatz. Das Läuten verstummte. Unter den Schindeln waren gesplittertes Holz, ein enges Drahtgeflecht und Reste von Putz, eine Innenwand – war das eine Innenwand? Und dann läutete das Handy abermals, und ich ließ die Schaufel fallen, nur ganz kurz, um das Ding aus der Tasche zu ziehen und etwas hineinzuschreien. »Ja?«, rief ich donnernd und sah die ganze Zeit die Frau an, ihre hoffnungslosen Augen und blutigen Hände, und über uns erhob sich die Hügelflanke wie das Angesicht des Todes.

»Hier ist Joe Liebowitz. Wo sind Sie?«

»Wer?«

»Dr. Liebowitz. Von der Klinik.«

Ich brauchte einen Augenblick, um in einen anderen Gang zu schalten. »Ja«, sagte ich. »Ich bin hier.«

»Gut. Prima. Hören Sie zu: Wir haben jemanden aufgetrieben, er ist unterwegs zu Ihnen, auf einem Motorrad, und wir glauben – er glaubt –, dass er durchkommen wird. Sie brauchen ihm die Lieferung nur zu übergeben. Ist bei Ihnen alles in Ordnung? Glauben Sie, Sie kriegen das hin?«

Ja, wollte ich sagen, *natürlich kriege ich das hin*, aber dazu hatte ich keine Gelegenheit mehr. Denn in diesem Augenblick griff einer – ein Typ mit einer blauen Windjacke und einer Dodgers-Mütze, die vom Regen ganz schwarz geworden war – nach der Schaufel, und es heißt, ich hätte mit der Pistole herumgefuchtelt, aber davon weiß ich nichts, ehrlich nicht. Ich weiß nur, dass ich das Handy fallen ließ, dem Typen die Schaufel entriss und mit aller Kraft grub. Ich hätte aus Stahl und Nieten bestehen können, ich hätte ein Roboter sein können, eine Grabmaschine – alles Gefühl war aus meinen Gliedern, meinen Händen, meinem Rücken gewichen. Ich grub. Und die Frau – die Ehefrau, die junge Mutter – brach im Schlamm zusammen und gab sich ihrem Schmerz hin, mit langen, zitternden Schluchzern, die mir Kraft gaben wie eine intravenöse Nährlösung. Ein paar Leute kamen, um sie zu trösten, und neben mir war auf einmal einer, der eine Spitzhacke schwang. Wieder läutete das Handy. Es lag direkt vor meinen Füßen, und ich hob es auf und stopfte es schlammverschmiert, wie es war, in die Hosentasche.

Ich weiß nicht, wie lange es noch gedauert hat bis zum Durchbruch – fünf Minuten vielleicht, nicht länger. Ich stieß die Schaufel in den Boden des Lochs wie ein Fechter, der gegen einen unsichtbaren Gegner kämpft, ich rammte sie hinein, und mit einem Mal verschwand sie bis zu meiner Hand in der Erde, und alles verstummte. Das war das Wunder: Er war da drinnen, der Mann, und die kleine Tochter ebenfalls, in einer Nische zwischen Kühlschrank und Herd, und die umgestürzte Wand hatte sich darübergelegt und sie beschützt. Sobald ich die Schaufel herausriss, streckte er seinen Arm durch das Loch, und es war ein Schock, diesen Arm und die tastende Hand zu sehen, so klein und weiß und unerwartet in diesem Meer aus Schlamm. Ich konnte ihn auch hören – er rief den Namen seiner Frau: *Julie! Julie!* –, und dann verschwand der Arm, und ein schmaler Streifen seines Gesichts erschien, ein Auge, so grün, als hätte man alles Grün der Pflanzen auf dem Hügel destilliert und dort, unter der Erde, konzentriert, und dann streckte er wieder die Hand durch das Loch, und seine Frau war da und wollte sie gar nicht mehr loslassen.

Ich trat zurück und ließ den Mann mit der Spitzhacke weitermachen. Der Regen schwächte sich zu einem dünnen Nieseln ab, und an der aufgerissenen Flanke über uns hing eine lange, trichterförmige Wolke, als hätte der Hügel begonnen zu atmen. Mit einem Mal drängten sich alle möglichen Leute heran, ein Dutzend oder mehr, nass wie Ratten, verwirrt und verstört, die Haare an den Kopf geklatscht. Ihre Stimmen trieben davon wie von Wind verwehte Drachen. Jemand filmte. Und mein Handy läutete seit Gott weiß wie lange. Es dauerte etwas, bis ich die Schlammkruste abgerieben hatte, dann drückte ich die Sprechtaste und hielt es ans Ohr.

»Gordon? Spreche ich mit Gordon?«

»Ja«, sagte ich.

»Wo? Wo sind Sie? Der Mann, den wir losgeschickt haben, ist seit zehn

Minuten da und sucht Sie. Ist Ihnen nicht klar, um was es hier geht? Das Leben einer Frau steht auf dem Spiel –«

»Ja«, sagte ich und lief bereits hinunter zur Straße, wo mein Wagen bis zu den Achsen im Schlamm stand. Die Polizei war da, mit eingeschaltetem Blinklicht, und einer, der mit einem Schneeschieber an seinem Pickup versuchte, eine kleine Kerbe in die Erdmasse zu machen, die sich erstreckte, so weit ich sehen konnte. »Ja, ich weiß.«

Die Stimme des Arztes trieb mich voran, hart wie ein Messer. »Das wissen Sie? Sie wissen, wie lange dieses Organ noch verwendbar ist? Bis es dann nicht mehr verwendbar ist? Und Sie wissen, was das bedeutet?«

Er wollte keine Antwort. Er ließ Dampf ab, das war alles, er war aufgeputscht von Koffein, er war wütend und brauchte jemanden, an dem er es auslassen konnte. Ich sagte: »Ja«, ganz leise, es war mehr ein Einwurf als eine echte Antwort, und dann fragte ich ihn, wem ich die Lieferung übergeben sollte.

Er schnaufte ins Telefon und schien drauf und dran, eine neue Tirade vom Stapel zu lassen, doch es gelang ihm, sich zu beherrschen und zu sagen: »Altamirano. Freddie Altamirano. Er fährt ein Motorrad und trägt einen silbernen Helm, sagt er.«

Noch bevor ich etwas sagen konnte, sah ich Freddie. Er watete durch den Schlamm, und seine Harley sah mehr wie eine Cross-Maschine aus. Er begrüßte mich mit erhobenem Daumen und zeigte auf den Kofferraum meines Wagens, während ich in der Tasche nach dem Schlüssel wühlte. Ich war nass bis auf die Haut. Mein Rücken sandte missvergnügte Signale, und meine Arme fühlten sich an, als hätte jemand alle Knochen und Sehnen aus ihnen entfernt. Habe ich schon erwähnt, dass ich vor Freddie Altamirano wenig Achtung habe? Dass ich ihn nicht mag? Dass es sein Lebensinhalt ist, mir meine Kunden zu klauen?

»Hey, Bruder«, sagte er und schenkte mir ein breites, aufgesetztes Grinsen, »wo hast du gesteckt? Ich bin jetzt schon seit 'ner Viertelstunde hier, und die Jungs in der Klinik sind stinksauer. Na komm, komm schon«, drängte er mich, während ich den Schlamm von den Schlüsseln wischte, und das Grinsen war jetzt verschwunden.

Es dauerte vielleicht drei Minuten, nicht mehr, bis Freddie die Kühltasche auf dem Motorrad befestigt hatte – Minuten, die dem Augenblick entgegentickten, in dem das Spenderorgan nur noch ein Stück Fleisch sein würde, das ebenso gut auf der Edelstahltheke eines Metzgers hätte liegen können –, und dann fuhr er davon, dass der Schlamm spritzte, und das Donnern des Auspuffs war wie die erste Salve in einem langen Zermürbungskrieg. Aber das alles war nicht wichtig. Wichtig waren die Leber und ihre Bestimmung. Wichtig waren die Frau, die mich an der Hand genommen hatte, und ihr Mann und ihre kleine Tochter, die ich nie zu sehen bekommen hatte. Und obwohl ich vollkommen durchnässt war und fror, obwohl mein Wagen festsaß und meine Schuhe ruiniert waren und meine Hände so viele Blasen hatten, dass ich keine Faust machen konnte, ging ich wieder den Hügel hinauf, und zwar nicht, wie Sie vielleicht denken, um den Glückspilz aus dem Loch in der Erde kriechen zu sehen oder mich feiern zu lassen oder so, sondern um zu sehen, ob noch andere auszugraben waren.

FRAGE 62

Sie kniete im Blumenbeet und zerquetschte Schnecken – davon später mehr –, als sie zufällig den Kopf hob und in die glühenden Augen einer optischen Täuschung blickte. Weil sie ihre Brille nicht trug und die Krempe des Strohhuts ihr in die Stirn rutschte, wenn sie den Kopf senkte, und ihr Sichtfeld verengte, war sie zunächst nicht sicher. Sie trug den Hut, obwohl es ein bedeckter Tag war, denn der Arzt hatte ihr vor sechs Monaten ein Basaliom am linken Ohrläppchen entfernt, und sie ging kein Risiko ein, nicht angesichts dieses Lochs in der Ozonschicht und der Verdünnung – oder war es eine Verdichtung? – der Atmosphäre. Sie hatte auch Sunblocker aufgetragen, obgleich es die ganze Woche schon kühl und grau gewesen war, grauer, als sie es sich im letzten Winter ausgemalt hatte, als sie bei ihrer Schwester Anita in Waunakee, Wisconsin, gelebt und an Palmen und eine dicke, warme Postkartensonne gedacht hatte, die alles, was sie beschien, schmelzen ließ. Schließlich regnete es nie in Südkalifornien – nur dass es jetzt die ganze Woche, den ganzen Monat geregnet hatte, und den Schnecken, die auf ihren Schnellstraßen aus Schleim dahinglitten, gefiel das. Sie waren überall, fraßen Löcher in ihre Kapuzinerkresse, verliehen dem Grün der Lilien ein kränkliches Gelb und saugten an den leuchtend orangeroten Blüten, bis die zarten Blütenblätter sich braun färbten und abfielen.

Das war der Grund, warum sie so früh im Garten war, zu einer Zeit, als Doug noch schlief, während der Morgennebel wie Gaze am Boden klebte und die *L. A. Times* mit einem dumpfen Knall in der Einfahrt landete, warum sie im Beet kniete und mit dem Pflanzenheber Schnecken zerquetschte. Sie war Vegetarierin wie ihre Schwester – das hatten sie einander auf der Junior Highschool geschworen – und tötete keine Lebewesen, nicht einmal die Fliegen, die sich in wimmelnden Scharen auf dem Fensterbrett niederließen, aber das hier war etwas anderes, das hier war eine Art Krieg. Die Schnecken gehörten zu einer eingeschleppten Spezies, es waren die Escargots, für die irgendwelche Leute im Restaurant fünfzehn Dollar pro Portion bezahlten und die ein französischer Koch an der Wende zum vergangenen Jahrhundert hierhergebracht hatte, ohne sonderlich darauf zu achten, dass sie in ihren Ställen oder Käfigen oder was auch immer blieben. Sie zerstörte sie, weil sie ihre Pflanzen zerstörten. Sie setzte die Spitze des Pflanzenhebers auf das Gehäuse einer Schnecke, drückte kräftig zu und wurde mit einem vernehmlichen Knacken belohnt. Sie wollte nicht zusehen, wie der nackte Fleischklumpen versuchte, seinen tastenden Fühlern aus den Ruinen seines Hauses zu folgen, und drückte noch einmal zu, bis das Ding unter der Erde war, und so fand eine Schnecke nach der anderen ihr Grab.

Und dann blickte sie auf. Was sie sah, fügte sich nicht ins Bild, nicht gleich jedenfalls. Vor ihr, jenseits des schmiedeeisernen Zauns, den Doug aufgestellt hatte, damit die Rehe nicht in den Garten kamen, schien eine große Katze sie zu beobachten, eine große, gestreifte Katze, so groß wie ein Pony – ein Tiger, ja, das war es, ein indischer Tiger mit einem Kopf, der so breit war wie die große Zinnplatte, auf der sie jedes Jahr an Thanksgiving das Gemüse anrichtete. Sie war verblüfft – wer wäre das nicht gewesen? Sie hatte Tiger im Zoo gesehen, in Tierfilmen im Fernsehen, in Zirkuskäfigen, aber nicht in ihrem Garten in Moorpark, Kalifornien – das wäre ja geradeso, als würde ein Eisbär auf den Bahamas auftauchen oder ein Warzenschwein im Dorothy Chandler Music Center. Ihre Sicht war getrübt, der Hut rutschte ihr immer wieder in die Stirn, und so verging, während sie aus zehn Metern Entfernung die gelben Augen und die zottige Schnauze betrachtete, eine Weile, bis sie daran dachte, Angst zu haben. »Doug«, rief sie leise, als könnte er sie durch den Garten und die rosarot verputzten Wände des Hauses hören, »Doug, Doug.« Sie fragte sich, ob sie sich bewegen sollte, ob sie aufstehen und mit den Armen fuchteln sollte – war das nicht das, was in einem solchen Fall empfohlen wurde: mit den Armen fuchteln und schreien? Doch der Tiger fletschte, so unwahrscheinlich es auch war, weder fauchend die Zähne, noch sprang er über den Zaun oder verschwand in einem Winkel ihrer Phantasie. Nein, nur sein Schwanz zuckte hin und her, und beim Klang ihrer Stimme spitzte er die Ohren.

Dreitausend Kilometer entfernt stapfte Anita Nordgarden unter einem Himmel aus gemeißeltem Granit die überfrorene Zufahrt entlang, in den Armen zwei Tüten mit Lebensmitteln. Sie hatte die Nachtschicht im Page-Seniorencenter, von Mitternacht bis acht, und nach Feierabend hatte sie mit ein paar anderen Schwestern etwas getrunken und war anschließend durch die Gänge des Supermarkts geschlendert und hatte ein paar Sachen eingekauft. Jetzt, da der Wind ihr ins Gesicht blies und ihre Fingerspitzen vor Kälte brannten, dachte sie nicht sehr klar, aber wenn sie überhaupt an etwas dachte, dann an den Fisch: fettarme Küche, schwupp, in die Mikrowelle, runtergespült mit zwei Gläsern Chardonnay, dann noch ein bisschen lesen, bis sie in den mittäglichen Tiefschlaf fiel, der von einem Koma kaum zu unterscheiden war. Vielleicht würde sie sich aber auch einen Film ansehen, denn sie war fix und fertig, und ein Film erforderte weniger Anstrengung als ein Buch, auch wenn sie die dreiundzwanzig Kassetten auf dem Regal über dem Fernseher schon so oft abgespielt hatte, dass sie die Filme auch mit verstopften Ohren und verbundenen Augen hätte verfolgen können.

Sie wollte gerade die Stufen zu ihrem Trailer hinaufsteigen, als aus dem Zwielicht unter der Treppe ein Schatten auftauchte, ein Kopf, den sie erkannte. Es war Einauge, der herrenlose Kater, der mit diversen Geliebten in der geheimen Festung unter dem Trailer lebte und den sie weder ermunterte noch verscheuchte. Sie hatte nie eine Katze gehabt. Hatte Katzen eigentlich nie sonderlich gemocht. Und Robert hatte zeit seines Lebens ohnehin kein Tier im Haus haben wollen. Hin und wieder warf sie eine Handvoll Trockenfutter vor die Tür und kam sich dabei mildtätig vor, aber der Kater tötete Vögel – mehr als einmal hatte sie vor den Stufen verstreute Federn gefunden –, und sie hätte ihn vermutlich vertrieben, wenn nicht das mit den Mäusen gewesen wäre. Seit er unter dem Trailer wohnte, hatte sie in den Schränken und auf der Küchentheke keine kleinen schwarzen Mäuseköttel mehr gefunden, und sie wollte gar nicht daran denken, welche Krankheiten von Mäusen übertragen werden konnten. Jedenfalls, da stand Einauge und starrte sie an, als fühlte er sich irgendwie gestört, und sie wollte gerade etwas sagen, ihre Stimme zu einem leisen, albernen, idiotischen Falsett heben und *miez, miez, miez* flöten, als der

Kater wie der Blitz unter der Treppe verschwand und ein Mann um die Ecke des Trailers gegenüber bog.

Sein Gang war hüpfend, beinahe ein bisschen verrückt, und er kam mit einem breiten, aufgesetzten Grinsen auf sie zu – er wollte ihr etwas verkaufen, das war es –, und bevor sie den Schlüssel ins Schloss stecken konnte, war er auch schon da. »Einen wunderschönen guten Morgen«, schmetterte er. »Ist diese Kälte nicht herrlich?« Er war groß, beinahe so groß wie sie, und dabei stand sie auf der dritten Stufe, und er trug eine Art Pelzmütze, an der hinten ein zerzauster, ausgefranster Schwanz hing – Waschbär, dachte sie, sah aber gleich, dass es nicht Waschbär, sondern etwas anderes war. »Soll ich Ihnen helfen?«

»Nein«, sagte sie und hätte die Sache gleich hier beendet, wenn nicht dieser Ausdruck in seinen Augen gewesen wäre: Er wollte etwas, aber er wollte es nicht unbedingt, und er hatte nicht vor, ihr etwas zu verkaufen, das war ihr jetzt klar. Hier gab es etwas zu entdecken, und trotz der frühen Morgenstunde war ihre Neugier geweckt – sie hatte zwei Dewar's mit Soda intus, und das Einzige, worauf sie sich freuen konnte, war Fisch, Chardonnay und totenähnlicher Schlaf. »Nein, danke«, fügte sie hinzu, »ich komm schon zurecht«, und als sie die Tür öffnete, gab er seinen Spruch zum Besten.

»Ich wollte Sie fragen, ob Sie vielleicht eine Minute Zeit haben. Für eine Frage. Dauert bloß eine Minute.«

Ein Jesusfreak, dachte sie. Hat mir gerade noch gefehlt. Sie war halb durch die Tür, drehte sich um und sah zu ihm hinab, doch er musste an die zwei Meter groß sein, denn seine starren blauen Augen waren beinahe auf derselben Höhe wie ihre. »Nein«, sagte sie, »ich glaube nicht. Ich komme gerade von der Nachtschicht und –«

Er zog die Augenbrauen hoch, und auch die Mundwinkel hoben sich ein wenig. »Nein, nein, nein«, sagte er, »ich bin kein Bibeltyp oder so. Ich will Ihnen nichts verkaufen, ganz und gar nicht. Ich bin bloß Ihr Nachbar. Todd Gray. Ich wohne drüben in der Betts Street.«

Der Wind kämpfte mit der Heizungsluft und dem leisen, warmen, leicht ranzigen Geruch ihres Zuhauses, der dem Polster der eingebauten Couch, den billigen Dielen, der Küchentheke und der Deckenverkleidung aus Plastik entströmte. Sie stand halb drinnen, halb draußen, und er wartete in der Kälte.

»Nein«, sagte er, »nein«, als hätte sie ihm widersprochen, »ich wollte bloß mit Ihnen über Frage 62 reden. Es dauert nur eine Minute.«

Sie hockte schon so lange auf Händen und Knien da, dass ihr Rücken schmerzte – der untere Bereich, wo die Wirbelsäule begann, wo die Schwerkraft an den zusammengezogenen Muskeln und dem Bauch darunter zerrte –, und sie spürte das Gewicht ihres Rumpfs in Schultern und Handgelenken. Sie war schon so lange da, dass der Nebel sich aufzulösen begann. Eine nichtsahnende Schnecke glitt zwischen den Blättern einer Pflanze hervor und schob sich über die Knöchel ihrer rechten Hand, doch sie wollte sich nicht bewegen. Sie konnte sich nicht bewegen. Sie war jetzt jenseits von Furcht und tief im Reich der Faszination, der Magie und der Wunder, tief in der unwiderstehlichen Eigenartigkeit des Augenblicks. Ein Tiger. Ein Tiger in ihrem Garten. Das würde ihr niemand glauben. Niemand, nicht Doug, der im Schlafzimmer schnarchte, und auch nicht Anita, die bestimmt gerade in ihrem eingeschneiten, vom Nordwind umtosten Trailer hockte.

Der Tiger hatte sich nicht bewegt. Er saß da, auf die großen pelzigen Vorderpfoten gestützt, wie ein Hund, der auf eine Belohnung wartet, und beobachtete sie mit gespitzten Ohren und zuckendem Schwanz. Sie sprach schon seit einer Weile leise mit ihm, murmelte Schmeicheleien, um den schrumpfenden Klumpen Angst zu besänftigen: »Braves Kätzchen, gutes Kätzchen, ja, so ist es gut« – und hier bekam ihre Stimme einen süßlichen Klang –, »du willst nur ein bisschen Liebe, oder? Nur ein bisschen Liebe, nicht?«

Das Tier ließ nicht erkennen, ob es sie verstand, blieb aber, wo es war, und drückte sich, anscheinend ebenso fasziniert wie sie, an das eiserne Gitter, und während der Nebel sich um die lanzettförmigen Blätter des Oleanders legte und die nassen Schindeln des Hauses der Hortons gegenüber umwaberte, kam ihr mit einem Mal die Erkenntnis, dass dieser Tiger jemandem gehörte, einem Menageriebesitzer oder einem privaten Sammler wie diesem Typ in Brooklyn oder der Bronx oder so, der in seiner Wohnung einen ausgewachsenen Tiger und in der Badewanne einen fast zwei Meter langen Alligator hielt. Natürlich, so musste es sein. Sie war ja nicht in Sumatra oder auf den Sundarbans, und es waren auch nicht Außerirdische in leuchtenden Raumschiffen gekommen und hatten über Nacht zahllose Tiger ausgesetzt. Es handelte sich um ein Haustier. Er war ausgebrochen. Und wahrscheinlich hungrig. Verwirrt. Erschöpft. Er war von ihr mit ihrem Strohhut und dem verwaschenen grünen Overall vermutlich ebenso überrascht wie sie von ihm. Es war eindeutig ein männliches Tier: Sie konnte den in einer Hautfalte geborgenen Penis und die beiden Kugeln der Hoden erkennen.

Aber sie konnte nicht ewig in dieser gebeugten Haltung bleiben – ihr Rücken tat furchtbar weh. Und ihre Handgelenke. Ihre Handgelenke waren taub. Ganz langsam, als würde sie Yoga nach Anweisungen von einem Band machen, das mit halber Geschwindigkeit lief, ließ sie sich auf ihr Hinterteil sinken und spürte, wie der Druck auf ihre Arme nachließ, und das war gut, nur dass ihre neue Haltung den Tiger zu verwirren oder gar zu erregen schien. Er erhob sich und glitt geschmeidig am Gitter entlang bis zum Ende des Zauns, kehrte um und kam wieder zurück. Seine Schultermuskeln spannten sich, als er an den Stäben entlangstrich, und sie war sicher, dass er vorher in einem Käfig gelebt hatte und auch jetzt in einem Käfig sein wollte – in der Sicherheit, der Vertrautheit eines Käfigs, des einzigen Lebensraums vermutlich, den er kannte. Ihr einziger Gedanke war, wie sie ihn dazu bringen könnte, auf diese Seite des Zauns zu kommen und vielleicht in die Garage zu gehen, wo sie die Tür abschließen und ihn verstecken könnte.

Seit Robert tot war – vielmehr, seit er umgebracht worden war –, hatte sie nicht viele Besucher gehabt. Manchmal kam Tricia, die mit ihrem Freund drei Trailer weiter wohnte, abends auf eine Tasse Tee vorbei, wenn Anita gerade aufgewacht war und versuchte, Kraft für die Schicht zu sammeln, die vor ihr lag, aber der Dienstplan sorgte dafür, dass sie ziemlich viel allein war. Dabei war sie erst fünfunddreißig, seit nicht einmal einem Jahr Witwe, und noch kreiste das Blut in ihren Adern, und sie amüsierte sich genauso gern wie jeder andere. Doch es war schwer, Leute zu finden, die um acht Uhr morgens durch die Bars ziehen wollten – abgesehen von geborenen Versagern und Rentnern mit verkniffenen Gesichtern, die ihren doppelten Wodka anstierten, als könnte der ihnen den Schlüssel zu ihrer Persönlichkeit zurückgeben –, und wenn sie an einem freien Abend allein ausging, saß sie vor ihrem Bier, wenn alle anderen aufstanden, um zu tanzen. Also bat sie ihn herein, diesen Todd, und nun saß er auf ihrer Couch, mit seinen abgewetzten Cowboystiefeln und den endlos langen Beinen. Sie bot ihm ein paar alte Cracker und ein leuchtend orangerotes Stück Cheddar an, von dem sie heimlich den Schimmel geschabt hatte, und fragte ihn, ob er vielleicht auch ein Glas Chardonnay wollte.

Sein Grinsen war zunächst verschwunden, doch nun kehrte es zurück, ein jungenhaftes Grinsen, mit dem er, wo immer er war, bestimmt erreichte, was immer er wollte. Er schob die Mütze so weit zurück, dass man den Haaransatz an der Stirn sehen konnte, setzte sich auf und zog die Beine zu sich. Sie sah, dass er etwa in ihrem Alter war, und auch, dass er keinen Ehering trug. »Es ist eigentlich noch ein bisschen früh für mich«, sagte er, und sein Lachen klang echt, »aber wenn Sie auch einen trinken ...«

Sie schenkte bereits ein. »Ich sage doch, ich komme gerade von der Nachtschicht.«

Der Wein war einer der wenigen Genüsse, die sie sich gönnte, und stammte von einem kleinen Weingut im Santa Ynez Valley. Als sie im vergangenen Jahr zu Weihnachten ihre Schwester Mae besucht hatte, waren sie zu einer Weinprobe gefahren, und der feine Abgang des Chardonnays hatte ihr so gefallen, dass sie sich zwei Kartons nach Wisconsin hatte schicken lassen. Eigentlich wollte sie ihn aufheben, aber heute Morgen fühlte sie sich aufgeschlossen und großzügig, und das lag nicht an den zwei Gläsern Scotch oder der Art, wie die Heizung tickte und summte und sich ein dünner Finger aus blässlichem Sonnenschein zwischen den Jalousien hindurchschob. »Für mich ist jetzt Cocktailzeit«, sagte sie und reichte ihm sein Glas. »Ein bisschen Entspannung vor dem Abendessen.«

»Genau«, sagte er, »während draußen alle zur Arbeit fahren, Krümel auf dem Schoß und einen Pappbecher mit lauwarmem Kaffee in der Hand. Ich hab auch mal Nachtschicht gearbeitet«, fuhr er fort. »An einer Raststätte. Ich weiß, wie das ist.«

Sie setzte sich in den Sessel ihm gegenüber, und er streckte wieder die Beine aus, als könnte er sie nicht bei sich behalten, kreuzte die Füße, stellte sie wieder nebeneinander und kreuzte sie abermals. »Und was machen Sie jetzt?«, fragte sie und wünschte, sie hätte Gelegenheit gehabt, ein wenig Lippenstift aufzulegen und ihr Haar zu bürsten. Später, dachte sie. Dafür war später noch Zeit. Besonders wenn er auf ein zweites Glas blieb.

Sein Blick, der auf ihr geruht hatte, seit er gebeugt durch die Tür getreten war, schweifte kurz zur Seite und kehrte zu ihr zurück. Er zuckte die Schultern. »Dies und das.«

Darauf wusste sie nichts zu sagen, und so schwiegen sie eine Weile, während sie zuhörten, wie der Wind um den Trailer wehte. »Schmeckt er Ihnen?«

»Hm?«

»Der Wein.«

»Oh, ja, klar. Ich bin kein Kenner, aber … ja, doch.«

»Es ist ein kalifornischer Wein. Meine Schwester lebt in Kalifornien. Ich hab ihn direkt beim Winzer gekauft.«

»Schön«, sagte er, und sie merkte, dass er höflich sein wollte. Als Nächstes würde er wahrscheinlich sagen, er sei eher ein Biertrinker.

Sie wollte noch mehr erzählen, von dem Weingut, den akkuraten Reihen aufgebundener Rebstöcke, die sich um die Hügel zogen und in die kleinen Täler hinabwanden wie der Wirbel eines Schneckengehäuses, von dem Verkostungsraum und der Wärme der Sonne auf ihrem Gesicht, als sie und Mae draußen an einem Redwoodtisch gesessen und auf ihr gemeinsames Wohl und die Kraft der Heilung und den Beginn eines neuen Lebens für sie beide getrunken hatten, doch sie spürte, dass ihn das nicht interessieren würde. Also beugte sie sich vor, stützte, während er mit lang ausgestreckten Beinen dasaß, als hätte er sein Leben lang nichts anderes getan, die Ellbogen auf die Knie unter der hellblauen Arbeitshose, die sie jeden Abend anzog, und sagte: »Was ist das für eine Frage, die Sie mir stellen wollen?«

Je länger sie sprach, desto ruhiger schien der Tiger zu werden. Nach einer Weile blieb er stehen, lehnte sich gegen das Gitter und ließ sich langsam auf den Boden nieder, bis er im wuchernden Unkraut lag, als hätte er den behaglichsten Platz auf der Welt gefunden. Sie hörte Vögel – den rauen Ruf eines Hähers vom Nachbargrundstück, die Improvisationen zweier Drosseln über dasselbe Thema – und das Ächzen und Rumpeln eines Wagens, der hinter dem Haus vorbeifuhr, und dann hörte sie das Atmen des Tigers, so deutlich, als säße sie im Wohnzimmer und das Geräusch käme aus den Lautsprechern von Dougs Stereoanlage. Es war nicht direkt ein Schnurren, sondern ein tiefes, kehliges Rasseln, und nach einigen Augenblicken wurde ihr bewusst, dass das Tier schlief und eine Art Schnarchen von sich gab, ein pfeifendes Ein- und Ausatmen, ein und aus, ein und aus. Sie war verwundert. Bass erstaunt. Wie viele Menschen hatten schon einmal einen Tiger schnarchen hören? Wie viele Menschen auf der Welt, in der Geschichte der Menschheit, ganz zu schweigen von Moorpark? Sie fühlte sich gesegnet, sie spürte einen Segen, der sich vom grauen Dach des Morgens auf sie herabsenkte, ein Gefühl der Privilegiertheit und der Intimität, das niemand sonst empfinden konnte. Dieses Tier gehörte ihr nicht, das wusste sie – irgendwo gab es einen Besitzer, der es suchte, und bald würden die Polizei, Suchhunde, Fährtenleser, Bewaffnete auftauchen –, doch dieser Augenblick, dieser Augenblick gehörte ihr.

»Na ja, lassen Sie es mich so sagen«, begann er. »Wie ich sehe, haben Sie unter Ihrem Trailer ein paar wilde Katzen ...«

»Wildkatzen?« Sie musterte die Mütze genauer. War das vielleicht ein Wildkatzenfell?

»Katzen. Verwilderte Katzen.«

Er sah sie eindringlich an, er forderte sie mit seinem Blick heraus. Sie zuckte die Schultern. »Drei oder vier. Sie kommen und gehen.«

»Aber Sie füttern sie doch nicht etwa, oder?«

»Eigentlich nicht.«

»Gut«, sagte er und wiederholte es noch einmal mit geradezu religiöser Inbrunst, und seine Stimme hallte von der Plastikverkleidung der Decke wider. Sie sah, dass das Glas, das er mit seiner riesigen Hand auf dem

Schoß seiner Jeans balancierte, leer war. »Sie bringen nämlich Vögel um, und zwar ziemlich viele. Haben Sie hier schon mal Federn herumliegen sehen?«

»Eigentlich nicht.« Das war der richtige Moment, um einen Blick auf ihr eigenes leeres Glas zu werfen und es ins Licht zu halten. »Ich trinke noch eins, das wird mir beim Einschlafen helfen – möchten Sie auch?«

Er machte eine unbestimmte Handbewegung, die sie als Zustimmung deutete. Sie nahm die Flasche vom Couchtisch, hielt sie für einen Augenblick hoch, sodass das bleiche Tageslicht durch das Fenster auf das Etikett fiel, und beugte sich weit über den Fjord seiner gespreizten Beine, um ihm nachzuschenken. Er bedankte sich nicht. Schien es nicht mal zu merken. »Ich mag Vögel«, sagte er. »Ich liebe Vögel. Ich bin seit der sechsten Klasse Mitglied im Vogelschutzbund, müssen Sie wissen.«

Musste sie nicht. Wie hätte sie es auch wissen sollen – sie hatte ihn ja erst vor zehn Minuten kennengelernt? Aber große Männer hatten ihr schon immer gefallen, und jetzt gefielen ihr die Art, wie er sich hier niedergelassen hatte, und die Art, wie die Dinge liefen. Er runzelte die Stirn, und sein Blick sprang sie an – er war eben doch ein Prediger. Sie schenkte sich selbst nach und zuckte abermals die Schultern. *Lass ihn reden.*

»Jedenfalls«, sagte er und trank das halbe Glas mit einem Schluck aus, »jedenfalls ... der ist wirklich gut, der Wein, ich verstehe jetzt, was Sie meinen. Aber zurück zu den Katzen. Wussten Sie, dass es allein in diesem Bundesstaat an die zwei Millionen streunende Katzen gibt und dass sie für den Tod von schätzungsweise siebenundvierzig bis hundertneununddreißig Millionen Singvögeln im Jahr verantwortlich sind? Hundertneununddreißig Millionen.« Er zog die Beine an, die Stiefel entfernten sich von ihr und schlugen leicht aneinander, als er sich aufsetzte. »Ist das nicht ungeheuerlich?«

»Ja«, sagte sie und nahm einen Schluck Kalifornien, schmeckte die Sonne, die Erde, die Bäume, die Weinranken, die die Hügel zu einem riesigen grünen, traubenbehängten Teppich woben. Robert war eins achtzig groß gewesen, bloß drei Zentimeter größer als sie, aber das war gut, das war in Ordnung, denn sie hatte genug von Verabredungen mit Unbekannten und Freunden von Freunden, die ihr bloß bis zum Schlüsselbein reichten, aber sie hatte sich immer gefragt, wie es wohl wäre, mit einem Mann zusammen zu sein, der ihr das Gefühl gab, klein zu sein. Und verletzlich. Mit einem Mann, der ihren Kopf an seine Brust drücken konnte, bis sie weiche Knie bekam.

»Und darum bin ich also hier«, sagte er und betrachtete kurz das blasse Gold des Weins in seinem Glas, bevor er den Kopf in den Nacken legte und den Rest austrank. »Darum gehe ich von Haus zu Haus und werbe um Unterstützung für Frage 62 – das tue ich für die Vögel. Um die Vögel zu retten.«

Sie hatte das Gefühl zu schweben, schwerelos hinauf und durch die Decke des Trailers zu schweben, um vom Wind davongetragen zu werden, als wäre sie selbst ein Vogel. Zwei Scotch und zwei Gläser Wein auf weitgehend nüchternen Magen, und das Lachsgratin in Limonen-Dill-Sauce stand noch immer tiefgefroren auf der Küchentheke. Sie riss sich zusammen, ließ sich im Sessel zurücksinken, atmete tief aus und lächelte ihn an. »Na gut«, sagte sie, »Sie haben mein Interesse geweckt – was ist Frage 62?«

Die Antwort nahm zehn Minuten in Anspruch. Sie setzte ihr Zuhörergesicht auf und schenkte ihm und sich selbst je ein halbes Glas nach, und draußen wurde die Sonne stärker und fiel jetzt in klar abgegrenzten, langsam über den Teppich kriechenden Streifen durch die Jalousie. Über Frage 62, sagte er, werde am 12. April in zweiundsiebzig Landkreisen abgestimmt, und es gehe dabei einfach darum, ob Katzen in die Liste der ungeschützten Tiere aufgenommen werden sollten, auf der bereits Stinktiere, Ziesel und andere Schädlinge stünden. Katzen seien kalte, präzise Killer und somit eine Gefahr für das Ökosystem. Sie töteten Vögel und verdrängten einheimische Konkurrenten wie Falken, Eulen oder Füchse – kurz und gut: Alle Katzen, die ohne Halsband angetroffen würden, sollten rund ums Jahr und ohne Schonzeit zum Abschuss freigegeben sein.

»Zum Abschuss freigegeben?«, fragte sie. »Sie meinen mit Gewehren? Wie Rehe und so?«

»Wie Ziesel«, sagte er. »Wie Ratten.« Seine Augen funkelten, und er beugte sich über sein leeres Glas, als wollte er hineinbeißen und es zermalmen. Er schwitzte, ein durchsichtiger Tropfen rann von seinem Haaransatz und verschwand in seiner buschigen rechten Augenbraue; mit einer fließenden Bewegung streifte er den Parka und die Mütze ab und enthüllte einen dichten Schopf rostroten, an den Spitzen blond getönten Haars. Er starrte sie an.

»Ich mag keine Gewehre«, sagte sie.

»Aber es gibt sie nun mal.«

»Mein Mann ist durch ein Gewehr umgekommen.« Während sie das sagte, es als nüchterne Tatsache konstatierte, sah sie Robert keine fünfzehn Meter von hier, wo sie jetzt saßen, entfernt auf der Erde liegen, hörte die Sirenen und die Schüsse und hatte wieder das Gesicht von Tim Palko im Trailer gegenüber vor Augen. Tim Palko, der seinen Job verloren, sich eine Woche lang betrunken und dann mit seinem Jagdgewehr herumgeballert hatte, bis das Einsatzkommando immer näher gerückt war und er den Lauf in den Mund gesteckt und ein letztes Mal abgedrückt hatte. Sie wusste, wie Tote aussahen – im Page-Seniorencenter bekam sie jede Woche welche zu sehen –, und als sie nach dem ersten Schuss, der geklungen hatte wie ein Schlag auf eine Basstrommel, aber ohne Resonanz, zum Fenster gerannt war, hatte sie an der Art, wie Robert dagelegen hatte, sofort gesehen, dass ihn der Tod erwischt hatte, und zwar auf der Stelle. *Wie konntest du da so sicher sein?*, hatte Mae sie gefragt, doch sie hatte schließlich zwei Augen im Kopf und es mit absoluter, unabänderlicher Gewissheit gewusst, und dieses Wissen, so hart und kalt es gewesen war, hatte sie gerettet. *Wenn ich da rausgerannt wäre, Mae,* hatte sie gesagt, *würden wir jetzt nicht hier sitzen.*

Der Mann – Todd – schlug die Augen nieder und machte ein Geräusch ganz hinten in der Kehle. Sie schwiegen für einen Augenblick und lauschten auf den Wind, und dann schoben sich Wolken vor die Sonne, und der Raum wurde ein, zwei Schattierungen dunkler. Sie streckte die Hand aus und schaltete die Lampe ein. »Tut mir leid«, sagte er. »Es muss schwer für Sie sein.«

Sie antwortete nicht, sondern betrachtete sein Gesicht, seine Hände, das nervöse Wippen seiner rechten Ferse. »Vielleicht«, sagte sie, »sollte ich noch eine Flasche aufmachen. Nur ein Gläschen noch. Was meinen Sie?«

Er sah auf und hatte dieses Grinsen auf dem Gesicht, ein Grinsen, das zwischen zwei Herzschlägen auferstanden war und alles wiedergutmachte. »Ich weiß nicht«, seufzte er, und nun betrachtete er sie, so aufmerksam wie eben, als er seinen Vortrag gehalten hatte, »aber wenn ich noch ein Glas trinke, muss ich mich hinlegen. Wie sieht's bei Ihnen aus? Wollen Sie sich hinlegen?«

Mae hockte lange auf der feuchten Erde und spielte mit dem Gedanken, geräuschlos über den Rasen zum Nachbarhaus zu schleichen, zu den Kaprielians, und sie zu fragen, ob sie von ihnen Fleisch borgen oder kaufen könne – Steaks oder ein Bratenstück oder was auch immer. Es handle sich um einen Notfall, und sie werde ihnen das Geld später geben, könne aber jetzt nicht darüber sprechen. Fleisch, das war es, was sie brauchte. Irgendwelches Fleisch. Sie malte sich aus, wie sie die Stücke in einer Spur auf dem Rasen und der gekiesten Einfahrt bis in die Garage hinein auslegen würde und wie die große Katze sich würde hineinlocken lassen, wo sie dann mit vollem Bauch zwischen dem Wäschetrockner und dem Toyota einschlafen würde. Doch nein. Sie kannte die Kaprielians kaum. Und was sie von ihnen gesehen hatte, gefiel ihr nicht: Der Mann war ein irgendwie feindselig wirkender Fettwanst, der sich ständig über den Motor seines frisierten Wagens beugte, und die Frau sah selbst morgens, wenn sie bloß die Zeitung aus der Einfahrt holte, wie eine Nutte aus.

Sie hielt nichts davon, Fleisch zu essen, und für Doug galt dasselbe. Das war eines der Dinge, die sie zu ihm hingezogen hatten, die sie gemeinsam hatten, obwohl es andere gab – bergeweise, mit Gipfeln, Graten und jähen Abstürzen –, in denen sie vollkommen verschiedener Ansicht waren. Aber Doug hatte zwei Sommer in einem Geflügelschlachthof in Tennessee gearbeitet, wo er Hühner aus Käfigen gezerrt und sie mit zusammengeklammerten Beinen an das Seil gehängt hatte, das sie zum Schlachten, Rupfen und Ausnehmen beförderte, und er hatte geschworen, nie mehr ein Stück Fleisch anzurühren. Inmitten von Hühnergegacker und Hühnergestank hatte er Zehntausende panischer Hühner mit wild flatternden Flügeln aufgehängt, und eines nach dem anderen war verschwunden, um sich den Kopf abschneiden und die Eingeweide herausnehmen zu lassen. »Was haben sie uns denn getan«, hatte er gesagt, und die Erinnerung daran hatte sein Gesicht verzerrt, »um ein solches Ende zu verdienen?«

Noch immer kniete sie und hielt den Blick auf den Brustkorb des Tigers gerichtet, der sich im langsamen Rhythmus des Schlafs hob und senkte, und sie dachte, sie könnte ihm vielleicht Eier anbieten, eine Edelstahlpfanne voller roher Eier, und dann eine Spur aus Eiern legen, gerade so weit aufgebrochen, dass das Eigelb zu sehen war, als plötzlich die Hintertür des Nachbarhauses mit einem pneumatischen Stöhnen aufging und die Kaprielian, natürlich im Bademantel und mit hochhackigen Schuhen, die beiden aufgeregt bellenden Spitze in den Garten ließ. Sogleich war der Zauber verflogen. Die Tür fiel ächzend ins Schloss, die Hunde jagten über den Rasen wie Daunenfedern bei steifer Brise, und der Tiger war verschwunden.

Später, als die Hunde des Schnüffelns und Bellens müde waren und der zunehmende Lärm eines Samstagvormittags im März die Straße erfüllte – Türen schlugen, Stimmen hoben und senkten sich, und Motoren jeder denkbaren Größe und Kubikzentimeterzahl erwachten brüllend zum Leben –, saß sie mit Doug am Küchentisch und starrte hinaus in die graue Leere des Gartens, wo es begonnen hatte zu regnen. Doug las mit zusammengekniffenen Augen die Zeitung. Er hatte sich eine Zigarette angezündet, zog daran und nippte dann an seiner zweiten Tasse mit zu heißem Kaffee. Er trug eine Pyjamahose und ein Sweatshirt mit Flecken von der Farbe, mit der er den Picknicktisch gestrichen hatte. Zunächst hatte er ihr nicht geglaubt. »Was?«, hatte er gesagt. »Wir haben noch nicht den ersten April.« Aber dann stand es in der Zeitung – ein Foto von einem weißhaarigen Mann mit ledriger Haut, einem Fährtensucher, der sich über einen Pfotenabdruck im Matsch beugte, nicht weit von einer Touristenranch im Simi Valley entfernt, und als sie den Fernseher einschalteten, sahen sie vor dem flirrenden Rotor eines Hubschraubers einen Reporter stehen, der die Zuschauer ermahnte, im Haus zu bleiben und auch Haustiere nicht hinauszulassen, denn anscheinend sei eine große exotische Katze ausgebrochen, die potentiell gefährlich sei, und darauf waren sie beide in den Garten gegangen und hatten schweigend den Boden entlang des Zauns abgesucht.

Sie fanden nichts, keine Spuren, gar nichts. Nur Erde. Die ersten Regentropfen spritzten von ihrer Hutkrempe und trafen ihre Schultern. Für einen Augenblick glaubte sie, den Tiger riechen zu können, als wäre der Geruch – ein Geruch nach Urin, nach Fell, nach Wildnis – durch die Feuchtigkeit freigesetzt worden, doch sie war sich nicht sicher.

Doug sah sie mit hellen, fragenden Augen an. »Und du hast ihn wirklich gesehen?«, sagte er. »Wirklich? Du willst mich nicht verarschen, oder?« Im nächsten Augenblick ging er in die Hocke, streckte die Hand durch die Gitterstäbe und klopfte auf den Boden, als wäre dort noch immer das gestreifte Fell des Tieres.

Sie sah hinab auf seinen Schädel, das schlecht geschnittene, verfilzte Haar und die kahle Stelle inmitten eines Wirbels, der galaktisch war, ein ganzer Kosmos für sich, und würdigte ihn keiner Antwort.

Todd passte kaum in das Bett, das in einem gemütlichen kleinen Alkoven im Schlafzimmer stand, und zweimal bäumte er sich, mitgerissen von Leidenschaft, auf und schlug sich den Kopf an der niedrigen Decke an, und sie lag nackt unter ihm und musste lachen, weil er so ernst, so eifrig war. Doch er war auch zärtlich und geduldig – es war lange her, und sie hatte beinahe vergessen, welche Gefühle ein Mann in ihr wecken konnte, ein anderer Mann als Robert, ein Fremder mit einem neuen Körper, neuen Händen, einer neuen Zunge, einem neuen Schwanz. Mit einem neuen Rhythmus. Einem neuen Geruch. Robert hatte nach seiner Mutter gerochen, nach dem tristen feuchten Haus, in dem er aufgewachsen war, nach Pantoffeln und Menthol, nach dem alten Hund und dem Schimmel unter der Küchenspüle und dem süßlichen Aftershave, mit dem er all das zu überdecken versuchte. Todds Geruch war anders, irgendwie frischer, als hätte er sich gerade im Schnee gewälzt, doch da war auch noch etwas anderes, etwas Dunkleres, Dichteres, und sie hielt ihn lange umarmt und drückte ihr Gesicht an seinen Hinterkopf, bis sie es schließlich erkannte: Es war der Geruch der Pelzmütze, die jetzt auf der Couch im anderen Zimmer lag. Sie dachte an die Mütze, und dann war sie weg, tief in ihrem Koma, und die ganze Welt schrumpfte zu ihrem Alkoven zusammen.

Er hinterließ ihr eine Nachricht auf dem Küchentisch. Sie fand sie, als sie aufstand, um zur Arbeit zu gehen. Die Fenster waren dunkel, und die Heizung tickte wie ein Geigerzähler. Er hatte eine fließende, schöne Handschrift, und das gefiel ihr: die Sorgfalt darin und was diese Schrift über ihn als Menschen verriet. Auch was er schrieb, war ziemlich speziell. Er schrieb, sie sei die schönste Frau, die er je kennengelernt habe, und er wolle sie am nächsten Morgen zum Frühstück einladen, das sei also eine Verabredung, wenn ihr das recht sei, und er hatte mit seinem vollen Namen unterschrieben – Todd Jefferson Gray –, und darunter standen seine Adresse und Telefonnummer.

Am nächsten Morgen, als ihre Schicht zu Ende war, ging sie über das schneevernarbte Gelände zu ihrem Trailer, und mit jedem Schritt stieg ihre Stimmung. Sie zweifelte nicht einen Augenblick daran, dass er da sein würde, aber unwillkürlich drehte sie den Kopf und suchte das Gelände ab: Sie erwartete, dass er aus einem der Wagen aussteigen würde, groß, mit raschen Schritten und einem immer breiter werdenden Lächeln. Doch sie sah ihn erst, als sie beinahe in ihn hineinlief – er saß nicht in einem Wagen; er besaß keinen Wagen. Er stand mit ernstem Gesicht direkt vor der vorderen Stoßstange ihres Saturn, im Boden verwurzelt wie einer der Bäume, deren schwarzes Gewirr hinter ihm aufragte. Als sie, die Schlüssel in der Hand, an der Tür ihres Wagens stand und er sich noch immer nicht rührte, war sie verwirrt. »Todd?«, hörte sie sich sagen. »Ist alles in Ordnung?«

Er lächelte und nahm mit schwungvoller Geste und einer ironischen Verbeugung die Pelzmütze ab. »Wir sind verabredet, oder nicht?«, sagte er, trat vor, ohne eine Antwort abzuwarten, und hielt ihr die Tür auf, bevor er auf den Beifahrersitz glitt.

Im Diner – wo jetzt, vor dem Gottesdienst, viele Kirchgänger frühstückten –, bestellten sie zwei große Gläser Orangensaft, in die Todd diskret eine Dosis Wodka aus der Flasche gab, die er aus der Innentasche seines Parkas hervorholte. Sie trank ihr Glas in einem Zug aus, zündete sich die erste Zigarette des Tages an und bestellte noch einen Orangensaft. Erst dann sah sie auf die Speisekarte.

»Nur zu«, sagte er. »Du bist eingeladen. Bestell dir, was du willst. Steak oder so. Steak mit Spiegelei –«

Sie spürte den Wodka: Es war, als würde ihr Bauch sich zusammenziehen, und aus Fingern und Zehen schien die hartnäckige Kälte zu weichen. Sie nahm noch einen Schluck von dem Screwdriver, warf den Kopf in den Nacken und schüttelte ihr Haar. »Ich bin Vegetarierin«, sagte sie.

Er verstand nicht gleich. Sie sah, wie seine Augen sich verengten, als versuchte er sie besser zu erkennen. Die Kellnerin kam vorbei, in der einen Hand eine Kanne koffeinfreien Kaffee, in der anderen eine Kanne normalen, und sah sie fragend an. »Und was heißt das?«

»Das heißt, dass ich kein Fleisch esse.«

»Und Milchprodukte?«

Sie zuckte die Schultern. »Nicht viel. Ich nehme Kalziumtabletten.«

Eine Veränderung schien über ihn zu kommen. Vor einem Augenblick noch hatte er sich auf der mit Kunstleder bezogenen Bank locker und entspannt zurückgelehnt, als würde sein Rückgrat ein Nickerchen machen, doch nun saß er mit einem Mal stocksteif da. »Was?«, sagte er mit von Ironie triefender Stimme. »Dir tun die armen Kühe leid? Weil sie sich an ihren armen kleinen Zitzen ziehen lassen müssen? Ich kann dir nur sagen, ich bin auf einer Farm aufgewachsen, und wenn wir die Kühe nicht jeden Morgen gemolken hätten, wären sie geplatzt – und *das* wäre grausam gewesen.«

Sie sagte nichts, sie wollte eigentlich nicht darüber reden. Ob sie Milch trank oder Hamburger und Schweinefüße aß, ging außer ihr selbst niemanden etwas an, und es war eine Entscheidung, die sie vor so langer Zeit getroffen hatte, dass es jetzt zu ihr gehörte wie ihre Haarfarbe oder die Form ihrer Augen. Sie griff nach der Speisekarte, nur um irgendetwas zu tun.

»Also was jetzt?«, sagte er. »Verschwende ich hier nur meine Zeit? Bist du eine von diesen Leuten, die dauernd Tiere retten wollen? Du hasst die Jagd, stimmt's?« Er holte Luft. »Und Jäger.«

»Ich weiß nicht«, sagte sie und spürte einen Funken Verärgerung. »Ist das wichtig?«

Sie sah, dass er die Faust ballte, und beinahe hätte er damit auf den Tisch geschlagen, doch er beherrschte sich. Und er bemühte sich, seine

Stimme im Zaum zu halten. »Ob es *wichtig* ist? Hast du mir nicht zugehört? Ich habe wegen Frage 62 Morddrohungen gekriegt – von deinen Katzenfreunden, von diesen Pazifisten höchstpersönlich.«

»Na gut«, sagte sie. »Die Katzen unter meinem Trailer sind also eine große Bedrohung, wie? Eine invasive Art? *Wir* sind eine invasive Art. Mrs Merker, die jede Nacht zwanzigmal aufsteht und die Toilette sucht und mich zwanzigmal fragt, wer ich eigentlich bin und was ich in ihrem Haus zu suchen habe, ist doch auch ein Teil des Problems, oder? Warum also nicht auch alte Damen zum Abschuss freigeben?«

Sein Blick irrte durch den Raum und richtete sich schließlich auf sie – ein genervter, verärgerter, wütender Blick. »Weiß ich nicht. Darum geht's mir nicht. Ich meine, mir geht's nicht um Menschen.«

Sie sagte sich, sie solle den Mund halten, die Speisekarte nehmen und irgendetwas Harmloses bestellen – Waffeln mit künstlichem Ahornsirup, für dessen Herstellung nicht mal Ahornbäume verletzt wurden –, aber sie brachte es nicht fertig. Vielleicht lag es am Wodka, vielleicht war es das. »Aber werden Vögel denn nicht auch von Menschen getötet? Die ihren Lebensraum zerstören und so – mit Einkaufszentren, Dieselmotoren und so weiter. Mit Kunststoffen. Die sind für Vögel tödlich, oder nicht?«

»Jetzt hör schon auf mit dem Quatsch! Das ist doch verrückt. Einfach verrückt.«

»Ich frage ja nur.«

»Du *fragst* ja nur?« Jetzt donnerte die Faust auf den Tisch, dass das Besteck klirrte und Köpfe herumfuhren. »Wir reden von Morddrohungen, und du denkst, das ist eine Art Spiel?« Plötzlich war er auf den Beinen, der größte Mann der Welt, seine Jacke war bis über den Gürtel hinaufgerutscht, sein Gesicht schwebte hoch über ihr, er nahm so viel Raum ein, warf einen so großen Schatten. Er bückte sich nach seiner Mütze und richtete sich mit verzerrtem Gesicht wieder auf. »Tolle Verabredung«, sagte er, und dann war er fort.

In der Nacht des Tigers, einer Nacht, die sich unter dem Gewicht eines weiteren Wolkenbruchs wie ein nasser Sack über die Hügel legte, ließ Mae den Fernseher lange eingeschaltet, denn sie hoffte auf neue Nachrichten.

Früher am Abend hatten Doug und sie vorgehabt, in irgendeinem Restaurant etwas zu essen und dann vielleicht ins Kino zu gehen, doch als der Regen keine Anstalten gemacht hatte nachzulassen, wollte Doug das Risiko nicht eingehen, und so hatte sie aus Zucchini, Reis und etwas übriggebliebener Marinara-Sauce etwas gezaubert, und danach hatten sie sich auf dem Klassikkanal eine alte Hollywoodkomödie angesehen. Sie hatten die ersten zehn Minuten verpasst, und Mae wusste nicht, wie er hieß, aber Gene Kelly spielte die Hauptrolle und trug einen Matrosenanzug. Doug, der das letzte Bier seines Sixpacks trank, sagte, es müsste eigentlich *Singing in the Rain* sein.

Das war witzig, und obwohl sie abgelenkt war – das war sie schon den ganzen Tag –, musste sie lachen. Dann lauschten sie schweigend auf das Prasseln des Regens auf dem Dach. Es war so laut und durchdringend, dass es für einen Augenblick den Filmdialog übertönte.

»Ich glaube, das ist er jetzt«, sagte Doug und lehnte sich mit einem Seufzer in seinem Fernsehsessel zurück, »der Monsun. Und er meint's ernst, nicht?« Er machte mit der Bierdose eine Geste zur Decke.

»Ja«, sagte sie und sah den hellen Gestalten zu, die über den Bildschirm glitten. »Ich hoffe nur, wir werden nicht weggespült. Glaubst du, der Wagen kann in der Einfahrt stehen bleiben?«

Er sah sie irritiert an. »Ist doch bloß Regen.«

»Es kommt mir nur so seltsam vor ohne Blitz und Donner. Es gießt, als hätte im Himmel jemand den Hahn aufgedreht.« Sie verzog das Gesicht. »Ich weiß nicht. Mir gefällt das nicht. Ich glaube nicht, dass ich mich je daran gewöhnen werde – nicht mal an das Wort. *Monsun*. Das klingt so bizarr. Wie irgendwas aus irgendeinem Dschungel.«

Er zuckte nur die Schultern. Mit Blick auf seine Karriere hatten sie sich für Kalifornien – Moorpark – anstatt für Atlanta entschieden, denn – und in dieser Frage stimmten sie absolut überein – sie wollten nicht in den Südstaaten leben. Und obwohl es ihr gefiel, das ganze Jahr über im Garten arbeiten zu können – Blumen, die im Februar blühten, und Bäume, die nie ihre Blätter verloren –, hatte sie sich noch immer nicht daran gewöhnt, dass es hier anscheinend keinen richtigen Wechsel von Jahreszeiten gab und die Erde unter der gnadenlosen Sommersonne steinhart wurde, sodass in den Beeten am Zaun nur noch Unkraut und Steppenhexen wuchsen. *Steppenhexen.* Als wäre sie hier im Wilden Westen.

Sie hatte ebenfalls zwei Dosen Bier getrunken, und ihre Gedanken schweiften ab. Sie konnte sich nicht auf den Film konzentrieren, auf all diese Bewegungen, dieses Singen und Tanzen, diese biedere Handlung – als hätte das alles irgendeine Bedeutung. Als Doug wortlos aufstand, sich an der Sessellehne abstützte und in Richtung Schlafzimmer ging, griff sie nach der Fernbedienung und schaltete durch die Kanäle. Sie suchte etwas, irgendetwas, das ihr zurückbringen würde, was sie am Morgen empfunden hatte, als sie im Garten gekniet hatte und ringsum der Nebel aufgestiegen war. Der Tiger war irgendwo dort draußen in der finsteren Nacht, im strömenden Regen. Es war ein Gedanke, an dem sie sich festhalten konnte, ein Bild, das in ihr wuchs wie etwas, das jemand dort eingepflanzt hatte. Und sie würden ihn nicht aufspüren können, wurde ihr jetzt bewusst, nicht jetzt, in diesem Regen. Nach einer Weile schaltete sie den Ton aus, saß einfach da, lauschte auf den Regen und hoffte, er würde nie aufhören.

Eine Woche verging. Die Temperaturen fielen rapide, und dann schneite es immer wieder, bis Anita, als sie am Samstag Feierabend hatte und auf die Straße trat, von Dieselabgasen und den blinkenden Lichtern von Schneepflügen begrüßt wurde und durch dreißig Zentimeter hohen Schnee zu ihrem Wagen stapfen musste. Ihre Stimmung war auf einem Tiefpunkt. Mrs Merker hatte ihre Windel ausgezogen, sich auf dem Korridor vor dem Stationszimmer hingehockt und gepinkelt, und Mr Pohnert (»Nennen Sie mich Alvin«) hatte alle fünf Minuten geläutet und sich beklagt, er habe kalte Füße, obwohl seine beiden Beine vor fünf Jahren wegen Diabetes-Komplikationen amputiert worden waren. Und dazu noch die üblichen Probleme, das Stöhnen und Wimmern, das Würgen und Erbrechen, Stimmen, die im Dunkeln riefen, die ganze Eigenartigkeit dieses isolierten, überheizten Hauses mit seinen tickenden Maschinen und sterbenden Menschen und sie selbst im Mittelpunkt des Ganzen. Und nun auch noch das. Der Himmel war dunkel und trüb, und der

Wind trieb den Schnee in kleinen, harten, wie Nadeln stechenden Flocken vor sich her. Sie brauchte fünfzehn Minuten, um aus der Parklücke zu kommen, und fuhr nach Hause wie ein Zombie, das Lenkrad mit beiden Händen umklammernd, während der Wagen auf vereisten Stellen rutschte und schlingerte.

Im Schnee vor ihrer Tür waren Spuren – Katzenspuren – und viele blaue Federn mit schwarzen Spitzen. Unter der Tür hatte jemand ein einmal gefaltetes Flugblatt durchgeschoben. NEIN ZU 62, stand darauf. RETTET UNSERE HAUSTIERE. Sie brachte es nicht über sich, eine Flasche Chardonnay zu öffnen – die würde sie für sonnigere Zeiten aufsparen –, machte sich aber einen Becher Tee, in den sie einen Schuss Dewar's gab, und überlegte, was sie essen wollte. Vielleicht eine Suppe, eine Dose Gemüsesuppe und ein paar Scheiben Weizentoast zum Eintunken. Erst als sie den Fernseher eingeschaltet und die Beine hochgelegt hatte, sah sie, dass das Lämpchen des Anrufbeantworters blinkte. Es waren zwei Nachrichten darauf. Die erste war von Mae – »Ruf mich an«, sagte sie mit tragischer Stimme –, die zweite, auf die sie die ganze Woche gewartet hatte, war von Todd. Sein Wutausbruch tue ihm leid, aber er stehe in letzter Zeit unter großem Druck und hoffe, sie könnten sich – bald, sehr bald – wiedersehen, trotz aller Differenzen, denn eigentlich hätten sie doch eine Menge gemeinsam, und sie sei die schönste Frau, die er je kennengelernt habe, und er wolle es wirklich wiedergutmachen. Wenn sie ihn lassen würde. *Bitte.*

Sie dachte darüber nach, was genau sie eigentlich gemeinsam hatten, abgesehen von zwei Begegnungen in ihrem Bett, beide in halbbetrunkenem Zustand, und der Tatsache, dass sie beide groß waren und in Waunakee lebten, als das Telefon läutete. Sie nahm den Hörer gleich nach dem ersten Läuten ab und dachte, es sei Todd. »Hallo?«, flüsterte sie.

»Anita?« Es war Mae. Ihre Stimme klang ausgehöhlt, leer, als wäre sie jenseits von Tragik und Tränen. »Ach, Anita, Anita.« Sie brach ab und versuchte sich zu fassen. »Sie haben den Tiger erschossen.«

»Wen? Was für einen Tiger?«

»Er hatte nicht mal Krallen. Dieses wunderschöne Tier. Er war ein Haustier und hat irgendjemandem gehört, und er hätte niemals –«

»Hätte niemals was? Was für ein Tiger überhaupt? Wovon redest du eigentlich?«

Doch das war das Ende des Gesprächs. Die Verbindung war mit einem Mal unterbrochen, ob auf ihrer oder auf Maes Seite, fand sie erst heraus, als sie versuchte, ihre Schwester zurückzurufen, und aus dem Hörer nichts als statisches Rauschen kam. Jemand war gegen einen Telefonmast geschleudert, das musste der Grund sein, und sie fragte sich, wie lange sie noch Strom haben würde. Das würde wohl als Nächstes kommen: ein Stromausfall. Sie stand auf, öffnete den Deckel der Suppendose, gab den Inhalt in eine Porzellanschüssel und schaltete den Mikrowellenherd ein, solange das noch ging. Sie gab die drei Ziffern ein und wurde von dem mechanischen Brummen belohnt, mit dem das Ding in Aktion trat. Die Schüssel drehte sich, die Digitalanzeige zählte rückwärts – 3:30, 3:29, 3:28 –, bis plötzlich das Brummen verstummte, der Fernseher erstarb und die Neonbeleuchtung unter dem Oberschrank noch einmal flackerte und ihr Licht in der dunklen Röhre verbarg.

Lange saß sie in den Schatten und trank den Tee, der die Grenze zwischen warm und lauwarm inzwischen überschritten hatte. Dann stand sie auf, gab eine Handvoll Eis in den Becher und füllte ihn bis zum Rand mit Whisky. Sie nippte daran und dachte unbestimmt an Essen. Ein Sandwich, sie würde sich ein Sandwich machen, wenn sie Hunger bekam, Weizenbrot mit Käse und Salatblättern, das ging auch ohne Strom. Ein Geräusch unter dem Trailer holte sie in die Gegenwart zurück: Es war ein Rascheln wie von einem Tier, das auf seinen vier Pfoten hockte und leise fraß.

Sie würde die Katzen opfern müssen, das sah sie jetzt ein, denn sobald das Telefon wieder funktionierte, würde sie Todd anrufen. Sie wünschte, er wäre jetzt bei ihr, sie wünschte, sie wären im Bett, gut zugedeckt, jeder mit einem Glas Chardonnay in der Hand. Sie würden dem Schnee lauschen, der leise auf das Aluminiumdach des Trailers fiel. Die Katzen waren ihr gleichgültig. Sie bedeuteten ihr nichts. Und sie wollte es ihm recht machen, wirklich, und doch fragte sie sich unwillkürlich – und sie würde ihn ebenfalls fragen und auf einer Antwort bestehen –, wie Frage 61 gelautet hatte oder Frage 50, Frage 29. Das Land zubetonieren? Die Flüsse verschmutzen? Die Büffel abschießen? Und was war mit Frage 1? Sie stellte sich vor, wie Frage 1, mit Kreide auf eine Schiefertafel geschrieben, in einer Zeit der Not und bei einem Wetter wie diesem, in dichtem Schneetreiben also, von einem Dorf zum anderen getragen worden war und wie die Leute misstrauisch und verärgert hinter schweren Holztüren hervorgespäht hatten. Frage 1 musste wirklich bedeutsam gewesen sein, die Geburtsstunde des ganzen Programms der Abteilung für natürliche Ressourcen. Wie mochte sie gelautet haben? Die Bäume fällen, die Häute abziehen, die Fische aus den Flüssen holen? Nein, dachte sie und trank den Rest aus dem Becher, bei Frage 1 musste es um etwas Grundlegenderes gegangen sein. Die Indianer ausrotten? Ja. Genau. Das musste es gewesen sein: die Indianer ausrotten.

Sie stand auf, machte ein Sandwich, schenkte sich etwas Scotch nach und nahm Teller und Becher mit in ihr Bett im Alkoven, wo sie sich im Schneidersitz an das Kissen lehnte, das noch nach ihm roch, und aß und trank und der kalten Botschaft des Schnees lauschte.

SIN DOLOR

Er kam auf die Welt wie alle anderen, wie wir: braun wie ein Leguan und mit Blut und Schleim verschmiert, nicht bemerkenswerter als das Datum auf der Morgenzeitung, aber als ich Mund und Rachen gereinigt und ihm einen Klaps auf den Hintern gegeben hatte, gab er keinen Ton von sich. Ganz im Gegenteil. Er schlug die Augen auf, sah sich mit der Kurzsichtigkeit des Neugeborenen suchend um und begann ruhig zu atmen, ohne Schreien und Zucken, wie man es von anderen Babys kennt. Elvira Fuentes, meine Krankenschwester, die fünfzehn Jahre auf der Krebsstation im Krankenhaus von Guadalajara gearbeitet hatte, bevor sie heimgekehrt war, um sich – als Helferin wie als Geliebte – mir zu widmen, runzelte die Stirn, als sie der Mutter das Kind reichte. Sie dachte dasselbe wie ich: Das Kind musste an einer Blockade oder Deformation des Stimmapparats leiden. Oder vielleicht hatte es gar keinen. Wir hatten schon Seltsameres gesehen, alle möglichen Defekte und Mutationen, besonders bei den Kindern von Wanderarbeitern, die praktisch täglich einer teuflischen Mischung aus Herbiziden, Pestiziden und genetisch veränderten Nahrungsmitteln ausgesetzt waren. Es gab einen Mann, dessen Namen ich hier nicht preisgeben werde, der von den Baumwollfeldern in Arizona zurückkam und aussah wie einer von Elviras Karzinomgeistern und dessen Frau neun Monate später ein Monster ohne Gesicht zur Welt brachte – keine Augen, keine Ohren, kein Mund, keine Nase, nur ein Netz aus durchscheinender Haut, straff gespannt über einen Schädel von der Größe einer Avocado. Offiziell war es eine Totgeburt. Wir haben den Leichnam – sofern man ihn als solchen bezeichnen konnte – zusammen mit den anderen medizinischen Abfällen entsorgt.

Aber das gehört nicht zur Sache. Was ich sagen will, ist: Wir hatten unrecht. Zum Glück – so jedenfalls schien es. Das Kind, der Sohn von Francisco und Mercedes Funes, Straßenverkäufern, deren *tacos de chivo* pures Gift für den Verdauungstrakt sind (und ich rate allen, die dies lesen, um den Stand an der Ecke Independencia und Constitución einen weiten Bogen zu machen, wenn ihnen ihre Gesundheit lieb ist), grabschte schon bald am Busen seiner Mutter herum und gab die normalen gurgelnden und saugenden Geräusche von sich. Mercedes Funes war damals siebenundzwanzig, hatte sechs Kinder sowie O-Beine, das Kreuz eines Footballspielers und eine zusammengewachsene Augenbraue, die einen an Frida Kahlo denken ließ (abzüglich des Künstlerischen und der Eleganz, versteht sich), und stand noch am selben Abend wieder hinter der Theke am Holzkohlengrill, wo sie Ziegenfleisch für die Arglosen briet. Damit war die Sache für Elvira und mich erledigt. Eine weitere Seele war zur Welt gekommen. Ich weiß nicht mehr, was wir an jenem Abend gemacht haben, aber ich nehme an, es war nichts Besonderes. Normalerweise setzten wir uns, wenn wir die Praxis geschlossen hatten, müde in den Garten und sahen den Tauben auf den Drähten zu, während das Dienstmädchen einen grünen Salat und eine *caldereta de verduras* oder gebratene Artischockenherzen machte, Elviras Lieblingsessen.

Es vergingen vier Jahre, ohne dass ich das Kind wiedersah oder mehr als einen flüchtigen Gedanken an den Funes-Klan verschwendete, außer wenn ich Fälle von Übelkeit und Durchfall behandelte und meine Patienten fragte, was sie wo gegessen hatten. »Es waren die Austern, Herr Doktor«, sagten sie zerknirscht. »Die Zwiebeln, ganz klar die Zwiebeln. Die hab ich noch nie vertragen.« »Mayonnaise. Ich werde nie mehr Mayonnaise essen.« Mein Favorit ist: »Das Fleisch hat eigentlich fast gar nicht gerochen.« Sie schoben es auf das Chinarestaurant, auf die Mennoniten und ihre Molkereien, auf ihre eigenen Frauen und Onkel und Hunde, aber in den meisten Fällen konnte ich die Spur zum Straßenstand der Familie Funes zurückverfolgen. »Aber das kann nicht sein, Herr Doktor – bei den Funes kriegt man die besten Tacos der Stadt.«

Jedenfalls erschien Mercedes Funes eines glutheißen Morgens mit ihrem Sohn im Schlepptau in der Praxis. Sie trat durch die Tür und zerrte ihn am Handgelenk hinter sich her (sie hatten den Jungen Dámaso genannt, nach Franciscos Zwillingsbruder, der von Los Angeles hin und wieder, wenn ihm danach zumute war, kleine Päckchen mit Schokolade oder einen Zwanzig-Dollar-Schein schickte) und setzte sich im Wartezimmer auf einen Stuhl, während Elviras Papagei an den Rattanstäben seines Käfigs knabberte und die im vorderen Fenster montierte Klimaanlage arktische Luft ausstieß. Ich fühlte mich an diesem Morgen ausgesprochen gut, ich hatte alles im Griff; gewisse Investitionen in Immobilien hatten sich als ziemlich profitabel erwiesen, und Elvira sah sich nach einem bescheidenen Haus am Meer um, das unser Ferienhaus und später einmal vielleicht unser Altersruhesitz sein sollte. Immerhin war ich nicht mehr der Jüngste, und die hippokratische Beflügelung, mit der ich Lahmen zum Gehen verhelfen und unheilbar Kranke hatte heilen wollen, war einem immer gleichen Trott gewichen: Nichts vermochte mich mehr zu überraschen, und bei jedem Patienten, der durch meine Tür trat, wusste ich bereits die Diagnose, noch bevor er sich gesetzt hatte. Ich hatte alles gesehen. Ich langweilte mich. Ich war ungeduldig. Ich war es leid. An diesem Morgen jedoch war meine Stimmung, wie gesagt, ausgezeichnet und ich war ganz erfüllt von der immer stärker werdenden Freude über die Aussicht, ein Häuschen am Meer kaufen zu können. Es könnte sogar sein, dass ich vor mich hin pfiff, als ich ins Sprechzimmer trat.

»Was führt Sie zu mir?«, fragte ich.

Trotz der Hitze hatte Mercedes Funes einen Schal umgelegt. Sie war sorgfältig frisiert und trug die Schuhe, die sonst für die Messe am Sonntag reserviert waren. Auf dem Schoß hatte sie den Jungen, der mich mit den Augen seines Vaters ansah: Sie waren ganz rund, als kämen sie vom Fließband, und schienen nie zu blinzeln. »Seine Hände, Herr Doktor«, flüsterte Mercedes. »Er hat sie sich verbrannt.«

Bevor ich in väterlichem, beruhigendem Ton sagen konnte: »Na, dann wollen wir doch mal sehen«, streckte der Junge mir die Hände mit nach oben gekehrten Handflächen entgegen, und ich sah die Wunden. Es waren Verbrennungen dritten Grades, genau in der Mitte der Handflächen und an den Innenseiten einiger Finger. Ledriger Brandschorf hatte das zerstörte Gewebe ersetzt, und an seinen Rändern trat eine tiefweinrote Flüssigkeit aus. Ich hatte solche Verletzungen natürlich schon unzählige Male gesehen – wenn ein Haus abgebrannt war, wenn jemand im Bett geraucht hatte, wenn ein Kind gegen einen Herd gefallen war –, doch diese erschienen mir eigenartig, als wären sie absichtlich beigebracht worden. Ich sah die Mutter scharf an und fragte sie, wie das passiert sei.

»Ich habe einen Kunden bedient«, sagte sie und sah zu Boden, als wollte sie die Szene vor ihrem inneren Auge heraufbeschwören, »es war eine große Bestellung, für die ganze Familie, sieben Portionen, und ich hab nicht auf ihn geachtet. Francisco war nicht da, er verkauft jetzt Fahrradreifen, damit wir einigermaßen über die Runden kommen. Dámaso muss in die Glut gegriffen haben, als ich nicht hingesehen hab. Er hat zwei glühende Kohlen rausgenommen, Herr Doktor, in jede Hand eine. Ich hab es erst gemerkt, als ich es gerochen hab.« Ihre Augen unter der durchgehenden Braue, die ihrer Miene immer etwas Finsteres verlieh, sahen mich an. »Es hat gerochen wie Ziegenfleisch. Nur anders.«

»Aber wie –?« Ich sprach die Frage nicht zu Ende. Ihren Worten glaubte ich keine Sekunde. Niemand, nicht mal ein indischer Fakir (und das sind allesamt Scharlatane), konnte ein glühendes Stück Kohle so lange in der Hand halten, dass eine Verbrennung dritten Grades entstand.

»Er ist nicht normal, Herr Doktor. Er spürt den Schmerz nicht wie andere. Hier« – sie hob das rechte Bein des Jungen, als wäre es irgendein Gegenstand, und schob das Hosenbein hoch, sodass eine dunkle, wulstige Narbe, so lang wie die Handspanne eines Erwachsenen, zu sehen war –, »sehen Sie das? Da ist Isabel Briceños widerlicher Pitbull durch den Zaun gekrochen und hat ihn gebissen – und wir sind mit der Sache zum Anwalt gegangen, das können Sie mir glauben –, aber Dámaso hat nicht geschrien oder auch nur einen Piep gemacht. Der Hund hatte ihn umgeschmissen und kaute auf dem Bein herum wie auf einem Knochen, und wenn mein Mann nicht zufällig rausgegangen wäre, um das Wasser aus der Rasierschüssel beim Rosenbusch auszuschütten, hätte dieses Vieh ihn wahrscheinlich in Stücke gerissen.«

Sie sah kurz aus dem Fenster, als wollte sie sich fassen. Der Junge starrte mich unverwandt an. Ganz langsam begann er zu lächeln, als wäre er auf eine perverse Weise stolz auf das, was geschehen war, darauf, dass er es so stoisch ausgehalten hatte, und unwillkürlich dachte ich, was für einen hervorragenden Soldaten er in irgendeinem Krieg abgeben würde, wenn er erst groß war.

»Und sehen Sie das?«, fuhr sie fort und zeigte mit dem Finger auf die Lippen des Jungen. »Diese Narben hier?« Ich sah einige blasse, gezackte Linien, die von seinem Mund ausgingen. »Da hat er sich gebissen, ohne es zu merken.«

»Señora Funes«, sagte ich in dem scharfen Ton, mit dem ich Trinker mit geschwollener Leber oder Raucher anspreche, die Blut husten und sich dabei die nächste Zigarette anstecken, und das auch noch in meinem Sprechzimmer, »ich glaube, Sie sagen mir nicht die ganze Wahrheit. Dieser Junge ist misshandelt worden. Ein so eklatanter Fall ist mir noch nie begegnet. Sie sollten sich schämen. Ich sollte Sie der Polizei melden.«

Sie verdrehte die Augen. Der Junge saß auf ihrem Schoß wie eine Puppe, als wäre er aus Holz. »Sie verstehen nicht: Er spürt keinen Schmerz. Nichts. Probieren Sie es aus. Stechen Sie ihn mit einer Nadel – Sie können sie ihm quer durch den Arm stoßen, ohne dass er es merkt.«

Ich wurde zornig – hielt sie mich für einen derartigen Trottel? –, ging zum Schrank, zog eine Spritze auf (eine halbe Dosis Vitamin B12, das ich für ältere oder anämische Patienten bereithalte) und wischte eine Stelle an seinem dünnen Ärmchen mit Alkohol ab. Mutter und Sohn sahen gleichgültig zu, wie die Nadel im Fleisch verschwand. Der Junge zuckte nicht mit der Wimper. Nichts an ihm deutete darauf hin, dass irgendetwas mit ihm geschah. Aber das bewies gar nichts. Vielleicht war er das eine von hundert Kindern, das sich zusammenriss, wenn ich mit der Nadel kam (während die anderen neunundneunzig schrien, als würden ihnen die Fingernägel einer nach dem anderen ausgerissen).

»Sehen Sie?«, sagte sie.

»Ich sehe gar nichts«, erwiderte ich. »Er hat nicht gezuckt, das ist alles. Viele Kinder – jedenfalls manche – sind richtige kleine Soldaten, wenn sie eine Spritze kriegen.« Ich beugte mich zu ihm hinunter und sah ihm ins Gesicht. »Du bist ein richtiger kleiner Soldat, nicht, Dámaso?«

Seine Mutter sagte mit müder Stimme: »Wir nennen ihn Sin Dolor, Herr Doktor. Das ist sein Spitzname. So nennt ihn sein Vater, wenn er etwas angestellt hat, weil es ihm kein bisschen ausmacht, wenn man ihn schlägt oder kneift oder ihm den Arm verdreht. Sin Dolor, Herr Doktor. Der keinen Schmerz kennt.«

Als ich ihn das nächste Mal sah, muss er sieben oder acht gewesen sein, ich weiß es nicht mehr genau, aber er war zu einem ernsten Jungen mit großen, hungrigen Augen und dem Indianerhaar seines Vaters herangewachsen. Er war noch immer dünn wie eine Holzpuppe und wirkte noch immer anämisch. Diesmal brachte ihn sein Vater, der ihn auf den Armen trug. Mein erster Gedanke war: Würmer, und ich nahm mir vor, ihm eine Spritze zu geben, bevor ich ihn entließ, doch dann fiel mir ein, dass für seinen Zustand vermutlich die Küche seiner Mutter verantwortlich war, und ich verwarf den Gedanken. Eine Stuhlprobe würde ausreichen. Natürlich würden wir ihm Blut abnehmen müssen, um den Hämoglobinwert festzustellen – sofern die Eltern einverstanden waren. Beide waren bekannt für ihre Sparsamkeit, und Mitglieder des Funes-Klans sah ich nur dann, wenn sie ernsthafte Beschwerden hatten.

»Was führt Sie zu mir?«, fragte ich und erhob mich, um Francisco Funes' Hand zu schütteln.

Mit einem Grunzen setzte er den Jungen ab. »Na los, Dámaso«, sagte er. »Geh auf und ab.«

Ich bemerkte, dass der Junge schief dastand und das rechte Bein schonte. Er sah erst seinen Vater und dann mich an, ließ resigniert die Schultern hängen und ging zur Tür und wieder zurück, wobei er hinkte, als hätte er sich das Knie verrenkt. Er sah mich lächelnd an. »Ich glaube, mit meinem Bein stimmt was nicht«, sagte er leise und kleinlaut wie ein Beichtender.

Ich packte ihn unter den Armen, setzte ihn auf die Untersuchungsliege, warf dem Vater einen finsteren Blick zu – wenn das nicht Kindesmisshandlung war! – und fragte: »Hattest du einen Unfall?«

Sein Vater antwortete für ihn. »Er hat sich das Bein gebrochen, sehen Sie das nicht? Er ist vom Schuppendach gesprungen, als ob er nicht wüsste –« Francisco Funes war ein großer, muskulöser Mann mit einer tiefen, durchdringenden Stimme, und er richtete einen zornigen Blick auf seinen Sohn, als wollte er sagen, die Wahrheit liege auf der Hand und er werde ihm – gebrochenes Bein hin oder her – zu Hause eine ordentliche Tracht Prügel verpassen.

Ich ignorierte ihn. »Kannst du dich auf den Rücken legen?«, sagte ich zu dem Jungen und klopfte auf die Liege. Der Junge gehorchte, hob ohne erkennbare Anstrengung beide Beine und legte sie ab. Das Erste, was ich bemerkte, waren die Narben, ein Durcheinander zahlloser verheilter Verbrennungen und Schnittwunden von den Knöcheln bis zu den Oberschenkeln, und wieder war ich empört. Kindesmisshandlung! Das Wort hallte in meinem Kopf wider. Ich wollte schon Elvira rufen, damit sie den Vater rauswarf, sodass ich das Kind behandeln – und befragen – konnte, als meine Hand über sein rechtes Schienbein strich und ich eine Schwellung spürte. Er hatte tatsächlich ein gebrochenes Bein – wie es aussah, handelte es sich um eine Schienbeinfraktur. »Tut das weh?«, fragte ich ihn und drückte ein wenig zu.

Der Junge schüttelte den Kopf.

»Ihm tut nie irgendwas weh«, sagte sein Vater. Er stand dicht hinter mir und wirkte ungeduldig. Er nahm an, dass ich ihn betrügen würde, und wollte die Sache hinter sich bringen und seine Pesos hinblättern, als wäre die Verletzung seines Sohnes eine Art Steuer.

»Das muss geröntgt werden«, sagte ich.

»Kein Röntgen«, knurrte er. »Ich wusste es, ich hätte ihn gleich zum *curandero* bringen sollen. Richten Sie ihm den verdammten Knochen und fertig.«

Ich spürte den Blick des Jungen auf mir. Er war absolut ruhig, seine Augen waren wie die stillen Teiche im Verlauf des Baches, der aus den Bergen kam und die Zisterne hinter unserem neuen Haus am Meer speiste. Zum ersten Mal kam mir der Gedanke, dass hier etwas Außergewöhnliches vorlag, eine Art medizinisches Wunder: Der Junge hatte ein gebrochenes Schienbein und hätte sich, vor Schmerzen schreiend, auf der Liege winden müssen, doch er sah aus, als wäre alles in Ordnung, als hätte er dem netten Onkel Doktor bloß einen freundlichen Besuch abgestattet, um sich das Skelett und die gerahmten Diplome an den weiß gekalkten Wänden anzusehen und im metallischen Widerschein der Instrumente zu stehen, die Elvira jeden Morgen polierte, bevor sie die vor der Tür wartenden Patienten einließ.

Ich war wie vom Donner gerührt: Er war gelaufen, mit einem gebrochenen Bein. Er war gelaufen und hatte lediglich festgestellt, dass er unerklärlicherweise hinkte. Ich griff nach dem Bein, um die Lage des Knochens zu ermitteln. »Tut das weh?«, fragte ich und spürte, wie die Bruchstellen sich zusammenfügten. Das gleißende Licht draußen wurde kurz gedämpft und dann, als die Wolke weitergezogen war, wieder heller. »Und das?«, fragte ich. »Und das?«

Danach, als ich den Knochen gerichtet und das Bein geschient und eingegipst hatte, als ich dem Jungen zwei alte, ungleiche Krücken geliehen und seinem draußen wartenden Vater gesagt hatte, er solle sich über die Rechnung keine Gedanken machen – »Gratisbehandlung«, sagte ich –, kam neuer Schwung in mein Leben. Mir wurde bewusst, dass ich es mit einem Wunder zu tun hatte, und wer könnte mir einen Vorwurf daraus machen, dass ich den Kurs meines Lebens ändern und einer der Giganten meines Berufsstandes sein wollte, der noch in Jahrzehnten verehrt und studiert werden würde, anstatt in der tödlichen Langeweile einer Kleinstadtpraxis mit Tauben auf den Drähten, *caldereta* im Topf und einem kleinen Haus am Meer langsam zu vergehen? Tatsache war, dass Dámaso Funes ein mutiertes Gen besitzen musste, eine positive, progressive, überlegene Mutation, nicht wie die anderen, die uns das Kind ohne Gesicht und all die anderen Schrecken beschert hatten, die tagein, tagaus in meine Praxis kamen. Wenn diese Mutation isoliert, die genetische Sequenz bestimmt werden könnte, wäre der Nutzen für unsere arme, leidende Spezies unermesslich. Man stelle sich vor: ein schmerzfreies Alter! Schmerzlose Geburten, Operationen, Zahnbehandlungen! Man stelle sich Elviras Krebspatienten vor, wie sie in ihren Rollstühlen umhersausten und bis zuletzt scherzten und grinsten. Welche Freiheit! Welche Freude! Welch ein entscheidender Schlag gegen das Leid, das uns niederdrückt und verstümmelt und ins Grab treibt!

In der Stunde vor der Siesta suchte ich jetzt häufig Mercedes Funes' Stand auf, in der Hoffnung, einen Blick auf den Jungen zu erhaschen, mich mit ihm anzufreunden, mit ihm vertraut zu werden, es vielleicht sogar einzufädeln, dass er bei uns einzog und die Stelle des Kindes einnahm, das Elvira und ich uns angesichts des deprimierend traurigen Zustands der Welt versagt hatten. Ich ging es unverfänglich an. »*Buenas tardes*«, sagte ich so herzlich wie möglich, wenn Mercedes Funes mit von Sorgen gezeichnetem Gesicht vom Grill aufsah. »Wie geht es Ihnen? Und wie geht's Ihren leckeren Tacos? Ja, ja, ich nehme zwei. Nein, lieber drei.« Ich tat sogar, als würde ich sie essen, dabei knabberte ich nur an der Tortilla selbst, während Legionen von früheren und jetzigen Patienten Schlange standen, um ihre in Folie verpackte Mahlzeit in Empfang zu nehmen. So vergingen zwei Monate, bis ich Dámaso wiedersah. Ich bestellte etwas, trat beiseite, und da war er, er stand allein hinter dem Grill, während seine jüngeren Geschwister – die Familie hatte noch dreimal Zuwachs bekommen – mit ihrem Spielzeug auf dem Boden herumkrabbelten.

Seine Augen glänzten, als er mich sah, und ich sagte wohl etwas Naheliegendes wie: »Dein Bein ist, wie ich sehe, gut verheilt. Noch immer keine Schmerzen, hm?«

Er war höflich, wohlerzogen. Er trat hinter dem Stand hervor und schüttelte mir mit einer förmlichen Geste die Hand. »Mit geht's gut«, sagte er und hielt inne. »Bis auf das hier.« Er zog das schmutzige T-Shirt (bedruckt mit dem Logo irgendeiner nordamerikanischen Popband sowie drei höhnisch verzerrten Gesichtern und einer Corona aus struppigem Haar) hoch und enthüllte eine offene Wunde, so groß wie ein Hühnerei. Abermals eine Verbrennung.

»Hm«, machte ich und verzog das Gesicht. »Möchtest du mitkommen in meine Praxis, damit ich das behandeln kann?« Er sah mich nur an. Für einen Augenblick hing mein Vorhaben in der Schwebe. Rauch stieg vom Grill auf. »Gratis?«

Er zuckte die Schultern. Ihm war das alles gleichgültig – er musste das Gefühl haben, unsterblich zu sein, ein Gefühl, das alle Kinder haben, bis sie hinreichend Bekanntschaft mit dem Tod und dem Leiden gemacht haben, das diesem vorausgeht und ihn begleitet, aber natürlich war auch er ebenso wenig wie irgendjemand sonst gefeit gegen Infektionen und den Verlust von Fingern oder ganzen Gliedmaßen, gegen Verletzungen und Funktionsstörungen der inneren Organe. Nur dass er nichts davon fühlte. Zum Segen für ihn. Noch einmal zuckte er die Schultern. Er sah zu seiner Mutter, die Ziegenfleischstücke auf dem billigen Grillrost herumschob, während die Kunden ihre Bestellungen riefen. »Ich muss meiner Mutter helfen«, sagte er. Ich spürte, dass er das Interesse verlor.

Mir fiel eine List ein, es war ein Gedanke, wie er aus einem synaptischen Flattern entsteht, einem Schlagen innerer Flügel: »Möchtest du meine Skorpione sehen?«

Ich sah die Veränderung in seinem Gesicht, als das Bild einer perspektivisch verkürzten Arachnide mit Klauen und erhobenem Schwanz miasmatisch vor seinem inneren Auge aufstieg. Er warf einen raschen Blick auf seine Mutter, die gerade Señora Padilla das Wechselgeld herausgab, einer gewaltigen Frau von weit über hundertfünfzig Kilo, die ich wegen Bluthochdruck, Altersdiabetes und einem hoch ansteckenden Genitalausschlag behandelt hatte, der sich allen gängigen Mitteln widersetzte, und dann duckte er sich hinter die große Kohlenpfanne, um im nächsten Augenblick ein paar Meter von mir entfernt auf der Straße aufzutauchen. Er winkte mir ungeduldig mit der rechten Hand, und ich hörte auf, so zu tun, als würde ich die Tacos seiner Mutter essen, drehte mich um und ging mit ihm davon.

»Ich habe einen in einem Marmeladenglas«, sagte er, und es dauerte einen Moment, bis ich begriff, dass er von Skorpionen sprach. »Einen braunen.«

»Wahrscheinlich ein *Vaejovis spinigerus*, die sind hier sehr verbreitet. Hat er schwarze Streifen auf dem Schwanz?«

Er nickte unbestimmt, woraus ich schloss, dass er noch nicht so genau hingesehen hatte. Er hatte einen Skorpion – das genügte. »Wie viele haben Sie?«, fragte er und ging ohne das kleinste Anzeichen von Hinken neben mir her.

Ich sollte erwähnen, dass ich Amateur-Entomologe oder vielmehr -Arachnologe bin und dass Skorpione mein Spezialgebiet sind. Ich sammle sie, wie ein Lepidopterologe Schmetterlinge sammelt, nur dass meine Exemplare sehr lebendig sind. Damals hielt ich sie in einem Hinterzimmer meiner Praxis in Terrarien, wo sie zufrieden unter den Steinen und Tonscherben hockten, die ich für sie dort hineingelegt hatte.

»Ach, ich weiß nicht«, sagte ich. Wir kamen gerade an einer Seitengasse vorbei, in der ein paar Straßenkinder standen und uns anstarrten. Alle riefen seinen Namen, nicht spottend, sondern voller Bewunderung. Er war für sie, wie ich bald feststellte, eine Art Held.

»Zehn?«, sagte er. Er trug Sandalen. Seine Füße leuchteten im Sonnenlicht, während er auf dem Bürgersteig ausschritt. Es war sehr heiß.

»Nein, über hundert, würde ich sagen. Von ungefähr sechsundzwanzig Arten.« Und dann fügte ich listig hinzu: »Wenn du Zeit hast, zeige ich dir alle.«

Natürlich bestand ich darauf, zuerst die Wunde zu behandeln. Es wäre nicht gut gewesen, wenn er an einer bakteriellen Infektion (oder irgendetwas anderem) gestorben wäre – zum einen natürlich aus rein menschlichen Gründen, zum anderen aber auch im Hinblick auf den Schatz, den er in sich trug und der zum Wohle der Menschheit war. Seine Aufregung war deutlich zu spüren, als ich ihn in das feuchte, dämmrige Hinterzimmer mit dem Betonboden und dem Geruch nach Essig und frisch aufgeworfener Erde führte. Das erste Exemplar, das ich ihm zeigte – *Hadrurus arizonensis pallidus*, der riesige Wüstenskorpion, etwa zwölf Zentimeter lang und von dem Sand, auf dem er lag, kaum zu unterscheiden –, hatte mit seinen Zangen einen Grashüpfer gepackt, als ich das Fliegengitter über dem Terrarium anhob. »Dies ist der größte Skorpion, den es in Nordamerika gibt«, sagte ich, »aber sein Gift ist nicht besonders stark im Vergleich zu dem, das der *Centruroides exilicauda*, der Rindenskorpion, besitzt. Die gibt es auch hier in der Gegend, und sie können sehr gefährlich sein.«

Er sagte nur: »Ich will den Giftigen sehen.«

Ich hatte einige Exemplare in einem Terrarium an der hinteren Wand und schaltete das Licht aus, ließ die Jalousien herunter und nahm die UV-Lampe, um ihm zu zeigen, wie die Tiere aufgrund ihrer natürlichen Fluoreszenz leuchteten. Sobald er die Umrisse der Skorpione, die dort herumkrochen, erkannte, stieß er einen begeisterten Schrei aus, leuchtete mit der Lampe nacheinander in alle Terrarien und führte mich schließlich wieder zu den *Centruroides*. »Würden sie mich stechen?«, fragte er. »Wenn ich reingreifen würde, meine ich.«

Ich zuckte die Schultern. »Könnte sein. Aber sie sind eigentlich scheu und gehen, wie die meisten Tiere, Konfrontationen möglichst aus dem Weg – und sie wollen ihr Gift nicht verschwenden. Sie verbrauchen eine Menge Kalorien, wenn sie Gift produzieren müssen, und das brauchen sie in erster Linie, um Beute zu machen. Damit sie zu fressen haben.«

Er wandte mir im Dunkeln das Gesicht zu. Das UV-Licht löste die Konturen auf und machte seine Augen seltsam blau. »Würde ich sterben?«, fragte er.

Mir gefiel die Richtung nicht, die diese Sache nahm – ich bin sicher, Sie wissen schon, auf was es hinauslief mit diesem Jungen, der keinen Schmerz empfand, und den Tieren, die sich so hervorragend darauf verstanden, Schmerz zuzufügen –, und so übertrieb ich die Gefahr. »Wenn einer dich stechen sollte, würde dir wahrscheinlich übel werden, du würdest dich übergeben und vielleicht sogar Schaum vor dem Mund bekommen. Weißt du, was ich meine?«

Er schüttelte den Kopf.

»Na, egal. Tatsache ist, dass ein Stich von einem dieser Skorpione einen schwachen Menschen, ein kleines Kind etwa oder einen sehr alten Menschen, töten könnte, wahrscheinlich aber nicht einen Jungen deines Alters. Allerdings würde dir sehr, sehr übel werden –«

»Würde es meinen Großvater töten?«

Ich dachte an seinen Großvater. Ich hatte ihn gelegentlich hinter dem Stand sitzen und dösen sehen, ein Haufen alte Haut und Knochen und sicher über neunzig. »Ja«, sagte ich, »das wäre möglich. Wenn er das Pech hätte, nachts auf dem Weg zur Toilette auf einen zu treten …«

In diesem Augenblick läutete die Türglocke, obwohl die Praxis am Nachmittag nur für Notfälle geöffnet war. Ich rief nach Elvira, doch entweder hatte sie sich zum Mittagessen in den Garten gesetzt, oder sie war hinaufgegangen, um sich hinzulegen. »Komm mit«, sagte ich zu dem Jungen und ging mit ihm durch das Sprechzimmer zum Empfang, wo Dagoberto Domínguez stand, einer der Männer aus der Nachbarschaft, die linke Hand in einen blutigen Lappen gewickelt, mit der anderen ein kleines, glitschiges Stück Fleisch umklammernd, das sich als das letzte Glied seines Zeigefingers erwies. Sogleich vergaß ich Dámaso.

Als ich Señor Domínguez' Finger verbunden und ihn in ein Taxi gesetzt hatte, das ihn und die in Eis gepackte Fingerspitze so schnell wie möglich ins Krankenhaus bringen sollte, bemerkte ich, dass die Tür zum Hinterzimmer offen stand. Dort, im Dunkeln, wo das UV-Licht seinen Mondschimmer verströmte, stand der kleine Dámaso, und auf seinem

T-Shirt waren die fluoreszierenden Gestalten von mindestens einem halben Dutzend Skorpione, die über seinen Rücken und an seinen Armen hinauf- und hinunterkrochen. Ich sagte kein Wort. Ich rührte mich nicht. Ich sah einfach nur zu, wie er lässig die Hand zum Hals hob, wo mein *Hadrurus* – der Riesenskorpion – soeben aus dem Ausschnitt des T-Shirts zum Vorschein kam, und wie dieser ihn mehrmals stach, während Dámaso das Tier zwischen zwei Fingern hielt und es behutsam wieder in sein Terrarium setzte.

War ich verantwortungslos? Hatte ich insgeheim, in den hinteren Regionen meines Kopfes, auf ebendies gehofft – auf eine Art von perversem Experiment? Vielleicht. Vielleicht gab es in mir etwas, das die Grenze zwischen Distanzierung und Sadismus einriss – aber war dieses Wort in diesem Fall überhaupt gerechtfertigt? Wie konnte man sadistisch sein, wenn das Opfer nichts spürte? Jedenfalls wurde Dámaso von diesem Tag an mein ständiger Begleiter, während ich meine Beobachtungen niederschrieb und an die Boise State University schickte, wo Jerry Lemongello, ein alter Freund aus gemeinsamen Tagen an der Universität von Guadalajara und weltweit einer der führenden Genetiker, sein hervorragend ausgestattetes Forschungslabor hatte. Dámaso stammte aus einer großen und armen Familie und schien die Aufmerksamkeit, die Elvira und ich ihm zuteilwerden ließen, zu genießen, und im Lauf der Zeit aß er regelmäßig bei uns zu Abend und übernachtete sogar gelegentlich im Gästezimmer. Ich brachte ihm alles bei, was ich über Skorpione und über ihre Verwandten, die Taranteln, wusste, und begann, ihn in Naturwissenschaften im Allgemeinen und Medizin im Besonderen zu unterweisen – vor allem für das letztere Gebiet schien er eine natürliche Begabung zu besitzen. Als Gegenleistung erledigte er alle möglichen Arbeiten im Haus, fegte und wischte den Boden in der Praxis und sorgte dafür, dass die Skorpione genug Grashüpfer und der Papagei genug Samen, Wasser und Obststückchen bekamen.

Jerry Lemongello bat dringend um DNA-Proben. Ich machte einige Abstriche der Mundschleimhaut (die Spuren zahlreicher Verbrennungen aufwies, denn er konnte zwar warm und kalt unterscheiden, wusste aber nicht, was *zu* warm oder *zu* kalt war) und setzte meine eigenen kleinen Experimente fort, einfache Dinge wie die Überprüfung der Reflexe, Nadelstiche in verschiedene Körperpartien und sogar Kitzeln (auf das er übrigens sehr lebhaft ansprach). Eines Nachmittags – und ich bereue es noch heute – erwähnte ich beiläufig, die Wespen, die unter dem Giebel der Praxis ein großes Nest gebaut hätten, entwickelten sich zu einer echten Plage. Sie belästigten die Patienten, die geduckt durch die Eingangstür eilen müssten, und hätten die arme Señora Padilla, die ihre Medikamente habe abholen wollen, zweimal an einer sehr empfindlichen Stelle gestochen. Ich seufzte und sagte, dagegen müsse einmal etwas unternommen werden.

Als ich eine Viertelstunde später aus dem Fenster blickte, stand Dámaso auf einer Leiter und zerfetzte das Nest mit bloßen Händen, umschwärmt von einer wabernden Wespenwolke. Ich hätte eingreifen müssen. Ich hätte ihn ins Haus rufen müssen. Aber ich tat es nicht. Ich sah einfach zu, wie er die Waben mit den Larven systematisch zerstörte und die ausgewachsenen Tiere, die ihn vergeblich stachen, einfach erschlug. Ich behandelte die Stiche natürlich – jeder einzelne rief eine wütend gerötete Schwellung hervor –, schärfte ihm ein, nie wieder etwas so Törichtes zu tun, und hielt ihm einen Vortrag über das Nervensystem und die Wirksamkeit von Schmerzen als Warnsignal dafür, dass mit dem Körper etwas nicht stimmt. Ich erzählte ihm von Leprakranken, die Finger und Zehen verlieren, ohne es zu merken, weil sie kein Gefühl in ihren Extremitäten haben, doch er schien nicht zu begreifen, worauf ich hinauswollte. »Dann sind Schmerzen also etwas Gutes?«, fragte er mich.

»Nein«, sagte ich. »Schmerz ist natürlich schlecht, und in meinem Beruf bemüht man sich, ihn zu bekämpfen, damit die Menschen ein normales Leben führen und produktiv sein können und so weiter ...«

»Meine Mutter hat Schmerzen«, sagte er und strich mit dem Finger über die Schwellungen auf dem Unterarm, als wären sie nichts weiter als eine interessante Neuerung. »Im Rücken. Weil sie sich den ganzen Tag über den Grill beugen muss, sagt sie.«

»Ja«, antwortete ich – sie hatte einen Bandscheibenvorfall gehabt –, »ich weiß.«

Er schwieg für einen Augenblick. »Wird sie sterben?«

Ich sagte, jeder müsse sterben. Aber nicht heute und nicht an Rückenschmerzen.

Ein Lächeln breitete sich auf seinem Gesicht aus. »Darf ich dann zum Essen bleiben?«

Kurz darauf erschien abermals sein Vater, diesmal allein, und ob sein Besuch mit den Wespenstichen zu tun hatte, weiß ich nicht. Jedenfalls brachte er sein Anliegen entschieden, wenn nicht grob vor. »Ich weiß nicht, was Sie mit meinem Jungen machen – oder was Sie glauben, das Sie mit ihm machen –, aber ich will ihn zurück.«

Ich saß an meinem Schreibtisch. Es war elf Uhr, und vor dem Fenster schwebten Kolibris über den rosaroten Blüten der Trompetenwinden, als wären sie aus Luft gemacht. Am Horizont ballten sich Wolken zusammen. Die Sonne war wie Butter. Elvira saß am anderen Ende des Zimmers an ihrem eigenen Tisch und gab etwas in den neuen Computer ein, während das Radio so leise spielte, dass ich die Musik nur als sachtes Strömen im Hintergrund wahrnahm. Francisco Funes wollte sich nicht setzen.

»Ihr Sohn besitzt eine große Gabe«, sagte ich nach kurzem Schweigen. Und obgleich ich im Hinblick auf die Existenz Gottes und eines übernatürlichen Jesus Agnostiker bin, bediente ich mich eines religiösen Bildes, um meine Aussage zu unterstreichen, denn ich dachte, das könnte einen von der verarmten Frömmigkeit seiner Klasse erfüllten Mann wie Francisco Funes vielleicht umstimmen. »Er könnte die Menschheit erlösen, er könnte uns alle von dem Schmerz des Daseins erlösen. Ich will nur dabei helfen.«

»Blödsinn«, knurrte er, und Elvira sah auf und neigte den Kopf, um über ihre Brille zu sehen, die ihr auf der Nase ein Stück heruntergerutscht war.

»Aber das ist die Wahrheit«, sagte ich.

»Blödsinn«, wiederholte er, und ich dachte, wie unoriginell er war, wie unwissend und beschränkt und gebeugt unter der Last des Aberglaubens und der Gier, die ihn und den Rest der leidenden Massen niederdrückte.

»Er ist *mein* Sohn«, sagte er, und seine Stimme klang wie aus einem Brunnenschacht, »nicht Ihrer. Und wenn ich ihn noch ein einziges Mal hier erwische, verpasse ich ihm eine Tracht Prügel –« Er hielt inne, als er mein bitteres Lächeln sah. »Ich habe meine Methoden, von denen Sie nichts wissen. Und wenn ich ihn nicht verprügeln kann, dann kann ich immer noch Sie verprügeln, Herr Doktor, mit allem Respekt. Und Sie werden es spüren wie jeder andere.«

»Soll das eine Drohung sein? Elvira« – ich wandte mich zu ihr –, »hast du das gehört?«

»Da können Sie Ihren Arsch drauf verwetten«, sagte er.

Und dann war der Junge ganz einfach verschwunden. Er kam weder am nächsten noch am übernächsten Morgen in die Praxis. Ich fragte Elvira nach ihm, und sie zuckte die Schultern, als wollte sie sagen: »Vielleicht ist es besser so.« Aber es war nicht besser so. Ich stellte fest, dass er mir fehlte, und zwar nicht einfach aus egoistischen Gründen (Jerry Lemongello hatte mir geschrieben, die DNA-Proben seien unbrauchbar, und bat mich eindringlich, ihm weitere Proben zu schicken), sondern weil er mir wirklich ans Herz gewachsen war. Es hatte mir Freude gemacht, ihm etwas zu erklären und ihn aus dem Sumpf der Unwissenheit und des Analphabetismus zu heben, in den er hineingeboren worden war, und wenn ich ihn im Geist als Naturwissenschaftler oder gar Arzt in meine Fußstapfen treten sah, glaubte ich nicht, dass ich mir etwas vormachte. Er war intelligent und lernte schnell, er besaß eine rasche Auffassungsgabe und die Fähigkeit, genau hinzusehen, sodass er beispielsweise, als ich eine Krabbe, einen Skorpion und eine Spinne auf ein Tablett legte und ihm zeigte, sogleich imstande war, ihre Verwandtschaftsmerkmale zu nennen und sie nach Familie, Gattung und Art zu bestimmen, wie ich es ihn gelehrt hatte. Und das mit neun Jahren.

Als er sich auch am dritten Morgen nicht sehen ließ, ging ich zum Stand der Familie Funes, weil ich hoffte, ihn dort zu finden. Es war noch früh, und Mercedes Funes fachte gerade den Holzkohlengrill an, während an einem Gestell hinter ihr ein halbes Dutzend Fleischstücke von frisch (oder jedenfalls kürzlich) geschlachteten Ziegen hingen (nebenbei gesagt, übersät mit Fliegen). Ich begrüßte sie, erkundigte mich nach ihrer Gesundheit, dem Wetter und der Qualität des Fleisches, doch irgendwann verzog sie schmerzhaft das Gesicht, legte die Hand auf den Rücken, richtete sich langsam auf und bedachte mich mit einem Blick, den ich nur als feindselig bezeichnen kann. »Er ist bei seiner Großmutter«, sagte sie. »In Guadalajara.«

Und das war alles. Sosehr ich ihr auch zusetzte – mehr wollte Mercedes Funes nicht sagen, ebenso wenig wie ihr Esel von einem Mann, und wenn es bei ihnen einen medizinischen Notfall gab, gingen sie fortan quer durch die Stadt zur Praxis meines Konkurrenten Dr. Octavio Díaz, den ich aus tiefstem Herzen verabscheue, aber das ist eine andere Geschichte. Ich will nur so viel sagen: Es dauerte ein paar Jahre, bis ich Dámaso wiedersah. Allerdings hörte auch ich – wie alle anderen – die Gerüchte, sein Vater zwinge ihn, mit einer Schaubude über Land zu ziehen, und beute seine Gabe rücksichtslos aus, um irgendwelchen gaffenden Bauern ein paar Pesos aus der Tasche zu locken. Es war eine Schande. Es war ein Verbrechen. Aber weder ich noch Jerry Lemongello oder die Mitglieder des Aufsichtskomitees der Boise State University konnten irgendetwas dagegen tun. Er war fort, und wir blieben, wo wir waren.

Die nächste Taubengeneration ließ sich auf den Drähten nieder, Elvira legte unter dem Kinn und um die Mitte herum ein wenig zu, und jeden Morgen beim Rasieren sah ich das unaufhaltsame Vorrücken der weißen Haare, die sich über die Wangen und Koteletten nach oben arbeiteten und schließlich den ganzen Kopf eroberten. Ich stand auf, ließ Wasser ins Waschbecken laufen und sah im Spiegel einen Fremden, einen alten Mann, der mich aus kurzsichtigen Augen stumpf anstarrte. Ich diagnostizierte Masern, Mumps und Gonorrhö, betastete kranke Körper, hantierte mit Ohrenspiegel, Spritze und Zungenspatel, und das Ganze erschien mir wie eine raffinierte Form der Strafe aus einem Drama von Sophokles. Und eines Nachmittags, als ich mit einer Plastiktüte voll Grashüpfer für meine Skorpione vom Tiergeschäft zurückkehrte, bog ich um eine Ecke, und da war er.

Auf dem Bürgersteig vor Gómez' Bäckerei standen vierzig, fünfzig Menschen und traten in der noch moderaten Hitze von einem Fuß auf den anderen. Sie schienen wie gebannt – keiner blickte auch nur zur Seite, als ich mich nach vorn drängelte. Ich sah Francisco Funes, und das Blut stieg mir zu Kopf. Er stand neben einer behelfsmäßigen Bühne aus einem halben Dutzend gestapelter Paletten und musterte die Menge mit taxierendem Blick, als zählte er schon die Einnahmen, während auf der Bühne selbst Dámaso stand, ohne Hemd, ohne Schuhe, in einer knappen, eng anliegenden Hose, die kaum das Nötigste bedeckte. In einem Kohlebecken erhitzte er die Klinge eines mit Perlen verzierten Messers, bis sie glühte. Er sah aus wie ein Igel, denn Spieße aus rostfreiem Stahl, wie man sie für Schisch Kebab braucht, steckten überall in seinem Körper (einer war durch beide Wangen gebohrt), und ich sah mit morbider Faszination zu, wie er das Messer aus der Glut nahm, hochhob und flach auf seinen Handrücken drückte, sodass man das Zischen des Fleisches hören konnte. Die Menge keuchte. Neben mir fiel eine Frau ihrem Mann ohnmächtig in die Arme. Ich tat nichts. Ich sah zu, wie Dámaso, dessen Körper mit Narben übersät war, an einem Stück Haut über dem Brustbein zog und das Messer hindurchstieß.

Ich wollte sie anprangern, diese Schande, doch ich beherrschte mich. Auf dem Höhepunkt des Geschehens drehte ich mich um, verschwand in der Menge und wartete auf eine Gelegenheit. Der Junge – er war jetzt ein Jüngling, dreizehn, vierzehn Jahre alt – vollführte noch andere Akte sinnloser Folter, die ich hier nicht schildern werde, und dann ging der Hut herum, Pesos wurden eingesammelt, und Vater und Sohn machten sich auf den Weg zu ihrem Haus. Ich folgte ihnen mit einigem Abstand, in der Tüte schnarrten die Grashüpfer. Ich sah den Vater ins Haus treten – es war jetzt größer, einige kürzlich angebaute Räume mussten nur noch mit Dachpappe und Ziegeln gedeckt werden –, während der Junge zu einer gelben Kühltasche ging, die an der Vordertreppe lehnte, eine Flasche Coca-Cola hervorholte und sich in den alten, abgewetzten Sessel auf der Veranda sinken ließ, als wäre er hundertfünfzig Jahre alt. Ich wartete einen Augenblick, bis er seine armselige Belohnung ausgetrunken und die Flasche zwischen seine Beine gestellt hatte, und schlenderte dann unbekümmert am Haus vorbei, als wäre ich zufällig gerade in der Gegend. Als ich auf gleicher Höhe mit ihm war und sicher sein konnte, dass er mich bemerkt hatte, blieb ich unvermittelt stehen und sah ihn mit einem betont überraschten, ja eigentlich ungläubigen Blick an. »Dámaso?«, rief ich. »Bist du's wirklich?«

Seine Augen leuchteten auf, aber nur seine Augen – er schien nicht imstande, den Mund zu einem Lächeln zu verziehen. Er sprang auf, kam mit großen Schritten auf mich zu und streckte die Hand aus. »Herr Doktor«, sagte er, und ich sah die Verfärbung der Lippen und, auf einem Schlachtfeld von Narben, die beiden blutverkrusteten Einstiche auf den Wangen. Mein Entsetzen und mein Mitleid hätten nicht größer sein können, wenn er tatsächlich mein Sohn gewesen wäre.

»Lange nicht gesehen«, sagte ich.

»Ja«, antwortete er.

Meine Gedanken rasten. Ich überlegte fieberhaft, wie ich ihn fortlotsen könnte, bevor Francisco Funes wieder aus dem Haus trat. »Hast du Lust mitzukommen, in die Praxis, zum Abendessen? Wie in alten Zeiten? Elvira macht Auberginenlasagne und einen knackigen Salat mit gebratenen Artischockenherzen, und damit« – ich hob die Plastiktüte und schüttelte sie – »könnten wir die Skorpione füttern. Ich habe jetzt einen, der ist beinahe doppelt so groß wie der *Hadrurus*, eine afrikanische Art. Eine Schönheit, eine regelrechte Schönheit.«

Und da war er, der verstohlene Blick über die Schulter, dieselbe Bewegung, mit der er sich damals, als Kind, am Verkaufsstand, nach seiner Mutter umgesehen hatte, und im nächsten Augenblick waren wir unterwegs, gingen nebeneinanderher und ließen das Haus hinter uns. Er schien seine Schritte jetzt bedächtiger zu setzen, als drückte ihn das Gewicht der Jahre auf unergründliche Weise nieder (oder vielmehr auf ergründliche, absolut ergründliche Weise, ergründlich bis auf den schwärzesten Grund des Herzens seines Vaters), und ich verlangsamte mein Tempo, um mich dem seinen anzupassen, und sorgte mich, er könnte an Muskeln, Bändern, Knorpeln, ja sogar am Nervensystem irreparablen Schaden genommen haben. Wir kamen am Schlachthof vorbei, wo Refugio, der Cousin seiner Mutter, Ziegen zum Wohl der Familie opferte, und gingen durch die ausgedörrten, von Eidechsen bevölkerten Überreste dessen, was nach dem einstigen Willen der Stadtväter ein Park hatte sein sollen, und den langen Hügel hinauf, wo die Gutsituierten, Vermögenderen und nicht zuletzt Gebildeteren unseres Städtchens zu Hause waren.

Der köstliche Duft von Elviras Lasagne lag in der Luft, als wir zur Praxis abbogen. Wir hatten über Belanglosigkeiten geredet, über meine Arbeit, den Papagei – ja, es ging ihm gut –, den Kleinstadtklatsch, das Wetter, aber nicht über sein Leben, seine Reisen, seine Gefühle. Erst als wir im Licht der UV-Lampe im Hinterzimmer saßen und er ein Glas gesüßten Eistee in der Hand und einen Teller *dulces* auf dem Schoß hatte, begann er sich mir zu öffnen. »Dámaso«, sagte ich irgendwann, und die Skorpione in den Terrarien leuchteten wie geisterhafte Erscheinungen, »du machst einen niedergedrückten Eindruck – was ist los? Hat es etwas mit … deinen Reisen zu tun?«

Der säuerliche Geruch der Arachniden und der verheißungsvolle Duft von Elviras Essen lagen in der Luft. Im Dunkeln stellte Dámaso behutsam das Glas ab und bürstete die Krümel vom Schoß. Dann sah er mich an. »Ja«, sagte er leise. Und dann, mit mehr Nachdruck: *»Ja.«*

Ich schwieg einen Augenblick. Aus dem Augenwinkel sah ich meinen *Hadrurus*, der die Grenzen seiner Welt erkundete. Ich wartete.

»Ich habe keine Freunde, Herr Doktor, keinen einzigen. Sogar meine Brüder und Schwestern sehen mich an, als wäre ich ein Fremder. Und alle Jungen im ganzen Bezirk, bis ins letzte kleine Dorf, versuchen mich nachzumachen.« Er klang angestrengt – es war der Ton eines Erwachsenen, seines Vaters, der im Widerspruch stand zu der dünnen, brüchigen Stimme eines Kindes. »Sie tun das, was ich tue. Aber ihnen tut es weh.«

»Du musst das nicht mehr tun, Dámaso.« Ich spürte, dass meine Gefühle aufwallten. »Es ist falsch, es ist ganz falsch, siehst du das nicht?«

Er zuckte die Schultern. »Ich habe keine andere Wahl. Ich bin es meiner Familie schuldig. Meiner Mutter.«

»Nein«, sagte ich, »du bist ihnen gar nichts schuldig. Jedenfalls nicht das. Dein Ich, deinen Körper, dein Herz –«

»Sie hat mich auf die Welt gebracht.«

»Ich auch«, sagte ich – ich weiß, es war eine absurde Bemerkung.

Wir schwiegen. Nach einer Weile sagte ich: »Du hast eine große Gabe, Dámaso, und ich kann dir helfen, damit zu leben – du kannst hierbleiben, bei Elvira und mir, du brauchst dich nie mehr auf die Straße zu stellen und … und dich zu *verletzen*, denn was dein Vater mit dir macht, ist böse, Dámaso, *böse* – es gibt kein anderes Wort dafür.«

Er hob eine verletzte Hand und ließ sie wieder fallen. »Meine Familie geht vor«, sagte er. »Meine Familie geht immer vor. Ich weiß, was ich zu tun habe. Aber was meine Familie nicht versteht und was auch Sie nicht verstehen, ist: Es *tut* weh. Ich spüre es, ich spüre es wirklich.« Und er hob abermals die Hand und klopfte sich an die Brust, genau da, wo sein Herz sich ausdehnte und zusammenzog und Blut durch seine Adern pumpte. »Hier«, sagte er. »Hier tut es weh.«

Eine Woche später war er tot.

Ich erfuhr es erst, als er bereits beerdigt war, und Jerry Lemongello, der, in der Hoffnung, selbst eine DNA-Probe nehmen zu können, den langen Flug von Boise hierher auf sich nahm, kam zu spät. Mercedes Funes stand im Qualm, vergoss Tränen und drückte vergeblich die Hand auf die untere Rückenpartie, während sie sich über den Grill beugte, und ihr Mann torkelte in einer schmutzigen *guayabera* durch die Straßen, so betrunken wie nur irgendein Säufer. Man sagte, Dámaso habe vor den Kindern, die ihm folgten, als wäre er eine Art Gottheit, angeben wollen – vor Jungen, die für den Schmerz leben, ihn zufügen und entlocken, als wäre er etwas Kostbares, das man messen und wiegen kann, Jungen, die es schick finden, sich mit Rasierklingen Hieroglyphen in die Haut zu ritzen. Es war ein dreistöckiges Gebäude. »Spring!«, riefen sie. »Sin Dolor! Sin Dolor!« Er sprang, und er spürte keinen Schmerz.

Aber ich frage mich – und möge Gott, so es Ihn denn gibt, Francisco Funes und seiner Frau gnädig sein –, ob er gewusst hat, was er tat, und ob er es nicht weniger aus Angeberei als vielmehr aus Kummer getan hat. Wir werden es nie erfahren. Und wir werden nie seinesgleichen sehen, auch wenn Jerry Lemongello sagt, er habe von einem Jungen in Pakistan gehört, der offenbar dieselbe Mutation aufweise, einem Jungen, der sich auf Dorfplätzen Verletzungen beibringe, um das Keuchen und den Applaus zu hören und das Geld einzusammeln.

Es dauerte kein Jahr, dann war Dámaso vergessen. Das Haus seiner Familie war bis auf die Grundmauern und die Überreste eines Kerosinofens abgebrannt, die Ziegen starben, der Holzkohlengrill brannte ohne ihn, und ich schloss meine Praxis und zog mit Elvira und dem Papagei in unser Haus am Meer. Ich verbringe meine Tage in der Sonne, kümmere mich um unseren bescheidenen Garten und gehe am zuckerweißen Strand entlang, um zu sehen, was die Flut zurückgelassen hat. Ich praktiziere nicht mehr, aber natürlich kennt man mich hier als *El Estimado Doctor*, und gelegentlich, in Notfällen, steht ein Patient vor meiner Tür. Neulich war es ein kleines Mädchen, drei oder vier Jahre alt, die Mutter trug es auf dem Arm. Die Kleine hatte in den Gezeitentümpeln bei den Lavaklippen gespielt, die wie dunkle ferne Brotlaibe aus dem Sand aufragen, und war auf einen Seeigel getreten. Einer der langen Stacheln, mit denen dieses Wesen sich schützt, war tief in die Fußsohle eingedrungen und unter dem Gewicht des Kindes abgebrochen.

Ich tröstete die Kleine, so gut ich konnte. Eigentlich redete ich nur Unsinn – in solchen Fällen kommt es allein auf die Intonation an. Ich murmelte. Am Strand murmelte das Meer. So behutsam wie möglich hielt ich den kleinen Fuß, fasste den glatten schwarzen Stachel mit der Pinzette und zog ihn heraus, und ich kann Ihnen sagen, das kleine Mädchen schrie, dass die Fensterscheiben klirrten, es schrie, als gäbe es auf der ganzen Welt keinen anderen Schmerz.

HIEB- UND STICHFEST

Der Aufkleber

Ich habe keine Kinder – ich bin nicht mal verheiratet, nicht mehr –, aber im vergangenen Monat ging ich, obwohl ich von der Heimfahrt fix und fertig war und mich einfach nur auf die Bar, den Fernseher und ein Mikrowellengericht – in dieser Reihenfolge – freute, zur jeden Donnerstagabend stattfindenden Sitzung des Schulbeirats von Smithstown. Mit leerem Magen. *Sans* Alkohol. Warum? Wegen Melanie Alberts Biologiebuch für die neunte Klasse – oder vielmehr wegen des Aufklebers auf dem Einband. Es ist das Buch mit der Vergrößerung eines Schmetterlingsflügels vor einem Hintergrund aus reiner, unverfälschter Natur, das Standard-Lehrbuch in Zehntausenden von Schulen im ganzen Land, und ich war eine Woche zuvor darauf aufmerksam geworden, als Melanies Vater Dave und ich bei einem Feierabendbier im Granite Grill saßen.

Das Granite ist unser Wasserloch, und abgesehen von der Tatsache, dass der Laden nun mal da ist, gibt es nicht viel, was für ihn spricht. Seine Vorzüge liegen wohl hauptsächlich in dem, was er nicht bietet: keine Bedienungen, die Kämpfe mit ihrem Gewissen austragen müssen, kein Koch, der seine Fähigkeit zur Verschmelzung der äthiopischen und koreanischen Küche beweisen will, keine andere Musik als Hits der achtziger Jahre von einem Kabeldienst, der nur die wirklich guten Sachen bringt, sodass man dort The Clash mit *Wrong 'Em Boyo* und David Byrnes *Swamp* aus seiner Zeit mit Talking Heads hört anstatt den immer gleichen Mist, den das Radio bringt. Und die Beleuchtung ist schummrig. Sehr schummrig. Im Grunde sieht man außer dem Farbenspiel des Fernsehers nicht viel mehr als den warmen, aus hundert tröstlichen Kupfer- und Goldtönen zusammengesetzten Schein der Flaschen in dem indirekt beleuchteten Regal hinter der Theke. Es ist ein entspannender Ort, so entspannend, dass ich manchmal, kaum dass ich mich auf den Barhocker gepflanzt habe, in einer Hand den Stiel des Glases, in die andere mein Kinn gestützt, so schwer wie alle Schlackehaufen der Welt, in mein privates Traumreich drifte. Man könnte sagen, das Granite ist mein zweites Zuhause. Vielleicht auch mein erstes.

Wir hatten uns gerade auf die Barhocker gesetzt, meine rechte Hand wanderte instinktiv zu der Schüssel mit dem künstlich aromatisierten Knabberzeug, auf dem Breitbildschirm rannten die Mets von Base zu Base, und Rick, der Barmann, mixte meinen ersten Sidecar dieses Abends und seihte ihn ab, als ich im Augenwinkel wahrnahm, dass Dave zu meiner Linken in seinem Aktenkoffer kramte. Etwas klatschte neben mir auf die Theke. Ich wandte den Kopf. »Was ist das?«, fragte ich. Es war ein Buch, und sein in leuchtendem Orangerot gehaltener Titel sprang mich an: *Einführung in die Biologie.* »Ein bisschen leichte Lektüre?«

Dave war so alt wie ich, dreiundvierzig, und machte sich nicht die Mühe, die Haare zu färben oder etwas gegen die Falten zu unternehmen, die seine Stirn zerfurchten und an seinen Augenwinkeln zerrten, denn er war einverstanden mit dem, was er war, und hatte keine Bedenken, die Welt daran teilhaben zu lassen. Er starrte mich nur an. Er spielte nicht mehr Tennis. Er spielte nicht mehr Poker. Und wenn ich ihn am Samstagmorgen anrief und zu einer kleinen Tageswanderung oder einer Spritztour den Fluss hinauf einlud – in meinem Motorboot mit den beiden Merc 575, die einen Dampf machen, dass man sich die morgendliche Rasur glatt sparen kann –, hatte er immer zu tun.

»Was?«, sagte ich.

Er tippte auf den Einband des Buches. »Fällt dir nichts auf?«

Mein Drink kam, kalt, süß, so unentbehrlich wie Sauerstoff. Die Mets machten noch einen Punkt. Ich nahm einen Schluck.

»Der Aufkleber«, sagte er. »Hast du den Aufkleber nicht gesehen?«

Jetzt, da er mich darauf hinwies, bemerkte ich ihn, einen kreisrunden, zitronengelben Aufkleber, so groß wie ein Silberdollar, und darauf stand in nüchternen schwarzen Buchstaben: *Die in diesem Buch vorgestellte Evolutionstheorie ist lediglich eine Theorie und sollte nicht als Tatsache aufgefasst werden.*

»Ja«, sagte ich. »Und?«

Er biss die Zähne zusammen und sah mich lange und durchdringend an. »Verstehst du nicht, was das heißt?«

Ich dachte einen Augenblick darüber nach und wendete das Buch hin und her, bevor ich es wieder auf die Theke legte und versuchte, den Aufkleber mit dem Daumennagel zu entfernen. Doch das war unmöglich – es war, als wäre er mittels eines revolutionären neuen Verfahrens untrennbar mit dem Einband verbunden worden. »Das Scheißding geht nicht ab«, sagte ich und grinste ihn an. »Du hast nicht zufällig ein Stück Schleifpapier dabei?«

»Das ist nicht komisch, Cal. Du hast gut lachen – du hast ja kein Kind, das in die Schule geht. Aber wenn du irgendeine Ahnung hättest, wenn du wüsstest, was in diesem Land, was hier in unserer Gemeinde passiert –« Er brach ab, so erregt, dass er nicht weitersprechen konnte. Sein Gesicht war gerötet. Er nahm sein Bier und stellte es wieder hin.

»Du meinst die Tatsache, dass wir jetzt wieder in einer Theokratie leben, oder? In einer Theokratie, die im Krieg mit einer anderen Theokratie liegt?«

»Warum musst du immer alles ins Lächerliche ziehen?«

»Bibeltypen«, sagte ich ohne große Überzeugung. Ich war in einer Bar. Es war ein langer Tag gewesen. Ich wollte mich unterhalten, über nichts Besonderes, über Sport, Frauen und die subtile Manipulation durch Bierreklame, über Autos und Palm Pilots. Ich wollte nicht tief schürfen. Da unten war es mir zu kalt, zu dunkel und zu beengt. »Das ist nicht dein Ernst«, sagte ich und gab nach. »Hier? Fünfzig Kilometer von Manhattan entfernt?«

Er sah mir in die Augen und nickte. »Ich hab das alles nicht so genau verfolgt«, sagte er. »Und Katie auch nicht. Ich glaube, letztes Jahr sind wir nicht mal zur Wahl des Schulbeirats gegangen ... Ich meine, es ist unsere eigene Schuld. Für uns war es bloß eine Liste mit Namen. Wie bei den Richtern. Weiß denn irgendjemand auch nur das kleinste bisschen über die Richter, die im November auf der Wahlliste stehen? Oder über die Kandidaten, die Schulrat werden wollen? Scheiße – man müsste sich so reinknien, dass man zu nichts anderem mehr kommen würde, wenn du verstehst, was ich meine.«

In mir regten sich Gefühle: Ärger, Zorn, Hilflosigkeit. Mein Drink war warm geworden. Ich sagte das Einzige, was mir einfiel: »Und was willst du jetzt machen?«

Jesus – und wo Er wohnt

Es regnete an jenem Donnerstagabend, aber es war noch warm – der letzte Hauch des Sommers, bevor der September in den Oktober überging und die Tage kürzer wurden, auf allen Straßen Laub lag und das Boot aus dem Wasser musste. Es war nicht ganz leicht, das Gebäude zu finden, wo die Veranstaltung stattfand. Seit ich zur Schule gegangen bin, ist so viel gebaut worden, dass es für eine ganze Kleinstadt gereicht hätte; die Einwohnerzahl steigt ständig, selbst hier, wo es null Jobs gibt und alle immer davon reden, wie wichtig es ist, die beinahe ländliche Atmosphäre zu bewahren – als würden wir unsere Kerzen selbst herstellen und die Achsen unserer Pferdewagen schmieren. Ein weiterer Grund, warum ich das Gebäude nicht finden konnte: Es war dunkel. Die Straßenbeleuchtung endet einen Block hinter der Kreuzung von State Road und Main Street, und die dunkle Rinde der großen alten Eichen und Ulmen, die alle so zu lieben scheinen, saugt das Licht derartig auf, dass man glaubt, man wäre in einem Kohlenbergwerk. Und ich gebe zu: Meine Augen sind nicht mehr das, was sie mal waren. Ich schiebe es vor mir her, mir eine Brille zu besorgen, zum einen, weil sie über ihren Träger etwas aussagt – weil sie eine Schwäche verrät –, und zum anderen, weil ich gehört habe, dass man, wenn man einmal angefangen hat, eine Brille zu tragen, nie mehr ohne auskommt: Das war's, mein Lieber, hier ist die Krücke für den Rest deines Lebens. Das Nächste ist dann eine Lesebrille, und im Handumdrehen läuft man mit dieser albernen Schnur um den Hals herum und murmelt: *Hat jemand meine Brille gesehen?*

Jedenfalls, es waren die vielen Wagen, die mir schließlich den Weg wiesen. Es müssen hundert oder mehr gewesen sein, sie füllten den Parkplatz hinter der neuen Grundschule bis auf den letzten Platz, und wer keinen mehr gefunden hatte, parkte auf einem Rasenstück, das eine nasse, dunkle

Leerstelle in den tiefsten, schwärzesten Schatten war. Ich stellte meinen Wagen ein paar Zentimeter hinter dem letzten ab, der sich in eine Lücke auf dem Rasen gezwängt hatte – es war ein kobaltblauer, buckliger, gebirgsartig aufragender Suburban –, und spürte, als ich den Motor abstellte, dass die Räder ein wenig einsanken, doch darum wollte ich mich später kümmern. Mit hochgeschlagenem Mantelkragen eilte ich auf die Lichter des Gebäudes zu.

In der Aula war es voll, es gab nur noch Stehplätze, und alle sahen wütend aus, von den sechs Mitgliedern des Schulbeirats, die hinter einem langen Klapptisch auf dem Podium saßen, über den Reporter der Lokalzeitung bis hin zu den besorgten Eltern und Schülern, die auf den Stühlen saßen oder entlang der Wände standen wie Komparsen auf einem Filmset. Der schwache Duft von Bohnerwachs, Fingerfarben und Formaldehyd erfüllte mich mit Nostalgie, doch sie währte nicht lange, denn der Geruch dieser Menschenmasse war überwältigend. Dass alle mehr oder weniger nass waren, machte die Sache nicht besser. Die Haare der Frauen hingen schlaff herunter, die Jacken der Männer klebten an ihren Schultern und Armen, Schirme tropften, Matschstreifen zierten den Linoleumboden. Ich roch – auch ich trug zu diesem Potpourri bei – meinen eigenen Geruch: reifer Käse unter den Achseln und eine Mischung aus Mango und Ananas, die das nasse Haargel verströmte. Es war sehr warm.

Hinter mir schloss sich leise die Tür, und ich fand mich eingezwängt zwischen einer hageren, ledrigen Frau mit einem Wust wie lackiert wirkender schwarzer Haare und einem pockennarbigen Mann, der aussah, als sei sein ohnehin schon beschissener Tag gerade dabei, noch beschissener zu werden, als dämmerte ihm gerade, dass er hier, in dieser Hitze und diesem Gestank, unter all diesen Menschen, würde stehen müssen, bis das letzte Wort gesprochen war und die Türen sich öffneten, um ihn hinaus in den Regen zu lassen. Ich zog die Schultern nach vorn, um weniger Platz einzunehmen, und ließ den Blick über die Menge schweifen, in der Hoffnung, Dave und seine Frau zu entdecken. Nicht dass das irgendwas geändert hätte: Selbst wenn sie mir einen Platz freigehalten hätten, wäre es mir nicht möglich gewesen, ihn zu erreichen. Dennoch gab es mir ein leises Gefühl der Befriedigung, als ich sie in der dritten Reihe sitzen sah. Katie hatte ein schwarzes Kopftuch umgebunden, als wäre dies eine Beerdigung, und Daves kahle Stelle leuchtete wie ein pochiertes Ei im grauen Nest seiner Haare.

Was soll ich sagen? Es war die normalste Szene der Welt, eine Szene, wie sie sich im Lauf von Generationen und im ganzen Land immer wieder abgespielt hatte: Auf einer Seite des Podiums hing eine amerikanische Fahne, ein roter Samtvorhang verbarg den Bühnenhintergrund, an den frisch gestrichenen Wänden hingen von Schülern gemalte Bilder, und Eltern, Lehrer und Schüler hatten sich zu einer Bürgerversammlung eingefunden, um über die pädagogischen Feinheiten des Lehrplans zu beraten. Ich stand da, geblendet vom Neonlicht und umwabert vom Dunst meiner Mitmenschen, und stürzte innerlich in einen tiefen Teich der Nostalgie: Ich dachte an meine verstorbenen Eltern, an meine größtenteils verstorbenen Lehrer und an mich selbst, der ich ganz gesund und sehr lebendig, wenn auch sehr durstig war. In mancher Hinsicht war es sehr berührend. Ich trat von einem Fuß auf den anderen. Betrachtete die Quadrate der Deckenverkleidung, um meine Gefühle unter Kontrolle zu bringen. In diesem Augenblick spürte ich, dass hinter mir die Tür geöffnet wurde – ein kalter Luftzug, das Zischen des Regens – und jemand, der noch später dran war als ich, hereinschlüpfte. Eine Frau. Jung, hübsch, eingehüllt in eine Parfümwolke. Ich sah sie an, als sie sich neben mich drängte. »Entschuldigung«, flüsterte sie. »Kein Problem«, flüsterte ich zurück, und weil ich mich unbeholfen fühlte und sie nicht anstarren wollte, wandte ich meine Aufmerksamkeit wieder der Bühne zu.

Allgemeines Husten und Geraschel, und dann beugte sich ein Mitglied des Schulgremiums – eine säuerlich dreinblickende Frau, der eine Lesebrille um den Hals baumelte – vor und griff nach dem Mikrofon, das am Rand des Tischs stand. Ein Rumpeln ertönte und das Jaulen einer Rückkopplung, als sie das Ding aus dem Ständer zog, und dann vernahmen wir ihre verstärkte Stimme, als wäre sie schon die ganze Zeit, knapp unterhalb der Wahrnehmungsschwelle, da gewesen: »Und da wir damit am Ende unserer Tagesordnungspunkte angekommen sind, möchten wir jetzt Ihre Fragen und Kommentare hören. Bitte immer nur einer auf einmal, und bitte kommen Sie zum Mikrofon in den Mittelgang, damit alle Sie verstehen können.«

Der erste Sprecher – ein Mann in den Dreißigern, schmale Augen, schmale Schultern, der eine billige Sportjacke und eine Schnürsenkel-Krawatte mit türkiser Spange trug, wohl in der Hoffnung, dass man ihn für hip hielt – erhob sich unter lebhaftem Beifall und angefeuert von den Schülern entlang der Wände. »Ba-uum!«, riefen sie, »Ba-uum!« Innerhalb eines Augenblicks war die Stimmung von nervöser Erwartung zu einer Art Ekstase umgeschlagen. »Ba-uum!«

Er trat an das Mikrofon, sah über die Schulter zu den Schülern und sagte knapp: »Das reicht jetzt – und das meine ich *ernst*.« Die Anfeuerungsrufe verstummten. Dann wandte er sich halb dem Publikum zu – und das sah etwas unbeholfen aus, denn er richtete seine Worte ja auch an das Gremium auf der Bühne – und stellte sich vor. »Mein Name ist Robert Tannenbaum« – wieder Rufe: »Ba-uum, Ba-uum!« –, »und wie viele von Ihnen wissen, unterrichte ich an der Smithstown High in der neunten Klasse Biologie. Ich habe hier eine Erklärung, unterschrieben nicht nur von allen Lehrkräften für naturwissenschaftliche Fächer – mit einer Ausnahme –, sondern auch von der Mehrheit der anderen Lehrer.«

Es waren nur ein paar Zeilen – er wusste, dass es besser war, sich kurz zu fassen –, und als er sie verlas, beobachtete ich unwillkürlich die Gesichter der Mitglieder des Schulgremiums. Es waren vier Männer und zwei Frauen mit den üblichen Frisuren und Accessoires und in Braun- und Grautöne gekleidet. Sie saßen so steif da, als wären ihre Knochen miteinander verwachsen, und während der Lehrer die Erklärung vorlas, schweiften ihre Blicke, ohne ihn weiter zu beachten, über die Menge. Die Erklärung besagte schlicht, die Lehrerschaft lehne den warnenden Aufkleber, den das Schulgremium auf dem Lehrbuch *Einführung in die Biologie* habe anbringen lassen, als einen Verstoß gegen die in der Verfassung verankerte Trennung von Staat und Kirche ab. »Kein anerkannter Wissenschaftler, ganz gleich, in welchem Land der Erde«, sagte der Lehrer und sah dabei die Frau mit dem Tischmikrofon an, »betrachtet die Lehre vom ›Intelligenten Entwurf‹ oder – nennen wir das Kind doch beim Namen – den *Kreationismus* als wissenschaftlich gültige Theorie.« Und nun drehte er sich zu der Menge um und breitete die Arme aus: »Seht den Tatsachen ins Auge, Leute – hier geht's nicht um eine echte Debatte, sondern um wissenschaftlich und antiwissenschaftlich.«

Einige Zuhörer stampften mit den Füßen auf. Der Mann neben mir bleckte die Zähne und zischte.

»Und das ist hier der Dreh- und Angelpunkt. Wir sprechen von einer *wissenschaftlichen* Theorie, die durch Versuche und Forschungsergebnisse anderer überprüft werden kann, und nicht von einer theologischen, denn um nichts anderes handelt es sich hier: um den Versuch, Glaubensfragen im Unterricht zu verankern –«

»Atheist!«, rief eine Frau, doch der Lehrer winkte ab. »Keine Theorie ist hieb- und stichfest«, sagte er und erhob jetzt die Stimme. »Uns Wissenschaftlern ist eine Diskussion – eine wissenschaftliche Diskussion aufgrund gesicherter Erkenntnisse – stets willkommen, und gewisse Theorien unterliegen, wie das Leben auf diesem Planeten, ständigen Mutationen und Veränderungen, aber –«

»Ba-uum, Ba-uum!«

Unruhe machte sich breit, eine stille Unterströmung aus Widerspruch und Wut. Die Schüler feuerten an, und einzelne Zuhörer machten Zwischenrufe, bis die säuerlich dreinblickende Frau – war sie die Vorsitzende des Gremiums oder die Schulrätin? – mit der flachen Hand auf den Tisch schlug. »Sie kommen alle zu Wort«, sagte sie mit so spitzer Stimme, dass es klang, als würde sie Stahlnadeln ins Mikrofon hämmern und mit dem Wimmern der Rückkopplung ins Publikum schleudern, »denn schließlich hat jeder das Recht auf eine eigene Meinung.« Sie funkelte den Lehrer an, setzte die Lesebrille auf und musterte blinzelnd ein Stück Papier, das sie in dem Versuch, das Licht einzufangen, schräg vor sich hielt. »Danke, Mr Tannenbaum«, sagte sie. »Das Wort hat jetzt Reverend Dr. Micah Stiller von der First Baptist Church. Bitte, Reverend.«

Ich war wie vom Donner gerührt. Ich hatte keine Ahnung gehabt. Ich war jeden Tag mit dem Zug in die Stadt gefahren und jeden Abend zurückgekehrt, ich hatte im Granite herumgehangen und Wanderungen unternommen, ich war den Fluss hinaufgerast, um den Wind im Gesicht zu spüren und irgendeine Frau zu beeindrucken, die ich überredet hatte mitzukommen, und die ganze Zeit hatte direkt vor meiner Nase dieser manichäische Kampf getobt. Der Reverend (Bart, Anzug von der Stange, schwarze Schuhe, so groß wie Kaminböcke) rief Gott, Jesus und die Bibel als die höchsten Autoritäten in Fragen der Schöpfung an, und dann stellte sich eine lange, gewundene Schlange von Menschen am Saalmikrofon an, die allesamt ihre Meinung über alles Mögliche kundtun wollten, von der Sintflut über das Alter der Erde (*Zehntausend Jahre? Haben Sie den Verstand verloren?*, rief der Biologielehrer, bevor er die Aula unter Beifalls- und Buhrufen durch den Seitenausgang verließ) bis hin zu neuesten Fortschritten wie die Weltraumfahrt und die Entschlüsselung des menschlichen Genoms, das dem des Schimpansen sehr ähnlich sei. Dem der Nacktschnecken übrigens ebenfalls.

Irgendwann ergriff auch Dave das Wort. Er stand abrupt auf, das Gesicht starr vor Empörung, ging ans Mikrofon und sagte: »Wenn es keine Evolution gibt, wie kommt es dann, dass wir uns jedes Jahr wieder gegen Grippe impfen lassen müssen?« Bevor irgendjemand ihm antworten konnte, saß er schon wieder auf seinem Platz, und die Vorsitzende klatschte in die Hände und bat um Ruhe. Ich hätte nicht sagen können, wie viel Zeit vergangen war. Eine Stunde, mindestens eine Stunde. Mein linkes Bein fühlte sich an, als wäre es abgestorben. Ich roch Parfüm. Warf einen verstohlenen Blick auf die Frau neben mir und sah, dass sie schöne Hände und Füße hatte und ein Lächeln, das das meine suchte. Sie war etwa fünfunddreißig, blond, ohne Hut und Mantel, und trug ein flauschiges blaues Wollkleid, das kurz über den Knien endete, und wir waren einer Meinung. Dachte ich jedenfalls.

Als sich das Ganze schließlich dem Ende zuzuneigen schien, ging eine Schülerin in weißem Pullover und Schottenrock, mit kurz geschnittenem Haar und brav verschränkten Armen durch den Mittelgang nach vorn, als wäre der mit glühenden Kohlen ausgelegt. Ihre Hände zitterten, als sie versuchte, das Mikrofon tiefer zu stellen, und sie schien die Stellschraube nicht lösen zu können. Sie stand da und mühte sich vergeblich ab, und als sie sah, dass niemand ihr half, stellte sie sich auf die Zehenspitzen. »Ich wollte nur sagen«, begann sie und umklammerte das Mikrofon, als wollte sie sich daran emporziehen, »ich heiße Mary-Louise Mohler und bin in der siebten Klasse der Smithstown High –«

Zischen, Buhrufe, in einer der hinteren Reihen pfiffen zwei Jungen mit groben Gesichtszügen und Baseballmützen anzüglich, Erwachsene drehten sich empört um, vor den Fenstern prasselte der Regen.

Sie wartete geduldig, bis die Unruhe sich gelegt hatte und die Frau mit dem säuerlichen Gesicht sie mit einem gekünstelten Lächeln aufforderte weiterzusprechen. »Ich finde, alle sollen wissen, dass die Evolutionstheorie nur eine Theorie ist, wie es auf dem Aufkleber steht –«

»Und was ist mit dem ›Intelligenten Entwurf‹?«, rief jemand, und zu meinem Erstaunen sah ich, dass es Dave gewesen war, der sich halb von seinem Stuhl erhoben hatte. »Das ist dann wohl eine Tatsache.« Ich musste lachen, wenn auch leise, leise, und wandte mich zu der Frau neben mir, der Blondine. »Für alle Jesusfreaks vielleicht«, flüsterte ich und grinste ihr einvernehmlich zu. Sie ignorierte es. Ihr Blick blieb unverwandt auf das Mädchen gerichtet. Das Publikum war still geworden. Ich hob die Hand an den Mund, um ein imaginäres Husten zu unterdrücken, verlagerte mein Gewicht auf das andere Bein und sah wieder zum Mittelgang.

»Ja«, sagte sie und schlug die Augen nieder, damit sie Dave nicht ins Gesicht sehen musste. »Das *ist* eine Tatsache, das weiß ich genau.« Sie faltete die Hände vor der Brust, wippte zurück und stellte sich dann noch einmal auf die Zehenspitzen, um mit sanfter Stimme ins Mikrofon zu hauchen: »Das weiß ich, weil Jesus in meinem Herzen wohnt.«

Die Schwachen

Ich war als Erster draußen. Der Regen war zu einem steten Nieseln geworden. Das Gebüsch rechts und links des Weges war schwarz vor Feuchtigkeit, die Luft erfüllt vom Geruch des Regens – oder vielmehr vom nassen, pilzigen, chaotischen Geruch der Natur. Einem angenehmen Geruch. Überaus angenehm nach dem miefigen Dunst der Aula. Ich beeilte mich, zu meinem Wagen zu kommen, damit ich nicht ins Gedränge geriet. Ich wollte mich mit Dave und Katie im Granite treffen, einen Burger essen und ein, zwei Gläser Bier trinken, und ich konnte es kaum erwarten, die ganze Sache mit ihnen durchzusprechen. Am liebsten hätte ich die Hand gehoben und dem Mädchen in dem Schottenrock eine Frage gestellt, nämlich die nach der Beweisbarkeit ihrer Überzeugung. Konnte man eine von diesen medizinischen Minikameras durch ihre Oberschenkelarterie in ihre linke Herzkammer schieben, um nachzusehen, ob der Erlöser tatsächlich dort war? Und was tat Er dort? Setzte Er sich gerade zum Abendmahl? Briet Er sich einen Fisch in der Pfanne? Jonas hatte immerhin genug Platz gehabt. Aber andererseits konnte Jesus sich vermutlich sehr, sehr klein machen – so klein, dass man ihn nicht mal unter dem Mikroskop sehen konnte.

Sehr lustig – Dave und ich würden was zu lachen haben. Ich schritt den Weg entlang, über den Rasen, durch die vernieselte Welt, und dachte an kaltes Bier, einen Burger, medium rare, mit extra viel Käse und zwei Scheiben Bermudazwiebel, bis ich vor meinem Wagen stand und sah, dass daraus vorerst nichts werden würde. Die Hinterräder waren zwei bis drei Zentimeter tief in den durchweichten Boden eingesunken, aber das war nicht das Problem, jedenfalls nicht das unmittelbare. Das unmittelbare Problem war der Mini Cooper (zweifarbig lackiert, rot und schwarz), der hinter meinem Wagen geparkt war und diesen so blockierte, als hätte ihn während der Versammlung jemand eingemauert.

Ich trug einen neuen dreiviertellangen Mantel aus braunem Leder, der mir vor einem Monat im Schaufenster eines Geschäfts auf der Fifth Avenue aufgefallen war und für den ich zu viel bezahlt hatte, und er war im Begriff, ruiniert zu werden. Ich hatte die Verkäuferin, die mir ein Imprägnierspray in die Hand gedrückt und das Versprechen abgenommen hatte, den Mantel zu Hause sofort damit zu behandeln, sogleich wieder vergessen. Jetzt spürte ich, wie das Leder die Nässe aufsaugte. Von meiner Nase tropfte nach Mango und Ananas riechendes Wasser. Ich sah mich um und dachte an die blonde Frau – das war ihr Wagen, so viel war sicher, und wo zum Teufel war sie, und wie kam sie dazu, mich derart zu blockieren? –, und dann schloss ich meinen Wagen auf, setzte mich hinein und wartete.

Zwanzig der längsten Minuten meines Lebens krochen dahin, während ich im Dunkeln dasaß. Ich rauchte eine Zigarette, obwohl ich das Rauchen eigentlich hatte aufgeben wollen, während das Radio wisperte und die Windschutzscheibe beschlug. Scheinwerferlicht fiel auf mich, als ein Wagen nach dem anderen rückwärts aus seiner Parklücke setzte und in die Freiheit entschwand. Ich rief mir, nicht zum ersten Mal, in Erinnerung, dass Geduld keineswegs eine Tugend, sondern bloß getarnte Schwäche ist. Ein Moskito erschien aus dem Nichts und setzte sich auf meinen Hals, damit ich sein Leben beenden konnte, bevor er Gelegenheit hatte, noch mehr Moskitos zu produzieren und hinauszuschicken in die große weite Welt der nackten Arme, Hälse und Bäuche. Bäuche. Ich dachte an Bäuche und dann an die Blondine und daran, wie ihr Bauch wohl aussehen mochte, wenn sie etwas weniger Formelles trug als das flauschige blaue, bis zum Hals zugeknöpfte Wollkleid, und ich zog an meiner Zigarette, trommelte mit den Fingern aufs Armaturenbrett und merkte, dass meine Augenlider schwer wurden.

Schließlich – und es war mein Pech, dass die letzten beiden Wagen diejenigen waren, die mich blockierten – hörte ich Stimmen und sah im Rückspiegel drei Gestalten aus der Dunkelheit auftauchen. Drei Frauen. »Na gut«, sagte die eine – es war die Vorsitzende, und ihr großes, langes, weißes Gesicht erschien wie ein kalbender Gletscher neben dem Beifahrerfenster meines Wagens, während der Suburban sie mit einem kurzen Blinken der Lichter und einem Quietschton begrüßte –, »dann also gute Nacht. Du kannst stolz sein, Schätzchen – das hast du wirklich gut gemacht.«

Die Tür wurde zugeschlagen. Der Suburban röhrte. Bremslichter, ein kraftvolles Reifenknirschen, das Fiepen der Servolenkung, und dann war sie verschwunden. Ich sah zur anderen Seite, und da, im Außenspiegel, war sie, die Blondine. Sie stand neben ihrer Tochter, die einen Schottenrock und einen feuchten weißen Pullover trug.

Ich erstarrte. Vollkommen. Ich war absolut reglos. Ich holte nicht mal Luft. Das Mädchen und seine Mutter stiegen in den Mini Cooper, und ich wollte in meinem Sitz versinken, in den Fußraum kriechen, einfach ganz und gar verschwinden, doch ich konnte nichts tun. Ich hörte den Anlasser – gleich würden die beiden fort sein –, und trotz aller Widrigkeiten dieses Abends, trotz meines knurrenden Magens und eines beinahe körperlichen Verlangens nach Alkohol, trotz der eigenartigen Atmosphäre in der überfüllten Aula und des Bekenntnisses, das ich gehört hatte, verspürte ich eine Sehnsucht, die mich so weit aus mir hinaustrug, dass ich nicht mehr wusste, wo ich war. Und dann hörte ich das Zischen und das anschwellende Wimmern durchdrehender Räder. Diese Frau hatte keine Ahnung, nicht die leiseste Ahnung, wie man einen festgefahrenen Wagen durch Vor- und Zurückschaukeln wieder freibekommt. Sie gab Gas. Die Räder wimmerten. Sie gab noch mal Gas. Und noch mal.

Ich sah, wie die Tür aufschwang, sah ihre Beine, als sie sich hinunterbeugte, die Schuhe auszog und barfuß auf den Rasen trat, um sich ein Bild von der Lage zu machen, während die Silhouette ihrer Tochter hinter der beschlagenen Windschutzscheibe verschwamm. Ich war schwach, ich war seit über einem Monat nicht mehr mit einer Frau zusammen gewesen, ich hielt den Anblick dieser nassen nackten Unterschenkel und schlammverschmierten Füße nicht aus, und es war mir egal, ob Jesus und alle himmlischen Heiligen in dieser Rechnung eine Rolle spielten oder nicht, und darum stieg ich aus, sah sie über die gleißenden Scheinwerfer hinweg an und sagte: »Kann ich helfen?«

Die Tauglichen

An jenem Abend ging ich nicht mehr ins Granite. Ich rief Dave vom Handy aus an und sagte ab, und er klang verärgert – er hatte sich in der Versammlung aufgeregt und wollte sich an jemandem abarbeiten –, aber der Mini saß tiefer im Dreck, als es zunächst den Anschein gehabt hatte, und als wir ihn endlich freibekommen hatten, wollte ich nur noch ins Bett. Mein Mantel war ruiniert, meine Schuhe ebenfalls. Beide Hosenbeine waren voller Schlamm, auch meine Hände, und die Fingernägel waren schwarz. Ich hätte es aufgeben sollen, das Wort *aussichtslos* machte sich wie ein Dorn in den hinteren Regionen meines Kopfes bemerkbar, aber ich wollte etwas beweisen – und vielleicht schämte ich mich auch ein bisschen für meine Bemerkung über »Jesusfreaks«. Wir mühten uns seit zehn Minuten ab, aus dem Nieseln war wieder Regen geworden, die kleinen Räder des Minis wühlten sich immer tiefer, die Tochter und ich stemmten uns gegen die Heckklappe, als die Frau am Steuer – die Blondine, die Mutter – den Kopf aus dem Fenster streckte und den Motor abstellte. »Vielleicht«, sagte sie unter dem leisen Ticken des Metalls und dem sanften Rauschen des Regens, »sollte ich lieber den Automobilclub anrufen.«

Ich trat neben den Wagen, sodass ich die blassen Konturen ihres von schimmerndem, nassem Haar eingefassten Gesichts und ihre Augen erkennen konnte, die mir wie flüssiges Feuer erschienen. Das Innere des Wagens lag hinter ihr im Schatten. Ihre Schultern, ihren Oberkörper, ihre Beine konnte ich nicht sehen, nur ihr Gesicht, wie ein gerahmtes Foto. »Nein«, sagte ich, »das ist nicht nötig. Wir kriegen das schon hin.«

Die Tochter – Mary-Louise – meldete sich ebenfalls zu Wort. Sie stand, die Hände in die Hüften gestemmt, auf der anderen Seite des Wagens. Ihr Pullover hatte ein paar Schlammspritzer abgekriegt. »Jetzt komm schon, Mom«, sagte sie mit einem genervten Unterton, »versuch's noch mal.« Sie sah mich an und stemmte sich wieder gegen den Wagen. »Komm«, rief sie, »noch einmal.«

Ich sah ihre Mutter an. Sie kniff für einen Moment die Augen zusammen, sodass sich in der Haut über ihrer Nase eine Hieroglyphe bildete, öffnete sie wieder und ließ mich in den vollen Genuss ihres Blicks kommen. Mir wurde bewusst, dass sie meine Bemerkung in der Aula gar nicht gehört hatte und keinerlei Groll gegen mich hegte. Ich saß nicht auf der Anklagebank. Nein, ich war ein hilfsbereiter Fremder, der barmherzige Samariter. »Ich bin Lynnese Mohler«, sagte sie, und ihre Hand – die Nägel waren in einem metallischen Blau- oder Lavendelton lackiert – tauchte aus dem Schatten auf und ergriff meine. »Und das ist meine Tochter Mary-Louise.«

»Calvin Jessup.« Ich beugte mich zu ihr und dem Duft, der sie umgab, einem Duft nach Parfüm und dem, was darunterlag. »Aber man nennt mich einfach Cal. Meine Freunde jedenfalls.« Ich lächelte. Breit. Dümmlich. Der Regen nahm zu.

»Komm schon, Mom.«

»Ich möchte Ihnen für Ihre Hilfe danken – das ist sehr nett von Ihnen. Aber sind Sie wirklich sicher, dass ich nicht den Automobilclub anrufen sollte? Ich meine, die berechnen so was ja nicht mal.«

Ich richtete mich auf, zuckte betont die Schultern und spürte das Gewicht jeder Zelle meines fünfundachtzig Kilo schweren Körpers. Ich wollte keinen Alkohol. Ich wollte keinen Burger. Ich wollte nur diesen Wagen aus dem Dreck schieben. »Wenn Sie hier im Dunkeln sitzen und warten wollen«, sagte ich. »Aber ich glaube, es ist zu schaffen, wenn Sie –«

»Du musst den Wagen rausschaukeln, Mom.« Das Mädchen – wie alt war sie, vierzehn, fünfzehn? In der neunten Klasse? Ich wusste es nicht mehr genau – schlug mit der flachen Hand auf die Seite des Wagens. »Beim letzten Mal hat's fast geklappt, also los, mach den Motor an und dann immer vor und zurück – du weißt schon, wie Dad es uns gezeigt hat.«

Lynnese sah kurz zu mir auf, zog den Kopf ein und schüttelte ihn, sodass ihr das durch die Nässe strähnige Haar ins Gesicht fiel. »Ich bin geschieden«, sagte sie.

Hinter uns, jenseits des Parkplatzes, erloschen die Lichter der Aula. »Ja«, sagte ich. »Ich auch.«

Die Tauglichsten

Eine Woche später saß ich mit Dave im Granite, trank den zweiten Sidecar des Abends, sah mir die erste Runde der Playoffs an, bei denen die Mets (in diesem Jahr jedenfalls) nicht mitmachen würden, und dachte an Lynnese, während Dave von der Klage erzählte, die er und zwölf weitere Eltern gegen den Schulbezirk einreichen wollten. Ich mochte Dave. Er war einer meiner ältesten Freunde. Ich gab ihm sowohl grundsätzlich als auch im vorliegenden Fall recht, aber wenn er in Fahrt kam, wenn er sich in Rage redete, neigte er dazu, sich endlos und idiotisch zu wiederholen. Ich hörte mit halbem Ohr zu, gab an den richtigen Stellen die richtigen Töne von mir (»Aha … tatsächlich?«) und blendete ihn langsam aus.

Ich wollte ihm von Lynnese erzählen und davon, was in der vergangenen Woche zwischen uns passiert war, aber ich konnte nicht. Es ist mir noch nie leichtgefallen, meine Gefühle zu zeigen, weshalb Leute wie Dave mir gelegentlich vorwerfen, ich würde immer alles ins Lächerliche ziehen. Hätte ich sie erwähnt – vor allem Dave gegenüber –, dann wäre ich mir vorgekommen wie ein Verräter. »Ich bin gläubige Christin«, hatte sie bei unserer ersten Verabredung zu mir gesagt, noch bevor ich das Bier kalt stellen oder die Motoren auf Touren bringen oder sie bitten konnte, die Heckleine loszumachen und uns abzustoßen (was eine einfache Methode ist, meine Begleitung in das einzubinden, was dann kommt, denn wenn man mit einem Boot fährt, gibt es keine Verstellung, und der Kitzel, den man auf dem Wasser verspürt, trägt einen sofort zurück in die Kindheit, ganz automatisch – zack). Die Sonne stand hoch am Himmel, das Laub der Bäume war gelb und rot verfärbt, es war ein herrlicher Samstag, und ich hatte vor, flussaufwärts zu einem schwimmenden Restaurant mit Bar zu fahren, wo wir auf der Terrasse sitzen, Cocktails trinken, Reggae hören, vielleicht – sofern sie Lust dazu hatte – tanzen und zu Abend essen konnten. Sie trug Shorts. Ihr Haar war eine Herrlichkeit ganz eigener Art. »Hallo«, sagte ich. »Hallo«, antwortete sie. »Wo ist Mary-Louise?«, fragte ich, insgeheim hocherfreut, dass sie allein gekommen war, denn ich hatte schon befürchtet, dieses Mädchen, in dessen Herzen Jesus wohnte, würde auch dabei sein, und halb damit gerechnet, sie auf dem Rücksitz des Minis oder aus dem Gebüsch auftauchen zu sehen, doch ich erfuhr, Mary-Louise mache eine Wanderung. »Rauf zum Breakneck Ridge. Wo der Weg um den Berg herum zu diesen Seen führt. Sie liebt die Natur«, sagte Lynnese. »Noch die unscheinbarsten Dinge, und wie sie sich dann darauf konzentriert … es ist wirklich eine Schande, dass man sie in der Schule, in Biologie, nicht in Ruhe lässt. Sie könnte Naturwissenschaftlerin werden, Ärztin, alles Mögliche.« Dazu hatte ich nicht viel zu sagen. Ich hielt ihr meine Hand hin, um ihr ins Boot zu helfen. Es schaukelte, und sie stand breitbeinig da und sah mich an. »Ich bin gläubige Christin«, sagte sie.

Tja, na gut. Ich hatte sie zweimal gesehen, sie war so lebendig, intelligent und gut informiert wie die anderen Leute, die ich kannte, und wenn ich damit gerechnet hatte, sie würde sich den intimeren Augenblicken einer sich entwickelnden Beziehung sozusagen in Sack und Asche nähern, so erwies sich das als weiteres unbegründetes Vorurteil. Sie war scharf. Und ich war fasziniert. Wirklich fasziniert. (Auch wenn ich es, nach dem, was ich mit meiner Ex-Frau und den drei oder vier Frauen nach ihr erlebt habe, nicht Liebe oder Verliebtheit nennen oder es sonst irgendwie genauer bezeichnen will.)

»Wir werden sie drankriegen«, sagte Dave. »Das schwöre ich dir. Es gab schon mal einen Prozess in Pennsylvania und davor einen in Kansas, aber diese Leute wollen es einfach nicht lernen. Und sie haben Geld im Rücken. Viel Geld.«

»Man könnte sagen, sie sind Fanatiker«, sagte ich.

»Genau«, sagte er. »Das sind Fanatiker.«

Die Listen

Vor dem Prozess kamen die Unterschriftenlisten. Ein Prozess muss unter Dampf gesetzt werden, man braucht Zeit, um sich in Position zu bringen, eine Kriegskasse anzulegen, Finten und Riposten zu planen, aber Unterschriftenlisten erfordern lediglich Beinarbeit und eine Verwaltungsgebühr für die Genehmigung. Innerhalb einer Woche nach der Versammlung waren die Listen überall. Man konnte nicht in den Gemüseladen, die Post oder die Bibliothek gehen, ohne einen Bogen um einen Klapptisch machen zu müssen, an dem zwei oder drei verbissen wirkende Frauen hinter einem Durcheinander aus Stiften, Styroporbechern, Schnellheftern und selbstgemalten Schildern saßen. Und Männer, Männer auch. Männer wie Dave oder, auf der anderen Seite, Männer wie der Reverend oder der pockennarbige Mann, der in der Aula neben mir gestanden und seine Meinung durch gebleckte Zähne und aufgeblasene Backen kundgetan hatte. Ich hatte eine Menge Dinge für selbstverständlich gehalten. Mag sein, manche von uns wohnten am Ende langer Straßen, und vielleicht wollten wir uns auch darum nicht mit Gemeindefragen befassen, weil dieses wilde Herumdiskutieren irgendwie nicht zu uns passte, aber meines Wissens war man sich in der Gemeinde eigentlich immer grundsätzlich einig gewesen: Verschont die Bäume, beschränkt den Tourismus, bewahrt die alten Häuser an der Main Street, haltet den Fluss sauber und erzieht die Kinder so, dass sie der Gesellschaft nicht zur Last fallen. Jetzt sah ich, wie sehr ich mich getäuscht hatte.

Dave kam natürlich ins Granite marschiert und legte seine Unterschriftenliste auf die Theke, und während Elvis Costello *My Aim Is True* sang, mein Burger auf dem Grill brutzelte und die Abendsonne die Wand erglühen ließ, war ich einer der Ersten, die unterschrieben, und zwar nicht aus irgendeiner Art von Gruppendruck – Rick und ein halbes Dutzend Stammgäste sahen mir über die Schulter –, sondern weil es richtig war. »Die Leute können glauben, was sie wollen«, wandte sich Dave mit einer kleinen Rede an alle, »aber das heißt noch nicht, dass es auch die Wahrheit ist. Und erst recht nicht, dass es Wissenschaft ist.« Ich unterschrieb. Natürlich unterschrieb ich. Er hätte mich umgebracht, wenn ich's nicht getan hätte.

Und dann ging ich vom Bahnhof den Hügel hinauf, die Bäume waren in voller Herbstpracht, hinter mir, über dem Fluss, zog die Dämmerung herauf, und alles war so unverfälscht und rein, als wäre ich in der Zeit zurückgereist. Plötzlich fiel mir ein, dass ich noch ein paar Dinge aus dem Lebensmittelgeschäft brauchte. Ich kochte nicht oft – das erledigte Tom Scoville, der Koch des Granite, für mich –, aber ich aß zum Frühstück Müsli, schob hin und wieder ein Tiefkühlgericht in die Mikrowelle oder gab mich dem Ritual hin, eine Scheibe Schweizer Käse abzuschneiden und zwischen zwei Scheiben Roggenbrot zu legen. Ich brauchte Milch, Butter und Brot. Und als ich am Morgen hinunter zum Bahnhof gegangen war, hatte ich mir eingeschärft, mich abends, auf dem Rückweg, daran zu erinnern.

Ich war tief im Feierabendtran und dachte an gar nichts, und der pockennarbige Mann überrumpelte mich. Plötzlich war er da, genau vor der Tür von Gravenites' Deli. Er stand mir nicht direkt im Weg, nahm aber mehr Raum ein, als mir recht war. Aus der Nähe sah ich, dass die Narben die Relikte eines epidermalen Krieges waren, den er nicht nur in seinem Gesicht, sondern auch am Hals und auf der Kopfhaut geführt hatte.

Er roch nach Roastbeef. »Hallo, Bruder«, sagte er und streckte mir ein Klemmbrett hin.

Ich war nicht zu Diskussionen aufgelegt. »Ich war ein Einzelkind«, antwortete ich.

Unbeeindruckt – ich glaube, er hatte mir gar nicht zugehört – redete er einfach weiter. »Es wird eine Schlacht geschlagen um die Seelen unserer Kinder, und wir alle müssen uns daran beteiligen.«

»Ich nicht.« Ich versuchte, an ihm vorbeizukommen. »Ich muss nur Milch kaufen.«

»Ich hab Sie bei der Versammlung gesehen«, sagte er, und jetzt stellte er sich mir in den Weg. »Sie wissen ganz genau, um was es geht.« Hinter ihm, in den Tiefen des Ladens, sah ich Leute an der Theke stehen und auf Aufschnitt, Sandwiches oder ein Stück Pizza warten. Dreißig Sekunden waren vergangen, dreißig Sekunden meines Lebens. Ich wandte mich zur Tür, das Klemmbrett stob auf wie ein Vogel. »Auf welcher Seite stehen Sie?«, sagte er. »Denn in dieser Sache gibt es nur eine Seite – die Seite Gottes.«

»Lassen Sie mich mit Ihrem verdammten Scheiß in Ruhe.«

Sein Blick zuckte und wurde starr, und eine Härte legte sich über sein Gesicht. »Passen Sie auf, was Sie sagen!«

Mit einem Mal verschwand die ganze Welt, als wäre der Film von der Rolle gesprungen, und ein alter, tiefer Groll brach in mir auf. Es hatte nichts mit Dave oder Schulgremien oder Lynnese oder gar ihrer Tochter zu tun – hier ging es darum, dass ein Fremder aufdringlich wurde, und ich mag's nicht, wenn einer aufdringlich wird. Irgendein Redneck. Irgendein Idiot mit einer Haut wie eine Käsereibe und Mundgeruch obendrein. Also stieß ich ihn beiseite, und er taumelte gegen das Schaufenster, und alle in Gravenites' Deli fuhren herum, als das Glas rumpelte. Er ging auf mich los, bevor ich ihn mir vom Hals halten konnte, und packte mich mit beiden Händen am Hemdkragen. Jetzt war er derjenige, der fluchte: »Herrgott, Herrgott, Herrgott!«

Es war, wie die meisten Schlägereien, im Nu vorbei. Ich entfernte seine Hände gewaltsam von mir und meinem Hemd, das dabei zerriss – grünes Lyocell, mit einem Muster aus Bananenblättern, siebenundachtzig Dollar im Ausverkauf –, und gab ihm einen zweiten Stoß, der ihn in den leeren Fahrradständer stolpern ließ, wo er sich mit den Beinen verfing und hart auf den Boden schlug. Ich ging weiter, die Straße entlang, in meinen Ohren rauschte das Blut, und alles war so verzerrt, dass ich dachte, mit meinen Augen stimme etwas nicht.

Ich fühlte mich beschmutzt. Ich war wütend auf mich selbst, aber mehr noch auf ihn und alle, die waren wie er, die Engstirnigen, die Bigotten, die *Fanatiker* – denn das waren sie: Fanatiker. Ihre Hoffnung gaben sie als Gewissheit aus, ihre verzweifelten Bitten zupften uns am Ärmel, sie zupften und schoben, zupften und schoben. Auf dem College hatte ich – ich glaube, im zweiten Studienjahr – ein Seminar mit dem Titel »Religionsphilosophie« belegt, zum einen, um die Prüfungsvoraussetzungen zu erfüllen, zum anderen, weil ich mich mit Munition gegen meine katholische Mutter und den Betrug versorgen wollte, mit dem die Priester und Rabbis und Mullahs all jene hinters Licht führen, die zu unwissend oder verängstigt sind, um ihnen zu widersprechen. Meine ganze Kindheit hindurch war ich das Opfer dieses Betruges gewesen, man hatte mir von der Herrlichkeit Gottes und Seiner Engel erzählt, von endloser, allumfassender Güte und dem Mysterium, das Mary-Louise in ihrem Herzen bewahrte und an dem sie alle teilhaben ließ, und ich wollte, dass dieses wissenschaftliche Seminar und der Professor in mittleren Jahren mit dem farblosen Haarschopf und dem Leberfleck auf der Stirn, der aussah wie eine Karte des Eriesees, mir bestätigten, dass es sich um einen Betrug handelte. Ich kannte Paleys Argument für die Existenz eines intelligenten Schöpfers, kannte seinen Vergleich mit der Uhr und dem Uhrmacher, und nun wusste ich auch, dass diese Leute – die Jesusfreaks – dieselben alten Argumente in neuer Verpackung verkauften: Komplexität setzt einen Plan voraus, und ein Plan erfordert einen Planer. Weiter kamen sie nicht, damit war die Sache für sie bewiesen: Gott existiert. Und die Erde ist zehntausend Jahre alt, wie es in der Bibel steht.

Ich ging den Bürgersteig entlang, meine Beine trugen mich mit dem wilden Stampfen der Wut den Hügel hinauf, die Quadricepsmuskeln spannten und entspannten sich, die Bänder in den Knien taten ihre Arbeit, während die Kammern meines jesuslosen Herzens pumpten, weil sie gut funktionierende, komplexe Teile einer komplexen Maschine waren, und die ganze Debatte war reduziert auf ein leeres Klemmbrett und ein zerrissenes Hemd. Ich war zwei Blocks vom Granite entfernt. Ich sah nichts. Ich dachte nichts. Ich überquerte eine Straße, dann noch eine, und dann fiel der Hügel vor mir ab, bis die vertraute gelbe Markise der Bar in Sicht kam: Davor standen geparkte Wagen, Lichter leuchteten in der Dämmerung, und alle Bäume in diesem Block lagen im Schatten.

Mit einem Mal konnte ich wieder klar sehen, und da war Lynnese. Sie saß vor der Buchhandlung an einem Tischchen, neben ihr, auf einem Klappstuhl, Mary-Louise, so kerzengerade, als übte sie schon mal für den Abschlussball. Sie waren nicht einmal zwanzig Meter entfernt. Ich sah einen vorn und hinten mit einem optimistischen gelben Smiley-Gesicht bedruckten Becher mitten auf dem Tisch, ich sah Mary-Louise' rosaroten Rucksack zu ihren Füßen auf dem Boden, sah die aufgeschlagenen Bücher und Hefte. Und ich sah das Klemmbrett. Den billigen braunen Kunststoff, das Schimmern der Klammer. Ich sah es in dem Moment, in dem Lynnese aufblickte und mir ein Lächeln zuwarf, das Flügel hatte.

Meine Reaktion? Ganz ehrlich? Ich tat, als hätte ich sie nicht bemerkt. Plötzlich musste ich die Straße überqueren – es war dringend, absolut notwendig, denn obwohl ich mich damit weiter vom Granite entfernte, sodass ich bis zum Ende des Blocks und auf der anderen Straßenseite wieder zurückgehen musste, hatte ich dort drüben etwas sehr Wichtiges zu erledigen, in dem Antiquitätengeschäft, an dem ich schon hundertmal vorbeigegangen war, ohne je einen Fuß hineinzusetzen.

Mutation und wie sie in der Natur funktioniert

Und dann war es ein Sonntag gegen Ende des Monats, zu warm für die Jahreszeit. Ich wanderte auf dem Weg hinter Breakneck Ridge, spürte das angenehme Gewicht des Tagesrucksacks und erfreute mich an dem Wind, der durch die Bäume fuhr und die Farben herausschüttelte. Ich hatte zwei Hotdog-Brötchen dabei, außerdem zwei Rindfleischwiener, ein Plastiktütchen Senf und einen Lederschlauch voll Rotwein, und wollte einen großen, acht bis zehn Kilometer langen Bogen gehen und an einem Bach rasten, an dem ich gern saß, besonders im Herbst, wenn es keine Mücken mehr gibt. Die World Series hatte begonnen, aber an diesem Tag spielten zwei Mannschaften, die mich nicht besonders interessierten, und ich fand, das Granite könne – wenigstens für einen Nachmittag – ganz gut mal ohne mich auskommen. Ich war die ganze Woche über immer wieder dort gewesen, meist wenn Dave nicht da war. Nichts gegen Dave, aber ich brauchte mal ein bisschen Zeit für mich. Die Nächte wurden kühler. Bald würden die Bäume kahl sein.

Der Anstieg ließ meine Lunge brennen, und ich merkte, dass ich nicht in der Form war, in der ich hätte sein sollen – vom Bahnhof den Hügel hinaufzugehen war eine Sache, aber dieser Kamm war etwas ganz anderes. Ich dachte an den Professor für Religionsphilosophie und den Streich, den er uns im Seminar gespielt hatte, an einem Freitagnachmittag, als wir allesamt nur noch raus und in die Stadt wollten, um Bier zu trinken, laute Musik zu hören und in irgendeine Beziehung zum anderen Geschlecht zu treten. Er zeichnete etwas an die Tafel, nicht sehr kunstvoll, nur Linien und Schattierungen. Es schien ein Stück Natur darzustellen, eine Felsspitze, eine Tanne, ein paar Felsen. Er sagte nicht, dass es sich um ein Trompe-l'Œil handelte, doch genau das war es: eine Illusion, eine optische Täuschung, ganz einfach. *In dieser Zeichnung*, sagte er, *ist eine Gestalt versteckt, und wenn Sie sie gefunden haben – verraten Sie es bitte keinem –, dann dürfen Sie gehen. Es ist ganz einfach. Sie müssen sich nur konzentrieren.* Meine Kommilitonen stießen einer nach dem anderen überraschte Laute aus, staunten kurz über die Finesse dieser Lektion, packten ihr Zeug zusammen und gingen. Ich war der Letzte. Ich starrte die Felsspitze und die Tanne an, bis das Bild sich in mein Gehirn eingebrannt hatte, und wurde immer frustrierter. Da war nichts, dessen war ich mir sicher, und die anderen hatten nur so getan, als hätten sie etwas entdeckt, um sich lieb Kind zu machen, und nicht zuletzt, um rauszukommen aus diesem Seminarraum und hinein in die sonnendurchflutete Arena des Freitagnachmittags. Als ich es schließlich doch sah – Jesus, dessen Konturen von den Gegenständen im Vordergrund gebildet wurden, sein Heiligenschein war ein Tannenzweig, seine Wange ein Felsen –, war ich nur enttäuscht. Es war ein billiger Trick, sonst nichts. Was war damit bewiesen? Dass man jeden reinlegen kann? Dass wir unseren fünf Sinnen nicht trauen können, obwohl sie alles sind, was wir haben?

In der Nacht zuvor hatte es geregnet, und der Weg war matschig. Auf einer Serpentine an einem sehr steilen Abhang wäre ich um ein Haar ausgerutscht, und das trieb mir den Professor und seine Zeichnung aus dem Kopf. Überall hörte man es plätschern, in der Nacht hatten sich tausend Rinnsale gebildet, die sich daranmachten, den Berg abzutragen, und der Wind frischte auf, sodass das bunte Laub rauschte und wie Konfetti von den Bäumen fiel. Ich war beinahe an dem Bach, wo ich ein paar feuchte Zweige sammeln und ein Feuer anzünden wollte, um meine Wiener zu grillen und diesen herrlichen Tag aus einer neuen Perspektive zu genießen, als ich um eine Kurve bog und vor mir eine Gestalt sah. Ein Mädchen. In Khakishorts und Jeansjacke. Sie stand auf einem sonnenbeschienenen Fleck neben dem Weg, kehrte mir den Rücken zu und beugte sich vornüber, als suchte sie etwas.

Ich blieb stehen. Es war immer seltsam, auf einem Wanderweg jemandem zu begegnen – der andere wollte schließlich, wie ich, Stille und Einsamkeit finden, und eine Frau, die allein unterwegs war, würde einem Mann immer mit Misstrauen begegnen, und zwar zu Recht. Es hatte Überfälle gegeben, sogar hier draußen. Ich stand wie angewurzelt, und es dauerte einen Augenblick, bis ich sie erkannte. Es war Mary-Louise, vornübergebeugt im Sonnenlicht, das blonde Haar kurz geschnitten und der Nacken so weiß, dass es fast wehtat. Für einen Moment wusste ich nicht, was ich tun sollte, und ich wollte mich gerade umdrehen und auf Zehenspitzen zurückschleichen, als sie sich umdrehte, als hätte sie schon die ganze Zeit gewusst, dass ich da war. Ich schlurfte mit den Wanderschuhen, nur um ein Geräusch zu machen, und sagte: »Hallo. Hallo, Mary-Louise.« Und dann versuchte ich einen Witz – lahm, das gebe ich zu, aber das Beste, was ich unter diesen Umständen zustande brachte: »Wie ich sehe, bist du ganz schön vorangekommen.«

Sie wandte sich wieder um zu dem, was zuvor ihre Aufmerksamkeit erregt hatte, und als sie mich über die Schulter ansah, legte sie einen Finger an die Lippen und winkte mir, näher zu kommen. So lautlos wie möglich, einen langsamen Schritt nach dem anderen, ging ich zu ihr. Als ich bei ihr war, als ich neben ihr stand und sah, was sie sah – eine Schlange, eine Schwarznatter, die sich im Sonnenlicht auf einem umgestürzten Baum ausgestreckt hatte und deren dunkle Schuppen wie frischer Lack glänzten –, blickte sie mich so stolz an, als hätte sie dieses Tier selbst erschaffen.

»Eine Schwarznatter«, sagte ich. »Und zwar eine ganz schön große. Die werden bis zu drei Meter lang.«

»Zwei Meter fünfzig«, sagte sie. »Höchstens. Die bisher größte war zwei Meter achtundvierzig lang.«

»Und du hättest mir auch kein Zeichen zu geben brauchen, ich solle leise sein. Schlangen können nämlich nicht hören.«

»Aber sie spüren die Erschütterungen. Und sie können sehen.«

Wir betrachteten die Schlange. Ihre Augen waren geöffnet, die Zunge schnellte vor und zurück. Sie hatte keine Eile, denn sie brauchte die Sonne, und der Herbst verging schnell – bald würde sie in der Erde verschwunden sein. Oder tot. »Eigentlich«, sagte ich, »ist das eine Zornnatter –«

»*Coluber constrictor*«, sagte sie, ohne den Kopf zu wenden. »Das ist der wissenschaftliche Name.«

Der Wind rüttelte an den Bäumen, und ein Schatten jagte über den Boden, doch die Schlange rührte sich nicht. »Ja«, sagte ich und fühlte mich überfordert, »und es ist erstaunlich, wie schnell sie sein können. Als Kind hab ich mal eine gesehen, in einem Sumpf. Das Wasser war jedenfalls nur ein paar Zentimeter tief, und sie hat einen Frosch gefangen, so schnell, das kann man sich gar nicht vorstellen.«

»Sie bewegen sich, indem sie die Rippenmuskeln anspannen. Alle Schlangen haben mindestens hundert Wirbel, manche sogar vierhundert, wussten Sie das?«

»Aber keine Beine. Ihre Verwandten, die Eidechsen, haben allerdings welche, und weißt du, wie sie die gekriegt haben? Weit drüben, im Westen, in den Sierras, gibt es eine Eidechsenart ohne Beine – ich hab mal eine gesehen. Sie sieht aus wie eine Schlange, aber es ist keine.« Ich hätte es dabei belassen sollen, aber ich konnte nicht. »Warum ist das so, was meinst du? Ich glaube – nein, ich weiß –, das ist die Evolution, und diese Eidechsenart ist eine Verbindung zwischen den Schlangen, die keine

Beine brauchen und in enge Räume kriechen können, und den Eidechsen, die aufstehen und rennen können. Wie wir.« Sie sagte nichts. Die Bäume neigten sich und richteten sich wieder auf. Die Schlange lag still da.

»Einmal«, sagte sie, drehte sich zu mir um und starrte mich an, als wäre ich das Wunder der Natur und die Schlange lediglich irgendein Zufall, »im Frühling, stand ich mit meiner Mutter vor dem Haus meiner Freundin Sarah. Es ist ein Farmhaus, na ja, eigentlich keine richtige Farm, sondern ein altes Steinhaus mit Scheune. Und gerade als wir uns verabschiedet haben und zum Wagen gehen wollten, sind genau da, wo wir standen, Schlangen aus einem Loch im Boden gekrochen. Vipernattern.«

Ich wollte sagen, dass sie sich, manchmal zu Hunderten, wie zu einem Garnknäuel ineinander verschlingen, um den Winter zu überleben, und dass die Jungen lebend zur Welt kommen und von Anfang an auf sich allein gestellt sind, aber ich sagte es nicht. »Rote und gelbe Streifen«, sagte ich. »Auf schwarzem Grund.«

Sie nickte. Sie erinnerte sich, und ihr Blick ging in eine unbestimmte Ferne. »Sie haben ausgesehen wie Bänder«, sagte sie. »Wie die Bänder Gottes.«

HÄNDE

Ihr gefielen seine Hände. Seine Augen. Wie er sie ansah, als könnte er unter die Haut blicken, als formte er sie aus Lehm, mit seinen Fingern, die an ihrem Kinn, an den Augenhöhlen entlangstrichen, ihre Stirn erforschten. Sie war aus dem reinen, harten Frühsommerlicht in die Praxis getreten, hatte sich am Empfang gemeldet und kaum Zeit gehabt, eine der Zeitschriften auf dem kleinen Tisch durchzublättern, bis sie hereingebeten worden war, in sein Sprechzimmer mit den stillen Schatten und dem großen, mit schwarzem Leder bezogenen Liegesessel, der mitten im Raum stand. Er sah aus wie ein Behandlungsstuhl beim Zahnarzt, das war ihr erster Eindruck, nur ohne all die Apparate. Und das war gut, denn sie ging nur sehr ungern zum Zahnarzt – wer ging schon gern hin? Schmerz, notwendigen Schmerz, Schmerz im Dienst von Verbesserung und Gesundheit, das war es, was der Zahnarzt einem gab, und sie fragte sich, was dieser ihr geben würde. Der Liegesessel sagte ihr nichts, schüchterte sie aber dennoch ein, und so setzte sie sich auf einen Stuhl an dem einzigen, mit einer Jalousie versehenen Fenster. Und dann kam er herein, lächelnd, mit leiser Stimme, und er nahm sich ebenfalls einen Stuhl, setzte sich zu ihr und studierte ihr Gesicht.

»Ich interessiere mich für Botox«, hörte sie sich sagen. Die Wände absorbierten ihre Worte, als säße sie in einem Beichtstuhl. »Für diese Falten hier« – sie hob die Hand und fuhr mit zwei Fingern über die Nasenwurzel – »und vielleicht auch unter den Augen. Ich finde … also, wenn ich in den Spiegel sehe, kommen sie mir ein bisschen verquollen vor, müde oder so. Hier. Und da. Und vielleicht könnten Sie – wenn es kein radikaler Eingriff ist – hier ein wenig glätten? Wäre das möglich?« Unwillkürlich musste sie lachen, es war ein nervöses Lachen, ja, weil dies alles ihr fremd war und er seit der leisen Begrüßung kein einziges Wort mehr gesagt hatte, sondern nur mit seinen Augen die Linien ihres Gesichts abgetastet hatte, ohne auch nur ein einziges Mal zu blinzeln. »Es hat wohl was damit zu tun, dass ich bald Geburtstag habe – nächste Woche. Dann bin ich fünfunddreißig, stellen Sie sich das vor, und darum habe ich –«

»Ja«, sagte er und erhob sich, »aber warum setzen Sie sich nicht hierhin« – er zeigte auf den Liegesessel –, »damit wir uns das mal genauer ansehen können?«

Bevor sie die Praxis wieder verließ, vereinbarte sie am Empfang einen Termin für die Botox-Behandlung. Beide Sprechstundenhilfen – oder nein, eine war eine Arzthelferin, die im Aktenschrank in der Ecke nach Unterlagen suchte – hatten makellose Gesichter, keine Runzeln, kein Fältchen, und sie fragte sich, wie das kam. Kriegten die einen Rabatt? War das eine der Annehmlichkeiten dieses Jobs? Es waren Formulare auszufüllen, und man gab ihr eine bunt bebilderte Broschüre, die sie zu Hause lesen sollte. Das Botox war eine Kleinigkeit, hatte er ihr versichert, das Einfachste auf der Welt und in kaum fünfzehn Minuten erledigt, und die Behandlung der Augenpartie war ebenfalls eine Routinesache: Fettpölsterchen entfernen und die Haut ein wenig straffen, das Ganze ambulant, in der Praxis, natürlich unter Narkose. Der Heilungsprozess würde einen Monat dauern, nach zwei, spätestens drei Monaten würde alles perfekt sein. Er hatte mit den Fingern über ihr Kinn gestrichen, die Haut unter ihren Ohren gestreichelt und die Daumen in die Vertiefungen dort gedrückt. »Sie haben eine sehr schöne Haut«, hatte er gesagt. »Gehen Sie nicht in die Sonne, und Sie werden in den nächsten fünfzehn, zwanzig Jahren keine weitere Behandlung brauchen.«

»Ach, übrigens«, sagte sie zu der Sprechstundenhilfe und fühlte sich jetzt heiter und optimistisch, »hat Dr. Mellor seine Frau eigentlich auch behandelt? Ich meine die Art von Behandlung, die ich jetzt bekomme?« Sie schob eine Kreditkarte über die Theke. »Ist ja nicht weiter wichtig, ich dachte nur ... ob er vielleicht auch seine eigene Frau ...«

Die Frau am Empfang – *Maggie* stand auf dem Namensschildchen – war in den Dreißigern, vielleicht auch Vierzigern, es war schwer zu sagen. Sie hatte ihr Haar aufgesteckt und trug über verdächtig vollen Brüsten eine tief ausgeschnittene Bluse, aber sie war ja auch sozusagen die Visitenkarte, oder? Ihr Lächeln – das komplizenhafte, heitere Lächeln, das sie bisher verströmt hatte – erstarb plötzlich. Die Augen – zu rund, die Winkel zu straff – wichen ihr aus. »Das weiß ich nicht«, sagte sie. »Er ist seit fünf Jahren geschieden, und ich bin erst seit drei Jahren hier. Aber ich wüsste nicht, warum nicht.«

Die Prozedur – die Injektion des Botulintoxins in die Haut zwischen ihren Augen und dann hinauf bis zum Haaransatz, ein Nadelstich nach dem anderen – war schmerzhafter, als sie gedacht hatte. Er betäubte den Bereich zwar mit einer Kühlpackung, aber durch die Kälte bekam sie Kopfschmerzen, und die Nadelstiche spürte sie dennoch. Beim zweiten oder dritten zuckte sie wohl zusammen, denn er fragte sie: »Alles in Ordnung?« Sein Gesicht war nur Zentimeter von ihrem entfernt, und seine blassgrauen Augen sahen tief in die ihren. »Ja«, sagte sie und versuchte zu nicken, aber das machte es nur noch schlimmer. »Ich glaube, ich kann Schmerzen nicht sehr gut aushalten.« Sie versuchte, sich zusammenzureißen und die Sache leichtzunehmen, denn sie war keine Heulsuse – nein, das entsprach nicht dem Bild, das sie von sich hatte. Ganz und gar nicht. »Zu empfindsam wahrscheinlich«, sagte sie und meinte es als Witz.

Das Toxin, hatte er ihr in seinem priesterlichen Ton erklärt, werde die Muskeln zwischen ihren Augen und auf der Stirn lähmen, sodass sich ihre Haut nicht in Falten legte, wenn sie ins helle Sonnenlicht blinzelte oder stirnrunzelnd ihr Scheckbuch studierte – die Haut werde sich gar nicht bewegen. Sie werde wütend sein können, in Rage, so fuchsteufelswild wie noch nie in ihrem Leben, und ihre Körpersprache – der Mund, der Blick – werde diese Wut auch ausdrücken, doch ihre Stirn werde so glatt bleiben, als schliefe sie und träumte von einem Boot, das über einen friedlichen See trieb. Die Wirkung werde im Durchschnitt natürlich nur etwa drei Monate anhalten; dann müsse die Prozedur wiederholt werden. Und er müsse sie darauf hinweisen, dass ein kleiner Prozentsatz der Patientinnen von Nebenwirkungen berichtete – Kopfschmerzen, Übelkeit und dergleichen. Ein sehr kleiner, im Grunde unbedeutender Prozentsatz. In den richtigen Händen sei das Mittel vollkommen unbedenklich. Diese Botox-Partys dagegen, von denen sie sicher gelesen habe? Keine gute Idee.

Jetzt nahm er ihre Hand und legte sie auf ihre Stirn und auf die Wundauflage, die sie festhalten sollte, bis die Einstiche nicht mehr bluteten. »So«, sagte er, »das war doch nicht so schlimm, oder?«

Sie lag in dem Sessel, sah ihm in die Augen und spürte, wie etwas in ihr nachgab, wie der letzte Widerstand sich verflüchtigte: Sie war jetzt in seiner Hand. Dies war sein Reich, dieser abgedunkelte Raum mit dem Liegesessel, den gerahmten Urkunden an den Wänden, dem Schimmern polierten Metalls. Wie alt er wohl war? Sie konnte es nicht sagen, und schlagartig wurde ihr bewusst, dass er denselben Gesichtsausdruck hatte wie die Arzthelferin und die Sprechstundenhilfe, dass seine Stirn unbewegt blieb und seine Augen so gerundet waren, als wären sie aus Teig modelliert. Vierzig, vermutete sie, vielleicht auch fünfundvierzig. Aber er hatte sehr breite Schultern. Und seine Hände waren wie eine Heizdecke an einem kalten Abend in einer Hütte tief im Wald. »Nein«, log sie. »Nein, gar nicht schlimm.«

»Gut«, sagte er und erhob sich, ohne den Blick von ihr zu wenden. »Wenn irgendwelche Probleme auftreten, ganz gleich, ob tagsüber oder nachts, rufen Sie mich bitte an.« Er ging zu dem Tisch in der Ecke und kehrte mit einer Visitenkarte zurück, auf der sein Name und seine private Telefonnummer sowie die der Praxis standen. »Und dann müssen wir noch einen Termin für den Eingriff an den Lidern machen – sagen Sie einfach, wann es Ihnen passt, wir werden uns nach Ihnen richten.«

Sie wollte ebenfalls aufstehen, doch bevor sie das tun konnte, streckte er die Hand aus und nahm ihr die Wundauflage von der Stirn, und sie sah, dass diese voller winziger roter Punkte war. »Hier«, sagte er und reichte ihr einen Handspiegel. »Sehen Sie? Keine Spuren. Wenn Sie wollen, können Sie etwas Make-up auflegen. Die ersten Resultate sollten in ein, zwei Tagen spürbar sein.«

»Wunderbar«, sagte sie und lächelte ihn an. Im Hintergrund – sie hatte es schon die ganze Zeit, auch während ihres kleinen Anfalls von Wehleidigkeit, mit halbem Ohr gehört – drang aus den irgendwo in der Wand verborgenen Lautsprechern vertraute Klaviermusik, so regelmäßig und präzise wie der Schlag eines jungen Herzens. Bach. Die Partiten für Klavier, und sie konnte den Pianisten – wie hieß er noch mal? – mitsummen hören. Sie erhob sich, blieb für einen Augenblick reglos in dem stillen, von Schatten erfüllten Raum mit dem hellen Licht stehen, das auf den Liegesessel in der Mitte des Raums ausgerichtet war, und nahm die Musik in sich auf, als wäre diese ihr gerade erst bewusst geworden. »Mögen Sie klassische Musik?«, murmelte sie.

Er lächelte sie an. »Ja, klar.«

»Bach?«

»Ist das Bach? Ich weiß es nie – das kommt per Kabel vom Musikservice. Aber die sind gut, und ich glaube, es hilft den Patienten, sich zu entspannen – es ist so beruhigend, nicht? Besser als Heavy Metal, oder?«

Sie tat einen Sprung, und alles, was danach geschah, war eine Folge davon, so unbestreitbar und unvermeidlich, als hätte sie es von Anfang an geplant: »Ich frage nur, weil ich für Samstagabend zwei Konzertkarten für die Music Academy habe. Es wird ausschließlich Bach gespielt, und« – sie hob die Augenbrauen, jetzt konnte sie es noch – »meine Freundin hat mir heute Morgen gesagt, dass sie nicht wird kommen können. Sie hat … sie musste unerwartet verreisen, und … ich wollte Sie fragen, ob Sie mich gern begleiten würden.«

Nach dem Konzert – er hatte dankend abgelehnt, er hatte gesagt, er würde liebend gern mitkommen, müsse aber Maggie fragen, wie es mit seinen Terminen aussehe, und tatsächlich hatte er einen Termin – ging sie ins Andalusia, ein Restaurant, das ihr gefiel, weil es eine gute Atmosphäre und eine lange Bar hatte, an der die Leute sitzen und trinken und Tapas essen konnten, während ein Gitarrist sich in der Ecke beim offenen Kamin durch das Flamenco-Repertoire arbeitete. Sie kannte die Leute hier – besonders Enrique, den Barmann – und fühlte sich nicht unwohl, wenn sie allein kam. Oder vielmehr: Sie fühlte sich unwohl, aber nicht so sehr wie anderswo. Enrique hatte ein Auge auf sie und sorgte dafür, dass niemand aufdringlich wurde. Er beschützte sie, vielleicht ein bisschen zu sehr, aber wenn er eine Schwäche für sie hatte, konnte sie das vielleicht zu ihrem Vorteil nutzen. Ein kleiner Flirt, das war alles, denn sie war nicht ernsthaft auf der Suche, nicht seit ihrer Scheidung. Sie hatte ein Haus, Geld auf dem Konto, sie konnte essen, wann und wo sie wollte, sie konnte reisen und ihr Leben nach eigenem Belieben einrichten, und das gefiel ihr – jedenfalls sagte sie sich das.

Sie bestellte Ceviche und einen Salat, nippte an ihrem chilenischen Rotwein und blätterte in der Lokalzeitung – den Kontaktanzeigen konnte sie nie widerstehen: Sie waren so geschmacklos, so unaufrichtig und unverstellt selbstsüchtig; es war erstaunlich, wie jämmerlich Menschen sein konnten –, als jemand ihre Schulter berührte, und da stand Dr. Mellors in einem blassgoldenen Sportjackett und einem schwarzen Seidenhemd mit offenem Kragen. »Hallo«, sagte er, »oder sollte ich lieber sagen *buenas noches*?«, und in seinem Ton war nichts auch nur entfernt Ärztliches.

»Oh, hallo«, sagte sie überrascht. Da war er und beugte sich abermals über sie, und obwohl sie während des ganzen Konzerts an ihn gedacht und in Gedanken versucht hatte, ihn auf den leeren Platz neben ihr zu setzen, konnte sie sich nun eine verwirrte Sekunde lang nicht an seinen Namen erinnern. »Wie geht es Ihnen?«

Er lächelte nur. Es verging ein kurzer Augenblick. Enrique stand nicht weit entfernt am Ende der Bar und warf ihr einen Blick zu. »Sie sehen großartig aus«, sagte er schließlich. »Große Abendgarderobe, hm?«

»Für das Konzert«, sagte sie.

»Ach ja, das Konzert. Wie war es?«

»Ganz gut.« Es hatte seinen Zweck erfüllt und ihr einen Grund gegeben, ein wenig Make-up aufzulegen und aus dem Haus zu gehen, etwas zu tun, irgendetwas. »Eigentlich ein bisschen langweilig. Orgelmusik.« Sie ließ ihr Lächeln erblühen. »Ich bin in der Pause gegangen.«

Auch sein Lächeln wurde jetzt offener. »Tja, was soll ich da sagen? Gut, dass ich keine Zeit hatte? Aber Sie sehen großartig aus, wirklich. Keine Komplikationen? Die Kopfschmerzen sind weg? Keine visuellen Probleme?«

»Nein«, sagte sie, »nein, mir geht's gut«, und dann sah sie Maggie. Sie saß an einem der Tische und beobachtete sie, mit offenem Haar und silbernen Ohrhängern, die über nackten Schultern baumelten.

»Gut«, sagte er, »gut. War schön, Sie zu sehen – das nächste Mal dann also kommende Woche, nicht?«

Das Erste, was sie tat, als sie nach Hause kam: Sie legte Musik auf, denn sie konnte die Stille des leeren Hauses nicht ertragen. Es war nicht Bach, es war alles andere als Bach. Ihre Hand ging zur ersten CD auf dem Regal, einer Reggae-Zusammenstellung, wie sich herausstellte, die ihr Mann zurückgelassen hatte. Sie schenkte sich ein Glas Wein ein, während die Akkorde wie Trümmer in das stetig zurückweichende Meer der Basslinie fielen – da war eine Drohung, im Text und in der unerschütterlichen Rhetorik der Besitzlosen. Reggae. Sie hatte Reggae nie sehr gemocht, aber da war er jetzt, als Hintergrundmusik zu ihrem sich entfaltenden Drama der Verwirrung und Enttäuschung. Und Wut, auch Wut. Er hatte sie abblitzen lassen, dieser Dr. Mellors. Hatte gesagt, er sei zu beschäftigt, zu beschäftigt, um neben ihr in einem dämmrigen Konzertsaal zu sitzen und zuzuhören, wie sich ein Professor des örtlichen Colleges an der Orgel abmühte. Aber er war nicht im mindesten peinlich berührt gewesen, bei einer Lüge ertappt worden zu sein. Erst recht nicht zerknirscht. Er hatte versucht, einen Witz daraus zu machen, als wäre sie ein Niemand, als zählte ihre Einladung nicht – und warum? Damit er seine Sprechstundenhilfe flachlegen konnte?

Die Fenster waren schwarz von der verdichteten Nacht, und sie ging von einem zum anderen und zog die Vorhänge zu, zu viele Vorhänge, zu viele Fenster. Das Haus – sie hatte es haben wollen oder geglaubt, es haben zu wollen, es war ein Neubau mit begehbaren Kleiderschränken, einer Dreiergarage und über fünfhundert Quadratmeter Garten mit Blick auf die Hügel und das Meer dahinter – war zu groß für sie. Viel zu groß. Selbst als Rick noch da gewesen war und sie selbst rund um die Uhr Möbel und Teppiche ausgesucht und Kataloge und Gartenbücher studiert hatte, war sie sich darin verloren vorgekommen. Es gab keine gemütlichen Winkel – es war ein unverwinkeltes Haus, das ebenso gut eine ehemalige Scheune in Nebraska hätte sein können –, keine abgeschirmte Ecke, in die man sich hätte zurückziehen können, keinen Ort, wo sie sich sicher und geborgen fühlen konnte. Sie ging durch das Esszimmer zur Küche und dann wieder in den Raum, den der Architekt als »großen Salon« bezeichnet hatte, und schaltete unterwegs alle Lampen an. Dann schenkte sie sich ein zweites Glas Wein ein, ging ins Badezimmer und verschloss die Tür.

Sie starrte lange ihr Spiegelbild an. Die Falten – die zwei vertikalen Furchen zwischen ihren Augen – sahen nicht merklich anders aus als zuvor, aber vielleicht waren sie flacher geworden, vielleicht das. Sie legte den Finger darauf, strich über die Haut. Dann lächelte sie, zunächst verführerisch – »Hallo, Dr. Mellors«, sagte sie zu ihrem Spiegelbild, »oder wie soll ich Sie nennen? Ed? Eddie? Ted?« – und dann albern, indem sie Fratzen schnitt wie damals, als kleines Mädchen mit drei Schwestern, wenn sie an ihren Lippen, Nasen und Ohren herumgedrückt und gekichert und geschrien hatten, bis ihre Mutter gekommen war, um sie aus dem Badezimmer zu scheuchen. Es half nichts. Sie nahm das Weinglas von der Marmorplatte des Waschtischs, trank es aus und sah sich als das, was sie war: eine nicht mehr so junge Frau mit einem missmutigen Gesicht, einer zu großen Nase, einem zu spitzen Kinn und Augen, in denen sich Wachsamkeit und Misstrauen verfestigten. Trotzdem war sie interessant. Das war sie. Interessant und hübsch, auf ihre eigene Art. Hübscher als die Sprechstundenhilfe oder die Arzthelferin oder die Hälfte der anderen Frauen in der Stadt. Wenigstens sah sie echt aus.

Oder nicht? Und was war Echtheit überhaupt wert?

Sie legte die Kleider ab und musterte sich lange in dem hohen Spiegel an der Tür. Von der Seite betrachtet, wölbte sich ihr Bauch vor wie ein kleiner fester Fettball – das lag daran, dass sie gerade gegessen hatte –, und ihr Hintern schien, zumindest aus diesem Winkel, schlaffer geworden zu sein. Ihre Brüste waren nicht wie die der Frauen in den Pornofilmen, die ihren Ex-Mann anscheinend so fasziniert hatten, und sie dachte über die entsprechende Prozedur nach, über Fettabsaugung und Bauchstraffung, ja sogar über eine Nasenkorrektur. Sie wollte nicht wie die Sprechstundenhilfe aussehen, wie Maggie, denn sie mochte Maggie nicht, Maggie stand unter ihr, Maggie war nicht mal hübsch, doch je länger sie in den Spiegel blickte, desto weniger gefiel ihr, was sie dort sah.

Am Dienstag, dem Tag der Vorbesprechung für die OP, erwachte sie früh, blieb aber lange liegen und sah zu, wie das Licht der Sonne nach den Blättern des blühenden Pflaumenbaums vor dem Fenster tastete. Sie trank zwei Tassen Kaffee, aß aber weder Eier noch Toast oder sonst etwas, denn sie hatte beschlossen, weniger zu essen, und gab nicht einmal einen Spritzer fettarme Milch in den Kaffee. Beim Ankleiden ließ sie sich Zeit. Am Abend zuvor hatte sie einen beigen Hosenanzug bereitgelegt, von dem sie glaubte, er könnte ihm gefallen, doch als sie ihn wie eine abgestreifte Haut über dem Stuhl liegen sah, wusste sie, dass das nicht das Richtige war. Nachdem sie die Hälfte ihrer Kleider anprobiert hatte, entschied sie sich schließlich für einen schwarzen Rock, eine kobaltblaue, auf dem Rücken geknöpfte Bluse und dazu passende Pumps. Sie sah gut aus, wirklich gut. Doch dann verbrachte sie so viel Zeit damit, das Make-up aufzutragen, dass sie sich beeilen musste, auf den schmalen, gewundenen Straßen in die Stadt zu fahren, die sich unten ausbreitete: Sie musste ein paar Ampeln bei Gelb überfahren und kam trotzdem zehn Minuten zu spät zu ihrem Termin.

Maggie begrüßte sie mit einem Plastiklächeln. Sie trug abermals ein tief ausgeschnittenes Oberteil – für eine Sprechstundenhilfe hart an der Grenze zum Geschmacklosen – und schien ihr Haar aufgehellt zu haben. Oder nein, sie hatte sich Strähnchen färben lassen, das war es. »Wenn Sie mir bitte folgen würden«, zirpte sie, kam hinter dem Tresen hervor und ging mit langsamen Schritten und wiegenden Hüften voraus durch den Korridor, und dann stand sie wieder im Sprechzimmer, und die Tür hinter ihr wurde leise geschlossen. *In Erwartung der Audienz*, dachte sie, und das gehörte zur Aura des Mysteriösen, die Ärzte kultivierten, nicht? Warum konnten sie nicht einfach da sein, in Fleisch und Blut, anstatt in irgendeinem anderen schallgedämmten, identischen Raum am Ende des Korridors zu lauern? Sie stellte die Handtasche auf einen Stuhl in der Ecke, nahm auf dem Liegesessel Platz und widerstand dem Impuls, nach dem Handspiegel vom Tisch zu greifen und das Make-up rings um die Augen aufzufrischen.

»So«, sagte er und glitt auf geräuschlosen Füßen herein, »wie geht es uns heute?«

»Ganz gut.«

»Ganz gut? Nur ganz gut?«

»Bevor wir hier weitermachen«, sagte sie und ignorierte seine Frage, »möchte ich etwas von Ihnen wissen –«

»Natürlich«, sagte er und zog einen Hocker auf Rollen heran, so ein Ding, wie Zahnärzte es hatten. »Alles, was Sie wollen. Was immer Sie auf dem Herzen haben – dafür bin ich ja da.«

»Ich wollte Sie fragen, ob Sie mich hübsch finden.«

Die Frage schien ihn zu verblüffen, und er brauchte einen Augenblick, um sich zu fangen. »Natürlich«, sagte er. »Sehr hübsch.«

Sie sagte nichts, und er beugte sich zu ihr, seine Hände strichen über ihr Gesicht, über die Haut unter den Augen, tasteten am Hinterhauptbein entlang, prüften und kneteten das Fleisch, während sie in seine unverwandt blickenden Augen blinzelte. »Was nicht heißen soll, dass man nichts verbessern könnte«, sagte er, »denn wie Sie selbst sagen – und ich stimme Ihnen da zu –, gibt es hier ein paar Millimeter zu viel Haut. Und –«

»Meine Augenpartie ist mir egal«, unterbrach sie ihn abrupt. »Ich will, dass Sie sich meine Brüste ansehen. Und meine Hüften und … und« – der medizinische Ausdruck schoss ihr durch den Kopf – »meinen Bauch. Er ist dick. Ich bin dick.«

Sie sah ihn die Augen niederschlagen. »Ich mache eigentlich, äh«, begann er und suchte nach den rechten Worten. »Sie sehen gut aus, vielleicht ein, zwei Pfund zu viel – aber wenn Sie interessiert sind, können wir Sie auch darüber beraten, und ich habe Broschüren –«

»Ich will keine Broschüren«, sagte sie und begann die Bluse aufzuknöpfen. »Ich will, dass Sie es mir sagen, hier und jetzt, ins Gesicht, denn ich glaube Ihnen nicht. Sie sagen, ich bin hübsch, aber als ich Sie eingeladen habe, mich zu einem Bach-Konzert – ausgerechnet! – zu begleiten, haben Sie gesagt, Sie seien zu beschäftigt, zu beschäftigt. Und dann sehe ich Sie in der Stadt. Was glauben Sie, wie ich mich da fühle?«

»Langsam«, sagte er, »einen Moment, und bitte lassen Sie Ihre Bluse … denn sonst muss ich Maggie hereinbitten. Das ist Vorschrift.« Plötzlich stand er an der Tür, die aufschwang, und rief durch den Korridor nach der Sprechstundenhilfe.

»Ich will keine Maggie.« Sie hatte den BH abgelegt und nestelte am Verschluss des Rocks. »Ich will echt aussehen, nicht wie irgendein Mannequin, nicht wie sie. Lassen Sie sie da raus.«

Sie sah über die Schulter zu ihm, der noch immer an der Tür stand, und der Rock glitt an ihren Beinen hinab zu Boden. Sie hatte keine Strümpfe angezogen, denn die waren bloß hinderlich, und sie war ja hier, um sich untersuchen zu lassen, um seine Hände zu spüren, um die Bedingungen festzulegen und zu erfahren, was nötig war, um eine Verbesserung zu erreichen. Denn darum ging es hier doch, oder nicht? Um eine Verbesserung?

DIE LÜGE

Ich hatte all meine Krankentage aufgebraucht und die beiden unbezahlten freien Tage, die wir uns zusätzlich nehmen konnten, ebenfalls, aber als der Wecker summte, das Baby anfing zu schreien und meine Frau die Decke zurückwarf und mit kleinen, schlurfenden Schritten ins Badezimmer wankte, wusste ich, dass ich heute nicht zur Arbeit gehen würde. Es war, als wäre ein schwarzes Tuch über mein Gesicht gebreitet worden: Meine Augen waren offen, aber ich konnte nichts sehen. Oder nein, ich konnte sehen – die blinkende LED-Anzeige des Weckers, die Wäsche- und Kleiderberge, die im Zimmer aufragten wie Grabhügel, und die vom Wind gepeitschten Regentropfen, die an der dunklen Leere des Fensters herabrannen –, aber alles schien wie mit einem Film überzogen. Eine mit Vaseline verschmierte Welt. Das Baby stieß ein paar etwas leisere Schreie aus. Die Toilettenspülung rauschte. Das Deckenlicht ging an.

Clover war wieder im Zimmer und hatte das Baby über die Schulter gelegt. Sie trug ein altes Cramps-T-Shirt, das sie als Nachthemd benutzte, und sonst nichts. Ich hätte das in gewisser Weise sexy finden können, aber ich war morgens nicht in Form und hatte sie ungefähr tausend Morgen hintereinander mit nichts als einem Rock-'n'-Roll-T-Shirt gesehen. »Es ist Viertel nach sechs«, sagte sie. Ich sagte nichts. Die Augen fielen mir zu. Ich hörte sie im Schrank herumkramen, und in dem Traum, der im selben Augenblick über mir zusammenschlug, verwandelte sie sich von einer tollen Frau mit einem Baby über der Schulter in einen großen schimmernden Vogel, der sich von einer Klippe schwang und auf großen schimmernden Schwingen über dem Abgrund schwebte. Ich wachte auf, und da war das Baby. Auf dem Bett. Neben mir. »Du musst sie wickeln«, sagte meine Frau. »Und füttern. Ich bin sowieso schon spät dran.«

Wir hatten am Abend zuvor Besuch gehabt, Freunde aus der Zeit, als wir noch nicht Eltern gewesen waren, und hatten im Küchenmixer Margaritas gemacht und uns einen Film angesehen, waren lange aufgeblieben und hatten uns über alles Mögliche unterhalten. Clover hatte das Baby vorgeführt – Xana, wir hatten sie Xana genannt, nach einer Figur in einem Film, den ich bearbeitet oder vielmehr protokolliert hatte –, und ich war sehr stolz gewesen. Da war unser Baby, es war in jeder Hinsicht vollkommen, es war schön, weil seine Eltern schön waren, und so sollte es auch sein. Tank – er war in meiner Band gewesen, Mitbegründer und zweiter Frontman, und wir hatten gemeinsam Songs geschrieben, bis wir dazu keine Lust mehr gehabt hatten – sagte, Xana sei so dick, dass man sie eigentlich essen könne, und ich hatte gesagt: »Ja, Mann, lass mich bloß eben den Grill anheizen«, und Clover hatte mich mit verärgert nach unten gezogenen Mundwinkeln angesehen, weil ich so infantil war. Wir waren aufgeblieben, bis es angefangen hatte zu regnen. Ich hatte noch eine Runde Margaritas ausgeschenkt, und dann hatte Tanks Freundin gähnend den Mund aufgerissen, als wollte sie die ganze Wohnanlage und die Straße davor verschlucken, und die Party war vorbei gewesen. Jetzt lag ich im Bett, und Xana kroch an meinem rechten Bein hinauf und verströmte einen durchdringenden Geruch nach Babyscheiße.

Die Minuten vergingen. Clover zog sich an, legte Make-up auf und nahm ihren Kaffeebecher mit hinaus zum Wagen. Was ich dann tat, war nicht besonders heldenhaft: Ich versorgte die Kleine, brachte meinen eigenen Wagen in Gang und stürzte mich in den Stau, der mir die vier, fünf Kilometer erscheinen ließ wie einen Treck durch die Ödnisse der Welt. Es war einfach das Leben. Aber kaum hatte ich Xana an der Tür der Wohnung, die einen überwältigenden Küchengeruch, weinerliche Telemundo-Dialoge und das disharmonische Kläffen von vier Chihuahuas ausspuckte, an Violeta übergeben, warf ich mich in den Wagen und rief in der Arbeit an, um mich krankzumelden. Oder nein, nicht krank. Ich hatte meine Krankentage aufgebraucht, rief ich mir ins Gedächtnis, und die beiden Extratage ebenfalls. Es meldete sich mein Boss. »Iron House Productions«, sagte er mit einer Stimme, die sich unter den R hervorarbeiten musste. Er hatte Probleme mit den R. Wie überhaupt mit dem Englischen.

»Hallo, Radko?«

»Ja, ich bin hier – wer ist das jetzt?«

»Ich bin's, Lonnie.«

»Lass mich raten: Du bist krank.«

Radko gehörte zu der kleinen Gruppe von Großverdienern im Filmgeschäft, die morgens arbeiteten, und das war gut für mich, denn da Clover tagsüber arbeitete und abends Jura studierte – und wir obendrein natürlich das Baby hatten –, stand ich nur zur Verfügung, wenn Violetas eigene Kinder in der Schule waren und ihr Mann in einem dieser Kräne saß, mit denen die Stahlträger hochgehoben wurden, um die Stadt immer größer zu machen, bis es im Umkreis von achtzig Kilometern nichts Grünes mehr gab. Radko hatte mir eine Beförderung versprochen – ich sollte von der Protokollierung zur eigentlichen Bearbeitung wechseln –, sein Versprechen bisher aber nicht gehalten. An diesem Morgen wie an zu vielen anderen Morgen zuvor fühlte ich mich einfach nicht imstande, mich an den Schneidetisch mit dem Monitor zu setzen und mich der Idiotie der Einstellung für Einstellung, Bild für Bild endlos sich wiederholenden Dialoge auszusetzen: »Nein, Jim, hör auf! Nein – Jim, hör auf! Nein! Jim, Jim: *Hör auf!*« Ich hatte in einer Band gespielt. Ich hatte einen Collegeabschluss. Ich war kein Kuli. Bevor ich lange nachdenken konnte, hatte ich es schon ausgesprochen: »Nein, das Baby.«

Es entstand ein Schweigen, in das ich vielleicht zu viel hineininterpretierte. Dann sagte Radko: »Was für ein Baby?«, und er zerhackte dabei den Satz in kleine Stücke.

»Mein Baby. Unsere Tochter. Erinnerst du dich nicht an die Fotos, die Clover allen gemailt hat?« Meine Gedanken schlugen Rad. »Vor neun Monaten? Als sie gerade geboren war?«

Wieder eine lange Pause. Schließlich sagte er: »Ja?«

»Sie ist krank. Sehr krank. Mit Fieber und allem Drum und Dran. Wir wissen nicht, was sie hat.« Das Rad in meinem Kopf machte eine weitere Umdrehung, und ich tat den nächsten Sprung – den, der sich als verhängnisvoll erweisen sollte: »Ich bin jetzt im Krankenhaus.«

Sobald ich aufgelegt hatte, fühlte ich mich, als wäre ich mit Helium vollgepumpt: Mir war angenehm schwummrig, und ich schien über dem Sitz zu schweben, doch dann begannen Schuld, Angst und Schrecken einzusickern, Tropfen für Tropfen, wie Galle aus einer kranken Leber. Ein Lieferwagen hielt neben mir. Regen prasselte auf die Windschutzscheibe. Zwei Chicanos kamen aus Violetas Nachbarwohnung. Die grünen Blocktätowierungen, die sie wie Kragen um den Hals trugen, schimmerten in dem unter den Wolken gefangenen Licht. Der ganze Tag lag vor mir. Ich konnte tun, was ich wollte. Gehen, wohin ich wollte. Vor einer Stunde noch hatte ich nur schlafen wollen – jetzt nicht mehr. Ich spürte ein erregtes Kribbeln im Bauch, die Verheißung unerlaubter Freuden.

Ich fuhr den Ventura Boulevard entlang in die Richtung, aus der die Pendler kamen. Sie standen an den Ampeln, in jedem Wagen nur der Fahrer, und die Wagen selbst waren wie Stahlgehäuse, die sie als Behälter für ihre Wut gebildet hatten. Sie fuhren zur Arbeit. Ich nicht. Nach ein, zwei Kilometern kam ich an einen Imbiss, in den ich Clover manchmal zum Sonntagsfrühstück einlud, besonders wenn wir am Abend zuvor ausgegangen waren, und aus einem Impuls heraus bog ich auf den Parkplatz ein. Am Automaten vor dem Eingang kaufte ich mir eine Zeitung, nahm außerdem noch eine Ausgabe der Gratiszeitung, ging hinein und setzte mich an einen Tisch am Fenster. Bei dem Geruch nach frischem Kaffee und hausgemachten Pommes frites merkte ich, wie hungrig ich war, und um meine Lebensgeister zu wecken, bestellte ich ein Frühstück wie damals auf dem College nach einer durchfeierten Nacht: Zucker, Salz und Fett in großen Mengen. Beim Essen arbeitete ich mich, Artikel für Artikel, durch beide Zeitungen, denn dies war Luxus, dies war königlich: Die Tische waren sauber, der ganze Raum war hell erleuchtet und so warm, dass er geradezu dampfte, die Kellnerinnen liefen geschäftig hin und her, und der Regen trommelte gegen die Fenster wie eine Heimsuchung. Niemand sprach mit mir. Niemand sah mich auch nur an, mit Ausnahme meiner Kellnerin. Sie war in mittlerem Alter, mit ihrer Uniform verheiratet und hatte ihr Haar schuhcremeschwarz gefärbt. »Noch Kaffee?«, fragte sie mich schon zum dritten oder vierten Mal, jedoch ohne mir zuzusetzen oder mich anzutreiben – es war nur eine freundliche Frage. Ich sah auf meine Uhr und konnte kaum glauben, dass es erst halb zehn war.

Das war das Gute, wenn man sich einen Tag freinahm: Die Zeit verwandelte sich, und man konnte gar nicht anders, als den gegenwärtigen Augenblick mit dem zu vergleichen, den man am Arbeitsplatz erlebt hätte.

In der Arbeit hätte ich jetzt noch nichts gegessen, hätte noch nicht einmal eine Kaffeepause gehabt – *Jim, hör auf! Nein, nein!* –, und meine Augenlider hätten je hundert Tonnen gewogen. Ich überlegte, ob ich runter zum Strand fahren sollte, um mir anzusehen, wie das Meer bei diesem Sturm aussah – nicht dass ich ans Surfen gedacht hätte; ich war, seit das Baby da war, nur noch ein paar Male surfen gewesen. Es war nur so: Der Tag gehörte mir, und ich wollte ihn füllen. Ich fuhr durch den Topanga Canyon, der Berufsverkehr hatte sich inzwischen gelegt, und ich sah, dass der Bach an den Ufern schäumte. An zwei, drei Stellen war Wasser auf der Straße, und der weiche, rote Schlammteig war wie etwas, das aus einer Gussform ausgetreten war. Am Strand war außer mir niemand. Ich ging am Meer entlang, bis der Schirm meiner Baseballmütze klatschnass war und die Beine meiner Jeans sich so schwer anfühlten, als käme sie gerade aus der Waschmaschine.

Ich fuhr durch den Canyon zurück. Der Regen hatte noch etwas zugenommen, die Überschwemmungen waren größer und zahlreicher geworden, aber nicht weiter gefährlich – nicht so, dass die Straße unterspült wird und man nichtsahnend dahinfährt und im nächsten Augenblick in einem reißenden Strom aus pissgelbem Wasser mit den Armen rudert. Um zwei gab es einen Film, der mich interessierte, aber da es erst kurz nach zwölf war und ich nach meinem Holzfällerfrühstück an Essen nicht einmal denken konnte, fuhr ich nach Hause, parkte und ging die Straße hinunter zu einer Bar, die ich kannte, wobei ich immer nasser wurde und jeden Augenblick genoss. Die Tür öffnete sich zu einer Szene von verdichteter Zielgerichtetheit: Acht oder neun Versager waren auf ihren Barhockern an der Theke aufgereiht, ich roch geschnittene Limonen und die im Rum eingefangene Sonne, vermischt mit einem guten Schuss Lysol aus der Toilette an der Rückseite des Lokals. Es war warm. Dunkel. Auf dem Bildschirm über der Kasse lief ein Basketballspiel der College-Liga. »Ein Bier«, sagte ich und präzisierte meine Bestellung, indem ich den Markennamen nannte.

Ich betrank mich nicht. Das wäre normal gewesen, und ich wollte nicht normal sein. Aber ich trank drei Gläser Bier, bevor ich ins Kino ging, und nach dem Film verspürte ich eine Leere in den unteren Regionen, wo mein Mittagessen hätte sein sollen, und so hielt ich, als ich unterwegs war, um das Baby abzuholen, an einem Schnellimbiss. Meine Bestellung wurde falsch aufgenommen. Die Angestellten hatten glasige Augen. Der Geschäftsführer war nirgends zu sehen. Ich kam fünfunddreißig Minuten zu spät. Aber ich hatte meinen freien Tag gehabt, und zu Hause gab ich dem Baby seinen Brei, öffnete eine Flasche Bier, legte Musik auf und hackte Zwiebeln und Knoblauch, denn ich wollte meiner Frau eine Marinara-Sauce kochen. Ich machte mir nicht eine Sekunde lang Sorgen über den nächsten Morgen, über Radko und das, was er denken oder erwarten würde. Noch nicht.

Alles war gut, die Kleine lag in ihrem Bettchen und schlug nach den Figuren des Mobiles über ihr (Clovers Hippie-Mutter hatte sie persönlich an den Drähten festgelötet, sodass nicht die entfernteste Möglichkeit bestand, das Baby könnte eine in den Mund nehmen), auf dem Herd köchelte die Sauce, und der Regen klopfte ans Fenster. Ich hörte Clovers Schlüssel in der Tür. Und dann war sie da, das Haar von Regen und Wind zerzaust, und roch wie alles, was ich mir je gewünscht hatte, und als sie mich fragte, wie mein Tag verlaufen sei, sagte ich: »Gut, sehr gut.«

Dann war es wieder Morgen, die Szene wiederholte sich – Clover taumelte ins Badezimmer, das Baby schrie, der ganze Soundtrack war mit flüsterndem Regen unterlegt –, und ich begann aufs Neue zu rechnen. Es war Donnerstag. Noch zwei Tage bis zum Wochenende. Ich war zuversichtlich, dass dieser innere Tumult, dieses Gefühl der Wut und Hoffnungslosigkeit am Montag, spätestens am Montag, verschwunden sein würde, wenn ich es nur bis zum Wochenende schaffte. Eine Pause. Ich brauchte mal eine Pause, das war alles. Und Radko. Bei dem Gedanken daran, ihm gegenüberzutreten, bei dem Gedanken an die Art, wie er die hundeartig schlaffe Haut seines slawischen Gesichtes mit den misstrauisch dreinblickenden Augen in Falten legen würde, wenn er mir sagte, er behalte einen Tageslohn ein und erwarte Überstunden als Ausgleich für gestern, wollte ich nicht verweilen. Nicht im Bett. Nicht jetzt. Aber dann hörte ich die Toilettenspülung, das Baby weinte, und das Deckenlicht ging an. »Es ist Viertel nach sechs«, informierte mich meine Frau.

Am Abend zuvor hatten wir meine Marinara-Sauce mit Steinpilzen und einer italienischen Putenwurst über Penne gegessen, und danach hatten wir, während die Geschirrspülmaschine in der Küche murmelte, noch bei einem zweiten Glas Chianti im Wohnzimmer gesessen, bevor Clover die Kleine zu Bett brachte, und sie hatte mir erzählt, sie denke darüber nach, ihren Namen ändern zu lassen. »Wie meinst du das?« Ich war mehr überrascht als wütend, spürte aber Wut in mir aufsteigen. »Ist mein Name nicht gut genug für dich? War das mit dem Heiraten etwa meine Idee?«

Sie hatte das Baby auf dem Schoß. Die Kleine hatte gute Laune, grinste ihr zahnloses Babygrinsen und grabschte nach dem Weinglas, das meine Frau gerade außer Reichweite hielt. »Du brauchst nicht gleich ausfallend zu werden. Das Problem ist nicht dein Name, sondern meiner. Mein Vorname.«

»Was gefällt dir denn an Clover nicht?«, fragte ich, und noch während ich es sagte, wusste ich, wie dämlich das klang. Sie war Clover. Ich konnte die Augen zumachen, und sie würde Clover sein, ich konnte nach Afrika fahren und mich im Schlamm wälzen, und sie würde noch immer Clover sein. Gut. Allerdings war der Name eine Hippie-Spinnerei ihrer Eltern – sie waren Glasbläser und hatten eine eigene Galerie – und letztlich geschmacklos, tief drinnen wusste ich das. Ebenso gut hätten sie ihre Tochter Dandelion oder Fescue nennen können.

»Ich überlege, ob ich ihn in Cloris ändern lassen soll.« Sie beobachtete mich, ihre Augen blickten trotzig und unsicher zugleich. »Amtlich, meine ich.«

Ich verstand sie – sie war Anwaltsgehilfin und studierte Jura, und in dieser Branche machte sich der Name Clover nicht gerade gut –, aber mir gefiel Cloris nicht, ebenso wenig wie die ganze Idee. »Das klingt wie was, mit dem man das Klo saubermacht«, sagte ich.

Sie warf mir einen hasserfüllten Blick zu.

»Mit Aktivsauerstoff«, sagte ich. »Für die gründliche Reinigung.«

Aber jetzt, am Morgen danach, setzte ich mich auf, bevor sie das Baby aus dem Bettchen heben und neben mich legen konnte, obwohl ich mich fühlte, als hätte man mich gekreuzigt, und bloß eine Woche schlafen wollte – oder wenigstens bis Montag, nur bis Montag. Im nächsten Augenblick war ich im Badezimmer und starrte in den Spiegel. Sobald Clover fort war, würde ich Radko anrufen. Ich würde ihm sagen, dem Baby gehe es schlechter und wir seien die ganze Nacht im Krankenhaus gewesen. Und wenn er fragte, was es denn habe, würde ich nicht um den Brei herumreden, denn das – jede Unsicherheit, jedes Beben in der Stimme, jeder Wechsel der Tonhöhe, jede Schauspielerei – war der sicherste Lügendetektor. Leukämie, würde ich sagen. »Das Baby hat Leukämie.«

Diesmal wartete ich, bis ich im Imbiss in meiner Nische saß und die Kellnerin mit den Schuhcremehaaren nicht mehr um mich herumtanzte – ihre Augen leuchteten kurz auf, als sie mich erkannte, und sie verzog den Mund zu einem mütterlichen Lächeln: zwei Tage hintereinander, damit war ich praktisch Stammkunde –, bevor ich Radko anrief. Doch als Radko sich meldete und ich das tiefe Misstrauen hörte, das sich irgendwo zwischen dem Gaumenzäpfchen und den Mandeln eingenistet hatte und Konsonanten zerquetschte, konnte ich nicht anders. »Das Baby«, sagte ich und hielt kurz inne, »das Baby ... ist von uns gegangen.« Wieder eine Pause. Die Kellnerin schenkte mir nach. Radko schnaufte in den Hörer. »Gestern Nacht. Um ... um vier Uhr. Sie konnten nichts tun.«

»Gegangen?«, dröhnte seine Stimme in meinem Ohr. »Was heißt *gegangen*?«

»Die Kleine ist tot«, sagte ich. »Sie ist gestorben.« Und dann, überwältigt von Schmerz, legte ich auf.

Ich verbrachte den ganzen Tag im Kino. Die erste Vorstellung begann um elf, und ich schlug die Zeit tot, indem ich auf dem Parkplatz des Einkaufszentrums auf und ab ging, bis die Türen geöffnet wurden, und dann war ich drinnen, in der anonymen Dunkelheit. Auf der Leinwand flackerten Bilder. Die Geräusche waren zu einem Brüllen verstärkt. Über allem lag der Geruch nach geschmolzener Butter. Als der Film aus war, versteckte ich mich auf der Toilette und schlüpfte ins nächste Kino und dann ins nächste. Um Viertel vor vier ging ich hinaus und fühlte mich zittrig.

Ich sagte mir, ich sei bloß hungrig, aber als ich in die Markthalle schlenderte und sah, was dort angeboten wurde, von Chapatis über Corn Dogs, zweimal gekochte Machaca und Brezeln bis hin zu Sichuan-Auberginen in einer Sauce aus flüssigem Feuer, ging ich lieber in eine Bar. Es war eins dieser porentief reinen, zu hell ausgeleuchteten, leicht widerhallenden Dinger, wie Architekten und Designer von Einkaufszentren sie in ihrer Weisheit am hinteren Ende der Plastikrestaurants einbauen, damit der Durchschnittstrottel, der seine Frau auf einer Einkaufstour begleitet, sich nicht umbringen muss. Drei rings um die Theke aufgehängte Fernseher zeigten ein Basketballspiel. Die Kellnerinnen waren Teenager, der Barmann hatte Akne. Ich war der einzige Gast, und ich musste das Baby abholen, das war klar, so war das Leben, aber ich bestellte eine Rum-Cola, nur für den Geschmack.

Ich war bei meiner zweiten oder auch dritten, als sich die Bar langsam füllte und ich zu meiner Freude merkte, dass es sich um eine Feierabendbar mit Happy Hour und irgendwelchen in gewärmten Schalen servierten Gratisknabbereien handelte. Ich war ganz mit meinem Kummer beschäftigt gewesen, einem Kummer über mich selbst und die Tatsache, dass ich sechsundzwanzig war und keine große Zukunft hatte, dafür aber ein Baby, um das ich mich kümmern musste, und eine Frau, die dabei war, Juristin zu werden und ihren Namen zu ändern, weil sie eine andere geworden war, und nun wachte ich mit einem Mal auf. Überall waren Frauen, Frauen in meinem Alter oder älter, ihre Ohrhänger baumelten, wenn sie sich über die Theke beugten, sie standen Schlange vor der Tür, sie saßen mit übereinandergeschlagenen Beinen an den Tischen und wippten im Takt der Musik mit den Füßen. Und ich? Ich musste das Baby abholen. Mit einem Blick auf die Uhr stellte ich fest, dass ich schon wieder spät dran war, zum zweiten Mal hintereinander, aber plötzlich hatte ich Hunger und beschloss, vielleicht noch ein paar von den Taquitos zu essen, die sich alle anderen in den Mund schoben, und dazu meine Rum-Cola auszutrinken, und danach würde ich mich in den Wagen setzen, über Nebenstraßen zu Violeta fahren und kurz vor meiner Frau zu Hause sein. Vielleicht ließen sich die Reste der Marinara-Sauce so weit strecken, dass daraus noch einmal eine ganze Mahlzeit wurde. Mit Steinpilzen. Und Putenwurst.

In diesem Augenblick berührte jemand meinen Arm, meinen linken Arm. Ich hob den Kopf und sah über die Schulter in das Gesicht von Joel Chinowski, der bei Iron House Productions das Kabuff neben mir hatte. Zuerst erkannte ich ihn gar nicht – es war einer jener Streiche, die einem das Gehirn, das benebelte Gehirn, spielt, wenn es Leute, die man gut kennt, außerhalb des gewohnten Zusammenhangs nicht einzuordnen weiß. »Joel«, sagte ich.

Er schüttelte den Kopf, ganz langsam, als wäre der eine läutende Glocke, als wären seine Augen der Klöppel und sein Schädel die klingende Flanke. Er hatte einen großen, einen riesigen Kopf – er war überall groß, einer dieser Menschen, die eigentlich nicht dick sind, sondern nur so zugenommen haben, dass ihre Kleider wie aufgeblasen wirken; die Hose, das Jackett, ja sogar die Socken. Er trug eine Krawatte – er war der einzige der sechsundsiebzig Mitarbeiter bei Iron House, der in Hemd und Krawatte zur Arbeit kam –, doch sie sah aus wie ein Spielzeug, das von seinem übergroßen Kragen baumelte. »Scheiße, Mann«, sagte er und drückte meinen Arm. »Scheiße.«

»Ja«, sagte ich, und jetzt läutete auch mein Kopf. Ich fühlte mich ertappt. Ich fühlte mich wie das, was er ausgesprochen hatte: wie Scheiße.

»Wir haben's alle gehört«, sagte er. Er ließ meinen Arm los und starrte auf die Handfläche, als könnte er dort lesen, was er jetzt sagen sollte. »Schlimm«, sagte er. »Richtig schlimm.«

»Ja«, sagte ich.

Und dann schien sein Blick sich für einen Moment ein wenig aufzuhellen, auch wenn sein Gesichtsausdruck sich nicht veränderte. »Kann ich dich zu was einladen? Ich meine, um den Kummer zu ertränken – deshalb bist du doch hier, oder? Und ich kann's dir nicht verdenken. Ganz und gar nicht. Wenn ich an deiner Stelle wäre ...« Er sprach den Gedanken nicht zu Ende. Auf dem übernächsten Barhocker saß eine junge Frau, die ihr Haar zu einem langen Pferdeschwanz gebunden hatte und einen Strickpullover über einem kurzen schwarzen Rock und roten Leggins trug. Sie sah kurz zu mir: zwei große grüne Augen über einem um den Strohhalm gespitzten Mund. »Aber vielleicht«, sagte Joel, »willst du lieber allein sein.«

Ich riss meinen Blick von der Frau los. »Es ist so«, sagte ich, »ich meine, ich weiß das zu schätzen, wirklich, aber ich treffe mich gleich mit Clover beim ... beim Bestattungsunternehmen. Du weißt schon, um alles zu besprechen. Und ich ... ich bin nur kurz hier reingegangen, um was zu trinken.«

»Natürlich, Mann« – Joel sprang beinahe aus seinen Schuhen, sein Gesicht war lang wie ein Vorhang, und jedes Äderchen in seinen Augen hatte das Schlimmste schon hinter sich –, »ich verstehe. Ich verstehe vollkommen.«

Auf dem Weg hinaus klappte ich mein Handy auf, rief Violeta an und sagte ihr, ich müsse Überstunden machen und daher werde meine Frau heute das Baby abholen, und anschließend hinterließ ich eine entsprechende Nachricht in der Kanzlei, in der Clover arbeitete. Dann machte ich mich auf die Suche nach einer Bar, wo ich etwas essen und vielleicht ein letztes Glas trinken konnte, bevor ich nach Hause fahren würde, um noch ein bisschen mehr zu lügen.

Am nächsten Tag – Freitag – rief ich gar nicht erst in der Arbeit an, fühlte mich aber ein wenig besser. Ich hatte einen leichten Kater, mein Kopf dröhnte dumpf, und mein Magen war zu einem Beutelchen voller Nichts geschrumpft, sodass ich, nachdem ich das Baby abgeliefert hatte, in dem Diner, der dabei war, zu meinem zweiten Zuhause zu werden, nicht mehr zu mir nehmen konnte als trockenen Toast und schwarzen Kaffee, und doch war die enorme, die gewaltige Größe meiner Lüge Vergangenheit, und draußen schien seit Tagen zum ersten Mal die Sonne. Unterwegs hatte ich den Surfbericht gehört – es waren als Folge des Sturms zwei Meter hohe Wellen angesagt –, und nach dem Frühstück grub ich den Anzug und das Board aus und ließ die Pazifikwellen unter mir rollen, bis es nur noch den Geschmack von Salz, den Geruch des Windes und die seltsamen, erstickten Schreie der Möwen gab. Um drei war ich zu Hause. Ich saugte die Wohnung, wusch die Töpfe ab, putzte die Küche. Ich kam zwanzig Minuten zu früh, um Xana abzuholen, und als das Essen im Ofen stand – Hackbraten mit Pellkartoffeln und Spargelvinaigrette –, ging ich mit ihr in den Park und hörte ihr entzücktes

Babykreischen, als ich sie auf den Schoß nahm und mit ihr höher und höher schaukelte.

Clover kam nach Hause und war zu müde, um zu streiten. Sie akzeptierte den Hackbraten und den Wein, den ich ausgesucht hatte, als das Friedensangebot, das sie waren, und als das Baby schlief, hörten wir Musik, rauchten einen Joint und schliefen miteinander; es war ein langsames, tiefes Eintauchen, ein Paddeln auf einem Meer von Haut, das Stunden zu dauern schien. Am Samstag machten wir einen Ausflug die Küste hinauf, und am Sonntagnachmittag fuhren wir zum Essen zu Tank und sahen, wie armselig seine Wohnung war mit den Regalen aus Ziegelsteinen und Brettern, den verblassten Bandpostern mit zerfransten Ecken und dem Flokati, der einst elfenbeinfarben gewesen, jetzt aber nur noch dreckig war. Auf dem Heimweg sagte Clover, sie habe Leute, die ihren Hund behandelten, als hätten sie ihn selbst zur Welt gebracht, noch nie verstehen können, und ich schüttelte den Kopf – ein freudiges, dankbares Läuten – und sagte, sie habe vollkommen recht.

Am Montag erwachte ich, noch bevor der Wecker summte, ich hatte geduscht und mich rasiert und saß im Wagen, bevor meine Frau sich auf den Weg zur Arbeit gemacht hatte, und als ich vor dem langen, fensterlosen grauen Gebäude parkte, in dem Iron House Productions residierte, war es so früh, dass noch nicht einmal Radko da war. Ich nahm die Armbanduhr ab, steckte sie tief in die Tasche und ließ mich von der Monotonie der Arbeit umfangen, bis nichts mehr in mein Bewusstsein drang, nicht meine Finger auf der Tastatur, das Bild auf dem Bildschirm oder die Dialoge, die ich Szene für Szene niederschrieb. Ich protokollierte – Stunde, Minute, Sekunde, Bild –, ich transkribierte alles, was auf dem Film war, damit der Cutter fand, was er suchte, ohne die seelenzermürbende Schinderei auf sich nehmen zu müssen, es selbst zu transkribieren.

Irgendwann – nach einer, vielleicht auch zwei Stunden, ich weiß es nicht – drang der intensive, speicheldrüsenanregende Duft von heißem, gewürztem, mit Milch versetztem Vanille-Chai zu mir durch. Genau das, was ich brauchte: eine Dosis Teein, um einen Pflock in die Langeweile zu schlagen. Vanille-Chai gab es in dem Café ein Stück weit die Straße hinunter, aber er war teuer und somit ein Luxus – ich begnügte mich meist mit säurehaltigem Kaffee und künstlichem Kaffeeweißer, beides von Radko auf einem schmutzigen Servierwagen an der rückwärtigen Wand bereitgestellt. Ich hob den Kopf und schnupperte dem Aroma nach, und da stand Jeannie, die Sekretärin vom Empfang, und hielt in einer Hand einen großen Pappbecher und in der anderen einen Teller mit etwas, das sich als selbstgemachte Cannoli erwies. »Was?«, sagte ich und dachte, Radko habe sie geschickt, um mich in sein Büro zu zitieren. Doch sie sagte einen quälend langen Augenblick gar nichts, sondern sah mich mit großen Augen an, das Gesicht weiß wie eine Maske, und dann drückte sie mir den Becher Chai in die Hand und stellte den Teller auf den Schreibtisch. »Es tut mir so leid«, sagte sie, und dann fühlte ich ihre Hand auf der Schulter, und sie beugte sich in einem Wirbel aus Parfümduft zu mir und gab mir einen traurigen Kuss unter das linke Ohr.

Was soll ich sagen? Die ganze Sache lag mir auf der Seele, ich fühlte mich verachtenswert und gemein, aber ich nahm den Plastikdeckel vom Becher, nippte an dem Chai und machte mich, als wüsste meine Hand nicht, was sie tat, über die Cannoli her, bis der Teller leer war. Ich leckte mir gerade den letzten Puderzucker von den Fingern, als Steve Bartholomew, ein Typ um die dreißig, der in der Abteilung für Spezialeffekte arbeitete und den ich kaum kannte, zu mir kam und mir wortlos eine Blechdose voller Kekse in die Hand drückte. »Danke«, rief ich ihm nach, »danke, Mann. Danke für die Anteilnahme.« Gegen Mittag stapelten sich alle möglichen Sachen zum Essen auf meinem Tisch – Sandwiches, Süßigkeiten, eine getrocknete Salami, so lang wie mein Unterarm – und mindestens ein Dutzend Kondolenzkarten in grauen Umschlägen, unterschrieben von diesem oder jenem Kollegen. Ich wollte mich verstecken. Ich wollte kündigen. Wollte nach Hause gehen, den Telefonanschluss aus der Wand reißen, mich ins Bett legen und nie mehr aufstehen. Aber das tat ich nicht. Ich saß da, versuchte zu arbeiten und begegnete einem nach dem anderen mit einem Zombielächeln und meiner besten Version eines Blicks in weite Ferne.

Kurz vor Feierabend erschien auch Radko. Sein Gesicht sah aus wie eine Papiertüte, die im Regen gelegen hatte. In seiner Begleitung war Joel Chinowski. Ich sah ihr Kommen mit wachsamen Blicken, und mit einem

Mal wurde mir bewusst, wie sehr ich sie hasste und dass ich wie ein in die Enge getriebenes Tier aufspringen und sie zu Boden schlagen wollte, alle beide. Radko sagte nichts. Er stand nur da und sah auf mich herunter, und dann drückte er in slawischer Anteilnahme mit der Hand meine Schulter, drehte sich um und ging davon. »Hör mal«, sagte Joel und wich meinem Blick aus, »wir wollten dir … Also, wir haben gesammelt, ich und ein paar andere, und ich weiß, es ist nicht viel, aber …«

Jetzt sah ich, dass er eine Plastiktüte in der Hand hielt. Ich wusste, was in der Tüte war, und wollte sie abwehren, aber er hielt sie mir hin, und mir blieb nichts anderes übrig, als sie zu nehmen. Später, zu Hause, als die Kleine in ihrem Kinderstuhl saß und sich das Gesicht mit Brei verschmierte und ich die Mikrowellenpizza ausgepackt hatte, setzte ich mich an den Tisch und leerte die Tüte aus. Es handelte sich hauptsächlich um Bargeld, aber es waren auch ein halbes Dutzend Schecks dabei: Ich sah einen über fünfundzwanzig Dollar, einen anderen über fünfzig. Die Kleine stieß einen Babyjuchzer aus, durchdringend und unvermittelt, als wäre der Impuls über sie gekommen, bevor sie ihn verarbeiten konnte. Es war halb sechs, und die untergehende Sonne schien durch die Fenster. Ich ließ die Geldscheine durch meine Finger rieseln, Zehner, Zwanziger, Fünfer – viele Fünfer – und erstaunlich wenige Einer, und dachte, wie großzügig, gut und freigebig meine Kollegen waren, und doch war ich voller Kummer, einem Kummer, wie ich ihn noch nie gehabt hatte, wie ich ihn mir nie hatte vorstellen können. Ich war dabei, das Geld zu zählen, und dachte gerade, dass ich es zurückgeben – oder irgendeiner wohltätigen Organisation spenden – würde, als ich Clovers Schlüssel im Schloss hörte. Ich packte alles wieder in die Tüte und stopfte sie tief in den Schrank unter der Spüle, wo ständig Wasser aus dem verrosteten Abflussrohr tropfte und der alte Putzschwamm nach Schimmel roch.

Sobald meine Frau am nächsten Morgen zur Tür hinaus war, rief ich Radko an und sagte, ich könne nicht kommen. Er fragte nicht nach einem Grund, aber ich nannte ihm trotzdem einen. »Die Beerdigung«, sagte ich. »Sie ist um elf, nur Familie, im ganz kleinen Kreis. Für meine Frau ist es sehr schwer.« Er machte irgendein Geräusch: ein Seufzer, ein

Rülpsen, ein leises Knacken der Gelenke. »Morgen«, sagte ich, »morgen bin ich wieder da, versprochen.«

Und dann begann der Tag, aber er war nicht wie jener erste, ganz und gar nicht. Ich war nicht aufgekratzt, ich fühlte mich nicht befreit oder auch nur erleichtert – ich fühlte nur Reue, ich spürte nur das kalte Fallbeil des Verderbens. Ich brachte das Baby zu Violeta, fuhr sofort wieder nach Hause und legte mich ins Bett; ich wollte einen Raum für mich selbst, um alles zu durchdenken. Es gab keine Möglichkeit, das Geld zurückzugeben – das würde ich nicht hinkriegen –, und ebenso wenig konnte ich es ausgeben oder als Ersatz für den Lohnabzug betrachten. Das wäre mieser gewesen als alles, was ich in meinem Leben je getan hatte. Ich dachte an Clover und daran, wie wütend sie sein würde, wenn sie feststellte, dass mir etwas vom Lohn abgezogen worden war. *Wenn* etwas abgezogen werden würde. Es bestand immer noch die Chance, dass Radko es, angesichts der Größe der Tragödie, durchgehen lassen würde, dass er letztlich doch irgendwie menschlich war. Eine gute Chance.

Nein, mir blieb nichts anderes übrig, als das Geld irgendwo zu vergraben. Zunächst würde ich die Schecks verbrennen – ich konnte nicht riskieren, dass irgendjemand sie fand; das wäre eine Katastrophe ersten Ranges. Niemand könnte das erklären, auch wenn sich sogleich diverse Szenarien anboten: Ein Dieb hatte mir die Tüte aus dem Handschuhfach gestohlen; sie war auf der Schnellstraße aus dem Fenster geweht worden, auf dem Weg zur Leichenhalle; der zahme Affe des Nachbarn war durch das Badezimmerfenster in die Wohnung gekommen und hatte sich die Tüte geschnappt, die Schecks weggeworfen und die Geldscheine gefressen, sodass sie sich in Affenscheiße verwandelt hatten. *Affenscheiße*. Ich wiederholte das Wort, bis es wie ein Gebet war. Um kurz nach neun trank ich das erste Bier. Und den Rest des Tages blieb ich liegen, bis es Zeit war, das Baby abzuholen.

Als Clover durch die Tür trat, gekleidet wie eine Rechtsanwältin in ihrem grauen Fischgrätkostüm, das Haar aufgesteckt, die Augen noch im Straßenverkehrsmodus, versuchte ich, ihre Stimmung einzuschätzen. Die Wohnung war unordentlich. Ich hatte nicht aufgeräumt. Ich hatte nichts zu essen gemacht. Das Baby schlief in seiner Trageschale aus Kunststoff und verströmte einen Gestank, den man quer durch den Raum riechen konnte. Ich sah von meinem Bier auf. »Ich dachte, wir gehen heute mal essen«, sagte ich. »Ich zahle.« Und dann, ohne es eigentlich zu wollen, fügte ich hinzu: »Ich bin fix und fertig von der Arbeit.«

Darüber war sie nicht besonders glücklich, das konnte ich sehen. Auf ihrem Gesicht zeichnete sich ein anwaltliches Abwägen ab, während sie überlegte, was für Umstände es machen würde, mit ihrem Mann und dem Baby zum Boulevard zu gehen, bevor sie zu ihrem Acht-Uhr-Seminar aufbrechen musste. Ich sah, wie sie die Klammer öffnete und das Haar ausschüttelte. »Na gut«, sagte sie. »Aber nicht italienisch.« Sie stellte den Aktenkoffer im Flur ab, wo das Telefon war, und steckte kurz den Daumen in den Mund – das war eine Angewohnheit: Sie kaute an den Nägeln –, bevor sie sagte: »Wie wär's mit chinesisch?« Sie zuckte mit den Schultern, bevor ich es tun konnte. »Mir ist es eigentlich egal, solange es nur schnell geht.«

Ich wollte ihr gerade zustimmen, wollte mich gerade aus dem Griff des Sofas befreien, mich erheben und das Baby wickeln, damit wir *en famille* gehen konnten, als das Telefon läutete. Clover nahm den Hörer ab. »Hallo? Ja, ich bin's selbst.«

Mein rechtes Knie knackte beim Aufstehen, eine Erinnerung an den Meniskusriss, den ich mir zugezogen hatte, als mir – damals war ich noch auf der Highschool – beim Snowboarden in Mammoth beim Sprung über eine Felskante ein ganz kleiner Fehler unterlaufen war.

»Jeannie?«, sagte meine Frau und hob die Augenbrauen zu zwei perfekten Bogen. »Ja«, sagte sie, »ja, aber wie geht es *dir*?«

Es entstand eine längere Pause, in der Jeannie sagte, was sie zu sagen hatte, und dann antwortete meine Frau: »Nein, das muss ein Missverständnis sein. Der Kleinen geht's gut, sie liegt hier in der Babyschale und schläft.« Ihre Stimme wurde munterer, als sie versuchte, ihre Überraschung und Verwirrung mit einem Scherz aufzufangen. »Allerdings riecht sie, als könnte sie eine neue Windel gebrauchen. Aber das muss ihr Daddy erledigen, wenn wir heute Abend noch –«

Und dann gab es noch eine Pause, länger diesmal, und sie sah von dem schlafenden Baby in seinem Strampelanzug aus hellblauem Frottee langsam zu mir, der ich neben dem Sofa stand. Ihre Augen waren sanft gewesen, als sie das Baby betrachtet hatte, doch nun wurden sie immer härter, während sie von den Schuhspitzen bis zu meinem Gesicht wanderten, wo sie verharrten wie zwei große Kugeln aus Granit.

Jeder wäre in diesem Verhör zusammengebrochen. Meine Frau, die Anwältin. Es würde eine lange Nacht werden, das stand fest. Kein chinesisches Essen, nein, überhaupt kein Essen. Ich stritt alles ab, ich erklärte ihr, dass Jeannie manchmal vollkommen konfus war und uns vermutlich mit den Lovetts verwechselt hatte – sie erinnerte sich doch an Tony Lovett, der bei SFX arbeitete? Ja, die hatten gerade ihr Baby verloren, ihre Tochter, ja. Ganz schrecklich. Ich sagte, wir alle hätten zusammengelegt. »Ich auch, ich hab einen Fünfziger gegeben, und das ist viel, ich weiß, aber ich hatte das Gefühl, ich müsste es tun. Wegen unserem Baby. Was, wenn das uns passieren würde?« Ich machte weiter in diesem Stil, bis mir die Luft ausging, und als ich versuchte, mich in Nonchalance zu flüchten und mir ein neues Bier aus dem Kühlschrank holen wollte, trat sie mir in den Weg. »Wo ist das Geld?«, sagte sie.

Wir standen einen halben Meter voneinander entfernt. Mir gefiel der Blick nicht, mit dem sie mich ansah, denn er ersparte mir nichts. Ich hätte auf meinem Kurs bleiben können, ich hätte sagen können: »Was für Geld?«, mit aller gekränkten Unschuld, die ich aufbrachte, aber ich tat es nicht. Ich bückte mich, zog die weiße Plastiktüte aus dem Schrank unter der Spüle und gab sie ihr. Sie nahm sie, als wäre es der blutüberströmte Leichnam unserer Tochter – oder nein, der Leichnam unserer Beziehung, die vor drei Jahren begonnen hatte, als ich auf einer Bühne gestanden hatte, in Scheinwerferlicht getaucht, und meine Message im Hämmern der Gitarre und im Wummern des Basses untergegangen war. Sie sah nicht hinein. Sie sah mir in die Augen. »Das ist Betrug, das weißt du, oder?«, sagte sie. »Das ist ein Verbrechen. Dafür kann man ins Gefängnis kommen. Das weißt du.«

Das war keine Frage, sondern eine Feststellung. Und ich konnte nichts erwidern, denn das Baby war tatsächlich tot, und sie ebenfalls. Radko war tot, Jeannie, die Sekretärin, deren Nachnamen ich nicht mal kannte, und

Joel Chinowski und alle anderen. Ganz langsam knöpfte ich mir das Hemd zu. Dann stellte ich die leere Bierflasche so vorsichtig, als wäre sie randvoll, auf die Küchentheke und ging hinaus in die Nacht, auf der Suche nach jemandem, dem ich die ganze Geschichte erzählen konnte.

DIE UNGLÜCKLICHE MUTTER
VON AQUILES MALDONADO

Als sie Aquiles Maldonados Mutter entführten, an einem Morgen, so heiß, dass er den hundertzwanzigtausend streunenden Hunden in Caracas beinahe das Fell versengte, hätte niemand gedacht, dass man sie so lange festhalten würde. Ihr Mann war tot, bei einem versuchten Raubüberfall vor sechs Jahren ermordet, und daher ebenso unbesorgt wie schweigsam. Aber es gab das Hauspersonal und die Mechaniker der Werkstatt, die herumliefen und sich an die Brust schlugen, und die Mutter von Aquiles Maldonados Mutter war zwar schwach wie ein verblühter Löwenzahn, aber dennoch durchaus in der Lage, sich aufzuregen. Ebenso wie Maritas vier erwachsene Söhne und Aquiles' sechs Kinder (von fünf verschiedenen *Aficionadas*), um die sie sich kümmerte, die sie bekochte, ausschimpfte und jeden Morgen in die Schule schickte. O ja, man machte sich Sorgen, eine Menge Sorgen, diese erhoben sich und rasten durch das Viertel, sobald die Nachricht sich herumsprach. »Sie haben Marita Villalba entführt«, riefen sich die Leute von Fenster zu Fenster zu, und andere riefen zurück: »Wen?«

»Wen?«, erwiderten die Stimmen verwundert, ja empört. »Wen? Die Mutter von Aquiles Maldonado!«

Zu dieser Zeit spielte Aquiles in der nordamerikanischen Liga für Baltimore und war vom Beginn des Trainings im Februar bis zum Ende der regulären Saison in der ersten Oktoberwoche fern der Heimat. Er war dreißig Jahre alt, hatte sich mit wilder Entschlossenheit durch vier Mannschaften emporgearbeitet und stand nun auf dem Gipfel seiner Karriere. Er war der, den die Baltimore Orioles aufs Feld schickten, um den Sack zuzumachen, er warf mit Kraft und Eleganz und war jetzt am Ende des ersten Jahrs eines zweijährigen 11,5-Millionen-Dollar-Vertrags, trotz des stechenden Schmerzes, den er unter der Rotatorenmanschette seines Wurfarms spürte, wenn er den Abwurfpunkt veränderte, und von dem er noch niemandem erzählt hatte. Die Saison dauerte noch drei Wochen, und die Mannschaft, die sich infolge des aggressiven Spiels der Red Sox und Yankees keine Hoffnungen auf die Playoffs mehr machen konnte, spielte ohne großen Ehrgeiz. Aber nicht Aquiles. Jedes Mal, wenn man ihm den Ball gab und – selten genug – eine Führung zu verteidigen war, warf er mit so kompromisslosem Furor, dass man hätte denken können, hinter dem Wurf stecke jeder einzelne Cent seiner 11,5 Millionen Dollar.

Er absolvierte gerade die Dehn- und Streckübungen und witzelte mit Chucho Rangel, dem anderen venezolanischen Spieler der Mannschaft, über die beiden tätowierten *Güeras*, die sie am Vorabend ins Hotel abgeschleppt hatten, als der Anruf kam. Es war sein Bruder Néstor, und als Aquiles seine Stimme hörte, wusste er, dass es schlechte Neuigkeiten gab.

»Sie haben Mamí entführt«, schluchzte Néstor.

»Wer?«

Es gab eine Pause, als wäre sein Bruder tief unter Wasser und müsse erst zur Oberfläche aufsteigen, um Luft zu holen. »Keine Ahnung«, sagte er. »Gangster, die FARC, was weiß ich.«

Das Baseballfeld war grün wie in einem Traum, auf der Tribüne standen bereits Fans, die beim Einschlagen zusehen und Autogramme ergattern wollten. Er wandte sich von Chucho und den anderen ab und beugte sich vor. »Was wollen sie?« Und dann, weil ihm das Wort gerade durch den Kopf schoss: »Lösegeld?«

Wieder eine Pause, und als er dann die Stimme seines Bruders hörte, klang sie so hohl und gepresst, als spräche er durch einen Schnorchel: »Was sonst, *Pendejo*?«

»Um diese Jahreszeit sollte es nicht so heiß sein«, sagte sie zu Rómulo Cordero, dem Meister der Mechanikerwerkstatt, die Aquiles ihr nach seinem ersten Liga-Vertrag gekauft hatte. »So eine Hitze habe ich noch nie erlebt – Sie etwa? Vielleicht, als meine Mutter jung war ...«

Die Kinder waren in der Schule, in der Obhut der Nonnen und unter den wachsamen Augen Christi, die Motoren der Drehbänke summten wie Insekten, und sie selbst saß im Büro hinter der Werkstatt, wo beide Ventilatoren ihr auf Hochtouren Luft ins Gesicht bliesen und sie an ihrer Bluse die drei Knöpfe geöffnet hatte, die sie sich an den heißesten Tagen zugestand. Marita Villalba war siebenundvierzig Jahre alt und wog dreißig Pfund mehr, als ihr lieb war, doch sie war noch immer hübsch und so voller Leben (und, machen wir uns nichts vor, so wohlhabend und respektabel), dass die Hälfte der Junggesellen des Viertels – und sämtliche Witwer – ganz unruhig wurden, wenn sie sie sahen. Auch Rómulo Cordero, verheiratet und neunfacher Vater, war gegen ihren Charme nicht gefeit, aber er war in erster Linie ihr Angestellter und gestattete sich nie, das zu vergessen. »Als ich ein Junge war, in den sechziger Jahren«, sagte er und hielt inne, um mit mehr Schmelz in der Stimme fortzufahren, »aber daran werden Sie sich nicht erinnern, denn damals waren Sie ja noch ganz klein, da hatten wir mal eine Woche lang jeden Morgen um elf Uhr achtundvierzig Grad im Schatten, und die Leute haben Wetten abgeschlossen, ob die Temperatur noch auf fünfzig Grad steigen würde.«

Er kam nicht dazu, die Geschichte zu Ende zu erzählen, denn in diesem Augenblick erschienen vier Männer in verschwitzten Uniformen der Bundespolizei und drängten in das kleine Büro mit dem Boden aus gestampftem Lehm, den Wänden aus rohem Sperrholz, dem rostigen Aktenschrank und dem zu großen Schreibtisch, an dem Marita Villalba den Papierkram erledigte. Sie sah kaum auf. »Ich habe schon bezahlt«, sagte sie.

Der Anführer, ein großer Mann mit hängenden Schultern und einem von Geburt an missgebildeten Auge, der nach Barrio roch und keineswegs den Eindruck eines Polizisten machte, zog lässig seine Pistole. »Davon weiß ich nichts. Ich habe Anweisung, Sie zu einer Befragung auf die Wache zu bringen.«

So fing es an.

Draußen, im Hof, wo die Werkstatt an das zweistöckige Haus mit den Hartholzböden und dem Ziegeldach grenzte, öffnete der große Mann, den die anderen »Capitán« oder auch »El Ojo« nannten, die Tür eines verbeulten blassroten Honda mit gelben Rallyestreifen, der anders war als alle Polizeifahrzeuge, die Marita Villalba oder Rómulo Cordero je gesehen hatten. Marita blieb stehen. »Sind Sie sicher, dass das wirklich nötig ist?«, sagte sie und zeigte auf den staubigen Rücksitz des Wagens, das offene Hoftor und die in der Hitze brütende Stadt dahinter. »Können wir das nicht hier regeln?« Sie kramte in der Handtasche nach ihrem Scheckheft, als der Große sagte: »Ich werde in der Zentrale anrufen.« Er wandte sich an Rómulo Cordero. »Geben Sie mir Ihr Handy.«

In Marita Villalbas Kopf schrillten Alarmglocken. Sie musterte die drei anderen Männer: Es waren Bürschchen, Straßenjungen in gestohlenen Uniformen, und sie umklammerten mit nervösen Händen Pistolen, die mehr wert waren als ihr Leben und das ihrer sämtlichen Vorfahren. Rómulo Cordero nahm das Handy aus der Gürteltasche und gab es dem großen Mann mit dem Hängelid.

»Hallo?«, sagte der. »Zentrale? Ja, hier ist« – er nannte einen Namen, den er soeben aus der glutheißen Luft gegriffen hatte – »und wir haben diese Villalba.« Er hielt inne. »Ja«, sagte er, »ich verstehe: Sie muss persönlich erscheinen.«

Marita sah zum Vorarbeiter, und der erwiderte den Blick. Das Handy war tot, seit zwei Wochen oder länger, denn die Akkus waren korrodiert, und die Ersatzakkus, die er bestellt hatte, wurden und wurden nicht geliefert. Beide rannten im selben Augenblick zur Tür der Werkstatt. Es war zwecklos. Die Waffen sprachen in ihrer abgehackten Sprache, Staub sprang Marita an, Rómulo Cordero ging mit zwei roten Blumen, die auf dem abgewetzten Schaft seines handgefertigten rechten Stiefels erblühten, zu Boden, und die Teenager – diese Jungen, die in der Schule sein oder bei einem ehrlichen Meister ein ehrliches Handwerk hätten lernen sollen – packten Aquiles Maldonados Mutter an den Oberarmen, deren Schlaffheit für sie ohnehin immer ein heikles Thema war, und zwangen sie einzusteigen. Das Ganze dauerte nicht länger als eine Minute. Und dann waren sie fort.

Begleitet von einem Leibwächter und seinem Bruder Néstor stieg Aquiles die schiefe Treppe in den fünften Stock des Polizeipräsidiums hinauf und fand in dem dämmrigen Gewirr von Korridoren durch Versuch und Irrtum seinen Weg zum Dezernat für Entführung und Erpressung. Die Tür stand offen. Kommissar Diosado Salas, Leiter des Dezernats, saß hinter seinem Schreibtisch. »Es ist mir eine Ehre«, sagte er, erhob sich, um sie zu begrüßen, und wies auf zwei Stühle, die vor dem Tisch standen. »Bitte,

bitte«, sagte er, und Aquiles und Néstor warfen einen kurzen Blick auf den Leibwächter, der sich direkt vor der Tür postierte, und nahmen zögernd Platz.

Das Büro sah aus wie jedes andere: Regalbretter bogen sich unter dem Gewicht von an den Ecken aufgebogenen Papierstapeln, die Jalousien hingen schief, und die Deckenlampen verbreiteten ein kümmerliches, bläslich gelbes Licht; doch der Schreibtisch, der beinahe so groß war wie der, den Aquiles' Mutter in ihrem Büro hatte, war von allen üblichen Paraphernalien freigeräumt – kein Papier, keine Akten, keine Hefter und Stifte, nicht einmal ein Telefon oder ein Computer. Stattdessen hatte man ein weißes Tuch ordentlich darübergebreitet, und darauf befanden sich – abgesehen von den hellblauen Manschetten des Kommissars und seinen braunen Händen – nur vier Objekte: drei Zeitungsausschnitte und ein Blatt Papier, auf dem in recht großer Schrift etwas stand.

Während sein Bruder und der Leibwächter hinter ihm die Treppe hinaufgeschnauft waren, hatte Aquiles sich eine kleine Rede zurechtgelegt – »Ich werde bezahlen, ich werde bezahlen, was sie wollen, solange sie sie nur unversehrt freilassen, und zwar so schnell wie möglich oder vielmehr prompt, das ist doch das juristische Wort dafür, oder?« –, doch jetzt lehnte sich der Kommissar, bevor Aquiles den Mund öffnen konnte, in seinem Sessel zurück und schnippte mit den Fingern in Richtung der Tür an der Rückseite des Büros. Diese flog sogleich auf, und ein Ober des Cafés Fundador wirbelte mit einem hoch über dem Kopf gehaltenen Tablett in den Raum, verbeugte sich kurz vor jedem der drei und stellte dann drei weiße Porzellanteller vor sie hin, dazu drei Coca-Cola in jenen Flaschen aus grünlichem Glas, die so geformt sind, dass sie sich wie die Rundungen einer Frau in die Hand schmiegen. Auf jedem Teller lag eine dampfende *Reina Pepiada*, eine mit Avocado, Hähnchenfleisch, Kartoffeln, Karotten und Mayonnaise gefüllte Teigtasche, Aquiles' Leibgericht, genau das, wonach er sich während all dieser Monate im fernen Exil gesehnt hatte. »Bitte, bitte«, sagte der Kommissar. »Wir essen. Dann reden wir.«

Aquiles war kurz zuvor aus dem Flugzeug gestiegen. Die Saison zu Ende zu spielen kam nicht in Frage, auch Rechnungen, Schecks, die Junggesellenwohnung, die er sich mit Chucho Rangel teilte, oder der milchweiße Porsche, der in der Garage im Tiefgeschoss stand, waren unwichtig, und Frank Bowden, der Manager der Orioles, hatte sofort seine Erlaubnis gegeben. Nicht dass das mehr als eine Formalität gewesen wäre. Aquiles hätte die nächste Maschine nach Caracas genommen, ganz gleich, was irgendjemand dazu zu sagen gehabt hätte, selbst wenn sie in den Playoffs, ja sogar in der World Series gespielt hätten. Seine Mutter war in Gefahr. Und er war gekommen, sie zu retten. Aber er hatte seit dem Frühstück am Tag zuvor nichts gegessen, und bevor er noch wusste, was er da tat, hatte er die *Reina* verputzt. Es war sehr still im Raum. Man hörte nichts außer dem Surren der Ventilatoren und dem leisen Kauen des Kommissars. Er war ein zierlicher Mann mit einem zu großen Kopf und einem Schopf dunkler, lockiger Haare, die abstanden, als würde eine unsichtbare Hand daran ziehen. In dieser Stille erklang der erste Hinweis auf den Ernst der Situation: Néstor hatte die Hände vors Gesicht geschlagen und weinte leise. »Unsere Mutter«, schluchzte er, »hat immer *Reinas* für uns gekocht, immer hat sie gekocht. Und jetzt, jetzt –«

»Ruhig«, sagte der Kommissar, und seine Stimme war leise und gefühlvoll, »wir werden sie zurückbringen, seien Sie unbesorgt.« Und dann, an Aquiles gewandt und mit einer ganz anderen Stimme, einer offiziellen Stimme, die durch den vielen Gebrauch hart geworden war, sagte er: »Sie haben sich also bei Ihnen gemeldet.«

»Ja. Ein Mann hat mich auf dem Handy angerufen. Ich weiß nicht, woher er die Nummer hatte –«

Der Kommissar lächelte bitter, als wollte er sagen: *Seien Sie doch nicht so naiv.*

Aquiles errötete. »Er hat nicht mal Hallo oder so gesagt, nur: ›Wir haben das Paket.‹ Das war alles. Dann hat er aufgelegt.«

Néstor hob den Kopf. Beide sahen den Kommissar an.

»Typisch«, sagte der. »Sie werden ein, zwei Wochen lang nichts mehr von ihm hören. Vielleicht auch länger.«

Aquiles war verblüfft. »Eine Woche? Aber wollen die denn kein Geld?«

Der Kommissar beugte sich vor und sah Aquiles aus schwarzen Augen unverwandt an. »Was für Geld? Hat irgendjemand irgendetwas von Geld gesagt?«

»Nein, aber darum geht es doch, oder nicht? Die würden doch nicht« – und hier kam ihm ein unerträglicher Gedanke – »ich meine, das sind doch keine Sadisten, oder? Die werden doch nicht …« Er konnte nicht weitersprechen. Schließlich fasste er sich und sagte: »Die entführen Mütter doch nicht zum Vergnügen.«

Der Kommissar lächelte sein bitteres Lächeln, drehte das Blatt Papier um, sodass Aquiles lesen konnte, was darauf stand, und schob es mit zwei Fingern über den Tisch. Darauf stand in großen Buchstaben: 11,5 MILLIONEN DOLLAR. Im nächsten Augenblick griff er nach den Zeitungsausschnitten und schwenkte sie so heftig, dass das Papier knisterte. Aquiles sah, dass es sich um Artikel aus den Lokalzeitungen handelte, in denen stand, der *Beisbol*-Star Aquiles Maldonado sei ein Nationalheld, beinahe so bedeutend wie Simón Bolívar und Hugo Chávez. In jedem Artikel war die Zahl »11,5 Millionen Dollar« rot unterstrichen. »Das ist es, was sie wollen«, sagte der Kommissar schließlich. »Geld, ja. Und jetzt, da sie Kontakt mit Ihnen haben, werden sie eine Zahl nennen, vielleicht fünf Millionen oder so. Sie würden alles verlangen und noch mehr, aber sie wissen, dass Sie keinen Cent bezahlen werden, nicht jetzt und auch nicht später.«

»Was meinen Sie damit?«

»Damit meine ich, dass wir mit Verbrechern nicht verhandeln.«

»Aber was ist mit meiner Mutter?«

Er seufzte. »Wir werden sie zurückbringen, keine Sorge. Es wird vielleicht eine Weile dauern und mit gewissen Schmerzen verbunden sein« – er griff unter den Tisch, holte mit einiger Mühe ein sehr großes Einmachglas hervor und stellte es vor sie hin –, »aber Sie brauchen keine Angst zu haben.«

Aquiles sah verstohlen zu seinem Bruder. Néstor hatte den Zeigefinger in den Mund gesteckt, als wollte er ihn durchbeißen, eine Angewohnheit, die er als Kind entwickelt und nie ganz abgelegt hatte. Das waren keine sauren Gurken, die da in der klaren Konservierungslösung schwebten.

»Ja«, sagte der Kommissar, »das ist der nächste Schritt: das Lebenszeichen.«

Es dauerte eine Weile, bis die Tragweite des Gesagten zu ihnen durchdrang.

»Aber diese Finger – es sind vier, außerdem zwei kleine Zehen, ein großer Zeh und ein linkes Ohr – gehören zu Fällen, die wir geklärt haben. Positiv geklärt. Ich will Ihnen nur sagen: Seien Sie gefasst. Erst werden Sie ein Lebenszeichen erhalten, dann eine Geldforderung.« Er hielt inne. Und dann schlug er mit der Faust auf den Tisch. »Aber Sie werden nicht bezahlen, ganz gleich, was passiert.«

»Doch«, sagte Aquiles. »Ich werde bezahlen, was die wollen.«

»Das werden Sie nicht. Das können Sie nicht. Denn wenn Sie das tun, wird jede Familie eines jeden Spielers in Gefahr sein, verstehen Sie das nicht? Und außerdem ... ich sage es nicht gern, aber Sie haben sich diese Sache selbst zuzuschreiben. Ich meine, bitte: Sie fahren in einem knallroten Hummer durch die Straßen dieser Stadt? Sie stolzieren mit Ihren Goldkettchen herum, in Begleitung dieser lasterhaften Frauen, dieser *Putas* mit aufgeblasenen Brüsten und dicken Hintern? Und mussten Sie das Haus Ihrer Familie tatsächlich orangerot anstreichen lassen?«

Aquiles spürte Wut in sich aufsteigen, doch kaum hatte er sie gespürt, da war sie auch schon wieder verschwunden: Der Mann hatte recht. Er hätte seine Mutter lassen sollen, wo sie war, in achtbarer Armut, er hätte seinen Namen ändern und in abgerissener Kleidung, mit Bart und falscher Nase heimkehren sollen. Er hätte nie im Leben einen Baseball anfassen sollen.

»Na gut«, sagte der Kommissar und erhob sich zum Zeichen, dass die Unterredung beendet war. »Wenn die Sie anrufen, rufen Sie mich an.«

Die beiden Brüder standen ungelenk auf. Der leere Teller sah Aquiles an wie ein fahles, starres, anklagendes Auge, daneben stand grinsend das schreckliche Einmachglas. Der Leibwächter streckte den Kopf durch die Tür.

»Ach, warten Sie, warten Sie – das hätte ich beinahe vergessen.« Der Kommissar schnippte abermals mit den Fingern, und ein Assistent trat durch die hintere Tür, in der einen Hand einen in Zellophan verpackten Stapel druckfrischer Baseballkarten, in der anderen einen Filzstift. »Wenn

Sie so freundlich wären«, sagte der Kommissar. »Für meinen Sohn Aldo, mit allen guten Wünschen.«

Sie saß eingezwängt zwischen zwei der Jungen auf dem engen Rücksitz des Wagens. Die Hitze war schrecklich, der Gestank in diesem geschlossenen Raum unerträglich. El Ojo saß vorn neben dem dritten Jungen, dessen Fahrstil absolute Todesverachtung verriet. Anfangs versuchte sie, Passanten durch die offenen Fenster etwas zuzurufen, und schrie, bis sie dachte, die Windschutzscheibe müsse zersplittern, aber der Junge zu ihrer Rechten – spitzes Gesicht, zwei braune, faulige Zähne, die aussahen wie Fänge, und leblose schwarze Augen – schlug ihr ins Gesicht, und sie schlug sofort zurück. Dieser Rotzlöffel, dieser kleine Halunke – was glaubte er, wer er war? Wie wagte er es? Dann setzte ihre Erinnerung aus, denn der Junge schlug mit voller Wucht zu, mit der ganzen aufgestauten Wut seines dünnen Arms und der geballten Faust, und der Wagen hüpfte, die Reifen quietschten, und sie verlor das Bewusstsein.

Als sie zu sich kam, waren sie in einem Boot auf einem Fluss, den sie noch nie gesehen hatte. Das Wasser wirkte dickflüssig, und alle Vögel und Insekten des Universums schrien gleichzeitig. Man hatte ihr die Hände auf dem Rücken gefesselt und die Füße mit einem ausgefransten Stück Kunststoffseil zusammengebunden. Der Schmerz in ihrem Unterkiefer machte sich bemerkbar, sie tastete mit der Zunge nach den Zähnen und schmeckte Blut, und das machte sie zornig, wütend, und sie richtete ihre ganze Wut auf den Jungen, der sie geschlagen hatte. Er saß schräg auf der vorderen Bank, niedergedrückt vom Gewicht seiner hängenden Schultern und der arroganten Kantigkeit seines Hinterkopfs. Sie wollte ihn anschreien, ihn zur Rede stellen, besann sich aber eines Besseren, denn wenn das Boot umschlug, was dann? Sie war hilflos. Niemand, nicht mal der Olympiasieger im Delphinschwimmen, konnte sich mit gefesselten Armen und Beinen über Wasser halten. Also blieb sie auf dem Boden des Boots im Bilgewasser liegen. Die Sonne brannte auf sie herab, sie atmete die Abgase des Motors ein, starrte auf den hitzeweißen Ausschnitt des Himmels, den sie sehen konnte, und wartete auf ihre Gelegenheit.

Schließlich, als es ihr schien, als wären sie schon seit Tagen auf dem

Fluss unterwegs, auch wenn das unmöglich war, kam der Motor stockend zum Stillstand, und sie steuerten auf das Ufer zu. El Ojo – sie sah jetzt, dass er am Steuer gesessen hatte – sprang aus dem Boot und packte ein Seil, das an einem das Wasser überragenden Ast festgemacht war, und dann beugte sich der Junge, der sie geschlagen hatte, zu ihr, schnitt mit einer raschen Bewegung seines Messers das Seil um ihre Knöchel durch, sprang ebenfalls ins Wasser und zog das Boot an Land. Sie ertrug die Stöße und das Gefühl der Hilflosigkeit, das sie ihr vermittelten, und als er sie am Arm packte und sie die Böschung hinaufführte, konnte sie nur murmeln: »Ihr stinkt. Allesamt. Habt ihr keinen Stolz? Könnt ihr euch nicht mal waschen? Wollt ihr eure Sachen tragen, bis sie euch vom Leib fallen?« Und als sie keine Antwort bekam: »Was ist mit euren Müttern – was würden die dazu sagen?«

Sie standen jetzt auf der Böschung. El Ojo und die anderen zogen das Boot ins Unterholz und bedeckten es mit Zweigen und Treibgut. Der Junge, der ihren Arm hielt, bedachte sie mit seinem kalten Vampirlächeln, wobei die verfärbten Zähne seine Unterlippe berührten. »Wir haben keine Mütter«, sagte er leise. »Wir sind Guerrilleros.«

»Ihr seid Ganoven«, fuhr sie ihn an. »Verbrecher, *Narcotraficantes*, Entführer, Feiglinge.«

Es kam so plötzlich, dass ihr keine Zeit zum Reagieren blieb: Der Arm streckte, die Faust öffnete sich, und dann klatschte die flache Hand auf ihr Gesicht, genau da, wo die Prellung war. Und dann schlug er sie gleich noch einmal.

»He, Eduardo, Blödmann«, rief El Ojo, »schaff deinen Arsch hierher und hilf uns. Was glaubst du, wo du hier bist – in einem Nachtclub?«

Die anderen lachten. Ihr Gesicht brannte, und Fliegen und Moskitos interessierten sich bereits für die angeschwollene Stelle an ihrem Kiefer. Sie drehte das Kinn zur Schulter, um sich zu schützen, sagte aber nichts. Bis jetzt war sie zu empört gewesen, um sich zu fürchten, doch jetzt, da das Licht über den Bäumen schwand und der Matsch an ihren Schuhen saugte und hässliche, namenlose Urwaldwesen aus ihren Höhlen und Löchern krochen, um die Nacht zu erobern, spürte sie, wie namenlose Angst in ihr die Flügel ausbreitete. Bei dieser Sache ging es um Aquiles. Um ihren Sohn, den erfolgreichen Baseballspieler, ihren ganzen Stolz. Sie wollten ihn, sie waren auf das Geld aus, für das er sich so angestrengt hatte, seit er ein kleiner, barfüßiger Junge gewesen war, der Fanghandschuhe aus Milchtüten gebastelt und mit Steinen auf eine an einen Baum genagelte Zielscheibe geworfen hatte. Sie wollten ihm das Geld nehmen, das er mit seinem Schweiß und seinem Talent verdient hatte – und den damit verbundenen Ruhm, die Ehre, den Stolz. Sie selbst besaßen keinen Stolz, keinen Anstand, aber sie würden alles tun, um jeglichen Anstand zu zerstören: Sie hatte von Entführungen gehört, von Verstümmelungen, von Familien, die Lösegeld für Töchter, Söhne, Großeltern, ja selbst für den Familienhund gezahlt hatten, nur um wieder und wieder zu bezahlen, bis aus Hoffnung schließlich Verzweiflung geworden war.

Doch dann, als sie sie packten und mit ihr durch den Dschungel marschierten, sah sie ihren Sohn vor sich, genau so, wie er auf seiner Baseballkarte abgebildet war: Er stand auf einem Bein, weil er gerade zum Wurf ausholte, und auf seinem Gesicht war das halbe Lächeln, das er immer zeigte, wenn er befangen war, denn der Fotograf war da und ließ ihn posieren. *Er wird kommen und mich retten*, sagte sie zu sich selbst. *Ich weiß, er wird kommen.*

Für Aquiles waren die nächsten drei Wochen die reinste Höllenqual. Jeden Morgen erwachte er schwitzend in der Stille des Morgengrauens und machte Streckübungen, bis das Dienstmädchen ihm seinen Orangensaft und den Proteindrink brachte, in den er drei rohe Eier, vier gehäufte Esslöffel Weizenkeime und einen Teelöffel Bierhefe rührte. Dann setzte er sich benommen vor den HD-Plasmafernseher, den er seiner Mutter zu ihrem fünfundvierzigsten Geburtstag geschenkt hatte, umgeben von seinen Kindern (die zur Sicherheit aus der Schule genommen worden waren) und der unverzeihlich hausbackenen, aber tüchtigen Suspira Salvatoros, einer Frau aus der Provinz, die eingestellt worden war, um sich während der Abwesenheit seiner Mutter um sie zu kümmern. In einer Ecke saß, düster vor sich hin murmelnd, seine *Abuela*. Im Flackern des Bildschirms huschten die vertrauten Züge seiner Mutter über ihr Gesicht, während sie ihren Rosenkranz betete und an der Warze unter dem rechten Auge zupfte, bis ein Tropfen klarer Flüssigkeit über ihre Wange rann. Der Fernseher brachte ihm nichts, keine Freude oder auch nur Ablenkung, eine Show war geistloser und banaler als die andere, und wie um alles in der Welt konnte man Preise verteilen, Kostüme anziehen, Dialoge sprechen, singen, tanzen, Krabben und Koriandergrün in einer Pfanne verrühren, wenn seine Mutter, Marita Villalba, sich in den Händen von Verbrechern befand, die sich nicht meldeten, geschweige denn Verhandlungen anboten? Auch Baseballübertragungen, ja selbst die Playoffspiele bedeuteten ihm bald nichts mehr.

Doch dann, als er an einem jener trostlosen Morgen – die Sonne war wie ein soeben gebrannter Ziegelstein, den jemand durchs Fenster geworfen hatte, und ganz Caracas war noch immer in Aufruhr wegen der Entführung (*Freiheit für Marita* war mit weißer Seife auf die Scheiben jedes zweiten Wagens geschrieben) – die Eier über seinem Proteindrink aufschlug, klopfte Suspira Salvatoros an seine Tür. »Don Aquiles«, murmelte sie und trat mit kleinen, zögerlichen Schritten und schüchtern niedergeschlagenen Augen ein, »jemand hat das für Sie abgegeben. Ein Bote.« In der Hand – abgekaute Fingernägel, Fettpölsterchen – war ein schmutzig weißer Umschlag, zu dick für einen Brief und verschmiert mit etwas, das er nicht benennen konnte. Er hatte das Gefühl, als hätte man ihm die Brust aufgeschnitten, sein noch schlagendes Herz herausgerissen und auf den Teppich geworfen, wo es neben dem Umschlag lag, der seinen kraftlosen Fingern entglitten war. Suspira Salvatoros begann zu weinen. Langsam und unter Qualen, als bückte er sich in einem albtraumhaft hoffnungslosen Spiel, in dem er keinen Punkt machen konnte, zu dem Beutel mit dem Kolophonium, während das Publikum johlte und der Manager wie erstarrt auf seinem Platz saß, ganz langsam also beugte er sich hinunter und riss den Umschlag an sich, abgestoßen von der Art, wie er sich anfühlte, von seinem Gewicht, von der Schuld, dem Entsetzen und dem Vorwurf, den er enthielt.

Es war ein Finger darin, der kleine Finger einer linken Hand, fünf Zentimeter Knochen, Knorpel und Haut von der Farbe verdorbenen Fleisches, und der gepflegte Nagel war rot lackiert. Lange stand Aquiles da, mit weichen Knien, auf seiner Hand den kalten Finger, den er schließlich ehrerbietig wieder in den Umschlag schob. Diesen barg er in der Innentasche seines Hemds, direkt an seinem Herzen, und stürzte zur Tür hinaus. Er setzte sich in den Wagen, in den Hummer, und was machte es schon, dass dieser mohnrot, blutrot war – umso schlimmer für sie, diese Schänder, diese Verbrecher, diesen Abschaum, und er würde sie aufspüren, und wenn es das Letzte war, was er tat. Wenige Minuten später war er im Polizeipräsidium und stürmte hinauf in den vierten Stock; der bleiche Leibwächter mühte sich, ihm zu folgen. Ohne Anmeldung platzte er in das Büro des Kommissars und legte den Umschlag auf den Schreibtisch.

Der Kommissar blies den Dampf von einer Tasse Kaffee. Er hatte eben in ein Rosinenbrötchen beißen wollen. Die Morgenzeitung lag aufgeschlagen vor ihm. Er bedachte Aquiles mit einem wissenden Blick, legte das Brötchen auf den Teller und zog den Finger aus dem Umschlag.

»Ich zahle«, sagte Aquiles. »Lassen Sie mich zahlen. Bitte, um Gottes willen. Sie ist das Wichtigste in meinem Leben.«

Der Kommissar hielt den Finger hoch und musterte ihn, als wäre er das Gewöhnlichste von der Welt, eine neue Art von Filzstift, den er für seine Spende an die Pfadfinder bekommen hatte, oder ein Stück von diesen vertrockneten Brotstangen, die die Italiener zur Vorspeise servierten.

»Sie werden nicht zahlen«, sagte er, ohne aufzusehen.

»Doch, das werde ich.« Unwillkürlich wurde Aquiles lauter. »Sobald sie mich anrufen, gebe ich ihnen alles, was sie wollen, das schwöre ich, und es ist mir egal –«

Jetzt sah der Kommissar ihn an. »Sie glauben, dass das der Finger Ihrer Mutter ist?«

Aquiles starrte ihn nur an.

»Sie benutzt diesen Nagellack?«

»Ja, ich ... ich glaube –«

»Amateure«, sagte der Kommissar verächtlich. »Wir sind ihnen auf der Spur. Wir kriegen sie, verlassen Sie sich darauf. Und Sie *glauben* besser gar nichts.«

Der Raum schien zu schwanken, als würden die Wände näher rücken. Aquiles atmete tief durch, wie er es auf dem Wurfhügel tat, wenn die Situation brenzlig war – Läufer auf dem ersten Base, kein Fehlwurf mehr möglich – und alles auf den nächsten Wurf ankam. »Meine Mutter hat Schmerzen«, sagte er.

»Ihre Mutter hat keine Schmerzen. Keine körperlichen jedenfalls.« Der Kommissar hatte den Finger auf die Serviette gelegt, in die das Rosinenbrötchen eingeschlagen gewesen war, und führte die Kaffeetasse zum Mund. Er trank einen Schluck und stellte die Tasse ab. »Das ist nicht der Finger Ihrer Mutter«, sagte er schließlich. »Das ist nicht mal der Finger einer Frau. Sehen Sie ihn sich an. Sehen Sie genau hin. Das«, erklärte er und trank einen weiteren Schluck Kaffee, »ist der Finger eines Mannes, eines jungen Mannes, vielleicht sogar eines Jungen, der Revolutionär spielt. Das gefällt ihnen, diesen Jungen. Sie verkleiden sich, sie verstecken sich im Dschungel. Und sie bezeichnen sich« – und hier stieß er ein bitteres Lachen aus – »als Guerilleros.«

Sie war eine Woche im Dschungel, hockte vor einem ekligen Eintopf, in dem Fleischbrocken von Wasserschweinen schwammen, einige noch mit Fell. Ihre Verdauung befand sich im Aufstand, Insekten bohrten sich in ihre Haut, und das Kleid, in dem man sie entführt hatte, war so schmutzig, dass es sich wie eine Lage Schmierfett anfühlte, die man auf ihren Körper aufgetragen hatte. Sie trieben sie weiter in den Dschungel hinein, zu einer behelfsmäßigen Start- und Landebahn, wie sie *Narcotraficantes* für ihre üblen Geschäfte benutzten, und dort musste sie mit El Ojo, dem Jungen mit den gnadenlosen Augen und einem älteren Mann, dem Piloten, in eine Cessna steigen. Sie flogen hoch über das gebrochene Rückgrat des Landes in die Berge. Anfangs fürchtete sie, über die Grenze nach Kolumbien gebracht und dort an die Rebellen der FARC ausgeliefert zu werden, aber am Stand der Sonne konnte sie ablesen, dass sie nach Südosten flogen. Doch das war nur ein kleiner Trost, denn mit jeder Minute entfernten sie sich weiter von ihrem Zuhause und einer Rettung. Ihr Ziel – es schien sich um eine rings um das fleckige, gähnende Maul eines ausgetrockneten Swimmingpools errichtete Ansammlung von Bretterhütten mit Strohdächern zu handeln – gab ihr keinen Anhaltspunkt, wo sie sich befand. Es gab keine Straße, ja nicht einmal einen Trampelpfad, der diese Siedlung mit der Außenwelt verband.

Die Landung war hart, sehr hart. Das kleine Flugzeug hüpfte und schlingerte, als wäre es eine Gondel in einem dieser schrecklichen Karussells auf dem Jahrmarkt, und als sie aus dem Cockpit stieg, musste sie sich als Erstes vorbeugen und ihren Mageninhalt auf das Gras entleeren, das zu schneiden niemand für nötig befunden hatte. Der Junge, ihr Folterknecht, den alle Eduardo nannten, schubste sie von hinten, sodass sie mitten in ihrem Erbrochenen auf die Knie fiel, so verletzt, verwirrt und wütend, dass sie an sich halten musste, um nicht vor seinen Augen in Tränen auszubrechen. Und dann waren da noch andere Jungen, eine ganze Menge, Teenager in schmutzigen Tarnanzügen mit über die Schultern gehängten Maschinengewehren. Ihre Gesichter strahlten, als sie El Ojo und Eduardo begrüßten, aber wenn sie Marita ansahen, wurden ihre Augen schmal und misstrauisch. Keiner sprach mit ihr. Sie entluden das Flugzeug – Bier, Rum, Zigaretten, Pornohefte, Säcke voller Reis und drei Kartons getrocknete Nudelsuppe in Bechern –, und dann schlenderten sie plaudernd und scherzend zu den roh gezimmerten Tischen, die im Schatten der Bäume am Rand der Lichtung standen. Sie hörte das Zischen des ersten Biers und dann einen ganzen Chor von Zischlauten, als einer nach dem anderen den Aluminiumverschluss öffnete und die Dose an den Mund hob, und sie stand da und sah hinauf zum leeren Himmel und dann auf die Palisade des Dschungels, der sich so weit erstreckte, wie ihr Auge reichte.

Innerhalb einer Woche hatten sie sie akzeptiert. Es war immer einer zu ihrer Bewachung abkommandiert, auch wenn sie sich beim besten Willen nicht vorstellen konnte, warum – sofern sie sich keine Flügel wachsen lassen konnte wie ein *Turpial*, um sich hoch über die Baumwipfel zu erheben, war sie hier gefangen, als hätte man sie in eine Zelle gesperrt –, aber sie konnte tun und lassen, was sie wollte. Sobald sie sich von dem grässlichen Flug erholt hatte, sah sie sich in den heruntergekommenen Hütten um, nur um etwas zu tun, um sich zu beschäftigen, und das Erste, was sie fand, war ein Waschzuber aus Zinkblech. Binnen kurzem hatte sie am Rand der Lichtung Feuerholz gesammelt und aus Steinen eine kreisförmige Einfassung gebaut. Sie wärmte Wasser im Zuber, schabte Flocken von einem Stück Seife aus der Latrine, wickelte sich in die Decke, die man ihr gegeben hatte, und wusch erst ihr Haar und dann ihr Kleid. Die Jungen waren betrunken von dem warmen, heftigen Bier und schossen gelegentlich auf irgendetwas im Wald, bis El Ojo aus seinem Nickerchen erwachte und sie fluchend zusammenstauchte, doch schon bald standen sie um sie herum, zogen sich feierlich bis auf die Unterwäsche aus und gaben ihr die schmutzstarrenden Uniformen. »Bitte, *Señora*«, sagten sie, und: »Würde es Ihnen was ausmachen?«, und: »Ich auch, ich auch.« Alle außer Eduardo. Er verzog bloß das Gesicht und lebte im Schmutz.

Bald kannte sie diese Jungen besser, als sie sich selbst kannten. Sie spielten morgens Soldat und nachmittags *Beisbol* und *Fútbol*, und wenn die Sonne in den Bäumen versank, kamen sie zusammen, um zu trinken, zu lügen und zu prahlen. Sie waren die Söhne von Prostituierten und Drogensüchtigen, ungebildet, ungewollt, ungeliebt, aufgezogen von Großmüttern oder von niemandem. Sie kannten nichts anderes als Grausamkeit. Sie hatten schlechte Zähne. Sie würden sterben, bevor sie dreißig waren. Die Tage gingen dahin, und sie begann, am Rand des Waldes Kräuter zu sammeln, und verschaffte sich einen Überblick über die Vorräte an Konservendosen, Reis, Dörrfleisch und Bohnen. Wenig später zog der ambrosische Duft des von ihr bereiteten Essens über die Lichtung auf dem Hügel. Sie fand einen Gartenschlauch und verlegte ihn von dem Bach, der das Lager mit Wasser versorgte, bis zum Rand des leeren Swimmingpools, und bald sprangen die Jungen im hohen Bogen ins Wasser, und ihre Freudenschreie hallten durch den Wald. Das kühle Wasser reinigte ihre Haut, trainierte die Muskeln und nahm den ranzigen Geruch aus den Haaren. Sogar El Ojo kam jetzt und hielt ihr seinen Blechteller hin oder bat sie, sein Hemd zu waschen, und irgendwann wurde es ihm zur Gewohnheit, sich zu ihr in den Schatten zu setzen und den Tag zu verplaudern. »Diese Kinder«, sagte er und schüttelte langsam und bedeutungsvoll den Kopf, und sie schnalzte zustimmend mit der Zunge. »Sie sind eine gute Mutter«, sagte er eines Abends mit seiner Reibeisenstimme, »und es tut mir leid, dass wir Sie entführen mussten.« Er hielt inne, um das Papier einer Zigarette anzulecken, drehte sie fertig und reichte sie ihr. »Aber so ist das Leben.«

Und dann, eines Morgens, als sie den Teig für die Maisfladen knetete, die sie auf dem Blech über dem Feuer backen wollte – zum Frühstück und zum Abendessen sollte es *Arepas* geben –, gab es Unruhe unter den Jungen. Eine Gruppe hatte sich um den Tisch versammelt, an dem El Ojo saß und eine Blechschere schwenkte. »Du«, sagte er und zeigte mit der Schere auf Eduardo, »du bist hier der harte Bursche. Du musst das Opfer bringen.«

Sie hockte zehn Meter von ihnen entfernt an einem Baumstumpf, die Hände dick verklebt mit Maismehl. Eduardo richtete seine Augen auf sie. »Sie ist die Geisel« – er spuckte aus –, »nicht ich.«

»Sie ist ein guter Mensch«, sagte El Ojo, »eine Heilige, sie ist besser, als du je sein wirst. Ich werde sie nicht anrühren – keiner wird sie anrühren. Und jetzt streck die Hand aus.«

Der Junge zuckte nicht mit der Wimper. Auch nicht, als die Schneiden sich schlossen, als Metall auf Knochen stieß und das Blut aus seinem Gesicht wich. Und die ganze Zeit wandte er den Blick nicht von ihr.

Als der Anruf kam, den Aquiles fünfeinhalb Monate voller schlafloser Nächte und gelähmter Tage sehnsüchtig erwartet hatte, war das Frühjahrstraining längst im Gange. Zweimal hatten die Entführer angerufen und ihren Preis genannt – das erste Mal fünf Millionen, genau wie es der Kommissar vorausgesagt hatte, beim zweiten Mal waren es unerklärlicherweise nur noch zwei Millionen gewesen –, aber die Stimme am anderen Ende, so heiser und schnarrend wie die Rassel einer wütenden Klapperschlange, hatte nie Anweisungen gegeben, wohin das Geld gebracht werden sollte. Aquiles überkam tiefe Verzweiflung, seine Kinder fielen wie Dämonen übereinander her, sodass ihr Streiten den Hof ständig mit Lärm erfüllte, das Gesicht seiner *Abuela* war wie eine offene Wunde, und Suspira Salvatoros putzte und kochte mit aller Kraft und trennte die kämpfenden Kinder wie ein Schiedsrichter in einem nie endenden Ringkampf. Und dann kam der Anruf. Vom Kommissar. Aquiles presste das Handy ans Ohr und murmelte: »*Bueno?*«, und die Stimme des Kommissars dröhnte: »Wir haben sie gefunden.«

»Wo?«

»Meine Informanten berichten, dass sie sich in einem verlassenen Touristencamp in Estado Bolívar eingenistet haben.«

»Aber das ist Hunderte Kilometer entfernt.«

»Ja«, sagte der Kommissar. »Diese Amateure.«

»Ich komme mit«, sagte Aquiles.

»Nein. Auf keinen Fall. Zu gefährlich. Sie würden uns nur im Weg sein.«

»Ich komme mit.«

»Nein«, sagte der Kommissar.

»Ich gelobe feierlich, dass ich eine Lastwagenladung Baseballbälle für die Söhne und Töchter sämtlicher Polizeibeamter im Distrikt Caracas signieren und Ihrem Sohn Aldo meine komplette Sammlung Baseballkarten der Jahre 2003, 2004 und 2005 schenken werde, originalverpackt, aus den USA.«

Nach einem kurzen Schweigen hörte er die Stimme des Kommissars: »Wir brechen in einer Stunde auf. Bringen Sie Stiefel mit.«

Sie flogen mit einem Linienflug nach Süden, der Kommissar und zehn seiner Männer in Tarnanzügen und mit dem Abzeichen der Bundespolizei auf der rechten Schulter sowie Aquiles in Gummistiefeln, Jeans und einem alten Baseballpullover aus seiner Zeit bei den Caracas Lions, und dann fuhren sie in einem requirierten Lastwagen bis zum Ende der letzten Straße, die auf der Karte eingezeichnet war, wo sie ausstiegen und den Marsch durch den Urwald begannen. Das Terrain war schwierig. Es wimmelte von Insekten. Kaum hatten sie einen schäumenden gelben Fluss durchquert, da standen sie schon vor dem nächsten, der Boden war so schlüpfrig, als wäre er mit Öl überzogen, auf den Bäumen kreischten ununterbrochen Vögel und Affen. Und es ging bergauf, immer bergauf – mit jedem unsicheren Schritt gewannen sie an Höhe.

Zwar hatte der Kommissar darauf bestanden, dass Aquiles die Nachhut bildete – »Das fehlt uns noch«, sagte er, »dass Sie sich eine Kugel einfangen; ich sehe schon die Schlagzeilen: ›Venezolanischer Baseballstar bei dem Versuch, seine geliebte Mutter zu befreien, erschossen‹« –, doch Aquiles' Training hatte ihn zu einem Mann aus Stahl gemacht, und so fand er sich trotzdem oft an der Spitze der Marschkolonne wieder. Mehrmals musste der Kommissar ihn mit halblauten Kommandos stoppen, damit der Rest der Männer aufschließen konnte. Es sei unerlässlich, dass sie zusammenblieben, erklärte er, denn hier gebe es keine Wege und sie wüssten nicht, wonach sie suchten, sondern nur, dass es irgendwo da oben sei, hoch oben hinter dieser Masse aus Grün, durch die kaum das Licht der Sonne drang, und dass sie Klarheit haben würden, wenn sie nahe genug herangekommen seien.

Etwa vier Stunden später, als die Männer grau im Gesicht und allesamt so nass geschwitzt waren, als hätten sie sich in voller Montur unter die Kasernenduschen gestellt, geschah etwas Seltsames. Der Kommissar hatte halten lassen, um eine Kompasspeilung vorzunehmen und den Männern Gelegenheit zu geben, auszuruhen und Blut und Wasser aus den Stiefeln zu schütteln, und Aquiles fand die Verzögerung zwar eigentlich unerträglich, blieb aber ebenfalls stehen, erschlug ein paar Moskitos, die sich auf seinem Hals niedergelassen hatten, und hob die mit Gatorade gefüllte Feldflasche an den Mund. In diesem Augenblick roch er es: den leisen Duft kochenden Essens, der durch die schmale olfaktorische Gasse zwischen dem aufdringlichen Geruch der Dschungelpflanzen und dem fäkalen Gestank der Erde zu ihm geschlichen kam. Und es war kein gewöhnlicher Essensgeruch, wie man ihm vielleicht auf der Straße hinter einem Restaurant oder vor einem offenen Fenster im Barrio begegnete – nein, das war Essen, wie seine Mutter es kochte! Seine Mutter! Er erkannte sogar, was es war: Kaldauneneintopf! »*Jefe*«, sagte er, packte den Kommissar am Arm und zerrte ihn hoch, »riechen Sie das?«

Sie näherten sich dem Lager in Kampflinie, die Waffen schussbereit in den Händen. Das Überraschungsmoment sei entscheidend, hatte der Kommissar ihnen eingeschärft und – hier hatte es Aquiles kalt überlaufen – hinzugefügt, diese Banden seien dafür bekannt, dass sie ihren Geiseln lieber die Kehlen durchschnitten, als sie aufzugeben, und daher müssten sie ausgeschaltet werden, bevor sie wüssten, was über sie hereingebrochen sei. Aquiles spürte die Intensität des Augenblicks. Er war in seinem ganzen Leben noch nie so nervös und angespannt gewesen. Aber er war der Mann für den entscheidenden Wurf, und so einer wandelte, jedes Mal wenn er den Ball in die Hand nahm, am Rand einer Katastrophe. Er spürte, als er mit den anderen vorrückte, dass ihn Kraft durchströmte, und wusste, dass er bereit sein würde, wenn der Moment gekommen war.

Es waren jetzt Stimmen zu hören, Schreie und Flüche und Jubelrufe, unterlegt mit dem lauten Platschen von Wasser, und als Aquiles den Zweig einer Palme vorsichtig beiseiteschob, lag die Lichtung vor ihm. Er sah roh gezimmerte Hütten unter einem diamantenen Himmel, einen Swimmingpool voller rudernder Arme und Beine und ekstatischer Gesichter und dort, keine zehn Meter entfernt, das Kochfeuer und die darüber gebeugte Gestalt einer spindeldürren Frau mit weißem Haar. Es dauerte einen Augenblick, bis er begriff, dass es sich um seine Mutter handelte, gezeichnet von den Strapazen und dem Mangel an Make-up und dem Clairol Nice 'N Easy, das er ihr kartonweise aus dem Norden geschickt hatte. Seine erste Reaktion – und dafür hasste er sich – war Scham: Er schämte sich für sie und für sich selbst. Doch dann, als er die Rufe vom Swimmingpool hörte – *Idiot! Trottel! Hau ab, Humberto, du Penner!* –, empfand er nichts als Wut.

Er würde nie sagen können, wer den ersten Schuss abgegeben hatte, einer der »Guerilleros« oder der Kommissar und seine Männer, aber der Lärm, das tödliche Stottern, das die nackten Gestalten aus dem Pool trieb und das Wasser mit roten Blüten füllte, ließ ihn losrennen. Ohne sich der Gefahr bewusst zu sein, trat er aus dem Gebüsch und hielt nur kurz inne, um einen Stein aufzuheben und in seiner Hand zu drehen, wie er es als Junge Zehntausende Male getan hatte. Und in diesem Moment tauchte aus dem Nichts der magere Bursche mit den toten Augen auf und setzte Aquiles' Mutter ein Messer an die Kehle. Was sollte das? Aquiles konnte es nicht verstehen. Mal ging man als Sieger vom Platz, mal als Verlierer, aber trotzdem spielte man das Spiel. Man jagte nicht das Stadion in die Luft, man erschoss nicht den gegnerischen Batter. Man erpresste nicht Geld von Leuten, die es sich durch ein von Gott verliehenes Talent und harte Arbeit erworben hatten. Man bedrohte keine Mütter. Das war nicht recht. Das war unentschuldbar. Und so holte er aus und warf seinen Fastball, der laut der Radarmessung im Camden-Yards-Stadion hundertsiebenundfünfzig Stundenkilometer draufgehabt hatte, während fünfundvierzigtausend Leute gestampft und geschrien und seinen Namen gerufen hatten – *Hoch innen*, dachte er, *hoch innen* –, und um die Sache nicht weiter zu komplizieren, sei hier nur gesagt, dass er sein Ziel nicht verfehlte.

Unglücklicherweise erholte Marita Villalba sich nie ganz von dieser Tortur. Nachts erwachte sie und roch Wildbret, das über einem offenen Feuer gebraten wurde – Wasserschwein, dem Geruch nach mit Haut und Haaren –, und in ihrer eigenen Küche wirkte sie verloren. Sie färbte sich nicht mehr das Haar und trug nur noch selten Make-up oder Schmuck. Die Werkstatt bedeutete ihr nichts mehr, und als Rómulo Cordero infolge seiner Verletzungen in Rente gehen musste, kam sie nicht einmal herunter, um an seiner Abschiedsfeier teilzunehmen, auch wenn der Duft von *Arepas, Empanadas* und *Chivo en coco* durch das halbe Viertel zog. Sie überließ die Küche und die Kinder immer öfter Suspira Salvatoros, um bei ihrer Mutter in der Sonne zu sitzen. Die Finger der beiden Frauen, alle zwanzig, waren ganz in Anspruch genommen von den kunstvollen Stickereien, mit denen sie es in der unmittelbaren Nachbarschaft zu bescheidenem Ruhm brachten.

Aquiles kehrte mitten in der Saison in die Liga zurück, doch nach jenem Augenblick der Wahrheit auf dem Hügel im Dschungel von Estado Bolívar vermochte er sein Feuer nicht mehr zu entfachen. Und zusammen mit seiner lädierten Rotatorenmanschette bedeutete es das Ende. Er versagte jedes Mal, wenn er auf dem Wurfhügel stand, die Buhrufe wurden immer lauter, und schließlich nahm der Manager ihm zum letzten Mal den Ball ab und unterschrieb ein paar Verzichtserklärungen. Aquiles kehrte für immer nach Hause zurück, sein Ruhm war dahin, aber sein Vertrag war intakt. Als Allererstes führte er Suspira Salvatoros zum Traualtar und machte so die Ambitionen zahlreicher junger und nicht mehr ganz so junger Frauen zunichte, deren Flüche und Klagen noch wochenlang durch die Gassen hallten. Sodann heuerte er eine Malerkolonne an, die das ganze Anwesen mitsamt den Dachziegeln weiß strichen. Und schließlich – und das war vielleicht der schwerste Entschluss – verkaufte er den knallroten Hummer an einen für seinen einfühlsamen Blick und sein hyperaktives Mundwerk bekannten Fernsehschauspieler und ersetzte ihn durch einen gebrauchten Kleinbus unbestimmter Herkunft und in einer Farbe, die sich nicht abhob vom Staub der Straßen.

ADMIRAL

Im Grunde ihres Herzens wusste sie, dass es ein Fehler war, aber sie hatte ihren Job verloren, sie brauchte das Geld, und ihre Erinnerungen an die Strikers waren insgesamt eigentlich positiv, und darum hatte sie, als Mrs Striker angerufen hatte – *Hallo, hier ist Gretchen ... Mrs Striker –*, gesagt, ja, sie werde gern vorbeikommen und sich ihren Vorschlag anhören. Vorher, auf dem Weg durch die Stadt, musste sie sich allerdings das Husten und Stottern ihres Wagens anhören (Benzinpumpe, lautete das Urteil ihres Vaters, gesprochen in jenem ausdruckslosen Ton, der sagte, das sei nicht sein Problem, jetzt nicht mehr, nicht, seit sie erwachsen sei und nach dem gescheiterten Versuch, auf eigenen Beinen zu stehen, wieder bei ihnen wohne), und als sie in die Straße einbog, in der die Strikers wohnten, hätte sie beinahe den Motor abgewürgt. Und dann würgte sie ihn tatsächlich ab, als sie, gegen jede vernünftige Aussicht auf Erfolg, versuchte, vor dem riesigen, festungsartig aufragenden Haus einzuparken. Es war ein seltsames Gefühl, am Tor den Code einzugeben und zu sehen, wie unverändert und doch anders alles aussah, wie die Bäume gewachsen waren, während die Blumenbeete wie eingefroren wirkten: Alles blühte immerfort und war millimetergenau zurechtgestutzt, dafür sorgten die Gärtner. Ein ganzes Bataillon schwärmte zweimal die Woche mit Scheren, Laubbläsern und Rasenmähern aus, in einem endlosen Krieg gegen Unkraut, Insekten, Erd- und Eichhörnchen und das hartnäckige Bestreben der Zierpflanzen, ihren Kästen zu entwachsen. So jedenfalls hatte sie es in Erinnerung. Die Gärtner. Und wie Admiral an den Fenstern getobt hatte, wie er die Zähne gefletscht und mit den Krallen gekratzt hatte. Wenn er sich durch das Glas hätte beißen können, hätte er es getan. »Genau, mein Junge«, hatte sie gesagt, »genau – lass nicht zu, dass diese bösen Männer dein Laub und deine Erde klauen. Zeig's ihnen, Admiral, zeig's ihnen.«

Sie läutete an der Haustür, die nicht von Mrs Striker geöffnet wurde, sondern von einer anderen Version ihrer selbst mit einer weißen Dienstmädchenschürze und einer kleinen weißen Dienstmädchenhaube, und sie war so überrascht, dass sie beinahe die Handtasche hätte fallen lassen. *Eine schwarze Frau geht nicht putzen*, hatte ihre Mutter immer gesagt. Es war in ihrer Jugend eine Art Mantra gewesen, mit dem grundlegende Werte bekräftigt und die Bedeutung von Bildung und geistiger Betätigung betont wurden, doch jetzt fragte sie sich unwillkürlich, wie weit eine Hundesitterin auf der sozioökonomischen Skala über einem Dienstmädchen stand. Oder über Sous-Chefin, Kellnerin, Aerobiclehrerin, Kartenabreißerin und Tortillabäckerin – das alles war sie irgendwann schon einmal gewesen. Blutegel zu sammeln war so ziemlich das Einzige, was sie noch nicht versucht hatte. In ihrem College-Lehrbuch über englische Literatur stand ein Gedicht über dieses Thema von William Wordsworth, dem Dichter der Blutegel und Narzissen – wenn sie was zu lachen haben wollte, konnte sie es sich immer noch aufsagen. Vor ihrem geistigen Auge erschien das Bild eines alten weißen Mannes mit einer langen Nase, der die Hosenbeine hochkrempelte und ins trübe Wasser stakste, und dann rang sie sich ein winziges Lächeln ab und sagte: »Hallo, ich bin Nisha. Ich möchte zu Mrs Striker. Und Mr Striker.«

Das Dienstmädchen – es war nicht viel älter als Nisha, mit einem sanften Gesicht, das man als selbstzufrieden oder vielleicht einfach ausdruckslos hätte bezeichnen können – hielt die Tür auf. »Ich werde ihnen sagen, dass Sie da sind.«

Nisha murmelte einen Dank, trat in die geflieste Eingangshalle und dachte an die Gehirne von Schlangen und die olfaktorischen Erinnerungen, die darin gespeichert waren. Der Geruch nach Hund – nach Admiral – war unterlegt mit dem von alten Socken und Möbelpolitur. Der große Raum erschien ihr wie ein Stück einer hierher transportierten Kathedrale. Es war ein kalter, leerer, widerhallender Raum, den sie nie besonders gemocht hatte. »Kann ich im Wohnzimmer warten?«, fragte sie.

Das Dienstmädchen – oder vielmehr das Mädchen, die junge Frau in dem erniedrigenden stereotypen Dienstmädchenaufzug – war bereits unterwegs zur Küche, blieb aber unvermittelt stehen und sah sie überrascht und irritiert an. Für einen Augenblick schien es, als wollte sie

Nisha anfahren, doch dann zuckte sie die Schultern und sagte: »Wenn Sie wollen.«

In dem holzgetäfelten Raum mit Blick auf den Garten hatte sich, soweit Nisha es feststellen konnte, nichts verändert. Da waren die riesigen alten Ledersessel mit den hohen Lehnen und das antike Stickley-Sofa, gerettet aus der Kanzlei Striker & Striker, die Mahagonibar mit dem Weingestell und dem indirekt beleuchteten Schrein, den Mr Striker zu Ehren der Geister seiner Single Malt Scotch Whiskys hatte anfertigen lassen, und darüber, alles beherrschend, das Ölporträt von Admiral mit seinen dunklen, heroischen Farben und dem goldenen Firnisschimmer. Sie erinnerte sich an den Tag, an dem der Maler ins Haus gekommen war, um den Hund für die ersten Fotos Modell stehen zu lassen. Admiral war unwillig und Mrs Striker kurz vor einem Nervenzusammenbruch gewesen, und im entscheidenden Moment war das unvermeidliche Eichhörnchen über den Rasen gehüpft. Der Maler hatte sich in seinem Studio alle Mühe gegeben, den Gegenstand seiner Kunst mit einer edlen Ausstrahlung zu versehen – die Schnauze erhoben, den Blick auf ein entferntes, vermutlich würdiges Objekt gerichtet –, doch für Nisha sah jeder afghanische Windhund durch und durch lächerlich aus, wie eine Figur aus der *Sesamstraße*, und in Admiral war das Absurde geradezu konzentriert gewesen. Er hatte dämlich ausgesehen, einfach dämlich.

Als sie sich umdrehte, waren beide Strikers da, als wären sie hereingeschwebt. Sie wirkten kein bisschen gealtert. Ihre Haut war makellos, sie hielten sich so aufrecht und gerade wie die geschnitzten Ituri-Figuren, die sie aus Afrika mitgebracht hatten, und sie gaben sich Mühe, zunächst ein wenig zu plaudern und den Eindruck zu vermeiden, sie seien kurz angebunden. In Mrs Strikers Armen – *Nennen Sie mich bitte Gretchen* – war ein Afghanenwelpe, und nach dem anfänglichen Austausch von Höflichkeiten begann Nisha, die die Hand ausgestreckt hatte, um die seidenweichen Ohren des Welpen zu kraulen und die winzige feuchte, schnuppernde Nase an ihrem Handgelenk zu spüren, zu begreifen, worauf das hier hinauslief. Sie verkniff es sich, nach Admiral zu fragen. »Ist das sein Welpe?«, sagte sie stattdessen. »Ist das der kleine Admiral?«

Die Strikers wechselten einen Blick. Der Mann hatte nicht gesagt:

Nennen Sie mich Cliff. Er hatte überhaupt nicht viel gesagt, doch jetzt presste er die Lippen zusammen. »Haben Sie denn nicht in der Zeitung davon gelesen?«

Es trat eine peinliche Pause ein. Der junge Hund versuchte sich Mrs Strikers Armen zu entwinden. »Admiral ist gestorben«, hauchte Gretchen. »Es war ein Unfall. Wir waren ... wir waren mit ihm im Park, im Hundepark ... Sie wissen schon, wo die Hunde herumlaufen dürfen. Sie sind auch immer mit ihm dorthin gegangen, oben, an der Sycamore Avenue. Und Sie wissen ja, wie lebhaft er war ...«

»Sie haben wirklich nichts davon gelesen?« Die Stimme ihres Mannes klang ungläubig.

»Na ja, ich war auf dem College, und dann habe ich den ersten Job angenommen, den ich kriegen konnte. Als ich wieder hier war, meine ich. Wegen meiner Mutter. Sie ist krank.«

Keiner von beiden sagte etwas dazu, nicht mal eine höfliche Bemerkung.

»Aber es stand in allen Zeitungen«, sagte Mr Striker, und jetzt klang er regelrecht empört. Er rückte seine zu große Brille zurecht, neigte den Kopf nach hinten und sah sie mit einem Blick an, der schlagartig die Vergangenheit zum Leben erweckte. »*Newsweek* hat einen Artikel gebracht, *USA Today* – wir waren in *Good Morning, America*, alle beide.«

Sie wusste nicht, was sie sagen sollte. Alle drei standen sie da, und der Hund knabberte jetzt mit seinen spitzen Zähnchen an der Innenseite ihres Handgelenks, genau wie Admiral, als er ein Welpe gewesen war. »Warum?«, wollte sie gerade sagen, als Gretchen ihr zu Hilfe kam.

»Das *ist* der kleine Admiral. Genau genommen Admiral II«, sagte sie und zauste die blonden Strähnen über den Augen des Welpen.

Ihr Mann sah an ihr vorbei durch das Fenster in den Garten, und ein ironisches Lächeln spielte um seine verkniffenen Lippen. »Zweihundertfünfzigtausend Dollar«, sagte er. »Jammerschade, dass er keine Katze war.«

Gretchen sah ihn scharf an. »Du machst Witze«, sagte sie, und mit einem Mal standen Tränen in ihren Augen, »aber es war jeden Cent wert, das weißt du genau.« Sie schenkte Nisha ein müdes, leidendes Lächeln.

»Bei Katzen ist es einfacher – ihre Eier sind bei der Ovulation reifer als die von Hunden.«

»Eine Katze kriegt man für zweiunddreißigtausend.«

»Hör auf, Cliff. Hör auf.«

Er trat zu seiner Frau und legte ihr den Arm um die Schultern. »Aber wir wollten ja keine Katze klonen, nicht, Schatz?« Er beugte sich zu dem Welpen, bis ihre Nasen sich berührten, und fuhr mit Falsettstimme fort: »Wollten wir etwa eine Katze, Admiral? Nein, das wollten wir nicht!«

Am nächsten Morgen um halb acht parkte Nisha vor dem Haus der Strikers und ließ den Motor noch ein paar Sekunden keuchen und stottern, bevor sie ihn abstellte. Sie schaltete das Radio wieder an, um ein Lied, das ihr gefiel, zu Ende zu hören, und begleitete die tiefe, raue, sexy Stimme der Sängerin mit ihrer eigenen. Sie hatte ein gutes Gefühl – ein besseres jedenfalls. Die Strikers zahlten ihr fünfundzwanzig Dollar die Stunde und boten ihr die gleiche Kranken- und Dentalversicherung wie ihren Angestellten in der Kanzlei, und das war bei weitem besser als das, was sie als Kellnerin bei Johnny's Rib Shack verdiente, ohne Krankenversicherung, ohne Dentalversicherung, ohne irgendein Trinkgeld von mehr als zehn Prozent des Rechnungsbetrags, denn Leute, die an Spareribs nagten, waren einfach knauserig, das war eine Tatsache. Als sie aus dem Wagen stieg, kam Gretchen, den Welpen auf dem Arm, die Stufen der Eingangstreppe hinunter, genau wie vor neun Jahren, als Nisha nach dem ersten Jahr auf der Highschool ihren Ferienjob angetreten hatte, der, wie sie damals angenommen hatte, ultralässig sein würde.

Nisha ergriff die Initiative, indem sie den Code eingab, durch das Tor schlüpfte und zu Gretchen eilte, um ihr den Weg zu ersparen, denn Gretchen war in Eile, immer in Eile. Sie trug ein marineblaues Kostüm, eine doppelte Perlenkette und eine antike Silberbrosche in Form eines springenden Barsois, und das alles kam Nisha geradezu unheimlich vertraut vor – es hätte dasselbe Ensemble sein können wie damals, als Nisha ihr gesagt hatte, sie wolle kündigen, um aufs College zu gehen. *Es tut mir leid, Mrs Striker, und es war sehr schön, für Sie und Mr Striker zu arbeiten*, hatte sie gesagt, kaum imstande, die Freude in ihrem Herzen für sich zu behalten, *aber ich werde aufs College gehen. Mit einem Stipendium.* Sie hatte das Schreiben in der Hand gehalten, um es ihr zu zeigen, und gedacht, wie stolz Mrs Striker sein würde, wie sie sie umarmen und ihr gratulieren würde, doch das Erste, was sie gesagt hatte, war: *Und Admiral?*

Als sie sich jetzt Gretchen näherte, auf deren Arm der Welpe zappelte, konnte Nisha ihr Lächeln flattern und ersterben sehen. Bestimmt dachte sie bereits an den cremefarbenen Innenraum ihres BMW (ein 750i in Denk-nicht-mal-darüber-nach-Schwarz), an die Fahrt zur Kanzlei und daran, was sie heute erwartete: Gerichtsverhandlungen, Papierstöße, Einsprüche. Mr Striker – Nisha würde es nie über sich bringen, ihn Cliff zu nennen, und wenn sie achtzig werden würde, aber dann wäre er hundertzehn und würde sie vermutlich ohnehin nicht hören – war bereits gefahren, mit genau dem gleichen BMW, dem Gegenstück zu ihrem. Gretchen sagte nicht *Guten Morgen* oder *Hallo* oder *Wie geht's?* oder *Schön, dass Sie gekommen sind*, sondern hüllte sie in den Umhang ihres Parfüms und übergab ihr den Hund. Der sich auf Nishas Arm sofort schwer machte und auf den Boden gesetzt werden wollte. Er strampelte mit allen vier Pfoten und verbiss sich mit seinen kleinen weißen Ghulzähnen in den obersten Knopf ihrer Jacke. Nisha hielt ihn fest und sah Gretchen mit einem strahlenden Lächeln an, das besagte: Vielen Dank für den Job und die Krankenversicherung. Seien Sie unbesorgt, seien Sie ganz unbesorgt.

»Diese Jeans«, sagte Gretchen mit schmalen Augen. »Sind die neu?«

Der Hund zappelte und wand sich. »Ich ... ich lasse ihn mal lieber runter, oder?«

»Ja, natürlich. Tun Sie, was Sie immer tun.« Ein ungeduldiges Wedeln mit der Hand. »Oder vielmehr getan haben.«

Sie sahen zu, wie der Welpe sich setzte, kurz im Gras herumrollte und dann aufsprang, um Nishas rechtes Bein unbeholfen mit den Vorderpfoten zu umklammern. »Ich konnte meine alten Jeans nicht finden – wahrscheinlich hat meine Mutter sie längst weggeworfen. Außerdem« – ein Lachen – »würden sie mir wohl auch nicht mehr passen.« Sie gab Gretchen einen Augenblick Zeit, die tieferen Implikationen zu ergründen – Jahre vergehen, aus Mädchen werden Frauen, Formen runden sich und so weiter –, und dann schob sie den Hund sanft weg und sagte: »Aber ich habe hier, unter der Jacke, ein T-Shirt, das ich damals oft getragen habe.«

Nichts. Gretchen stand einfach da und machte ein geistesabwesendes Gesicht.

»Es ist natürlich gewaschen und war ganz hinten in der obersten Schublade meiner Kommode, wo meine Mutter es damals verstaut hat, und darum weiß ich nicht, ob noch irgendein Geruch oder so daran ist, aber ich weiß, dass ich es getragen habe, weil Tupac damals mein Treibstoff war, wenn Sie verstehen, was ich meine.« Wieder machte sie eine kleine Pause. »Aber schließlich waren wir alle mal vierzehn, stimmt's?«

Gretchen ließ nicht erkennen, dass sie sie gehört hatte – entweder das, oder sie wollte diese Behauptung glattweg verneinen. »Sie werden alles richtig machen, nicht?«, sagte sie und sah Nisha in die Augen. »Gibt es noch etwas, was wir nicht besprochen haben?«

Am Nachmittag zuvor, während des Gesprächs – das eigentlich gar kein Gespräch gewesen war, weil die Strikers bereits fest entschlossen waren und, hätte sie sich geweigert, einfach den Stundenlohn erhöht hätten, bis sie einverstanden gewesen wäre –, hatten sie sich rechts und links von ihr an die Bar gesetzt, sich über karamellfarbenen Scotch und eine Platte mit *Ebi*- und *Maguro*-Sushi gebeugt und ihr die Situation erklärt. Nur damit sie wusste, worum es hier ging. »Sie wissen doch, was Klonen ist?«, sagte Gretchen. »Oder wie das gemacht wird? Sie erinnern sich an Dolly?«

Nisha hielt ihr Glas und drückte den linken Ellbogen an die Messingstange der Bar im Wohnzimmer. Gerade hatte sie mit ihren Essstäbchen ein zweites Stück von den *Ebi* nehmen wollen, doch nun zog sie die Hand zurück. »Sie meinen die Countrysängerin?«

»Das Schaf«, sagte Mr Striker.

»Das erste geklonte Säugetier«, ergänzte Gretchen. »Oder größere Säugetier.«

»Ja«, sagte Nisha und nickte. »Ich erinnere mich. So ungefähr.«

Es folgte ein kurzer Kurs über Genetik und die Methoden der Zellkerntransplantation, die der Welt Dolly, diverse Rinder, Schweine und Hamster und nun Admiral II geschenkt hatten, den ersten auf Bestellung geklonten Hund, ein Produkt von SalvaPet, Inc., einer Gentechnikfirma mit Niederlassungen in Seoul, San Juan und Cleveland. Gretchens Stimme klang gepresst, als sie schilderte, wie man kurz nach dem Unfall der Innenseite von Admirals Ohr eine Zelle entnommen und sie in ein Spender-Ei eingesetzt hatte, dessen Kern entfernt worden war, und wie man dann die Zelle durch einen elektrischen Impuls zur Teilung angeregt und den sich entwickelnden Embryo in den Uterus einer Leihmutter eingesetzt habe. »Die süßeste Golden-Retriever-Hündin, die ich je gesehen habe. Wie hieß sie noch mal, Cliff? Es war ein Blumenname, oder nicht?«

»Rose.«

»Rose? Bist du sicher?«

»Natürlich bin ich sicher.«

»Ich dachte, es wäre ... ach, ich weiß nicht. Bist du sicher, dass sie nicht Iris hieß?«

»Der springende Punkt ist«, sagte er, stellte sein Glas ab und richtete den Blick auf Nisha, »man kann ein genetisches Duplikat des Tieres anfertigen, eine Art dreidimensionale Fotokopie, aber das heißt nicht, dass diese Kopie dann wie das Tier ist, das man ... das man verloren hat.«

»Es war so traurig«, sagte Gretchen.

»Es ist die Pflege, die Aufzucht, auf die es ankommt. Man muss die Erfahrungen des Tiers, soweit es geht, reproduzieren.« Er zuckte die Schultern und griff nach der Flasche. »Wollen Sie noch einen?«, fragte er, und sie hielt ihm ihr Glas hin. »Natürlich sind wir beide jetzt älter – und Sie ebenfalls, das ist uns klar –, aber trotzdem wollen wir möglichst genau dieselben Bedingungen schaffen, die Admiral zu dem gemacht haben, was er war, bis hin zu dem Spielzeug, das wir ihm gegeben haben, dem Futter, dem Zeitplan fürs Spielen und für Spaziergänge und alles andere. Und da kommt es nun auf Sie an ...«

»Wir brauchen ein dauerhaftes Engagement«, hauchte Gretchen und beugte sich dabei so dicht zu Nisha, dass diese den Scotch riechen konnte. »Vier Jahre. So lange waren Sie das letzte Mal bei ihm. Bei Admiral, meine ich. Dem ursprünglichen Admiral.«

Das Objekt all dieser Überlegungen war auf Gretchens Schoß eingeschlafen. Ein durch das Fenster fallender Sonnenstrahl, tastend wie ein Finger, beleuchtete den fahlen Flaum über den Augen des Hundes. In dieser Sekunde, in diesem Licht wirkte der kleine Admiral wie eine seltsame Mischung aus Affe und Strauß. Nisha dachte an *Die Insel des Dr. Moreau*, an die billige Version, in der Marlon Brando aussah, als wäre er ebenfalls genmanipuliert, und sie hätte, beflügelt vom Scotch und der donnernden Absurdität dieses Augenblicks, in sich hineingegrinst, musste aber alles, was sie fühlte oder dachte, hinter einer unbewegten Maske verbergen. Sie würde sich nicht für vier Jahre verpflichten. Vier Jahre? Wenn sie in vier Jahren noch immer in diesem Scheißnest saß, würde sie sich eine Pistole kaufen und all ihre Probleme mit einem einzigen, sehr persönlichen Druck auf den Abzug beenden.

Das dachte sie, als Gretchen sagte: »Wir zahlen Ihnen zwanzig Dollar die Stunde«, und ihr Mann fügte hinzu: »Mit Kranken- und Dentalversicherung.« Beide sahen sie so eindringlich an, dass sie den Blick auf ihr Glas senken musste, um ihre Stimme zu finden. »Fünfundzwanzig«, sagte sie.

Und ach, wie sie ihren Hund liebten, denn sie zögerten keine Sekunde. »Dann also fünfundzwanzig«, sagte Mr Striker, und Gretchen, auf deren Gesicht ein Siegerlächeln erblühte, zog den Vertrag aus der Mappe neben ihrem Ellbogen. »Unterschreiben Sie hier«, sagte sie.

Als Gretchen in den Wagen gestiegen, durch das Tor gefahren und verschwunden war, streckte Nisha sich auf dem Rasen aus und wandte ihr Gesicht der Sonne zu. Sie genoss das Gefühl eines Déjà-vu – oder nein, es war kein Déjà-vu, sondern eine regelrechte Rückkehr in die Vergangenheit, als das Leben noch bloß ein Konstrukt gewesen war, als es nichts gegeben hatte, was sie nicht hätte tun oder sein können, und Gedanken über Kleidung, Jungen und hin und wieder irgendwelche Prüfungen das Einzige gewesen waren, was sie beschwert hatte. Hier war sie nun, zurückversetzt in der Zeit, lag an einem sonnigen Junimorgen um Viertel nach acht auf dem Rasen und spielte mit einem Hundewelpen, während der Rest der Menschheit zur Arbeit ging – es war lachhaft, einfach lachhaft. Wie etwas, über das man in der Zeitung las – die Schrulle eines verrückten Millionärs. Oder, in diesem Fall, zweier verrückter Millionäre. Sie fühlte sich so gut, dass sie laut lachte, als der Hund auf sie zuraste und sich wie ein Knäuel aus Pfoten und rosiger, hechelnder Zunge auf sie stürzte, und er war tatsächlich Admiral, wie er leibte und lebte, erschaffen und geboren, wiederauferstanden für eine läppische Viertelmillion Dollar.

Sie raufte lange mit ihm, warf ihn auf den Rücken, wenn er sie angriff, kraulte ihn am Bauch und redete in Babysprache mit ihm. Anfangs genoss sie die Neuigkeit der Situation, aber gegen Viertel nach acht begann sie sich zu langweilen und stand auf, um ins Haus zu gehen und etwas zu essen. *Tun Sie, was Sie immer getan haben*, hatte Gretchen gesagt, doch was hatte sie, besonders im Sommer, immer getan? Geschlafen und ferngesehen und ihre Freundinnen hereingeschmuggelt, um eine Flasche von Mr Strikers vierzig Jahre altem Scotch an die jugendlichen Münder zu setzen und einander Gesichter zu schneiden, bis sie sich kichernd in die Sessel hatten sinken lassen. Zweimal täglich war sie mit dem Hund zum Hundepark gegangen und hatte zugesehen, wie er gepinkelt und geschissen hatte und mit den anderen Hunden herumgerannt war, bis ihm der Sabber an der Schnauze klebte und er zu ihr kam, um das Evian-Wasser zu trinken, auf das die Strikers bestanden. Jetzt aber wollte sie das Gewicht der Vergangenheit noch ein wenig spüren und ging, gefolgt von dem Hund, durch die Hintertür ins Haus, um sich ein Sandwich zu machen – die Strikers hatten immer Aufschnitt im Kühlschrank, Berge von Pastrami, Salami, geräucherter Putenbrust und Schweizer Käse, von dem jedes Mal eine Scheibe an Admiral gegangen war, wenn er sein Geschäft, wie er es sollte, draußen erledigt oder die richtige Melodie gebellt oder auch nur den etwas dämlichen Kopf durch die Tür gesteckt hatte. Sie sah das Sandwich, das sie sich machen würde, vor sich – ein riesiger Berg Fleisch und Käse auf jüdischem Roggenbrot, sie hatten immer dieses jüdische Roggenbrot – und war schon halb am Kühlschrank, als ihr das Dienstmädchen einfiel.

Sie saß am Küchentisch, in ihren Dienstmädchenklamotten, die Füße hochgelegt, vor sich die ausgebreitete Zeitung, und löffelte etwas aus einem Becher. Sie sah finster auf. »Bring bloß nicht dieses schmutzige Vieh hier rein«, sagte sie.

Nisha schrak zusammen. Früher hatte es kein Dienstmädchen gegeben. Um vier war Mrs Yamashita, die Köchin, gekommen, und bis dahin war niemand sonst im Haus gewesen, das hatte ja zum Teil den Reiz dieses Jobs ausgemacht. »Oh, hallo«, sagte sie, »ich wusste nicht, dass ... Ich wollte mir ... ich wollte mir bloß ein Sandwich machen.« Schweigen. Der Hund schlich fluchtbereit in der Küche herum. »Wie heißt du noch mal?«

»Frankie«, sagte das Dienstmädchen und verschluckte die Silben, als wollte es sie nicht hergeben, »und ich bin diejenige, die all diese Pfotenabdrücke aufwischen muss. Hast du gesehen, was er mit dem Zierkissen im Gästezimmer gemacht hat?«

»Nein«, sagte Nisha, »hab ich nicht.« Sie stand vor dem Kühlschrank und öffnete das Fleischfach. Es würde leichter sein, wenn sie sich anfreundeten, und sie war dazu bereit, mehr als bereit. »Willst du auch was?«, fragte sie. »Ein Sandwich oder so?«

Frankie starrte sie nur an. »Ich weiß ja nicht, was sie dir zahlen«, sagte sie, »aber für mich ist das der beklopptteste Scheiß, den ich je gehört hab. Meinst du, ich könnte nicht ein paarmal am Tag den Hund rauslassen? Oder mit ihm in den Park gehen? Das machst du doch, oder? Du gehst mit ihm in den Park an der Sycamore?«

Die Kühlschranktür schwang zu, das kleine Licht erlosch, das Fleisch lag angenehm schwer in ihrer Hand. »Ich gebe zu, es ist verrückt – du hast völlig recht. Denkst du, ich wollte immer schon Hundesitterin werden?«

»Weiß ich nicht. Ich weiß überhaupt nichts über dich. Außer dass du einen Collegeabschluss hast. Braucht man den als Hundesitterin?« Sie hatte sich nicht gerührt, keinen Muskel bewegt, saß immer noch da, die Füße hochgelegt, den Becher in der einen, den Löffel in der anderen Hand.

»Nein«, sagte Nisha und spürte, dass ihr das Blut ins Gesicht stieg. »Nein, braucht man nicht. Aber was ist mit dir – brauchst du einen Abschluss, um Dienstmädchen zu sein?«

Das saß. Einen Augenblick sagte Frankie nichts, sondern sah nur zwischen ihr und dem Hund, der sich jetzt bettelnd an Nishas Bein presste, hin und her. »Das hier ist nur vorübergehend«, sagte sie schließlich.

»Ja, für mich auch.« Nisha lächelte sie an: nichts passiert, bloß ein bisschen Abchecken. »Total.«

Zum ersten Mal veränderte sich Frankies Gesichtsausdruck – sie sah beinahe aus, als wollte sie lachen. »Ja, genau«, sagte sie, »vorübergehend, das sind wir, mehr nicht. Wir sind vorübergehend. Und Mr und Mrs Striker, diese Spinner, diese Freaks, diese Viertelmilliondollarspinner – die bleiben.«

Und jetzt lachte Nisha, und Frankie ebenfalls – es war eine leise Äußerung des Amüsements, die Admiral den Kopf wenden ließ. Das Fleisch lag jetzt auf der Theke, die Frischhaltefolie war auseinandergefaltet. Nisha nahm eine Scheibe Schwarzwälder Schinken und hielt sie dem Hund hin. »Sitz!«, sagte sie. »Na los, sitz!« Und der Hund sah, wie damals sein Vater oder Erzeuger oder Spender oder wie immer man es nennen wollte, begriffsstutzig zu ihr auf, bis sie den Schinken auf die Fliesen fallen ließ und das feuchte Klatschen ihm verriet, dass da etwas zu fressen lag.

»Du wirst ihn verziehen«, sagte Frankie.

Nisha ging zielstrebig zu dem Schrank, in dem das Brot war, und tatsächlich: Da lag ein frischer, knuspriger Laib jüdisches Roggenbrot. Sie sah Frankie über die Schulter an. »Ja«, sagte sie, »ich glaube, das ist der ganze Sinn der Sache.«

Ein Monat verging, der angenehmste, den Nisha je erlebt hatte. Sie verdiente gutes Geld, zehn Stunden am Tag unter der Woche, fünf an den Wochenenden, sie las all die Bücher, für die sie auf dem College keine Zeit gehabt hatte, sah sich die ganze DVD-Sammlung der Strikers an und ließ sich im örtlichen DVD-Verleih als Kundin registrieren, sie machte Spaziergänge, faulenzte und schlief. Sie nahm fünf Pfund zu und beschloss, regelmäßig im Pool der Strikers zu schwimmen, schob es aber immer wieder hinaus. Manchmal half sie Frankie beim Putzen oder bei der Wäsche, damit sie gemeinsam auf der hinteren Veranda die Füße hochlegen, süßen Wein trinken und einen Joint rauchen konnten. Was den Hund anging, so versuchte sie gewissenhaft, ihn mit der Vergangenheit – oder *irgendeiner* Vergangenheit – zu prägen, auch wenn sie sich dabei lächerlich vorkam. Dafür vier Jahre College? Kriege wurden geführt, Menschen starben vor Hunger, es waren Krankheiten zu besiegen und Kinder zu erziehen, es gab viel Gutes zu tun in der Welt, und sie war hier und durchlebte in Gesellschaft eines geistig leicht zurückgebliebenen Clowns von einem geklonten afghanischen Windhund abermals ihre Jugend, weil zwei kinderlose reiche Leute es so beschlossen hatten. Na gut. Sie wusste, dass es nicht für immer war. Nur vorübergehend. Sie schwor sich, neue Bewerbungen zu schreiben und zu verschicken – aber dann stieg vor ihrem geistigen Auge das Gesicht ihrer Mutter auf, elend vom vielen Erbrechen, der Schädel so kahl und glatt wie eine Aubergine, und setzte ihr zu. Sie warf den Ball, damit der Hund ihm nachjagte. Sie ging mit ihm in den Park. Ließ die Tage an sich vorbeisegeln wie die dürren Blätter eines sterbenden Baums.

Und dann, eines Nachmittags, als sie vom Hundepark zurückkehrte und Admiral an der Leine zerrte und der Himmel aufriss zu blendendem Sonnenschein und schneeweißen Wölkchen, deren Anblick ihr das Gefühl gab, als würde sie ebenfalls schwerelos dahinschweben, bemerkte sie eine Gestalt, die vor dem Haus der Strikers stand. Aus der Nähe sah sie, dass es ein junger Mann in ausgebeulten Jeans und T-Shirt war. Seine Haare waren zu rotblonden Dreadlocks gezwirbelt, und an sein Kinn klammerte sich ein Bärtchen in derselben Farbe. Er spähte über den Zaun. Zunächst dachte sie, er sei ein Einbrecher, doch dann verwarf sie den Gedanken: Er war harmlos, das sah man auf hundert Meter Entfernung. Sie bemerkte die Farbflecken auf seinen Jeans und fragte sich, ob er vielleicht ein Maler sei, der einen Kostenvoranschlag abgeben wollte, aber auch das war er nicht. Er sah mehr wie ein Amateurkünstler aus – hier lachte sie in sich hinein –, einer von denen, die sich auf Hundeporträts spezialisiert hatten. Sie hatte ihn jetzt beinahe erreicht und wollte an ihm vorbei und durch das Tor schlüpfen, bevor er sie ansprechen und sagen konnte, was immer er zu sagen hatte, als er herumfuhr und sein Gesicht sich aufhellte. »Mensch!«, rief er. »Mensch, ich kann's nicht glauben! Das sind Sie, die berühmte Hundesitterin, nicht? Und das hier« – er ließ sich auf ein Knie nieder und machte tief in der Kehle ein zwitscherndes Geräusch – »ist Admiral. Oder? Hab ich recht?«

Admiral sprang sogleich auf ihn zu, bis die Leine sich straffte, warf sich auf den warmen Bürgersteig und gab sich den Liebkosungen des Mannes hin. Der seildünne Schwanz peitschte hin und her, die Pfoten zappelten, die spitzen Milchzähne kamen ins Spiel. »Guter Hund«, sagte der Mann schmeichelnd, und seine Dreadlocks fielen ihm in einer Wellenbewegung über die Stirn. »Das gefällt dir, was? Ja, das gefällt dir.«

Nisha sagte nichts. Sie sah nur zu – es war ein winziger Lichtblick im Canyon ihrer Langeweile –, bis der Mann sich erhob und, während Admiral mit wiedererwachter Begeisterung sein Bein umklammerte, die Hand ausstreckte. »Ich bin Erhard«, sagte er und grinste breit. »Und Sie müssen Nisha sein.«

»Ja«, sagte sie und schüttelte ihm unwillkürlich die Hand. Sie wollte ihn schon fragen, woher er ihren Namen kenne, aber das war überflüssig, sie konnte es sich denken. Er war von der Presse. Im vergangenen Monat waren ein Dutzend Reporter da gewesen. Die Strikers hatten ihrer Eitelkeit nachgegeben, für Fotos posiert und immer wieder dieselben idiotischen Fragen beantwortet – *Eine Viertelmillion Dollar ist eine Menge Geld für einen Hund, finden Sie nicht?* –, und auch sie selbst war zweimal interviewt worden. Ihre Mutter hatte im Internet sogar ein unscharfes Farbfoto von ihr und Admiral (couchant, Schoß) gefunden, unter der nicht so besonders witzigen Überschrift KLONSITTERIN. Dieser Typ war also Reporter und kam aus dem Ausland, dem leichten Akzent, den blauen Augen und der Größe nach aus Deutschland. Oder Österreich. Und er wollte was von ihr.

»Ja«, sagte er, als hätte er ihre Gedanken gelesen. »Ich arbeite für die *Weltwoche* und wollte Sie bitten … ich wollte Sie fragen, ob Sie wohl … ein wenig Zeit hätten? Wäre das möglich? Für mich? Nur ganz kurz?«

Sie musterte ihn langsam und eingehend, sie flirtete mit ihm, ja, eindeutig. »Zeit habe ich jede Menge«, sagte sie. Und dann, als sein Grinsen breiter wurde: »Möchten Sie ein Sandwich?«

Sie aßen auf der Terrasse am Pool. Sie war lässig gekleidet, in Shorts und Flipflops und ihrem alten Tupac-T-Shirt, und das war nicht unbedingt schlecht, denn das – viel zu kleine – T-Shirt rutschte hinauf, wenn sie sich im Sessel zurücklehnte, sodass man ihren Bauchnabel und den Onyxring sehen konnte. Er sah sie an, plauderte über den Hund, griff zum Sandwich, legte es wieder hin und fummelte am Objektiv der altgedienten Hasselblad herum, die er aus dem Rucksack zu seinen Füßen gezogen hatte. Die Sonne ließ Silbermünzen auf der Wasseroberfläche des Pools tanzen. Admiral lag unter dem Tisch und nagte an einem Kauknochen aus Büffelhaut. Sie fühlte sich gut, besser als gut, nippte an einem Bier und sah ihn ebenfalls an.

Sie unterhielten sich über das Bier. »Tut mir leid, dass ich Ihnen nur Miller anbieten kann, aber was anderes haben wir nicht – oder vielmehr: haben die Strikers nicht.«

»Miller High Life«, sagte er und hob die Flasche an den Mund. »Toller Name. High Life – wer hätte das nicht gern? Das gilt auch für Hunde. Auch für Admiral. Er hat ein schönes Leben, nicht?«

»Ich dachte, Sie wollten vielleicht lieber ein deutsches Bier, so was wie Beck's.«

Er stellte die Flasche ab, nahm die Kamera und vollführte damit einen Schwenk über ihre Beine. »Genau genommen bin ich Schweizer«, sagte er. »Aber ich lebe jetzt hier. Und ich mag amerikanisches Bier. Ich mag alles Amerikanische.«

Was er damit meinte, war nicht zu verkennen, und sie hätte das Kompliment gern erwidert, wusste aber buchstäblich nichts über die Schweiz, und so lächelte sie nur und prostete ihm mit ihrer Flasche zu.

»Also«, sagte er, legte die Kamera in den Schoß und griff zu dem Notizblock, den er auf den Tisch gelegt hatte, als sie mit den Sandwiches gekommen war, »was mich am meisten interessiert, ist die Tatsache, dass Mr und Mrs Striker Sie für ihren Hund eingestellt haben. Das ist sehr ungewöhnlich, nicht?«

Sie stimmte ihm zu.

Er sah sie mit einem Lächeln an, in das sie sich am liebsten hätte hineinfallen lassen. »Darf ich fragen, wie viel sie Ihnen dafür bezahlen?«

»Nein«, sagte sie, »dürfen Sie nicht.«

Ein weiteres Lächeln. »Aber es ist ... wie sagt man, es lohnt sich für Sie?«

»Ich dachte, Sie wollten was über Admiral wissen«, sagte sie, und weil sie neugierig war, wie es sich auf ihrer Zunge anfühlte, fügte sie hinzu: »Erhard.«

»O ja, ja – aber ich finde Sie ebenfalls interessant. Eigentlich interessanter als den Hund.« Wie auf ein Stichwort kroch Admiral unter dem Tisch hervor, hockte sich auf den Betonboden und produzierte einen gelben, glänzenden Scheißhaufen, den er kurz beschnüffelte und anschließend auffraß.

»Böser Hund«, sagte sie automatisch.

Erhard betrachtete Admiral kurz und richtete den Blick dann wieder auf sie. »Was halten Sie persönlich davon, ein Haustier zu klonen? Wissen Sie irgendetwas über das Verfahren, über die damit verbundene Tierquälerei?«

»Ehrlich gesagt, Erhard, mache ich mir darüber nicht viele Gedanken. Ich weiß nicht, wie das abläuft. Es ist mir auch egal. Die Strikers lieben ihren Hund, das ist alles, und wenn sie ihn, ich weiß nicht, zurückholen wollen –«

»Den Tod betrügen, meinen Sie.«

Sie zuckte die Schultern. »Es ist ja ihr Geld.«

Er beugte sich über den Tisch und sah sie an. »Ja, aber man muss soundso viele Hündinnen künstlich dazu bringen, läufig zu werden, und dann muss man ihren Eierstöcken die Eier entnehmen. Das nennt man dann ›chirurgische Ernte‹, nur damit Sie eine Vorstellung haben, was das für die armen Tiere bedeutet.« Sie wollte etwas einwenden, doch er hob den Finger. »Und das ist noch gar nichts, wenn Sie erst an die Zahlen denken, um die es da geht. Haben Sie mal von Snuppy gehört?«

Sie glaubte ihn nicht recht verstanden zu haben. »Snuppy? Was ist das?«

»Ein Hund, der erste geklonte Hund der Welt. Das war vor zwei Jahren, in Korea. Für diesen Hund, diesen einen Hund – es war übrigens ein afghanischer Windhund, wie der hier –, mussten im Labor aus Spenderzellen über tausend Embryos hergestellt werden. Die hat man dann hundertdreiundzwanzig Hündinnen eingesetzt, aber es sind nur drei Klone zur Welt gekommen, und zwei davon sind bald gestorben. Also: all diese Tierquälerei, all das Geld, und für was?« Er sah auf Admiral, auf sein langes, welliges Fell, die stumpfen Augen. »Dafür?«

Ihr kam plötzlich ein Gedanke. »Sie sind gar kein Journalist, stimmt's?«

Er schüttelte langsam den Kopf, als könnte er das Gewicht kaum tragen.

»Sie sind einer von diesen ... diesen Tierfreaks, diesen Tierbefreiern oder so. Stimmt's? Sind Sie doch, oder?« Mit einem Mal hatte sie Angst, Angst um sich selbst, um Admiral, um die Strikers und Frankie und das ganze sorgfältig errichtete Gebäude aus Wollen und Bekommen, aus Angebot und Nachfrage und allem, was damit zusammenhing.

»Und wissen Sie, warum man ausgerechnet afghanische Windhunde klont?«, fuhr er fort, ohne auf ihre Frage einzugehen. »Die allerdümmsten Hunde der Welt? Wissen Sie nicht? Wegen der Anlagen. Afghanische Windhunde haben das, was man eine unkomplizierte genetische Linie nennt, eine gerade Linie zurück bis zum Urahn der Hunde, zum Wolf. Anlagen«, sagte er und erhob die Stimme, sodass Admiral erschrocken aufsah, »damit wir dann diese Reinform, diesen dämlichen Hund, diese *Kopie* der Natur haben.«

Nisha strich ihr T-Shirt glatt und zog die Beine an. Das Wasser reflektierte das Sonnenlicht, sodass sie die Augen zusammenkneifen musste, um ihn zu sehen. »Sie haben meine Frage nicht beantwortet«, sagte sie, »Erhard. Wenn das überhaupt Ihr richtiger Name ist.«

Wieder dieses langsame Drehen des Kopfs von einer Seite zur anderen, ein rhythmisches Hin und Her der Zerknirschung. »Ja«, sagte er schließlich und holte tief Luft, »ich bin einer von ›diesen Tierfreaks‹.« Für einen Augenblick ging sein Blick in die Ferne, dann sah er sie wieder an. »Aber ich bin auch Journalist, in erster Linie Journalist. Und ich möchte, dass Sie mir helfen.«

Als die Strikers abends nach Hause kamen – sie fuhren im Konvoi, ihr Wagen hinter seinem, durch das Tor, und Admiral raste über den Rasen und bellte die unwiderstehlich schimmernden Radkappen des ersten und dann des zweiten Wagens an –, fühlte Nisha sich hin- und hergerissen. Natürlich war sie den Strikers verpflichtet. Und Admiral ebenfalls, denn ganz gleich, wie hirnlos und hässlich dieser Hund war, ganz gleich, wie oft er auf den Teppich pinkelte oder in Blumenbeeten wühlte oder sich zum Küchentisch reckte, um irgendetwas zu verschlingen, das jemand auch nur dreißig Sekunden unbeaufsichtigt gelassen hatte – sie fühlte sich ihm verbunden. Alles andere wäre auch ziemlich herzlos gewesen. Und herzlos war sie nicht. Sie war so sensibel wie jeder andere. Sie liebte Tiere, besonders Hunde, sie mochte es, wie Admiral aufsprang, wenn sie durch die Tür trat, wie sein langes Fell tanzte, wie er laut und ausgelassen bellte und seine feuchte, mit Barthaaren besetzte Schnauze in ihre Hand drückte. Aber bei Erhard hatte sie ganz andere Gefühle.

Was war es? Eine sexuelle Regung, ja, absolut – nach dem dritten Bier hatte sie sich zum ersten einer langen Reihe von langen, schmelzenden Küssen zu ihm gebeugt –, aber es war doch auch mehr als das. Das, um was er sie gebeten hatte, enthielt ein Element der Übertretung, etwas, was ihren Geist der Rebellion, der Anarchie ansprach, die Lust, mit der Nadel in den Ballon zu stechen ... aber da waren die Strikers und stiegen aus ihren jeweiligen Wagen, während Admiral ekstatisch bellend zwischen ihnen hin- und hersprang. Gretchen rief ihr etwas zu und versuchte erfolglos, das hohe Jaulen des Hundes zu übertönen. Im nächsten Augenblick kam sie mit strengem Gesicht über den Rasen auf Nisha zu.

»Lassen Sie ihn nicht dem Wagen nachjagen«, sagte sie, während Admiral sie rennend umkreiste wie ein Staubteufel, nach ihren Knöcheln schnappte und wieder zurücksprang. »Das ist eine schlechte Angewohnheit.«

»Aber Admiral – ich meine, der erste Admiral – hat das doch auch die ganze Zeit gemacht.«

Gretchen hatte das Haar aufgesteckt, sodass die Konturen ihres Gesichts scharf hervortraten. Plötzlich waren da überall Falten und Runzeln, Krähenfüße und Tränensäcke – wie kam es, dass Nisha sie bisher übersehen hatte? Gretchen war alt, mindestens fünfzig, das war die Erkenntnis, die Nisha in diesem Augenblick kam, im grellen Licht der Sonne, während sie den Geschmack von Bier und Erhard noch auf ihren Lippen hatte. »Das ist mir gleichgültig«, sagte Gretchen. Sie stand jetzt neben Nisha wie eine von den Gärtnern in diese perfekte Landschaft gestellte Figur.

»Aber ich dachte, es soll alles da sein, auch schlechte Verhaltensweisen. Denn sonst –«

»Aber so ist der Unfall ja passiert. Am Hundepark. Er ist durch das Tor gelaufen, bevor Cliff oder ich ihn hindern konnten, und auf der Straße ist er irgendeinem Idioten auf einem Motorrad nachgerannt ...« Sie sah an Nisha vorbei zum Pool; dort stand Admiral und trank, wobei sein schmaler, dreieckiger Kopf sich hob und senkte, als wäre er an einer Pleuelstange befestigt. »Und darum«, sagte sie, »werden wir gewisse Verhaltensweisen modifizieren müssen. Zum Beispiel will ich nicht, dass er aus dem Pool trinkt. Zu viele Chemikalien.«

»Ja, klar«, sagte Nisha und zuckte die Schultern. »Ich werd's versuchen.« Sie rief: »Böser Hund, böser Hund«, aber es war halbherzig, und Admiral ignorierte sie.

Die kühlen grünen Augen richteten sich wieder auf sie. »Und ich will nicht, dass er seine eigene« – sie suchte nach dem rechten Wort, probierte in Gedanken diverse Euphemismen und gab schließlich auf – »Scheiße frisst.«

Wieder ein Schulterzucken.

»Ich meine es ernst. Haben Sie mich verstanden?«

Nisha konnte es sich nicht verkneifen. Dann gab sie eben Widerworte – na und? »Admiral hat das aber immer gemacht«, sagte sie. »Vielleicht wussten Sie das nicht.«

Gretchen winkte ab. »Aber *dieser* Admiral«, sagte sie, »wird es nicht tun. Nicht wahr?«

Im Lauf der nächsten beiden Wochen, während der Sommer eine Reihe wolkenloser, hochgewölbter Tage brachte und Admiral beständig wuchs und das Versprechen seiner Glieder einlöste, war Erhard regelmäßig zu Gast im Haus. Jeden Morgen, wenn Nisha, den Hund an der Leine, durch das Tor trat, wartete er auf sie, strahlend, groß und schön, mit einem Scherz auf den Lippen und immer einem Leckerbissen für Admiral in der einen oder anderen Tasche. Der Hund liebte ihn abgöttisch. War geradezu verrückt nach ihm. Sprang auf und ab, drehte sich im Kreis, wühlte mit der Schnauze in Ärmeln und Taschen, bis er seine Belohnung gefunden hatte, und warf sich dann in einer Geste lustvoller Unterwerfung auf den Rücken. Dann gingen sie in den Hundepark, und anstatt, eingesponnen in sich selbst, dazusitzen, hatte sie Erhard, der sie unterhielt, sich an sie lehnte, sodass sie seine Wärme durch die dünne Baumwolle seines Hemds spürte, der sie küsste und später, nach dem Mittagessen und einer steigenden Flut von Bier, auf dem Diwan im kühlen Schatten des Poolhauses mit ihr schlief. Nachmittags schwammen sie – die fünf Pfund, die sie zugenommen hatte, störten ihn gar nicht; im Gegenteil: Er machte ihr Komplimente dafür –, und manchmal gesellte sich Frankie zu ihnen, zog ihre Dienstmädchentracht aus und einen weißen Bikini an, schwamm auf dem Rücken wild rudernd ein paar Bahnen und wurde mit einer Flasche Bier belohnt, denn auch sie gehörte zur Familie: Mama, Papa und Tante Frankie, allesamt nur dazu da, dem kleinen Admiral unter den Augen der gütig strahlenden Sonne die bestmögliche Pflege angedeihen zu lassen.

Nisha war nicht dumm. Sie wusste, dass eine Hand die andere wusch und dass Erhard ein Ziel verfolgte, aber sie hatte es nicht eilig, sie hatte in nichts eingewilligt, und wenn sie auf dem Diwan lag und mit den Händen über seinen Rücken strich, ihn schmeckte, ihn trank, ihn in sich aufnahm, verspürte sie zum ersten Mal, seit sie nach Hause zurückgekehrt war, Hoffnung, echte Hoffnung. Schließlich war es so weit, dass sie sich auf jeden Tag freute, selbst morgens, obwohl ihr früher alles gerade morgens besonders schwer gefallen war, wenn ihr Vater zur Arbeit trottete und sie ihrer geisterhaften Mutter das Tablett hinaufbringen musste und das ganze Haus wie ein ausgehobenes Grab war, denn jetzt hatte sie Admiral, jetzt hatte sie Erhard, jetzt konnte sie alles mit einem Schulterzucken ertragen. Ja. Genau. So war es. Bis zu dem Tag, an dem er die Karten auf den Tisch legte.

Wolkenloser Himmel, strahlende Sonne, alles in voller Blüte. Sie ging zur festgesetzten Zeit mit Admiral an der Leine zum Tor, öffnete es, und da war er – aber diesmal war er nicht allein. Neben ihm zerrte ein schlaksiger Afghanenwelpe an der Leine, der Admirals Zwilling hätte sein können, und obgleich sie von Anfang an gewusst hatte, was kommen würde, war sie wie vom Donner gerührt. »Du lieber Himmel«, sagte sie, während Admiral losrannte und die beiden Hunde in einem Durcheinander aus Beinen und Leinen um sie herumwirbelten, »wie hast du das …? Ich meine, er ist genau, er ist absolut –«

»Das ist ja der Sinn der Sache, oder?«

»Aber wo hast du ihn aufgetrieben?«

Erhard sah sie taxierend an und dann an ihr vorbei die Straße hinunter. »Lass uns reingehen, ja? Ich will nicht, dass man uns hier sieht – nicht direkt vor dem Haus.«

Er hatte sie noch nicht überredet, noch nicht, eigentlich nicht, doch jetzt, da es so weit war, gab sie einfach den Code ein und hielt ihm das Tor auf. Was er vorhatte, was er, mit ihrem stillschweigenden Einverständnis, tun wollte, war, die Hunde zu vertauschen – nur für einen, höchstens zwei Tage, als Experiment. Er war überzeugt, dass die Strikers es nicht merken würden, dass sie arrogante Vertreter einer dekadenten Bourgeoisie waren, die so weit gingen, gegen die Gesetze der Natur – und auch gegen die Gebote Gottes, ja, auch gegen die – zu verstoßen, nur um ihre eigenen egoistischen Wünsche zu befriedigen. Admiral würde nichts geschehen – er würde sich freuen, mal in einer anderen Umgebung zu sein. Und sie wusste doch, wie sehr ihm der Hund ans Herz gewachsen war.

»Aber diese Leute werden ihr eigenes Tier nicht erkennen«, hatte er beharrt, und seine Stimme war hart gewesen vor Überzeugung. »Und dann habe ich meine Story, und die Welt wird es erfahren.«

Als sie das Tor geschlossen hatten, ließen sie die Hunde von der Leine und gingen hinter das Haus, wo man sie nicht sehen konnte. Sie gingen Hand in Hand, seine und ihre Finger ineinander verschränkt. Die Sonne stieg hoch, eine leise Brise vom Meer ließ die Bäume rascheln, und sie sahen zu, wie die Hunde hin und her rannten, sprangen, schnappten und sich überschlugen in hündischer Ekstase. Admirals langes, ausgekämmtes Fell umwallte ihn in wilden Wirbeln, und der neue Hund, Erhards Hund, der Hochstapler, glich ihm aufs Haar, bis in die kleinste Bewegung. »Du warst mit ihm im Hundesalon, stimmt's?«, sagte sie.

Erhard nickte steif. »Klar, was denkst du denn? Er muss genau gleich sein.«

In Gedanken versunken, sah sie den Hunden noch eine Weile zu. Ihre Bedenken verstummten unter der Berührung seiner Finger, der Knochen und Sehnen, des vereinten Fleisches, und warum sollte sie nicht mitmachen? Was konnte schon passieren? Sein Artikel oder Exposé oder was immer es war würde in der Schweiz erscheinen, auf Deutsch, und die Strikers würden nie davon erfahren. Und wenn sie davon erfuhren, wenn der Artikel ins Englische übersetzt wurde und im ganzen Land Schlagzeilen machte, dann geschah es ihnen nur recht. Es stimmte, was Erhard sagte. Sie wusste es. Sie hatte es schon immer gewusst. »Wie heißt er eigentlich?«, fragte sie, während die Hunde in einem Knäuel aus Fell und wirbelnden Beinen vorbeirasten. »Hat er einen Namen?«

»Fred.«

»Fred? Was ist denn das für ein Name?«

»Was ist Admiral für ein Name?«

Sie wollte ihm gerade die Geschichte des ursprünglichen Admiral erzählen, dass er seinen Namen wegen seiner Begeisterung für die Yacht der Strikers bekommen hatte und dass sie vorhatten, so bald wie möglich mit Admiral II zum Meer zu fahren, als das vertraute Rumpeln des sich öffnenden Zufahrtstors sie innehalten ließ. Im nächsten Augenblick rannte sie zur Ecke des Hauses, von wo sie die lange asphaltierte Auffahrt sehen konnte. Ihr Herz setzte für einen Schlag aus: Es war Gretchen. Gretchen, die früher heimkam, weil es irgendeine Krise gegeben hatte: verlorene Unterlagen, einen Fleck auf der Bluse, die Grippe. Gretchen in ihrem schwarzen BMW, die darauf wartete, dass das Tor sich ganz öffnete, damit sie zum Haus fahren und die Herrschaft ausüben konnte über alles, was darin war, einschließlich der pissfleckigen Teppiche und ihres unübertrefflichen Hundes. »Schnell!«, rief Nisha und fuhr herum. »Fang sie ein! Fang die Hunde ein!«

Sie sah Erhard losstürzen und nach den Hunden greifen, doch er ging zu Boden, und beide rissen sich los. »Admiral!«, rief er und rappelte sich auf. »Hierher, Admiral! Komm!« Der Augenblick donnerte in ihren Ohren. Die Hunde zögerten, das lachhaft lange, wellige Fell beruhigte und glättete sich für einen Augenblick, und dann kam einer – es war Admiral, es musste Admiral sein – zu ihm. Erhard hielt ihn fest, doch im selben Moment stellte der andere beim Geräusch des Wagens die Ohren auf und rannte um die Ecke des Hauses.

»Ich halte sie auf«, rief Nisha.

Erhard, der fast zwei Meter große Erhard, war bereits unterwegs zum Poolhaus, in den Armen den zappelnden Hund.

Aber der andere Hund – es war Fred, er musste es sein – jagte jetzt dem Wagen in der Auffahrt hinterher und schnappte nach den Rädern, und als Nisha um die Ecke bog, sah sie den Ausdruck auf dem Gesicht ihrer Chefin. Der Wagen kam zum Stehen, der Motor erstarb, und fast im selben Augenblick packte sie das Halsband des Hundes. Gretchen stieg aus, die Absätze akkurat auf den Asphalt gestellt, die Schultern unter dem passgenau sitzenden Jackett gestrafft. »Ich dachte, ich hätte Sie angewiesen ...«, begann sie mit hoher, tadelnder Stimme, doch dann hielt sie inne, und ihr Gesichtsausdruck veränderte sich. »Aber wo ist Admiral?«, sagte sie. »Und wem gehört der Hund hier?«

Im Laufe ihres Lebens, mochte es auch kurz gewesen sein, hatte sie etliche verbitterte Menschen erlebt – ihren Vater, zum Beispiel, oder ihre Mutter –, und sie hatte sich geschworen, nie so zu werden, sich nie dieser hoffnungslosen Reue und Verzweiflung hinzugeben, die einen zerrieb, bis man nur noch vegetierte, doch jetzt war alles, was sie dachte, fühlte oder schmeckte, durch und durch bitter. Erhard war fort. Die Strikers ließen nicht mit sich reden. Ihre Mutter lag im Sterben, doch Admiral beherrschte ihr Leben. Sie hatte sich noch nie so schlecht gefühlt wie in dem Augenblick, als der Wagen durch die Auffahrt gefahren war und Gretchen sie zur Rede gestellt hatte. Bis Admiral in der Ferne aufheulte, sich von Erhard losriss, um die Hausecke gerannt kam und sich mit einem gewaltigen, hervorragend koordinierten Satz in die Arme seiner Beschützerin warf. Und dann erschien Erhard mit gesenktem Kopf und hängenden Schultern und sah schuldbewusst aus.

»Ich glaube, ich hatte noch nicht das Vergnügen«, sagte Gretchen und setzte den Hund ab (der sogleich wieder aufsprang, diesmal zu Erhard). Sie warf Nisha einen Blick zu, bevor sie auf ihn zuging und die Hand ausstreckte.

»Das, äh, das ist Erhard«, hörte Nisha sich sagen. »Er ist aus der Schweiz, und ich ... ich hab ihn vorhin im Hundepark kennengelernt, und weil er auch einen afghanischen Windhund ...«

Erhard war so niedergeschlagen, wie sie ihn noch nie gesehen hatte, doch er rang sich eine Fälschung seines Lächelns ab und sagte: »Freut mich, Sie kennenzulernen«, während Gretchen bereits seine Hand losließ und sich zu Nisha wandte.

»Das war eine nette Idee«, sagte sie, musterte die Hunde und verglich sie. »Schön, dass Sie die Initiative ergriffen haben, Nisha ... aber Sie sollten wissen, dass Admiral nie irgendwelche *Spielkameraden* hier auf dem Grundstück gehabt hat, weder afghanische Windhunde noch irgendwelche anderen, und ich bin sicher, dass er auch nie mit jemandem zu tun hatte, der aus der Schweiz stammte, wenn Sie verstehen, was ich meine.«

Nisha konnte nur nicken.

»Nun«, sagte Gretchen, straffte die Schultern und wandte sich wieder zu Erhard. »Es hat mich gefreut, Sie kennenzulernen«, sagte sie, »aber ich muss Sie bitten, Ihren Hund – wie heißt er eigentlich?«

Erhard zog den Kopf ein. »Fred.«

»Fred? Was für ein sonderbarer Name. Für einen Hund, meine ich. Er hat doch einen Stammbaum, oder?«

»O ja, einen erstklassigen. Er ist absolut reinrassig.«

Gretchen betrachtete den Hund zweifelnd und sah dann wieder Erhard an. »Ja, man sieht es ihm an«, sagte sie. »Und Afghanen sind wirklich großartige Hunde – wer könnte das besser beurteilen als wir? Ich weiß nicht, ob Nisha es Ihnen erzählt hat, aber Admiral ist ein ganz besonderer, ein sehr, sehr besonderer Hund, und wir können keine anderen Hunde auf unserem Grundstück dulden. Und ich möchte nicht unhöflich sein, aber« – ein strenger Blick zu Nisha – »fremde Menschen oder Hunde können wir hier nicht ...« Sie ließ den Satz unvollendet und bemühte sich, noch einmal die kalte Maske eines Lächelns aufzusetzen. »Es war nett, Sie kennenzulernen«, wiederholte sie, und dann gab es nichts mehr zu sagen.

Nisha hatte eine Weile gebraucht, um das alles zu verarbeiten. Immer wieder dachte sie, dass Erhard nur für eine Weile abgetaucht war und sich melden würde, dass zwischen ihnen doch etwas gewesen war, doch am Ende der zweiten Woche suchte sie ihn nicht mehr am Tor oder im Hundepark oder irgendwo sonst. Und während die Tage sich dahinschleppten, begriff sie ganz langsam, was ihre Rolle, ihre eigentliche Rolle war. Wenn Admiral seinem Schwanz nachjagte, ermunterte sie ihn. Wenn er an der Straße sein Geschäft verrichtete, stieß sie das feste Würstchen mit der Schuhspitze an, bis er sich hinunterbeugte und es fraß. Ja, sie lebte in der Vergangenheit, ihre Mutter lag im Sterben, und sie war für nichts und wieder nichts aufs College gegangen, aber sie war entschlossen, für sich selbst und Admiral eine neue Zukunft zu erschaffen, und wenn sie mit ihm zum Hundepark ging, blieb sie vor dem Tor stehen, damit er herumrennen konnte, wo er wirklich herumrennen wollte: auf der Straße, wo die Wagen vorüberfuhren und die Räder sich drehten und stillstanden und das Licht einfingen, bis es auf der ganzen Welt nichts anderes mehr gab. »Guter Hund«, sagte sie dann, »guter Hund.«

ASCHERMONTAG

Er hatte den Geruch von Benzin schon immer geliebt. Er erinnerte ihn an seine Kindheit, als er sieben oder acht gewesen und Grady bei ihnen eingezogen war. Er hatte seinen gelben Chevy Super Sport mitgebracht und ihn an die unkrautüberwucherte Stelle neben der Garage bugsiert, auf einem schnittigen schwarzen Anhänger, den er wohl für einen Tag gemietet hatte, denn am nächsten Morgen war er verschwunden gewesen. Diese erste Nacht hatte sich über Dill gesenkt wie eine große Leere; das galt für alle Nächte und die meisten Tage damals: Sie waren ein Gewölk aus nichts, in dem hier und da ein Erinnerungspartikelchen aufblitzte. Doch an den Anhänger erinnerte er sich und an Grady ebenfalls – natürlich erinnerte er sich an Grady, denn der hatte schließlich hier, in diesem Haus, gewohnt, bis er selbst elf gewesen war –, und er erinnerte sich, dass der Wagen am nächsten Morgen auf Betonblöcken gestanden hatte, als wäre er mit hundertsechzig durch eine Mauer gerast und auf den Trümmern gelandet. Und er erinnerte sich an den Geruch von Benzin. Grady hatte ihn wie ein Parfüm getragen.

Jetzt war Dill dreizehn und hatte einen eigenen Wagen oder vielmehr: Er würde ihm gehören, wenn er alt genug war, um den Führerschein zu machen. Wenn er versuchte, sich Grady vorzustellen, sah er die Mütze, die fettverschmierte Baseballmütze mit einer 4 und einem Stern in einem mit Silberfaden gestickten Rahmen über dem Schirm, und unter dem Schirm war Gradys verspiegelte Sonnenbrille, und darunter mussten wohl eine Nase und ein Mund gewesen sein, doch er konnte sich nur an den Schnurrbart erinnern, der über Gradys Mundwinkeln herunterhing und ihn aussehen ließ wie das traurige Gesicht, das Billy Bottoms in der fünften Klasse überall hingemalt hatte.

Gerade war er im Garten, roch das Benzin, dachte an Grady und betrachtete seine Schrottkarre, die neben der Garage stand, an der Stelle, wo Gradys Super Sport auf seinen Betonblöcken immer tiefer eingesunken war, bis seine Mutter ihn zum Schrottplatz hatte schleppen lassen. Er spürte das Gewicht des Benzinkanisters in der Hand, hob das Gesicht der Sonne und dem heißen Luftzug entgegen, der durch den Canyon strich, und vergaß für einen Sekundenbruchteil, was er hier eigentlich wollte – als wäre er aus sich hinausgestiegen. Das war etwas, das ihm schon oft passiert war, schon immer, es war eine Art von Absenz, die für ihn so normal war, dass er sie kaum bemerkte. Sie irritierte seine Mutter, stellte seine Lehrer vor Rätsel. Er wollte, es gäbe sie nicht oder wenigstens nicht so oft, aber es gab sie eben. Er war wohl ein Träumer. So jedenfalls nannte ihn seine Mutter. Einen Träumer.

Und da kam ihre Stimme durch das offene Küchenfenster, ihre schrille Stimme, die ihn traf wie das geflochtene Ende einer Peitsche: »Dill, was stehst du da herum? Die Kartoffeln sind fast fertig. Du musst *sofort* den Grill anmachen und das Fleisch drauflegen!«

Seine Mutter war Lehrerin. Sein Vater existierte nicht. Seine Großmutter war tot. Und das Haus, das hoch oben im Canyon stand, umgeben von ausgebleichten Felsen, die aussahen wie die großen Zehen von hundert begrabenen Riesen, war das Haus seiner Großmutter. Und seine Schrottkarre, ein 97er Toyota Camry ohne vordere Stoßstange und mit zwei ziemlich eingedellten Kotflügeln, dessen ursprüngliche, von der Sonne verbrannte Goldmetalliclackierung jetzt die Farbe frischer Hundescheiße hatte, war der Wagen seiner Großmutter. Aber sie brauchte ja keinen, nicht dort, wo sie jetzt war. Und wo war sie?, hatte er seine Mutter in der pietätvollen Stille des Hinterzimmers des Bestattungsunternehmens gefragt, wo man seine Großmutter verbrannt hatte, sodass sie in eine quadratische Pappschachtel passte. »Das weißt du doch«, hatte seine Mutter gesagt. »Du weißt, wo sie ist.« Und er hatte gesagt: »Ja, ich weiß, wo sie ist – in der Schachtel da.«

Und darum spürte er einen kleinen Kick. Er hatte einen Benzinkanister in der Hand. Er war jetzt der Mann im Haus – »Du bist jetzt mein Mann im Haus«, hatte seine Mutter gesagt, als er elf gewesen war und Gradys Gesicht von dem vielen Geschrei und den »Leck mich doch!« und »Du mich auch!« wie ein Fußball angeschwollen und er türenschlagend hinausgestürmt und für immer verschwunden war –, und es war seine

Aufgabe, Feuer zu machen und das Fleisch zu grillen. Jeden Abend. Auch im Winter, wenn es kalt war und regnete und er sein Hoodie anziehen und sich unter den Dachüberhang stellen musste, um das Feuer zu überwachen. Das war in Ordnung. Er hatte ohnehin nichts Besseres zu tun. Und ihm gefiel es, wie die Holzkohle mit einem Auflodern, das alles Leben aus der Luft saugte, in Flammen aufging, wenn er sie zuvor mit Benzin getränkt hatte – das war zwar etwas, das seine Mutter ihm ausdrücklich verboten hatte (*Es könnte explodieren, das weißt du doch, nicht?*), aber sie hatten keinen Holzkohleanzünder mehr, und der Laden war am Ende der gewundenen Straße auf dem Grund des Canyons, und seit einer Woche machte er es eben so.

Der Grill war ein alter Gasbrenner, dessen Form einem Fragezeichen ohne Punkt glich. Der Tank war noch angeschlossen, aber seit Jahren leer, und sie grillten, indem sie einfach neue Holzkohle auf die uralten Aschebrocken warfen, die wie kleine, aus dem Weltraum gefallene und verglühte Asteroiden aussahen. Er stellte den Kanister ab und klopfte auf die Vordertasche seiner Jeans, wo die Streichhölzer waren. Dann öffnete er den Deckel des Grills und klappte ihn auf, und gerade als er sich zu dem Sack mit Holzkohle bückte, sah er unter dem Rost eine Bewegung. Er erschrak, und sein erster Gedanke war, dass die Trockenheit die Schlangen aus dem Chaparral trieb, aber dies war keine Schlange, sondern eine Ratte. Ein dummes, sandfarbenes kleines Tier mit einem feuchten schwarzen Auge und Schnurrhaaren wie die einer Katze, das zwischen zwei Stäben hindurch zu ihm aufsah. Was hatte es sich gedacht? Dass es in einem Grill sicher wäre? Dass es dort ein Nest bauen könnte? Er knallte den Deckel zu und hörte, wie das Ding in der Asche umherrannte.

Er spürte das rasche Pulsieren einer Erregung, warf einen Blick über die Schulter, um sich zu überzeugen, dass seine Mutter ihm nicht durch die Fliegentür zusah, und sah kurz zu der weiß verputzten Wand und den im Sonnenlicht gleißenden Fenstern des Nachbarhauses – es war das Haus von Jucki-goro mit seinem Reisfressergesicht und den Schlitzaugen und dem großen Lügenmaul –, dann hob er den Deckel des Grills gerade so hoch, dass er Benzin hineingießen konnte, und schloss ihn wieder. Er zählte – *einundzwanzig, zweiundzwanzig* –, und es war kein Geräusch zu hören, nichts als Stille. Als er ein Streichholz anriss und in den Grill warf, fühlte er sich, wie wenn er allein in seinem Zimmer war und sich die Videos ansah, die er vor seiner Mutter versteckte und die ihn hart und dann weich und dann wieder hart machten.

Sanjuro Yukiguro stand am Panoramafenster und bewunderte die Art, wie das Licht durch die blassen, gelbgrünen Blätter des Bambus fiel, den er entlang des Wegs zur Haustür und auf dem Hang, der an das Nachbargrundstück grenzte, gepflanzt hatte. Die Sorte hieß »Buddha-Bauch«, wegen der plumpen Verdickungen zwischen den Knoten, hervorragend geeignet für trockenes Klima und karge Böden. Er wässerte und düngte die Pflanzen sparsam, um die maximale Verdickung zu erreichen. Er hatte auch andere Sorten gepflanzt – eine gefurchte, eine marmorierte, eine goldene –, aber »Buddha-Bauch« mochte er am liebsten, denn sein Vater hatte sie ebenfalls geschätzt, und sie erinnerte ihn an die Heimat. Die Kirschbäume auf der Ostseite des Hauses gefielen ihm nicht so gut – sie waren beinahe ein Klischee –, doch Setsuko hatte darauf bestanden. Wenn sie schon so fern der Heimat leben mussten – *Zehntausend Kilometer!*, hatte sie immer wieder gesagt und sich von einer Welle des Kummers tragen lassen, als sie vor beinahe zehn Jahren alles zusammengepackt und verschifft und sich von ihren Familien in Okutama verabschiedet hatten –, dann wollte sie wenigstens dieses Haus und den sonnenversengten, von Krüppeleichen und Manzanitabüschen umringten Garten in etwas Schönes, etwas *Japanisches* verwandeln. Er hatte einen Zimmermann für das *Torii* bestellt, das ihren Ausblick auf die Kirschbäume einrahmen sollte, und zwei Mexikaner, die vor dem Haus einen kleinen, unregelmäßig geformten Teich ausgehoben hatten, damit sie dort am späten Nachmittag ausruhen und zusehen konnte, wie die Rücken der Koi-Karpfen die Oberfläche durchbrachen, während sich die Blüten der Seerosen öffneten und die Libellen schwebten und er selbst, gefangen in der Blechbüchse seines Wagens, im Stau stand.

Aus der Küche kam der Duft des Abendessens: Knoblauch, Frühlingszwiebeln, Sesamöl. Seine Heimfahrt von Pasadena war mörderisch gewesen und hatte beinahe zwei Stunden gedauert, wo es eigentlich nur eine

Stunde hätte sein dürfen, aber irgendein Idiot war irgendeinem anderen Idioten aufgefahren, und dann hatten sich noch eine ganze Reihe Wagen an diesem hübschen Spiel beteiligt, und als er dorthin gekommen war, hatte die Schnellstraße schon nur noch aus einer Spur bestanden. Doch jetzt war er zu Hause, und das Licht war herrlich, es duftete nach Setsukos Essen, und in der Hand hielt er ein Glas perfekt gekühlten Onikoroshi. Er dachte an den Teich, den alten Teich, der zu flach gewesen war, sodass die Waschbären sich nachts hineingestürzt und Sashimi aus den Koi-Karpfen gemacht hatten. Die Fische hatten ihn ein Vermögen gekostet, denn er hatte sie züchten wollen, und sein Gehalt bei JPL ermöglichte es ihm, von allem das Beste zu kaufen.

Waschbären. Die gehörten wohl zu den Risiken, wenn man hier oben lebte. Ebenso wie die Kojoten, die sich Setsukos Katze geschnappt hatten, während sie, keine drei Meter entfernt, vor dem Haus gestanden und die Begonien gegossen hatte. Und dieser Vogel. Ein großes, langbeiniges Tier, das ein Storch hätte sein können, wäre da nicht dieser stumpf silbrige Glanz seines Gefieders gewesen. Eines Morgens war Sanjuro bei Sonnenaufgang aus dem Haus gegangen, um noch vor dem Berufsverkehr unterwegs zu sein, in einer Hand die Wagenschlüssel, in der anderen seinen Glücksbecher und eine Thermosflasche mit grünem Tee, als er ihn bis zu den Knien im Teich hatte stehen sehen, den marmorweißen *Purachina Ogon* so entschlossen zwischen den beiden Hälften seines langen Schnabels gepackt, als wäre dieser seltsame Vogel ein belebtes Paar Essstäbchen, *Hashi* mit Beinen und Flügeln. Das war seine Metapher. Sein Witz. Und er hatte sie benutzt, als er seinen Kollegen alles erzählt hatte: wie der Vogel den Fisch gefangen und wie er ihm empört nachgeschrien hatte, als dieser erschrocken aufgeflogen war und sich, Schriftzeichen in den Himmel malend, entfernt hatte. Die Geschichte war jedes Mal besser geworden, bis die Tatsache, dass dieser Fisch ihn sechzehnhundert Dollar gekostet hatte, nur die Komik des Ganzen unterstrichen hatte – auf dem Heimweg hatte er sogar Setsuko angerufen und gesagt: *Hashi mit Flügeln*.

Plötzlich wanderte sein Blick zum Nachbargrundstück, zu einer unbestimmten Bewegung dort, und er verspürte einen winzigen Stich der Irritation. Es war das Kind, dieser Junge, der ihm Beleidigungen ins Gesicht gesagt hatte. Was hatte er jetzt schon wieder vor? Ach, der Grill, das abendliche Grillritual – warum konnte seine Mutter eigentlich das Fleisch nicht im Ofen braten wie alle anderen? Man lebte doch nicht mehr im Mittelalter. Sie waren doch keine Höhlenmenschen, oder? Er hob das Glas an die Nase, um den kalten Rand zu spüren und das Aroma des Sake aufzunehmen. Er nahm einen Schluck und sog den Duft tief ein – das beruhigte ihn. Es war der Duft des Vergnügens, der Entspannung nach Feierabend, der Duft von Anstand und Höflichkeit, der Duft eines Landes, wo es niemandem auch nur im Traum einfallen würde, seinen Nachbarn als *Charlie-Motherfucker* oder dergleichen zu bezeichnen. Und obwohl er sich die Bedeutung des Wortes »Motherfucker« natürlich erschließen konnte, verstand er nicht das besondere Gewicht, das es hierzulande hatte, es sei denn, es hatte etwas mit Inzest oder einer infantilen Fixierung auf die Mutter zu tun, was allerdings heißen würde, dass die Mehrzahl der Männer tatsächlich »Motherfucker« waren. Das Wort »Charlie« aber stellte ihn vor ein viel größeres Rätsel. Als Sanjuro seinen Kollegen Colin Andrews danach gefragt hatte, war dieser zusammengezuckt, hatte dann jenen neutralen, starren Blick aufgesetzt, den Amerikaner immer bekamen, wenn es um ein Thema ging, das irgendetwas mit Rasse zu tun hatte, und ihm erklärt, es handle sich um ein herabsetzendes Wort für Vietnamesen, das aus dem Vietnamkrieg in den sechziger Jahren stamme, doch das hatte ihn nur noch mehr verwirrt. Wie konnte dieser Junge, sofern er nicht geistesgestört war – und das war er, davon war Sanjuro überzeugt –, ihn, einen Japaner, mit einem dieser kleinen, spindeldürren, unterernährten Reisbauern aus Vietnam verwechseln?

Ganz plötzlich war er wütend und rief Setsuko über die Schulter zu: »Er ist schon wieder dabei.«

Ihr Gesicht, rund wie der Mond, erschien in der Küchentür. Er sah, dass sie beim Friseur gewesen war: Rechts und links der Stirn brachen sich zwei Wellen, während der Rest der Haare kunstvoll aufgetürmt war. Sie sah beinahe wie eine Amerikanerin aus, wie eine *Gaijin*, und er vermochte nicht zu sagen, ob ihm das gefiel oder nicht. »Wer?«, fragte sie auf Japanisch – zu Hause sprachen sie nie Amerikanisch.

»Der Nachbarsjunge. Das Früchtchen. Der kleine Mistkerl. Er benutzt

Benzin, um seine Hotdogs oder Hamburger oder was auch immer zu grillen – das muss man sich mal vorstellen.«

Sie sah zum Fenster, doch dort, wo sie stand, hatte sie den falschen Blickwinkel, sodass sie vermutlich bloß den Himmel und die Spitzen der Bambuspflanzen sah, die sich im Wind wiegten. Hätte sie fünf Schritte vorwärts gemacht, dann hätte sie sehen können, was er meinte – der Junge tanzte mit dem rot-gelb lackierten Benzinkanister und einer Schachtel Streichhölzer um den Grill herum –, doch so nicht. »Gefällt dir meine Frisur?«, sagte sie. »Ich war heute im Schönheitssalon, bei Mrs Yamamura, und sie hat vorgeschlagen, mal etwas anderes zu versuchen. Nur zur Abwechslung. Gefällt es dir?«

»Vielleicht sollte ich ihnen eine Flasche Grillanzünder spendieren – ich könnte sie einfach auf die Vorderveranda stellen. Wenn er so weitermacht, brennt er noch den ganzen Canyon nieder, darauf kannst du dich verlassen.«

»So schlimm ist es nicht. Mach dir keine Sorgen.«

»Nicht so schlimm? Das nennst du nicht so schlimm? Warte nur, bis deine Kirschbäume in Flammen aufgehen, das Haus, die Wagen, warte nur, bis die Fische im Teich kochen, als wäre er ein Topf auf dem Herd, und dann sag mir noch mal, das sei nicht so schlimm.«

Der Junge riss ein Streichholz an, klappte den Grill auf und warf es hinein. Das Benzin entzündete sich mit einem gedämpften Knall, Flammen züngelten hoch wie eine gezackte Korona, um gleich darauf in sich zusammenzufallen, und dann war da noch etwas anderes, etwas, das wie der Schweif einer Rakete aus dem Grill schoss und als Feuerkugel über den Boden raste.

Es war das Coolste, was er je gesehen hatte. Die Ratte sprang aus dem Grill und quietschte dabei wie die Bremsen des Camry, und bevor er reagieren konnte, wälzte sie sich auf der Erde und versuchte dann, noch immer brennend, sich im hohen Unkraut hinter der Garage zu verkriechen. Und dann brannte das Unkraut. Das war krass. Er rannte hinter dem Tier her, in der unbestimmten Absicht, ihm den Kopf zu zertreten oder vielleicht zuzusehen, wie lange es dauerte, bis es von allein verreckte, aber da kam Jucki-goro den Hügel hinuntergerannt, als wäre er voll drauf, und schrie: »Bist du verrückt? Bist du von allen guten Geistern verlassen?«

Das Unkraut zischte und knallte, es waren hauptsächlich Kletten und Samenstände und ein paar Steppenhexen, die praktisch nur aus Luft bestanden, und das Feuer brannte bereits nieder, weil es sonst nichts mehr gab, das hätte brennen können, nur Erde und Steine. Und die Ratte lag einfach da, verkohlt und qualmend wie ein Marshmallow, das vom Stock ins Feuer gefallen war. Aber Jucki-goro – er trug Bademantel und Hausschuhe und hatte einen Rechen in der Hand – sprang über den Zaun und schlug auf das Unkraut ein, als wollte er ein Dutzend Klapperschlangen erledigen. Dill stand einfach nur da und sah zu, während Jucki-goro in seiner Sprache fluchte, den Schlauch nahm, der neben der Garage lag, und alles nassspritzte, als wäre das eine Heldentat. Dann hörte er hinter sich die Tür und blickte über die Schulter: Seine Mutter rannte barfuß auf sie zu, und er sah für einen kurzen Augenblick die tief eingeschnittenen Stellen an ihren Zehen, die rot und geschwollen waren, weil ihre Schuhe sie drückten und sie den ganzen Tag auf den Beinen war. Ständig sagte sie: »Kannst *du* nicht aufstehen und die Milch holen?« Oder: »Ich bin zu erledigt, um den Tisch zu decken – könntest du das vielleicht machen?« Und als Krönung: »Ich war den ganzen Tag auf den Beinen.«

Jucki-goros Gesicht war völlig verzerrt. Er sah aus wie einer von diesen Trotteln in einem Ninja-Film, einer der zehntausend namenlosen Idioten, die sich mit einem Balken oder Montiereisen in der Hand auf Jet Li stürzten, nur um mit einem Tritt gegen Hals oder Knie außer Gefecht gesetzt zu werden. »Sehen Sie?«, rief er. »Sehen Sie, was er macht? Ihr Junge?« Jucki-goros Hände zitterten. Er schien den Schlauch gar nicht richtig halten zu können: Das Wasser spritzte gegen die Garagenwand, rann herunter und bildete Pfützen im Staub. Es roch nach verbrannten Pflanzen.

Bevor seine Mutter ihre eigene Version von Jucki-goros Gesicht aufsetzen und »Was um Gottes willen machst du denn da?« sagen konnte, trat Dill nach einem Stein, stemmte die Hände in die Hüften und sagte: »Woher sollte ich denn wissen, dass da drin eine Ratte war? Eine Ratte, Mom. In unserem Grill.«

Aber sie schlug sich auf Jucki-goros Seite. Alle beide schrien – »Brennt wie Zunder!«, sagte Jucki-goro immer wieder –, und bald schrien sie abwechselnd auf ihn ein. Und so bedachte er seine Mutter mit einem Blick, der sie zu Asche verbrennen sollte, marschierte um die Ecke der Garage herum davon und gab auch keine Antwort, als sie ihn dreimal hintereinander mit ihrer schrillsten Stimme rief.

Er ging weiter, bis er zu dem Schuppen kam, in dem Grady die Chinchillas gehalten hatte, und dann ging er auch um diesen herum, stieß die an nur noch einer Angel hängende Tür auf und trat in das dunkle, aufgeheizte Innere. Sollte sie ihre Schweinekoteletts doch allein grillen, dachte er. Sie konnte sie ja Jucki-goro schenken. Sie hielt ja sowieso immer zu ihm. Warum heiratete sie ihn nicht gleich? Das würde er nachher zu ihr sagen, wenn er sich so weit abgeregt hatte, dass er ins Haus gehen und etwas essen und sich ihr Generve wegen seiner Hausaufgaben anhören konnte: »Heirate doch Jucki-goro, wenn du ihn so toll findest.«

Er stand mit hängenden Schultern im Zwielicht und atmete den Gestank der Chinchillascheiße ein, der, wie der Geruch der Bandagen, in die man damals die Mumien eingewickelt hatte, wahrscheinlich nie verfliegen würde, und es dauerte eine kleine Weile, bis er merkte, dass sich sein Herzschlag verlangsamte. Er schwitzte. Hier drinnen war es bestimmt zwanzig Grad wärmer als draußen, aber das war ihm egal. Hierhin ging er, wenn er sich aufgeregt hatte, wenn er nachdenken oder sich daran erinnern wollte, wie es gewesen war, als Grady die Chinchillas gehabt hatte und sie gemeinsam die Käfige saubergemacht und dafür gesorgt hatten, dass alle genug Futter und Wasser hatten. Für einen Mantel brauchte man zwischen achtzig und hundert Felle, und darum hatte Grady immer gesagt, sie müssten dafür sorgen, dass die Viecher sich paaren, damit es immer mehr würden, sonst würde die Sache nie profitabel sein. Das war sein Ausdruck gewesen: profitabel. Und Dill erinnerte sich, wie seine Mutter ihm dieses Wort um die Ohren gehauen hatte, denn die Sache war nicht profitabel und würde es nie sein: Die Kosten für das Futter und die Tiere selbst waren ein ständiger Kostenfaktor – das war der Ausdruck seiner Mutter –, doch nichts im Vergleich zu dem, was die Klimaanlage verbrauchte.

»Sie müssen es kühl haben«, beharrte Grady.

»Und wir?«, sagte seine Mutter. »Wir können es uns nicht leisten, die Klimaanlage im Haus einzuschalten – du rastest jedes Mal aus, wenn ich sie anmache, als wäre das irgendein Verbrechen –, aber deine kostbaren Nagetiere dürfen natürlich um Gottes willen nicht ins Schwitzen kommen.«

»Du musst Geduld haben, Gloria. Jedes Geschäft –«

»Geschäft? Den ganzen Tag in einem klimatisierten Schuppen herumzusitzen, nennst du ein Geschäft? Sag mir doch mal, wie viele Mäntel du gemacht hast. Wie viele Pelze hast du verkauft? Wie viele hast du überhaupt geerntet? Na, sag doch mal!«

Dill war auf Gradys Seite, das war für ihn gar keine Frage. Seine Mutter hatte keine Ahnung. Chinchillas kamen aus Südamerika, sie lebten hoch oben in den Anden, wo es eher kühl war, nie über fünfundzwanzig Grad, nicht mal am heißesten Tag seit Beginn der Aufzeichnungen. Bei fünfundzwanzig Grad starben sie an Hitzschlag. Das wusste seine Mutter nicht. Oder es war ihr egal. Aber Dill wusste es. Und er wusste, dass man ihnen Chinchilla-Körner und diese kleinen Heuballen geben musste, aber nie Kohl, Mais oder Salat, denn davon bekamen sie Blähungen, und dann kriegten sie dicke Bäuche und starben. Er wusste auch, wie man sie tötete. Grady hatte es ihm gezeigt. Man hob das Chinchilla am Schwanz aus dem Käfig, nahm den Kopf in die eine Hand und zog mit der anderen ruckartig an den Hinterbeinen, sodass das Genick brach. Dann zuckten sie noch ein Weilchen. Und dann zog man ihnen das Fell über die Ohren. Grady tötete sie nicht gern – sie waren so süß, so harmlos, und er tötete kein Tier gern –, aber es war ein Geschäft, das durfte man nicht aus den Augen verlieren.

In jenem Herbst hatten Santa-Ana-Winde geweht. Mr Shields, Dills Geographielehrer, hatte es ihnen erklärt: Wenn sich über dem Festland ein Hochdruckgebiet und über dem Meer ein Tiefdruckgebiet bildete, dann saugte dieses Wüstenluft an, die durch die Canyons fegte – in Böen mit über hundertfünfzig Stundenkilometern – und dabei alles austrocknete. Dill kannte diesen Wind aus unmittelbarer Erfahrung. Er spürte ihn als Knirschen zwischen den Zähnen, als Staubring in den Nasenlöchern am Morgen. Und er schmeckte ihn, wenn er hinter dem Haus stand und die ganze Welt wie der Pizzaofen bei Giovanni war, nur dass anstelle der Pizza die Salbeiblätter gebacken wurden, die Blätter der Platanen am ausgetrockneten Bachbett und der Gifteichen, deren Öl überall zu riechen war. Eines Nachmittags kam er von der Schule nach Hause, und der Wind war so stark, dass der Bus schwankte, als er ausstieg. Sofort wurde ihm eine Handvoll Staub ins Gesicht geblasen, mit einer Wucht, als wäre sie von einer Schrotflinte abgeschossen worden, und irgendeiner – höchstwahrscheinlich Billy Bottoms – rief »Scheiße!«, während die Türen sich zischend schlossen.

Er wandte den Kopf, damit ihm der Staub nicht in die Augen wehte. Steppenhexen jagten über das Grundstück. Papierfetzen und Plastikflaschen hüpften in unregelmäßigem Strom aus der Mülltonne wie verwehtes Wasser aus einem Rasensprenger, und er hörte schon seine Mutter schimpfen, dass irgendjemand wieder mal zu faul oder zu nachlässig gewesen war, sich die eine Sekunde Zeit zu nehmen und den Deckel der Tonne mit den Waschbärklammern zu sichern. Er zog den Schirm der Mütze mit der in Silber und Schwarz gestickten F-14 Tomcat, die Grady ihm geschenkt hatte, ins Gesicht, klemmte die Daumen hinter die Träger des Rucksacks, um den Rücken zu entlasten, und ging ins Haus.

In der Küche trank er ein großes Glas Ginger-Ale in einem Zug aus – er war noch nie so durstig gewesen –, und dann schenkte er sich ein zweites Glas ein und wartete, während eine gefüllte Tiefkühlteigtasche in der Mikrowelle gewärmt wurde. Nachher wollte er zum Schuppen gehen und nachsehen, was Grady machte, aber zuerst schaltete er den Fernseher in der Küche an, um beim Essen etwas zu tun zu haben, doch es gab nichts als Nachrichten. Und die gab es, weil es überall brannte, von Malibu über das San Fernando Valley bis hin nach L. A. und Orange County. Auf jedem Kanal stand eine Frau mit Mikrofon und ziemlich zerzausten Haaren vor einem brennenden Haus oder vor Bäumen, die wie Fackeln loderten – wenn man umschaltete, wechselte nur die Frau: blond, schwarz, mexikanisch, chinesisch. Mr Shields hatte ihnen gesagt, ein Buschfeuer könne schneller sein, als man rennen könne, und deswegen kämen Feuerwehrleute und Hausbesitzer manchmal ums Leben. Darum müsse man sein

Haus verlassen, wenn die Polizei komme und einen zur Evakuierung aufforderte. Aber niemand glaubte ihm. Wie konnte ein Feuer schneller sein als einer, der mit aller Kraft rannte? Er dachte an Daylon James, den schnellsten Jungen der Schule – niemand konnte ihn fangen, wenn er beim Flagfootball das Fähnchen trug, geschweige denn es ihm abnehmen –, und die Behauptung erschien ihm idiotisch. Aber auf dem Bildschirm waren jetzt Hubschrauber, die Kamera sprang von einem Blickwinkel zum anderen, und dann sah man nur noch Flammen, riesige Lohen, die rot, orangerot und gelb waberten, und darüber die schwarze Krone des Rauchs.

Er stellte sich vor, wie er, so schnell er konnte, durch brennende Bäume und Büsche einen Abhang hinunterrannte, während ein ganzer Berg von Feuer hinter ihm her war, und er musste wohl für einen Moment weggetreten sein, denn als er aufsah, war der Bildschirm grau, und die LED-Anzeige am Mikrowellenherd war erloschen. In diesem Augenblick kam Grady durch die Hintertür hereingestürzt. »Schnell«, sagte er schnaufend, als kriegte er kaum Luft, und mit einem Gesicht, das nicht das seine war, sondern das von irgendeinem Verrückten in einem Horrorfilm, kurz bevor das Monster ihn erwischt. »Schnapp dir alles Eis, das da ist. Schnell! Schnell!«

Sie rannten, beladen mit zwei Plastiktüten voll Eis aus dem Tiefkühlfach, zur Hintertür hinaus, und die Tüten knatterten und sangen im Wind, und der Staub flog ihnen in die Augen, und die Tür zum Schuppen wollte nicht aufgehen, und als sie dann aufging, knallte sie wie eine gewaltige Hand gegen die ausgebleichte Bretterwand. Drinnen war es noch kühl, aber die Klimaanlage war aus – Stromausfall im gesamten Canyon –, und die Chinchillas sahen schon ziemlich fertig aus. Er und Grady gingen durch die vier Reihen von Käfigen – immer drei übereinander, mit Zeitungen dazwischen, um die Scheiße aus dem Käfig darüber aufzufangen –, und warfen Eiswürfel hinein. Eine halbe Stunde später war die Temperatur im Schuppen auf dreiundzwanzig Grad gestiegen, und Grady, dessen Augen in seinem Gesicht zuckten wie zwei Wespen auf einem Stück Fleisch, sagte: »Ich fahr runter in den Canyon und hol Eis. Du bleibst hier und, ich weiß auch nicht, ziehst dein Hemd aus und fächelst ihnen Luft zu, machst irgendwas, um sie zu kühlen. Vielleicht spritzt du das Dach und die Wände mit dem Gartenschlauch ab. Alles, damit es ein bisschen abkühlt. Wir müssen's nur schaffen, bis die Sonne untergeht, dann geht alles klar.«

Aber nichts ging klar. Obwohl Grady den ganzen Kofferraum des Camry voll Eis gepackt hatte, dreißig Tüten oder mehr, und sie die kleinen blauweißen Würfel in die Käfige gaben und diese mit feuchten Tüchern zudeckten, wurde es immer wärmer. Bis es zu warm war. Bis die Chinchillas eins nach dem anderen einen Hitzschlag kriegten. Zuerst starben die grauen, dann die gefleckten und die samtigen schwarzen, die das Doppelte wert waren. Grady machte Wiederbelebungsversuche, indem er ihnen Eispäckchen auf den Kopf legte, bis sie wieder zu sich kamen und in den Käfigen umhertaumelten, aber sie hatten weiterhin keinen Strom, das Eis schmolz, und die Sonne schien an diesem Tag nicht untergehen zu wollen. Es war eine Science-Fiction-Sonne, dick und fett und rot, die alles, alles austrocknen wollte. Als Dills Mutter aus der Schule kam – »Tut mir leid, dass ich so spät komme, die Konferenz nahm einfach kein Ende« –, waren die Chinchillas tot, alle zweihundertsiebzehn. Im Schuppen roch es, wie es jetzt noch dort roch: nach Pisse. Und Scheiße. Und Tod.

Es war etwas, das sie freitags nach Feierabend taten, er und einige seiner Kollegen, die die Signale von CloudSat empfingen und verarbeiteten, dem Satelliten, der für Meteorologen in aller Welt und natürlich auch für die regionalen Wettervorhersagen Daten über Wolkenformationen sammelte. Sie gingen in eine Sushi-Bar in Pasadena, in eines von diesen neuen Restaurants für *Gaijin*, wo die Köche mitten im Raum standen, umgeben von einer langgezogenen ovalen Theke, an der eine kleine Flotte aus mit Speisen beladenen Miniaturbooten in einem von Wasser durchströmten Kanal an einem vorbeizog und man sich bediente, bis die leeren Teller sich stapelten und der philippinische Hilfskellner sie einsammelte. Es war nicht authentisch. Das Essen war nicht mal gut oder jedenfalls nicht besonders. Aber man konnte, wenn man wollte, Spezialbestellungen aufgeben (was er immer tat, wobei er sich vom Chefkoch beraten ließ), und natürlich flossen Bier und Sake in Strömen. Sanjuro hatte bereits zwei Sake getrunken und überlegte, ob er ein Bier bestellen oder sich vielmehr eins mit Colin teilen sollte, denn er würde demnächst zu grünem Tee übergehen müssen, um für die Heimfahrt einen klaren Kopf zu bekommen. Er blickte geistesabwesend an der Theke entlang, vorbei an seinen Kollegen und den anderen, die sich hier drängten, um mit Stäbchen zu hantieren und billigen Sake in die kleinen Porzellanschälchen zu gießen, als handle es sich um ein exotisches Ritual, und sah, wie die Sonne aus allem, was vor den Fenstern lag, die Farbe herausbleichte. Die Wagen waren weiß, die Bäume schwarz. Was tat er hier?

Colin drehte sich zu ihm um und sagte: »Stimmt's, Sange?«

Sie hatten über Sport geredet, wie üblich, bevor sie über Frauen und schließlich über die Arbeit sprachen. Sanjuro hasste Sport. Und er hasste es, mit »Sange« angesprochen zu werden. Aber er mochte Colin und Dick Wurzengreist und Bill Chen, allesamt gute Männer, und er war gern mit ihnen hier, auch wenn er die Wirkung des Sake auf praktisch nüchternen Magen spürte – oder vielleicht gerade deswegen. »Was?«, hörte er sich sagen. »Worum geht's?«

Colins Gesicht hing über einem halben Dutzend mit Sojasauce verschmierter Teller und einer fast leeren Flasche Asahi-Bier. Er grinste. Seine Augen sahen ein wenig glasig aus. »SC«, sagte er. »Die werden gegen Stanford als haushohe Favoriten gehandelt, ist das zu fassen? Ich meine, wie ahnungslos muss man sein, um nicht gegen diese hochgejubelten Figuren zu wetten, hab ich recht?«

In Dick Wurzengreists zu Schlitzen verengten Augen stand etwas wie Heiterkeit – Dick war betrunken –, aber Bill Chen und die Frau neben ihm waren in ein Gespräch über die Vorzüge und Nachteile alternierender Parkverbote vertieft, und alle wussten sowieso, dass die Frage rhetorisch und Teil eines Dauerscherzes über Sanjuro war. Ein Außenseiter hätte sie allesamt als Fachidioten bezeichnet, doch es schien, als wäre Sanjuro der Fürst der Fachidioten, weil er sich als Einziger kein bisschen für Sport interessierte. »Ja«, sagte er und wollte lächeln, brachte aber nicht die nötige Energie auf, »du hast absolut recht.«

Alle lachten, aber das machte nichts, es gehörte dazu. Und dann kam das Bier, und es wurde ruhiger, und Colin begann, von der Arbeit zu reden. Oder nicht von der Arbeit, sondern von dem Klatsch, den man sich erzählte: dass Soundso eine Flasche im Schreibtisch verstecke und dass ein anderer positiv auf Marihuana getestet worden sei und dann gleich hinter der Parkplatzausfahrt einen Hirsch überfahren habe, solche Sachen eben. Sanjuro hörte schweigend zu. Er war ein guter Zuhörer. Aber Klatsch und Fachsimpeleien langweilten ihn, und als Colin innehielt, um ihm und sich selbst nachzuschenken, sagte er: »Erinnerst du dich an den Jungen, von dem ich dir erzählt habe? Der mich Charlie genannt hat?«

»Charlie-Motherfucker«, berichtigte Colin ihn.

»Also, du weißt ja, wie der Wind weht, besonders im Canyon, und ich hab dir doch erzählt, dass die Mutter den Jungen jeden Abend rausschickt, damit er den Grill anmacht?«

Colin nickte. Seine Augen waren wie Kameralinsen, die Pupillen verengten und weiteten sich: klick. Er war betrunken. Er würde wieder seine Frau anrufen müssen, damit sie ihn abholte, das sah Sanjuro schon jetzt. Und er selbst würde das Bier bald beiseiteschieben und sich für die Heimfahrt zusammenreißen müssen.

»Schon die ganze Woche nimmt er dafür immer Benzin, als könnten sie sich keine Grillanzünder leisten, und gestern Abend wäre ihm das Ding beinahe um die Ohren geflogen.«

Colin stieß ein kurzes Lachen aus, bevor er merkte, dass die Geschichte nicht komisch war, dass Sanjuro sie nicht komisch gemeint hatte, ganz und gar nicht – dass er sich im Gegenteil Sorgen machte, große Sorgen, dass er an kaum etwas anderes denken konnte und kurz davor war, die Polizei zu rufen. Oder die Feuerwehr, dachte Sanjuro. Die Feuerpolizei. Gab es nicht so was wie eine Feuerpolizei?

»Und es war eine Ratte darin, im Grill, und er hat sie in Brand gesetzt.«

»Eine Ratte? Du machst Witze, oder?«

»Kein Witz. Die Ratte sah aus wie ein Feuerball, und sie ist quer über die Zufahrt ins Gras neben der Garage gerannt.«

»Nein!«, sagte Colin, denn das war die Antwort, die erwartet wurde. Und dann grinste er. »Lass mich raten«, sagte er. »Und dann hat das Gras Feuer gefangen.«

Mit einem Mal war Sanjuro müde, als drückte ihn etwas Unsichtbares, das sich an seinen Rücken, die Schultern und die Arme schmiegte wie ein maßgeschneiderter Anzug, mit einer Kraft zu Boden, der er nichts entgegenzusetzen hatte. Er wohnte am Ende eines Canyons, weit entfernt von der Stadt, in einem Hochrisikogebiet, und zwar wegen Setsuko, weil Setsuko Angst vor Amerikanern hatte, vor schwarzen Amerikanern, vor Mexikanern und auch vor den Weißen, vor all den Menschen, die die Straßen von Pasadena und Altadena und allen anderen Orten bevölkerten. Sie sah sich die Nachrichten im Fernsehen an, um die Sprache zu erlernen, und es machte sie ganz verrückt. »Ich werde nicht in einer Wohnung leben«, sagte sie. »Ich werde nicht unter diesen Menschen leben. Ich will Natur. Ich will leben, wo es sicher ist.« Sie hatte ihm und seiner Karriere ein Opfer gebracht, indem sie hierher, in dieses Land, gekommen war, und so brachte er ihr ebenfalls ein Opfer und kaufte das Haus am äußersten Ende eines wilden Canyons und versuchte, ein Anwesen wie in Mitaka oder Okutama daraus zu machen.

Er hielt inne und sah Colin lange an, er starrte in die grasgrünen Kameralinsen – Colin, sein Freund, sein Amigo, der Mann, der ihn von allen im Team am besten verstand – und stieß einen Seufzer aus, der tiefer und feuchter und selbstmitleidiger war, als er hätte sein sollen, denn Sanjuro zeigte nie Gefühle, jedenfalls nicht absichtlich. Als Japaner tat man das nicht. Er sah zu Boden. Glättete sein Gesicht. »Ja«, sagte er. »Genau das ist passiert.«

Heute Abend gab es also Hähnchen, außerdem drei von diesen scharfen italienischen Würstchen, die er so gern mochte, und ein Stück Fisch: Lachs, an dem noch die Haut war und für den seine Mutter zwölf Dollar bezahlt hatte, denn sie würden einen Gast haben. Einen der Lehrer an der Grundschule, wo seine Mutter arbeitete. »Er heißt Scott«, sagte sie. »Er ist Vegetarier.«

Er brauchte einen Augenblick, um die Information zu verarbeiten: Gast, Lehrer, Vegetarier. »Was isst er denn dann? Spinat? Rosenkohl? Burritos mit Bohnen?«

Sie hantierte am Herd. Ihr halbvolles Weinglas stand auf der verkrusteten Emaillefläche zwischen der Kasserolle mit den schmorenden Zuckererbsen und dem Topf, in dem die Kartoffeln für ihren Kartoffelsalat kochten. Er sah die Lippenstiftspuren auf der ihm zugewandten Seite des Glases und dahinter die in der Blende über den Kochplatten eingelassene kaputte Uhr und das glänzende, mit Chrom eingefasste Fenster des Ofens, der nicht mehr funktionierte, weil der Drehknopf abgebrochen war und man das Ding nicht mal mehr mit einer Zange anmachen konnte. »Fisch«, sagte sie, drehte sich halb um und sah ihn über die Schulter an. »Er isst Fisch.«

Sie war am Nachmittag gleich nach der Schule heimgekommen, hatte geduscht, sich umgezogen und den Teppich im Wohnzimmer gesaugt. Dann hatte sie den Tisch gedeckt, eine leere Vase in die Mitte gestellt – »Du wirst sehen, er wird Blumen mitbringen, so ist er: ein sehr aufmerksamer Mensch« – und schließlich begonnen, irgendwas für einen Salat kleinzuschneiden und die Kartoffeln zu waschen. Dill fürchtete schon, sie würde sagen: »Du wirst ihn mögen«, aber das tat sie nicht, und so sagte er ebenfalls nichts, obwohl er nach der Bemerkung mit dem Fisch kurz erwogen hatte, seiner Stimme einen sarkastischen Ton zu geben und zu fragen: »Dann ist das hier also ein Date?«

Als er mit der Platte, den Streichhölzern und der Plastikflasche mit Grillanzünder, die am Morgen wie hingezaubert auf der Vorderveranda gestanden hatte, zur Tür hinauspolterte, rief sie ihm nach: »Pass auf, dass der Fisch nicht anbrennt. Und dass er nicht zu trocken wird.«

Er stand auf dem Hof. Der Wind hatte sich kurz gelegt, aber jetzt kam er wieder auf, rüttelte an den Dingen, wehte Laub über die Auffahrt und gegen den Scheiß-Toyota, wo es sich zu dem Laub von gestern und von letzter und vorletzter Woche gesellte. Lange stand er einfach da, auf halbem Weg zum Grill, fühlte den Wind, roch ihn, sah, wie die Sonne eine Luftschicht nach der anderen durchdrang und der große kahle Felsen am Ende des Canyons flirrend verschwamm und gleich darauf wieder klar umrissen war. Dann ging er zum Grill, stellte die Platte mit dem Hähnchenfleisch, den Würstchen und dem dicken, länglichen, roten Stück Fisch ab, klappte den schweren Eisendeckel des Grills auf und hoffte halb, es würde wieder eine Ratte darin sein – oder eine Schlange, eine Schlange wäre noch besser. Aber natürlich war da nichts. Es war bloß ein Grill, keine Wohnanlage für Ratten. Es war Asche darin, nichts als Asche.

Der Wind sprang über die Garage, und die Asche erwachte zum Leben und wehte in einem beständigen Strom aus dem Grill wie der Sand in *Die Rückkehr der Mumie*, und das war cool, und er ließ es geschehen, denn nun war es ein selbstreinigender Grill. Und während das geschah und das Fleisch auf der Platte lag und er mit dem Daumen auf den Verschluss der Plastikflasche drückte, als wäre es eine kalte Brustwarze, war er plötzlich wieder in der Schule, im vergangenen Frühjahr, und Billy Bottoms, der vor nichts und niemandem Angst hatte und nie eine Schwäche oder auch nur eine winzige Schwachstelle zeigte – nichts, gar nichts –, hatte auf einmal einen schwarzen Daumenabdruck mitten auf der Stirn. Es war erstaunlich, als wäre Billy über Nacht zum Hindu geworden, und Dill konnte der Versuchung, ihn deswegen anzumachen, nicht widerstehen. Oder nein, er machte ihn nicht an, sondern schlich sich hinter ihn und streckte den Arm über seine Schulter, und bevor Billy wusste, was eigentlich los war, drückte Dill seinen eigenen Daumen auf die Stelle, und als er ihn wegnahm, war er schwarz. Billy verpasste ihm eine seitlich an den Kopf, und Dill schlug zurück. Sie wurden beide zum Direktor geschickt, und als er seine Zeit abgesessen hatte, musste seine Mutter kommen und ihn abholen, denn da war der letzte Schulbus längst weg, und es war eben Pech – und Teil der Strafe –, dass man sich von der Mutter abholen lassen musste. Oder vom Vater.

Ihre Miene war starr. Sie fragte nicht, nicht sofort jedenfalls. Sie versuchte, verständnisvoll zu sein und nicht gleich über ihn herzufallen, sondern erst einmal über Belanglosigkeiten zu reden, damit sie beide etwas Zeit hatten, sich zu beruhigen, und so sagte er von sich aus: »Er hatte so einen Aschefleck auf der Stirn. Wie ein Hindu, wie in *Indiana Jones und der Tempel des Todes*. Ich wollte wissen, was das war, das war alles.«

»Ach ja? Eine Menge Kinder in meiner Klasse hatten auch so einen Aschefleck. Heute ist Aschermittwoch.« Sie sah ihn kurz an. »Sie sind Katholiken. Es ist irgendwas Katholisches.«

»Aber wir sind keine Katholiken«, sagte er. Auf dem Parkplatz standen nur noch sieben Wagen. Er zählte sie.

»Nein«, sagte sie und schüttelte den Kopf, doch ihr Gesicht blieb verschlossen.

»Wir sind gar nichts, oder?«

Sie drehte am Lenkrad und steuerte den Wagen, einen Nissan Sentra, der nur minimal besser war als der Scheiß-Toyota, um die erhöhten Inseln, die den Parkplatz unterteilten. Das Radio summte leise, und ein schwaches Stimmchen trällerte einen von diesen Softrock-Songs, die sie immer hörte. Sie schüttelte wieder den Kopf. Blies die Luft aus. Zuckte die Schultern. »Ich weiß nicht. Ich glaube an Gott, wenn du das meinst.« Er sagte nichts. »Deine Großeltern, also meine Eltern, waren Presbyterianer, aber wir sind nicht oft in die Kirche gegangen. Weihnachten. Ostern. Pro forma.«

»Und was bin ich dann?«

Abermals ein Schulterzucken. »Du kannst sein, was du willst. Warum? Interessierst du dich für Religion?«

»Ich weiß nicht.«

»Na, dann bist du eben Protestant. Einfach Protestant.«

Er schüttete die Briketts in den Grill. Der Wind wehte den schwarzen Staub, der keine Asche war, von den steinharten kleinen Dingern, die eigentlich gar keine Holzkohle waren. Dann spritzte er die klare, trocken riechende Flüssigkeit darauf, die so ganz anders war als das Benzin mit seinem petroleumsüßen Aroma, und dachte, dass jeder Tag aus Asche war: Aschermontag, Ascherdienstag, Aschersamstag, Aschersonntag. Er hob den Kopf und sah einen Wagen in die Auffahrt einbiegen. Die Tür öffnete sich, und ein Mann, etwa so alt wie Dills Mutter, stieg aus und stand im Wind, im Arm einen großen Blumenstrauß und eine Flasche, die wahrscheinlich Wein, vielleicht aber auch Whisky enthielt. Dill blickte zu Jucki-goros Haus. Die Fenster gleißten im Sonnenlicht, sodass er nicht erkennen konnte, ob Jucki-goro ihn beobachtete oder nicht. Dann zündete er ein Streichholz an.

Es war ein Montag, und Montage waren ihr am meisten zuwider, denn montags ging Sanjuro immer früh zur Arbeit, um den anderen ein Beispiel zu geben, und schlich sich noch bei Dunkelheit aus dem Haus, wenn sich die kleinen Diebe der Nacht, die Waschbären, Kojoten und Ratten, wieder in ihren Löchern verkrochen. Sie selbst erwachte dann im ersten farblosen Licht des Tages, lag in dem stillen Raum da, dachte an ihre Eltern und das Haus, in dem sie aufgewachsen war, und hatte das Gefühl, als hätte sie den Boden unter sich verloren. An diesem Morgen war es nicht anders. Sie wachte im Morgengrauen auf und starrte lange an die Decke, während die Farben in die Dinge zurückkehrten, und dann stand sie auf und ging durch den Flur in die Küche, um Wasser aufzusetzen. Erst als sie sacht auf ihre zweite Schale Tee blies und durch das Fenster auf die dicht an dicht stehenden Bambushalme sah, fiel ihr ein, dass der heutige Tag anders war, dass er besonders war: Heute war *Shūbun-no-hi*, die Herbst-Tagundnachtgleiche, in Japan ein Feiertag, in Amerika unbeachtet.

Ihre Stimmung besserte sich. Sie würde *Ohagi* machen, die mit Bohnenpaste überzogenen Reisbällchen, die man an den Gräbern der Ahnen niederlegte, um die Geister der Toten zu ehren, und sie würde ihren besten Kimono anziehen und Räucherwerk entzünden, und wenn Sanjuro heimkam, würden sie still feiern, und keiner von ihnen würde erwähnen, dass die Gräber ihrer Ahnen zehntausend Kilometer entfernt waren. Unter der Dusche dachte sie eine Weile darüber nach – über die Entfernung und darüber, wie lang der Stiel eines Besens sein müsste, mit dem sie diese Gräber fegen könnte –, und dann setzte sie den Reis auf und ging in den Garten. Wäre sie in Japan gewesen, dann hätte sie Blumen auf die Gräber ihrer Eltern gestellt – rote Blumen, die traditionellen *Higanbana* –, und was dem am nächsten kam, waren die Bougainvilleen am Zaun.

Der Wind ließ den Bambus klappern, als sie, die Blumenschere in der Hand, hinunterging und das Zedernschindeldach des Nachbarhauses in Sicht kam. Es war das Haus des Jungen, und als sie sich bückte, um die Zweige mit den leuchtend roten Blüten abzuschneiden und über einen Arm zu legen, sah sie den Grill auf dem Hof und dachte an vorgestern Abend – oder war es vorvorgestern gewesen? Sanjuro hatte sich furchtbar aufgeregt. Er hatte eigens eine Plastikflasche mit Grillanzünder für diese Leute gekauft, für den Jungen und seine Mutter, um ihnen zu helfen, und dann hatte dieser Junge dagestanden, zu den Fenstern aufgesehen und schief gegrinst, während er das Feuer mit langen irisierenden Strahlen aus der Flasche gefüttert hatte, bis die Flammen an ihnen entlang auf die Flasche zugeeilt waren. Er war nicht dankbar. Er hatte keinen Respekt. Er war ein schlechter Junge, ein Übeltäter, wie Sanjuro es immer gesagt hatte, und seine Mutter war noch schlimmer, und dabei war sie Lehrerin. Es waren schlechte Leute, nicht anders als die Kriminellen, die man abends in den Nachrichten sah, die aufeinander einstachen und schrien, deren Gesichter aufgerissen waren wie ein riesiges Maul der Verzweiflung.

Setsuko spürte das Gewicht der Sonne. Eine Bö fuhr durch den Bambus und schleuderte ihr Staub ins Gesicht. Sie ging hinauf, zurück zum Haus. Der Wind zerrte an ihrem Kimono, rüttelte an den Bambushalmen, bis sie wie Schwerter aneinanderschlugen, und kräuselte die Oberfläche des Teichs, unter der die Koi-Karpfen sich bewegten wie wabernde Flammen. Die Messingvase nahm die blühenden Zweige auf, und sie kniete nieder, um sie sorgfältig zu arrangieren. Doch der Wind brachte ihre Ordnung immer wieder durcheinander, die wie aus Papier wirkenden Blüten schlugen gegen den Bambus, der den Teich umrahmte, und nach einer Weile gab sie es auf und beschloss, es noch einmal zu versuchen, wenn Sanjuro nach Hause kam. Sie dachte an ihre Mutter, als sie den Räucherkegel in den Brenner stellte und ein Streichholz daran hielt. Die Augenlöcher des Porzellan-Buddhas glommen, als wäre er lebendig.

Doch der Wind, der Wind. Sie erhob sich und war auf halbem Weg zum Haus, als sie das erste warnende Knistern in den dürren Blättern hörte, die sich zu Füßen der Halme angehäuft hatten. Sie fuhr so heftig herum, dass sich ein Zipfel des Kimonos an ihrem Fuß verfing und sie um ein Haar gestürzt wäre. Zu diesem Zeitpunkt wäre das Feuer vielleicht noch zu löschen gewesen: Sie hätte hektisch Wasser aus dem Teich schöpfen und auf den Bambus schütten oder ins Haus laufen und die Feuerwehr rufen können, doch sie tat es nicht. Sie stand reglos da, während der Wind die Flammen aus dem Bambus und auf das Nachbargrundstück trug, sie über die Hügelflanke trieb, fort von ihrem Haus und ihrem Garten und ihrem Teegeschirr und der Erinnerung an ihre Mutter, um sie in einer hellen, funkenstiebenden Explosion, so reinigend, so läuternd und ausgelassen wie die eines Feuerwerkskörpers, auf das Dach des Hauses dort unten zu werfen.

DREIZEHNHUNDERT RATTEN

In unserem Dorf gab es einen Mann, der bis zum Tod seiner Frau nie irgendein Haustier gehabt hatte. Ich schätze, Gerard Loomis war Mitte fünfzig, als Marietta von ihm ging, aber beim Trauergottesdienst in der Kapelle wirkte er so niedergeschmettert und gebrochen, dass manche ihn für zehn, zwanzig Jahre älter hielten. Er saß zusammengesunken in der ersten Reihe, unordentlich gekleidet, hingestreckt von der Gewalt seines Schmerzes, als wäre er aus großer Höhe dorthin gestürzt wie ein Vogel, den irgendeine Katastrophe mitten im Flug sämtlicher Federn beraubt hatte. Nach der Beerdigung, als wir ihm kondoliert hatten und heimgegangen waren, begannen die Gerüchte. Es hieß, Gerard esse nicht mehr. Weder verlasse er das Haus, noch wechsle er die Kleider. Man habe gesehen, wie er in einer Mülltonne vor dem Haus Lackschuhe, Büstenhalter, Röcke, Haarteile, ja sogar die Nerzstola samt Kopf und Pfoten verbrannt habe, die seine verstorbene Frau voll Stolz an Weihnachten, Ostern und am Columbus Day getragen hatte.

Man begann sich um ihn zu sorgen, und das war nur verständlich. Es gibt einen engen Zusammenhalt in unserer Gemeinde von etwa hundertzwanzig Seelen, verteilt auf zweiundfünfzig Häuser aus Stein und Holz, die der Industrielle B. P. Newhouse vor beinahe hundert Jahren gebaut hat, in der Hoffnung, eine Art utopischer Lebenswelt entstehen zu lassen. Wir sind keine Utopisten, jedenfalls nicht in dieser Generation, aber ich würde sagen, dass unser Dorf, das inmitten von zweihundertfünfzig Hektar dichten Waldes und sechzig Kilometer von der Stadt entfernt am Ende einer durch und durch unauffälligen kleinen Landstraße liegt, einen Nachbarschaftssinn und eine Einheitlichkeit der Lebensgestaltung hervorgebracht hat, die man in einigen der neueren, von Einkaufszentren und Fabrikoutlets eingekreisten Siedlungen vergeblich suchen würde.

Er sollte sich einen Hund anschaffen, sagten die Leute. Das klang sehr vernünftig. Meine Frau und ich haben zwei Shelties (sowie zwei Loris, deren Geplapper den ruhigen Hintergrund für unsere Abende am Kamin bildet, und einen sehr dicken Engelfisch, der das Aquarium auf dem Podest in meinem Arbeitszimmer ganz für sich allein hat). Eines Abends beim Essen sah meine Frau mich über den Rand ihrer Lesebrille hinweg an und sagte: »Ich habe in der Zeitung gelesen, dass dreiundneunzig Prozent aller Haustierbesitzer mindestens einmal am Tag von ihren Tieren zum Lächeln gebracht werden.« Die Shelties – Tim und Tim II – saßen unter dem Tisch und sahen mit fragendem Blick zu mir auf, während ich ihre begierigen, gewandten Mäuler mit kleinen Fleischstücken fütterte.

»Findest du, ich sollte mal mit ihm reden?«, sagte ich. »Mit Gerard, meine ich.«

»Könnte nicht schaden«, sagte meine Frau. Und dann sanken ihre Mundwinkel in Richtung Kinn, und sie fügte hinzu: »Der arme Mann.«

Am nächsten Tag – es war zufällig ein Samstag – besuchte ich ihn. Weil die Hunde Bewegung brauchten, nahm ich sie mit – wohl einerseits, um ein Beispiel zu geben, und andererseits, weil ich ihnen, wenn ich zu Hause bin und nicht wochen- oder gar monatelange Geschäftsreisen machen muss, so viel Aufmerksamkeit wie möglich widme. Gerards Haus lag etwa einen Kilometer von unserem entfernt, und ich genoss die Frische der Luft: Es war Anfang Dezember, die Weihnachtstage rückten näher, eine lebhafte Brise strich über meine Wangen. Ich ließ die Hunde frei vorauslaufen und bewunderte die Art, wie der Nadelwald, den B. P. Newhouse vor so langer Zeit hatte anlegen lassen, den Himmel rahmte und formte. Als ich auf Gerards Haustür zuging, war das Erste, was mir auffiel, dass er das Laub im Vorgarten nicht zusammengerecht und die Büsche nicht gegen Frost geschützt hatte. Es gab noch andere Zeichen von Vernachlässigung: Die Winterfenster waren noch nicht eingehängt, aus den beiden Mülltonnen in der Einfahrt quoll Abfall, auf dem Hausdach lag wie die amputierte Hand eines Riesen ein vom letzten Sturm abgerissener Fichtenast. Ich läutete.

Es dauerte lange, bis Gerard an die Tür kam. Er öffnete sie nur einen Spaltbreit und musterte mich, als wäre ich ein Fremder. (Und das war ich keineswegs – unsere Eltern waren miteinander befreundet gewesen, meine Frau und ich hatten jahrelang mit seiner Frau und ihm Bridge gespielt, und einmal waren wir gemeinsam nach Hyannis gefahren, ganz zu schweigen von der Tatsache, dass wir einander im Sommer fast täglich am See begegneten, zusammen Cocktails im Clubhaus tranken und uns in dem gemeinsamen Gefühl sonnten, dass jeder für sich die richtige Entscheidung getroffen hatte, sein Leben lieber nicht durch die Bürde von Kindern zu komplizieren.) »Gerard«, sagte ich. »Hallo. Wie geht's dir?«

Er sagte nichts. Er sah dünner aus als sonst, regelrecht ausgezehrt. Ich fragte mich, ob an den Gerüchten, er esse nicht mehr regelmäßig, vernachlässige sein Äußeres und gebe sich ganz der Verzweiflung hin, womöglich etwas dran sei.

»Ich bin gerade vorbeigekommen und dachte, ich schaue mal rein«, sagte ich und rang mir ein Lächeln ab, obwohl mir gar nicht nach Lächeln zumute war, und ich begann mir zu wünschen, ich wäre zu Hause geblieben und hätte meinen Nächsten in Ruhe leiden lassen. »Und ich hab Tim und Tim II mitgebracht.« Die Hunde hörten ihre Namen, kamen aus den halberfrorenen Büschen zum Vorschein, sprangen vor der Tür herum und steckten ihre langen, feuchten Schnauzen durch den Türspalt.

Gerards Stimme war rau. »Ich bin allergisch gegen Hunde«, sagte er.

Zehn Minuten später, als wir die Begrüßungsfloskeln hinter uns hatten und ich auf dem mit Krimskrams übersäten Sofa vor dem kalten Kamin saß, während Tim und Tim II winselnd auf der Vorderveranda warteten, sagte ich: »Und wie wär's mit einer Katze?« Und weil ich entsetzt war über den Zustand, in dem er sich befand – seine Kleider waren schmuddelig, er stank, und im Haus sah es aus wie in der Eingangshalle eines Obdachlosenasyls –, zitierte ich die Statistik meiner Frau über das Lächeln von Haustierbesitzern.

»Gegen Katzen bin ich auch allergisch«, sagte er. Er hockte unbequem auf der schrägen Kante eines Schaukelstuhls, und seine Augen schienen mein Gesicht nicht finden zu können. »Aber ich verstehe deine Sorge und weiß sie zu schätzen. Du bist auch nicht der Erste – vor dir war schon ein halbes Dutzend Leute hier, die mir alles Mögliche aufschwatzen wollten: Nudelsalat, einen gekochten Schinken, Profiteroles oder Haustiere. Siamesische Kampffische, Hamster, junge Katzen. Neulich hat Mary Martinson mich an der Post abgefangen, mich am Arm gepackt und mir einen viertelstündigen Vortrag über die Vorzüge von Emus gehalten. Das muss man sich mal vorstellen.«

»Ich komme mir dumm vor«, sagte ich.

»Nein, das musst du nicht. Ihr alle habt ja recht: Ich sollte langsam wirklich die Kurve kriegen. Und mit dem Haustier hast du auch recht.« Er erhob sich von dem Stuhl, der hinter ihm heftig vor und zurück schaukelte. Er trug eine fleckige weiße Kordhose und ein Sweatshirt, in dem er so hager wirkte wie der Massai, den meine Frau und ich im vergangenen Frühjahr auf der Safari in Kenia fotografiert hatten. »Ich zeig dir was«, sagte er und bahnte sich seinen Weg zwischen den überall herumliegenden schiefen Stapeln aus Zeitungen und Zeitschriften hindurch zum hinteren Flur. Ich saß da und fühlte mich unbehaglich: Würde ich auch so werden, wenn meine Frau vor mir starb? Aber ich war auch neugierig. Und sah mich, auf eine eigenartige Weise, bestätigt. Gerard Loomis hatte ein Haustier, das ihm Gesellschaft leistete: Mission erfüllt.

Als er wieder ins Zimmer trat, dachte ich zunächst, er hätte eine auffällig gemusterte Jacke angezogen, doch dann zuckte ich überrascht zusammen, denn ich erkannte, dass er sich eine Schlange umgelegt hatte: Sie lag über seinen Schultern und hing rechts und links länger herunter als seine Arme. »Es ist ein Python«, sagte er. »Aus Burma. Sie werden bis zu acht Meter lang. Der hier ist noch ein Baby.«

Ich muss irgendetwas gesagt haben, doch ich erinnere mich nicht mehr, was es war. Nicht dass ich schreckliche Angst gehabt hätte oder so. Es war nur so, dass eine Schlange nicht gerade das war, was wir uns vorgestellt hatten. Schlangen jagten keinen Bällen nach, sprangen nicht freudig japsend in den Wagen, sie gaben nicht Laut, wenn man einen Kauknochen am ausgestreckten Arm hielt und einladend schwenkte. Soviel ich wusste, bestand ihre Tätigkeit hauptsächlich darin, zu existieren. Und zu beißen.

»Na, was sagst du jetzt?«, sagte er. Seiner Stimme fehlte jede Begeisterung, als versuchte er, sich selbst zu überzeugen.

»Nett«, sagte ich.

Ich weiß nicht, warum ich diese Geschichte erzähle. Vielleicht weil das, was mit Gerard geschehen ist, wohl mit jedem von uns geschehen könnte, besonders wenn wir und unsere Partner älter werden und wir zunehmend die Orientierung verlieren. Aber die Sache ist die: Der nächste Teil der Geschichte ist eine Art Roman, eine der Vorstellung entsprungene Rekonstruktion der Ereignisse, denn zwei Tage nachdem mir Gerards Python vorgestellt worden war – er wollte ihn entweder Robbie oder Siddhartha nennen –, fuhren meine Frau und ich in die Schweiz, wo ich Geschäftsbücher zu prüfen hatte, und kehrten erst vier Monate später zurück. Und in der Zwischenzeit passierte Folgendes:

In der Woche vor Weihnachten schneite es heftig, und beinahe zwei Tage lang gab es keinen Strom. Am ersten Morgen erwachte Gerard in einem ungewöhnlich kalten Haus, und sein erster Gedanke galt der Schlange. Der Mann in dem Tiergeschäft im Einkaufszentrum hatte ihm einen langen Vortrag gehalten. »Es sind tolle Haustiere«, hatte er gesagt. »Sie können sie im Haus herumkriechen lassen, und sie suchen sich dann ein Fleckchen, wo sie sich wohlfühlen. Und das Schöne ist, sie kommen dann und kuscheln sich zu Ihnen aufs Sofa oder wo Sie gerade sitzen, wegen Ihrer Körperwärme, verstehen Sie?« Dem Mann – er sah aus wie Mitte vierzig, trug ein Namensschildchen, auf dem »Bozeman« stand, und hatte einen graumelierten Spitzbart und einen unregelmäßig gefärbten Pferdeschwanz – bereitete es offensichtlich Vergnügen, Ratschläge zu geben. Und das war auch gut so, denn er verlangte beinahe vierhundert Dollar für ein einziges Exemplar einer Schlange, die in ihrem Heimatland vermutlich so gewöhnlich wie ein Regenwurm war. »Aber vor allem und besonders bei diesem Wetter müssen Sie ihn warm halten. Das ist schließlich ein tropisches Tier, verstehen Sie? Die Temperatur darf nie, niemals unter fünfundzwanzig Grad sinken.«

Gerard wollte die Nachttischlampe anknipsen, doch sie funktionierte nicht. Dasselbe galt für das Licht im Flur. Draußen fiel der Schnee in Klumpen, als wäre er bereits irgendwo hoch oben in der Troposphäre zu Schneebällen geformt worden. Im Wohnzimmer zeigte der Thermostat siebzehn Grad an, und als er die Heizung einschaltete, tat sich nichts. Als Nächstes knüllte er Zeitungspapier zusammen und schichtete Anmachholz in den Kamin. Wo waren seine Streichhölzer? Er durchsuchte rasch das Haus: Alles war ein einziges Durcheinander (und nun machte sich Mariettas Abwesenheit schmerzlich bemerkbar, tief in seinem Inneren, wie ein parasitäres Gebiss), die Schubladen waren voller Abfall, das schmutzige Geschirr türmte sich, nichts war dort, wo es hingehörte. Schließlich fand er ein altes Feuerzeug in der Tasche einer mit Farbe verschmierten Jeans, die ganz hinten auf dem Boden des Schranks lag, und zündete das Holz an. Dann machte er sich auf die Suche nach Siddhartha. Er entdeckte die Schlange zusammengerollt unter der Küchenspüle, wo der Warmwasseranschluss für den Wasserhahn und die Geschirrspülmaschine war, aber sie war praktisch leblos, so kalt und glatt wie ein Gartenschlauch, den man bei Frost draußen hat liegen lassen.

Sie war auch erstaunlich schwer, besonders für ein Tier, das in den zwei Wochen, die es bislang im Haus verbracht hatte, nichts gefressen hatte, doch er zog sie, kalt und steif, wie sie war, aus ihrem Versteck und legte sie vor den Kamin. Während er in der Küche Kaffee kochte, sah er aus dem Fenster in das Schneetreiben, dachte an all die Jahre, in denen er bei solchem Wetter – bei jedem Wetter eigentlich – zur Arbeit gegangen war, und verspürte einen kleinen Stich der Nostalgie. Vielleicht sollte er wieder arbeiten – wenn schon nicht in seiner alten Position, von der er sich dankbar zur Ruhe gesetzt hatte, so doch auf einer Teilzeitbasis. Nur um nicht auf dem Abstellgleis zu stehen, um aus dem Haus zu kommen und etwas Nützliches zu tun. Aus einem Impuls heraus griff er zum Telefon und wollte Alex anrufen, seinen ehemaligen Boss, um zu hören, ob er was für ihn hätte, doch auch die Telefonleitung funktionierte nicht.

Im Wohnzimmer ließ er sich mit seinem Becher Kaffee auf das Sofa sinken und sah zu, wie die Schlange langsam wieder zum Leben erwachte. Ein Muskelbeben durchlief den Körper in langsamen Wellen vom Kopf bis zum Schwanz, sodass es aussah, als striche ein leiser Wind über einen stillen Teich. Als er eine zweite Tasse Kaffee gemacht und sich auf dem Gasherd ein Spiegelei gebraten hatte, war die Krise – sofern es denn eine gewesen war – überstanden. Siddhartha schien es gutzugehen. Auch als die Heizung auf Hochtouren gelaufen und die Heizdecke, die Gerard für ihn gekauft hatte, über das große Plexiglasterrarium, in dem er so gern lag, gebreitet gewesen war, hatte er sich nicht viel bewegt, und so war sein Zustand schwer zu beurteilen. Gerard saß lange da, schürte das Feuer und sah zu, wie die Schlange die Muskeln streckte und die schwarze Gabel ihrer Zunge vorschnellen ließ, bis ihm schließlich ein Gedanke kam: Vielleicht war Siddhartha hungrig. Als Gerard den Mann in dem Tiergeschäft gefragt hatte, womit er den Python füttern sollte, hatte Bozeman gesagt: »Ratten.« Gerard musste wohl ein zweifelndes Gesicht gemacht haben, denn der Mann hatte hinzugefügt: »Ich meine, wenn er größer ist, können Sie ihm auch Kaninchen geben, und das erspart Ihnen dann Zeit und Mühe, weil Sie ihn nicht so oft zu füttern brauchen, aber Sie werden überrascht sein: Schlangen und Reptilien im Allgemeinen sind viel effizienter als wir. Sie müssen den inneren Ofen nicht andauernd mit Filet Mignon und Eisbechern in Gang halten, und sie brauchen auch keine Kleider oder Pelzmäntel.« Er hielt inne und sah auf die Schlange, die unter der wärmenden Rotlichtlampe in ihrem Terrarium lag. »Ich hab ihm gestern eine Ratte gegeben, das heißt, dass er für ein, zwei Wochen genug hat. Wenn er Hunger hat, wird er es Ihnen schon zeigen.«

»Wie?«, hatte Gerard gefragt.

Ein Schulterzucken. »Vielleicht mit einem leichten Farbwechsel – dann sieht das Muster irgendwie matt aus. Oder er macht, ich weiß nicht, einen irgendwie lethargischen Eindruck.«

Beide betrachteten die Schlange. Ihre Augen waren wie zwei Steine, der Körper war kaum zu unterscheiden von dem Ast, auf dem er lag. Sie wirkte nicht belebter als die Glaswände des Terrariums, und Gerard fragte sich, wie irgendjemand, und sei es ein Experte, imstande sein sollte zu sagen, ob dieses Tier lebendig oder tot war. Dann stellte er den Scheck aus.

Doch jetzt merkte er, dass ihm der Gedanke keine Ruhe ließ: Die Schlange musste gefüttert werden. Natürlich. Die letzte Fütterung war zwei Wochen her – warum hatte er nicht schon früher daran gedacht? Er vernachlässigte das Tier, und das war nicht recht. Er stand auf, schloss alle Türen und legte Holz nach, und dann ging er hinaus, schaufelte den Schnee aus der Einfahrt und fuhr über die lange, kurvenreiche Landstraße und dann auf der Schnellstraße nach Newhouse, wo das Einkaufszentrum war. Es war eine unangenehme Fahrt. Lastwagen warfen eimerweise Schneematsch auf die Windschutzscheibe, und das Hin und Her der Scheibenwischer irritierte ihn. Als er angekommen war, stellte er zu seiner Erleichterung fest, dass der Strom hier nicht ausgefallen war: In dem Bemühen, alles irgendwie Weihnachtliche an den Mann zu bringen, leuchtete und strahlte das ganze Gebäude wie ein Casino in Las Vegas, und mit einem geschickten Manöver gelang es ihm, seinen Wagen in die Lücke zwischen einem zusammengeschobenen Schneehaufen und dem Behindertenparkplatz vor dem Tiergeschäft zu zwängen.

Drinnen roch es nach Natur im Rohzustand. Zu seiner Begrüßung schienen alle Lebewesen in diesen vergitterten und verglasten Käfigen gleichzeitig geschissen zu haben, oder jedenfalls kam es ihm so vor. Das Geschäft war überheizt. Er war der einzige Kunde. Bozeman stand auf einem Schemel und reinigte mit einem Saugrüssel ein Aquarium. »Hallo, Mann«, sagte er in einem hohen Singsang. »Gerard, stimmt's? Sagen Sie nichts.« Er hob mit einer geübten Geste die Hand zum Hinterkopf und strich über den Pferdeschwanz, als würde er eine Katze oder ein Frettchen streicheln. »Sie brauchen eine Ratte. Hab ich recht?«

Gerard ertappte sich dabei, dass er herumdruckste, vielleicht weil die Frage so direkt und unverblümt gestellt worden war – oder verfügte Bozeman etwa mit einem Mal über hellseherische Fähigkeiten? »Tja«, hörte er sich sagen, und er hätte vielleicht einen kleinen Witz gemacht, er hätte an dieser Transaktion vielleicht etwas Amüsantes oder wenigstens Eigenartiges finden können, doch er verkniff es sich, denn Marietta war tot, und er selbst war deprimiert, das rief er sich ins Gedächtnis. »Ja, da haben Sie wohl recht.«

Die Ratte – Bozeman ging ins Hinterzimmer, um sie zu holen – war in einer Pappschachtel mit angeklebtem Henkel, wie man sie bekam, wenn man im Restaurant darum bat, die Reste für den Hund einzupacken. Das Tier war schwerer, als er gedacht hatte, und verlagerte sein Gewicht von einer Seite der Schachtel zur anderen, als er damit hinaus in den Schnee ging. Er stellte sie auf den Beifahrersitz, ließ den Motor an und schaltete das Heizgebläse ein, damit das Tier nicht fror – aber andererseits, dachte er, hatte es ja ein Fell und brauchte kein Heizgebläse, denn es konnte sich selbst warm halten. Auf alle Fälle war es bloß Futter oder würde es jedenfalls bald sein. Die Straßen waren glatt. Die Sicht betrug nur einige Meter. Er kroch den ganzen Rückweg nach Newhouse Gardens hinter einem Schneepflug her, und als er durch die Haustür trat, stellte er zufrieden fest, dass das Feuer noch brannte.

Gut so. Er stellte die Schachtel ab, zog das Terrarium vom Schlafzimmer ins Wohnzimmer und schob es neben den Kamin. Dann hob er die Schlange hoch – an der dem Feuer zugewandten Seite fühlte sie sich eindeutig warm an – und legte sie vorsichtig hinein. Für einen Augenblick erwachte sie zum Leben, die langen Muskeln spannten sich an, der große, flache, keilförmige Kopf wandte sich zu ihm, die steinernen Augen betrachteten ihn, und dann war sie wieder bewegungslos, ein Ding, das auf dem Plexiglasboden lag. Vorsichtig nahm Gerard die Schachtel – würde die Ratte herausspringen, ihn beißen und über die Bodendielen davonrennen, um für immer hinter der Fußleiste zu leben wie die Inkarnation einer Cartoonfigur? –, setzte sie dann mit klopfendem Herzen in das Terrarium und öffnete die Deckelklappe.

Die Ratte – sie war weiß und hatte rote Augen wie die Laborratten, die er als Student in den Käfigen im Biologiegebäude gesehen hatte – glitt aus der Schachtel wie ein Stück Knorpel, setzte sich hin und begann sich zu putzen, als wäre es das Normalste von der Welt, in einer kleinen Pappschachtel herumgetragen und in einem von Glaswänden begrenzten Raum ausgesetzt zu werden, in Gesellschaft eines züngelnden Reptils. Das vielleicht hungrig war, vielleicht aber auch nicht.

Lange passierte gar nichts. Schneeflocken tickten an die Fenster, das Feuer knisterte und brannte herunter. Und dann bewegte sich die Schlange ein ganz kleines bisschen. Es war nur eine geringfügige Verschiebung des glänzenden, geschuppten Schlauchs, eine Energie, die aus den tiefsten Tiefen der Muskulatur sickerte, und sofort erstarrte die Ratte. Mit einem Mal spürte sie die Gefahr, in der sie schwebte. Sie schien in sich zusammenzusinken, als könnte sie sich dadurch irgendwie unsichtbar machen. Fasziniert sah Gerard zu und fragte sich, wie sie diese Bedrohung erkennen konnte – schließlich war sie in irgendeinem warmen Lagerhaus für Tiere aufgewachsen, wo sie, klein und rosig und inmitten einer wärmespendenden Schar von rosigen Geschwistern, an den Zitzen ihrer Mutter gesaugt hatte, Generationen von einem Leben in freier Wildbahn und dem unmittelbaren Wissen um die Existenz von Schlangen und ihren langen, glänzenden Körpern entfernt. Wie eine zum Leben erwachte Skulptur hob der Python ganz langsam und beinahe unmerklich den Kopf vom Plexiglasboden und drehte ihn zu der Ratte. Dann stieß er zu, so schnell, dass Gerard es um ein Haar gar nicht gesehen hätte, doch die Ratte war vorbereitet, als hätte sie ihr Leben lang für diesen Augenblick trainiert. Sie sprang mit einem einzigen verzweifelten Satz über den Kopf der Schlange und schoss zur entlegensten Ecke des Terrariums, wo sie eine Reihe vogelartiger Piepser ausstieß und die wie entzündet wirkenden roten Augen auf Gerards über ihr schwebendes weißes Gesicht richtete. Und wie fühlte er sich? Wie ein Gott, wie ein römischer Kaiser, dessen Daumen über Leben und Tod entschied. Die Ratte kratzte am Plexiglas. Die Schlange glitt auf sie zu.

Und dann griff Gerard, weil er ein Gott war, in das Terrarium und hob die Ratte außer Reichweite des Pythons. Er war überrascht, wie warm sie war und wie schnell sie es sich in seiner Hand bequem machte. Sie strampelte nicht und versuchte nicht zu entkommen, sondern schmiegte sich an sein Handgelenk und den ausgeleierten Pulloverärmel, als verstünde sie, als wäre sie dankbar. Im nächsten Augenblick drückte er das Tier, dessen Herz bereits langsamer schlug, an die Brust. Er ließ sich auf das Sofa sinken und wusste nicht, was er als Nächstes tun sollte. Die Ratte sah zu ihm auf, erbebte am ganzen Körper und schlief ein.

Die Situation war, vorsichtig ausgedrückt, ungewohnt. Gerard hatte noch nie im Leben eine Ratte berührt, geschweige denn ihr Gelegenheit gegeben, sich in den Falten seines Pullovers zusammenzurollen und zu schlafen. Er betrachtete das Heben und Senken der winzigen Brust, die zarten nackten Füße, die wie Hände wirkten, sah die borstigen, farblosen Schnurrhaare und fühlte die Geschmeidigkeit des Schwanzes, der zwischen seinen Fingern lag wie eine Franse der Wildlederjacke, die er als Junge getragen hatte. Das Feuer brannte herunter, doch er stand nicht auf, um Holz nachzulegen. Als er sich schließlich erhob, um eine Dosensuppe zu erwärmen, begleitete ihn die Ratte, die jetzt wach war und seine

Schulter als ihren natürlichen Aussichtspunkt entdeckte. Er spürte ihr Fell wie eine Liebkosung an seinem Hals und dann die sachte Berührung der Schnurrhaare und der rastlosen Schnauze. Sie stand auf seinem Schoß, als er bei Kerzenlicht die Suppe aß, und reckte sich zur Tischkante, und er konnte der Versuchung nicht widerstehen, ein Stück Kartoffel aus der goldgelben Brühe zu fischen und das eifrig knabbernde Mäulchen zu füttern. Und dann noch eins. Und noch eins. Als er zu Bett ging, begleitete ihn die Ratte, und wenn er in der Nacht erwachte – und das passierte zwei-, dreimal –, spürte er sie neben sich, ihren Lebensgeist, ihr Herz, ihre Wärme, und sie war kein Reptil, kein kaltes, undankbares Ding mit zuckender Zunge und toten Augen, sondern ein Wesen voller Leben.

Als das Morgenlicht ins Schlafzimmer sickerte, war es sehr kalt im Haus. Er setzte sich im Bett auf und sah sich um. Die Anzeige des Digitalweckers auf dem Nachttisch war schwarz, also war der Strom wohl noch immer ausgefallen. Er wunderte sich kurz darüber, doch als er aufstand und die nackten Füße auf dem Boden aufsetzte, dachte er vor allem an die Ratte – und da war sie, in eine Falte der Decke gekuschelt. Sie öffnete die Augen, reckte und streckte sich, kroch bereitwillig in die dargebotene Hand und kletterte im Schlafanzugärmel seinen Arm hinauf, bis sie auf der Schulter saß. In der Küche zündete er alle vier Flammen des Gasherds an und schloss die Tür, damit die Wärme im Raum blieb. Erst als das Wasser im Kessel kochte, fiel ihm der Kamin ein – und das Terrarium mit der Schlange, das davor stand –, doch da war es bereits zu spät.

Am nächsten Tag fuhr er erneut zum Tiergeschäft, denn er fand, er könne das Terrarium in ein Rattennest verwandeln. Oder nein, das klang nicht richtig, denn so hatte seine Mutter das Zimmer bezeichnet, das er als Junge gehabt hatte. Er würde es eine Rattenwohnung nennen, ein Rattenhotel, eine Ratten... Bozeman grinste, als er ihn sah. »Sie wollen nicht schon wieder eine Ratte, oder?«, sagte er, und in seinem Blick war etwas Fragendes. »Will er etwa schon wieder eine? Nicht zu glauben. Obwohl ... bei diesen Burmesen muss man aufpassen – die fressen immer, egal, ob sie Hunger haben oder nicht.«

Selbst in bester Gemütsverfassung gehörte Gerard nicht zu den Menschen, die praktisch fremde Leute ins Vertrauen zogen. »Ja«, sagte er nur und beantwortete damit beide Fragen. Und dann fügte er hinzu: »Ich nehme am besten gleich ein paar.« Er wandte den Blick ab. »Wo ich schon mal da bin. Dann erspare ich mir den Weg.«

Bozeman wischte sich die Hände an der khakifarbenen Schürze ab, die er über den Jeans trug, und kam hinter der Kasse hervor. »Klar«, sagte er, »gute Idee. Wie viele wollen Sie? Sie kosten sechs neunundneunzig das Stück.«

Gerard zuckte die Schultern. Er dachte an die Ratte zu Hause, an ihre Geschmeidigkeit, er dachte daran, wie sie in kleinen Sätzen über den Teppich rannte oder wie von einem Wirbelwind getrieben an der Fußleiste entlangjagte, wie sie eine Nuss in den Pfoten hielt und sich aufsetzte, um daran zu nagen, wie sie mit allem spielte, was er ihr gab: einer Büroklammer, einem Radiergummi, dem Kronkorken einer Mineralwasserflasche. Einer plötzlichen Eingebung folgend beschloss er, sie Robbie zu nennen, nach seinem in Tulsa lebenden Bruder. Robbie. Robbie Ratte. Und wie jedes andere Wesen brauchte Robbie Gesellschaft, Spielkameraden. Bevor er genauer darüber nachdenken konnte, sagte er: »Zehn?«

»Zehn? Mann, das wird aber eine fette Schlange.«

»Sind das zu viele?«

Bozeman strich über den Pferdeschwanz und musterte ihn mit einem langen Blick. »Aber nein – ich meine, wenn Sie wollen, verkaufe ich Ihnen alle, die ich habe, und alles andere ebenfalls. Wollen Sie Wüstenrennmäuse? Sittiche? Albino-Kröten? Das ist mein Ding: Ich verkaufe Tiere. Das hier ist ein Tiergeschäft, *comprende*? Aber ich sage Ihnen: Wenn dieser Burmese nicht großen Hunger hat, werden Sie sehen, wie schnell diese Viecher sich vermehren ... Ich meine, die Weibchen werden schon mit fünf Wochen rollig oder wie man das nennt. Mit fünf *Wochen*.« Er ging an Gerard vorbei und bedeutete ihm zu folgen. Vor einem Regal mit abgepacktem Futter und bunten Säcken voller Streu blieben sie stehen. »Sie werden Rattenfutter brauchen«, sagte Bozeman und drückte Gerard eine Fünf-Kilo-Tüte in die Hand, »und ein, zwei Säcke Sägemehl.« Ein weiterer Blick. »Haben Sie einen Käfig?«

Als Gerard das Geschäft verließ, hatte er zwei Drahtkäfige (mit Zedernholzboden, damit die Ratten keine Stolperfüße bekamen, was immer das auch sein mochte), zehn Kilo Rattenfutter, drei Säcke Streu und zwei extragroße Pappschachteln mit jeweils fünf Ratten gekauft. Und dann war er wieder zu Hause und schloss die Tür, und im selben Augenblick tauchte Robbie aus einer Höhle unter den Sofakissen auf und rannte ihm entgegen, um ihn zu begrüßen. Und gleichzeitig gingen alle Lichter an.

Es war Mitte April, als meine Frau und ich aus der Schweiz zurückkehrten. Tim und Tim II, die in unserer Abwesenheit von der Haushälterin versorgt worden waren, begrüßten uns außer sich vor Freude an der Tür und sprangen dann so ausgelassen im Wohnzimmer umher, dass es praktisch unmöglich war, unsere Koffer ins Haus zu bringen – erst mussten wir den beiden ein paar Leckerbissen geben, sie gründlich am Rücken kraulen und im Singsang mit den Kosenamen bedenken, an die sie gewöhnt waren. Nach all den Wochen in einer unpersönlichen Wohnung in Basel war es gut, wieder zu Hause zu sein, in einer echten Gemeinschaft. Ich stattete den Nachbarn Besuche ab und fand mich nach und nach wieder in den beruflichen und häuslichen Alltag hinein, und so dauerte es einige Wochen, bis mir Gerard einfiel. Außer Mary Martinson, die ihm auf dem Parkplatz des Einkaufszentrums begegnet war, hatte ihn niemand gesehen, und sämtliche Einladungen zu Abendessen oder geselligem Beisammensein, zum Eislaufen auf dem See, ja sogar zum alljährlich im Frühjahr stattfindenden Wohltätigkeitsball im Clubhaus hatte er abgelehnt. Mary sagte, er habe geistesabwesend gewirkt und sie habe versucht, eine Unterhaltung mit ihm zu beginnen, denn sie habe gedacht, er sei noch immer in der ersten Phase der Trauer und brauche nur einen kleinen Stups, um wieder Tritt zu fassen, doch er habe sie kurz abgefertigt. Und sie sage es nicht gern, aber er sei ungekämmt gewesen und habe schlimmer gerochen als je zuvor. Selbst an der frischen Luft, am offenen Kofferraum seines Wagens, der – das sei ihr geradezu ins Auge gesprungen – bis zum Rand mit Säcken voller Rattenfutter beladen gewesen sei, selbst in der leisen Brise und spätwinterlichen Kälte habe er einen penetranten

Gestank nach Trauer und Schweiß verströmt. Sie finde, jemand müsse sich um ihn kümmern.

Ich wartete bis zum Wochenende, und dann machte ich, wie im Dezember zuvor, mit den Hunden einen Spaziergang durch die breiten, freundlichen Straßen und den grünenden Wald, die Anhöhe hinauf und zu Gerards Haus. Es war ein herrlicher Tag, die Sonne stieg in den Zenit, Schmetterlinge flatterten durch die Blumengärten, und der leise Wind brachte einen Hauch von Süden mit. Meine Nachbarn verlangsamten die Fahrt und winkten, wenn sie vorbeifuhren, und einige hielten an, um bei laufendem Motor ein Schwätzchen zu halten. Carolyn Porterhouse drückte mir einen Strauß Tulpen und ein mysteriöses, keilförmiges, in Pergamentpapier gewickeltes Päckchen in den Arm, das sich als Emmentaler erwies – »Willkommen daheim«, sagte sie, und ihr Grinsen wurde gestützt durch eine Schicht aus magentarotem Lippenstift –, und Ed Saperstein hielt mitten auf der Straße an, um mir von einem Segeltörn zu den Bahamas zu erzählen, den seine Frau und er mit einer gecharterten Yacht gemacht hatten. Es war bereits nach eins, als ich vor Gerards Tür stand.

Ich bemerkte gleich, dass sich nicht viel verändert hatte. Die Fenster waren schlierig vor Schmutz, und der Vorgarten, wo an den Rändern des ungemähten Rasens das Unkraut spross, sah so vernachlässigt aus wie zuvor. Die Hunde jagten im hohen Gras irgendein kleines Tier, und ich nahm den Blumenstrauß in die Hand, in der Absicht, ihn Gerard zu überreichen und ihn so vielleicht ein wenig aufzumuntern, und drückte auf den Klingelknopf. Drinnen rührte sich nichts. Ich versuchte es ein zweites Mal und ging dann an der Seite des Hauses entlang, um durch die Fenster zu spähen. Es war ja möglich, dass er krank oder gar – Gott behüte – tot war.

Die Fenster hatten innen einen Belag aus irgendeiner Art von blassem Staub und waren beinahe undurchsichtig. Ich klopfte ans Glas und glaubte dort drinnen eine Bewegung zu sehen, ein kaleidoskopisches Wogen schattenhafter Gestalten, war mir aber nicht ganz sicher. Erst da bemerkte ich den Geruch, durchdringend, gesättigt mit Ammoniak, den Geruch eines verwahrlosten Hundezwingers. Über eine Halde aus leeren Aluminiumschalen und Tierfuttertüten stieg ich die Stufen zum Hintereingang hinauf und klopfte vergeblich an die Tür. Der Wind frischte auf. Ich blickte auf den Abfall zu meinen Füßen und sah überall das Wort *Rattenfutter* in leuchtend orangeroten Buchstaben, und das hätte mich eigentlich stutzig machen sollen. Aber wie hätte ich es ahnen können? Wie hätte irgendjemand es ahnen können?

Später, als ich meiner Frau den Blumenstrauß und den Käse gegeben hatte, rief ich Gerard an, und zu meiner Überraschung meldete er sich nach dem vierten oder fünften Läuten. »Hallo, Gerard«, sagte ich und versuchte, so viel Herzlichkeit wie möglich in meine Stimme zu legen, »ich bin's, Roger, zurück aus der schönen Schweiz. Ich wollte dich vorhin besuchen, aber –«

Er unterbrach mich mit rauer, heiserer Stimme, beinahe im Flüsterton. »Ja, ich weiß«, sagte er. »Robbie hat es mir erzählt.«

Ich fragte mich, wer Robbie war – ein Freund, der bei ihm wohnte? eine Frau? –, hakte aber nicht nach. »Tja«, sagte ich, »wie geht's dir? Besser?« Er gab keine Antwort. Ich lauschte einen Augenblick auf das Geräusch seines Atems und sagte: »Wie wär's, wenn wir uns mal treffen? Möchtest du vielleicht zum Abendessen kommen?«

Eine weitere lange Pause. Schließlich sagte er: »Ich kann nicht.«

Aber so leicht gab ich mich nicht geschlagen. Immerhin waren wir Freunde. Ich fühlte mich für ihn verantwortlich. Wir lebten in einer Gemeinschaft, in der die Leute sich umeinander kümmerten und wo der Verlust eines Menschen alle betraf. Ich versuchte, Heiterkeit in meine Stimme zu legen, und sagte: »Warum denn nicht? Zu weit? Ich grille dir ein schönes Steak und mache eine Flasche Côtes du Rhône auf.«

»Ich hab zu viel zu tun«, sagte er. Und dann noch etwas, was ich damals nicht verstand. »Es ist die Natur«, sagte er. »Die Macht der Natur.«

»Was meinst du damit?«

»Ich bin überwältigt«, sagte er so leise, dass ich es kaum hörte. Dann verklang das Atemgeräusch, und schließlich war die Leitung tot.

Man fand ihn eine Woche später. Paul und Peggy Bartlett, seine Nachbarn, bemerkten den Geruch, der im Verlauf einiger Tage zuzunehmen schien, und als auf ihr Läuten und Klopfen niemand antwortete, riefen sie die Feuerwehr. Angeblich ergoss sich, als die Feuerwehrleute die Tür aufbrachen, eine Flut von Ratten nach draußen, die in alle Richtungen flohen. Drinnen war der Boden klebrig von Rattenscheiße, und alles, von den Möbeln über die Gipskartonwände bis hin zu den eichenen Deckenbalken im Wohnzimmer, war derart angenagt und zerfressen, dass das Haus kaum wiederzuerkennen war. Außer den frei herumlaufenden Ratten gab es noch Hunderte, die sich, meist halb verhungert und viele mit angefressenen Gliedmaßen, in den Käfigen drängten. Eine Sprecherin des örtlichen Tierschutzvereins schätzte, in dem Haus hätten sich mehr als dreizehnhundert Ratten befunden. Die meisten habe man einschläfern müssen, da sie nicht in einer Verfassung gewesen seien, in der man sie an Interessenten hätte abgeben können.

Was Gerard betraf, so war er offenbar an einer Lungenentzündung gestorben, obwohl es auch Gerüchte über Hantaviren gab, was unserer Gemeinde einen mächtigen Schrecken einjagte, zumal ja eine große Zahl Ratten gar nicht eingefangen worden war. Wir alle fühlten uns natürlich betroffen, ich noch mehr als die anderen. Wenn ich nur den Winter über zu Hause gewesen wäre, dachte ich immer wieder, wenn ich nur beharrt hätte, als ich vor seinem Fenster gestanden und den ekelerregenden Geruch wahrgenommen hatte, dann hätte ich ihn vielleicht retten können. Doch schließlich kehrte ich zu dem Gedanken zurück, dass er irgendeine Charakterschwäche gehabt haben musste, von der keiner etwas geahnt hatte. Herrgott, er hatte sich eine Schlange als Haustier zugelegt, und dieses niedere Tier hatte sich irgendwie in diese Massen von Tieren verwandelt, die man nur als Schädlinge, als Ungeziefer, als Feinde des Menschen bezeichnen konnte, die man ausrotten, nicht aber hegen und pflegen sollte. Und das war ebenfalls etwas, was weder meine Frau noch ich verstehen konnten: Wie hatte er zulassen können, dass auch nur eine einzige Ratte ihm nahe kam, sich in seine Obhut begab, bei ihm schlief, mit ihm aß und dieselbe Luft atmete wie er?

In den ersten beiden Nächten fand ich kaum Schlaf. Immer wieder spulte ich in Gedanken diese schreckliche Szene ab. Wie hatte er so tief sinken können? Wie konnte irgendjemand so tief sinken?

Der Gottesdienst war kurz, der Sarg blieb geschlossen (und es gab keinen unter uns, der über die Gründe spekuliert hätte, obwohl es nicht viel Phantasie brauchte, um sich Gerards letzte Stunden vorzustellen). Danach war ich sehr zärtlich zu meiner Frau. Wir aßen mit einigen anderen zu Mittag, und als wir wieder zu Hause waren, umarmte ich sie lange und drückte sie an mich. Und obwohl ich erschöpft war, ging ich mit den Hunden in den Garten, warf den Ball und sah zu, wie sie übermütig umhersprangen und die Sonne ihr Fell beschien, wie sie, noch bevor ich geworfen hatte, in die vermutete Richtung rannten und den Ball zurückbrachten, immer und immer wieder, um ihn in meine Hand zu legen, noch warm vom Zugriff ihrer Mäuler.

ANACAPA

Das Boot sollte um acht Uhr ablegen, und das wäre ja kein Problem gewesen, jedenfalls kein großes, wenn nicht Damian in der Stadt gewesen wäre. Aber andererseits war Damian der Grund, warum sie beide mit hochgezogenen Schultern und Styroporbechern voll Kaffee in den Händen überhaupt hier auf der Pier standen und von einem Bein aufs andere traten, zusammen mit etwa dreißig anderen Männern und zwei Frauen (von denen sich eine als Deckshelferin und Mädchen für alles erwies), die allesamt mit mühsam bezähmter Aufregung darauf warteten, an Bord zu gehen und die besten Plätze an der Reling zu besetzen. Hunter mochte keine Boote. Er machte sich nicht viel aus Fisch oder Angelsport. Aber Damian schon, und Damian – vor vierzehn Jahren, auf dem College, sein Zimmergenosse und seither eine nie versiegende Quelle der Inspiration und des Ärgers – bekam immer, was er wollte. Das war der eine Faktor, der dazu geführt hatte, dass sie zu dieser unmöglichen Zeit hier waren, um acht Uhr an diesem qualvollen Morgen, an dem die Sonne von Nebel verhüllt war, die Möwen schrien, sein Kopf wummerte und sein Magen zu einem Nichts zusammengeschrumpft war. Der andere, komplizierende Faktor war Alkohol. Gin, um genau zu sein.

Gestern Nacht hatten sie Gin getrunken, denn das hatten sie auf dem College auch immer getan: Gin Tonic, das Getränk der Freiheit, der Frühjahrs- und Sommerferien, das Delirium der Freitag- und Samstagabende in den Studentenclubs, wo die Bands draufloshämmerten und die Mädchen heiß wie Duftkerzen waren. Zwar trank Hunter inzwischen fast ausschließlich Wein und leistete sich in dieser Hinsicht sogar einen gewissen Snobismus (»Das Santa Ynez Valley gleich hinter den Hügeln da – das beste Weinanbaugebiet der Welt«, sagte er jedem, der es hören wollte), aber gestern Nacht hatten sie Gin getrunken. Es hatte in der Bar am Flughafen angefangen, wo er schon eine Stunde vor Damians Ankunft gesessen hatte. »Gin Tonic«, hatte er sich zu dem Barmann sagen hören, als hätte nicht er, sondern ein Bauchredner diese Worte gesprochen. Als Damian dann angekommen war, hatte er bereits drei davon intus gehabt, und die ganze Nacht, in jeder Bar, war der Gin, der es irgendwie fertiggebracht hatte, beinahe genauso zu riechen wie die Kerosindämpfe, die am Flughafen durch die offenen Fenster hereingetrieben waren, in einer nicht abreißenden Reihe hübscher kleiner, mit Eiswürfeln und Limonenschnitzen versehener Gläser vor ihnen aufgetaucht, bis er und Damian vor fünf kurzen Stunden in der Wohnung zusammengeklappt waren.

Er starrte trüb auf die verwitterten Bretter der Pier und das müde wogende Meer darunter. Lange betrachtete er einen kleinen Teppich aus Treibgut, der auf den Strudeln zwischen den Pfählen schaukelte, und dann beugte er sich vor und ließ einen Spucketropfen in das fallen, aus dem, wie er tiefsinnig annahm, alle Spucke letztlich stammte. Spucke zu Spucke. Das große, weite Meer. Der Blanke Hans. Das Wasser war hier grau, so trüb, dass man nur etwa einen Meter tief sehen konnte, und verströmte einen Geruch nach verdorbenem Fisch. Er spuckte abermals aus und sah fasziniert zu, wie der glänzende Tropfen, das Produkt seines eigenen Körpers, taumelnd hinabstürzte und in der Gischt verschwand. Was war Spucke denn überhaupt? Ein Sekret der Speicheldrüsen, das dazu diente, Speisen anzufeuchten – und die Lippen der Frauen. Seine erste Frau – Andrea – hatte sich nicht küssen lassen, wenn sie miteinander geschlafen hatten. Sie hatte dann den Kopf abgewandt, als hätten Lippen dabei nichts verloren. Cee Cee, die ihn vor drei Wochen verlassen hatte, war da anders gewesen. In seiner Brieftasche war, eingesperrt hinter einer Schicht aus verkratztem Kunststoff, ein Foto von ihr, im Profil, das Kinn erhoben, als würde sie gerade gekrault, das sichtbare Auge in leidenschaftlichem Genuss halb geschlossen, hinter dem Ohr, wie eine Temperaturanzeige, das rote Leuchten einer Nelke. Er widerstand dem Impuls, es hervorzuholen.

Damians Stimme – »Ja, Mann, genau das meine ich: *Anreicherung!*« – erklang hinter ihm, und als Hunter sich umdrehte, sah er, wie sein Freund mit einem Paar in identischen Windjacken anstieß, ihnen zuprostete, als gäbe es an diesem Ort, zu dieser Stunde, etwas zu feiern. Damian hatte einen Flachmann mitgenommen. In Hunters Kaffee befand sich bereits ein großzügig bemessener Schuss Brandy – nicht Gin, Gott sei Dank –, und er nahm an, dass Damian andere an seinem Reichtum teilhaben ließ. Die Frau – sie war zierlich, und ihre dunklen Haare lagen wie ein Schal um ihren Hals – sah süß und schüchtern aus, als sie an ihrem angereicherten Kaffee nippte und angesichts des Brennens die Augen zukniff. Im nächsten Augenblick führte Damian die beiden zum Geländer und machte sie mit ihm bekannt. »Na, Hunt, noch ein Schuss?«, fragte er, und Hunter hielt ihm den Becher hin und hoffte, der Alkohol werde den Schmerz betäuben. Sie stießen mit den schwammigen weißen Bechern an, als wären es Kristallflöten voller Perrier-Jouët.

»Stell dir vor: Das ist Iltas Jungfernfahrt«, krähte Damian so laut, dass einige andere sich nach ihm umdrehten.

»Das stimmt«, sagte sie mit wackliger Stimme. Sie klang aufgedreht, wohl wegen des Anlasses und, wie er annahm, wegen des Brandys. »Ich tue das für Mock.« Sie sah den Mann an, der die gleiche Windjacke trug wie sie und dessen Name Mark oder Mack zu sein schien – Hunter war sich nicht sicher.

»Ich mache das ja regelmäßig«, sagte der Mann, trank seinen Becher aus und hielt ihn Damian hin, »aber meine Frau ist noch nie da draußen gewesen.« Er wirkte vollkommen harmlos, einer dieser allgegenwärtigen jovialen Männer in den Vierzigern mit fleischigem Gesicht und straff gespannten Hosennähten, der wahrscheinlich fünf Tage die Woche am Computer saß und in Gigabites träumte. Trotzdem hätte Hunter ihn bedenkenlos umgebracht, um an die Frau zu kommen, die dieser ganz offensichtlich nicht verdiente. Sie war eindeutig ein Juwel, und dieser Akzent – war das Schwedisch? »Aber sie isst gern Fisch«, fuhr Mark oder Mack fort. Er grinste sie gutmütig an. »Stimmt's, mein Wonnekloß?«

»Wer denn nicht?«, sagte Damian, nur um etwas zu sagen. Er war der Typ, der immer im Mittelpunkt stehen musste, der Impresario, der Star der Veranstaltung, und das konnte sehr charmant sein – Hunter liebte ihn dafür, ja, wirklich –, aber auch sehr ermüdend. »Ich meine, frischen Fisch, so frisch aus dem Meer, wie man ihn im Laden nie kriegt.« Er hielt inne, um dem Mann nachzuschenken. »Also wirklich, Ilta – warum hat das so lange gedauert?«

»Ich mag das ... wie sagt man? ... das Schwanken nicht.« Sie machte mit den Händen wellenförmige Bewegungen. »Von dem Boot.«

Sie sahen zu dem Boot. Es war groß, ein typisches Ausflugsboot, zwanzig, zweiundzwanzig Meter lang, mit einem frisch wirkenden weißen Anstrich, und lag so reglos da, als wäre es an die Pier genagelt. In diesem Augenblick wurde Hunter bewusst, dass er vergessen hatte, das Dramamine zu nehmen – auf dem Beipackzettel hatte gestanden, man solle eine halbe bis eine Stunde vor Antritt der Fahrt zwei Tabletten schlucken –, und er tastete in der Jeanstasche nach der Schachtel. Seine Kehle war trocken. Sein Kopf schmerzte. Er fragte sich, ob die kleinen weißen Tabletten auch noch wirken würden, wenn er sie jetzt nahm, oder ob sie überhaupt wirkten, ganz gleich, wann man sie nahm, und er erinnerte sich an das letzte Mal, als er sich zu dieser besonderen Art von Abenteuer hatte überreden lassen, und die überwältigende Übelkeit, die während der ganzen, sechseinhalb Stunden dauernden Fahrt nicht nachgelassen hatte. (»Es gibt nichts Unterhaltsameres – und Rührenderes, ja, auch Rührenderes –, als zuzusehen, wie jemand, den man wirklich bewundert, kotzend über der Reling hängt«, hatte Damian immer wieder gesagt.) Die Erinnerung durchfuhr ihn wie ein glühender Draht, und bevor er weiter darüber nachdenken konnte, hatte er die Schachtel hervorgeholt, schüttelte vier Tabletten in seine Hand und bot sie Ilta an. »Wollen Sie?«, fragte er. »Das ist Dramamine. Sie wissen schon – gegen Seekrankheit.« Er stellte den Akt des Erbrechens pantomimisch dar.

»Sie hat ein Pflaster«, sagte ihr Mann.

Ilta wedelte mit dem Zeigefinger, als würde sie mit Hunter schimpfen. »Ich tue das für Mock«, wiederholte sie. »Wegen dem Jahrestag. Heute vor drei Jahren sind wir geheiratet.«

Hunter zuckte die Schultern, legte die Hand an den Mund und schluckte alle vier Tabletten. Die doppelte Dosis würde schon irgendwas bewirken.

»In Helsinki«, warf ihr Mann ein, und ein sehr blasses Lächeln der Zufriedenheit und des Besitzerstolzes breitete sich auf seinem Gesicht aus. Er legte einen Arm um seine Frau und zog sie an sich. Sie küssten sich. Über ihnen schrien Möwen. Hunter wandte den Blick ab. Und dann merkten alle mit einem Mal auf, denn die andere Frau – das Mädchen für alles – öffnete die Sperre vor der Gangway. In diesem Augenblick, als alle nach ihrer Ausrüstung griffen, drängte sich der Mann mit der Spinnentätowierung in die Unterhaltung. Hunter hatte ihn schon zuvor bemerkt, im Büro, als sie die Tickets gekauft und die Angelruten und den ganzen anderen Kram gemietet hatten. Ein Verrückter, das sah man schon von weitem: Alles an ihm schien angespannt, sein Schädel war bis auf einen dunklen Haarschatten kahl geschoren, seine Augen waren wie Leuchtspurgeschosse, und an der Seite seines Halses kletterte eine tätowierte rot-schwarze Spinne – oder vielleicht war es auch ein Skorpion – hinauf. »Hallo«, sagte er und schob sich an Ilta vorbei, »kann ich mitmachen bei der Party?« Er hielt Damian seinen Becher hin.

Der zuckte nicht mit der Wimper. So war er. Mr Cool. »Klar, Mann«, sagte er, »hier.«

Gleich darauf gingen sie, eingehüllt in Dieseldunst, über die Gangway an Bord. Der Captain ließ die Motoren an, und das Boot unter ihnen erbebte. Alles roch alt und benutzt – gestern waren Angler an Bord gewesen, morgen würden Angler an Bord sein. Die Decks waren nass, die Sitze feucht vom Tau. Unter den Füßen knirschten schimmernde, zu einer Kruste getrocknete Fischschuppen. Sie fanden einen Platz in der Kajüte, an einem von mehreren wie in einer Cafeteria aufgereihten Vierertischen, und der ausgebremste Spinnenmann ging weiter in Richtung Kombüse. Hunter dachte kurz an Cee Cee und daran, wie zuwider ihr das alles gewesen wäre – sie war ein City-Girl, das sich ausschließlich in Einkaufszentren, Restaurants und Kinos zu Hause fühlte –, und dann gab es einen Ruck, das Boot löste sich von der Pier, und draußen, vor den salzverkrusteten Fenstern, wurde der Uferausschnitt breiter, begann leise zu schwanken und verschwand ganz langsam im Nebel.

Die Fahrt zu den Fischgründen dauerte eineinhalb Stunden. Hunter richtete sich, so gut es ging, darauf ein. Sein Magen befand sich im freien Fall, der Kaffee erwies sich als Fehler, den der Brandy noch vergrößerte, und das Dramamine war ein pures Nichts, das nicht einmal einen Placeboeffekt hervorrief. Die See war nicht gerade rau – oder jedenfalls nicht so rau, wie sie hätte sein können. Es war Juni, der Santa Barbara Channel lag unter dichtem Nebel, der sich manchmal erst um zwei, drei Uhr nachmittags auflöste – »Junidunst« nannten die Zeitungen das –, und soweit er es beurteilen konnte, war das Meer relativ ruhig. Dennoch schaukelte das Boot über die Wellenkämme wie ein Schlitten über die Buckel am Ende der Bahn, und das unaufhörliche Auf und Ab tat ihm nicht gut. Er sah sich um. Außer ihm schien sich niemand besonders unwohl zu fühlen: Der Mann und die Frau spielten Karten, Damian bestellte sich in der Kombüse am vorderen Ende der Kajüte ein Frühstück, und die anderen dösten, lasen Zeitung oder aßen ihre Spiegeleier, als säßen sie in irgendeinem Schnellimbiss am oberen Ende der State Street, kilometerweit vom Meer entfernt. Nach einer Weile verschränkte er die Arme auf dem Tisch, legte den Kopf darauf und taumelte in einen finstern Schacht aus Schlaf.

Als er erwachte, verlangsamte sich der Rhythmus der Maschinen, und in der Kajüte herrschte eine Geschäftigkeit wie bei einem Feueralarm. Alle waren aufgestanden und drängten hinaus an Deck. Sie hatten ihr Ziel erreicht. Er spürte eine Hand auf der Schulter und hob den Kopf. Damian beugte sich über ihn. »Na, gut geschlafen?«

»Ich hab geträumt, ich wäre in der Hölle, im neunten Kreis, wo sich nichts bewegt außer dem Teufel.« Das Boot wiegte sich auf einer langen, sanften Dünung. Die Maschine erstarb. »Und vielleicht den Unterteufeln. Mit ihren Mistgabeln.«

Da war der Flachmann wieder. Damian hob ihn an den Mund und hielt ihn dann Hunter hin. »Willst du auch einen Schluck?«

Hunter winkte ab. Er saß noch immer auf seinem Platz.

»Na, komm schon, Mann. Wir sind da. Die Fische warten. Los geht's.«

Ein Ruf ertönte. Die Leute standen vor den Fenstern, behindert von dem Gewirr aus Angelruten, die sie wie Antennen schwenkten. Einer hatte bereits einen Fisch gefangen, der silbern auf den Planken zappelte. Unwillkürlich verspürte Hunter eine leise Erregung. Er erhob sich.

Damian war halb zur Tür hinaus, als er sich umdrehte. »Unser Zeug ist hinten auf der Backbordseite – Mark hat gesagt, das ist der beste Platz. Komm, komm.« Er winkte ungeduldig, und mit einem Mal fand Hunter sein Gleichgewicht; es war, als hätte er einen Überschlag rückwärts gemacht und wäre wunderbarerweise auf den Füßen gelandet. In diesem Augenblick brach die Sonne durch, und alles war lichtdurchflutet. Damian wirkte plötzlich zweidimensional wie eine Silhouette. Wellen klatschten an den Rumpf. Irgendjemand rief etwas. »Und warte nur, bis du Julie siehst«, sagte Damian halblaut.

»Julie? Wer ist Julie?«

Der Blick, mit dem Damian ihn bedachte, war belehrend wie der eines Mentors, der seinen Schützling ansah. Immerhin war er, wie er selbst sagte, für das Wochenende – für diesen Ausflug, für gestern Abend und heute Abend – den ganzen Weg hierhergekommen, um seinen alten Kumpel aufzumuntern, damit der mal wieder aus dem Haus und unter Menschen kam, und hatte sich bis in die frühen Stunden des gerade angebrochenen Tages immer wortreicher über Hunters Fehler und Schwächen verbreitet. »Unser Mädchen für alles, Mann. Wo warst du eigentlich die ganze Zeit?«

»Ich hab geschlafen.«

»Na, dann wird's aber Zeit, dass du aufwachst.«

Und dann waren sie draußen im Licht, die Welt öffnete sich bis hin zu den braunen Buckeln der Inseln vor ihnen – aus dieser Nähe hatte er sie noch nie gesehen –, und als er sich umdrehte zu den kalfaterten Decks und dem Geruch des offenen Meers, sah er Julie, das Mädchen für alles, frisch zurechtgemacht und ohne das formlose gelbe Ölzeug, das sie auf der Pier getragen hatte, Julie, die nun einen grellorangeroten Bikini und Sandalen mit dünnen silbernen Riemen trug, die an ihren nackten Beinen emporrankten, Julie, die darauf wartete, jedem Sportangler zu seinem Köder zu verhelfen.

Also angelten sie. Der Captain, eine dunkle Gestalt hinter den getönten Fenstern des Ruderhauses, das über ihnen aufragte, gab seine Anweisungen durch die Lautsprecher an Deck. *Auswerfen*, befahl er, und sie warfen die Angeln aus. *Einholen*, sagte er, und sie holten sie ein, während er beschleunigte und zu einer anderen und wieder einer anderen Stelle fuhr. Als die anfängliche Aufregung abgeklungen war, herrschte über lange Strecken Langeweile, und Hunter hatte ausgiebig Gelegenheit, darüber nachzudenken, wie sehr er Angeln hasste. In großen Abständen hatte einer was am Haken, seine Angel bog sich, und eine Makrele oder ein großer Fisch mit einem Riesenmaul, der wahlweise als Streifenbarrel oder Trommelfisch bezeichnet wurde, flog zappelnd über die Reling, doch Hunters Angel bog sich nicht, ja sie zuckte nicht mal. Damians ebenfalls nicht. Noch bevor die erste Stunde um war, lehnte Damian seine Angel an die Reling und ging in die Kajüte, von wo er zehn Minuten später mit zwei in Wachspapier gewickelten Burgern und zwei Plastikbechern voll Bier zurückkehrte. Hunter hockte auf einem der grauen Metallkästen, in denen die Schwimmwesten waren. Sein Magen befand sich im Leerlauf, und er versuchte wieder einmal, sich an das Konzept lateraler Instabilität zu gewöhnen. Er nahm den Burger und das Bier entgegen.

»So ein Mist«, sagte Damian und setzte sich seufzend neben ihn. Ihre Angeln hoben und senkten sich mit der Dünung wie Flaggenstöcke ohne Flaggen.

»Es war deine Idee.«

Damian blickte über das Meer zu der kleineren Insel, die von der großen durch einen noch immer von Nebel verhüllten Kanal getrennt war und näher zu kommen und dann wieder zurückzuweichen schien. »Ja, aber es ist ein Ritual, es ist ein Männerding. Es ist was, das Kumpel zusammen machen, stimmt's? Und sieh es dir an, sieh dich um: Ist das hier schön oder was?«

»Du hast gerade gesagt, es ist Mist.«

»Ich meine diese Stelle. Warum fährt er nicht weiter?« Er wandte den Kopf und warf einen verärgerten Blick auf die dunklen Fenster über ihnen. »Ich meine, ich hab absolut nichts gefangen. Wie steht's bei dir – hat irgendwas angebissen?«

Hunter wickelte den Burger aus dem Papier, als wäre er ein wertvoller Kristall. Er hatte vor, nur ein bisschen daran zu knabbern – schließlich wollte er sein Glück nicht auf die Probe stellen. Er legte ihn ab und nahm einen ganz kleinen Schluck Bier. Als Antwort auf Damians Frage zuckte er nur die Schultern. Dann sagte er langsam und deutlich: »Hier ist alles leergefischt.«

»Quatsch. Ein Typ auf der anderen Seite hat vorhin einen großen Zackenbarsch rausgeholt, acht oder neun Pfund schwer, und du weißt, das sind so ziemlich die leckersten ...« Er nahm einen großen Bissen von seinem Hamburger und beugte sich dabei vor, um den Saft mit dem Wachspapier aufzufangen. »Und außerdem«, fügte er kauend hinzu, »solltest du dich ein bisschen ins Zeug legen, wenn du den Jackpot gewinnen willst.«

Hunter war damit beschäftigt, das Geschaukel auszuhalten – den Jackpot und die Möglichkeit, dass ein Fisch anbiss, hatte er vollkommen vergessen. Er spürte nur diese dunkle, fremde Kraft, die von einem Ort, den er sich nicht mal vorstellen konnte, an ihm zerrte. »Wovon redest du?«

»Von dem Jackpot. Weißt du nicht mehr? Als die Beutel mit den Nummern ausgegeben worden sind, hat jeder zehn Dollar eingezahlt. Mensch, du bist ja völlig neben der Spur – du hast doch zwanzig für uns beide eingezahlt, und ich hab gesagt, dafür geht nachher die erste Runde auf mich.«

»Ich gewinne sowieso nichts.« Er atmete tief aus. Es fühlte sich an, als würde ihm die Luft aus den Lungen gesaugt.

Am Abend zuvor hatten sie die meiste Zeit über Sex geredet. Darüber, dass man wie besessen davon war, wenn man ihn nicht hatte, und dass man ihn dann dringender brauchte als Nahrung oder Geld. »Das ist das Testosteron, das einem das Hirn vernebelt«, hatte Damian gesagt, und Hunter, der weiblicher Gesellschaft seit drei Wochen beraubt war, hatte zustimmend genickt. »Und ich sag dir noch was«, hatte Damian hinzugefügt, nachdem er sich lang und breit über die Vorlieben seiner neuesten Freundin ausgelassen hatte. »Wenn man dann endlich Sex gehabt hat – und ich meine, schon fünf Minuten danach –, denkt man: ›So, und jetzt ein bisschen Basketball.‹« Und jetzt sagte er, weil er anscheinend nicht widerstehen konnte und sie, wenigstens für dieses Wochenende, wieder auf dem College waren: »Halt nur schön die Rute steif. Man kann ja nie wissen.«

Dann erschien Mark mit einer Sonnenbrille mit runden Gläsern und einer Baseballmütze, die sich wie eine zweite Haut an seinen zu großen Kopf schmiegte. Auch er hatte einen Burger in der einen und ein Bier in der anderen Hand. Das Boot tauchte in ein Wellental und wurde von einer quälend langen Woge emporgetragen. »Na, Glück gehabt?«, fragte er.

»*Nada*«, sagte Damian mit klagendem Unterton. »Der Captain sollte mal ein Stück weiterfahren. Ich meine, für das, was wir hier bezahlt haben, kann man ja wohl erwarten, dass er sich ein bisschen mehr reinhängt, Fische zu finden, oder?«

Mark zuckte die Schultern. »Lasst ihm Zeit. Ich kenne ihn. Er kann zwar ganz schön grob werden, aber wenn's hier draußen irgendwo Fische gibt, dann findet er sie. Er findet sie immer. Oder fast immer.« Er sah gedankenvoll vor sich hin. Die ganze untere Hälfte seines Gesichts war vom Kauen in Anspruch genommen. »Ich meine, manchmal hat man einfach Pech. Das ist eben die Natur, die freie Wildbahn. Die lässt sich nicht steuern.«

»Wie steht's mit Ilta?«, fragte Hunter. »Hat sie was gefangen?«

Mark verzog das Gesicht. »Ich glaube, ihr geht's nicht so gut. Sie ist auf der Toilette. Schon seit einer Viertelstunde.«

»Grün um die Nase«, sagte Damian mit einem vergnügten Grinsen, und Hunter spürte, wie sein Magen sich um das winzige Stück Hamburger zusammenkrampfte.

»So in etwa«, sagte Mark und sah in die Ferne.

»Sie muss sich nur daran gewöhnen.«

»Ich hätte sie nicht herbringen sollen. Sie hat es nur für mich getan, um mir eine Freude zu machen. Das einzige andere Mal, dass sie ein Schiff betreten hat, war, als sie mit der Fähre von Göteborg nach Kopenhagen gefahren ist, und da hat sie die ganze Zeit gekotzt, sagt sie. Aber das ist Jahre her, und ich dachte, wir beide dachten, das hier würde anders sein. Und dann haben wir ja auch das Pflaster gekauft.«

Hunter dachte kurz darüber nach, während Damian die jeweiligen Vorzüge und Nachteile von Tabletten und Pflastern gegen Reisekrankheit erörterte, als hätte er soeben ein Pharmaziestudium absolviert. Hunter war bitter. Wegen dieses Tages und dieses Ortes, wegen der Fische oder vielmehr der Abwesenheit der Fische, wegen Cee Cee und Ilta und Julie und all den anderen unerreichbaren Frauen der Welt. Er stellte sich Marks Frau in der winzigen, stinkenden Toilette vor, wo sie sich über die Kloschüssel aus rostfreiem Stahl beugte, während ihr Mann einen Burger aß und Bier trank, und er wollte gerade etwas Beißendes sagen wie: »Damit wäre also wieder mal bewiesen, dass Frauen auf einem Schiff nichts zu suchen haben«, als die Stimme des Captains aus den Lautsprechern schallte. *Einholen*, befahl er, und Hunter ging zu seiner Angel und drehte an der Spule, bis das Senkblei zum Vorschein kam und er sehen konnte, dass die zappelnde Sardelle, die Julie in ihrem Bikini am Haken befestigt hatte, säuberlich abgefressen war.

Mark rührte sich nicht vom Fleck. »Ich hab meine Angel schon eingeholt«, erklärte er. »Aber passt auf, er fährt jetzt nach Südosten, näher an die Spitze der Insel.« Er hielt inne und kaute. »Das ist Anacapa, die einzige der Inseln hier, die einen indianischen Namen hat – alle anderen sind spanisch.«

Hunter nahm es ihm nicht übel, dass er mit seinem Wissen prahlte, nicht sonderlich jedenfalls – immerhin war Mark hier die Autorität, der alte Hase, der Veteran der Schuppen und Kiemen, der starrenden Augen und kalten nassen Eingeweide jener armen hirnlosen Kreaturen, die man aus den Tiefen des Meeres zog, um den Machismo zu feiern, die Kumpanei, die Bruderschaft von Haken, Schnur und Senkblei –, aber er wollte nicht hier sein, sein Magen flatterte, und höchstwahrscheinlich war er der Nächste, der zur Toilette rennen würde wie eine Frau, wie ein Mädchen, und so sagte er: »Nein, verraten Sie nichts – das ist das indianische Wort für ›Suppendose‹, stimmt's? Oder nein, für ›Mikrowelle, Mikrowellenofen‹.«

»Komm schon, Hunt, du weißt genau, dass die so Zeug nicht hatten.« Damian hatte den Burger beiseitegelegt, um seinen Haken einzuholen, und den Plastikbecher zwischen die Zähne geklemmt, sodass er kaum zu verstehen war. Es war eine leise Warnung, aber Hunter kümmerte sich nicht darum.

»Es bedeutet ›Illusion‹«, sagte Mark, als das Boot wendete und alle um ihr Gleichgewicht kämpften. »Sie ist wie eine Fata Morgana. Weil sie immer von Nebel eingehüllt ist – man weiß nie, ob sie wirklich da ist.«

»Klingt wie meine Ehe«, sagte Hunter, und dann beugte er sich so beiläufig, als wäre er in seinem Wohnzimmer und bückte sich nach einer

Zeitschrift oder der Fernbedienung auf dem Couchtisch, über die Reling, sodass die Brise ihm ins Haar fuhr und es ihm in die Stirn wehte, und gab in einem Schwall alles von sich: den Burger und das Brötchen, den mit Brandy angereicherten Kaffee und das Dramamine, und ganz zum Schluss, heraufgeholt aus tiefsten Tiefen, die metallisch schmeckenden Reste des Gins.

Die nächste Stelle lag, wie Mark vorhergesagt hatte, näher an der Insel und sah nicht viel anders aus als die letzte – Wellen, Vögel, in der Ferne die Ölinseln wie alte Männer, die mit aufgekrempelten Hosenbeinen im Meer wateten –, aber kaum hatte der Captain Anker geworfen, da bissen die Fische auch schon an, und ein Pulsieren der Erregung ging durch die Menge. Die Angelruten bogen sich eine nach der anderen, und die Fische flogen nur so an Deck. In dem Durcheinander ließ Hunter seinen Burger fallen, als Damians Angel zuckte und auch seine eigene zum Leben zu erwachen schien. »Du hast einen!«, rief Damian und trat einen Schritt zurück, um seinen Fisch einzuholen. »Na los, schnapp ihn dir, schlag an!«

Hunter packte seine Angel und spürte, dass da etwas war. Er zog, und etwas leistete Widerstand, und was machte es schon, dass er auf dem ketchupgetränkten Brötchen mit der heraushängenden Zunge aus Fleisch ausrutschte und beinahe über Bord gegangen wäre? Das hier war es, wofür er gekommen war. Ein Fisch. Ein Fisch an seiner Angel! Aber der Fisch zog kräftig in Richtung Bug, und so folgte Hunter ihm und drückte sich dabei ungeschickt an den anderen vorbei, die sich an der Reling drängten, nur um schließlich festzustellen, dass dies keineswegs ein Fisch war, sondern dass sich seine Schnur in der eines anderen verfangen hatte. Der Spinnenmann, der drei Leute weiter an der Reling stand, kam in diesem Augenblick zu derselben Erkenntnis.

»Herrgott noch mal, kannst du nicht auf deinen Scheißköder aufpassen?«, knurrte der Mann, als sie ihre Schnüre einholten und der Knoten schaukelnd aus dem Wasser auftauchte. »Ich meine, dein Platz ist doch am anderen Scheißende von diesem Kahn, stimmt's?«

Ja, stimmte. Aber dieser Idiot stand eben am selben *Scheißende*. Es war ja nicht Hunters Schuld. Niemand war schuld. Schuld waren das Angeln und die Schnüre und das kotzgrüne, wogende Meer, das auf einer Ansichtskarte hätte bleiben sollen, wo es hingehörte. Trotzdem zog er, als er sich endlich an den anderen vorbeigezwängt hatte und dem Mann ins Gesicht sah, den Kopf ein und sagte: »Ich hole mein Messer.«

Diese Entscheidung – an der verglasten Außenseite der Kajüte entlang und über das offene Deck zum Heck des Bootes zu gehen, in dem Angelkoffer zu kramen, den Damian mitgebracht hatte, das Schweizer Messer mit der blitzenden Klinge hervorzuholen und es in der Hand zu wiegen, während alle anderen an ihren Angeln zogen und das Deck mit Fischen bedeckt war und eine Welle, größer als alle bisherigen, das Boot schaukeln ließ wie eine Kartoffel im Topf – erwies sich als falsch. Denn der Captain, die schemenhafte, wütende, kurz vor dem Ausrasten stehende Gestalt dort oben, ließ seine zornige Stimme aus den Lautsprechern donnern: »He, Sie mit dem Messer – Sie, ja, Sie! Wollen Sie einem das Auge ausstechen?«

Hunter schwankte wie ein Betrunkener. Er blinzelte in die Sonne und hinauf zu den dunklen Fenstern des Ruderhauses, bis es ihm vorkam, als trüge das Boot eine riesige Sonnenbrille. In den Fenstern spiegelte sich der Himmel. Wolken. Die blasse Scheibe der Sonne. »Nein, ich wollte bloß –«, begann er, doch die Stimme des Captains unterbrach ihn. »Packen Sie das Scheißding weg, bevor ich runterkomme und es in das Scheißmeer schmeiße!«

Alle sahen ihn an, während sie an ihren gebogenen Angelruten zerrten oder mit zappelnden, an den Kiemen gepackten Fischen über das Deck eilten, und er wollte widersprechen, den Bösewicht rauskehren und es dem dunklen Gott in seinem Ruderhaus, der ebenso gut Darth Vader hätte sein können, mal richtig geben, doch er hielt sich zurück. Mit schamrotem Gesicht taumelte er zurück zum Angelkoffer und warf das Messer hinein, das Messer, das Damian unbedingt hatte mitnehmen wollen, weil Männer in der freien Natur immer Messer dabeihatten, denn Messer waren unentbehrlich zum Schneiden, Hacken, Stechen und Fixieren, und als er sich umdrehte und, um das Gleichgewicht zu bewahren, eine Hand nach der Reling ausstreckte und ins Leere griff, war Julie da. Der Wind fuhr durch ihr Haar – dunkel am Ansatz, die Spitzen von der Sonne gebleicht – und wehte es ihr ins Gesicht. Sie sah ihn argwöhnisch an. »Was ist das Problem?«, fragte sie.

»Ich hab gar nichts gemacht«, antwortete er. »Ich wollte bloß eine verhedderte Schnur abschneiden, und gleich geht dieser Typ, der Kerl da oben, euer wunderbarer Captain, wer immer er ist, auf mich los ...« Er hörte das Selbstmitleid in seinen Worten und wusste, dass das falsch war.

»Keine offenen Messer an Deck«, sagte sie und sah dabei streng aus. Oder so streng, wie eine halbnackte Frau, auf deren Händen und Füßen winzige Fischschuppen glitzerten, an Bord eines Partyboots und inmitten einer Party aussehen konnte.

Er hätte es endgültig vermasseln und weiter den Trottel spielen können, doch er spürte, wie die Spannung aus ihm wich. Er sah sie mit einem Lächeln an, das einnehmend und entschuldigend zugleich sein sollte. »Tut mir leid, das wusste ich nicht. Ich hab das hier noch nicht so oft gemacht, aber das haben Sie sich schon gedacht, oder? Haben Sie bestimmt gleich gesehen. Ehrlich gesagt ist mir das große weite Meer viel lieber, wenn ich auf einem Hocker in der Bar am Hafen sitze – im Spinnakers, kennen Sie das Spinnakers? – und es mir ansehe, in der Hand einen Cocktail und vor mir eine Platte mit Fisch und vielleicht ein bisschen flüssige Zitronenbutter zum Eintauchen und Von-den-Fingern-Lecken.«

Als er das Spinnakers erwähnte, nickte sie, und jetzt lächelte sie ebenfalls. »Schon gut«, sagte sie. »Ich helfe Ihnen.« Sie nahm ihn am Ärmel und führte ihn über das Deck dorthin, wo der Spinnenmann mit einem Gesicht, das mit sich selbst im Krieg lag, auf sie wartete.

Was dann geschah, war etwas unklar, doch es stellte sich heraus, dass nicht Hunter die Rolle des Bösewichts hatte, nicht auf diesem Ausflug. Die übernahm der Spinnenmann, und seine Verwandlung von einer Nebenfigur zu einer echten Bedrohung erforderte keine Generalprobe. Mit schwingenden Brüsten wiegte Julie sich mit dem Schaukeln des Boots hin und her, holte rasch und geschickt die verhedderten Schnüre ein, schnitt sie mit einem Nagelknipser durch, den sie von irgendwo hervorgezaubert hatte, und reichte ihnen die Angelruten. Sie sah Hunter an – er war tief in Gedanken versunken und versuchte zu ergründen, wo der Knipser angesichts dieser beiden dünnen Stoffstreifen und der Tatsache, dass sie wie mit der Haut verwachsen schienen, wohl gewesen sein mochte – und fragte ihn, ob er beim Befestigen eines neuen Hakens Hilfe brauche. Die brauchte er tatsächlich, und zwar bei der Lösung des Rätsels, wie man das Senkblei so anbrachte, dass es sich nicht in dem Augenblick, da man die Angel auswarf, im Vorfach verfing, und außerdem tat es ihm gut, ihr nahe zu sein, sie anzusehen und in der Wüste dieses schwimmenden Umkleideraums ihre Stimme zu hören, doch bevor er ja sagen konnte, ließ sich der Spinnenmann vernehmen. Seine Stimme war rau und mit einem Mal ganz schrill. »Und was ist mit mir?«, wollte er wissen. »Dieser Trottel da hat nicht aufgepasst, und jetzt verliere ich Angelzeit. Kriege ich dafür 'ne Erstattung oder was? Der da kann warten. Hat ja sowieso keine Ahnung, was er hier eigentlich macht.«

Das Boot schwankte, und Hunter hielt sich an der Reling fest. »Bitte«, sagte er, »kümmern Sie sich erst um ihn, das macht mir nichts. Wirklich nicht.«

Der Spinnenmann wandte sich ab und murmelte Flüche vor sich hin, während Julie sich bückte und ein neues Vorfach an seiner Schnur befestigte. »Was ist mit einem Köder?«, fragte er. »Dieser Clown« – er wies mit dem Daumen auf Hunter – »hat mich meinen Köder gekostet. Ich brauche einen neuen. Einen neuen Köder.«

Sie hätte ihm sagen können, er solle sich selbst einen holen – sie war hier, um zu helfen und in der Hoffnung auf Trinkgeld ihren Körper vorzuzeigen, ja, aber sie war keine Sklavin, und jeder Fünfjährige konnte einen Angelhaken mit einem Köder versehen –, doch sie bedachte ihn nur mit einem Blick, ging zum Köderkasten und kehrte mit einer lebenden Sardelle in der Hand zurück. Aber er war jetzt in Fahrt und nicht mehr zu bremsen; seine harte, brüchige Stimme behandelte das Thema in allen Variationen: Sie vertue nur seine Zeit, die ganze Veranstaltung und alles, was auf diesem Scheißboot laufe, sei eine abgekartete Sache, und er wolle sein Geld zurück, und das werde er, verdammt, auch kriegen, und sie könnten ihn am Arsch lecken, wenn sie glaubten, dass er sich diesen Betrug, diesen Beschiss gefallen lassen werde, denn ein Beschiss sei es ja, acht Dollar für einen verdammten Burger zu verlangen, der wie aufgewärmte

Scheiße schmecke –, und als sie schließlich die Sardelle auf den Haken gespießt hatte, sagte er so laut, dass alle es hören konnten: »Das hätte ich auch noch selbst hingekriegt. Aber ich schätze, du schwenkst deinen kleinen Hintern in der Gegend herum, weil du Trinkgeld willst, und das sollst du dann auch kriegen« – und bevor sie reagieren konnte, steckte er ihr einen zusammengerollten Geldschein zwischen die Brüste.

Es war kein schöner Augenblick. Denn Julie war nicht klein und zart, nicht wie Ilta, deren armes leidendes Gesicht jeden Sportsmann, der die Tür zur Toilette öffnete, um sich dort zu erleichtern, mit leeren Augen ansah. Sie war stark und durchtrainiert, mit straffen Schultern und angespannten Oberarmen und Waden. Mit einer einzigen Bewegung zog sie den Geldschein heraus und warf ihn dem Spinnenmann, ohne auch nur einen Blick darauf zu werfen, ins Gesicht, und dann schlug sie ihn, und es war kein Klaps auf die Wange, sondern ein mit offener Hand ausgeführter Schwinger, der ihn gegen die Reling taumeln ließ.

Für einen Sekundenbruchteil sah es so aus, als wollte er sich auf sie stürzen, und Hunter machte sich darauf gefasst, denn er würde auf keinen Fall zulassen, dass dieses Arschloch in seiner Gegenwart eine Frau angriff, auch wenn er dafür Prügel würde einstecken müssen. Dazu war er bereit: Er würde für Julie Prügel einstecken. Doch der Spinnenmann, in dessen Mundwinkel etwas Spucke glänzte, starrte sie nur an. »Na gut!«, schrie er. »Na gut, dann scheiß doch drauf!« Er fuhr herum, schwang die gemietete Angelrute wie ein Lasso über dem Kopf herum und schleuderte sie ins Meer, wo die Schwerkraft sie so rasch hinabzog, dass es war, als hätte es sie nie gegeben.

Später, als der Captain persönlich aus dem Ruderhaus heruntergekommen war, um den Spinnenmann zu bändigen, und das Kommando gegeben hatte, die Schnüre einzuholen, als die Motoren röhrten und das Boot auf dem Rückweg zum Hafen auf die Wellen einschlug, setzte Hunter sich in die Kajüte, um nicht ständig im Wind zu stehen, und fühlte sich zum ersten Mal seit der Nacht zuvor in einer Art Gleichgewicht. Mark und Damian lehnten auf die Ellbogen gestützt an der Theke und nippten an ihren Plastikbechern. Ilta lag auf einer Bank in der Ecke, hatte das Gesicht zur Wand gekehrt und eine Decke bis über die Schultern gezogen. Die anderen liefen in fröhlichen Grüppchen umher, aßen Sandwiches, bestellten Cocktails, durchlebten noch einmal ihre Heldentaten und spekulierten darüber, wer wohl den Jackpot gewinnen würde, denn offenbar war der Ausflug noch nicht vorüber. Als er verkündet hatte, bei einem der Passagiere habe sich ein Problem ergeben, hatte der Captain versprochen, die verlorene Zeit mit etwas Angeln in Ufernähe wiedergutzumachen – eine Stunde oder so, auf Heilbutt –, sobald man den unglücklichen Sportsmann an der Pier abgesetzt habe. Eine Stunde mehr. Eine Stunde weniger wäre Hunter lieber gewesen, doch dann ertappte er sich dabei, dass er zur Theke ging, einen Gin Tonic bestellte – zur Beruhigung, nur zur Beruhigung – und damit hinausging in die Brise, wo Julie am Heck an einem zerkerbten Holzklotz stand und den Tagesfang filetierte.

Hinter ihr stritten sich eine ganze Schwadron Möwen und ein halbes Dutzend Pelikane wild kreischend um die Abfälle. Sie sah müde aus. Auf den Oberarmen und Schultern hatte sie eine Gänsehaut. Ihr Make-up war verblasst. Mechanisch griff sie in die Jutesäcke, zog Fische heraus und klatschte einen nach dem anderen auf den Klotz, bevor sie ihnen gekonnt den Bauch aufschlitzte. Die Hälfte davon lebte noch und schlug matt mit dem Schwanz. Anschließend fuhr sie mit der Messerschneide über die Haut, um die Schuppen zu entfernen – ein regelrechter Wirbelsturm durchscheinender Scheibchen, die plötzlich wie durch einen Taschenspielertrick zum Leben erwachten und in der Brise tanzten –, und dann löste sie die Filets aus, legte sie in eine Plastiktüte und schleuderte den Abfall mit einer entschlossenen Bewegung des Messers über Bord. Ein paar Angler standen herum und sahen ihr zu. Die Motoren arbeiteten auf Hochtouren, das Kielwasser lief wie von einer unendlichen Spule achteraus, die Vögel stürzten sich in das schäumende Meer. Hunter hielt sich an der Reling fest und hob den Becher an den Mund. Seine Hände stanken nach Köderfisch, und er wünschte, er hätte einen tropfenden Sack voller Beute, den er ihr reichen könnte, doch er hatte keinen. Noch nicht jedenfalls. »Sie sehen so aus, als hätten Sie das schon ein paarmal gemacht«, sagte er.

Sie sah auf und lächelte. »Ja«, sagte sie, »ein-, zweimal.« Aus der Nähe sah er, dass ihr Oberkörper von den dünnen Schuppenscheibchen glitzerte. Überall waren Schuppen: an ihren Haarspitzen, zwischen ihren Brüsten, auf ihren Waden und an der Stelle, wo ihre Oberschenkel sich trafen.

»Kann ich Ihnen was zu trinken bringen?«, fragte er, und als sie nicht antwortete, fügte er hinzu: »Ich habe einen Gin Tonic. Mögen Sie Gin?«

Das Messer bewegte sich, als hätte es ein Eigenleben. Die Fische gaben auf, verloren die Köpfe, die Rippen und Schwänze, während die weichen, weißen Filets in Kühlboxen verschwanden, bereit für Tiefkühltruhe oder Pfanne. Da war Damians Sack mit der Nummer 12, dessen Inhalt vor ihr ausgebreitet war wie eine Opfergabe. Er konnte Damian jetzt noch frohlocken hören, denn der hatte einen Lingcod gefangen, der eineinhalb Pfund schwerer war als der beste Fang seines stärksten Konkurrenten, und sich nicht gerade bemüht, es vor den anderen zu verbergen. »Du wirst sehen: Ich gewinne den Jackpot«, hatte er gesagt, bevor er mit Mark zur Theke gegangen war, »und dann gebe ich Julie hundert Dollar Trinkgeld und lade sie ein, später noch was mit uns zu trinken, und das tue ich nur für dich, alter Freund, nur für dich.« Bei dem Gedanken daran wurde ihm schon wieder schwummrig. »Ja«, sagte Julie. »Ich mag Gin. Wer mag den nicht? Aber ich darf bei der Arbeit nichts trinken, das ist gegen die Vorschriften. Und außerdem hat der Captain –«

»Ja«, sagte er, »der Captain.«

Das Boot krachte hart aufs Wasser und wurde unvermittelt wieder hochgeworfen, sodass er sich festhalten musste, doch das Messer blieb immer in Bewegung. Nach einem Augenblick sagte er: »Wie wär's dann nachher, wenn wir wieder an Land sind, meine ich? Möchten Sie dann vielleicht was trinken? Oder zu Abend essen? Wenn Sie sich frisch gemacht haben und so?«

»Das wäre keine schlechte Idee«, sagte sie. »Aber wir haben noch eine Menge Fische zu fangen, also sollten wir noch nichts fest ausmachen.«

Er lehnte sich zurück und ließ den Gin seine Lippen benetzen. Er sah schon, wie die Dinge sich entwickeln würden: Er würde angeln wie der größte Angler der Welt, wie Lucky Jim persönlich, und einen Fisch fangen, der doppelt so groß war wie der von Damian. Hundert Dollar? Er würde ihr den ganzen Jackpot geben, die ganzen dreihundert, und sie würde sich bei ihm unterhaken, während der Spinnenmann davonstapfte, um irgendein anderes Boot heimzusuchen, und Anacapa im Dunst verschwand und Damian nach Hause ging, um auf dem Sofa zu schlafen. Das war das Szenario, das würde geschehen, er war sicher. Andererseits bekam sie natürlich täglich ein halbes Dutzend solcher Einladungen, ein hübsches Mädchen wie sie, das tat, was es tun musste, um über die Runden zu kommen, und was sollte er mit all dem Fisch anfangen? Hatte er überhaupt genug Platz in der Tiefkühltruhe? Oder würde das Zeug im Kühlschrank herumliegen und sich langsam verfärben, bis er es in den Mülleimer warf?

»Okay?«, sagte sie. »Einverstanden?«

Er nahm einen weiteren Schluck und spürte den Alkohol, während sein Magen absackte und noch einmal absackte. Die Möwen schrien. Das Messer blitzte. Und das Ufer mit seinem Formenreichtum, mit seiner Promenade, dem Mosaik der Dachziegel und den dichten, von der Sonne beschienenen Palmwedeln kam verblüffend schnell näher. »Ja«, sagte er, »ja, klar. Einverstanden.« Er hielt sich an der Reling fest, als der Captain noch einmal Gas gab und das Boot sich in eine Kurve aus explodierendem Licht legte, dann kippte er den Becher, bis er das Eis an den Schneidezähnen spürte. »Und Sie werden sehen«, sagte er und grinste jetzt, »ich werde den Großvater aller Heilbutts zwischen hier und Oxnard rausholen.«

Angesichts der Wechselfälle dieses Tages war es nicht verwunderlich, dass es anders kam. Wenn da draußen tatsächlich irgendein Großvater durch das trübe Wasser über dem Meeresgrund kreuzte, so behielt er seinen Aufenthaltsort für sich. Immerhin empfand Hunter echte, tiefe Befriedigung, als er sah, wie der Spinnenmann, seine Brieftasche um den Preis der ins Meer geworfenen Angelrute samt Rolle, Schnur und Haken erleichtert, mit hängendem Kopf von Bord schlich, während der Rest – die wahren Sportsmänner, die Guten, die Gehorsamen – seine Extrastunde in seichterem Küstengewässer bekam, wo die Dünung ganz sanft war und fast alle die Hemden auszogen, um die Sonne zu genießen, die ihre Rücken beschien. Ein paar Leute fingen etwas, darunter auch Damian, und dann gab der Captain Befehl, die Haken einzuholen, und Damian wurde wegen seines Lingcods zum Sieger erklärt und durfte den Arm um Julie in ihrem Bikini legen und sich fotografieren lassen. Zufällig waren Hunter und Damian die Letzten, die von Bord gingen. Julie stand in ihrer offiziellen Funktion an der Gangway, um den Leuten zu helfen und Trinkgeld zu kassieren. »Es war toll«, sagte Damian zu ihr, in der einen Hand seine Plastiktüte mit den Fischfilets, in der anderen fünf aufgefächerte Zwanziger, »wirklich ganz toll. Der beste Angelausflug, den wir je gemacht haben, stimmt's, Hunt?«

Hunter nickte zustimmend. Er war abgelenkt von Julie und dem Gedanken daran, dass es ihm da draußen auf dem wogenden Meer um ein Haar gelungen wäre, ihr ein Versprechen abzuringen. Er wollte sie gerade daran erinnern – er wartete eigentlich nur darauf, dass Damian hinauf auf den Pier ging, damit er für einen Augenblick unter vier Augen mit ihr sprechen konnte –, als Damian mit einem Seitenblick zu ihm sagte: »Wissen Sie was? Wir würden uns sehr geehrt fühlen, Hunter und ich, wenn Sie uns beim Abendessen Gesellschaft leisten würden. Zur Feier des Tages. Wie wär's mit Champagner? Klingt das gut?«

Julie sah erst Hunter und dann Damian an, und ein Grinsen breitete sich langsam auf ihrem Gesicht aus. »Das ist sehr nett«, sagte sie. »Im Spinnakers? In, sagen wir, einer Stunde?«

Das hatte sie zu diesem Augenblick geführt, da sie, im Nachglanz ihres Ausflugs, zu dritt an einem Tisch vor der ausgebleichten Kieferntäfelung an der Rückwand der Bar saßen, mit Blick auf die Theke, wo sich Touristen, Fischer und Einheimische drängten, den Hafen und die von der untergehenden Sonne orangerot gefärbten Masten der Boote. Julie trug ein meergrünes Cocktailkleid. Ihre Beine waren lang und nackt, und um den Hals hatte sie an einer dünnen Silberkette einen Dreizack. Damian saß zu ihrer einen, Hunter zu ihrer anderen Seite. Sie hatten mit Champagner angestoßen und sich eine Platte gebratene Calamari mit Knoblauchsauce geteilt. Leise spielte Musik. Durch die offenen Fenster hörte man die Möwen, unterwegs zu ihren nächtlichen Ruheplätzen.

Hunter spürte den Champagner, und so wurde ihm erst nach und nach bewusst, dass Damian die Unterhaltung beherrschte. Oder schlimmer: Er redete sich derart in Begeisterung, dass er den Sinn und Zweck der ganzen Aktion zu vergessen schien. Er sprang von einem Thema zum anderen, und als er sich dann endlich für Julie und ihr Leben interessierte, war er so aufgedreht, dass er einfach durch sie hindurchredete. »Wie ist das denn so, als Mädchen für alles auf so einem Boot?«, fragte er irgendwann. »Ziemlich cooler Job, oder? Den ganzen Tag draußen auf dem Meer, in der frischen Luft und so weiter. Ist doch ein Traumjob, stimmt's?« Aber bevor sie zehn Worte sagen konnte, unterbrach er sie schon: Auch er liebe das Leben in der freien Natur, das habe sie doch bestimmt gemerkt. Er sei derjenige gewesen, der diesen Ausflug habe machen wollen – »Ich musste Hunt geradezu hierherschleifen« –, und dass er den Lingcod gefangen habe, sei nicht einfach Glück gewesen, sondern beruhe auf Erfahrung, tiefer Sehnsucht und einer Ehrfurcht vor der Natur, zu groß, um sie in Worte zu fassen.

Hunter versuchte, seinen Teil zur Unterhaltung beizutragen, indem er boshafte Bemerkungen machte, die Touristen an der Bar imitierte, ja sogar die erste Strophe eines Shantys sang, den er gerade erst erfunden hatte, doch Julie stieg nicht sonderlich darauf ein. Zwei Männer, eine Frau – wie sollten da schon die Chancen sein?

Damian war näher an Julie herangerückt. Die zweite Flasche Champagner wurde getrunken wie Mineralwasser. Hunter stieß Damian unter dem Tisch mit dem Fuß an – zweimal, mit Nachdruck –, aber Damian war so in Fahrt, dass er es offenbar nicht bemerkte. Als sie beim Hauptgang waren – steckte Damian ihr wirklich mit der Gabel Krabben in den Mund? –, stand Hunter auf. »Toilette«, murmelte er. »Bin gleich wieder da.« Julie schenkte ihm ein unbestimmtes Lächeln.

Der Weg zur Toilette führte über die Terrasse und eine Treppe hinunter. Draußen waren alle Tische besetzt, obwohl vom Meer Nebel aufzog und die Luft kühl war. Die Leute hatten die Ellbogen aufgestützt, lachten, redeten zu laut und hoben ihre Gläser an den Mund. An den Hälsen, Fingern, Ohren der Frauen glitzerte Schmuck. Am letzten Tisch vor der Treppe saß ein Mädchen im Teenageralter, sah in das Gesicht des Jungen, mit dem es hier war, und merkte gar nicht, dass dies der schlechteste Tisch im ganzen Lokal war. Hunter polterte die Treppe hinunter und spürte plötzlich Wut in sich aufwallen. Mistkerl, dachte er. Nein, er würde nicht auf dem Sofa schlafen. Auf keinen Fall. Weder heute Abend noch sonst irgendwann.

Er trat in die Herrentoilette und verschloss die Tür. Die Kabinen waren leer, die Waschbecken schmutzig, das Deckenlicht in seinem Käfig leuchtete trüb. Es roch nach Putzmittel und Raumspray und dem unvermeidlichen Geruch, den sie überdecken sollten. Dieser war an den Sohlen von Deckschuhen, Sandalen und Stiefeln hereingekommen, ein schwerer, ammoniaklastiger Geruch, der hartnäckige Geruch all jener toten Stücke Protoplasma, die vom Meer ausgespien und hier gelandet waren, auf den fleckigen Kacheln der Herrentoilette unter dem Spinnakers. Der Geruch überwältigte ihn, und unvermittelt wurde ihm schwindlig, und der Boden begann sich zu heben und zu senken. Und das war noch nicht alles: Der Raum schien sich plötzlich mit Nebel zu füllen, der durch den Luftschacht und unter der Tür hindurch hereinsickerte, als hätte sich draußen eine Wolke über das Haus gelegt. Die rückwärtige Wand verschwand. Der Spiegel beschlug. Er rieb erst mit der Hand und dann mit einem Papierhandtuch über das verschmierte Glas, und dann stützte er sich mit beiden Händen auf den Waschbeckenrand und starrte in den Spiegel, in der Hoffnung, dort einen Halt zu finden.

DREI VIERTEL DES WEGS ZUR HÖLLE

Schnee konnte er ertragen, aber das waren keine Schneeflocken, sondern Graupeln. Sie lagen zentimeterhoch in den Rinnsteinen und zusammengeklumpt auf den geparkten Wagen, und auf dem Bürgersteig waren sie zu einer Art pockennarbiger grauer Schmiere geworden, die nichts für seine Schuhe war – sie nahm ihnen nicht nur den Glanz, sondern tat auch dem Leder nicht gut. Er dachte an den vergangenen Winter – oder war es der davor gewesen? – und an das schwarz-weiße Paar, das er auf der Bühne getragen hatte, wirklich scharfe Dinger, die er sich in einem Dreckswetter wie diesem ruiniert hatte. Er war mit einer Frau unterwegs gewesen, die an jenem Abend drei ganze Sets lang auf ihn gewartet hatte. An ihr Gesicht konnte er sich nicht mehr erinnern, ebenso wenig wie an ihren Namen, aber sie war irgendwie besonders gewesen, so viel wusste er noch, und als sie gegangen waren, hatte sie schon einiges intus gehabt, war aus dem Eingang des Clubs auf die Straße gesprungen und hatte das Gesicht dem Himmel zugewendet. *Warum gehen wir nicht zu Fuß?*, hatte sie mit ihrer hohen, klaren Stimme gerufen, als wollte sie, dass ganz New York sie hörte. *Das ist doch herrlich – spürst du das nicht auch?* Und er war ebenfalls nicht mehr nüchtern gewesen, und anstatt sie am Handgelenk zu packen und ein Taxi heranzuwinken, war er mit ihr durch die Straßen gestapft, einen Arm um ihre Schultern gelegt, um sie an sich zu ziehen und das unregelmäßige Stoßen ihrer Hüfte an seiner zu spüren. Sie waren keinen halben Block weit gekommen, da war seine Zigarette erloschen, und sein Gesicht war so nass, als wäre es mit einer Wasserpistole beschossen worden; an der nächsten Ecke waren seine Schuhe bereits hinüber gewesen, und weder ihm selbst noch dem ernsten *Paisano* in der Schusterwerkstatt war es gelungen, die geschwungenen weißen Ränder auf dem schwarzen Oberleder ganz zu entfernen.

Er machte einen Bogen um eine Pfütze, wich zwei dick vermummten alten Damen aus, die in ein weihnachtlich dekoriertes Schaufenster starrten, als wären sie gerade mit dem Bus aus Oshkosh gekommen, nahm einen letzten Zug von der Zigarette und schnippte sie in den Rinnstein, wo sie zischend erlosch. Er starrte die Fifth Avenue entlang, die in dem düsteren Strömen verschwamm wie etwas aus dem Albtraum eines Eskimos, und überlegte kurz, ob er ein Taxi nehmen sollte. Doch es gab keine Taxis, nicht bei diesem Wetter, und überhaupt, rief er sich bitter ins Gedächtnis, ging er die über dreißig Blocks bis zum Studio zu Fuß, weil er für Extravaganzen wie Taxifahrten kein Geld hatte. Er hob die Füße und stemmte sich fluchend gegen den Wind.

Es war kalt in der Wohnung – die Vermieterin war eine geizige Hexe und hätte die Heizung nicht mal für zwei Gratistickets nach Florida aufgedreht –, und Darlenes Körper zitterte und rebellierte gegen die Kälte, als sie nach einer lauwarmen Dusche vor dem Spiegel stand und ihre Augenbrauen zupfte. Der Gedanke an die bevorstehende Session begeisterte sie nicht gerade. Draußen war es ungemütlich, die Fenster sahen aus wie alte, graue Laken, die man an die Wand genagelt hatte, und es fiel ihr unglaublich schwer, sich fertig zu machen und hinaus in den Sturm zu gehen. Nur: Drinnen war es noch ungemütlicher – die Tapete wellte sich, am Schminktisch waren zwei Birnen durchgebrannt, und der hartnäckige, süßliche Geruch des Zeugs, das die Vermieterin gegen Kakerlaken verstreute, hing in der Luft –, und außerdem hatte sie noch nie einen Termin verpasst, ganz abgesehen davon, dass sie das Geld brauchte. Sie trug einen Slip – den Bademantel konnte sie nicht finden, vermutete aber, dass er zusammengeknüllt in den Tiefen des Wäschekorbs lag, und das war eine weitere Mühsal, die auf sie wartete, denn die Waschmaschine im Keller war seit zwei Wochen kaputt. Auf ihren Oberarmen war eine Gänsehaut. Links neben ihrer Nase, entlang des Knochens, hatte sie einen roten Fleck, und das Auge darüber, das sie wie das große, geschwollene Auge eines Goldfischs im Tiergeschäft anstarrte, war blutunterlaufen. Blutunterlaufen. Und was sollte sie dagegen tun?

Und obendrein fühlte sie sich nicht gut. Der Typ, mit dem sie zusammen war, der Typ, mit dem sie Weihnachten von dem gesparten Geld für eine Woche nach Florida hatte fahren wollen – Eddie, zweiter Trompeter bei Mitch Miller –, hatte ihr den Tripper angehängt, und der Hintern tat ihr noch immer weh von der Spritze, die der Arzt ihr verpasst hatte. Angesichts der Schmerzen in ihrem Kopf – und in den Gelenken, vor allem in der rechten Schulter, die brannte, als sie die Pinzette an der Augenbraue ansetzte – fragte sie sich, ob in der Spritze auch wirklich Penicillin gewesen war. Vielleicht war es ja bloß Wasser gewesen. Vielleicht war der Arzt ein bisschen zu sparsam. Oder die Art von Tripper, die Eddie sich in Detroit oder Cleveland oder Buffalo eingefangen hatte, war resistent. Jedenfalls hatte der Arzt ihr erzählt, es sei eine neue Variante im Umlauf. Seine Hände waren warm gewesen, der Tupfer mit Alkohol hatte sich angefühlt wie eine kurze kühle Brise. *Nur ein kleiner Pikser*, hatte er gesagt, als wäre sie neun. *So. Schon viel besser, nicht?*

Nein, hatte sie sagen wollen, es ist überhaupt nicht besser, es ist nie besser, und es wird nie besser sein, denn die Welt ist scheiße, und Tripper ist scheiße und zickige Krankenschwestern, säuerliche, herablassende Ärzte und der ganze Rest sind ebenfalls scheiße, aber trotzdem hatte sie gelächelt und gesagt: *Ja.*

Sie war jedes Kleid im Schrank leid. Oder nein, sie war sie nicht leid – sie hingen ihr zum Hals raus. Allesamt. Die Kleiderbügel klapperten wie kleine Güterwagen, als sie sie von links nach rechts und wieder zurück schob. Sie zitterte in ihrem Slip und den Nylonstrümpfen, und ihre Füße fühlten sich an, als wären sie am Linoleumboden festgefroren. *Herrgott,* sagte sie zu sich selbst, *Herrgott, was soll's?,* griff wütend nach einem roten, weit ausgeschnittenen Kleid aus Crêpe de Chine, das sie seit einem Jahr nicht mehr getragen hatte, zog es an und strich es an den Hüften glatt. Es würde sie ungefähr so gut warm halten wie ein Badeanzug, dachte sie. Sie würde den Wollmantel eben bis zum Kragen zuknöpfen müssen, und obwohl er so hässlich wie die Sünde war, würde sie den rot-grün karierten Schal anziehen, den ihre Mutter ihr gestrickt hatte … Was sie wirklich brauchte – was sie verdient hatte und was Eddie oder sonst irgendjemand ihr schenken sollte, und zwar bald –, war ein Pelzmantel.

Eine Bö warf Eiskörnchen an das Fenster. Für einen Augenblick sah sie sich selbst in einem Pelzmantel – nicht in irgendeiner billigen Nerzstola, sondern in einem wadenlangen Silberfuchsmantel –, dann löste das Bild sich auf. Ein Pelzmantel. Ja, sicher doch. Sie rechnete nicht gerade stündlich damit.

Im Korridor roch es beschissen – im wahrsten Sinn des Wortes –, und als er den Schneematsch von den Schuhen stampfte und sich hinunterbeugte, um die Kappen mit den Papiertüchern abzuwischen, die er aus der Herrentoilette bei Benjie's mitgenommen hatte, wo er kurz eingekehrt war, um sich mit zwei Rye Whiskys und einem kleinen Bier zu stärken, fragte er sich, was hier, im Erdgeschoss, eigentlich zwischen den Aufnahmesessions passierte. Oder vielleicht sogar während der Aufnahmesessions. Neff presste alles, was irgendjemand rausbringen wollte, ob es nun Boogie-Woogie war oder schwarze Musik oder dieser Rock-'n'-Roll-Mist, und wer wusste schon, wie viele Junkies und Pillenfresser hier ein und aus gingen und so zugedröhnt waren, dass sie sich gar nicht erst die Mühe machten, die Toilette zu suchen? Er nahm den Hut ab, legte ihn auf den längst dahingegangenen Heizkörper und fuhr sich mit beiden Händen durch das Haar. In einem Bilderrahmen an der Wand steckte noch eine Glasscherbe, in der er sein Spiegelbild sehen konnte, wenn auch undeutlich und schattenhaft, als hätte er bereits den Geist aufgegeben. Während er sein Haar zurückstrich und in die dunklen Tunnel seiner Augen sah, wurde er sich für einen flüchtigen Augenblick seiner Sterblichkeit bewusst – er war achtunddreißig und wurde nicht jünger, sein Vater war seit zehn Jahren tot, und seine Mutter schwand zusehends dahin; nicht mehr lange, dann wären nur noch er und seine Schwester und eine dürre, altjüngferliche Tante, Aunt Marta, übrig, und noch ein bisschen länger, und er würde ein alter Mann in ausgebeulten Hosen sein, der auf die Kaugummiflecken auf dem Bürgersteig starrte. Doch plötzlich ging hinter ihm die Tür auf, und als er sich umdrehte, sah er eine junge Frau in einem Wollmantel und war mit einem Mal wieder unsterblich.

»Oh, hallo, Johnny«, sagte sie und drückte die Tür ins Schloss. »Gott, ist das ekelhaft da draußen.«

Zuerst erkannte er sie nicht wieder. So was passierte ihm in letzter Zeit immer häufiger, wie es schien, und er nahm sich vor, weniger zu trinken – und weniger Joints zu rauchen, denn die waren am schlimmsten, die putzten einem das Gehirn, bis man sich selbst nicht mehr im Spiegel erkannte. Wenn er irgendwohin kam – in eine Bar, einen Club, das Büro seines Managers –, und es war jemand da, den er nicht erwartet hatte und der eigentlich in eine ganz andere Szene gehörte, musste er sich irgendwie durch die Begrüßung mogeln und ein, zwei Minuten nachdenken, bis er wieder alles auf der Reihe hatte. »Darlene«, sagte er jetzt, »Darlene Delmar. Mann, das muss Jahre her sein. Oder jedenfalls Monate, stimmt's?«

Sie trug eine Sonnenbrille, obwohl es draußen stockfinster war, und unter dem linken Glas war eine Schwellung oder so, genau über dem Wangenknochen. Sie lächelte dünn. »Sechs Monate. Cincinnati. Auf ... wie hieß der Sender noch? W-irgendwas.«

»Ja«, sagte er und tat, als erinnerte er sich, »ja. Das waren gute Zeiten, hm? Wie läuft's denn so bei dir?«

Ein wehmütiges Lächeln. Ein Schulterzucken. Er roch ihr Parfüm, den zarten, flüchtigen Duft einer grünen Wiese voller blühender Blumen, unter einer Sonne, die einem den Schweiß ins Genick trieb, Frühling, Sommer, *Florida*, doch der üble Geruch der Straße legte sich darüber. »So gut es geht, würde ich sagen. Wenn ich nur mehr Arbeit kriegen könnte, vielleicht in einer wärmeren Gegend.« Sie schüttelte das Haar aus und stampfte mit den Füßen, um den Matsch loszuwerden, und er musste einfach hinsehen: ihre Knöchel, ihre Beine, die Art, wie der Mantel sich teilte und den Blick auf die Haut darunter freigab.

»Es sind harte Zeiten«, sagte er, nur um etwas zu sagen.

»Mein Manager – ich hab einen neuen, hab ich dir das erzählt? Nein, kann ja wohl nicht sein, wenn wir uns sechs Monate nicht gesehen haben ...« Sie hielt inne, stieß ein leises Lachen aus und kramte in ihrer Tasche nach den Zigaretten. »Jedenfalls, der sagt, nach Silvester wird's ganz bestimmt besser. Er schickt mich vielleicht nach L. A. Oder nach Vegas.«

Er versuchte sich zu erinnern, was er über sie gehört hatte: Jemand hatte sie angebrütet, und sie hatte eine Abtreibung in irgendeinem Hinterzimmer gehabt, und dabei hatte es Komplikationen gegeben. Oder nein, das war nicht sie gewesen, sondern die Frau, die vor zwei Jahren mit dieser Kitschplatte einen großen Knaller gelandet hatte, diese Blonde, wie hieß sie noch gleich? Und dann fiel es ihm wieder ein, ein Bild, an das er noch oft gedacht hatte: Es war auf irgendeiner Party gewesen; er hatte seinen Mantel holen wollen, und da war sie gewesen und hatte mit zwei Männern gleichzeitig rumgemacht. Darlene, Darlene Delmar. »Ja«, sagte er, »ja, das wäre nicht schlecht. L. A. ist toll. Ich meine, Palmen, das Meer ...«

Sie gab keine Antwort, sondern legte schützend die Hand um das Feuerzeug und zündete sich eine Zigarette an – eigentlich hätte er das für sie machen sollen, aber das kümmerte ihn nicht. Er stand wie angewurzelt und mit tropfendem Mantel da, und sein Blick wanderte zu dem schmutzigen Fenster in der Tür: Draußen auf der Straße war eine Bewegung, ein längliches gelbes Etwas hielt plötzlich am Bordstein. Zwei Männer mit Geigenkästen stiegen aus einem Taxi. Graupel legte sich wie Konfetti auf ihre Hüte und Schultern. Er sah wieder zu ihr und stellte fest, dass sie ihn über ihre Zigarette hinweg anstarrte. »Da kommen die Streicher«, sagte er und machte eine Geste zum Ende des Korridors. »Wir sollten wohl lieber reingehen.«

Er hatte sich nicht die Mühe gemacht, ihr Feuer zu geben, er hatte sich nicht mal vom Fleck gerührt – als wäre er aus der Äußeren Mongolei, wo man noch nie von Frauen oder Zigaretten oder normaler Höflichkeit gehört hatte. Oder von Manieren. Seine Mutter musste was ganz Besonderes gewesen sein, ein fettes Fischweib mit Schnurrbart und ohne Schuhe und vermutlich Analphabetin obendrein. Johnny Bandon, geboren in Flatbush als Giancarlo Abandonado. Noch so ein Spaghettisänger: Sinatra, Como, Bennett, Bandon. Sie konnte nicht fassen, dass sie als Teenager tatsächlich geglaubt hatte, er habe Talent, dass sie stundenlang allein dagesessen, seiner schmelzenden Tenorstimme gelauscht und Zeitschriftenfotos von ihm betrachtet hatte, bis ihre Mutter vom Schnellimbiss nach Hause gekommen war und ihr gesagt hatte, sie solle ihre Tonleitern üben. Sie hatte gewusst, dass sie heute mit ihm arbeiten würde, das hatte ihr Manager ihr gesagt, doch als sie, bis auf die Knochen durchgefroren, hereingekommen war, hatte sie ihn kaum erkannt. Es hieß, er nehme Tabletten, und sie wusste, was das mit einem machte, wusste es aus eigener Erfahrung, doch auf die Hagerkeit seines Gesichts und den in weite Fernen gerichteten Blick war sie nicht gefasst gewesen. Sie hatte ihn als einen – wenn auch auf eine schmalzige Weise – gutaussehenden Mann in Erinnerung, doch da stand er nun, mit Glubschaugen und Haar, das ihm wie ein Entenschwanz über den Kragen hing, und winkte ihr, als glaubte er, er wäre hier der Typ von der Plattenfirma. Oder irgendein Obermufti, ein Obermufti aus Siam.

Den Korridor entlang und ins Studio, im Sekretariat ein Haufen aus Mänteln, Schals und Hüten, nirgends Platz, um sich zu setzen oder sich auch nur umzudrehen, und die beiden Geiger folgten ihnen dicht auf den Fersen. Den einen Job noch – bringen wir's hinter uns, dachte sie. Sie hatte freundlich sein und das Beste aus dieser Gelegenheit machen wollen – sie hatte Spaß haben wollen, das war doch nichts Schlimmes –, aber die Begegnung in der Eingangshalle hatte ihr mit einem Schlag die Laune verdorben, als wären der Schmerz in ihrem Hintern und das blutunterlaufene Auge noch nicht genug. Sie wickelte den Schal ab, zog den Mantel aus und sah sich nach einem Platz um, wo sie ihn ablegen konnte, ohne befürchten zu müssen, dass sich jemand daraufsetzte.

Harvey Neff – es war sein Studio, und er war der Produzent – trat aus dem Regieraum, um sie zu begrüßen. Er war ein Gentleman, ein echter Gentleman, denn er kam zuerst zu ihr, nahm ihre Hand, küsste sie auf die Wangen und sagte ihr, wie schön es sei, wieder mal mit ihr zu arbeiten, bevor er Johnny auch nur ansah. Dann umarmten sich die beiden, klopften einander auf die Schultern und tauschten die üblichen Begrüßungen aus – *He, Mann, lange nicht gesehen* und *Wie läuft's denn so?* –, während sie ihre Frisur in Ordnung brachte, das Kleid glattstrich und überlegte, ob sie die Sonnenbrille absetzen sollte.

»Also, Leute«, sagte Harvey und wandte sich wieder zu ihr, »ich hoffe, ihr seid alle gut drauf, denn wir werden das hier durchziehen, und zwar richtig, in einer einzigen Session, und es ist mir egal, wie lange die dauert – keiner geht, bevor wir nicht alle zufrieden sind. Wir machen eine Weihnachtsplatte, und wir müssen sie jetzt rausbringen, das heißt sofort, sonst können wir's gleich lassen – wenn ihr versteht, was ich meine.«

Sie sagte, sie verstehe es, doch Johnny starrte ihn bloß an – würde er das hier hinkriegen? –, bis Fred Silver, der für Künstler und Repertoire zuständige Typ von Bluebird, hereingestürmt kam, die Hände zur Begrüßung ausgestreckt, und Harvey in allem beipflichtete, auch wenn er kein Wort gehört hatte. »Johnny«, sagte er, ohne sie zu beachten, »stell dir bloß mal vor, was passiert, wenn wir dieses Ding jetzt rausbringen und es im Radio gespielt wird. Dann gehört es bald zum Standardrepertoire, und jedes Jahr von Thanksgiving bis Neujahr gibt es für alle Beteiligten reichlich Extrageld. Ich meine, sieh dir *White Christmas* an oder *Santa, Baby*. Oder … wie hieß noch gleich dieses andere Ding, von Burl Ives?«

Es war stickig im Raum. Sie musterte die Seite von Fred Silvers Kopf – kahl bis zu den Ohren, die Haut fleckig und feucht von Schweiß – und war froh, das richtige Kleid gewählt zu haben. Aber Johnny – vielleicht war er ein bisschen zugedröhnt, vielleicht war es das – erwachte zum Leben, wenigstens lange genug, um die Schultern zu zucken und sie alle ausdruckslos anzusehen, als wollte er sagen: Ich stehe so weit über diesem ganzen Scheiß, dass ihr lieber auf die Knie sinken und Hosianna singen solltet. Was er dann tatsächlich sagte, war: »Ja, das verstehe ich schon, aber jetzt mal im Ernst, Fred, ich meine, wirklich: *Little Suzy Snowflake*?«

Sie machten zwei langsame Durchgänge, und er dachte, er würde vor Langeweile sterben. Die Studiomusiker waren gut – die meisten kannte er –, und die Sängerin hatte eine weiche, angenehme Stimme, aber er war dafür, das Ding in einem einzigen Take aufzunehmen, und dann schnell zu verschwinden – ein paar Drinks, ein Steak und ein bisschen *Leben*, verdammt. Er sagte sich immer wieder, dass jeder Kitschplatten aufnahm, besonders vor Weihnachten, und dass er über diesen Job froh sein sollte – verdammt, Nat King Cole machte das auch, Frank Sinatra, Dean Martin, jeder –, musste aber, als sie das Arrangement etwa zur Hälfte durchgesprochen hatten, das Notenblatt weglegen und zur Toilette gehen, um nicht zu explodieren. *Little Suzy Snowflake*. Es war so dämlich. So idiotisch. So erniedrigend. Und wenn er je einen Ruf als Sänger gehabt hatte – und den hatte er gehabt und hatte ihn auch jetzt noch –, dann war dies der Todeskuss.

Die Toilette hatte vier Wände, eine Decke und einen Boden. Er verschloss die Tür, spritzte sich etwas Wasser ins Gesicht und versuchte, sein Spiegelbild so lange zu ertragen, wie er brauchte, um das Haar glattzustreichen – was hätte er dafür gegeben, mit Haar gesegnet zu sein, das zehn Minuten in Form blieb, anstelle dieses krausen, widerborstigen Durcheinanders, das nie straff anliegen wollte. Herrgott, er hasste sich. Den Ausdruck in seinen Augen, die eingesunkenen Wangen, das weißglühende Feuer des Ehrgeizes, der ihn immer getrieben hatte, der ihn trieb, das hier zu tun: Kitsch zu produzieren und es Kunst zu nennen. Er war Scheiße, ja, das war er. Er war fertig. Er war am Ende.

Ohne nachzudenken, zog er den dünnen Joint aus dem Päckchen Old Golds in seiner Jackentasche und zündete ihn an, auf dem Klo, und er war wohl nicht der Erste, der hier einen durchzog. Er nahm einen tiefen Zug, ließ den Rauch seine Lunge massieren und spürte, wie die Düsterkeit verschwand. Ein weiterer Zug, und er sah an die Decke und entdeckte eine Kakerlake mit zuckenden Fühlern. Er blies den Rauch auf sie – »Sollst auch mal 'n Kick haben«, sagte er laut, »denn davon gibt's in diesem Leben verdammt wenige« –, und dann summte er, ohne dass er hätte sagen können, wann er damit angefangen hatte, eine Melodie von Cab Calloway vor sich hin, den größten Witz der Welt: *Reefer Man*.

Sie wirkte wohl irgendwie mütterlich – vielleicht lag es am Kleid oder, genauer gesagt, an der Art, wie es ihren Busen zur Geltung brachte –, jedenfalls schlug Harvey vor, sie solle den Korridor hinunter zu den Toiletten gehen und den Star dieser Veranstaltung ein wenig bemuttern, denn die Uhr ticke, und allen werde es, ehrlich gesagt, langsam heiß unterm Hintern, wenn sie verstehe, was er meine. »Im Sinne von genervt. Von schwer genervt.« Darlene schwieg einen Moment, senkte den Kopf und ließ ihren Blick über die Sonnenbrille hinweg durch den Raum gehen. »Der arme Mann«, sagte sie mit ihrer süßesten Kleinmädchenstimme. »Er schien ein bisschen durcheinander. Vielleicht kann er den Reißverschluss nicht finden.« Alle – sie kannte alle bis auf die Streicher – brachen in Gelächter aus. *Das* hätte man mal aufnehmen sollen. George Withers, der Posaunist, musste so lachen, dass ihm sein Mundstück hinunterfiel, mit einem Knall, der wie ein Pistolenschuss klang, und darüber mussten sie noch mehr lachen.

Im halbdunklen Korridor stand allerlei Zeug herum – kaputte Notenständer, die Hälfte einer zerschmetterten Gitarre, ein großer, hüfthoher Aschenbecher aus dem Waldorf Astoria, in dessen Chrom der Name des Hotels graviert war und der von tausend Kippen überquoll – und ein hartnäckiger Geruch nach verstopften Toiletten hing in der Luft. Beinahe wäre sie über etwas gestolpert, sie blieb nicht stehen, um zu sehen, was es war, und dann stand sie vor den Toiletten, und ein anderer, neuer Geruch stieg ihr in die Nase: Er rauchte da drinnen einen Joint, der Idiot. Sie hatte sich den ganzen Weg durch die Kälte hierhergeschleppt und auf das Beste – auf einen Hit – gehofft, und nun hatte der große Johnny Bandon, der Kiffer, sich auf der Toilette eingeschlossen und zog einen durch. Plötzlich war sie wütend. Bevor sie wusste, was sie tat, hämmerte sie an die Tür wie eine Wagenladung Drogenbullen. »Johnny!«, rief sie. »Johnny, die Leute warten.« Sie versuchte, den Türknauf zu drehen. »Mach auf.«

Nichts. Sie kannte diesen Geruch. Sie hörte Wasser laufen und dann die Toilettenspülung. »Scheiße«, zischte sie. »Verdammt, mach auf! Ich weiß ja nicht, wie du das siehst, aber ich brauche diesen Job, hast du gehört? Hm?« Sie spürte etwas in sich aufsteigen, genau wie der Geysir, den sie in *Life* gesehen hatte, heiß, weißglühend. Sie rüttelte am Türknopf.

Mit einem metallischen Klicken wurde der Riegel zurückgeschoben, und dann öffnete er die Tür und sagte, sie solle sich abregen, doch er lächelte, er schenkte ihr das verwegene Draufgängergrinsen, das vor zehn Jahren die Hälfte der Frauen des Landes bezaubert hatte. Ihr wurde bewusst, dass sie mit ihren Absätzen ebenso groß war wie er, und ihr schoss der verrückte Gedanke durch den Kopf, dass er der ideale Tanzpartner wäre. Währenddessen stand er in der Tür, umwölkt von Marihuanarauch. Was er als Nächstes sagte, im vertrauten Ton des Verführers, nahm ihr allen Wind aus den Segeln: »Wozu die Brille? Hat dich einer geschlagen oder was?«

Die Welt sprang sie an, als sie die Brille absetzte. Alles war drei Schattierungen heller, auch wenn der Korridor noch immer so trüb beleuchtet war wie eine Gruft. »Das ist wegen meinem Auge«, sagte sie und legte einen Finger an den Wangenknochen. »Als ich aufgewacht bin, war es ganz blutunterlaufen und rot.«

Vom anderen Ende des Korridors hörten sie die gedämpfte Musik der

Band, die das Arrangement ohne sie probte: das schwungvolle Gleiten der Streicher, das schmalzige Ding-Dong eines Glockenspiels, das Klingeln eines Triangels und dann die Bläser, heiter und schmissig – Weihnachtsstimmung, so künstlich wie Dosenschinken. »Quatsch«, sagte er. »Deine Augen sind nicht röter als meine.«

Unwillkürlich lächelte sie. »Ach ja? Schon mal in den Spiegel gesehen?«

Mit einem Mal lachten sie beide, und dann nahm er ihren Arm und zog sie hinein. »Willst du auch mal?«, fragte er.

Der Augenblick hatte etwas – da waren der komplizenhafte Blick, mit dem sie ihn bedachte, die Art, wie sie beim Lachen die Zähne zeigte, und das Gefühl, mit etwas Verbotenem durchzukommen, als wären sie zwei Kinder, die sich aus der Schule geschlichen hatten, um unter der Feuertreppe eine zu rauchen –, etwas, das in ihm Funken sprühen ließ, einfach so, als wäre da ein angezündeter Knallfrosch. Neff konnte warten. Alle konnten warten. Er reichte ihr den Joint und sah, wie ihre Augen sich gierig weiteten, als sie inhalierte und die Luft anhielt, grüne Augen, grün und glasig wie der Boden einer Chiantiflasche. Nach ein paar Sekunden stieß sie den Rauch in kleinen Wölkchen durch die Nase aus, sodass es war, als stünde sie innerlich in Flammen, und er dachte an die Verbrennungsanlage im Keller des Wohnblocks, in dem er aufgewachsen war, an den Geruch von brennender Pappe und feuchten Zeitungen, von Essensresten und Katzenscheiße, von toten Haustieren und abgeschnittenen Fingernägeln, und dann, als hätte der Joint auch diesmal wieder sein Gehirn geputzt, dachte er an die Kirche. An Votivkerzen. An Weihrauch. Herrgott, er war wirklich granatenhigh.

»Was?«, sagte sie und blies den Rest des Rauchs durch den Mund aus. »Warum grinst du so?«

Er lachte, nein, er kicherte. »Ich hatte gerade so eine Vorstellung«, sagte er. »Sehr seltsam. Als würdest du innerlich brennen.«

Ihre Augen sahen ihn an, grün und unverwandt. Sie lächelte. »Ich? Ich armes kleines Mädchen? Brennen?«

»Hör mal«, sagte er, plötzlich ernst, und er war so illuminiert, dass er seiner eigenen Gedankenkette nicht folgen konnte, »bist du in die Kirche gegangen, als du klein warst? Das würde ich zu gern wissen. Du bist doch katholisch, nicht?«

Ihr Blick ließ von ihm ab, wandte sich zur Decke, an der sich eine äußerst bekiffte Kakerlake festklammerte, und kehrte dann zu ihm zurück. »Ja«, sagte sie und nickte einmal. »Und stell dir vor: Ich hab auch im Chor gesungen.«

»Ja? Ich auch. Ich meine, so bin ich überhaupt –«

Sie legte die Hand auf seinen Arm, als wollte sie diese Gemeinsamkeit betonen. »Ich weiß genau, was du meinst: So haben wahrscheinlich neunzig Prozent aller Sänger angefangen. Jedenfalls von denen, die ich kenne.«

»In der Kirche.«

»Ja, in der Kirche.« Sie grinste ihn an, und wenn sie grinste, hatte sie Grübchen, und ihr Gesicht öffnete sich für ihn, und zwar so sehr, dass er einen Schritt zurücktreten musste, um nicht hineinzufallen.

Er wollte mit ihr flirten, irgendetwas Witziges, Charmantes sagen, die Sache in Gang halten, doch stattdessen sagte er: »Und? Gehst du noch?«

Sie schüttelte den Kopf. »Nein. Mh-mh. Schon seit Jahren nicht mehr.« Sie spitzte den Mund, die Grübchen verschwanden. »Und du?«

»Nein«, sagte er. »Das ist alles lange her. Als ich noch ein Junge war.«

Ein Augenblick verging, in Schweigen und mit schmerzhafter Langsamkeit. Sie reichte ihm den Joint, er nahm einen Zug und gab ihn ihr zurück. »Ich schätze, die Hälfte des Wegs zur Hölle haben wir schon hinter uns«, sagte sie.

»Ach, ich weiß nicht«, sagte er, und alles in ihm ließ los, um Platz zu machen für die Heiterkeit, die er verspürte, seit sie zu ihm in die Toilette getreten war. »Eher drei Viertel, würde ich sagen.« Und dann lachten sie wieder, zweistimmig.

Harvey kam schließlich, um sie zu holen, und als Johnny die Tür öffnete und der Rauch in den Korridor zog, schämte sie sich: Das war nicht das, wofür sie hier war, es war nicht professionell und schon gar nicht vernünftig. Natürlich gab es nichts, was Harvey nicht schon mal erlebt hatte, aber trotzdem sah er sie sauer an, und sie kam sich vor wie eine Ausreißerin, wie eine in flagranti ertappte Ladendiebin. Sie dachte kurz an ihre erste und einzige Verhaftung – in einem Hotelzimmer in Kansas City, nach einer Nacht, in der sie die Musik in jeder einzelnen Körperzelle gespürt und sich unbesiegbar gefühlt hatte –, blieb zwischen dem ganzen Gerümpel stehen und schüttelte das Haar aus, um ihre Fassung wiederzufinden. Harvey war weiß im Gesicht. Er war stinksauer, und wer konnte es ihm verdenken? Aber Johnny beschloss offenbar, das zu ignorieren. Er ließ sich von der Heiterkeit tragen, die sie auf der Toilette gespürt hatten – und die war nicht von dem Joint gekommen, ganz und gar nicht, oder jedenfalls nur zum Teil –, und sagte: »Ach, komm schon, Harvey, reg dich nicht auf. Jetzt zeigen wir ihnen mal, was wir draufhaben, stimmt's, Baby?«

»Ja«, sagte sie, »klar«, und dann waren sie wieder im Studio, alle wechselten schmutzige Blicke, Harvey setzte sich zu Fred Silver in den Regieraum, und dann erfüllten die ersten Takte von *Little Suzy Snowflake* den Raum, mit Glockenspiel und bimmelndem Triangel.

»Nein, nein, nein, nein«, rief Johnny und fuchtelte mit den Armen, »Schnitt, Schnitt, Schnitt!«

Neffs Gesicht schwebte im Dunkel hinter dem Fenster des Regieraums. »Was ist denn jetzt schon wieder?«, dröhnte seine Stimme, gigantisch, überlebensgroß und bis zum Sättigungsgrad entnervt.

Johnny war sich seines Körpers bewusst, er spürte die Schulterpolster seines Jacketts und den glatten Stoff der Hose, der sich an seinem Schritt rieb, als er sich zu dem Fenster umdrehte und beide Hände ausstreckte, als biete er eine Opfergabe dar. »Es ist bloß so, dass Darlene und ich da draußen was ausgearbeitet haben – beim Einsingen, meine ich. Ich finde, wir sollten zuerst die B-Seite aufnehmen. Was meint ihr?«

Keiner sagte ein Wort. Er sah Darlene an. Ihre Augen waren ausdruckslos.

Aus den Lautsprechern ertönte ein Rumpeln. Harvey legte die Hand auf das Mikro und beriet sich mit Fred Silver, die Studiomusiker studierten ihre Hosenaufschläge, irgendwo machte irgendetwas ein schleifendes, zischendes Geräusch: Das Band lief, und diese Erkenntnis brachte ihn wieder zu sich.

»Ich glaube« – das war die Stimme Gottes aus dem Regieraum, *Domine, dirige nos* –, »wir sollten einfach weitermachen wie geplant, sonst sitzen wir noch die ganze Nacht hier herum. Wenn du verstehst, was ich meine, Johnny.« Und dann Silver, eine dünnere Stimme, der Heilige Geist, der sich in allem manifestierte: »Wenn du so weitermachst, Johnny, werde ich wohl mal telefonieren müssen.« Mit einem Geräusch, als würde man mit dem Ärmel über den Dämpfer einer Trompete reiben, legte Neffs Hand sich wieder über das Mikrofon, und dann berieten die beiden sich noch ein bisschen. Ihre Köpfe hinter dem Glas sahen aus wie Leuchtbilder.

Mit einem Mal fühlte er sich ängstlich – ängstlich, allein und verletzlich. »Okay«, sagte er zum Regieraum, »okay, hab schon kapiert.« Und er hörte sich umschalten in einen anderen Modus, hörte sich einzählen, hörte den Einsatz der Streicher in den Ecken, dickflüssig wie Sirup, das Wispern der Besen und des Hi-Hats, und dann sang er in dem reinen, sicheren Tenor, der Johnny Bandons Markenzeichen war, und dachte weder an Harvey noch an die Dämlichkeit des Textes. Er sang. Nichts anderes – er sang.

Sobald Johnny den Mund aufmachte, geschah etwas mit ihr. Es war nicht das erste Mal, es war schon oft geschehen, doch es war das Letzte, womit sie bei dieser Session gerechnet hatte. Sie fiel bei der zweiten Strophe ein – »Little Suzy Snowflake / Came tumbling down from the sky« – und spürte es, die Bewegung in ihr, den ersten Schritt ins Intuitive, das, was ihre Mutter als Öffnen der Seele bezeichnete. *Du singst mit der Seele*, sagte sie immer, *das weißt du doch, meine Kleine? Du singst immer mit der Seele.* Sie konnte nicht anders. Sie folgte Johnny und hob ab, und was machte es schon, wenn es kitschig war, das Glockenspiel ein Klischee aus irgendeiner verklärten, plüschigen Zeit, an die sich niemand erinnern konnte, und das Arrangement purer Chintz? Sie hob ab und er ebenfalls.

Und dann nahmen sie die B-Seite auf, die wärmer war, süßer, mit einem Hauch von Swing – »Let it snow, let it snow, let it snow« –, und gingen zu *But Baby It's Cold Outside* über, im Wechselgesang. Als Harveys Stimme ertönte – »Okay, Leute, das haben wir« –, konnte sie nicht ganz glauben, dass es schon vorbei war, und Johnny, der mit gelockerter Krawatte und wirr in die Stirn hängenden Haaren dastand, schien es ebenso zu gehen.

Die Musiker packten zusammen. Die Straßen und die Nacht erwarteten sie, die Graupeln, die gegen Morgen in Schnee übergehen würden, und der Himmel, der sich sacht über alles legte, weil nichts da war, das ihn hätte stützen können. »Johnny«, murmelte sie, und sie standen noch immer am Mikrofon, beide erstarrt in diesem Augenblick, »das war, ich meine, das war –«

»Ja«, sagte er und nickte, »das hat gepasst, nicht?«, und als er sich zu ihr wandte, war sie sicher, dass er sagen würde: *Lass uns noch irgendwo was trinken gehen* oder *Zu dir oder zu mir?*, doch das tat er nicht. Stattdessen schloss er die Augen und begann wieder zu singen, mit seiner reinen Stimme, hoch und schön. Keiner rührte sich. Die Geisterköpfe im Regieraum fuhren zu ihnen herum, die Bläser blickten von ihren Instrumentenkoffern, den Filzlappen und den empfindlichen Mundstücken auf. Sogar die Streicher – langhaarige Typen von der Brooklyn Academy of Music – zögerten. Und dann, im dritten Takt, fiel sie ein, und ihre beiden Stimmen verschmolzen zu einer einzigen: »It is the night / Of our dear Savior's birth«.

Der Augenblick verharrte. Sie sangen das Lied zu Ende und sangen es noch einmal. Und dann gingen sie ohne Unterbrechung, als läsen sie vom selben Notenblatt ab, zu *Ave Maria* und *O Come All Ye Faithful* und *What Child Is This* über. Der süße Rhythmus der Melodie war ebenso sehr ein Teil von ihr wie das Pulsieren des Blutes in ihren Adern. Sie wusste nicht, wie spät es war, sie merkte nicht, dass Harvey und der Typ von der Plattenfirma den Regieraum verließen, sie spürte nichts anderes als die Kraft ihrer vereinten Stimmen. Sie wusste nur dies: dass sie sich in einem geschlossenen Raum befand, umgeben von vier Wänden, einer Decke und einem Boden, doch das kam ihr ganz falsch vor, denn es fühlte sich an, als würde sich dieser Raum in die Unendlichkeit weiten.

MEIN SCHMERZ IST GRÖSSER
ALS DEINER

Ich liebe meine Frau, und wir sind die vielen Jahre ziemlich gut miteinander ausgekommen, aber die Tage hatten so etwas – tja, was will ich hier eigentlich sagen? – *Erwartbares*, das mich manchmal so zermürbte, dass ich mir vorkam wie ein lange nicht mehr verrücktes Möbelstück. Wie ein Beistelltisch aus Ahorn vielleicht, mit schön abgeschrägten Kanten, dessen Zweck einzig darin besteht, Staub anzusammeln. Und deswegen – und ich will mich hier nicht herausreden, ich konstatiere nur die Fakten – zog ich an diesem Abend meine schwarze Jeans und den Rollkragenpullover an, holte meine Skimütze aus dem Schrank und kletterte auf der Rückseite von Lily Barons Hütte hinauf bis zur Dachterrasse im ersten Stock und spähte durch das Fenster, mit keiner anderen Absicht, als festzustellen, was sie um Viertel vor zwölf nachts tat, und sie, sofern sie es wollte, vielleicht zu überraschen. Sie ein bisschen zu erschrecken. Natürlich nur im bestmöglichen Sinn, das heißt mit Liebenswürdigkeit und zu beiderseitigem Vergnügen.

Wissen Sie, Lily hat im letzten Jahr viel durchgemacht. Sie ist erst dreiundvierzig, doch Frank, ihr Mann, der nicht mehr unter uns ist, war über sechzig, und als er in Rente ging, kündigte sie ihre Stelle als Sekretärin bei einem Rechtsanwalt und kam hierher nach Big Timber, um den Rest ihrer Tage in aller Ruhe zwischen den riesigen Mammutbäumen zu verbringen. Sie bauten ihr Traumhaus auf dem großen Grundstück, das Frank in den achtziger Jahren gekauft hatte, und wurden zu ständigen Bewohnern. (Traum*hütte*, sollte ich wohl besser sagen, da wir – die achtundzwanzig von uns, die das ganze Jahr über hier leben, und die ungefähr fünfzig, die einen Teil des Jahres hier sind – uns für Leute halten, die es primitiv mögen, und während ein paar in richtigen Blockhütten aus Bausätzen aus echten entrindeten Baumstämmen wohnen, sind die meisten mit Häusern mit alpinem Anstrich zufrieden, wie zum Beispiel mit einer Verschalung aus Zedernholz, Kaminen aus Stein und Tierköpfen, die wir über unseren selbstgebauten Kaminsimsen aufhängen. Wir alle, Männer, Frauen, Kinder, Hunde, nennen unsere Häuser Hütten.)

Frank meldete sich freiwillig zur Bürgerwehr und half im Winter beim Schneeräumen, und Lily mit ihrem herzerweichenden Gesicht und einer Figur, die von keiner Schwangerschaft ruiniert war, weil sie keine Kinder hatte, weder von Frank noch von ihrem ersten Mann, der, soweit ich weiß, drüben in Mineral King beim Forstamt gearbeitet hatte, bevor er sich ins Koma trank und kopfüber über das Geländer des Feuerwachturms stürzte, begann gemeinsame Essen und Bridgeabende und solche Sachen in der Lodge zu organisieren. Und sie fing an, mehr zu trinken, als wahrscheinlich gut für sie war. Genau wie Frank. Das – und darüber machen wir alle Witze – ist nur eins der Risiken, wenn man wie in einem Aquarium auf zweitausendzweihundert Meter Höhe und eine gute, kurvenreiche, bremsenfressende Stunde von der nächsten Stadt entfernt an einem Ort von allumfassender Schönheit lebt, den Gott eigentlich für Seine Frau hätte reservieren müssen. Wenn Er denn je daran gedacht hätte zu heiraten.

Wie auch immer, Frank liebte die Natur, die Berge, und trotz seines Alters machte er ständig Wanderungen, gleichgültig, wie das Wetter war. Man schaute an einem verschneiten Morgen vom Feuer oder Fernseher oder dem ersten doppelten Wodka Tonic auf, und da war er mit seinem kleinen Rucksack und seinem Wanderstock und steuerte auf den Wald zu, ohne sich um Wege, Kompasse oder das Wetter zu kümmern, und wenn er ein Handy hatte, so war es von keinerlei Nutzen, da für den Empfang in unserer Gegend das Wort *Funkloch* erfunden worden war. Er ging eines Nachmittags im Frühling los mit seiner Angel und seinem Rucksack, in dem sich ein halber Liter Jim Beam sowie zwei von Lily in Frischhaltefolie gewickelte Sandwiches mit Frischkäse und Oliven befanden, und kehrte nie zurück. Später wurde rekonstruiert, dass er im Hellbore Creek nach Goldforellen geangelt hatte und gestürzt sein musste, denn sein Bein war zweimal gebrochen, aber da sich ein Bär an seiner Leiche gütlich getan hatte und die Raben ihm die Augen ausgepickt hatten, konnte man da nicht ganz sicher sein. Er wurde seit vier Tagen vermisst, als ihn der Suchtrupp fand, die Sandwiches waren ebenso verschwunden wie seine weichen Augäpfel, und in der intakten Glasflasche befand sich noch knapp ein Fingerbreit Bourbon. Lily war überzeugt, dass er gelitten hatte, und wir versuchten alle, sie zu beruhigen, führten den Trost des Bourbons an, das beruhigende rhapsodische Rauschen des Flusses und die Sonne, die ihren Platz, als es Nacht wurde, den Sternen überließ, als wollte sie ihm einen Blick in die Ewigkeit gewähren, doch insgeheim wussten wir, dass sie recht hatte.

Natürlich hatte er gelitten. Allein mit seinem Schmerz. Ohne Hoffnung. Er kämpfte gegen die Raben, bis er den Arm nicht mehr heben konnte. Laut Bill Secord, der als einer der Ersten am Fundort war, hatte er wohl versucht, aus der Schlucht zu kriechen, doch der Schmerz in seinem Bein war offenbar zu groß, und er schaffte nicht mehr als ungefähr zweihundert Meter, obwohl er sich durchs Unterholz zerrte und sich die Fingernägel bis aufs Nagelbett abrieb.

Als wäre das noch nicht genug für jede Frau, insbesondere für eine so liebe Frau wie Lily, die nichts weniger verdiente, ereignete sich dann auch noch dieser Unfall. Und zwar schon drei oder vier Monate nach der Beerdigung, gerade als sie aus ihrer ganz persönlichen Schlucht aufzusteigen begann und einen Mann zu sich einlud, dessen Namen ich hier nicht nennen will, weil allein der Klang seines Namens – verdammt, wie er aussah mit seinem dicken, hämischen Gesicht, das aus dem offenen Fenster seines Pick-ups hing – mich vor Eifersucht brennen lässt wie einen trockenen Kiefernzweig auf glühenden Kohlen. Das ist komisch, ich meine, dass mir ausgerechnet dieser Vergleich einfällt, denn Lilys Unfall hatte genau damit zu tun: mit Verbrennen. Sie hatte einen dieser altmodischen Popcorn-Töpfe, in dem das heiße Öl blubberte, und so wie ich es sehe, war sie ein bisschen durcheinander, als dieses spezielle Individuum vor ihrer Tür stand, eine Flasche in der einen Hand und ein paar welkende wilde Blumen in der anderen. Sie war sicherlich noch nicht bereit, in diese Richtung auch nur zu denken, wo Frank doch noch unversehrt oder überwiegend unversehrt in der Erde lag, und vielleicht war sie ein wenig hektisch, überkompensierte in ihrer Rolle als Gastgeberin, und als sie sich mit ihrem zweiten Drink auf die Couch setzen wollte, blieb ihr Fuß am Kabel hängen, und die ganze Apparatur, siedendes Öl, Orville Redenbachers knusprige gelbe Maiskörner und auch der schimmernde Aluminiumtopf fielen auf sie.

Das Öl schmolz die Haut auf ihrem halben Rücken bis hinunter zur Hüfte, schlang eine breite harte Narbe um ihre linke Schulter und den linken Oberarm und brannte zwei tränenförmige Löcher in das Fleisch unter ihrem linken Auge, die der Schönheitschirurg, so sagt er, entfernen und wie neu glätten kann, sobald sie das Geld für die nächste Runde von Operationen gespart hat, denn Frank, der nie auch nur einen Kompass mit in den Wald nahm, war natürlich nicht ausreichend krankenversichert gewesen. Und hatte auch keine Lebensversicherung gehabt. Wir haben alle beigesteuert, um das Begräbnis zu bezahlen, doch notgedrungen konnten wir die Kosten nicht ganz decken. Die musste Lily übernehmen, ohne dass ihr jemand unter die Arme gegriffen hätte, weder Franks Schwester in Missoula noch sein einarmiger Sohn, den Lily die ersten zehn Jahre ihrer Ehe hatte ertragen müssen.

Ich stand also auf ihrem Dach. Mit einem Anliegen. Und Jessica, meine Frau, die gern früh ins Bett geht – sie gähnt und reißt den Mund auf und streckt die Arme, als würde sie ertrinken, kaum ist es halb acht oder acht –, war nichtsahnend zu Hause und schnarchte leise in der eiskalten Höhle unseres gemeinsamen Schlafzimmers, von dem aus man im Sommer auf den blasigen Humus an den Knöcheln der Bäume und im Winter auf die hohen Schneewehen blickt, die wie Wellen über eine stürmische weiße See rollten. Wenn ich damit gerechnet hatte, dass, ach, ich weiß nicht, Lily sich vor dem Badezimmerspiegel in einem babyblauen durchsichtigen Negligé die Haare hochsteckte, sodass sich ihre Brüste mit den Bewegungen ihrer Arme hoben und senkten, oder so etwas in der Art, dann wurde ich enttäuscht. Zuerst sah ich nur den Flur im oberen Stockwerk, der zu ihrem Schlafzimmer führte, und den Kopf des Maultierhirsches, der den Treppenkopf zierte (und dessen steinharte Nase ich, damit er mir Glück brachte, jedes Mal geküsst hatte, wenn Jessica und ich zu Franks Lebzeiten zu Drinks und Abendessen und Drinks eingeladen gewesen waren). Es brannte mattes Licht in dem billigen Wandleuchter aus Rauchglas, den sie für zwölf fünfundneunzig im Baumarkt in Porterville gekauft hatten, aber es rührte sich nichts. Sie war nicht zu sehen. Die beiden hatten einen Hund – oder vielmehr hatte sie einen Hund, eine Chihuahua-Mischung –, doch der war alt, hinfällig, blind und taub und eine jämmerliche Kreatur, die nicht einmal Alarm hätte schlagen können, wenn eine ganze Panzerdivision durchs Wohnzimmer gerollt wäre. Ich wartete. Und hielt die Augen offen.

Habe ich eigentlich schon erwähnt, dass es Winter war?

Die Nacht war klar bis da hinauf, wo die Sterne ihre Bahnen ziehen, was hieß, dass es kalt war, vielleicht elf, zwölf Grad unter null, und ich hatte ein wenig Mühe, durch die Augenschlitze meiner Skimütze etwas zu sehen, und mein Atem kondensierte um die Öffnung für den Mund und gefror, sodass meine Lippen brannten, bevor ich noch bei Lily angelangt war (zu Fuß, weil ich nicht einfach mit dem Wagen vorfahren wollte, denn dann wäre es keine Überraschung mehr gewesen – und zudem wusste man nie, wer hier oben, wo jeder seine Nase in alles steckt, auf der Lauer lag). Zumindest war das Dach schneefrei. Frank hatte sich für Blech entschieden, die schräge Fläche war steil und ragte über die Dachterrasse, und in der Sonne war der knappe Meter Schnee, den der letzte Sturm abgeladen hatte, nach unten abgegangen. Umso besser. Ich zerbrach die Eiskruste um meinen Mund und wollte mich gerade auf die Dachterrasse hinunterhangeln, um dort durchs Fenster, das Schlafzimmerfenster, zu schauen, als auf der dünnen, nahezu unsichtbaren Eisschicht, die der Schnee zurückgelassen hatte, die Stiefel unter mir wegrutschten und ich das Gleichgewicht verlor.

Wir haben hier keine Dachrinnen, aus offensichtlichen Gründen – unter dem Gewicht des über die Kanten hängenden Schnees würden sie sofort abbrechen –, weswegen sich zwischen mir und einem zwei Stock tiefen Sturz nichts außer Wellblech und hier und da ein Bolzen befand. Ich war ein bisschen betrunken. Ich gebe es zu. Wir waren früher am Abend zu Drinks und Kartenspielen bei den Ringsteads eingeladen gewesen, und als wir wieder zu Hause waren, habe ich mir weiter eingeschenkt, auch noch als ich darüber nachdachte, wie einsam Lily sein musste, weil sich der halbe Berg eingefunden hatte, doch sie war nicht aufgetaucht. Wie auch immer, ich stürzte nicht zwei Stockwerke vom Dach auf die großen Granitfelsen, die wie faulige Zähne aus den Schneewehen ragten, zumindest vorerst nicht, sondern schaffte es gerade noch, mich an einer der stählernen Stützstreben des Schornsteins festzuhalten, die Frank hatte anbringen müssen, nachdem im letzten Winter eine Jeffrey-Kiefer umgestürzt war und den Schornstein mitgerissen hatte. Ich wurde verschont. Doch der Krach, den ich bei dem Versuch machte, mich zu retten, brachte den blinden und tauben Chihuahua zum Bellen, und sein Gekläffe weckte offenbar Lily.

Ich lag mit ausgestreckten Armen und Beinen auf dem glatten Dach und versuchte, Zentimeter um Zentimeter zur Terrasse hinüberzurobben, als die Tür aufflog und Lily auftauchte, gekleidet in das babyblaue Negligé meiner Träume, das ich vermutlich an dem Haken im Bad hatte hängen sehen, als ich mich dort an einem der fröhlichen Drinks-Abendessen-Drinks-Abende erleichtert hatte, nur dass eine große schmutzig weiße Wolljacke mit Zopfmuster die Teile ihrer Anatomie verbarg, die zu sehen ich vor allem gekommen war. Sie stieß mit ihrer süßen mädchenhaften Stimme, die wie das Plätschern einer glasklaren Bergquelle klingt, einen leisen Schrei aus, der Hund zu ihren Füßen kläffte, und das Gewicht der vielen Sterne über mir lastete immer schwerer auf mir, und dann sagte sie: »Rühr dich ja nicht, du Scheißkerl, ich habe eine Knarre.« Und sie hatte wirklich eine Knarre. Wir haben hier alle Schusswaffen, zwanzig Stück pro Person, als wäre es eine Vorschrift der Gemeinde. Ich hatte natürlich keine, also nicht in diesem Moment. Meine zwanzig Schusswaffen lagen zu Hause in meiner Hütte.

Doch mein Problem war folgendes: Ich war gekommen, um die Lage auszukundschaften, auch wenn ich mir eine ganze Menge mehr erhoffte und vielleicht sogar erwartete, aber ich hatte das Element der Überraschung verspielt und fragte mich, ob ich etwas sagen sollte, um mich als der zu identifizieren, der ich war, und nicht mit einem wahnsinnigen Vergewaltiger verwechselt zu werden, der auf Kaution aus dem Gefängnis von Lompoc freigekommen und von Kopf bis Fuß schwarz gekleidet war, eine schwarze Skimütze trug und böse Absichten im Herzen hegte. Und es war nicht die Aussicht, erschossen zu werden, die mich antrieb, glauben Sie mir, denn das wäre mir in diesem Augenblick nur recht gewesen – es war vielmehr, was meine Mutter, meine arme, tote, überarbeitete und schwer geprüfte Mutter, Demütigung genannt hätte. Wenn ich mich jetzt, wo sie die Oberhand hatte, wie es so schön heißt, zu erkennen gäbe, wie sollte ich da noch hoffen können, sie von der im Wesentlichen romantischen und darüber hinaus sogar tröstlichen Natur meines Vorhabens zu überzeugen?

Die Entscheidung wurde mir abgenommen durch das, was manche Leute Schicksal nennen, doch ich behaupte hier und jetzt, dass es Pech war, schlicht und einfach Pech. Ich konnte mich nicht mehr halten. Das Dach war wie eine Eislaufbahn, eine um fünfundvierzig Grad gekippte Eislaufbahn. Plötzlich ließ mich die Nacht im Stich, und ich war verschwunden. Und es war mein Pech – mein sehr großes, katastrophales Pech –, dass ich nicht in den Schneewehen landete, sondern auf einem breiten, unnachgiebigen Backenzahn von einem Felsen, der mein Bein genauso gründlich und schlimm brach, wie Franks Bein zwischen den Felsen am Hellbore Creek gebrochen worden war.

Während ich dalag, versteckt hinter meiner Skimütze wie ein zweitklassiger Superheld und unfähig, mich zu rühren, weil der Schmerz sich wie ein in meinem Körper gefangener Komet aufführte, fiel mir – ich weiß nicht, warum – Lilys Stiefsohn ein, Frank jr. Er hatte mit vierzehn seinen Arm durch einen Unfall im Zoo von San Diego verloren, vielleicht haben Sie davon gelesen, es stand damals in allen Zeitungen. Es war noch immer umstritten, ob er wirklich Angel Dust genommen und den Eisbären provoziert hatte, der sich nur in seinem stinkenden kleinen Teich aus grünlichem Wasser abkühlen wollte, oder ob er einfach ausgerutscht und gestürzt war, das Ergebnis war jedenfalls, dass er seinen rechten Arm bis zur Schulter und ein Stück darüber hinaus verlor. So wie er jetzt aussieht – er ist zweiunddreißig und mit Franks blondem Haar und kantigen Zügen so attraktiv wie ein Fernsehmoderator –, könnte er mit der linken Seite auf den Werbeplakaten für das Marine Corps abgebildet sein, aber auf der rechten ist einfach nichts, und wenn er geht, ist er nie ganz im Gleichgewicht, und deswegen hat sein Gang etwas komisch Ruckhaftes. Lily, die nur elf Jahre älter ist als er, eher im Alter einer großen Schwester als einer Mutter, musste ihn unter ihrem Dach ertragen, als sie und Frank die vielen Jahre unten im Flachland lebten, denn wegen seiner Behinderung konnte sich Frank jr. nicht selbst versorgen, und glauben Sie mir, er ist eine so angenehme Gesellschaft wie ein Käfig voller Ratten, er zürnt der Welt und jammert und stöhnt ständig über den unbeschreiblichen Schmerz in seinem fehlenden Arm. Den er dann stets in allen Einzelheiten beschreibt. Ad nauseam.

Ich erwähne das, weil es etwas mit dem zu tun hat, was ich hier sagen will über Schmerz, über meinen Schmerz und Lilys Schmerz und den Schmerz aller anderen, und das Ende vom Lied war, dass ich ungefähr drei Minuten später als der erkannt wurde, der ich war. Von Lily, die mit ihrer Taschenlampe und der Stupsnase ihres .38 Special, den Frank ihr zwei Jahre zuvor zum Geburtstag geschenkt hatte, vor mir stand, denn der Junge – Frank jr., der eigentlich unten im Tal in Porterville in einer Art Rehabilitationszentrum lebte – tauchte aus dem Nichts auf, griff mit der ihm verbliebenen Hand hinunter und riss mir die Mütze vom Kopf.

Ich glaube nicht, dass ich jemals so viel geredet, gebettelt, mich entschuldigt und beschwichtigt habe wie in dieser Nacht, während ich rücklings im Schnee lag und mir den Arsch abfror und Lily mich ansah, als wäre ich etwas, auf das sie auf dem Parkplatz von Costco getreten war, und Frank jr. ins Haus lief, um den Sheriff, die Feuerwehr und jede Menschenseele auf dem Berg anzurufen, darunter den alten Brick Sternreit, der den Titel *Mann des Berges* beim Chili-Kochwettbewerb am Heldengedenktag dreimal in Folge gewonnen hatte, obwohl er schon fast neunzig war, Bart Bliss, der die Lodge führte und den längsten Bart auf dem Berg hatte, drei Witwen, zwei Witwer und mein scharf geschliffenes, stahläugiges Rapier von Frau, Jessica. Während Frank jr. im Haus war und überall die Telefone klingelten, waren ich und Lily eine Weile allein draußen in der eiskalten Nacht. Lily hatte den .38 gesenkt, gesichert und in die Tasche ihrer großen Wolljacke gesteckt, die, wie ich jetzt sah, mit zwei tänzelnden Rentieren in Rot bestickt war, doch die Taschenlampe hielt sie noch immer auf mein Gesicht gerichtet. »Lily«, keuchte ich und rang vor Schmerzen nach Luft, »könntest du die Taschenlampe senken? Bitte? Weil mein Bein ist gebrochen« – und fast hätte ich *Genau wie Franks* gesagt, aber ich hielt mich zurück –, »und ich kann mich nicht bewegen, und das Licht blendet mich.«

Der Lichtschein rührte sich nicht. »Was hast du dir verdammt noch mal dabei gedacht?« Ihr Tonfall war vorwurfsvoll und ihre Stimme alles andere als melodisch und süß.

»Ich liebe dich«, sagte ich. »Ich liebe dich seit dem Tag, als Frank dich hergebracht hat und wir uns alle in der Lodge mit Margaritas betrunken haben ... weißt du noch?«

Ihre Stimme war tonlos. »Du liebst mich nicht.«

»Doch.«

»Du zeigst es aber auf eine komische Art. Hast du geglaubt, du siehst mich nackt, oder was?«

Aus der Ferne war das Geräusch von Winterreifen auf der Eiskruste der Straße zu hören, die sich unterhalb von uns an der Hütte der Turners vorbeiwand, das Scheinwerferlicht tanzte bereits in den Wipfeln der kahlen Espen vor Lilys Hütte. »Du musst mich für einen Voyeur oder so was halten, aber ehrlich, ich wollte nur, ich meine –«

»Nein«, sagte sie und schnitt mir das Wort ab, »ich halte dich nicht für einen Voyeur – ich halte dich für Abschaum. Wirklich, wie konntest du nur? Frank ist noch nicht ganz kalt und begraben, und was ist mit Jessica, was ist mit ihr, was ist mit deiner *Frau*?«

Der Schmerz – der Komet, der von meinem Bein in mein Gehirn und wieder zurück schoss und darum kämpfte, in die Nacht hinaus zu explodieren – ergriff voll und ganz von mir Besitz, und mir fiel keine vernünftige Antwort ein. Ich wollte sagen *Es wird ihr nichts ausmachen* oder *Sie muss es nicht erfahren* oder *Ich liebe sie nicht, ich liebe dich*, aber ich konnte nicht.

»Und die Mütze? Wozu die Mütze? Das ist einfach nur krank.«

Und so bettelte ich und protestierte, doch vergeblich, weil die Winterreifen und die Scheinwerfer Bill Secord gehörten, dem ersten Helfer vor Ort, und im Handumdrehen war die gesamte Gemeinde da und betrachtete meine darniederliegende, verletzte, bis auf die Knochen blamierte Gestalt (verrückterweise fiel mir ein, ich hätte behaupten können, dass ich nur die Stützstreben des Schornsteins hatte überprüfen wollen, um Frank einen Gefallen zu tun, das heißt im Gedenken an Frank, und um einer armen Witwe zu helfen, die keine Ahnung von winterlichen Wartungsarbeiten hatte). Stimmen trieben über mich hinweg. Zwei Hunde schlichen zu meinen Stiefeln und schnüffelten daran. Ich sah eine Wodkaflasche, die von Hand zu Hand gereicht wurde, doch niemand dachte daran, mir etwas anzubieten oder auch nur die Lippen zu benetzen. Die Leute debattierten, ob man mich bewegen sollte oder nicht, und Bill tat ganz offiziell von wegen Rückenverletzungen und dergleichen, und der Sheriff trat aus den Schatten und sammelte Informationen für seinen Bericht, während die Scheinwerfer des Krankenwagens zwischen den Bäumen auftauchten und Jessica, meine Bettgenossin, meine Lebensgefährtin, mein alter Bettvorleger und meine süße, mir angetraute Braut, heranschlurfte, sich über mich neigte mit einem vor Kränkung, Verwirrung und Zorn so verzerrten Gesicht, dass ich sie kaum erkannte, mich anschrie und mir dabei kalten Speichel ins Gesicht spuckte, der sofort auf meiner Wange gefror, und dann hoben mich die Sanitäter auf die Bahre und die Türen des Krankenwagens fielen zu vor der Nacht und dem Berg, der bis zu diesem Augenblick mein Zuhause, mein Versteck und meine Zuflucht vor der bösen alten Welt gewesen war.

Sie wollen was über Schmerz hören? Jessica reichte die Scheidung ein, noch bevor sie mein Bein zusammengenagelt hatten, und als ich mich von dem Trottel, dessen Namen ich nicht erwähnen will, vom Krankenhaus nach Hause fahren und die Stufen zu meinem Haus hinaufhelfen lassen musste und ihm dann nachsah, wie er noch einmal zum Wagen ging, um den Rollstuhl zu holen, war sie nicht mehr da. Wie auch ungefähr siebenundachtzig Prozent der Einrichtung und der Plasmafernseher, der während der letzten paar Jahre mein einziger Trost gewesen war, der Fernseher und die Eichhörnchen, und außerdem hatte sie die meisten Mikrowellengerichte und Konserven mitgenommen, sodass ich nicht nur nichts sehen konnte, sondern auch nichts zu essen hatte. Oh, es war ein kaltes Haus. Und ich sage Ihnen, für den Rest des Winters ließ ich mich nirgendwo blicken wegen der Schmach, und wenn ich Bourbon trank, dann allein.

Aber wenn wir etwas sind, dann eine Gemeinde, die vergisst, wenn nicht gar vergibt – Himmel, die meisten von den Leuten hier haben Schlimmeres getan, als mitten in einer Winternacht aus Sorge und Liebe bei einer Frau vorbeigeschaut –, und im Frühling fühlte ich mich fast wieder normal. So normal, dass ich eines Abends mit dem Rollstuhl zur Lodge gefahren bin, gute eineinhalb Kilometer diese mörderischen Hügel hinauf und hinunter, bis meine Handflächen blutig waren, und ein medium gebratenes Steak und einen Krug Firestone und ein Glas Schnaps bestellte, das nie lange leer war, weil jeder, der durch die Tür hereinkam, mir einen ausgab und auf die Schulter schlug und sagte, wie schön es wäre, mich wiederzusehen. Und das tat gut. Die Zeit heilt alle Wunden und so weiter. Nur dass meine Nerven wie zu fest gespannte Gitarrensaiten waren und mein Herz stehenblieb bei dem Gedanken, dass Lily jeden Augenblick durch die Tür kommen könnte. Was sie nicht tat. Ich versuchte sie anzurufen, als ich wieder zu Hause war – Bill Secord hat mich Gott sei Dank gefahren, sonst säße ich wahrscheinlich immer noch dort –, aber sie sah wohl meinen Namen auf dem Display und nahm nicht ab.

Ein paar Wochen später muss ich diesem Burschen auf der Tamarack Lane begegnet sein. Die Tamarack kreuzt meine Straße, Aspen, und führt dann an unserem kleinen künstlichen See vorbei zur Lodge und zur Hauptstraße jenseits davon, und wohin ich auch will, in neunzig Prozent der Fälle muss ich die Tamarack entlang. Hier oben gibt es sowieso nur wenige Straßen, breite, vom Frost aufgeworfene Teerstreifen, die sich ins Nirgendwo schlängeln, gesäumt von riesigen Mammutbäumen, Ponderosa-Kiefern und Ähnlichem, nach denen der Ort benannt ist, alle paar hundert Meter steht vielleicht eine Hütte zurückgesetzt im Wald, und diese Straßen schlagen einen Kreis zu sich selbst zurück, sodass der Bebauungsplan aussieht wie ein großes Hamsterlabyrinth, auf der einen Seite rein, auf der anderen raus. Dann gibt es noch die State Route, die sich im Norden nach Porterville hinunterwindet für den Fall, dass jemand losfahren und einen Plasmafernseher kaufen will, um den abhandengekommenen zu ersetzen, und auf der anderen Seite nach Kernville, wo es nicht viel mehr gibt als ein paar schäbige Bars und Souvenirläden für die Touristen. Die Straße nach Kernville ist im Winter gesperrt, weil niemand dort lebt und es im Durchschnitt über sieben Meter pro anno schneit, in einem El-Niño-Jahr sogar zwölf Meter und mehr, und das Schneeräumen die Mühe nicht lohnt. Weswegen wir vier bis fünf Monate im Jahr am Ende der Straße wohnen, was immer das auch aussagen mag über die Art der Leute, die es bedauerlicherweise zu uns verschlägt.

Dieser Bursche war einer von ihnen, obwohl ich das damals nicht wusste. Ich konnte mit meinem Stock – mein Bein war noch atrophiert und weiß wie eine Made, wo der Gips es zusammengepresst hatte – schon ganz gut gehen und war gerade auf die Tamarack gebogen mit der Absicht, mich etwas zu bewegen und zur Lodge zu humpeln, vielleicht meine Post zu holen und zu schauen, wer da war, etwas zu trinken und am gesellschaftlichen Leben teilzunehmen, und da war er, kam auf diese flotte He-schaut-nur-da-bin-ich-Weise daher. Es passiert nicht oft, dass Fremde hier herumlaufen – wenn jemand an meinem Haus vorbeigeht, kenne ich in neun von zehn Fällen seinen Vornamen, seinen Nachnamen und alles, was er bereut, seit er die Grundschule abgeschlossen hat –, aber hin und wieder taucht ein Wanderer oder Ausflügler auf, es war also nichts gänzlich Unbekanntes. Wie auch immer, der Bursche sieht aus wie ungefähr zwanzig, ist groß und mager wie ein Windhund mit einem Unterlippenbärtchen genau wie ich, und deswegen verhalte ich mich wie ein guter Nachbar und rufe ihm meinen Standardgruß zu (»Alles klar?«), worauf er mit einem breiten Hundelächeln reagiert und die Lücke entblößt, wo ihm drei Vorderzähne fehlen, einer oben, zwei unten. Als Nächstes stehen wir da und plaudern miteinander, und sollte mir vage bewusst gewesen sein, dass irgendwo weiter oben an der Straße eine Alarmanlage losging (bei uns wird ständig in irgendeine Hütte eingebrochen, denn wenn ein Haus über längere Zeit unbewohnt ist, fällt es irgendwann einfach auf), habe ich nicht weiter darüber nachgedacht.

Er war ziemlich einnehmend, dieser Bursche, eine richtige Plaudertasche. Nach einer Minute fragte er mich über die Qualität der Bauten auf dem Berg aus – er war ein großer Fan der Blockhausarchitektur und ein Zimmermann mit Meisterbrief, hat er zumindest behauptet, und warum hätte ich ihm nicht glauben sollen? –, und drei Minuten später humpelte ich mit ihm die Aspen zurück, um damit anzugeben, was ich bezüglich Grundriss, freiliegender Balken, Dachneigung und des ganzen Rests getan hatte, als ich mich vor sechs Jahren frühverrenten ließ und das Haus für Jessica baute. Wir unterhielten uns prächtig. Ich kochte eine Kanne Kaffee. Er lehnte sich in dem einzigen Sessel zurück, den meine Frau dagelassen hatte, und bemerkte, dass die Hütte recht karg eingerichtet sei. Ich pflichtete ihm bei. Und sagte mir: Was soll's, was habe ich zu verlieren? Und erzählte ihm die Geschichte. Als ich fertig war – und ich muss zugeben, dass ich mich heftig bemühte, auch noch die letzten bitteren Tropfen auszuwringen –, bot ich ihm an, seinen Kaffee mit einem Schuss Jim Beam aufzupeppen, und er nahm an, und weil wir uns richtig freundschaftlich unterhielten und vielleicht weil ich während der letzten Monate mit weniger Leuten geredet hatte, als mir lieb gewesen wäre, ermunterte ich ihn, sich einen Ruck zu geben und seinerseits zu erzählen. Was hatte er für eine Geschichte? Wie war er auf diesem Berg gelandet? Wohnten seine Eltern hier? Großeltern?

Glauben Sie mir, wenn Lily übel mitgespielt worden war, der Bursche war nicht besser dran gewesen. Schlechter, würde ich sagen. Er schaute mich eine Weile über den Rand seiner Tasse an, als wollte er entscheiden, ob er mir vertrauen konnte oder nicht, und zuckte nicht einmal zusammen, als der Geländewagen des Sheriffs zwei-, wenn nicht dreimal mit Sirenengeheul auf der Straße vorbeifuhr, und dann sagte er: »Hast du schon mal von dem neunjährigen Jungen gehört, den ein auf Bewährung Entlassener ganz hinten im Safeway aufgegriffen hat und mit dem er durch das ganze Land gefahren ist, bis der Junge nicht mehr wusste, wo oder wer er war? Ganz zu schweigen von den schmutzigen Dingen, die er das verängstigte kleine Kind für einen Schokoriegel hat tun lassen – oder, Scheiße, für einen halb verfaulten Fetzen Fleisch? Die Handschellen – hast du von den Handschellen gehört?«

Also, das war eine Geschichte. Wie er Hundefutter aus der Dose essen musste mit dem einzigen Geschenk, das der Mann ihm jemals gemacht hatte, einem verbogenen Löffel. Wie der Mann ihn Holz für den Ofen hacken und den ganzen Tag wie einen Sklaven das Haus putzen und ihn nicht in die Nähe einer Zeitung kommen und nicht aus dem Haus gehen ließ, und er hatte nicht einmal einen Fernseher. Ich weiß immer noch nicht, wie viel davon wahr war, aber ich sah, dass ihm Tränen in die Augen stiegen, der Junge hatte Schlimmes durchgemacht, was immer es war. Wir sprachen schon fast eine Stunde, als der Sheriff mit abgeschalteter Sirene, aber eingeschaltetem Blaulicht auf die Einfahrt fuhr, und natürlich war Bill Secord bei ihm, der vorsichtig ausstieg, um die Iris nicht zu zertrampeln, die Jessica letztes Jahr neben der Einfahrt gepflanzt hatte, und gleich hinter ihm kam Lily, in roten Cowgirl-Stiefeln und hautenger Jeans.

Der Bursche sah mich an. »Ich muss dir was sagen –«, setzte er an, und ich unterbrach ihn.

»Du bist in Hütten eingebrochen?«

»Nicht wirklich.«

»Was soll das heißen, *nicht wirklich*? Entweder du bist eingebrochen oder nicht.« Auf den verwitterten Zedernholzplanken der Veranda vor dem Haus waren die dumpfen Tritte des Sheriffs zu hören, dann das Gepolter von Bills Stiefeln und schließlich der federleichte Schritt von Lily. Ich sage Ihnen, in diesem Augenblick war ich hin und her gerissen, wider Willen mochte ich den Burschen, und der Gedanke, Lilys blasses ovales Gesicht zu sehen und vielleicht eine Spur von dem hundertfünfundzwanzig Dollar teuren Parfüm zu riechen, mit dem sie sich so hübsch unter dem Kinn betupft, paralysierte mich nahezu.

Der Junge sprach jetzt wie ein zu schnell abgespieltes Tonband. »Hör mal, ich hab nichts gestohlen, ich meine, schau mich an – wo hätte ich's denn versteckt? Ich hab nur Hunger gehabt. Es war nicht normal, was mir passiert ist, verstehst du? Und ich – tut mir leid, ich kriege manchmal einfach Heißhunger.« Er war aufgestanden und flehte mich an. »Ich bin erst vor drei Jahren geflüchtet.«

Ich schwieg. Lily stand vor der Tür.

»Hör mal, ich bitte dich«, sagte der Bursche und schwebte wie ein Schatten durchs Zimmer. »Ich will nur – kann ich kurz ins Schlafzimmer gehen und die Tür zumachen?«

Und das tat er, und ich öffnete dem Sheriff (er heißt Randy Juniper, ist sechsunddreißig und unberechenbar, will sagen, ich kann ihn nicht ausstehen, konnte ihn noch nie ausstehen und werde ihn nie ausstehen können), Bill Secord und Lily die Haustür. Lily sah aus, als würde sie ertrinken. Als stünde ihr das Wasser bis zum Hals in einem Fluss, der Hochwasser führt. Sie und Bill kamen nach dem Sheriff herein, und Bill schloss die Tür und starrte auf seine Stiefel. Mir fiel auf, dass Randy seine einen Meter lange Taschenlampe in der Hand hatte, obwohl helllichter Tag war, und er starrte mich in meinem eigenen Wohnzimmer an, als wäre es ein Verhörraum in Guantánamo oder sonst wo, und fragte dann mit seiner offiziellen Sheriffstimme: »Hast du heute Morgen jemand Verdächtigen draußen gesehen?«

»Sie sind in meine Hütte eingebrochen«, flüsterte Lily und sah mich nicht an.

»Wer?«, sagte ich und spielte auf Zeit.

Jetzt blickte sie auf, ihre Augen, die genau die gleiche Farbe haben wie Coca-Cola in einem streifenlos sauberen Glas, blickten hart, während sie bedachte, was ihr auferlegt und wieder auferlegt wurde. »Dieser Bursche«, sagte sie in mildem Ton, »ein Teenager oder vielleicht Anfang zwanzig, schlaksig und klapperdürr und bescheuert – ich bin nach Hause gekommen vom Frühstück in der Lodge und habe ihn hinter der Hütte gesehen, und als er mich bemerkt hat, ist er in den Wald gelaufen.«

Die nächste Frage, und mir gefiel überhaupt nicht, wie Sheriff Randy mich ansah: »Hat er was mitgenommen?«

Hatte er nicht. Aber das Fliegengitter über der Küchenspüle hatte er aufgeschlitzt, und das reichte ihr. Und dem Sheriff.

»Du«, sagte der Sheriff schließlich, »weißt nicht zufälligerweise was davon, oder?«

Ich nahm mir lange Zeit für meine Antwort – Sekunden, fünf vermutlich, vielleicht sogar zehn. Mir gefiel nicht, was er da andeutete, dass ich ein Krimineller war, ein Dieb, vielleicht der Komplize eines Diebes, und das nur, weil ich von Lilys Dach gefallen war mit den besten Absichten, mit Liebe im Herzen, und deswegen schaute ich Randy direkt ins Gesicht und schüttelte den Kopf, nein.

Hier oben vergeht die Zeit langsam, es ist, als würden die Stunden wie Zahnpasta aus dem flachen Ende der Tube gedrückt. Mir fiel auf, dass die Tage ein bisschen länger wurden, dann wurden sie wieder ein bisschen kürzer. Die Sonne hing in den Wipfeln der Bäume. Ich fütterte die Vögel und die Eichhörnchen, starrte auf den blassen Fleck an der Wand, wo der Fernseher gewesen war, und dachte über die verschiedenen Projekte nach, mit denen ich die einsamen Stunden füllen könnte, einen Hühnerstall bauen (doch hier oben würden Hühner keine halbe Stunde überleben dank der Kojoten und des Bären und seiner Cousins), ein Pferd oder ein Geländemotorrad kaufen, damit ich mich besser in den Wäldern herumtreiben konnte, den Motor meiner Schneefräse überholen. Nichts davon setzte ich in die Tat um. Und wenn es mir früher eine gewisse Genugtuung verschafft hatte zu beobachten, wie viel meine Nachbarn tranken – die Hälfte von ihnen hat eine kaputte Leber, und zumindest von zweien weiß ich, dass nur noch eine ihrer Nieren arbeitet –, dann trank ich jetzt so exzessiv, dass ich tagsüber immer wieder an Orten erwachte, von denen ich nicht gewusst hatte, dass ich sie erreichen konnte, wie auf dem Kühlschrank oder unter dem Pick-up.

Das Problem war natürlich Lily. Und Jessica, die zu ihrer Mutter nach Sacramento gezogen war und sich weigerte, meine Anrufe entgegenzunehmen. Ich dachte hin und wieder an sie, erinnerte mich an die guten Zeiten, als ich zum Beispiel auf dem Jahrmarkt beim Apfelfischen-Wettbewerb ihren Kopf für volle einhundertzehn Sekunden unter Wasser gehalten hatte oder als wir uns einen großen Topf Chili con Carne gemacht, uns damit auf die Veranda gesetzt und auf die Geräusche in der Natur gehorcht hatten, doch letztlich war es Lily, die mich beschäftigte. Mein Bein wurde kräftiger, und immer häufiger stellte ich fest, dass ich bei meinen täglichen Spaziergängen an ihrer Hütte vorbeikam oder nach Einbruch der Dunkelheit daran vorbeifuhr, nur um nachzusehen, ob Licht brannte.

Eines Tages am späten Nachmittag, als der September das grüne Laub der Espen berührte und es über Nacht golden färbte und der Hauch des Winters bereits ungeduldig in der Luft lag, hielt ich es einfach nicht mehr länger aus und beschloss, mein Fernglas zum Vogelbeobachten zu holen und ein bisschen durch den Wald zu streifen – und wenn ich auf dem

Kamm gegenüber von Lilys Hütte mit der freien Sicht auf die untere Terrasse und dem rauchenden Weber-Grill in der Ecke landen würde, dann wäre das einfach Pech. Niemand war zu sehen, doch der Rauch verriet, dass Lily grillte. Dieser Gedanke – und nicht nur an die Art und Weise, wie sie eine ganze Rinderlende mit ihrer Spezialsauce grillte, die zu gleichen Teilen süß und sauer schmeckte, und wie sie sich vorneigte, um ein Glas nachzufüllen, sodass man gleichzeitig den Bourbon in ihrem Atem und ihr Parfüm riechen konnte, sondern auch an die traurige Tatsache, dass ich einst über die Bretter genau dieser Terrasse als geschätzter Gast geschlurft war – machte mich wehmütig. Ich saß auf einem harten Felsen und hielt das Fernglas auf die Fenster, Wehmut verstopfte meine Adern wie Schlick, bis die Sonne sich verzog, die Schatten der Bäume länger wurden und Lily endlich auftauchte, einen Teller mit Fleisch in einer Hand und einen Pfannenwender und eine Zange in der anderen. Sie trug hauteng rote Shorts und eine tief ausgeschnittene weiße Bluse. Sie war barfuß. Ich wollte ihre Füße küssen, wollte von meinem Aussichtspunkt hinuntersteigen, mich wegen der Holzsplitter auf der seit Franks Tod nicht mehr behandelten Terrasse sorgen, die sicherlich eine Gefahr darstellten, wollte sie warnen, einen Witz machen, sie lächeln sehen.

Wir haben hier oben übrigens alle ein Fernglas, wir brauchen es, um die Natur zu genießen, das reden wir uns zumindest ein, und wir stehen in ständiger Konkurrenz, wer das bessere hat, so wie wir in ständiger Konkurrenz um den besseren Geländewagen, die bessere Schneefräse und so weiter stehen. Jessica hatte mein gutes Fernglas mitgenommen, das Bushnell Elites, durch das man die Barthaare um die Schnauze eines Murmeltiers in einem Kilometer Entfernung zählen kann, doch das Fernglas, das sie mir gelassen hat – ein Nikon 7×20 aus der Schnäppchenabteilung –, war für meinen Zweck mehr als ausreichend. Ich sah nicht nur, dass Lily sich die Zehennägel frisch lackiert hatte in einem Rot, das dem Farbton der engen Shorts so nah wie nur menschenmöglich kam, sondern auch dass beide großen Zehennägel in der Mitte mit einer kleinen weißen Rose verziert waren. Sie trug ihre Kreolen, das Silber glänzte in dem langen Streifen Sonnenlicht, als sie sich vorneigte, um den Deckel des Grills zu öffnen und mit der Zange zu hantieren, und obwohl ich ein Fußballfeld weit entfernt war, war ich doch nah genug, das erste erschrockene Brutzeln zu hören, als das Fleisch auf den Grill traf. Oder vielleicht bildete ich mir das auch nur ein. Aber ich sah, dass sie geschminkt und schön wie eine Porzellanpuppe war, die Augenbrauen nachgezogen und ihre Wimpern so dicht wie ein Fell.

Ich bin auch nur ein Mensch. Und ich dachte, auch wenn sie nicht bereit für meine Gesellschaft wäre, auch wenn sie nicht mit einem traurigen versöhnlichen Lächeln aufblicken würde, wenn ich die Stufen zur Veranda hinaufstiege, und mich nicht auffordern würde, mich zu setzen und Brot mit ihr zu brechen – oder in diesem Fall Steaksscheiben –, so würde sie mich doch zumindest zur Kenntnis nehmen und mir sogar zuhören müssen, wenn ich die Sache mit der Skimütze und dem Dach und alles andere erklärte. Denn ich liebte sie mit reinem Herzen und wollte, dass sie es wusste. Als hätte ich es längst beschlossen, stand ich einfach von dem Felsen auf und hielt mich im Schutz der Bäume, während sie sich an dem kleinen Picknicktisch auf der Veranda zu schaffen machte, und als ich näher kam, hörte ich die Klänge einer Achtziger-Jahre-Band durch die Fliegengittertür. Am Anfang der Einfahrt versteckte ich das Fernglas unter einem Busch, um einen falschen Eindruck zu vermeiden, und ging lautlos auf sie zu, hoffte auf den Überraschungseffekt, obwohl ich noch nicht wusste, ob ich »Alles klar?« oder nur »Hallo« säuseln und hinzufügen würde, dass ich gerade in der Nähe gewesen sei (ein Witz: Wir waren vierundzwanzig Stunden sieben Tage die Woche in der Nähe) und nur vorbeischauen wolle.

Ich hatte nicht die Gelegenheit dazu, denn genau in diesem Augenblick kam Frank jr. rückwärts durch die Fliegengittertür, mit seinem Arm drückte er eine große Holzschüssel mit Salat an die Brust, und zwischen seinen Kiefern steckte der Rand eines überschwappenden Cocktailglases. Als er mich sah – ich stand vor den sechs Stufen, die zur Terrasse hinaufführten –, hätte er das Glas beinahe in die Schüssel gespuckt. Er versuchte noch ungeschickt, die Schüssel festzuhalten, dann krachte sie auf die Veranda und verstreute Romanasalat und Kirschtomaten über die verwitterten Planken, und ich fürchtete, dass er das Glas durchbeißen würde, doch er riss sich am Riemen. Dann bemerkte mich Lily. Zuerst schaute sie mich ausdruckslos an, als würde sie mich nicht erkennen oder könnte mich nicht im richtigen Kontext platzieren, so gründlich hatte sie mich von ihrer persönlichen Liste gestrichen.

Frank jr. brach das Schweigen. »Herrgott, du traust dich was.«

Ich war nicht sicher, aber Lily schien mich anzulächeln – angesichts dessen, was als Nächstes passieren sollte, verzog sie vielleicht auch nur das Gesicht zu einer Grimasse. Ehrlich, ich weiß es nicht.

Frank jr. ging über die Veranda und blieb zwischen mir und ihr stehen, als wäre ich eine Bedrohung, was ich nicht war und nie gewesen bin, und ich konnte nicht umhin, ihn mit dem dürren Burschen zu vergleichen, der heraufgekommen war, um einzubrechen und den Leuten das wenige zu stehlen, was sie besaßen. Frank jr. war älter und sah besser aus, doch für mich waren sie beide junge Burschen, und ihnen war eine Haltung gemein, eine Art Zucken um den Mund, die ihre Verachtung für ältere Menschen zum Ausdruck brachte, und in diesem Moment wünschte ich halb, ich hätte den Burschen ausgeliefert. Ich erfuhr nie, was mit ihm geschehen war. Sie fanden auf einem Waldweg keine zweieinhalb Kilometer vom Ort entfernt ein gestohlenes Mustang Cabrio, aber ob er es war, der es gestohlen hatte oder nicht, wusste niemand. Nachdem der Sheriff gegangen war, stieß ich die Schlafzimmertür auf, doch der Raum war leer, als hätte ich mir den Burschen nur eingebildet.

Frank jr. jedoch war real. Und er fluchte leise und sagte: »Weder ich noch Lily wollen dich hier sehen, jetzt nicht und auch in Zukunft nicht.« Und er wandte sich ihr zu und drückte sie an sich, und ich sah da etwas, was mein Herz einen Sprung machen ließ. »Stimmt's, Lily?«

Ich weiß nicht, wie es geschah, aber plötzlich stand ich oben auf der Terrasse, als gehörte ich dorthin, und setzte zu einer Erklärung an, doch das war mit das Schwierigste, was ich je im Leben tun musste, denn die ganze Sache hatte in diesen verblichenen Monaten in mir geschwelt, deswegen sagte ich nur, was ich in jener Nacht auch schon gesagt hatte. »Lily«, sagte ich, »es tut mir leid, wenn ich dir zu nahe getreten bin oder was auch immer« – ich hielt inne, und ihr Blick war nicht so sehr hasserfüllt als vielmehr ungläubig –, »aber du weißt, warum ich es getan habe.«

Sie schwieg.

Frank jr. trat einen Schritt vor. »Nein«, sagte er leise und böse, »sie weiß es nicht.«

»Weil ich sie liebe«, sagte ich, und vielleicht machte ich einen Schritt auf ihn zu, sodass wir nur noch einen Meter auseinander waren, und als Nächstes hörte ich das Geräusch einer Faust, die ihr Ziel fand. Meine Wangenknochen. Frank jr. – und er hat eine unheimliche Kraft in diesem einen Arm, denn wenn man es recht bedenkt, muss dieser Arm die Arbeit von zweien machen – holte aus und schlug mich, und ich sage Ihnen, es war Pech, schlicht und einfach, dass ich gegen das Geländer taumelte, das vielleicht nicht ganz den Höhenerfordernissen entsprach, und dann darüber stürzte und drei Meter weiter unten auf dem Waldboden landete. Auf meinem Bein. Meinem schlimmen Bein. Das wieder brach mit einem Knacken, das man in Sacramento hören konnte.

Aber das war nicht das Schlimmste. Das Schlimmste war, dass Lily, statt mir zu Hilfe zu kommen, wie es jeder anonyme Fremde getan hätte, Frank jr. in ihre kräftigen, wohlgeformten, nackten, sonnengebräunten Arme nahm, ihn an sich zog für einen langen Zungenkuss, der noch meinen letzten Zweifel ausräumte. Und ich sage Ihnen, er war ihr Stiefsohn. Ihr *Stiefsohn*, um Himmels willen. Ich meine, moralisch gesehen, ist das nicht Inzest?

Ich erspare mir die Einzelheiten zu Bill Secord und dem Sheriff und der Aufführung der gleichen Scharade wie im vergangenen Winter, doch was Schmerz betrifft, muss ich sagen, dass er in vielen Variationen auftritt und dort zuschlägt, wo man es am wenigsten erwartet. Und wenn man vom Schicksal spricht, und das weise ich als sinnvolle These zurück, spricht man von einer Art Laufrad, aus dem man nicht aussteigen kann. Das Schicksal lässt einem keinen Spielraum für Hoffnung oder Erlösung oder auch nur für Veränderung. Mit dem Schicksal ist die Sache gelaufen, aber mit dem Glück ist es anders, jedenfalls mit seinem Gegenteil, mit Pech. Pech kann aufhören. Ich sitze hier in meinem geliehenen Rollstuhl und schaue hinaus auf die Bäume und sehe die Gespenster der Bäume vom letzten Sommer und sage mir, dass es aufhören muss, weil niemand – nicht Lily mit ihrem vernarbten Rücken und ihren zwei dauerhaften Tränen oder Frank jr. mit seinem fehlenden Arm oder der entführte Bursche, der sich jede Minute jeden Tages demütigen musste ohne Hoffnung auch nur auf einen Hauch von Liebe – es ertragen kann, so einsam und unglücklich zu sein.

DAS SCHWEIGEN

Libelle

Was eine Libelle hier draußen in der Wüste zu suchen hatte, wusste er nicht. Sie war ein Geschöpf des Wassers, ehemals eine träge, schleimummantelte Puppe, die sich zu einer elektrischen Nadel aus Licht verwandelt hatte, dafür geschaffen, über Teich und Bach zu schweben und zu schießen, um sich an den Insekten gütlich zu tun, die sich in zarten, feuchten Wolken von der Oberfläche erhoben. Aber hier war sie; rot wie Blut, wenn Blut wie Metall glänzen könnte, tanzte sie vor seinem Gesicht, als wollte sie ihm eine Nachricht überbringen. Und was wäre das für eine Nachricht? *Ich bin die karmische Botschafterin der Insektenwelt und will dir kundtun, dass bei uns alles in Ordnung ist. Hurra! Bla-bla-bla!* Nachdem das Geschöpf in ausscherenden Strahlensplittern davongestürzt war, saß er lange da, im Schneidersitz, in fast fünfzig Grad Hitze, und dachte abwechselnd: *Es funktioniert* und *Ich verliere den Verstand.*

Und es war erst der erste Tag.

Jurte

Was er mehr als alles andere wollte, mehr als dass die Luft in seine Lungenbläschen drang oder das Blut durch die Kammern seines Herzens floss, war, seiner Frau vom Wunder der Libelle in der Wüste zu erzählen. Aber das konnte er selbstverständlich nicht, denn bei diesem Retreat unter der Leitung von Geshe Stephen O'Dowd und Lama Katie Capolupo ging es um Schweigen, regenerierendes, ungebrochenes, absolutes Schweigen. Drei Jahre, drei Monate und drei Tage lang, die gleiche Frist, die sich die Dalai Lamas auf ihrer Suche nach Erleuchtung selbst auferlegt hatten. Er hatte sich angemeldet, sein Konto geplündert, seiner ersten Frau einen

Pauschalbetrag als Unterhaltszahlung für sie und die Zwillinge überwiesen, an einem staubtrockenen verbrannten Nachmittag vor drei Wochen die Liebe seiner Seele geheiratet und letzte Hand an seine Jurte angelegt. In der Wüste von Arizona. Zwischen Cholla- und Riesenkakteen und sengend heißen Felsvorsprüngen, die so grau waren, dass sie selbst den Buddha verwirrt hätten. Die Hitze war der Amboss, und er war die weißglühende Eisenspitze, auf die der Hammer schlug.

Obwohl er von den morgendlichen und nachmittäglichen Gruppenmeditationen und dem hypnotisierenden Sog der Wüstensonne benommen war, rappelte er sich auf und schwankte auf Beinen, aus denen genauso gut alle Knochen hätten entfernt sein können, so viel Halt boten sie, zurück zur Jurte, in ihm das vollkommene Geschenk der Libelle und keine Möglichkeit, es herauszulassen. Er fand sie – Karuna, seine Frau, vormals Sally Barlow Townes aus Chappaqua, New York – im Lotussitz auf der Hanfmatte gleich neben der Tür. Sie war ein schlankes, nahezu ausgezehrtes Mädchen von neunundzwanzig Jahren mit einem kräftigen Kiefer, einem kleinen Schmollmund und einem Zopf aus geflochtenem blonden Haar, der das Licht einfing und festhielt. Trotz der Hitze trug sie ihren rosa Gebetsschal und den blauen Meditationsrock aus Pashmina. Ihr Schweiß war wie Körperfarbe, jeder Quadratmillimeter nackten Fleisches glänzte.

Zuerst blickte sie nicht auf, sie war so sehr in ihr inneres Selbst vertieft, dass sie ihn nicht zu bemerken schien. Er verspürte einen winzigen Stich Eifersucht, weil sie fähig war, so tief einzudringen, so weit zu gehen – und das obendrein am ersten Tag –, tat es jedoch als selbstsüchtig und verletzend ab, als schlechtes Karma, als *papa*. Es mochte ihnen untersagt sein zu sprechen, dachte er, aber es gab Möglichkeiten, diese Vorschrift zu umgehen. Ganz langsam begann er sich zu bewegen, als würde er zu einer unhörbaren Melodie tanzen, dann schnalzte er mit den Fingern den Rhythmus, und endlich schaute sie auf.

Kichererbsen

Zu einer Zeit als sie noch sprechen durften – das heißt gestern –, war entschieden worden, dass das Abendessen am ersten Tag des Retreats nach den mageren Portionen Reis und Linsen, die für das gemeinsame Frühstück und Mittagessen ausgeteilt wurden, aus zu Humus pürierten Kichererbsen mit Tahini und Zitronensaft, Basmatireis und Naanbrot bestehen sollte. Er stand am Herd und sah zu, wie die Kichererbsen in einem Topf Wasser über der Flamme brodelten, die von einer hinter der Jurte halb vergrabenen Propangasflasche gespeist wurde. Es musste ungefähr sieben Uhr abends sein – er wusste es nicht genau, weil Geshe Stephen sie dazu aufgefordert hatte, ihre Armbanduhren abzunehmen und sie zeremoniell zwischen zwei Steinen zu zermalmen. Die Hitze ließ ein wenig nach, und er meinte, dass es vielleicht nur noch fünfunddreißig Grad waren, obwohl Zahlen hier keinen Wert hatten, und ob es infernalisch heiß oder, wie er gewarnt worden war, im Winter grausam kalt war, spielte wirklich keine Rolle. Wichtig waren die goldenen Kichererbsen im Topf. Wichtig war die Libelle.

Er hatte sein Bestes getan, um Karuna sein Erlebnis mitzuteilen, und seine zugegebenermaßen eingerosteten Scharadefähigkeiten eingesetzt. Er hatte sie zum Eingang der Jurte geführt und auf die Stelle gedeutet, wo er im armseligen, getüpfelten Schatten eines Parkinsonia-florida-Baums gesessen hatte, vermittelte ihr dann mit dem Abstand zwischen Zeigefinger und Daumen eine Vorstellung von dem Geschöpf und seiner relativen Größe, riss die ausgestreckten Finger ruckartig vor und zurück, hin und her, um seine Bewegungen anzudeuten, und streckte schließlich rasch den Arm, um zu demonstrieren, dass es davongeflogen war. Sie starrte ihn ausdruckslos an. *Drei Silben*, zeigte er mit den Fingern, blies die Backen auf und ließ die Luft entweichen und wedelte mit den Armen, um die Leichtigkeit und das Fliegen anzudeuten. Ihm half das Auftauchen einer Fliege vor dem Fenster, einer fetten Schmeißfliege, die zweifellos aus dem vertrockneten Kadaver einer Kröte oder Eidechse entfleucht war. Karuna blinzelte mehrmals. Sie lächelte. Und hatte, soweit er es beurteilen konnte, nicht die leiseste Ahnung, was er ihr mitteilen wollte, obwohl sie sich mit aller Kraft bemühte, sich auf seine glückselige Miene zu konzentrieren.

Doch jetzt neigte sie sich über den Backofen, in dem die flachgedrückten Teigbälle die Form von Brot annahmen, den Meditationsrock hatte sie hinten geschürzt, sodass er die Form ihrer Knöchel bewundern konnte, eine so übernatürlich schöne Form wie die der Libelle – oder nein, tausendmal schöner. Denn ihre Knöchel gingen anmutig in ihre Waden über, und ihre Waden in ihre Oberschenkel, und von dort ... Er riss sich zusammen. Das war die falsche Einstellung, und er musste sie unterdrücken. Für die Dauer des Retreats gäbe es keine Berührungen, keine Küsse, keinen Sex. Und die Länge dieser Dauer erstreckte sich plötzlich vor ihm wie ein in einen bodenlosen Brunnen hinuntergelassenes Seil: drei Jahre, drei Monate und drei Tage. Oder nein: zwei Tage. Einer war vorbei oder fast vorbei. Eine rasche Rechnung: noch 1189 Tage.

Hypnotisiert von dem Gold der abgegossenen Kichererbsen, fasste er nach dem Griff des Topfes, bevor er sich klarmachte, dass der Griff heiß war. Aber nicht einfach heiß: supererhitzt, nahezu geschmolzen. Es gelang ihm, den Topf wieder auf den Kocher fallen zu lassen, ohne ihn umzuwerfen, das brutale Klappern von Metall auf Metall erschreckte seine Frau, die ihm aus aufgerissenen Augen einen tadelnden Blick zuwarf, und obwohl er vor Schmerz am liebsten laut aufgejault, geflucht und geschrien hätte und herumgehopst wäre, biss er sich nur auf den Fingerknöchel und ließ die Tränen an beiden Nasenflügeln vorbeilaufen.

Tarantel

Die erste Nacht kam mit einem Gestöber aus Sternen. Die Temperatur sank, bis es nahezu erträglich war, nicht dass das wichtig gewesen wäre, und er starrte unverwandt auf die konzentrischen Ringe des konisch geformten Jurtendaches, bis sie verschwammen. Langweilte er sich? Nein, überhaupt nicht. Er brauchte den Lärm der Welt nicht, die Handys und Fernseher und Laptops und das ganze Zeug, vergängliche Dinge, Ablenkungen, Dinge des Fleisches – er brauchte einen innerlichen Fokus, Heiterkeit, den Pfad des Bodhisattva. Und er befand sich mit beiden Beinen fest darauf, als er den Blick senkte und Karuna dabei zusah, wie sie sich darauf vorbereitete, ins Bett zu gehen. Sie war die Verkörperung der Anmut, stieg aus ihren Kleidern, als würde sie aus einem kühlen, sauberen Bergbach steigen, stand nackt vor ihm, als sie sich vorneigte, um nach ihrem steifen baumwollenen Nachthemd zu greifen, das zusammengefaltet unter ihrem Kopfkissen auf der niedrigen Holzpritsche neben seiner lag. Er betrachtete den Schwung ihrer Hinterbacken, die Spalte dort, ihre Brüste, die frei schwangen, als sie sich vorbeugte, und es war so richtig, so rein und ganz und gar schön, dass er sang – oder einen Singsang anstimmte. In seinem Kopf, *Om mani padme hum*.

Und dann wich sie plötzlich vom Bett zurück, als wäre es in Flammen aufgegangen, drückte das Nachthemd an die Brust und – jetzt war sie an der Reihe – eine Faust in den Mund, um nicht zu schreien. Er sprang auf und sah die Tarantel, ein Wunder der Schöpfung, so umwerfend wie die Libelle, wenn auch erwartbarer, weil sie hier in ihrer natürlichen Umgebung war, ihrem Zuhause in der Welt der Erscheinungen. Groß wie eine geöffnete Hand, verharrte sie einen Augenblick auf dem Kopfkissen, als wollte sie sich in ihrer Herrlichkeit sonnen, und krabbelte dann auf ihren langen Beinen, die aussahen wie gehende Finger, langsam und gemächlich die Ziegelwand hinauf. Karuna wandte sich ihm zu, ihre Augen voller Furcht. Sie formte mit den Lippen *Bring sie um*, und er bewunderte sie, weil sie selbst in größter Not nicht sprach, nicht einmal den leisesten Hauchlaut, sie zog nur die Lippen zurück und grimassierte zu dem unausgesprochenen Verb.

Er schüttelte den Kopf, nein. Sie wusste genauso gut wie er, dass alle Geschöpfe heilig waren und mit dem Töten das allerschlimmste *papa* verbunden war.

Sie raste zur Spüle, wo der gewaschene und getrocknete Topf umgedreht auf dem Abtropfbrett stand, griff danach, drückte ihn in seine Hände und bedeutete ihm, dass er das Ding fangen und in die Nacht hinausbringen sollte. Weit weg. Über den nächsten Hügelkamm, wenn möglich.

Er hob den Topf an die Wand, doch die Tarantel mit ihren Facettenaugen und der Hitze ihres Wesens kam ihm zuvor, schoss die Wand wieder hinunter, als würde sie mit einem Hurrikan fliegen, um schließlich in dem geheimnisvollen dunklen Raum unter dem Bett seiner Frau zu verschwinden.

Geshe

Am Morgen, er vermutete, dass es halb vier oder vier Uhr war, begann die erste Meditationssitzung des Tages. Er hatte sowieso nicht viel geschlafen, Karuna hatte mit Gesten und einem unverhohlenen körperlichen Akt – sie hatte ihn mit zwei Fingern so fest in den Oberarm gezwickt, wie es die Pedipalpen der Tarantel nicht besser gekonnt hätten – darauf bestanden, das Bett zu tauschen, zumindest für diese Nacht. Es machte ihm nichts aus. Er hieß alle Geschöpfe willkommen. Als er jedoch im Dunkeln dalag und auf das Auf und Ab des leisen Schnarchens seiner Braut horchte, fragte er sich unwillkürlich, was für eine Nachricht die Tarantel überbracht hatte (*Ich bin die karmische Botschafterin der Spinnenwelt und will dir kundtun, dass bei uns alles in Ordnung ist. Deswegen bin ich gekommen, um deine Frau zu beißen. Hurra! Bla-bla-bla!*).

Geshe Stephen, der sie mit einem Klopfen an die Tür geweckt hatte, das wie der Schuss einer Schrotflinte in der Jurte explodierte, war groß und leicht gebeugt, hatte eine lange Nase, wässrig blaue Augen und zwei permanente feuchte Flecken in seinen übergroßen Nasenlöchern. Er war zweiundsechzig Jahre alt und dank lebenslangen Studiums und unerschütterlicher Hingabe an den Edlen Achtfachen Pfad des Gautama Buddha in den Rang eines Geshe aufgestiegen – in etwa das Äquivalent eines Doktors der Göttlichkeit. Er hatte bereits zweimal zuvor Erleuchtung durch Schweigen gesucht und war so heiter und ungerührt von weltlichen Sorgen wie eine Brise in den allerhöchsten Blättern des höchsten Baums auf dem höchsten Berg. Vor dem Retreat, als alle dreizehn Aspiranten ihr Domizil bauten und Worte ihre Währung waren, hatte er alle möglichen Parabeln erzählt, die aufschlussreichste – zumindest für diesen speziellen Aspiranten – war die Geschichte vom Eremiten und dem Mönch gewesen.

Sie hatten sich im Adobetempel eingefunden und saßen in einem akkuraten Kreis auf dem Boden. Ihre Gewänder wallten um sie wie kleine Wellen auf dem Wasser. Die Sonne schien auf die runde Mauer. »Zu Zeiten des Buddha lebte einmal ein Mönch, der sein Leben der Meditation über ein einziges Mantra gewidmet hatte«, intonierte der Geshe, seine wunderbar lange und bewegliche Oberlippe hob und senkte sich, seine Stimme war so sehr nach innen gerichtet, dass sie wie ein Seufzer klang. »Auf seiner Wanderschaft hörte er von einem sehr alten heiligen Mann, einem Eremiten, der auf einer Insel in einem riesigen See lebte. Er bat einen Bootsführer, ihn zu der Insel zu rudern, damit er sich mit dem Eremiten besprechen könne, obwohl er zuinnerst wusste, dass er eine Stufe erreicht hatte, auf der ihn niemand mehr unterrichten konnte, so tief war er in seinem Mantra und seinen Millionen und Abermillionen Wiederholungen versunken. Als er dem Eremiten begegnete, staunte er, da sich der Mann ebenso viele Jahre wie er selbst demselben Mantra verschrieben hatte, doch als der Eremit es laut vortrug, begriff der Mönch auf der Stelle, dass sich der Eremit täuschte und seine Hingabe vergeblich gewesen war – er sprach die Vokale falsch aus. In einer Geste des Mitgefühls, der *karuna*« – und an dieser Stelle hielt der Geshe inne und schaute sich im Kreis um, bis sein Blick an Karuna mit ihrem glänzenden Zopf und ihren schönen nackten Füßen hängen blieb –, »korrigierte er behutsam die Aussprache des Eremiten. Danach sangen sie eine Weile gemeinsam, bevor der Mönch wieder aufbrach. Sie waren schon in der Mitte des Sees, als der Rudersmann beide Ruder fallen ließ und entsetzt hinter sich blickte, denn dort stand der Eremit und sagte: ›Ich bitte um Entschuldigung, aber wärst du so freundlich und würdest das Mantra noch einmal aufsagen, damit ich mich vergewissern kann, dass ich es richtig ausspreche?‹ Wie war der Eremit dort hingekommen? Er war gewandelt. Über das Wasser.« Wieder ein Innehalten, wieder schweifte der Blick des Geshe über den Kreis und blieb nicht an Karuna, sondern an ihm hängen. »Ich frage dich, Ashoka: Was ist der Klang der Wahrheit?«

Ashoka

Sein Name, sein früherer Name, der Name auf seiner Geburtsurkunde und auf seinem Führerschein aus dem Staat New York war Jeremy Clutter. Er war dreiundvierzig Jahre alt, hatte einen B.A. in Kunst (er war Töpfer gewesen) und einen M.A. in Fernöstlichen Studien, ein Haus in Yorktown, das jetzt seiner ersten Frau, Margery, gehörte, den Wanst der mittleren Jahre, für den er sich schämte – oder vielmehr geschämt hatte. Er hatte Sally bei einem einwöchigen buddhistischen Seminar in Stone Mountain, Georgia, kennengelernt, und sie hatte ihn darauf hingewiesen, dass der Buddha selbst einen Bauch gehabt hatte, und ihn gleichzeitig auf intime Weise ebendort berührt. In seinem früheren Leben hatte er anständig verdient mit einem Dotcom-Start-up, thepotterswheel.com, das nicht nur den Crash 2001 überlebt, sondern sich anschließend sogar konsolidiert und expandiert hatte. Mit Geld baute er seine Jurte. Mit Geld zahlte er Margery aus. Mit Geld kaufte er des Geshes Huld. Und der Geshe gab ihm seinen wahren Namen, Ashoka, was, aus dem Sanskrit übersetzt, so viel bedeutete wie »Ohne Traurigkeit«.

Eisenholz

Die zweite morgendliche Meditationssitzung wurde wie alle folgenden im Freien auf einer etwas schrägen Anhöhe aus harter Erde abgehalten, umgeben von Kakteen und Gestrüpp. Die Luft war trotz der Jahreszeit kühl, doch das ignorierten die Aspiranten ausnahmslos. Er stimmte sein Mantra in seinem Kopf an, bis es wie eine Glocke läutete, und beschloss, am nächsten Tag eine Jacke mitzunehmen. Geshe Stephen hieß sie durchzuhalten, bis sich die Sonne wie ein Feuerspeer über die Berge stürzte, dann stand er auf und entließ sie. Geshe verneigte sich vor Ashoka auf seine heilige, langnasige Weise, fasste ihn sanft am Arm und hielt ihn zurück, bis alle anderen gegangen waren. Mit einem ruhigen Finger, einem Finger der Überzeugung, deutete er auf einen graubraunen Hügel aus Erde und Felsen in mittlerer Entfernung und stellte dann pantomimisch den Akt des Vorbeugens und Aufsammelns dar. Ashoka hatte keinen blassen Schimmer, was der Mann ihm sagen wollte. Geshe Stephen wiederholte die Vorführung mit ein wenig mehr Nachdruck und etwas weniger Heiligkeit. Doch er begriff immer noch nicht. Wollte er, dass er als Übung, als Lektion mit ausgestreckten Armen den Berg maß, um sein Wesen zu durchdringen? Das Staub war?

Schließlich zog der Geshe verzweifelt einen Notizblock und einen Bleistift aus der Tasche und schrieb die erlösende Botschaft auf: *Geh auf den Berg und sammle Eisenholz für die Winterfeuer im Tempel. Trete dann in der Tempelküche an –* antreten war das Wort, das er benutzte *– zum Kartoffel- und Daikonschälen für unseren Eintopf.*

Fliegenpapier

Die Tage klebten an ihm wie Fliegenpapier. Es gab nur den Augenblick. Er wandte sich nach innen. Und ganz langsam lösten sich die Tage ab, lockerten sich und flatterten im Wind, der mit Wirbeln abgebrochener Dornen und Samenkapseln durch die Wüste fegte. Es wurde früher dunkel und später hell. Eines Morgens nach der Gruppenmeditation drückte ihm der Geshe einen Zettel in die Hand. Der Zettel bat ihn – nein, wies ihn an –, den Tanklastzug mit dem Wasser in Empfang zu nehmen, der zweimal monatlich die fünfundfünfzig Kilometer durch die reglose Ebene aus der nächsten Stadt kam, Indio Muerto.

Der Lkw, gestrichen in einem Grün, das Wald vorgaukelte, tauchte als winziger Fleck in der Ferne auf und arbeitete sich stockend durch die Furchen und Krater der ehemaligen unbefestigten Straße. Er saß im Schneidersitz auf der unfruchtbaren Erde und sah zu, wie er sich näherte, stunden-, vielleicht sogar tagelang, jegliches Gefühl für Zeit oder den vergänglichen Ansturm der Dinge war ihm jetzt fremd. Der Augenblick, wenn der Lkw vor ihm stünde, würde kommen, das wusste er, und so ließ er eine Gebetsmühle kreisen und sang im Kopf, bis er tatsächlich da war, vor ihm stand und den Horizont verdunkelte, als hätte er sich aus dem Boden geschoben.

Wie er sah, hatte ein neuer Fahrer den ausdruckslosen alten Mann ersetzt, der früher gekommen war, ein dünner, affengesichtiger Junge von neunzehn oder zwanzig Jahren mit tätowierten Armen und einer verkehrt herum aufgesetzten Kappe auf dem Kopf, und der Junge hatte seine ähnlich tätowierte und bekappte Freundin auf die trostlose Fahrt durch die Wüste mitgenommen. Kein Problem. Ashoka nahm es ihm nicht übel. Ja, als er ihnen beim Aussteigen aus dem Fahrerhaus zusah, erinnerte er sich unwillkürlich an eine Zeit, als er und Margery gemeinsam mit einem Auto ohne Radio über Land gefahren waren und Margery anschließend gesagt hatte, dass er den ganzen Tag nicht für eine Minute den Mund gehalten hatte, er hatte gesungen und gelacht und sich eine Geschichte nach der anderen ausgedacht, weil es für ihn zumindest damals bei Gesprächen nicht um Wahrheit oder auch nur Kommunikation gegangen war – sondern schlicht und einfach um den Unterhaltungswert.

»So, ja«, sagte der Junge und schreckte ihn aus seiner Träumerei – oder nein, er schockte ihn mit der Wirkung dieser beiden laut ausgesprochenen Silben, die wie Donnerschläge widerhallten –, »wohin soll ich das Wasser pumpen?«

Er presste die Hände auf die Ohren. Sein Gesicht lief rot an. Er stand auf, und in diesem Augenblick sah er sich in der großen blendenden Scheibe des Seitenspiegels des Lkw, und es war, als hätte man ihn in die Brust geboxt. Was er dort sah, war das Abbild eines *pretas*, eines bockigen Geistes, dazu verurteilt, zu vertrocknen und zu verhungern, weil er nicht von seinen früheren Leben loskam. Sein Haar war so weiß wie der Tod und stand in alle Himmelsrichtungen ab, seine Gliedmaßen waren Stöcke, sein Gesicht war verbrannt wie ein Hotdog, der zu lange auf dem Grill gelegen hatte.

»O Gott«, sagte der Junge, und das Mädchen, ihr Gesicht ein Knoten der Angst und des Ekels, suchte Zuflucht in seinen Armen, »alles in Ordnung?«

Was konnte er sagen? Wie sollte er es erklären?

Er machte eine Geste, um ihn abzuweisen. Eine andere, um ihn zu beruhigen. Und dann drehte er sich so langsam um wie ein Baum, der sich dem Licht zuwendet, hob eine Hand und deutete zitternd auf den Wassertank, der auf hölzernen Stützen hinter den beiden weiß getünchten Jurten stand, in denen Geshe und Lama wohnten und die sich wie zwei Eiscremewaffeln aus der toten vermaledeiten Erde erhoben.

Druckluftfanfare

Jeder der Gemeinschaft, alle dreizehn Aspiranten, darunter ihre nächsten Nachbarn, die ehemals Forest und Fawn Greenstreet hießen (jetzt Dairo und Bodhi), plus Geshe Stephen und Lama Katie, hatte eine Druckluftfanfare. Für den Notfall. Sollte sich ein Unfall ereignen, jemand krank werden, ein Feuer ausbrechen, konnte mit der Druckluftfanfare um Hilfe gerufen werden. Jeden Tag verbrachte er eine Zeitlang damit, die Druckluftfanfare zu betrachten, die ihm und Karuna gegeben worden war, warum er das tat, wusste er nicht. Vielleicht weil sie ein Verbindungsglied zu der Welt darstellte, die er aufgegeben hatte, einen Weg hinaus. Oder weil sie eine angenehme Form hatte. Oder weil sie der einzige farbige, wirklich farbige Gegenstand in der Jurte war.

Karuna schnitt Gurken auf einem Brett. Sie hatte abgenommen. Aber sie war fest und schlank und schön, nicht dass es wichtig gewesen wäre, und er ergötzte sich an ihrem Anblick, ihre Ellbogen blitzten unter den zurückgeschobenen Ärmeln ihres Gewands auf, ebenso die lange rosa Thermounterhose. Draußen war es dunkel. Im Holzofen brannte ein Feuer. Zuvor hatte sie ihm etwas von ihrem Tag erzählen wollen, was sie auf einem Spaziergang in die Wüste erlebt hatte, aber er hatte nicht wirklich viel davon begriffen, obwohl sie ihm meilenweit voraus war, wenn es um Scharaden ging. Etwas über einen Hügel und einen Augenblick und was sie dort gesehen hatte, Spuren, glaubte er, und eine weggeworfene Wasserflasche. Er hatte gelächelt und genickt, Verständnis vorgetäuscht, weil ihm gefiel, wie es in ihren Augen flackerte, wie sie hervortraten und in die Höhlen zurücksanken, wie sie die Lippen schürzte, weil ihm die Gespenster ihrer Brüste gefielen, gebunden und festgehalten von dem Thermogewebe, das ihr wie eine neue Haut passte.

Diese Gedanken waren ungesund, er wusste es. Und während er ihr jetzt zusah, fühlte er sich noch ungesunder – erregt sogar –, und deswegen ließ er den Blick zu der Druckluftfanfare schweifen, die wie ein Kunstwerk in dem gemauerten Regal stand. Und sie war ein Kunstwerk. Die milchweiße Dose mit dem roten Hahnenkamm aus Plastik, der im Notfall heruntergedrückt werden musste, die dazu passende rote Beschriftung (Sports/Marine und darunter BIG HORN) und die als flackerndes Dreieck aus harten roten Strichen abgebildeten Schallwellen.

Big horn, sagte er sich. *Sports/Marine. Big horn. Sports/Marine.* Und für den Augenblick, für diese Nacht wurden diese Worte zu seinem Mantra.

Bap-Bap-Bah

Das war ein Problem, ein zunehmendes Problem im Lauf der Tage: das Mantra. Der Buddha lehrte, dass das Leben Leiden ist, und der Ursprung des Leidens ist das Festhalten, und das Leiden findet nur ein Ende, wenn man den Pfad des Bodhisattva einschlägt, und doch wurde sein Mantra in den ewigen Wiederholungen verstümmelt, bis andere Mantras, sinnlose Phrasen und Bruchstücke von Melodien, es vollkommen auslöschten. *Big horn* überdauerte eine Woche. Und eines kühlen Nachmittags, als er Hintern neben Hintern zwischen Fawn Greenstreet – Bodhi – und Karuna saß, durch das langnasige asketische Gesicht von Geshe Stephen starrte und sich nach innen grub, Schaufel für Schaufel, hatte er *bap-bap-bah* im Kopf. Es war die musikalische Phrase einer Melodie des großen überragenden Riesen der Innerlichkeit, John Coltrane, ein Stück mit dem Titel »Bakai«. Die Trompeten spielten es rhythmisch, *bap-bap-bah, bap-bap-bah*, das erste *bah* höher, das zweite tiefer. Er versuchte, es mit *Om mani padme hum* niederzukämpfen, bot all seine Konzentration und Geübtheit auf, aber es wollte nicht weichen. Es war da, *bap-bap-bah, bap-bap-bah*, wie eine hängengebliebene Schallplatte wiederholte es sich immer wieder, endlos. Und schlimmer noch: Dank der Nähe zu Bodhi auf der einen Seite und zu seiner Frau auf der anderen, angesichts seiner Tagesform und der Kälte des Bodens und des warmen, verführerischen Geruchs, der von ihnen aufstieg – *bap-bap-bah* –, bekam er eine Erektion.

Zwillinge

Ein weiterer Zettel, diesmal überreicht von Lama Katie nach dem morgendlichen Saubermachen im Tempel und dem hypnotisierenden Wegkratzen des angebrannten Haferbreis in den Tiefen des gemeinschaftlichen Topfes. Lama Katie, gedrungen, mit großen Brüsten und Haar von der Farbe der Mitternacht in einer Kohlenmine und noch dunkleren Augen, bedachte ihn mit einem aufmunternden Lächeln, das sich in die tiefen Furchen grub, die ihr Kinn definierten, und in die plumpen Fleischrollen darunter. Sie kannte den Inhalt des Zettels: Sie hatte ihn geschrieben. Gemäß dem Datum auf dem Kalender, den sie in einer Truhe ganz hinten in ihrer Jurte aufbewahrte, sollten ihn die Zwillinge – seine Zwillinge, Kyle und Kaden – an diesem Abend besuchen, der erste der zwei jährlichen Besuche. Er sollte sie einen Kilometer weit draußen erwarten, schlug Lama Katie vor, damit der Lärm und die Anwesenheit des Leihwagens, den ihre Mutter fahren würde, die anderen Aspiranten beim Beschreiten des Bodhisattva-Pfades nicht ablenkten.

Am Nachmittag, die weiß gebleichte Wintersonne hing reglos am Himmel, wandte er sich von Karuna ab, die ein Scheffel Mais enthülste, das ihnen ein weltlicher Anhänger Geshes mit dem Maultier geliefert hatte, ergriff eine Gebetsmühle und ging den Weg entlang, um auf sie zu warten. Die Wüste erstreckte sich vor ihm. Vögel schauten vorbei. Eidechsen. Er setzte sich auf einen Felsen und starrte in die Ferne, sang lautlos, sein Mantra schlug so regelmäßig in seinem Schädel wie das Herz in seiner Brust, das Coltrane-Riff hatte sich in ein anderes Leben in einem anderen Universum zurückgezogen, und der Buddha, der Buddha selbst, sprach durch ihn.

Der Wagen war unauffällig, dennoch wirkte er seltsam, die stählerne Karosserie, das Blitzen der Sonne auf der Windschutzscheibe, die zwei Staubwolken in seinem Schlepptau, bis er da war, still dastand, und er konnte das Gesicht seiner Ex-Frau sehen, ein vor Ekel verzerrter Schatten, als die beiden neunjährigen Jungen – oder waren sie zehn? – in einem Durcheinander aus Gliedmaßen zu ihm liefen. Er fing sie in seinen Armen auf, wirbelte sie wild herum, ihre Stimmen wie die Schreie von Vögeln, die auf ein Festmahl herabstießen. Er zeigte ihnen die Gebetsmühle, ließ sie sie drehen. Er setzte sich mit ihnen und hörte sich ihre zehntausend Fragen an. (Wann kam er zurück? Wo war Karuna? Konnten sie seine Jurte sehen? Hatte er eine Eidechse als Haustier? Durften sie eine Eidechse als Haustier haben?) Er stellte fest, dass seine mimetischen Fähigkeiten erblüht waren, und antwortete ihnen mit den Händen, den Augen, dem Verziehen des Mundes und den Bewegungen der Schultern. Als das Neue schließlich seinen Reiz verlor und sie sich nach einer Fluchtmöglichkeit umzusehen begannen – er konnte nur ahnen, was ihnen ihre Mutter auf dem langen Flug und der noch längeren Autofahrt über seinen geistigen Zustand erzählt hatte –, holte er einen Block und einen Bleistift heraus und schrieb etwas für sie auf.

Er suche die Wahrheit, schrieb er, *prajna*, Weisheit. Erlösung vom Kreis der Wiedergeburten, in dem alle Wesen gefangen seien. Wenn eine Seele die Erlösung schaffe, könne diese Seele andere dazu anleiten. Sie knieten neben ihm, starrten auf den Block auf seinem Schoß, ihre Gesichter ausdruckslos, den Blick auf die Worte fixiert, als hätten die Worte keine Bedeutung. *Ich tue es für euch*, schrieb er und unterstrich dick *für euch, für euch beide*.

»Auch für Mom?«, fragte Kaden.

Er nickte.

Sie schauten einander an und lächelten, und im nächsten Augenblick sprangen sie in einem plötzlichen Delirium der Freude auf und liefen zum Auto und zu ihr, mit dem Zettel, als wäre er ein Geschenk von unendlichem Wert, das Papier flatterte im Wind, den ihre Glieder in der Luft erzeugten. Sie nahm den Zettel, ihr Gesicht ein Simulacrum seiner selbst hinter der reflektierenden Windschutzscheibe, dann hieß sie sie in den Wagen steigen. Es folgte das jähe Donnern des Motors, der durchdrehte, das Kreischen der Vorderreifen, als sie den Wagen wendete, blasse kleine Hände, die aus dem offenen Fenster zum Abschied winkten, und dann endlich Stille.

Klapperschlange

Die Klapperschlange war wie ein Schatten und lag eingerollt auf der festgetretenen Erde der Jurte, als ob die Schatten herrschten und das Licht ihnen untertan wäre. Er sah sie erst, als es zu spät war. Karuna – ihr Haar hatte sich aus dem festen Zopf gelöst und führte jetzt ein Eigenleben – wusch sich das Gesicht über einer Schüssel Wasser, das er für sie auf dem Holzofen erhitzt hatte, und er sah ihr träge zu und erinnerte sich an ihre erste gemeinsame Nacht, nachdem sie zu ihrer großen Freude festgestellt hatten – Karma, es war Karma –, dass sie nur eine halbe Stunde Fahrt mit dem Auto durch die dichten, hügeligen Wälder von Westchester County voneinander entfernt lebten. Sie waren damals in Georgia, es war der letzte Abend des Workshops, sie saßen zusammen bei einem Bier und tauschten Informationen aus, und sie war so verblüfft von dieser Fügung, dass sie sich in einem langsamen geschmeidigen Tanz vom Tisch erhoben, ihn bei der Hand genommen und in ihr Zimmer geführt hatte.

Die Schlange, die sie knapp über dem Knöchel biss, wo ihre Wade aus dem festen Bund der dicken weißen Frotteesocke zum Vorschein kam, die sie als Schutz gegen die abendliche Kälte trug, tat nur, wofür sie erschaffen war. In der Jurte war es warm. Sie war in die Wärme gekrochen. Und Karuna war versehentlich auf sie getreten. Sie schrie nicht auf, nicht einmal jetzt, nicht einmal als die Schlange in den Schatten zurückschnellte, als wäre sie an einer Sprungfeder befestigt, sondern sie schaute nur verwirrt auf ihre nackte Wade und die zwei kleinen Blutflecken, die dort im Andenken an die Bisswunde aufgetaucht waren. Er überlegte nicht, noch nicht, mit was für einer Nachricht die Klapperschlange gekommen war, als sich Karuna auf dem Bett ausstreckte und er einen Druckverband um ihre Wade schlang und ihre Lider flatterten und das Feuer im Ofen zischte und das Bein anzuschwellen und dunkel zu werden begann und er mit der Druckluftfanfare zur Tür der Jurte lief und die Stille mit einem einzigen schreienden Schlag zerstörte.

Die Nachricht der Schlange – und das wusste er, als Dairo und Bodhi mit Gesichtern wie herumschießende weiße Fledermäuse aus der Dunkelheit auftauchten, Geshe Stephen und die anderen nicht weit hinter ihnen – lautete: *Ich bin die karmische Botschafterin der Reptilienwelt, und bei uns ist nicht alles in Ordnung. Nichts ist im Inneren, und der Schmerz wird nie aufhören. Hurra! Bla-bla-bla!*

Ohne Traurigkeit

Ein Wirrwarr von Händen bewegte sich wie Gedanken, jonglierte stumme Sätze und fuhr die Ränder der Panik nach. Alle gestikulierten gleichzeitig, die Jurte schrumpfte um sie herum, die Schlange verschwand, das Feuer im Ofen erlosch. Karunas Augen blinzelten nicht mehr. Sie schien in eine tiefe Trance gefallen zu sein, so tief wie menschenmöglich hinabgetaucht, und sich auf die Wirbel an der Decke und das runde Loch, das in die Nacht und zu den Sternen und dem toten schwarzen Gesicht des Universums darüber hinausging, zu konzentrieren.

Seine Hände zitterten, als er nach dem Bleistift griff und für Geshe Stephen, der über das Bett geneigt dastand und verloren dreinblickte, aufschrieb: *Wir müssen den Arzt holen.*

Der Geshe zuckte die Achseln. Es gab keinen Arzt. Es gab kein Telefon. Die nächste Stadt war Indio Muerto. Das wussten sie alle – sie hatten sich alle angemeldet im Bewusstsein um dieses Wissen und seiner Folgen, die wie Splitter in ihrem Gehirn steckten.

Was ist mit dem Wagen?

Erneutes Achselzucken. Das einzige Auto der Gemeinschaft war der kastenförmige weiße Prius von Geshe Stephen und stand unter einer maßgefertigten Abdeckung hinter seiner Jurte, wo seine Gestalt niemanden vom Pfad weglocken oder von der aktuellen Tätigkeit ablenken würde. Die Reifen waren aufgebockt, und der Geshe hatte am ersten Tag unter dem Blick der hingerissenen Aspiranten den Benzintank zeremoniell geleert und als symbolische Geste die Verteilerkappe entfernt.

Wir müssen sie ins Krankenhaus bringen!, schrie er in zornigen Großbuchstaben.

Der Geshe nickte. Er war seiner Meinung. Er ließ die Schultern hängen, verzog die Lippen zu einem verkniffenen Grinsen, das in den Mundwinkeln zu einer Grimasse auslief. Seine Miene besagte: *Aber wie?*

In diesem Schweigen, das erfüllt war vom Scharren nackter und beschuhter Füße, dem leisen Zischen des Ofens und dem subauralen Lärm von in Gehirnen feuernden Neuronen, die keine Verbindung mehr zu Seelen hatten, nicht mehr ruhig und meditativ waren, Neuronen, die vom Pfad gestupst worden waren und sich abmühten zurückzufinden, stieß die Gestalt auf dem Bett, Karuna, einen tiefen, rauen, würgenden Schrei aus. Ausnahmslos alle wandten sich ihr zu. Ihr Gesicht war verzerrt. Ihr Bein war auf den doppelten Umfang angeschwollen. Die Haut um die Wunde war schwarz. Sie sahen alle geschockt aus, vor allem Bodhi, geschockt und gekränkt, und fragten sich, warum sie diesen menschlichen Laut nicht mit einer Faust, mit zwischen die Zähne gestopften Fingerknöcheln erstickt hatte. Das Schweigen war gebrochen, und es war Karuna gewesen, die es gebrochen hatte, ob willentlich oder nicht.

Was er sagen wollte – herausbrüllen, damit sie ihn bis nach Indio Muerto und wieder zurück hörten –, war: *Um Himmels willen, was stimmt mit euch nicht? Seht ihr denn nicht, dass sie stirbt?* Aber er tat es nicht. Gewohnheit, Konditionierung, der Reflex des inneren Pfades ließen ihn schweigen, obwohl er sich innerlich wand. Das war Festhalten, und der Seufzer war der Klang der Wahrheit.

Your Boat

Später, nachdem sie alle gegangen waren, weil ihre Anwesenheit nichts nützte, schürte er das Feuer und setzte sich neben sie. Ihr Atem ging langsamer und dann wieder schneller und verfing sich ein letztes Mal in ihrer Kehle. Es hatte Stunden oder nur Minuten gedauert, er wusste es nicht. In seinen Kopf war ein neues Mantra eingezogen, ein Werbespruch aus dem Fernsehen aus der Zeit, als er als Kind den Sommer auf den New Yorker Baseball- und Basketballfeldern mit ihren verbogenen und verrosteten Körben und dem intensiven überirdischen Grün verbracht hatte, einem so vielschichtigen und zuversichtlichen Grün, dass es wie ein Versprechen für die Zukunft erschienen war. Die Werbung war für Zahnpasta und machte eigene Versprechungen, und ja, er fragte sich, ob »Wer es kennt, nimmt Pepsodent« wirklich stimmte. Das neue Mantra sang und tanzte eine Tarantella in doppelter, dreifacher Geschwindigkeit in seinem Kopf, und dann wurde es zu einer Totenklage. Kurz vor Tagesanbruch ging er noch weiter zurück, tief in sich, um das früheste Mantra, an das er sich erinnerte, festzuhalten, das unermüdlich über das Feld seines Bewusstseins marschierte, seinen eigenen Rhythmus schlug mit zwei gegen die Unterseite eines blechernen Pultes stoßenden Knien ganz hinten in der Ecke eines gerade vor ihm auftauchenden Klassenzimmers, *Row, row, row your – Om mani padme hum – Gently down the stream. Row, row, row – Om.*

Als es dämmerte, stand er vom Bett auf, öffnete, ohne zurückzublicken, die Tür und ging hinaus in die Wüste.

Libelle

Er durchstreifte die Wüste ohne Absicht und ohne Ziel. Er kam an dem Hügel vorbei, auf dem seine Frau die weggeworfene Wasserflasche gefunden hatte, an der Stelle, wo der grüne Lkw am Horizont aufgetaucht war, über den Berg, auf dem er das Eisenholz gesammelt hatte, und hinunter in die heiße, gebleichte Ebene jenseits davon. Er brauchte ein Mantra, aber er hatte keins. Das Mantra, das der Geshe ihm gegeben hatte, fiel ihm ein, aber er bekam es nicht zu fassen, sein Kopf war jetzt völlig leer. Die Sonne war das Auge Gottes, wach und glotzend. Nach einer Weile schienen seine Beine nachzugeben, und er ließ sich schwer in den Schatten eines zerklüfteten Felsens fallen.

Dann erwachte er zu Stimmen, menschlichen Stimmen, die laut sprachen. Er blinzelte und blickte in drei ängstliche Gesichter, Mann, Frau und Kind, die ausladenden Strohhüte umgaben ihre Köpfe wie Heiligenscheine. Sie sprachen zu ihm in einer Sprache, die er nicht verstand. Sie sagten: »*¿Necessita usted socorro?*« Sie sagten: »*¿Tiene agua?*« Und dann ging die Frau auf die Knie und hielt ihm einen Plastikbecher mit Wasser an die Lippen, und er trank, aber wenig und nur weil er wusste, dass sie nicht gehen, dass sie nicht aufhören würden zu *sprechen*, wenn er es nicht täte. Er brauchte kein Wasser. Er war jenseits von Wasser, auf einem völlig anderen Pfad. Er beruhigte sie mit Gesten, dankte ihnen, segnete sie, und dann gingen sie.

Die Sonne zog weiter, bis der Felsen keinen Schatten mehr warf. Seine Augen schlossen sich, doch seine Lider brannten, bis er sie wieder öffnete, und als er sie öffnete, war da die Libelle. Er betrachtete sie lange, das erlesene Zusammenspiel der Flügel, die zierliche verschnörkelte Kalligraphie der Beine und den vollkommenen Thorax. Und wie lautete ihre Nachricht? Sie brachte keine Nachricht, das sah er jetzt. Sie war nur ein Lichtsplitter, der einen Augenblick – nur diesen Augenblick – über dem Wüstenboden schwebte.

TOD IN KITCHAWANK

Samstag kurz nach zwei, die Sonne eine heiße Kompresse auf ihren Schultern und dem Kopf, das Kreischen und Schreien der Kinder, die im flachen Wasser planschen, die übliche Symphonie. In ihrem Rücken das harte Tock des schweren schwarzen Gummiballs, der so regelmäßig wie ein Herzschlag von Schläger zu Schläger schießt und gegen die Mauer prallt, bis einer der Männer sich verrechnet und der Ball im Schlepptau eines unterdrückten Fluches einen Herzstillstand erleidet. Ein Schlag, zwei und dann wieder: Tock. Sie denkt, sie hätte besser den Strohhut mit an den Strand nehmen sollen, weil sie keine schmale rote Linie Sonnenbrand auf dem Scheitel haben möchte, doch darüber wird sie sich später Sorgen machen – oder vielleicht überhaupt nicht. Sie hat den Hut seit einer Woche oder länger nicht aufgesetzt – sie mag Hüte nicht, Hüte sind Dinge aus den Tagen ihrer Mutter –, und sie ist tief gebräunt, auch am Haaransatz. Sie trägt die übergroße Sonnenbrille, die sie gestern in der Drogerie gekauft hat, und den schwarzen Badeanzug vom letzten Jahr, der um die Hüfte und Taille vielleicht ein bisschen eng ist, aber na und? Sie wird hier nicht zur Schau gestellt. Es ist ihr Strand, ihr See, es sind ihre Leute. Die Menschen hier, die in Liegestühlen sitzen oder auf flauschigen Handtüchern oder Stranddecken liegen mit Taschenbüchern und Zeitungen und Wiener Würstchen von National Hebrew, sind ihre Freunde und Nachbarn. Das ist der Frieden im Zentrum ihres Lebens. Dieser Samstag im Juli, an dem ihre Gedanken frei sind und hinauf bis zur Sonne und wieder zurück schweifen, und ihre einzige Sorge ist, die Träger auf ihren Schultern zu verrücken und sich die Lippen einzucremen, damit sie nicht rissig werden.

Im Haus, das sie sehen könnte, wenn sie den Kopf drehen und über die Schulter schauen würde, vorbei am Imbissstand und den Paddle-Tennis-Plätzen und der großen, offenen, grasbewachsenen Fläche, auf der junge Paare Hand in Hand herumschlendern und Jugendliche Baseball spielen, steht der Kühlschrank, vor drei Jahren neu gekauft und so voll, als wäre er schon hundert Jahre alt. In seinen kühlen Tiefen liegen die Steaks in Honig-Ingwer-Marinade zugedeckt auf einer Platte, stehen der Kartoffel- und der Krautsalat, die sie nach dem Frühstück gemacht hat, und der Rose's Lime Juice und Wodka für die Gimlets. Alles ist gut. Was macht es da schon, dass der warme weiche Sand unter ihren Füßen jedes zweite Jahr auf Kosten des Kitchawank-Kolonie-Vereins mit Lastwagen hierhertransportiert werden muss, wo seine Hunderte Milliarden Körner im hohen Gras verschwinden, in den See gespült werden, an Zehen und Fußsohlen und gebräunten sehnigen Knöcheln kleben bleiben, nur um dann auf Badezimmerfliesen und unter der Küchenspüle zu landen? Er ist so wesentlich wie die Luft, wie das Wasser: Wie könnte es einen Strand ohne Sand geben?

Das nächste Mal schlägt sie die Augen auf, weil sich Susan, ihre Jüngste, an sie schmiegt, ein kurzer kalter Schock, und plötzlich ist sie nass, als hätte jemand einen Korb Fische auf ihrem Schoß ausgeleert. Sie spürt die kalten Knie gegen sich stoßen, den bibbernden Brustkasten und die klappernden Zähne, hört ihre eigene erschrockene Stimme: »Geh weg, Schatz, du bist ja ganz nass!« Und Susan, sommersprossig, dürr, zehn Jahre alt, schmiegt sich fester an sie. »Mir ist kalt, Mama.« Sie langt nach hinten zur Strandtasche und zum Handtuch, das sie für sich selbst mitgenommen hat, spart sich die Mühe zu fragen, wo das Handtuch ihrer Tochter ist, denn sie weiß, dass es am Rand des Spielfelds oder am geschmiedeten Klettergerüst hängend wieder auftauchen wird, patschnass wie ein Spüllappen. Und sie wickelt sie ein und drückt sie an sich, bis das Bibbern aufhört und ihre Tochter aufspringt, um einem halben Dutzend anderer Kinder zum Imbissstand nachzulaufen. Um sich ein eiskaltes Coke, Winter in der Flasche, und ein Wiener Würstchen in einem Brötchen zu holen. Mit gehackten Zwiebeln und süßsaurer Sauce und viel Senf. Sie hebt einen Augenblick die Sonnenbrille an und sieht ihr nach, und da sind die Sollovays, die Greens, die Goldsteins, die sie begrüßen und miteinander scherzen und sich gut gelaunt neben ihr niederlassen. Marsha Goldstein schlägt die seidigen Beine übereinander, lächelt mit zuckenden Lippen und bietet ihr eine Zigarette an, doch sie zieht ihre eigenen vor, und sie zünden sich beide eine an und lassen sich vom Tabak hochheben, bis sie beide gleichzeitig, als hätten sie es geprobt, den Kopf zurücklegen und zwei lange blaue Rauchwolken ausatmen. »Wann sollen wir heute Nachmittag kommen?«, fragt Marsha. »So um fünf?«

»Ja«, sagt sie, »ja, das wäre perfekt«, und schaut über die Schulter, an den Spielfeldern und dem Maschendrahtzaun und dem Schirm aus Bäumen vorbei zu ihrem Haus, das still auf seiner kleinen Anhöhe steht – das einzige Haus von den über zweihundert Häusern der Gemeinde, das direkt auf den See hinausgeht, und sie versucht, nicht zu sündhaft stolz darauf zu sein. Da steht der Buick, das Modell vom letzten Jahr, auf der Einfahrt wie auf einem Foto aus einer Zeitschrift, und die Schaukel, die sie für Susan und ihre Freundinnen aufgestellt haben, obwohl das große eiserne Gestell der Schaukel auf dem Spielplatz neben dem See nur einen Steinwurf entfernt ist. Der Japanische Ahorn, den sie zur Geburt ihrer Tochter gepflanzt hat, hebt sich als Relief vor der Hausmauer ab und wirft einen fein gemusterten Schatten über den gefliesten Weg zur Küchentür. Seine Blätter sind von der Farbe des roten Bordeaux, den Sid gern nach dem Abendessen trinkt. Ihr Blick verweilt dort einen Augenblick, bevor sie ihn zum Haus selbst hebt. Und es ist komisch, denn weil der See das Licht reflektiert und weil sich das große Panoramafenster im Schatten befindet, kann sie in ihre Küche sehen bis zum Tisch, der bereits für das Abendessen gedeckt ist, und zur tickenden Uhr an der gelben Wand, und es ist fast so, als wäre sie an zwei Orten gleichzeitig.

[Entschuldigen Sie, dass ich mich hier einmische, aber ich möchte etwas klarstellen – Tatsache ist, dass ich damals dabei gewesen sein könnte, die Fäden der Vergangenheit sind so verworren, dass ich sie jetzt, fünfunddreißig Jahre später, nicht mehr ganz voneinander trennen kann. Doch wenn ich dabei gewesen bin, dann wäre ich auf dem Paddle-Tennis-Platz gewesen und hätte mit Miriams Mann Sid und ihren beiden Söhnen – Alan, damals sechsundzwanzig, und Lester, meinem besten Freund, wie ich zweiundzwanzig – auf heftig kompetitive und sehr körperliche Weise gespielt. Und ich wäre auch bei der nächsten Szene dabei gewesen, dem Abendessen, dem Cocktails und ein entspannender schwüler Samstagnachmittag vorangegangen waren, frisch aus dem See und aus der Dusche, die nach der körperlichen Anstrengung verkrampften Muskeln meiner Beine dank des langen, langsamen Alkoholkonsums vollkommen entspannt.]

Sie hat beide Ventilatoren eingeschaltet, den vor dem Küchenfenster und den großen trägen Deckenventilator, der sich in einer optischen Täuschung langsam und verzögert über dem Tisch dreht, und doch ist sie schweißgebadet. Marsha ist bei ihr, ihre Gläser mit den Drinks stehen beschlagen auf der Abstellfläche, während sie Ellbogen an Ellbogen auf Schneidbrettern lange eckige Karottenstreifen und waffeldünne gelbe Zwiebeln für den Salat schneiden, Gurken würfeln und Kirschtomaten halbieren, die noch warm vom Garten sind, Marsha, die bei ihrer Hochzeit mit Sid Trauzeugin war, so wie sie Marshas Trauzeugin gewesen war, als sie David heiratete zu einer Zeit, als sie nur zu viert gewesen waren. Jetzt sind die Jungs über zwanzig, Susan ist zehn, und Marshas Tochter Seldy ist sechzehn, oder nein, siebzehn.

»Ich weiß nicht«, sagt sie und bezieht sich auf die zwei jungen Paare, Sommergäste, die man inzwischen dauernd am Strand sieht, »man soll diesen Zustand nicht verbergen, aber wenn ich das andere Mädchen in dem Bikini sehe, komme ich mir vor, als hätte ich hundert Pfund zugenommen – gestern. Und heute Morgen noch einmal hundert Pfund.«

»Ja, ja, das stimmt, aber die Kleinere, wie heißt sie noch mal –?«

»Barbara? Oder ist das die andere?«

»Die andere heißt Rachel, und sie ist wirklich sehr nett, obwohl man es nicht glauben möchte, so wie sie immer dreinschaut, ich weiß nicht, so abweisend – aber ich wollte sagen, in einem Bikini rumzulaufen, wenn man im achten Monat schwanger ist, ist einfach –«

»Zu viel.«

»Genau«, sagt sie, und dann lachen sie beide. »Viel zu viel.«

Aus dem Wohnzimmer sind die Männer zu hören, ihre lauten, gutgelaunten Stimmen, als sie die Fragen des Tages abhaken, auf Nixon schimpfen und mit den Jungs Witze reißen. Les lässt sich die Haare wachsen und trägt Hosen mit Schlag und mit Pailletten besetzte Hemden in brüderlicher Gemeinschaft mit seinem Freund T., der so zufrieden aussieht, dass er auf seinem eigenen fliegenden Teppich durchs Zimmer segeln könnte. Manchmal macht sie sich Sorgen – oder nicht wirklich Sorgen, manchmal hat sie Bedenken –, ob die Jungs mit Dope oder Gras oder wie immer sie es jetzt nennen experimentieren, aber sie hat nie ein Wort gesagt. Und wird es in Zukunft auch nicht tun. Sie will nicht davon anfangen. Sollen sie tun, was immer sie tun, denn niemand, nicht einmal ihre Mutter, kann ihnen Vorschriften machen. Das heißt, sobald sie erwachsen sind, und ihre Jungs mit den Schultern und Armen, die sie von Sid geerbt haben, sind eindeutig erwachsen.

Sie setzen sich gerade zum Essen hin – vor die Artischocken, auf jedem Teller eine, der Grill auf der Terrasse raucht unter den Steaks –, als Seldy in einem gelben Strandkleid, das die Figur betont, die sie während des letzten Jahrs entwickelt hat, hereinschlendert, wie immer zu spät. Ihre Mutter sagt: »Wird aber auch Zeit«, und ihr Vater macht einen Witz, dass sie sich während der anstrengenden vierminütigen Fahrt von zu Hause hierher wohl verfahren haben müsse, doch Sid und die Jungs sind für einen donnernden Augenblick sprachlos. Das ist das Gesicht der Schönheit, und dass sie alle eine Familie sind, dass Seldy für Sid wie eine Tochter und für die Jungs, Miriams Jungs jedenfalls, wie eine Schwester ist, spielt keine Rolle. Sid bricht den Zauber als Erster, hebt die Stimme und schließt an den Scherz an: »Wir haben schon geglaubt, dass wir verhungern müssen, während wir auf dich warten.« Und dann überschlagen sich die Jungs schier, winken, grinsen und setzen noch einen drauf (»Ja, und stellt euch nur vor, wie hungrig der erste Höhlenmensch gewesen sein muss, als er herausgefunden hat, dass man diese Dinger tatsächlich essen kann«), und Seldy errötet und gleitet auf den leeren Stuhl zwischen Alan und Les, während der Dampf der Artischocke ihr ins Gesicht steigt und die Spitzen ihres langen Haars von den Schultern gleiten und anmutig über dem Teller schweben.

Und dann, gerade als Sid aufsteht, um nach den Steaks zu sehen (niemand hier will etwas anderes als blutig und noch blutiger, und er wäre gekränkt, wäre dem nicht so), rollt die erste Explosion des Donners über den See heran, rüttelt am Haus und bringt die Eiswürfel in den Drinks zum Klirren, die Miriam am ganzen Tisch gerade nachgefüllt hat. Der Himmel verdunkelt sich sofort, und es ist, als hätte man eine Jalousie heruntergezogen. Sie überlegt, ob sie in die Küche gehen und in der Schublade die Kerzen suchen soll, die von Hanukkah übrig geblieben sind, als das Gewitter eine kühle Brise durch die Fliegengitter sendet und Marsha mit der Serviette vor dem Gesicht herumwedelt und erleichtert seufzt. »Gott sei Dank«, sagt sie. »O ja, lass es kommen.«

Die ersten Regentropfen, groß und schwer und weit verstreut, prallen auf die Planken, Sid mit den muskulösen Armen und dem kahlen Kopf ist auf der Terrasse, öffnet rasch den Deckel des Grills und dreht die Steaks um, während die verwitterten Bretter um ihn herum bereits getüpfelt sind. Ein weiterer Donnerschlag. »Beeil dich, Sid!«, ruft David, und dann geht es richtig los, die Originalsintflut, und es ist komisch, höchst komisch, ansteckend komisch, wie Sid die Steaks umdreht und in null Komma nichts durchnässt ist, weil nichts passieren kann, überhaupt nichts, und wenn ein, zwei Tropfen auf die Platte mit dem Fleisch fallen, das er jetzt auch schon bedeckt, ist das etwa schlimm? Sie haben Kerzen, sie werden essen, und der Abend, der fruchtbar nach Gras und der Erde am Waldrand zu riechen beginnt, wird gemütlich werden, so kühl und angenehm, als wäre die ganze Gegend klimatisiert.

[Wie ich sehe, habe ich mich noch in die Szene hineingeschrieben, ein Flüchtling aus meiner eigenen zerbrochenen Familie, der im Augenblick Frieden gefunden hat. Schön und gut. Aber Frieden hält nicht und reicht nicht aus, und Lester und ich nutzten die verfügbare Pharmakopöe eifriger, als Miriam es sich je hätte vorstellen können. Wir waren stoned, dessen bin ich sicher, und nicht nur von etwas so Harmlosem wie Marihuana – wir waren stoned, und es ging uns bestens. Weil wir das Gefühl hatten, mitten in dieser strahlenden Liebe und in diesem tiefen Brunnen der Ruhe mit etwas davonzukommen.]

Die Zeit springt wieder und wieder, die Ahornbäume verfärben sich, der See schiebt eine dünne Schicht faltiges Eis ans Ufer, dann folgt die Armseligkeit des Winters mit den kahlen Bäumen und dem Saum von totem

Schilf, das wie der Bart eines alten Mannes aus dem grauen Kiefer des Eises ragt. Zweimal rutscht ihr der Wagen auf der glatten Straße weg, die Beifahrerseite kriegt das meiste ab, sodass sie sich verrenken und verdrehen muss, um sich zum Rücksitz zu lehnen und Susan die Tür zu öffnen, wenn sie sie vom Ballett- oder Geigenunterricht abholt. Es scheint ständig zu regnen. Oder zu graupeln. Und falls die Sonne am Himmel auftaucht, sollte jemand eine Kamera nehmen und ihr den Beweis bringen. Sie lebt für den Sommer, das erzählt sie Marsha am Telefon und allen anderen, die gewillt sind zuzuhören, weil sie dünnes Blut hat und es um halb fünf nachmittags dunkel ist, und das ist kein Leben. Ja. Klar. Aber es scheint, als wäre der Sommer zu Ende, bevor er noch richtig begonnen hat, und dann ist es wieder Winter und der Winter danach, die Monate vergehen, bis der Zeiger an dem grauen, toten Tag im März stehenbleibt, an dem Susan mit den Mädchen vom Forscher-Club der Schule im ungeheizten Keller gegen die Kälte arbeitet, ein Kanu baut aus einem Bausatz, der den weiten Weg von Minnesota hierher geschickt worden war, während Miriam oben auf Zehenspitzen geht, ofenwarme Haferplätzchen auf einer Platte arrangiert, heißen Kakao aus einer Thermoskanne in sechs Porzellantassen gießt. Auf jeder Tasse treibt ein Marshmallow wie eine weiße, schwammige Insel.

Als sie die Kellertür öffnet, überwältigt sie ein heftiger Geruch nach Epoxid und dem Branntweinessig, mit dem Sid putzt, und sie macht sich Sorgen wegen der Dämpfe, aber die Mädchen scheinen sie nicht zu bemerken. Sie scharen sich als gieriges, drängelndes Rudel um sie, Hände greifen nach den Plätzchen und den zu heißen Tassen, alle außer Janet Donorio, ein zierliches Mädchen mit hellen Augen, die ruhig die letzte Tasse vom Tablett nimmt, als würde sie mit der Königin von England im Buckingham-Palast speisen, und warum kann Susan sich nicht ein bisschen mehr beherrschen? Aber Susan kann sich nicht im Zaum halten – sie hält bereits drei Plätzchen in der Hand, Privileg des Hauses, versucht mit der Zunge das Marshmallow in ihrer Tasse aufzunehmen und hat einen Schnurrbart aus Schokolade über der Oberlippe.

»Solltet ihr Mädchen nicht mal lüften?«, fragt sie, nur um sich selbst zu hören, doch es ist alles gut so, versichern sie ihr, und sie kommen toll voran, wirklich.

Das Kanu, das Projekt für den langen Winter, liegt verkehrt herum auf zwei Sägeböcken. Sid machte den Löwenanteil der Arbeit an den Wochenenden, doch die Mädchen waren ziemlich gewissenhaft mit dem Abschleifen, dem Ausschneiden und Anpassen der Fiberglasverkleidung und dem sorgfältigen Auftragen des Epoxidharzes. Sie sind in dem Alter, in dem jedes Treffen außerhalb der Schule, zu welchem Zweck auch immer, Spaß macht, und sie verplempern einfach so die Zeit, erzählen Klatschgeschichten, hören Platten, tanzen zum letzten Hit oder letzten Schrei oder was immer, während ihre dünnen Arme fuchteln, das Haar hin und her schwingt, die Beine sich wie Springstöcke bewegen. Die Plätzchen und die Schokolade sind im Nu verschwunden. Und jetzt sind sie satt, sehen sie argwöhnisch an und wundern sich, warum sie noch bei ihnen ist, da doch klar ist, dass sie von weiteren mütterlichen Pflichten entbunden ist, und deswegen sammelt sie die Tassen ein, stellt sie aufs Tablett und geht die Treppe hinauf.

Dank Sid, der ein Vater wie kein anderer ist, obwohl er jeden Abend nach der harten körperlichen Arbeit auf einer Baustelle nach der anderen, die einen halb so alten Mann in die Knie zwingen würde, eine anstrengende Autofahrt auf sich nehmen und sich nach Hause schleppen muss, ist das Kanu fertig für seine Jungfernfahrt, als das Eis am Ufer abtaut und die Sonne sich wieder flüchtig sehen lässt. Miriam sitzt steif auf der Bank auf dem Spielplatz, Marsha neben ihr – sie friert, weil eine Windjacke den Nordwind, der über die ganze Länge des Sees bläst, einfach nicht abhält –, während sich die Mädchen demokratisch in zwei Dreiergruppen aufteilen, in dem eisigen flachen Wasser ihre Jeans hochrollen und die erste Gruppe in einem verrückten hektischen Durcheinander von drehenden Armen und Paddeln aufbricht. »Seid vorsichtig!«, ruft sie und freut sich, dass ihre Tochter so großzügig oder zumindest geduldig genug war, um sich für die zweite Gruppe zu entscheiden. Als Susan sich vorbeugt, um das Kanu anzuschieben, mit Fußknöcheln, die rot von der Kälte sind, und langem, ernstem und unglaublich erwartungsvollem Gesicht, ist es zu viel für Miriam, und sie schaut zu den Paddeln, die im bleichen Sonnenlicht aufblitzen, und zum Kanu, das kreuz und quer die schwarze Wasserfläche durchschneidet wie die Klinge ihrer Zickzackschere.

Marsha, die zur moralischen Unterstützung gekommen ist, zündet sich an der ersten Zigarette eine zweite an, wirft die qualmende Kippe in das graubraune Gras zu ihren Füßen und atmet mit einem langen, bedeutungsschweren Seufzer aus. »So was von süß«, sagt sie.

Miriam ist auf den Beinen – sie kann nicht anders – und hört, wie ihre eigene Stimme über das Wasser jagt und zu ihr zurückkehrt: »Fahrt nicht so weit raus! Mädchen! Mädchen?«

»Gestern Abend hat sich Seldy gemeldet«, sagt Marsha, als Miriam sich wieder auf die Bank setzt. Seldy studiert an der Stony Brook. Im ersten Semester, mit einem Stipendium. Mathematik, so gescheit ist sie.

»Und wie geht es ihr?«

Eine Pause. Das Kanu, inzwischen weit draußen – auf halber Strecke zum anderen Ufer mit seiner dichten Ansammlung von schulterhohem totem Gestrüpp –, wendet in einem wackligen, weiten Bogen und kehrt zurück, die Mädchen paddeln jetzt im Einklang, haben es endlich raus. »Schrecklich. Furchtbar. Schlimmer als« – Marshas Stimme, in der Schmerz und Zorn mitschwingt, bleibt ihr im Hals stecken –, »ich weiß nicht, alles.«

»Was? Was ist denn passiert? Sie ist doch nicht –«

»Sie wirft hin.«

Miriam ist so überrascht, dass sie den Satz unwillkürlich in ungläubigem Tonfall wiederholt: »Sie wirft hin?« Sie ist in diesem Augenblick auf ganz andere Dinge konzentriert – die Mädchen auf dem See, Susan und die anderen, die warten, bis sie an der Reihe sind, und der Wind, der einen Keil Gänse über den Himmel zieht –, und es fällt ihr gar nicht ein, dass auch ihre beiden Söhne seinerzeit das Studium aufgegeben haben.

»Es ist der Junge.«

»Welcher Junge?«

»Du weißt schon, der aus der Highschool, der gerade mal ein ganzes halbes Semester auf dem Gemeindecollege war – Richie?«

Einen Moment lang ist Miriam verwirrt, der Name liegt ihr auf der Zunge wie eine Beschwörung – Richie, Richie? –, und dann sieht sie ihn plötzlich vor sich, groß und schlaksig in einer so engen Badehose, dass man jede Falte darunter sah, mit seinem Waschbrettbauch und dem Haar, das ihm ins Gesicht fiel wie ein Rabenflügel, Richie, Richie Spano, der Angeber, der Witzbold mit dem wiehernden Lachen und einem Ausdruck im Gesicht, wenn man ihn ertappte, der besagte: Da steh ich ganz weit drüber.

»Du machst Witze.«

»Schön wär's.«

Und da läuft das Kanu im Sand auf, der dieses Frühjahr wieder ersetzt werden muss, sonst stehen sie alle bis zur Hüfte im Schlamm, und da ist Susan, die mit dem Mädchen hinten den Platz tauscht, die Machtposition, und das Paddel hochhebt, als wäre es der geschliffene, glänzende Speer einer Kriegerin, die auf Eroberung aus ist.

Eine Rauchwolke. Ein langes, trauriges Inhalieren, und Marsha will ihr nicht in die Augen schauen. »Sie wollen sich eine Wohnung im Village suchen, sagt sie. In Freiheit leben. Ihr Ding durchziehen.« Das Kanu, sieht Miriam, steckt unter dem Gewicht der Mädchen im Schlamm fest, und sie muss sich zurückhalten, um nicht einzugreifen, und dann stößt Susan ihr Paddel tief genug in den Boden, und das Kanu setzt sich im schimmernden Licht in Bewegung. »Oder irgend so einen Mist«, sagt Marsha.

[Ich war damals schon weg und versuchte, mich an der Universität zu bewähren, und Les war in San Francisco und managte das erste Cajun-Restaurant dort, aber ich kannte Richie Spano aus der Zeit, als Les und ich gemeinsam drei Jahre zuvor ein Haus in der Kolonie gemietet hatten. In diesem Haus gingen viele ein und aus – Freunde, Musiker, Drogenabhängige, Freunde von Freunden, Freunde von Drogenabhängigen –, und Richie schaute hin und wieder vorbei. Er war reaktionsschnell, großspurig, grenzwertig fies und hatte einen bösen Zug, der etwas Krankhaftes hatte. Eines Abends zog er aus heiterem Himmel die Pfeile aus der Dartscheibe an der Küchenwand und nagelte mit einem die Katze meiner Freundin an die Wand – der Pfeil steckte in dem Fell über ihrem Rückgrat und zitterte wie eine Bandillera, bis die Katze verschwand und den Teppich im Hinterzimmer vollblutete, und es kostete fünfunddreißig Dollar, um sie beim Tierarzt wieder zu reparieren, Geld, das ich aus meiner eigenen Tasche zahlte, denn Richie Spano zahlte niemandem irgendwas.]

Miriam sitzt am Fenster an einem milden, dunstverhangenen Morgen im Frühling eines Jahres, als das Kanu schon fast vergessen ist, es liegt angekettet auf einem Grasstreifen weit weg am Strand in einem wilden Durcheinander umgedrehter Boote: Die Mädchen haben jetzt andere Interessen, die vor allem um Jungen kreisen. Susan ist siebzehn, furchtbar nervös wegen ihrer College-Bewerbungen, ihrer Vorbereitungskurse, und Mr Honer drängt sie zu üben, obwohl sie nur die dritte Geige spielt, und Mr Davies tritt die Theatergruppe mit Füßen, doch ihr Zimmer ist tapeziert mit Postern von langhaarigen Jungen mit nacktem Oberkörper und einer Gitarre in den Händen. Und letztes Jahr beim Abschlussball musste Miriam im Hintergrund die Fäden ziehen, bis der Junge, den ihre Tochter mochte, sie endlich aufforderte, aber Gott sei Dank galt die Aufregung vor allem dem Kleid und den Blumen, und nachts um eins war sie zu Hause.

Sie nippt an einer Tasse Tee, während der Rauch ihrer Zigarette neben ihrem Ellbogen schwebt, und erinnert sich, wie sie selbst mit siebzehn zum ersten Mal über den Sommer aus Stelton hierhergekommen ist und bei ihren Cousinen in einem Bungalow gewohnt hat, keine drei Blocks entfernt von der Stelle, an der sie jetzt sitzt. Niemand hätte sie damals schüchtern genannt, und als sie am ersten Nachmittag mit ihrer Cousine Molly an den Strand ging und die Gruppe Jungen sah, die auf dem Paddle-Tennis-Platz über einem kleinen schwarzen Ball ins Schwitzen gerieten, marschierte sie direkt zu ihnen, blieb keine zwei Meter vom Platz entfernt stehen und schaute zu, wie sie sprangen und grimassierten und mit der ganzen rohen, frustrierten jugendlichen Kraft, die in ihnen brodelte, auf den Ball eindroschen, bis sie anfingen, zu straucheln, danebenzuschlagen, den Rhythmus des Spiels zu verlieren – und es war kein Geheimnis, warum. Weil sie dastand mit ihrem hübschen dunklen Gesicht, das angeblich sehr dem von Rita Hayworth ähnelte, mit ihren frisch lackierten Nägeln, dem weißen Handtuch, das sie so unbekümmert über die Schulter geworfen hatte, und dem Badeanzug, den sie fast eine Stunde in dem

Ganzkörperspiegel bei Genung bewundert hatte, bevor sie ja gesagt und an der Kasse das Geld hingelegt hatte. Vier Jungen spielten, und ein halbes Dutzend fläzte im Gras neben dem Platz, doch der, den sie ins Auge fasste – der große mit dem zurückgekämmten, schmutzig blonden Haar, dem eingelaufenen T-Shirt und den schwarzen hohen Basketballschuhen, die er ohne Socken trug –, war Sid.

Sie verlagert das Gewicht, hebt die Zigarette an den Mund, um die Erinnerung festzuhalten, doch die Zigarette brennt nicht mehr. Und der Tee – der Tee ist inzwischen kalt. Sie will aufstehen und das Gas unter dem Wasserkessel anzünden, als sie eine Bewegung auf dem Spielfeld bemerkt. Dort draußen ist jemand – zwei Personen, ein Junge und ein Mädchen –, und das erscheint ihr merkwürdig, weil es ein Schultag ist, und obwohl offiziell bereits Frühling ist, stecken die Blätter noch fest eingerollt in den Knospen, und es ist kalt, vor allem weil ständig Dunst vom See heraufzieht. Kein Wetter, um an den Strand zu gehen.

Sie hat bereits das Abendessen vorbereitet – ein Braten brutzelt in dem Schmortopf, den Les ihr letztes Jahr zum Geburtstag geschenkt hat –, und die Zeitung hat sie zweimal gelesen und das Kreuzworträtsel so lange ausgefüllt, bis sie nichts mehr entziffern konnte. Ist sie gelangweilt? Einsam? Braucht sie Anregung? Sie vermutet es. In letzter Zeit sitzt sie lang am Fenster, telefoniert viel oder träumt vor sich hin, und sie hat zugenommen. Aber was tun die beiden dort draußen?

Im nächsten Moment ist sie in der Diele, schlüpft in den verblichenen blauen Parka, tief in den Taschen stecken zwei nicht zusammenpassende Fäustlinge zwischen Papiertaschentüchern und alten Notizzetteln, und dann ist sie draußen, der Tag ist frisch und riecht nach etwas, was zu lange im Kühlschrank gelegen hat, sie geht den Weg bis zum Ende des Grundstücks und dann die einspurige Kiesstraße entlang, die durch das hohe Maschendrahttor zum Strand führt. Sie hält sich links, läuft über das Gras des Spielfelds und spürt die Nässe in den abgewetzten Wildledermokassins, die sie an der Tür angezogen hat. Als sie näher kommt – auf halber Strecke zu den beiden Gestalten, die sich über etwas beugen, was ein großer graugrüner Stein im Gras zu sein scheint –, erkennt sie Seldy. Seldy in Schlaghose und Poncho und einer Art ledernem Cowboyhut, so tief ins

Gesicht gezogen, dass man ihre Augen nicht sieht. Und wer ist bei ihr? Richie. Richie, der aussieht, als hätte er sich für Halloween verkleidet mit seinem langen Haar, dem gebatikten Hemd und dem abgetragenen Mantel, den er womöglich aus einem Haufen bei der Heilsarmee gezogen hat.

Sie denkt nichts Bestimmtes – und so wie sie angezogen ist, ungekämmt und nicht geschminkt, ist sie nicht besonders wild darauf, mit jemandem zu sprechen –, aber jetzt ist sie schon mal da, und sie sieht, dass das Ding auf dem Boden kein Stein ist. Es bewegt sich. Und der Junge – Richie – stößt es mit einem abgebrochenen Ast immer wieder an. In dem Augenblick, als sie »Hallo« sagt und beide damit erschreckt, erkennt sie, was es ist: eine Schildkröte. Eine der großen Wasserschildkröten, die aus dem See kommen, um ihre Eier in den Sand neben dem Spielfeld zu legen.

Seldy versucht zu lächeln, was ihr aber nur halb gelingt. Richie ignoriert sie. »Hallo«, murmelt Seldy.

»Seid ihr auf Besuch da?«, hört sie sich sagen, als Richie den Stock in das Maul des Tiers zwingt und die Kiefer mit einem hörbaren Knacken zuschnappen.

»Hast du das gesehen?«, sagt er. »So ein Ding kann dir die Hand abbeißen, wenn du nicht aufpasst.«

Ganz leise, als hätte sie Angst, die Stimme zu heben, sagt Seldy »Ja«, aber das ist seltsam, weil Marsha kein Wort davon hat verlauten lassen, und Miriam braucht einen Moment, bis ihr klar wird, dass sie bei Richies Eltern auf der anderen Seite des Sees wohnen müssen – oder nicht mal am See, sondern in einer Siedlung irgendwo an der Amazon Road. Und dann fällt ihr eine Szene aus dem letzten Jahr ein, ein Abendessen, das sie für ein neu zugezogenes Paar, die Abramsons – er ist Arzt in der Stadt –, gegeben hat, und Seldy, die über das Wochenende gekommen war, saß steif zwischen ihren Eltern und sagte den ganzen Abend über kaum etwas. Außer Negatives. Bevor die Abramsons und die anderen kamen, hatte Miriam Blumen in einer großen Vase aus geschliffenem Glas, die sie von ihrer Mutter geerbt hatte, neu arrangiert und wollte Marshas Meinung dazu hören, es war nur Geplauder, mehr nicht, als Seldy, ihre Miene missmutig, die Mundwinkel nach unten gezogen, sie aus heiterem Himmel anfuhr. »Herrgott, Miriam, wir sind hier nur in der Kolonie, in der tiefsten Provinz«, sagte sie, und ihre Stimme war wie eine Säge, die das Haus entzweischnitt. »Man könnte glauben, du wärst Mrs Dalloway oder so.«

Es ist kalt – nasskalt –, und sie zieht den Parka fester um sich. Sie will gerade etwas so Blödsinniges wie »Das ist ja nett« sagen, als Richie der Schildkröte den Stock aus dem Maul reißt und ihn heftig auf ihren glitschigen, glänzenden Panzer hinunterkrachen lässt, nicht einmal, sondern zweimal. Er hebt ihn wieder, hebt ihn hoch, und da tritt sie plötzlich vor und ergreift so rasch das andere Ende des Stocks, dass sie selbst überrascht ist. »Was tust du da?«, fragt sie in scharfem Ton.

Er leistet keinen Widerstand, das muss man ihm lassen, und der Stock ist jetzt ihrer, und sie lässt ihn neben ihre Füße fallen, während die Schildkröte faucht und den Kopf hin und her dreht, als könnte sie nicht erkennen, woher die Bedrohung kommt. »Das Ding verdient es nicht zu leben«, sagt er, und sein Blick ist nicht fokussiert, die Pupillen sind erweitert, er scheint im Stehen zu träumen. »Sie sind sowieso nur Ungeziefer. Sie bringen Fische um, sogar Enten. Sie –«

»Nein«, sagt sie und schneidet ihm das Wort ab, »nein. Sie gehören hierher. Sie haben das gleiche Recht zu leben wie alles andere.« Sie will weitersprechen, plötzlich ist sie ganz aufgedreht, wütend über alle Maßen, doch er hat ihr bereits den Rücken zugewandt, stolziert in seinen hochhackigen Stiefeln – lila, lila Stiefel – über die Wiese, und sie bleibt mit Seldy allein. Die nichts zu sagen hat. Die Tochter ihrer besten Freundin, ein Mädchen, das sie von Geburt an kennt, und sie hat nichts zu sagen. Miriam will sie ins Haus bitten, zu einem Tee, einem Bagel, einer richtigen langen Unterhaltung einladen über das Abbrechen des Studiums, über Mode und den Respekt vor der Natur und dem Leben im Village – Freaks, sie nennen sich Freaks –, doch sie muss feststellen, dass auch sie in diesem Augenblick nichts zu sagen hat.

[Ich erinnere mich, dass ich einmal während der Frühjahrsferien vorbeigeschaut habe, und Miriam saß in einem Liegestuhl neben dem Spielfeld, in einen alten Schlafsack gewickelt, und passte auf ein Paar nistender Schildkröten auf, während in ihrem Rücken ein Pick-up-

Baseballspiel stattfand. Ich habe bestimmt eine Stunde neben ihr gesessen und mich von ihr auf den neuesten Stand bringen lassen, während die Schildkröten geduldig ihre Eier legten, als wäre die Zeit ein Jahrtausend zurückversetzt und es gäbe keine Rasenmäher oder Autos oder Jungen mit hocherhobenen Stöcken und Steinen und Baseballschlägern, um sie zu vernichten. Und wo war Sid? Bei der Arbeit. Er arbeitete immer. Er hatte Rückschläge auf dem Aktienmarkt und anderswo erlitten, ein hartes Jahr, aber er war Mitglied der Blechschlossergewerkschaft und hatte immer Arbeit. Ich glaube nicht, dass er überhaupt wusste, dass es Schildkröten gab.]

Und wieder ein anderer Tag, ein Jahr später, Susan studiert in Rutgers und ist begeistert, oder zumindest gefällt es ihr, sagt sie, wenn sie sich hin und wieder abends die Mühe macht und anruft, und Miriam hat gerade ein Telefongespräch mit ihrer Cousine Molly beendet, die jetzt in Connecticut lebt und deren Jüngster – Mark, gerade vierundzwanzig – eine Art Nervenzusammenbruch hatte. Oder Schlimmeres. Seit seiner Jugend ist er in Behandlung, und niemand will es Schizophrenie nennen, weil es dafür keine Heilung gibt. Es heißt, es liegt in der Familie, Mollys Vater, überlegt Miriam, war nicht gerade ein Kirchenlicht, erschrak über sein eigenes Gesicht im Spiegel, hörte Stimmen, und die Hälfte von dem, was er sagte, war Unsinn. Sie dankt ihrem Glücksstern, dass ihre Kinder normal sind, obwohl sie bei Les manchmal ins Zweifeln gerät, er lebt an der Westküste, ist mit dreißig noch nicht verheiratet und ständig unterwegs in leichtlebiger Gesellschaft, Restauranttypen, Bartypen, Typen, die Drogen nehmen und erst bei Sonnenaufgang ins Bett gehen.

Sie stemmt sich vom Tisch hoch, ihre Gelenke tun weh, und in der linken Wade spürt sie einen stechenden Schmerz, ein Prickeln oder Kribbeln, das wieder aufhört, kaum hat sie es benannt. Sie tapst buchstäblich zum Herd und zündet die Flamme unter dem Wasserkessel an, doch dann wird ihr klar, dass sie gar keinen Tee will. Und auch keine Zigarette. Das Haus versinkt im Chaos – sie war nie eine gute Hausfrau außer zu besonderen Anlässen, Ferien, Abendessen, wenn sie sich dazu aufraffen kann –, aber sie ist nicht in der Stimmung, die Papiere, Zeitschriften und Bücher zu sichten, die Töpfe, Pfannen und toten, vertrockneten Blumen, die sich wie Verwehungen anzuhäufen scheinen und das Haus eines Tages unter sich begraben werden wie der Sand Arabiens, und niemand wird da sein, der sich daran stören wird. Vom Fenster sieht sie die Mauer der Paddle-Tennis-Plätze, die wochentags um diese Uhrzeit leer sind, und jenseits davon Rose Shapiro – achtzig und gebeugt –, die am Strand entlanggeht, als würde sie sich wie der arme Dr. Schiwago einen Weg durch die russische Steppe bahnen, und ihr Anblick deprimiert sie noch mehr. Man heiratet, bekommt Kinder, kocht, putzt, wird krank, wird alt, geht am Strand spazieren, bis man nicht mehr weiß, wer man ist. Das ist das Leben. So ist es.

Da fällt ihr das Kanu ein. Susan ist letzten Sommer ein-, zweimal damit gefahren, doch abgesehen davon liegt es unbenutzt da, solange sie sich erinnern kann. Die Vorstellung begeistert sie plötzlich, seine glatte weiße Haut auf dem Bauch des Wassers, Wolken, die darüber hinwegjagen, Freiheit, dahingleiten, einfach nur dahingleiten. Sie macht sich in der Küche ein Sandwich, gießt Saft in die Thermosflasche, nimmt ein Taschenbuch aus dem Regal im Arbeitszimmer und geht hinaus in den Tag und den Sonnenschein, der unerwartet hell aufflackert, und sie fühlt sich, als würde sie zu einem Abenteuer aufbrechen. Die Sonne überzieht den See mit einer feinen Glasur aus Licht. Ein leichter Wind kräuselt das Wasser, eine Unendlichkeit ausgekehlter, kleiner schwarzer Wellen strömt über den See, so weit sie schauen kann. Vögel sitzen in der Wiese.

Sie hat Probleme mit dem Kombinationsschloss – es ist verrostet, das ist alles –, und dann, nachdem sie die Kette entfernt hat und versucht, das Boot umzudrehen, findet sie es überraschend schwer. Es ist niemand da, der sie beobachten könnte, außer Mrs Shapiro, die kaum von ihren Schnürsenkeln aufschaut, dennoch ist es ihr peinlich, dass sie nicht einmal in der Lage ist, ein Kanu umzudrehen, etwas, was sie als Mädchen hundertmal getan haben muss. Ist sie wirklich so alt und schwach? Sie holt tief Luft und versucht es noch einmal, wie einer dieser aufgeblasenen russischen Gewichtheber bei den Olympischen Spielen im Fernsehen, und das Boot bewegt sich, ein Wunder, und kracht mit der richtigen Seite nach unten auf den Boden. Das Geräusch treibt über den See und kehrt als durchdringendes Echo zurück, zusammen mit dem Zwitschern der

Vögel und dem Rauschen des Windes in den Ästen. Es ist April. Sie ist achtundfünfzig Jahre alt. Und ihre Füße, ihre nackten Füße sind jetzt im Wasser, das Kanu schwankt vor ihr und droht erst in die eine, dann in die andere Richtung zu kippen, bis sie mit einem Mal sicher darin sitzt und das Paddel sich in ihrem festen Griff bewegt und das Ufer hinter ihr zurückweicht.

Es ist wunderschön. Es macht Spaß. Sie findet nahezu sofort ihren Rhythmus, erinnert sich an die Bewegung – Senken und Heben und wieder Senken –, als wäre sie dem Gedächtnis ihrer Muskeln eingeschrieben, und vielleicht ist es auch so, obwohl es mehr Jahre her ist, als sie zählen kann. Sie spürt die Sonne im Gesicht, und als sie ihre Position ändert, legt sie sich um ihre Schultern wie eine elektrische Heizdecke, weich und wärmend. Als sie zurückblickt zu ihrem Haus, das winzig am Horizont steht, ist sie schon fast am anderen Ufer des Sees. Sie denkt, dass sie das öfter tun sollte – rausgehen, das Leben genießen, die Luft einatmen –, und sie verspricht sich selbst, dass sie genau das von morgen an tun wird. Es ist noch nicht einmal Mittag, als sie das Paddel quer über die Dollborde legt und das Sandwich auspackt, Pastrami auf Roggen, das Boot treiben lässt, und ist das nicht das beste Pastrami-Roggen-Sandwich, das sie je gegessen hat? Das Kanu schaukelt. Sie legt sich für einen Augenblick flach und schließt die Augen.

Als sie wieder erwacht, hat sie keine Ahnung, wo sie ist, obwohl die Umgebung eigentlich vertraut ist. Sie ist so sehr an ihr Zuhause, die Küche, das Arbeitszimmer, die Wände, Türen und Decken gewöhnt, zwischen denen sie lebt, dass sie eine Weile braucht, um richtig wach zu werden. Die Sonne ist verschwunden, am Himmel laufen die Wolken aus. Und der Wind weht jetzt stärker, feuchter, fegt aus Süden heran und riecht nach Regen. Sie trägt ihre Armbanduhr nicht – sie hat sie zurückgelassen aus Angst, dass sie nass wird –, und das desorientiert sie noch mehr, als wäre alles an seinem angestammten Platz, wenn sie nur die Zeit wüsste. Ihr bleibt nichts weiter zu tun, als zu paddeln, aber in welche Richtung? Sie kann das Ufer nicht sehen, nicht durch die tiefhängenden Wolken – bestenfalls kann sie sich vorstellen, dass das Kanu den ganzen See entlanggetrieben ist, während sie geschlafen hat. Na gut. Sie muss sich orientieren, das ist alles. Sie dreht sich um, schaut in beide Richtungen, bis sie einen Fixpunkt sieht, den hellen Turm des Seminars ganz oben in der Stony Street, der plötzlich aus den Wolken auftaucht, und die Wipfel der fernen Bäume, und das heißt, dass sie in ... die Richtung muss, der sie im Augenblick den Rücken zuwendet. Sie spürt, wie sie Erleichterung überwältigt – zumindest weiß sie, wo sie ist –, bis sie nach dem Paddel greift oder an die Stelle, wo das Paddel lag, doch es ist weg.

[Sie wurde zu einer Familienlegende, die im Lauf der Jahre immer wieder bei Abendessen aufgetischt wurde, die Geschichte, wie Miriam mit den Händen zum nächsten Ufer paddelte, das sich bedauerlicherweise auf der falschen Seite des Sees befand, und wie sie barfuß und in der patschnassen Windjacke und der ebenso nassen Bluse darunter die zweieinhalb Kilometer bis nach Kitchawank Village und zur Telefonzelle vor dem Spirituosenladen lief, nur um dann zu merken, dass sie keinen Cent dabeihatte, ganz zu schweigen von einem Zehn-Cent-Stück. Wie sie kehrtmachte und auf dem kalten, steinharten Gehweg weitere drei Blocks zu Lowenstein's Deli ging und Sy Lowenstein sie mit seinem Telefon Sid anrufen ließ, der in Mount Kisco Heizungsrohre in einem Gebäude mit vier Kinos verlegte, in dem im Erdgeschoss Gott sei Dank schon ein Telefon installiert war, und ihn bat, er möge bitte kommen und sie abholen, bevor sie erfror. Und wie Sid wieder einmal ein Herr im Himmel! trillerte und durchgängig mit dreißig Stundenkilometern über der Geschwindigkeitsbegrenzung zu ihr fuhr, und abends musste er sie auch noch zu Fiorvanti ausführen, weil zu Hause kein Essen auf dem Tisch stand.]

Sie hat den Herbst nie besonders gemocht, auch nicht, als Susan bei den Pfadfindern war und sie mit den Mädchen in den Wald ging, um Blätter und Hickorynüsse zu sammeln, und sie ein Feuer machten und Wiener über den Kohlen grillten, weil der Herbst den Winter ankündigt und der Winter ewig dauert. Doch es ist ein Herbsttag spät im Jahr, die Bäume um den See leuchten, jedes Blatt in einer anderen Schattierung, und alles zusammen sieht aus wie ein Monet, als das Telefon klingelt und sie abnimmt und von Molly, weit weg in Connecticut, erfährt, dass Marshas Tochter Seldy heiratet. Richie Spano. Der mit vierunddreißig stellvertretender Manager in einem Haushaltsgeräteladen in Yorktown Heights ist und offenbar anständig verdient, auch wenn das niemand gedacht hätte, so wie er aufgewachsen ist.

Als Erstes führt sie rasch und neidisch Buch – Alan und Les sind nicht verheiratet, und es sieht auch nicht so aus, als würden sie bald heiraten, und Susan lernt so konzentriert auf ihre Anwaltszulassung, dass sie sich seit Monaten mit keinem Mann mehr getroffen hat, zumindest soweit Miriam weiß –, und dann, als sie *Sie hat mir nichts davon erzählt* sagen will, merkt sie, wie gekränkt sie ist. Das ist Marsha, seit vielen Jahren ihre beste Freundin, ihre Trauzeugin, und sie ruft sie nicht an, um ihr die Neuigkeit mitzuteilen? Ja, gut, in letzter Zeit haben sie sich vielleicht entfremdet, weil jetzt alles anders ist, alle werden älter und bleiben mehr zu Hause, die Kolonie bricht auseinander, weil Leute sterben oder nach Florida ziehen und die neuen Leute ihre Beiträge nicht zahlen und aussteigen – außerdem sind sie meistens nicht einmal Juden –, aber das heißt nicht, dass sie nicht zum Telefon greifen kann.

Kaum hat sie aufgelegt – bevor ihr in den Sinn kommt, dass Marsha sich vielleicht für ihren Schwiegersohn schämt, ganz zu schweigen davon, dass ihre Tochter ihr Leben wegwirft –, wählt sie. Sie will *Hallo, wie geht's dir?* sagen, sodass sie sich dem Thema so elegant wie möglich annähern kann, doch ihre Lippen verraten sie. »Marsha?«, sagt sie. »Warum hast du mir die gute Nachricht verheimlicht?«

»Hallo, Miriam, bist du's wirklich?«, erwidert Marsha. Ihre heisere Stimme ist ihr so vertraut wie ihre eigene. »Es ist so lange her, immer kommt irgendwas dazwischen, nicht wahr? Aber was für eine Nachricht? Was meinst du?«

»Seldy. Dass sie heiratet. Planst du eine Hochzeit im Frühjahr – Juni? Wie du und David? Und Sid und ich?«

Es folgt eine Pause. Das Geräusch eines Streichholzes, das entzündet wird, und Marsha, die Rauch inhaliert. »Nein«, sagt sie schließlich, »nein, so macht man das heute nicht mehr.«

Und dann kommt die Exegese, eine detailreiche Geschichte, die vor allem von Richie und Richies Gefühlen handelt. Richie – er wurde katholisch erzogen, hatte sie das gewusst? – hasst Religion, hasst sie einfach, und Seldy auch, das behauptet sie jedenfalls. Sie wollen kein Theater. Keine Gäste – und es war, als hätte man ihnen die Zähne ziehen müssen, bis sie endlich einverstanden waren, dass sie und David als Trauzeugen dabei sein können, wenn sie vor den Friedensrichter treten. Und das so schnell wie möglich.

Es folgt eine Pause. Schweigen an beiden Enden der Leitung. »Können wir wenigstens den Empfang ausrichten?«, fragt Miriam und empfindet nichts als Scham und Enttäuschung um Marshas willen – und auch um ihretwillen, das auch.

Sehr leise: »Nein, ich glaube nicht. Ich glaube, die Spanos – Rich senior und Carlotta, die Eltern? –, ich glaube, sie planen was.«

Sie will sie anschreien: Glaubst du?, doch sie ist wie betäubt, presst das Telefon ans Ohr, als wäre es ein Gewicht, eine der Hanteln, die Alan in einer Ecke des Kellers hat liegenlassen. Sie schaut über den See und hört sich selbst mit Marsha plappern und zwitschern, als sich das Gespräch den Sorgen und Krankheiten der Leute zuwendet, die sie kennen, dem traurigen Zustand der Kolonie, der Tatsache, dass kaum mehr jemand zu den Vereinstreffen kommt, dass sie im Herbst beinahe nicht genügend Leute zusammengebracht hätten, um das Floß aus dem See zu hieven, und dann fällt ihr nichts mehr ein. »Melde dich bald mal wieder«, hört sie sich sagen.

»Ja, mache ich.«

»Versprochen?«

»Versprochen.«

Sie will ein halbes Dutzend Leute anrufen, so verstört ist sie, doch sie sitzt eine lange Weile einfach nur da und fühlt sich, als wäre jemand gestorben, während die Sonne schwächer wird und die Farben der Bäume auf der anderen Seite des Sees verblassen. Was wird Sid davon halten? Sid hatte immer eine Schwäche für Seldy, als wäre sie seine eigene Tochter, und Richie Spano hat er nie gemocht, er hat nie gemocht, wofür Richie stand oder woher er kam oder wie er es schaffte, sich Seldy zu angeln. Und dann denkt sie Jahre zurück, damals am See, als sie vom Lärm wütender lauter Stimmen aus einem sonnenwarmen Traum gerissen wurde. Sids Stimme erkannte sie sofort, sie war unterlegt mit einem tiefen Brummen des Zorns, das hieß, dass er außer sich war, doch die andere Stimme – ein hohes, quengelndes Gejammer, das an sich selbst zu ersticken schien – kannte sie nicht.

Sie gehörte Richie Spano. Sie wandte sich um und blickte über die Schulter, und da war er, weißglühend im Licht, fuchtelte mit den Armen herum und schrie Sid ins Gesicht. Er wolle nicht länger auf einen Platz warten, er warte schon zu lange, er schrie wie am Spieß, schrie, dass die Idee, einen Platz zu besetzen, solange man nicht verlor, einfach scheiße war. In dem Moment, als die beiden aufeinander losgingen, stand sie aus dem Liegestuhl auf – und Sid, der nur langsam in Zorn geriet, hätte ihn in Stücke reißen können und hätte es getan, wenn sich David nicht eingeschaltet und sich zwischen die beiden gedrängt hätte, bevor aus den Stößen Schläge wurden. Aber Richie hatte noch nicht genug. Er tänzelte außer Reichweite und spuckte Obszönitäten, bis Sid sich befreite und sich auf ihn stürzen wollte, aber Sid hatte keine Chance, ihn zu erwischen, und das machte es noch schlimmer. In der nächsten Woche, beim nächsten Vereinstreffen hob sie die Hand und stellte den Antrag, dass Personen, die nicht Mitglied der Kolonie waren, nicht mehr an den Strand durften – und sie nannte Richie Spano namentlich, denn wessen Gast war er eigentlich?

[Ich erinnere mich an Sid als an einen selbstsicheren Mann, einen großen Mann – hoch gewachsen für seine Generation, knapp einen Meter neunzig und hundert Kilo, nichts davon Fett –, der den Eindruck machte, als würde er seine Kraft zurückhalten, selbst wenn er in einem Gewitter Steaks umdrehte oder einen Gimlet schwenkte, sodass die blassgrüne viskose Flüssigkeit im Glas herumwirbelte wie Rauch in einer Kristallkugel. Er war schlagfertig und leichtfüßig, drückte sich genauso derb aus wie wir, und wenn man in seinen inneren Zirkel aufgenommen war – und ich war es –, verteidigte er einen gegen alle. Er hatte gegen die Deutschen gekämpft und war eine Zeitlang in Harlem Streife gefahren, und danach war er in das Haus am See zurückgekehrt, um eine Familie zu gründen. Ich erinnere mich, dass ich einmal mit ihm in eine Bar gegangen bin, eine mir unbekannte Kneipe, heruntergekommen und dreckig – und da musste er Mitte sechzig gewesen sein –, und mich unangreifbar und so sicher gefühlt habe, als würde ich in meinem eigenen Wohnzimmer sitzen.]

Die tragischen Tage unseres Lebens, die Tage der Abrechnung beginnen wie alle anderen mit Routine, mit einem Bagel im Toaster und dem Kaffee auf dem Herd. Es ist Morgen. Sonnenschein strömt durch das große Panoramafenster, und es ist kalt, fast minus zwanzig Grad über Nacht, und der See ist mit einer harten, holprigen Haut aus Eis versiegelt, die so dick ist, dass man mit einem Lkw darüberfahren könnte. Miriam fühlt sich gut, der Schmerz in ihrer Hüfte hat nachgelassen dank der Anwendungen, die ihr der Arzt verschrieben hat, und Sid, der zu Hause ist, weil auf den Baustellen nicht viel los ist, sitzt ihr gegenüber am Tisch, den Kopf über die Zeitung geneigt. Seine Kiefer bearbeiten den Bagel, den sie mit Frischkäse bestrichen, mit einer dünnen Scheibe Räucherlachs und mit ein paar Kapern belegt hat. Sie schweigen, sie ist in ihre Gedanken versunken, er in die Zeitung vertieft. Die wenigen Geräusche sind winzig, das Klappern des Löffels gegen den Rand der Tasse, das Seufzen des Messers, als es einen weiteren Bagel durchschneidet. Der Duft nach frisch gekochtem Kaffee ist köstlich und berauschend, als säßen sie auf einem Teppich in einem orientalischen Bazar.

»Möchtest du Saft?«, fragt sie. »Frisch gepresst, ich kann frisch gepressten Saft aus den Orangen machen, die Molly uns aus Florida geschickt hat.«

Er blickt von der Zeitung auf, seine Augen von einem ausfasernden wässrigen Blau über der kleinen metallgefassten Lesebrille, die auf seiner Nase sitzt. Sein schütteres Haar, jetzt so dünn, dass kaum mehr etwas davon übrig ist, steht im Nacken unvorteilhaft ab. Er trägt Jeans, Mokassins, ein dünnes graues Sweatshirt, das sie so oft gewaschen hat, dass es nahezu weiß ist. »Ja«, sagte er leise, »gern. Aber mach dir keine Umstände.«

Sie steht bereits auf und will sagen: Sie werden sowieso bald schlecht, als sie reflexhaft aus dem Fenster schaut, so wie sie es hundertmal am Tag tut. Am Strand, auf dem See und dem langen, niedrigen Gebäude, in dem sich der Imbissstand befindet, liegt eine dünne Schneeschicht, Schnee wie Staub. Alles ist still, zwischen den kahlen schwarzen Ästen der Bäume hüpft nicht einmal ein Vogel umher. Susan meint, dass sie ein Hobby braucht, öfter rausmuss, und vielleicht verbringt sie wirklich zu viel Zeit am Fenster, interessiert sich mehr für das, was draußen ist, als für das, was hier im Haus passiert – wenn es das ist, was alte Frauen tun, alte Schachteln, Klatschtanten, dann ist sie vermutlich eine. Doch als Les zwei Wochen zuvor zu ihrem fünfundsechzigsten Geburtstag aus San Francisco gekommen war, spürte sie, wie Widerstand in ihr erwachte – war sie wirklich so alt? Und die Torte – die Torte war wie die Flanke eines Tiers, das jemand in Brand gesetzt hatte, nur dass sie nicht davonlief. Sie stand hier auf dem Tisch direkt vor ihr.

Aber da ist die Zitruspresse, die Kiste mit Orangen. Sie beugt sich vor, um in die Kiste zu greifen, ihr Blick schweift über den Tisch, an Sid vorbei und hinaus zu der vertrauten Szene, als wäre es ein gerahmtes Bild. Doch es ist kein Bild, und etwas stimmt nicht, etwas ist fehl am Platz. Da sieht sie es, ein Schatten bewegt sich in der tiefen Düsternis unter dem überhängenden Dach des Imbissstandes, ein Mann macht verstohlen die Tür auf und schleicht hinein. »Sid«, sagt sie, und ihr Herz schlägt schneller, »da draußen ist jemand. Ich habe gerade – ich glaube, jemand ist in den Imbissstand eingebrochen.«

»Wer? Wovon redest du?« Er hat die Zeitung auf den Tisch gelegt und neigt sich vor, um aus dem Fenster zu schauen, seine Lippen konzentriert geschürzt. »Ich sehe nichts.«

»Er ist gerade reingegangen. Glaub mir. Da ist jemand drin.«

Es ist eine alte Geschichte. Es gab immer Probleme mit dem Ort, der See ist unwiderstehlich für Jugendliche, die auf Ärger aus sind, und im Lauf der Jahre wurde regelmäßig in das Gebäude eingebrochen, obwohl es nicht viel zu stehlen gibt, wenn keine Saison ist. Es scheint ihnen gleichgültig zu sein. Sie wollen einfach nur Dinge kaputt schlagen, Schimpfwörter in die Theke schnitzen, ihre schmutzigen Slogans in die Ecken sprühen, wo die Kinder sie im nächsten Sommer nicht übersehen können. So ist es gewesen, seit die erste Lkw-Ladung Sand hier abgeladen wurde, doch jetzt ist es schlimmer, immer und zunehmend schlimmer, weil die Gemeinde nicht mehr ist, wie sie war. Und nie wieder so sein wird.

Sid will nicht damit behelligt werden, das sieht sie. Er hält sie für verrückt, weil sie ihn jedes Mal bei der Arbeit anruft, wenn ein fremder Wagen vorfährt, ständig draußen über die Schildkröten wacht, die Hunde von den Kanadagänsen vertreibt und die Polizei in Yorktown so oft angerufen hat, dass sie nicht einmal mehr einen Streifenwagen schickt. Er hat sich erneut der Zeitung zugewandt – »Da ist nichts, Miriam, nichts, beruhige dich« –, als sie die Orangen wieder in die Kiste zurückwirft und nach dem Fernglas greift. Zuerst sieht sie nichts, doch dann konzentriert sie sich auf die Tür, und tatsächlich, sie steht offen, und etwas bewegt sich, das Gesicht eines Mannes taucht auf wie ein Bild in einem Diaprojektor, vorgeführt und wieder verschwunden in einem Augenblick. »Sid. Sid!«

Der Blick, den er ihr zuwirft, ist kein liebevoller Blick. Er seufzt, wie er seufzt, wenn er sich ausgenutzt fühlt, ein Seufzer, der das Martyrium und den Groll eines ganzen Romans enthält. Aber dann reicht sie ihm das Fernglas, und er steht aufrecht am Fenster und fokussiert. Nach einem Augenblick flucht er leise. »Mistkerl«, murmelt er und geht durch den Raum zur Tür, sie ruft »Zieh den Mantel an!« und versucht, gleichzeitig in den Parka und die Stiefel zu schlüpfen.

Als sie am Tor anlangt – das große Vorhängeschloss ist geöffnet worden, ganz eindeutig –, ist er schon bei den Paddle-Tennis-Plätzen, läuft schnell, sein Schatten ihm voraus. Es ist kalt, und sie hat ihre Brille vergessen. Sie kramt in ihren Taschen, findet jedoch nur einen Fäustling. Der Schmerz in ihrer Hüfte ist wieder da, so scharf wie ein Skalpell. Sie zwingt sich weiterzugehen, atmet schwer, atmet, als hätte sie gleich einen Herzinfarkt, als sie die Rufe hört, und sie erreicht die offene Tür gerade rechtzeitig, um zu sehen, wie sich Richie Spano in einer schwarzen Matrosenjacke und mit einem schmalen dunklen Schnurrbart, der sein Gesicht entzweischneidet, über Sid neigt, der ausgestreckt auf dem grauen Betonboden liegt. Was sie nicht weiß, noch nicht, weil sie kaum mehr mit Marsha spricht, ist, dass Vic Janove, der seit zwanzig Jahren die Konzession hat und jetzt so eng mit den Goldsteins befreundet ist, wie sie und Sid es gewesen sind, als sie alle noch jung waren, Richie darum gebeten hat, ihm den Gefallen zu tun und nach dem Imbissstand zu schauen, während er in Florida ist.

Sid liegt auf dem Beton. Er ist achtundsechzig Jahre alt und war gerade in einen Faustkampf verwickelt. Und Richie, dem der Atem aus dem Mund kommt wie eine Sprechblase auf der Witzseite, richtet sich auf, dreht sich um und geht an ihr vorbei und zur Tür hinaus, und mit einer Stimme, die so zornig und erstickt klingt, dass er es fast nicht herausbringt, sagt er nur: »Du dumme Kuh. Du dumme Kuh musst dich immer einmischen.«

[Das ist ebenfalls eine Familienlegende, eine, die sich mit Schmerzen eingebrannt hat. Sid, der einen Insult des Gehirns erlitt, wie die Neurologen es so originell ausdrücken, als sein Kopf auf dem Beton aufkrachte, weigerte sich stur, zum Arzt zu gehen. Er war früher schon niedergeschlagen worden. Es war nichts. Er nahm eine Handvoll Aspirin, um die Kopfschmerzen zu betäuben, bat Miriam, ihm eine Tasse Tee zu kochen und vielleicht eine Suppe, Borschtsch oder Hühnerbrühe mit Nudeln, egal was, weil er keinen richtigen Hunger hatte. Als er drei Tage später endlich nachgab und sie, die selbst nicht sicher auf den Beinen war, ihn zum Wagen führte, brach er auf der Einfahrt zusammen. Er war tot, bevor sie die Wagentür öffnen konnte.]

Es ist ein Samstag im Juli, wieder ein Samstag, sie hört die Stimmen der Kinder um sich herum, und das beständige Tock des schweren schwarzen Gummiballs interpunktiert ihre Gedanken. Es sind natürlich neue Kinder, die Kinder und Enkelkinder ihrer Freunde und auch der Neuzugezogenen. Sie schaut kaum zu den Männern auf dem Paddle-Tennis-Platz – sie sind austauschbar, ihre nackten Beine mit dunklen Haarwirbeln bedeckt, am Torso anliegende T-Shirts, Schweißbänder an den Handgelenken. Ihre Stimmen werden lauter und leiser, wie eh und je. Jemand lacht. Ein Radio rauscht auf der Suche nach einem Signal. Tock. Tock. Sie weiß, dass alles vergehen wird, alles, was wir machen, alles, was wir lieben, alles, was wir sind.

Sie schließt die Augen, die Sonne drückt auf ihre Lider wie ein schweres Gewicht. Sie kann alles spüren, jedes Molekül der heißen Aluminiumstreben des Stuhls und die versickernden Sandkörner, sie kann die Luft schmecken und die kalten Tiefen des Sees riechen, in dem nie jemand ertrinkt und von dem jedes Kind sicher nach Hause zurückkehrt. Im seichten Wasser wird geplanscht, ein Hund bellt ekstatisch, der Bademeister pfeift eine schrille Warnung. Und dann Frieden, der sich einen Raum erkämpft, wo die großen grünen Schildkröten träge aus den Tiefen steigen und die Gänse frei dahintreiben und ein kleines Mädchen, jemandes Tochter, sich nass und zitternd in die sonnenwarme Umarmung ihrer Mutter schmiegt.

WAS UNS VON DEN TIEREN
UNTERSCHEIDET

Als der neue Arzt einzog – vor einem Jahr, im Januar –, luden ihn mein Mann Wyatt und ich zu uns zum Abendessen ein. Wir wollten natürlich gute Nachbarn sein, unnötig, das zu erwähnen, doch wir waren auch neugierig, wie er war, wenn er nicht auf der Hut war. Wenn er zwei Cutty Sark mit Wasser und vielleicht eine halbe Flasche Chablis getrunken hatte und mit ausgestreckten Beinen vor dem Kamin saß und einen Teller mit meinen Cranberrytarts auf seinem Bauch balancierte. Da fand man heraus, wie ein Mensch wirklich war, im Wohlgefühl nach einem Abendessen, während er verdaute, und glauben Sie mir, der Doktor hatte sich bei Tisch nicht lumpen lassen, zwei dampfende Portionen Hummersuppe, ein gegrilltes Schellfischfilet mit Rosmarinkartoffeln und meiner selbstgemachten Sauce Tartar, drei gebutterte Scheiben hausgemachtes Sauerteigbrot und einen welken Spinatsalat mit Speckwürfel und gerösteten Pinienkernen verdrückt. Selbstverständlich waren wir nicht die Einzigen, die ihn einluden – wahrscheinlich hatte die Hälfte der Familien auf der Insel diesen Einfall –, aber wir waren die Ersten. Ich war Vorsitzende des Ausschusses, der ihn eingestellt hatte, und deswegen war ich im Vorteil. Und außerdem war ich es, die in der Kälte draußen gestanden und ihn begrüßt hatte, als er in einem alten Volvo-Kombi von der Farbe blassgelben Käses von der Fähre fuhr.

Am ersten Abend entschuldigte er sich – er habe zu viel zu tun, sagte er, auspacken und so, und das war verständlich, obwohl ich wirklich nicht begriff, warum er mein Angebot, ihm zu helfen, nicht annahm, vor allem weil er keine Frau oder Kinder oder irgendeine Art von Familie hatte, wenn man von den zwei hängeschultrigen siamesischen Katzen absah, die durch die Windschutzscheibe seines Wagens starrten –, doch er war einverstanden, am nächsten Abend zu kommen. »Nennen Sie irgendeine Uhrzeit«, sagte er und schnalzte leise mit den Fingern, »und ich bin da.«

»Um diese Jahreszeit essen wir früh«, sagte ich und versuchte, nicht allzu bedauernd zu klingen. Wir standen auf der Veranda des Hauses, das er zum ersten Mal sah, und ich hatte ihm gerade die Tür aufgestoßen und den Schlüssel gegeben. Aus Nordosten wehte ein Wind, der so streng war wie der Salzgeruch, den er herantrug. Die Katzen miauten unisono im Wagen, der schwer beladen in der Einfahrt stand. Ich dachte an die Stadt, in der zu allen Zeiten gegessen wurde, und versuchte, Wyatts Bedürfnisse – er wurde zum Bären, wenn er nichts zu essen bekam – in Einklang zu bringen mit Etikette, wie es meine Mutter zu ihren Lebzeiten genannt hatte.

»Wie früh?« Er zog seine Augenbrauen, die so dick wie Fichtenzweige waren, in die Höhe.

»Ach, ich weiß nicht – wäre Ihnen halb fünf recht?« Daraufhin runzelte er die Stirn, und ich fügte rasch hinzu: »Zu einem Cocktail. Das Abendessen kann warten.«

Ob er nun verstimmt war oder nicht, eins muss ich ihm zugutehalten: Er war pünktlich. Als am nächsten Tag das Licht am Himmel erlosch und Venus hell über dem Wasser erstrahlte, klopfte er an unsere Tür. Punkt halb fünf war er da, und das zeugte von Zuvorkommenheit seinerseits, doch sowohl Wyatt als auch ich waren, um es milde auszudrücken, überrascht, als wir sahen, wie er angezogen war. Ich weiß nicht, was wir erwartet hatten, bestimmt keinen Smoking oder Frack, aber er war schließlich Arzt, ein gebildeter Mann und noch dazu aus der Stadt, und man sollte meinen, er hätte wissen müssen, was es heißt, eine Essenseinladung anzunehmen. Ich weiß nicht, wie ich es höflich ausdrücken soll, deswegen sage ich einfach nur, dass ich platt war, als er in derselben mit Farbflecken übersäten Bluejeans, demselben sackartigen grauen Sweatshirt und der zerknitterten kleinen Baseballkappe vor der Tür stand, die er am Tag zuvor getragen hatte (was ich ihm nachgesehen hatte, weil er gerade einzog, und niemand trägt seinen Sonntagsstaat, wenn er Kisten schleppt und Möbel verrückt, nicht dass er viel mitbrachte – überwiegend medizinisches Gerät –, denn schließlich war das Trumbull-Haus möbliert. Deswegen hatte er es doch genommen, nicht wahr?).

Wenn ich etwas bin, dann anpassungsfähig, und ich erholte mich schnell genug, um ihn so freundlich anzulächeln wie unter den gegebenen Umständen möglich und ihn aus der Kälte ins Haus zu bitten. Ich hatte keine Zeit, um mir wegen des seltsamen Geruchs, den er verströmte, Gedanken zu machen oder wo er Platz nehmen sollte, ohne dass ich um die Möbel fürchten musste, denn er stapfte durch die Diele, zog die Schultern hoch und presste die Arme an den Körper, als wäre er zwanzig Meilen durch arktischen Wind marschiert und nicht nur schräg über die Straße, und für mich war der Augenblick gekommen, die Rolle der Gastgeberin zu spielen – und für Wyatt ebenso. In seinem Fall die des Gastgebers.

Wyatt sah aus, als hätte er einen Hühnerhals, in dem weißen Hemd und mit der Krawatte, auf der ich bestanden hatte, und sein Blick wich dem Doktor aus, als er seine fleischige Hand mit den dicken Knöcheln schüttelte. »Freut mich, Sie kennenzulernen«, flüsterte der Doktor, dass man es kaum hören konnte, und fuhr sich mit der Hand durch den Bart. Habe ich erwähnt, dass er einen Bart hatte? Ein Arzt mit einem Bart? Das hat mich nicht gerade für ihn eingenommen, das kann ich Ihnen sagen, aber ich hatte ihn wenigstens schon am Tag zuvor gesehen, Wyatt begegnete ihm zum ersten Mal. (Nicht dass ich etwas gegen Bärte habe – die Hälfte der Hummerfischer hat einen Bart. Auch Wyatt.)

Wie geplant, wurden wir beim Scotch lockerer, der Doktor saß in dem hölzernen Schaukelstuhl vor dem Kamin, und Wyatt und ich hatten es uns auf der Couch mit dem abziehbaren Bezug aus Leinen und den naturfarbenen Kissen bequem gemacht, die vor allem Staubfänger sind, und warum ich mich nicht für eine dunklere Farbe – oder sogar Grau, ein hübsches Holzkohlengrau – entschieden habe, werde ich nie verstehen. Selbstverständlich wollte ich das Gespräch nicht dominieren, aber bedauerlicherweise musste ich über lange Zeit immer wieder meiner eigenen Stimme zuhören, während ich ihn so gut wie möglich über unsere Institutionen, unsere Vorlieben und Abneigungen und einige unserer schillernden Mitbewohner wie Heddy Hastings ins Bild setzte, die mit ihren siebenundachtzig Jahren unseren Rat in den Wind geschlagen und einen Wurf Pekinesenwelpen nach ihren verstorbenen Geschwistern benannt hatte und nun mit ihnen sprach, als wären es quicklebendige Menschen. Der Doktor schien nicht überrascht oder jedenfalls nicht sonderlich – vermutlich hatte er in der Stadt schon so gut wie alles gesehen. Jedenfalls hörte er mehr zu, als dass er selbst redete, und Wyatt war insgesamt nicht sehr gesprächig, außer er saß in der Fischerhütte mit den Tucker-Brüdern und ein paar der anderen alten Jungs zusammen, mit denen er aufgewachsen war, und das war von Anfang an ein Problem gewesen. Aber ich hatte Wyatt ein paar Hinweise gegeben, und als er aufstand, um unsere Drinks nachzufüllen, unterbrach er mich mitten in der Beschreibung der Fehltritte und Delikte der Sommergäste und platzte heraus: »Sie sind also geschieden, oder?«

Der Doktor – er hatte gleich zu Anfang gesagt *Nennen Sie mich Austin*, aber so wie meine Mutter mich erzogen hatte, brachte ich es nicht über mich, ihn anders als mit Doktor anzusprechen – hielt ihm sein Glas hin und verlor drei Wörter zu dem Thema: »War nie verheiratet.«

»Wirklich?«, sagte ich und versuchte mir die Überraschung nicht anmerken zu lassen. Ich sah ihn genau an, betrachtete ihn in ganz neuem Licht. Ich dachte an die zwei Katzen in seinem Auto – Siamesen, nichts weniger –, und meine Gedanken machten einen Sprung. War er schwul? Denn wenn er es war, hatte er kein Wörtchen davon gesagt, als er sich für die Stelle bewarb, und obwohl wir keine große Auswahl hatten (es gab nur noch eine andere Bewerberin, eine schwarze Frau aus Burkina Faso, die noch auf ihre Zulassung hinarbeitete), weiß ich nicht, ob wir einen schwulen Arzt genommen hätten. Ich versuchte, in Wyatts Gesicht zu lesen, wie er es aufnahm, doch er wandte mir den Rücken zu, als er den Scotch einschenkte.

»Wyatt und ich sind jetzt achtundzwanzig Jahre verheiratet«, sagte ich in das Schweigen, das sich auf das Zimmer gesenkt hatte, »und bevor Sie fragen, nein, wir haben keine Kinder.« Und da kam etwas über mich, eine Traurigkeit, die mich zu den merkwürdigsten Zeiten unversehens überfällt. Plötzlich fühlte sich mein Gesicht wie Spachtelmasse an, als wäre es gerade aus großen feuchten Klumpen geformt worden, und einen Moment lang glaubte ich, ich würde in Tränen ausbrechen. »Es lag an mir«, sagte ich und kämpfte um die Herrschaft über meine Stimme. »Meine Eileiter. Sie – aber das werden Sie noch bald genug erfahren.« Ich holte tief Luft, um mich zu fassen, bevor ich mich wieder auf ihn konzentrierte.

»Wie steht es mit Ihnen? Haben Sie nie ... *jemand* gefunden, bei dem es gefunkt hat?«

Er lachte und wedelte mit der Hand, als wollte er Fliegen erschlagen. »Nein, ich bin nicht vom anderen Ufer, falls Sie das denken.« Er senkte den Blick, ein stämmiger, übergroßer Mann in schmutzigen Kleidern, der wahrscheinlich einfach nur schüchtern war, mehr nicht, und wenn ich an Mary Ellen Burkhardts Tochter Tanya dachte, die nach ihrer Scheidung vor kurzem vom Festland zu uns zurückgekommen war, umso schlimmer. »Ich mag Frauen, wie die meisten anderen Männer auch«, sagte er, doch er schaute mich dabei nicht an, sondern studierte das Muster des Teppichs, als gäbe es nichts Faszinierenderes auf der Welt. Und dann – ich hielt es für etwas übertrieben – lachte er wieder, und ich hatte unwillkürlich den Eindruck, dass er es auf unsere Kosten tat. Ich meine, wir sind vielleicht provinziell – wie sollte es auch anders sein?; wir leben hier gute zwanzig Kilometer von der Küste entfernt, nur fünfhundert von uns wohnen das ganze Jahr über hier, es gibt eine Bar, ein Café, eine Kirche und einen einzigen Supermarkt, der alles andere als super ist –, aber wir sind dennoch Teil der modernen Welt. Eileen McClatcheys Sohn Gerald ist eine Tunte, wie er es selbst hartnäckig nennt, und außerdem kamen jedes Jahr die Sommergäste.

Doch dann saßen wir am Tisch und aßen, und er hielt nicht einen Augenblick inne, um zu beten oder seine Kappe abzunehmen, und ich ermahnte mich, nicht voreingenommen zu sein. Er lobte meine Kochkünste auf die übliche Art – ich bin von einem Ende der Insel bis zum anderen für meine Hummersuppe berühmt, ganz zu schweigen von meinem Schweinebraten mit Zwiebeln und Erdnusssauce –, und dann entspannten wir uns, wie gesagt, vor dem Kamin. Ich versuchte, den Geruch zu bestimmen, den er an sich hatte, irgendwas zwischen Schweiß, Waschbenzin und einem Haufen alter Sportsocken, die im Regen lagen, und ich wollte ihm gerade anbieten, eine Ladung Wäsche für ihn zu waschen, damit er etwas offenherziger wurde, aber er war nicht die Sorte Mann, die sich anderen anvertraute, auch nicht wenn er verdaute. Nein, in diesem Augenblick, mit Krümeln auf den Lippen und dem Teller mit Cranberrytarts auf dem Bauch, begann er, ganz leise zu schnarchen.

Es dauerte eine Weile, bis ich ihn wiedersah, abgesehen davon, dass ich ihm zuwinkte, wenn er in seinem Volvo an mir vorbeifuhr, unterwegs nach weiß Gott wohin, und in dieser Zeit luden ihn so gut wie alle zum Abendessen ein, die wir kannten (die bessere Schicht, diejenigen, die es sehr wohl interessierte, ob in einer Gemeinde alles glattlief oder nicht). Ich weiß, dass er bei den Caldwells war, bei Betsy Fike, bei John und Junie Jordan, bei allen möglichen Leuten. Und wenn er nicht irgendwo eingeladen war, war er Punkt sieben im Kettle und aß einen Teller mit Fisch und Pommes oder frittierte Jakobsmuscheln, die zugegebenermaßen köstlich sind, aber vielleicht nicht sonderlich gut fürs Herz, was eigentlich jeder Arzt wissen müsste. Jedenfalls bezweifelte ich, dass er sich jemals selbst etwas kochte, nicht einmal eine Dosensuppe auf dem Herd erhitzte oder ein Tiefkühlgericht in die Mikrowelle schob.

Dann war da die Sache mit seinen Sprechzeiten. Wir hatten vereinbart – die Gemeinde zahlte ihm 75 000 Dollar im Jahr und stellte ihm gratis das Trumbull-Haus zur Verfügung –, dass er fünf Tage die Woche morgens und nachmittags Sprechstunden abhielt und nach Bedarf Hausbesuche machte. Doch Betsy Fike, deren Handgelenk nach ihrem Bootsunfall nie wieder richtig verheilt war, ging um zehn Uhr an einem Dienstagmorgen zu ihm – mit Schmerzen, richtigen Schmerzen – und fand die Tür verschlossen vor, und auch auf ihr Klopfen hin öffnete er nicht. Schlimmer noch, wenn man hineinkam – und das wusste ich von Fredericka Granger –, saß er hinter seinem Schreibtisch, der von Anfang an ein Saustall war, Formulare und Unterlagen und fettfleckige Sandwichpapiere lagen stapelweise herum, leere Kartoffelchipstüten und dergleichen, und man musste praktisch Himmel und Erde in Bewegung setzen, um ihn davon zu überzeugen, dass er einen im Hinterzimmer untersuchte. Und auch dort herrschte Chaos.

Nach ungefähr sechs Wochen beschloss ich, mir selbst ein Bild zu machen. Mir fehlte nichts – Wyatt sagt, dass ich eine Rossnatur habe –, aber ich erfand etwas (Frauenbeschwerden, und obwohl ich sechsundvierzig bin und mich längst dem Unvermeidlichen gefügt habe, wollte ich doch hören, was er dazu zu sagen hatte, falls das irgendeinen Sinn ergibt). Ich ging also an einem dieser eisigen Märztage, an denen man denkt, dass der

Winter nie enden wird, nach dem Mittagessen zu ihm und setzte mich ins leere Wartezimmer. Der Doktor hatte keine Sprechstundenhilfe, man drückte einfach auf eine Klingel und wartete. Ich klingelte, setzte mich und blätterte in den zerfledderten Zeitschriften, die Dr. Braun zurückgelassen hatte, als er seine Zulassung wegen Betrugs mit verschreibungspflichtigen Tabletten auf dem Festland verlor und uns verlassen musste.

Dr. Murdbritter (ja, stimmt, es klingt jüdisch, und wir haben ausführlich darüber diskutiert, bevor wir ihm die Stelle anboten) war dieses Mal ganz und gar nicht pünktlich zur Stelle. Ich saß zehn oder fünfzehn Minuten da und horchte auf etwaige Geräusche, dann stand ich wieder auf und klingelte noch einmal, zweimal, bevor ich mich wieder setzte. Als er schließlich auftauchte, in einem gräulichen Hemd mit offenem Kragen, ohne Jacke, sah er aus, als hätte er gerade noch geschlafen. Sein Haar – habe ich sein Haar erwähnt? – war so lockig wie das eines Pudels und neigte dazu, auf der einen Seite abzustehen und auf der anderen anzuliegen, so wie jetzt, als hätte er eben den Kopf vom Kissen gehoben. Er sah alt aus oder älter, als seine Papiere behaupteten (demnach war er genauso alt wie ich – wir waren sogar im selben Monat geboren, sechs Tage auseinander), und da wunderte ich mich doch ein wenig. Hatte er ein bisschen geschummelt? Und wenn ja, wie stand es mit seiner Qualifikation, ganz zu schweigen von seiner Berufserfahrung?

»Hallo, Doktor«, sagte ich und bemühte mich, nicht zu piepsen, wozu ich in manchen Situationen leider neige – das heißt, wenn ich Leuten auf dem Markt oder an der Tankstelle, in der Bibliothek oder wo auch immer begegne. *Du piepst*, sagt Wyatt dann, und ich versuche ständig, mich zusammenzureißen.

Die Miene des Doktors war nicht zu deuten. Er blinzelte mich an. Zog kurz an seinem Bart. »Mrs McKenzie«, sagte er so tonlos, als würde er aus einem Telefonbuch vorlesen.

»Nennen Sie mich Margaret«, sagte ich und hängte ein kleines Lachen an. »Schließlich haben wir schon miteinander Brot gebrochen.«

Er schien mich nicht gehört zu haben – und wenn doch, zog er vor, es zu ignorieren. Es würde kein ungezwungener Besuch, das war mir bereits klar. »Was haben Sie für ein Problem?«, fragte er, trat zurück und hielt mir die Tür auf, sodass ich seinen vollgepackten Schreibtisch und das Untersuchungszimmer jenseits davon sehen konnte, das auch nicht aufgeräumter war.

»Ach, eigentlich ist es nichts«, sagte ich und nahm auf dem Stuhl vor dem Schreibtisch Platz, während er sich vernehmlich seufzend auf den Drehstuhl dahinter setzte, »und ich will Ihnen auch nicht zur Last fallen ...« War das wirklich ein Stiefel, ein schlammverschmierter *Stiefel*, der im Hinterzimmer unter der Untersuchungsliege hervorschaute? Und wo waren die Ölgemälde mit den Booten und Seevögeln und der über Penobscot Bay untergehenden Sonne, die Alma Trumbull hinterlassen hatte, als sie das Haus der Gemeinde vermachte?

»Ja?« Er wartete, die Finger verschränkt, den Blick auf mich gerichtet.

»Ich habe Schmerzen.«

»Was für Schmerzen?«

Ich schaute weg, wandte mich dann wieder ihm zu und deutete vage auf meinen Schoß. »Eine Frauensache. Eine Art, ich weiß nicht, einfach Schmerzen.«

»Haben Sie Blähungen?«

Ich schüttelte den Kopf.

»Bluten Sie? Haben Sie Ausfluss?«

Ich schüttelte erneut den Kopf, nachdrücklicher dieses Mal. Da war etwas gewesen, eine leichte Verfärbung, die ich manchmal im Schritt meiner Unterhosen sah, wenn ich die Wäsche sortierte, aber das war normal, etwas, wozu Frauen meines Alters bei Einsetzen der Wechseljahre neigen, und ich hatte mir nichts dabei gedacht, bis er die Sache mit einem Namen versah: *Ausfluss*. Plötzlich fühlte ich mich komisch, als wäre ich zu weit gegangen, zu tief vorgedrungen, und meine kleine Flunkerei fiele jetzt auf mich zurück.

Er stellte die üblichen Fragen, studierte die Unterlagen, die Dr. Braun dagelassen hatte, erkundigte sich behutsam nach meiner Vorgeschichte, und als wir an einem Punkt angelangt waren, von dem aus es nicht weiterging, stand er auf, sagte »Bitte, kommen Sie mit« und deutete auf das Untersuchungszimmer.

»Aber ich, wirklich ich –«, setzte ich an, stand verwirrt vom Stuhl auf und verfluchte insgeheim Fredericka Granger. Er führte mich, ohne zu zögern, in das Untersuchungszimmer, doch was mich betraf, gab es nichts zu untersuchen, jedenfalls war es nicht zielführend, weil ich hier war, um nach ihm zu schauen und nicht umgekehrt.

»Es ist schon in Ordnung«, sagte er, und einen Augenblick lang sah ich nicht den Bart und das schmutzige Hemd und das Chaos seiner Praxis, sondern ich sah ihn als das, was er war – ein guter Arzt, ein Freund, ein Mann, der gekommen war, um unsere kollektiven Bedürfnisse zu erfüllen. Ich senkte den Kopf und fügte mich.

Dennoch, kaum in seinem Allerheiligsten, war ich erneut schockiert, das muss ich sagen. Alles, was ich gehört hatte, stimmte. Die Papierunterlage auf der Liege sah aus, als wäre sie seit Dr. Brauns Zeiten nicht mehr gewechselt worden. Das Linoleum musste gewachst, ja überhaupt erst mal gewischt werden, die Papierkörbe quollen über – ich sah blutige Wattebäusche, Spritzen, Wegwerffieberthermometer, weitere Fastfoodverpackungen und Pappbecher – und auf allem lag eine zentimeterdicke Staubschicht. Schlimmer noch, der schlammverschmierte Stiefel schaute mich unter der Liege hervor an, und seine Jacke, sein weißer Kittel, hing nachlässig über einer Stuhllehne wie ein nachträglicher Gedanke.

»Setzen Sie sich, bitte«, sagte er und deutete auf die Liege, und dann spulte er die übliche Routine ab, maß meine Temperatur, leuchtete in meine Augen, horchte Herz und Lunge ab. »Wenn Sie sich jetzt hinlegen würden«, sagte er schließlich und schnaufte, als wäre er gerade eine steile Anhöhe hinaufgestiegen. Ich hob die Beine auf die Liege und legte mich hin, etwas verwundert, und dann fiel es mir wie Schuppen von den Augen: Er war außer Form, das war es, er war innerlich ebenso verkommen wie seine äußere Erscheinung, übergewichtig, verwahrlost, mit einem Appetit auf frittiertes Essen und ohne Frau oder Mutter, die ihm Halt gegeben hätte. Plötzlich tat er mir leid, ich wollte ihn berühren und trösten, ihm helfen, doch dann neigte er sich über mich, seine Finger drückten in meinen Bauch, wanderten von einer Stelle zur nächsten, Leber, Nieren, Unterleib. Tat es da weh? Hier?

Ich hielt den Atem an, ohne es zu merken, sein Geruch – es war schlicht und einfach Körpergeruch, und ich sah vor mir, wie ich eine der überschüssigen Flaschen Old Spice, die Wyatts Schwester jedes Weihnachten schickt, in Geschenkpapier verpackte und sie in einer anonymen Geste auf seine Veranda stellte – hüllte mich ein wie ein Pesthauch. Mundwasser. Vielleicht würde ich auch noch eine Flasche Mundwasser hinzustellen.

»Sie werden verstehen, dass Sie für eine vollständige Untersuchung aufs Festland fahren müssen, zu einem Gynäkologen«, beschloss er seine Visite. »Ich kann Sie nicht weiter untersuchen, ohne dass eine Arzthelferin anwesend ist – zu meinem eigenen Schutz, verstehen Sie –, und da wir keine Mittel für eine Arzthelferin zu haben scheinen ...«

»Ja«, sagte ich und fühlte mich maßlos erleichtert.

Er verschrieb mir Schmerztabletten – oder wahrscheinlich ein Placebo – und sagte: »Gegen die Schmerzen nehmen Sie alle vier Stunden eine Tablette, und wenn es schlimmer wird oder wenn Sie eine Blutung haben oder ungewöhnlichen Ausfluss, kommen Sie sofort zu mir.«

Ich lächelte gezwungen, ignorierte alles – die Unordnung im Raum, seinen Bart, die Tatsache, dass seine untere Zahnreihe so gelb war wie die eines Hundes – und sprang in Gedanken zu etwas ganz anderem, stellte mir ein kleines Abendessen vor, Krevetten und Scampi oder vielleicht Linguine, Tanya Burkhardt und ihre Mutter Mary Ellen saßen dem Doktor am Tisch gegenüber, und Wyatt mixte die Drinks. »Ich frage mich«, sagte ich, als er mir das Rezept reichte, das ich zerreißen würde, kaum wäre ich durch die Tür, »ob Sie demnächst nicht wieder einmal zum Essen kommen möchten? Donnerstag vielleicht? Was halten Sie von Donnerstag?«

Tanya und Mary Ellen kamen als Erste, und ich sah sofort, dass es Tanya nicht gelungen war, etwas von dem Gewicht, das sie während der aufreibenden Scheidung und als alleinerziehende Mutter von Zwillingen verloren hatte, wiederzugewinnen (obwohl ich nicht verstand, warum, da sie schon seit fast drei Monaten zurück war und zu Hause lebte, wo sie keinen Finger rühren musste und Mary Ellen dreimal am Tag Essen auf den Tisch brachte, das für einen Holzfäller zu viel gewesen wäre). Und ihr Haar. Tanya hatte immer schönes Haar gehabt, es war wirklich ihr größtes Kapital gewesen, da es ihre Ohren bedeckt und ihr Gesicht umspielt hatte, aber jetzt hatte sie es wie eine Nonne kurz geschoren. Was diese unglückseligen Ohren nur noch betonte. Sie hatte sie von ihrem verstorbenen Vater Michael geerbt, der in ihrem Fleisch weiterlebte. Oder vielmehr in ihren Knorpeln.

Wie auch immer, wir saßen vor dem Kamin und bildeten das anheimelnde Tableau, von dem ich hoffte, dass es in Dr. Murdbritter eine lange vergessene Vorstellung von Heim und Herd neu erwecken würde, als er anrief und mitteilte, dass er sich verspäten würde – ein Patient mit einem Asthmaanfall, das konnte nur Tom Harper sein, der keuchend wie eine Sumpfpumpe herumlief und das Rauchen an dem Tag hätte aufgeben sollen, an dem er geboren war –, und das verdarb mir die Stimmung. Als der Doktor schließlich kam, hatten wir schon die zweite Runde Cocktails getrunken – Wyatt hatte seine berühmten Cranberry-Margaritas gemacht –, und leider war Tanya etwas rot im Gesicht.

Ich weiß nicht, ob ich überkompensierte, als ich alle so zügig wie möglich zu Tisch bat (ja, der Doktor trank noch etwas, Weißwein, und aß genau drei meiner schwedischen Fleischbällchen und zwei Scheiben Käse auf einem halben Cracker, während Mary Ellen und ich den Smalltalk am Laufen hielten), aber ich war der Ansicht, dass wir dringend etwas in den Magen brauchten. Ich setzte den Doktor zwischen Tanya und ihre Mutter, mir und Wyatt gegenüber, und servierte das Brot heiß aus dem Ofen mit einem Klatsch Süßrahmbutter und kleine Schüsselchen mit Olivenöl, das ich selbst mit Knoblauch aromatisiert hatte, in der Meinung, dass sie damit beschäftigt wären, während ich mich entschuldigte und den Salat anmachte. Ich war in der Küche, bemühte mich, dem Gespräch im Esszimmer zu folgen, während ich den Salat mischte und den Parmesan rieb, als Tanya durch die offene Tür stolzierte und sich ein Glas randvoll mit dem italienischen Rotwein einschenkte, den ich für die Pasta beiseitegestellt hatte. »Das ist ein guter Wein«, sagte ich zerstreut, doch sie hob das Glas an die Lippen, zuckte die Achseln und leerte es in einem Zug zur Hälfte, bevor sie sich nachschenkte, ins Esszimmer zurückkehrte und sich wieder an den Tisch setzte. War das ein Vorbote von Ärger? Ich wusste es nicht, noch nicht jedenfalls, doch ich ließ Nachsicht walten, und wenn ich so dumm war und Kupplerin spielen wollte, dann bekam ich vielleicht, was ich verdiente.

Wie es schien, konnte Tanya den Doktor von Anfang an nicht ausstehen und stellte ihm alle möglichen spitzen (das heißt unhöflichen) Fragen über seine Vergangenheit und warum er sich ausgerechnet in einem Drecksloch (ihr Ausdruck) wie diesem niedergelassen hatte. Ich wollte einschreiten, ich wollte ein *allgemeines* Gespräch, doch der Doktor, der leicht schnaufte und kurzen Prozess mit Brot, Butter und Olivenöl machte, schien nicht aus der Fassung gebracht, zumindest nicht sonderlich. »Ach, ich weiß nicht«, sagte er und blickte sie kurz an, bevor er wieder auf seinen Teller schaute, »vermutlich hatte ich genug vom Stress in der Stadt. Sie verstehen, was ich meine?«

»Nein, verstehe ich nicht«, erwiderte Tanya heftig. »Die Leute hier glotzen mich an, als wäre ich ein verletzter Vogel oder so, nur weil ich zu meiner Mutter zurückgekrochen bin, und ich kann es gar nicht erwarten, wieder zu verschwinden. Man gebe mir die Gelegenheit – man gebe mir ein Ticket irgendwohin und fünfhundert Dollar, und ich bin weg.«

»Tanya«, sagte Mary Ellen mit scharfer Betonung der ersten Silbe.

»Aber das kannst du nicht ernst meinen, Tanya«, sagte ich. Wyatt starrte auf die holzvertäfelte Wand hinter ihr. Der Doktor betrachtete sie, als sähe er sie zum ersten Mal.

»Und ob ich das ernst meine.« Tanya hob ihr Glas und trank es aus, und das war kein gewöhnlicher Rotwein, sondern ein importierter Chianti, von dem die Flasche auf dem Festland zweiundzwanzig Dollar kostete und an dem gerochen und genippt, der geschätzt werden sollte. Sie schaute sich finster im Zimmer um, dann stand sie abrupt vom Tisch auf. »Und wenn du« – sie zeigte mit dem Finger auf mich – »und meine Mutter denkt, dass ihr mich zu einem Mann abschieben könnt, den ich noch nie im Leben gesehen habe, nur weil ihr nichts Besseres zu tun habt, als mich zu verkuppeln, dann braucht ihr keinen praktischen Arzt, dann braucht ihr einen Arzt für den Kopf.«

Wir versuchten es beide, Mary Ellen und ich, doch Tanya wollte sich nicht wieder setzen und essen. Sie schlenderte ins Wohnzimmer, wo sie in den Sessel vor dem Kamin sank, und ich war in diesem Moment so damit beschäftigt, das Essen auf den Tisch zu bringen – noch zehn Sekunden und die grünen Bohnen wären verkocht gewesen und hätten ihren Biss komplett verloren –, dass ich nicht bemerkte, wie sie das Haus verließ. Was konnte ich tun? Ich machte gute Miene zum bösen Spiel und servierte die Pasta und die grünen Bohnen, und wir schienen alle zueinanderzufinden in der Leerstelle, die Tanya hinterlassen hatte. Der Doktor lebte auf, Wyatt erzählte uns die Geschichte von dem jungen Kajakfahrer, der von einem Hai getötet worden war, weil er offensichtlich die Silhouette des Kajaks mit einer planschenden Robbe verwechselt hatte (eine so neue Geschichte, dass ich sie erst zweimal gehört hatte), und Mary Ellen nutzte ihr Geschick im Umgang mit Menschen, um den Doktor aus der Reserve zu locken – zumindest soweit er sich aus der Reserve locken ließ.

Wir erfuhren, was aus den Ölgemälden geworden war, die jetzt in einem Schrank im Erdgeschoss lagerten (»Zu nautisch für eine Landratte wie mich«, sagte er kichernd), und dass sein Nachname französisch-deutschen Ursprungs war. Nach dem Essen trank er einen Brandy, seine Lider auf Halbmast und die großen Hände auf dem Bauch gefaltet, und er verlor kein Wort über Tanya oder die Szene, die sie gemacht hatte. Und als ihm die Augen ganz zufielen und sich sein Atem verlangsamte, schüttelte ihn Mary Ellen behutsam wach, und er schaute uns alle an, als versuchte er sich zu erinnern, wer wir waren und wo er sich befand, bevor er schwerfällig aufstand und murmelte, dass es ein reizender Abend gewesen sei und er hoffe, sich eines Tages mit einer eigenen Einladung revanchieren zu können.

Der Frühling hielt mit einer langen Serie von Regenschauern Einzug, die die Straßen überfluteten, die Laubfrösche quakten, und die Vögel kamen aus dem Süden zurück, Mitte Mai überraschten uns ein paar schöne Tage, und dann war es Juni, und die Sommergäste kehrten wie jedes Jahr auf die Insel zurück. Ich sah Tanya öfter mit ihren zwei Jungen (drei Jahre alt und wahrhaftig nicht einfach) im Ort, aber wir blieben nicht stehen, um zu plaudern, denn gleichgültig, was sie mit ihrem Ex-Mann durchgemacht hatte oder wie mitfühlend und nachsichtig ich auch sein mag, ihr Verhalten in meinem Esszimmer war unverzeihlich, schlicht unverzeihlich. Was den Doktor betraf, so schlich ich eines Abends tatsächlich hinaus und stellte ein paar anonyme Geschenke auf seine Veranda – das Rasierwasser und das Mundwasser, zudem einen Plastikeimer mit Putzmitteln und eine Bartschere, die ich in der Drogerie entdeckt hatte –, doch ich war mit tausend Dingen beschäftigt und nicht dazu gekommen, ihn noch einmal einzuladen, und natürlich warteten wir darauf, dass er sein Versprechen erfüllte und uns zu sich einlud. Ich nahm es ihm nicht übel, dass er es hinausschob. Er hatte genug zu tun mit den Sommergästen und den zahllosen Prellungen und gebrochenen Knochen, die sie sich zuzogen, wenn sie kopfüber über den Lenker ihrer Mopeds flogen oder die Felsen von Pilcher's Head hinunterschlitterten (dennoch hätte es ihn bestimmt nicht umgebracht, in dem wunderschönen Wohnzimmer des Trumbull-Hauses – das heißt, falls es noch wunderschön war – eine Cocktailparty zu veranstalten). Alles, was ich während der nächsten Monate über den Doktor erfuhr, wurde mir auf den Flügeln von Gerüchten und Beschwerden zugetragen. Offensichtlich hatte jeder etwas zu dem Thema zu sagen, und bei der nächsten Gemeinderatssitzung stand selbstverständlich Betsy Fike auf, die die Messerklinge eines Grolls monate-, wenn nicht gar jahrelang schleifen konnte, und forderte, dass etwas unternommen wurde, was den Zustand der Praxis des Doktors betraf, ganz zu schweigen vom Zustand des Hauses, das Eigentum der Gemeinde war und in Schuss gehalten werden musste aus Rücksicht auf die nächsten Generationen.

Mervis Leroy, der die Versammlung leitete, fragte, ob sie in dem Haus gewesen sei, seitdem der Doktor es bewohne, und ob sie einen Mangel an Instandhaltung und zunehmenden Verfall bezeugen könne, und Betsy (sie ist einen Meter fünfundfünfzig groß, superschlau, hat zwei erwachsene Töchter und einen Mann, der etwa so gesprächig wie eine Mauer ist) gab zu, dass sie das Haus nicht betreten habe. »Aber ich war noch zweimal in seiner Praxis, nachdem er das erste Mal nicht mal aufgemacht hat, und ich sage dir, dort sieht es aus wie in einem Schweinestall. Schlimmer. Nicht einmal Schweine würden in so einem Dreck leben.«

Um sie herum erhoben sich Stimmen, und Mervis schlug mit dem Hammer auf den Tisch und rief einen Redner nach dem anderen auf. Sie lieferten anekdotisches Beweismaterial, das immer wieder auf dasselbe hinauslief: Dr. Murdbritter schien als Arzt in Ordnung zu sein, weder sonderlich schlecht noch sonderlich gut, doch die Art und Weise, wie er seine Praxis und sich selbst präsentierte, war eine Schande. Jemand, ich weiß nicht mehr wer, wies darauf hin, dass sein Volvo seit zwei Monaten mit einem platten Reifen am Straßenrand stand, Hausbesuche machte er zu Fuß, und das war keine Art, sollte eine krisenhafte Situation eintreten. Insbesondere wenn man übergewichtig war. Und dann war da noch die Sache mit dem Abfall, die Hunde plünderten seine Mülltonnen und verstreuten Unrat (schlimmer noch: medizinischen Abfall) auf dem Rasen hinter seinem Haus, und bislang hatte er nichts dagegen unternommen. Junie Jordan sagte, dass sie letzten Mittwoch von seinem Wartezimmer aus einen Blick in das Wohnzimmer des Hauses habe werfen und sehen können, dass dort seit seinem Einzug nichts verändert worden sei, außer dass die Stühle mit Katzenhaaren bedeckt waren und überall Staubmäuse herumlagen und wie in Horrorfilmen Spinnweben in den Ecken hingen, dick wie Schnüre. Die Leute waren zornig.

Dann folgte die Frage: Was war zu tun? Ihm einen Brief mit einem offiziellen Tadel schicken? Ihn anweisen, dass er entweder putzen oder abreisen sollte? Von vorn anfangen und nach einem Ersatz suchen, einem Vorbild an persönlicher Hygiene? Nichts tun und das Beste hoffen? Schließlich – und das war meine Idee, weil ich so viel investiert hatte und wollte, dass es funktionierte, und immer eine Möglichkeit für einen Kompromiss sah im Gegensatz zu einigen meiner Nachbarn, die ich hier nicht namentlich erwähnen möchte – wurde beantragt, jeden Monat zweihundert Dollar aus der Gemeindekasse für eine Putzfrau zur Verfügung zu stellen, die einmal in der Woche das Trumbull-Haus auf Vordermann bringen sollte. Betsy Fike unterstützte den Antrag. Allgemeine Zustimmung wurde laut.

Wir fanden eine junge Immigrantin in Lincolnville, sie kam mit der Fähre und marschierte die Straße entlang mit Mopp und Besen auf der Schulter, als wären es Kriegswaffen. Ich sah zu, wie sie die Stufen hinaufstieg, den Türknauf drehte – während der Sprechzeiten war die Tür nicht abgeschlossen – und im Haus verschwand. Fünf Minuten später stand sie wieder draußen, der Doktor ragte in der Tür auf wie eine dunkle Erscheinung, während die junge Frau – eigentlich noch ein Mädchen – ihn anschrie. Ich wollte unbedingt hören, was sie sagten, ging zur Haustür und öffnete sie einen Spaltbreit, doch in diesem Moment fuhr eine Gruppe Touristen auf Mopeds vorbei, und der Motorenlärm übertönte alles andere.

Ich wartete zehn Minuten und schaute der ehemaligen Putzfrau nach, die die Straße entlangging und den Mopp und den Besen im Schmutz hinter sich herzog, besiegt und niedergeschlagen, bevor ich die Nummer des Doktors wählte. Beim zweiten Klingeln nahm er ab. »Dr. Murdbritter«, sagte er in offiziellem Tonfall.

»Ich will nur wissen, warum Sie das Mädchen wieder weggeschickt haben«, sagte ich umstandslos, und das war vermutlich ein Fehler. »Wir stellen das Geld zur Verfügung. Für Sie. Um Ihnen dabei zu helfen, also, um Ihnen behilflich zu sein, damit Sie das Haus sauber halten –«

»Mit wem spreche ich?«

»Ich bin's, Margaret. Margaret McKenzie.«

»Sie haben wahrscheinlich die ganze Zeit aus dem Fenster geschaut.«

»Also, ich war im Garten und konnte gar nicht anders als ... Sie ist ein gutes Mädchen mit den besten Referenzen. Und sie ist den weiten Weg mit der Fähre gekommen, nur um –«

»Tut mir leid«, unterbrach er mich, und ich erschrak über seinen Tonfall, »aber ich kann nicht zulassen, dass man sich in meine Privatsphäre einmischt. Sie haben mich geholt, damit ich die Praxis führe, und das tue ich. Wenn Sie das Geld für eine Arzthelferin haben, lassen Sie es mich wissen – ansonsten lassen Sie mich in Ruhe, haben Sie verstanden?«

Selbstverständlich hatte ich keine andere Wahl, als alle, die mir einfielen, von dieser Wendung der Ereignisse, ganz zu schweigen von der Unhöflichkeit des Doktors, in Kenntnis zu setzen, mein Telefon war für den Rest des Tages bis in den Abend besetzt, und Wyatt musste auf das Essen warten, das letztendlich aus Resten bestand, aufgebessert mit einem frischen Salat. Wir debattierten ausführlich auf der nächsten Sitzung darüber, doch niemandem fiel eine gute Lösung ein, außer dem Doktor zu kündigen, und das hätte uns in eine heikle Lage gebracht, bis wir einen

Ersatz gefunden hätten. Ich übernahm es, die Frau aus Burkina Faso zu kontaktieren in der Hoffnung, dass sie mittlerweile alle Voraussetzungen erfüllte und ihre Zulassung hatte, aber ihre Telefonnummer war nicht mehr gültig und mein Brief kam mit dem Stempel *Unbekannt verzogen* zurück.

Wir steckten in einer Sackgasse. Auf der Veranda des Doktors drängten sich die Touristen und Sommergäste in blutbefleckten T-Shirts und mit improvisierten Verbänden, und auch wir Inselbewohner standen bei ihm Schlange, um seine immer verdrecktere Praxis zu betreten und ihm unsere Zipperlein darzulegen, weil wir keine andere Wahl hatten. *Würdest du dir eine Spritze von ihm geben lassen?*, fragte mich Betsy Fike eines Tages am Telefon. *Im Notfall? Oder Blut – würdest du dir von ihm Blut abnehmen lassen?* Ich fühlte mich wirklich müde an diesem Tag, zermürbt, und ich brachte es nicht über mich, ihn zu verteidigen und darauf hinzuweisen, dass er Einmalspritzen verwendete und auch die Dinger zum Blutabnehmen nur einmal zu benutzen waren. *Ich weiß*, sagte ich schließlich, meine Stimme zittrig und erschöpft, *ich weiß*.

Der Herbst kam früh, ein kalter Wind wehte ab September vom Festland herüber. Die Sommergäste reisten ab, das Laub verfärbte sich feuerrot und fiel zu Boden, die Gänse flatterten über uns und landeten in Bratpfannen und Schmortöpfen. Ende Oktober fiel der erste Schnee, und ich fühlte mich so niedergeschlagen und deprimiert, dass er ebenso gut der eisige weiße Deckel meines Sarges hätte sein können, und als Thanksgiving vor der Tür stand, war ich dem einfach nicht gewachsen. Normalerweise luden Wyatt und ich ein Dutzend oder mehr Gäste zu uns ein, und es war richtig festlich – ich backte eine Woche, servierte Fischsuppe, gegrillte Austern und Truthahn mit allem Drum und Dran, und es war einer der Höhepunkte des Jahres, nicht nur für Wyatt und mich, sondern auch für unsere Nachbarn. Aber dieses Jahr war es anders, und das nicht nur, weil ich den Doktor hätte einladen müssen – das war klar. Ehrlich gesagt, ich wusste nicht, woran es lag, bis Wyatt es ansprach.

»Du bist völlig erschöpft und machst dir ständig wegen jeder Kleinigkeit Sorgen«, sagte Wyatt eines Abends, als er von der Arbeit nach Hause kam. »Hast du mal in den Spiegel geschaut? Du bist weiß wie« – ich sah, dass er in Gedanken mit allen möglichen Klischees jonglierte, bis er aufgab – »ich weiß nicht, einfach weiß. Blass.«

Was ich ihm nicht erzählt hatte, was ich niemandem erzählt hatte, war, dass ich wieder Schmierblutungen hatte. Und es waren keine schwachen Blutungen, sondern es war Blut, richtiges Blut, das verkrustete und in getrocknetem Zustand schmutzig braun war. Ich hatte einen langen Nachmittag in unserer kleinen Ein-Raum-Bibliothek (geöffnet dienstags und donnerstags von zehn bis sechzehn Uhr) verbracht und den Computerbildschirm mit meinem Oberkörper verdeckt, während ich im Internet nach Informationen suchte, die mir nur noch mehr Angst machten. Ich las von Endometriumpolypen, Gebärmutter- und Eileiterkrebs, Anämie, Hysterektomie, Sonar- und Strahlenbehandlung, von unheilbaren tödlichen Krankheiten. Ich wollte nicht aufs Festland, wollte keine Ärzte nach dem Telefonbuch auswählen, wollte nicht, dass sie mich gründlich untersuchten und aufschnitten und mich in ein Krankenhaus in der Stadt schickten, in dem Fremde durch die Flure liefen und in ihren glänzenden kleinen japanischen Autos nichtsahnend auf der Straße vorbeischossen. Ich ging in die Drogerie und kaufte Eisen-, Multivitamin- und Kalziumtabletten und versteckte meine Unterwäsche ganz unten im Korb, als könnte ich das Problem auf diese Weise lösen.

Eines Nachmittags – es war kurz nach Weihnachten, das ich für Wyatt so fröhlich wie möglich gestaltet hatte, obwohl mir nicht danach zumute gewesen war, Weihnachtslieder zu singen, nicht dieses Jahr – saß ich am Fenster, trank Tee und starrte hinaus in den Nebel, der aufzog. Es war ein typischer Winternebel, dicht und wabernd, sodass die andere Straßenseite im einen Augenblick verschwand, nur um im nächsten wiederaufzutauchen. Irgendwann drangen ein paar Sonnenstrahlen durch den Nebel und erhellten die Fassade des Trumbull-Hauses wie eine Filmkulisse, und ich sah, dass an der Tür etwas hing, ein weißes Pappschild. Ich nahm mein Fernglas vom Tisch und stellte es scharf. Es war eine Mitteilung, groß und kastenförmig, übergroß wie alles an Dr. Murdbritter, sogar sein Saustall, aber ich konnte sie nicht entziffern. Zuinnerst wusste ich, dass ich zu ihm gehen, mich ihm anvertrauen, mich von ihm untersuchen lassen sollte, selbst wenn ich Wyatt mitzerren musste, aber ich hatte Angst –

nicht nur vor den Tests, auf denen er bestehen würde, und ihren Ergebnissen, sondern auch davor, mich dort von ihm berühren zu lassen und vor dem Schmutz, vor allem vor dem Schmutz.

Ich zog meinen Mantel an, hielt Ausschau auf der Straße, um mich zu vergewissern, dass mich niemand sah, und ging zum Haus des Doktors. Sein Wagen – er hatte den platten Reifen von Joe Gilvey ersetzen lassen, nachdem Mervis ihm einen offiziellen Beschwerdebrief geschickt hatte – stand nicht da, und das war merkwürdig. In den ersten paar Wochen war er alle sechs asphaltierten Straßen abgefahren, bis sie in einem Salzsumpf oder einer Bucht endeten, aber seitdem hatte er keine Erkundungsfahrten mehr gemacht, und dann hatte er den Platten, und der Wagen hatte weiß Gott wie lang dagestanden wie eine Naturerscheinung. Auf seiner Veranda löste sich das Rätsel: Auf dem Pappschild stand, dass er wegen persönlicher Angelegenheiten mit der Fähre aufs Festland gefahren war und am nächsten Nachmittag zurückkommen würde, alle Notfälle, die sich in seiner Abwesenheit ereigneten, verwies er an das Büro des Sheriffs. Ich weiß nicht, was ich in diesem Moment empfand. Ein Teil von mir war bereit gewesen zu klingeln, in seine Praxis zu gehen und ihm zu gestehen, was mit mir los und wie groß meine Angst war, während ein anderer Teil genau das nicht wollte.

Für das, was ich als Nächstes tat, habe ich keine Erklärung, zumindest keine rationale, aber irgendwie hatte ich den Zweitschlüssel in der Hand, der an einem kleinen Haken über dem Kalender in meiner Küche hing, und warum ich daran gedacht hatte, ihn einzustecken, werde ich nie erfahren. Im nächsten Augenblick war ich im Haus, es war kalt und feucht und roch nach Dingen, die ich nicht benennen wollte, ganz zu schweigen vom Katzenklo, in dem er die Streu nur sporadisch wechselte, wenn überhaupt. In der Küche fand ich die Kaffeekanne auf dem Herd, der so verschmutzt und verrußt war, dass seine Farbe nicht mehr festzustellen war – er hatte also doch gekocht, dachte ich, aber es war nur ein kleiner Trost. Ich machte den stärksten Kaffee, den ich trinken konnte, und suchte in den Schränken nach dem Putzzeug, dem Mopp und dem Besen und dem Staubsauger, die Dr. Braun bei seinem überstürzten Auszug zurückgelassen hatte.

Die Lethargie, die mich während der letzten Monate gelähmt hatte, löste sich in dem Moment auf, als ich mit der Arbeit anfing. Ich habe das sauberste Haus auf der Insel, dafür gebe ich Ihnen mein Wort, obwohl ein paar der anderen Ehe- und Hausfrauen das auch von sich behaupten würden. Sauberkeit, der Wunsch nach Ordnung, wo keine ist, das Bemühen, den Verfall um uns herum zu bekämpfen, das ist es, was uns von den Tieren unterscheidet, meiner Meinung nach jedenfalls. Ich bemerke alles, jede angelaufene oder verschrammte Stelle, jeden Schimmelfleck, und ich kann nicht stillsitzen, bis sie beseitigt sind. So bin ich, so bin ich einfach. Mein Vater hat mir erzählt, dass die Nazis in Frankreich auf der Flucht vor den Alliierten morgens einen Bauernhof aufgaben, den die Alliierten abends besetzten, und die häufigste Sprengfalle, die sie hinterließen, sah so aus: Sie hängten ein Bild ein bisschen schief an die Wand, und wenn ein Soldat es zurechtrücken wollte, auf Wiedersehen. *Sie hätten dich erwischt, Fräulein, gleich am ersten Tag*, sagte mein Vater dann, und er sagte es voller Stolz.

Ich nahm also den Saustall in Angriff, als wäre ich besessen, und arbeitete bis abends, sodass Wyatt und ich zum Essen in den Kettle gehen mussten, und ich bestellte gebratene Jakobsmuscheln und verdrückte sie voller Appetit, und es war mir völlig einerlei, ob meine Arterien deswegen verhärteten oder nicht, und nachts konnte ich nicht schlafen, weil ich an das Chaos im Schlafzimmer des Doktors und die schmutzigen Laken dachte – wie konnte jemand so schlafen? – und an all das, was noch getan werden musste, nicht nur im Haus, sondern auch in den Praxisräumen, vor allem dort. Die Fähre käme um zwei Uhr an, das wusste ich, aber ich würde nicht eher ruhen, bis ich diesen Schreibtisch aufgeräumt hatte, bis die Böden glänzten, das Untersuchungszimmer und die Schränkchen und Instrumente aus Edelstahl blitzten, als würden sie ein eigenes Licht ausstrahlen. Dieser Ort war eine Kultstätte, war ihm das nicht klar? Ein Ort der Beichte, der Vergebung und des Heilens, so heilig wie jede Kirche. Bei Gott, dachte ich, *bei Gott.*

Ich verlor mich im Rhythmus der Arbeit, und um zwei Uhr war ich längst noch nicht fertig, und deswegen bemerkte ich nicht, dass er hereinkam. Ich war auf den Knien und schrubbte den Boden unter der Untersuchungsliege, bis ich glaubte, dass ich auch den Lack wegkratzte, so automatisch bewegte sich meine Hand mit der Bürste vom Eimer zum Boden und wieder zurück, und einen Moment lang war ich mir nicht bewusst, dass er im Raum stand. Irgendwo in der Ferne hörte ich die Waschmaschine laufen und den Trockner mit seinen Sachen rattern und rumpeln. Vielleicht räusperte er sich, ich weiß es nicht, aber ich blickte auf und sah ihn, von seinen klobigen Schuhen und seiner schlecht sitzenden Hose bis zu seiner geschockten und ungläubigen Miene in seinem großen bärtigen Gesicht. Er sagte kein Wort. Ich stand langsam auf und wischte mir die Hände an der Schürze ab, die ich vor Tagesanbruch unter Zugabe von Bleiche in der Waschmaschine ausgekocht hatte. »Doktor«, sagte ich, und dann benutzte ich zum ersten Mal in meinem Leben seinen Vornamen, »Austin. Tut mir leid, aber ich musste einfach – mit Ihnen sprechen. Über mich. Über mein Problem, meine ich.«

Vielleicht erwiderte er etwas, vielleicht entkam ihm ein leises beruhigendes Murmeln, doch sein Ausdruck war so komisch, so hin- und hergerissen zwischen dem, wie er einst gewesen war, und dem, wie er heute war, dass ich es sowieso nicht gehört hätte. War er wütend? Ein bisschen vermutlich. Oder vielleicht war er auch nur erleichtert, weil endlich das Eis gebrochen war, weil wir endlich zum Grund der Dinge vordrangen. Lange standen wir einfach nur da, drei Meter voneinander entfernt, und ich sage Ihnen, alles in diesem Zimmer und dem nächsten glänzte, als ob wir es zum ersten Mal sähen, wir beide, und als die Sonne durch die Wolken brach und durch die blitzblanken Fenster schien und auf den glänzenden Boden traf, war das blendende Licht fast zu viel für uns.

GOOD HOME

Er nahm Joey stets mit, wenn er auf eine Anzeige reagierte, weil Joey liebenswert war, ein Junge, den man gleich ins Herz schloss mit seinem offenen Gesicht, den großen, neugierig dreinblickenden Augen und dem weißblonden Haar seines Vaters, wer immer das gewesen sein mochte. Oder seiner Mutter. Oder beider. Royce verstand etwas von Züchtungen, und für Haare wie diese musste er auf beiden Seiten blonde Vorfahren gehabt haben, aber es gab ja viele blonde Menschen in Russland, oder? Er war nie dort gewesen, doch nach dem zu urteilen, was seine Schwester Shana über das Waisenhaus erzählt hatte, waren sie dort so weit verbreitet wie Brünette hier oder jedenfalls Asiaten oder Mexikaner mit ihrem glänzenden schwarzen Haar, das immer wie frisch geölt aussah, und wie sollte man *die* nennen, Schwarzetten? Sein eigenes Haar war schmutzig blond, bei weitem nicht so außergewöhnlich wie Joeys, aber es war die richtige Richtung, und die Leute hielten Joey oft für seinen Sohn, was ihm nur recht war. Mehr als das: Es war perfekt.

Die erste Familie, zu der sie fuhren, in Canoga Park, verschenkte Kaninchen, und sie hatten einen Jungen in Joeys Alter – ungefähr zehn –, dem es gelang, gleichzeitig schuldbewusst und erleichtert dreinzublicken. Ein Zu-verkaufen-Schild hing vor dem Haus, sie standen wahrscheinlich kurz vor der Zwangsvollstreckung (sein Maklerhirn rechnete schnell nach: Doppelhaus, vielleicht 330 Quadratmeter, Garage für zwei Wagen, Klimaanlage, die üblichen Küchenarbeitsplatten aus falschem Marmor und Einbaumöbel, vor dem Platzen der Blase wäre es knapp eine halbe Million wert gewesen, jetzt vielleicht noch dreihundertfünfzigtausend), und da kam der Vater des Jungen durch die Küchentür, sein Bierbauch fest im Griff seines Muskelshirts, eine Lakers-Kappe falsch herum auf dem Kopf, Ziegenbart, Sonnenbrille mit Spiegelgläsern, ein echter Loser. »Hallo«, sagte der Mann. Er trug mexikanische Sandalen, seine Zehen so schwarz wie die einer Leiche.

Royce nickte. »Wie geht's?«

Sie hatten also Kaninchen. Das Hobby des Jungen. Er hatte mit zweien angefangen, jetzt waren es dreißig. Sie hielten sie in einem Stall, den man fertig im Baumarkt kaufen konnte, und als der Junge die Tür öffnete, traf einen der Gestank wie ein unerwarteter Schlag ins Gesicht. Joey sagte: »Oh, wow, wow, schau nur, so viele!«, doch Royce dachte: *Bringt mich hier weg*, denn es war der widerliche, uringesättigte Gestank mancher Kampfhundezwinger, falls sich die Leute überhaupt die Mühe mit einem Zwinger machten. »Können wir zwei mitnehmen?«, fragte Joey, und alle – der Vater, der Junge und Joey – sahen ihn an.

Er zuckte bedächtig die Achseln, wie oft hatten sie diese Scharade schon gespielt? »Klar«, sagte er, »warum nicht?« Ein Blick zum Vater. »Sie sind umsonst, oder? Sie kriegen ein gutes Zuhause.«

Der Vater – er war nicht viel älter als Royce, vielleicht vierunddreißig oder fünfunddreißig – nickte, auf dem Weg hinaus neigte sich Royce zu dem Jungen hinunter, drückte ihm einen Fünf-Dollar-Schein in die Hand und kam sich großzügig vor. Beim nächsten Halt kassierten sie eine schwarze Labradorhündin ein, dürr, ein tränendes Auge, dennoch müsste man ihr die Schnauze mit Gewebeband zukleben, damit sie nicht einen der Hunde aufschlitzte, was nicht weiter schlimm war; schlimm war nur, dass sie eine halbe Stunde bei einem ausgemergelten alten Paar sitzen, lauwarmen Eistee trinken und alte Aniskekse knabbern mussten, während sie von Slipper quasselten und was für ein guter Hund sie war, nur dass sie auf den Teppich pinkelte – darauf mussten sie achten –, und wie traurig sie waren, weil sie sich von ihr trennen mussten, aber sie waren jetzt einfach zu alt. Sie fuhren zu den nächsten beiden Adressen, doch die Häuser waren verlassen und verschlossen, dennoch war es alles in allem keine schlechte Ausbeute, wenn man bedachte, dass die Tiere nur zum Hetzen dienten und kein Grund zur Gier bestand.

Kaum stand der Wagen zu Hause unter den Eichen, stieg Joey aus und rannte zum Haus und zu seinem Vorrat an Hansen's Soda und Chips mit Grillaroma, ohne auch nur einen Gedanken an die Kaninchen oder den schwarzen Labrador in den Käfigen auf der Ladefläche des Suburban zu verschwenden. Das war in Ordnung. Es bestand keine Eile. Es war nicht so heiß – dreißig Grad vielleicht –, und der Schatten unter den Bäumen war dicht. Außerdem hatte er selbst Lust auf ein Bier. Bei diesem Verkehr durch das Tal zu fahren war Arbeit gewesen, die Abgase, die über den Straßen hingen, und Joey, der über alles quasselte, was ihm gerade durch den Kopf ging, bis er sich nicht mehr auf die Musik konzentrieren konnte, die aus dem Radio drang, oder die Mädchen, die mit dem Hintern wackelten, wenn sie die Boulevards in ihren Shorts oder Bluejeans oder nahezu nicht vorhandenen winzigen Röcken entlangschlenderten.

Er ließ die Fenster offen und ging über die nackte Erde des Grundstücks, die handgefertigten Stiefel, die er am Wochenende trug, überzogen sich mit einem feinen Staubfilm. Er wollte eine Dose Bier trinken und Steve fragen, was er vorhatte – und nach den Hunden sehen, natürlich –, und dann würde er vielleicht Hamburger für ein frühes Abendessen grillen, bevor er loszog. Er würde den Labrador selbst aus dem Wagen holen müssen, aber Joey könnte sich um die Kaninchen kümmern, und nein, sie würden die Hunde heute Abend nicht mit den Tieren ködern, sosehr Joey auch darum bitten würde, weil heute Samstag war, und er und Steve ausgehen wollten, verstanden? Aber bevor Joey es sich mit seinen Videospielen bequem machte, könnte er den Tieren im Auto eine Schale Wasser bringen, oder war das zu viel verlangt?

Das Haus war in Calabasas, drängte sich an den Hügel, wo die Eichen in Gebüsch übergingen, sobald man vom Hof den Weg hinaufstieg, der dort durchs Gestrüpp geschlagen war, es war das letzte Haus an einer Schotterstraße, die im Sommer Staub aufwirbelte und im Dezember, wenn es regnete, zu einem Schlammbad wurde. Es war still, abgelegen, die Nacht fiel herab wie ein Rollladen, das Haus hatte Steves Eltern gehört, bis sie drei Jahre zuvor bei einem Frontalzusammenstoß mit einem Betrunkenen ums Leben gekommen waren. Jetzt gehörte es Steve. Und ihm. Steve zahlte die Grundsteuer, und die Hypothek teilten sie sich jeden Monat, was für Royce wesentlich günstiger war als das, was er woanders gezahlt hätte – und außerdem war da noch der Stall, früher für Pferde, jetzt für die Hunde. Alle paar Wochen machten sie eine Party, Frauen kamen und gingen in ihrem Leben, doch keiner von ihnen war je verheiratet gewesen, und was Royce betraf, wollte er es nicht anders. Heute Abend würden sie ausgehen – auf die Piste, wie Steve es nannte, als spielten sie in einem Discofilm aus den siebziger Jahren –, und Joey wäre allein. Gut. Kein Problem. Joey kannte die Bedingungen: Halte dich vom Stall fern, lass niemanden rein, um zehn ins Bett, ruf auf dem Handy an, wenn es ein Problem gibt.

Steve fuhr. Er war nie wegen Trunkenheit am Steuer erwischt worden, Royce dagegen schon, und Royce brauchte seinen Führerschein, damit er die Leute zu den Wohnungen und Häusern kutschieren konnte, als ob das irgendwas bringen würde; niemand in seinem Büro hatte in letzter Zeit etwas verkauft. Er jedenfalls nicht. Sie fuhren auf der 101 in die Stadt, den Laurel Canyon hinunter und stellten den Wagen auf einem bewachten Parkplatz hinter dem Sunset Strip ab. Es dämmerte. Eine ununterbrochene Reihe von Autos fuhr auf dem Boulevard auf und ab, nahezu unsichtbar hinter dem Licht der Scheinwerfer. Das war der Augenblick, den er am meisten genoss, wenn er die Wagentür zuwarf und hinaustrat in das Zwielicht, die Atmosphäre der Clubs vibrierte auf der Straße, die Luft so süß und gesättigt mit Abgasen, dass es war, als würde man durch die Haut atmen, die Nacht war jung, alles war möglich.

Ihre erste Station war ein orientalisches Restaurant, das kaum etwas zu essen servierte, zumindest schien es ihm so. Die Leute saßen draußen an den Tischen und rauchten Wasserpfeifen, die das Restaurant gegen ein Entgelt zur Verfügung stellte. Hin und wieder ging ein Paar hinein und bestellte ein Lammkebab oder einen Pita-Teller, aber das wahre Leben fand im Freien statt, wo fast jeder den Tabak mit etwas Stärkerem würzte. Die Kellnerin war schlank und jung, hatte dunkle Halbmonde aus Make-up unter den Augen, und in ihrem Nasenflügel glitzerte ein winziger roter Stein, vielleicht erkannte sie sie von letzter Woche wieder, vielleicht auch nicht. Sie bestellten zwei Tee mit Eis und eine Wasserpfeife und ließen sich die Lungen vom kühlen, süßen Rauch massieren, die Füße auf das gusseiserne Geländer gestützt, das sie vom Gehweg trennte, den Blick auf die Straße gerichtet. Nur um seine eigene Stimme über dem Surren der Reifen und der scheppernden Tribal Music zu hören, von der man das Gefühl bekam, in einer Tretmühle zu laufen, sagte Royce nach einer Weile:

»Was glaubst du, woher kommen diese Leute – die Besitzer, meine ich. Aus dem Iran? Armenien?«

Steve – er war ein Felsen, wirklich, knapp eins neunzig groß, gute achtzig Kilo schwer, das Haar mit dem Rasierapparat zu einem militärischen Bürstenschnitt geschnitten, obwohl er nie beim Militär gewesen war – schaute träge auf und atmete Rauch aus. »Was, meinst du die Kellnerin?«

»Vermutlich.«

»Warum, willst du dich mit ihr verabreden?«

»Nein, ich wollte nur –«

»Ich kann das für dich arrangieren. Willst du dich mit ihr verabreden?«

Er zuckte die Schultern. »Ich bin nur neugierig. Keine große Sache. Hab mir nur gedacht, dass du der Fachmann bist.« Das war eine Anspielung darauf, dass Steve den ganzen letzten Winter mit einer Iranerin zusammen gewesen war – oder einer Perserin, wie sie sich selbst bezeichnete, und wer wollte es ihr verübeln? Sie war an den richtigen Stellen gepolstert, hatte große Augen und ein breites Lächeln, das ihr Gesicht erstrahlen ließ, aber sie wollte Dinge, zu viele Dinge, Dinge, die Steve ihr nicht geben konnte.

»Ja, das bin ich, ein richtiger Fachmann, genau. Ich weiß immer noch nicht, warum du mich nicht ins Gesicht geschlagen hast, als Nasreen zur Tür hinaus ist« – er hielt einen Moment inne und grinste sein verkniffenes Grinsen –, »*Kumpel.*« Er wollte den Schlauch zum Mund führen, brach die Bewegung jedoch abrupt ab, den Blick auf etwas oberhalb von Royce' Schulter fixiert. »Scheiße«, sagte er leise, »ist das nicht dein Schwager?«

Überrascht, ertappt drehte sich Royce auf seinem Stuhl um und schaute die Straße entlang. Joe – nachdem sie mit Joey, damals noch ein Baby in Windeln, aus Russland zurückgekehrt war, hatte Shana darauf bestanden, ihn Big Joe zu nennen – war nicht jemand, den er sehen wollte. Er hatte Shana den Ellbogen gebrochen, war abgehauen und hatte nichts hinterlassen bis auf einen Wagen mit schlechtem Getriebe und überfällige Ratenzahlungen, und seitdem arbeitete sie an den Wochenenden doppelte Schichten. Und Royce nahm Joey freitags bis sonntags zu sich – Joey brauchte männlichen Einfluss, behauptete Shana, und außerdem konnte sie sich keinen Babysitter leisten. »Ex-Schwager«, sagte er.

Aber er war es, Big Joe, er schlenderte durch die Gruppen von Leuten, die unterwegs waren zu Clubs und Restaurants, den Arm um die Schultern einer Frau geschlungen und ein breites, selbstzufriedenes Grinsen im Gesicht, als wäre er ein normaler Mensch. Schlimmer noch, die Frau – das Mädchen – war so hübsch, dass sich Royce' Herz bei ihrem Anblick vor Neid zusammenzog. Er hatte keine Gelegenheit dazu, sich zu fragen, wie ein Idiot wie Joe es geschafft hatte, ein Mädchen wie sie aufzureißen, denn Steve war aufgestanden, beugte sich über das Geländer und rief: »Joe, he, Joe, wohin des Wegs?«, mit einer Stimme, die vor Sarkasmus nur so triefte.

Joe war keine sieben Meter entfernt, und Royce sah, wie er einen Blick mit dem Mädchen wechselte, vermutlich wollte er seine Taschen abtasten und so tun, als hätte er seine Kreditkarte in der letzten Bar liegenlassen, doch weil er keine andere Wahl mehr hatte, ging er weiter. Er war gar nicht so groß – nur im Vergleich mit Joey und Shana –, allerdings war er ein Angeber und hatte ein Gesicht, das selbst dann noch hart wirkte, wenn er lächelte. Was er jetzt eindeutig nicht tat. Er fror seine Gesichtszüge ein, zog das Mädchen fester an sich und tat so, als wollte er sie ignorieren. Doch das ließ Steve nicht zu. Steve sprang mit einem Satz über das Geländer und fuchtelte mit den Armen herum, wie der Moderator einer Spieleshow. »He, Mann, schön dich zu sehen«, krähte er scheinheilig, »was für ein Zufall, was? Und schau nur, schau nur, wer auch da ist« – der Tonfall jetzt verwundert –, »dein Schwager!«

Diesen Augenblick? Niemand mochte ihn. Nicht das Paar mit dem Pita-Teller oder die Kellnerin oder die Raucher, die nur ein bisschen Entspannung durch den Schlauch saugen und den Ärger des Tages vergessen wollten, und schon gar nicht Joe. Oder das Mädchen, das bei ihm war. Sie war jetzt involviert und sah ihn an: *Dein Schwager?*

»Ex«, sagte Joe und schaute dabei sie an, dann warf er Royce einen hasserfüllten Blick zu. Gegen seinen Willen wurde er hier aufgehalten, das Mädchen wollte etwas sagen wie *Willst du mich nicht vorstellen?*, und die Leute begannen sich nach ihnen umzudrehen. Steve – er war aufgekratzt, spielte den Clown – sagte: »He, komm schon, Mann, komm rein und rauch mit uns eine Friedenspfeife, okay?«

Joe ignorierte ihn. Er starrte weiterhin Royce an. Ganz langsam und angewidert begann er den Kopf zu schütteln, als wäre es Royce gewesen, der Frau und Kind verlassen hatte und sich weigerte, Unterhalt zu zahlen oder eine Adresse anzugeben, dann fasste er das Mädchen fester am Arm, machte einen Schritt um Steve herum und stolzierte auf der Straße davon, als wäre nichts passiert. Und es war nichts passiert. Was konnte er tun, sollte Steve sich für ihn schlagen? Das war es nicht wert. Doch wenn er so groß wie Steve gewesen wäre oder annähernd so groß, wäre er selbst über das Geländer gesprungen und hätte ein, zwei Dinge gesagt, vielleicht auch mehr – vielleicht hätte er sich auch gleich hier auf dem Gehweg auf ihn gestürzt, und die Leute hätten Platz gemacht, und das hübsche Mädchen hätte leise und erschrocken aufgeschrien.

Als sie in die erste Bar ein Stück weiter an der Straße gingen, hatte er die Sache vergessen. Oder fast vergessen. Er und Steve redeten über Sport und machten ein paar Witze, das Übliche, und er ließ die Gedanken schweifen, doch dann sah er plötzlich Joes Gesicht vor sich, und er sagte sich, dass er ihm hätte folgen und herausfinden sollen, was für ein Auto er fuhr, die Autonummer notieren, damit Shana der Polizei oder dem Jugendamt oder wem auch immer einen Tipp hätte geben können. Irgendwas. Egal was. Aber das hatte er nicht getan, und jetzt war es zu spät. »Vergiss es«, sagte Steve. »Lass dir von dem Arschloch nicht den Abend verderben.«

Sie gingen in die nächste Kneipe und die übernächste, die Musik hämmerte, die Lichter blitzten, und eine Weile fühlte er sich locker genug, um willkürlich Frauen anzusprechen, und wenn sie ihn fragten, womit er seinen Lebensunterhalt verdiente, sagte er: »Ich bin ein Hundemann.« Das interessierte sie, kein Zweifel, doch nur selten war eine Frau dabei, die sich nicht abwandte oder entschuldigte, um auf die Toilette zu gehen, wenn er erklärte, was das bedeutete. Trotzdem, er war unterwegs in der Stadt, und der Alkohol begann in seinem Blut zu zirkulieren, und er fühlte sich überhaupt nicht müde oder entmutigt. Es war gegen elf, als Steve vorschlug, dass sie es mit diesem Hotel versuchen sollten, von dem er gehört hatte, dort gab es einen großen Swimmingpool im Freien und eine Bar, und man konnte unter den Sternen sitzen und den Mädchen zuschauen, die in Bikinis ins Wasser hüpften und wieder herausstiegen. »Klar«, hörte er sich sagen, »warum nicht?« Und wenn er an Joey dachte, dann dachte er an ihn, wie er schlafend im Bett lag, die Fernbedienung für die Videospiele noch in der Hand, der Bildschirm leer.

Er empfand keinen Schmerz, als er Steve die Stufen zum Hotel hinauf und in die dunkle Lobby folgte. Zwei Türsteher – ausgesprochen hip, Mitte dreißig, winzige Kopfhörer im Ohr, das Kabel unter dem Hemdkragen – zogen die Türen auf zu einem großen breiten Raum mit niedriger Decke, Betonpfeilern und einer Gruppe Ledersofas mit Chromgestell, die gitterförmig an der rechten Wand standen. Leute – Szenetypen, überwiegend schwarz gekleidet – saßen auf den Sofas und taten ihr Bestes, so auszusehen, als gehörten sie dazu. Jenseits von ihnen befand sich unter dem gelben Nachthimmel und über den unendlichen Lichtern der Stadt der Poolbereich. Steve und er drängten sich sofort an die Poolbar – Gläser, die nicht aus Glas, sondern aus Plastik waren, das Klirren von Eiswürfeln, Scotch und Soda –, die Musik riss sie mit, und der Pool explodierte im tanzenden blauen Licht. Mädchen, wie versprochen. Sie schwammen wie die Otter. »Ziemlich cool, was?«, sagte Steve.

Er nickte, schaute sich um, dachte an nichts, seine Gedanken trieben dahin, wie sie es taten, wenn die Hunde von jemand anderem kämpften und er kein Wettinteresse am Kampfausgang hatte. Plötzlich schwappte eine Woge der Erschöpfung über ihn – oder war es Langeweile? Er entschuldigte sich, um auf die Toilette zu gehen, und das war der Augenblick, als seine ganze Welt aus den Angeln geriet.

In der Lobby, in der Mauer über der langen geschwungenen Rezeption, befand sich ein erleuchteter Glaskasten, vielleicht zweieinhalb Meter lang und einen Meter zwanzig hoch, mit einer Matratze und einem Kopfkissen und einer zurückgeschlagenen blassrosa Bettdecke – wie hatte er ihn beim Hereinkommen nur übersehen können? Es war wie das Schaufenster eines Einrichtungsgeschäfts, oder nein, wie eine Theaterkulisse, denn darin saß ein Mädchen, an die rückwärtige Mauer gelehnt, als wäre sie in ihrem eigenen Schlafzimmer. Sie trug einen Schlafanzug – nichts Freizügiges, keinen Body oder Ähnliches –, nur einen Schlafanzug, das Oberteil zugeknöpft, die Hose von einem Durchziehband gehalten, an den Knöcheln hochgerollt. Sie drückte ein Handy ans Ohr, auf ihrem Schoß lag ein aufgeschlagenes Buch. Ihr Haar war dunkel und lang, gebürstet wie fürs Schlafengehen – sie war eine Brünette, definitiv eine Brünette –, und ihre Füße waren nackt und gegen das Glas gedrückt, sodass das bleiche Fleisch ihrer Fußsohlen zu sehen war. Das war es, was ihn traf wie ein Blitz, was ihn mitten in der Lobby wie vom Donner gerührt stehenbleiben ließ: die Sohlen ihrer Füße, sauber und weiß und intim in dieser verdunkelten Arena mit all den hippen Typen und Nutten und allen anderen, die ihr Bestes taten, um sie zu ignorieren.

»Kann ich Ihnen helfen?«, fragte ihn der Mann – große, gerahmte Brille, schmale Krawatte – an der Rezeption.

»Ich wollte« – das war genial, nicht wahr, das Hotel warb damit, was man in einem Zimmer tun konnte, allein mit einem Mädchen wie diesem – »ich war auf der Suche nach der Herren...«

»Den Gang entlang rechts.«

Er hätte weitergehen sollen, aber er tat es nicht, konnte nicht. Der Kerl an der Rezeption schaute ihn noch immer an – er spürte seinen Blick auf sich –, wahrscheinlich nur noch einen Herzschlag weit davon entfernt, ihm zu erklären, dass er nicht die ganze Nacht dastehen und den Weg blockieren könne, und einen weiteren Herzschlag weit davon entfernt, die Sicherheitsleute zu rufen. »Hat sie einen Namen?«, murmelte Royce, seine Stimme heiser in seiner Kehle.

»Chelsea.«

»Ist sie –?«

Der Mann schüttelte den Kopf. »Nein.«

Als Steve ihn endlich suchen kam, saß er eingezwängt am Ende eines Sofas in der Dunkelheit und beobachtete sie. Anfänglich hatte sie reglos gewirkt, nahezu wie eine Schaufensterpuppe, aber so war es überhaupt nicht – sie blinzelte, schob sich das Haar aus dem Gesicht, blätterte die Seiten in ihrem Buch um mit einem Schnippen ihrer lackierten Nägel, jede Geste unverhältnismäßig vergrößert. Und dann veränderte sie aufregenderweise ihre Position, streckte sich wie eine Katze, einen Muskel nach dem anderen, bevor sie die Arme anspannte und den Bauch durchbog, sich aufrichtete und den Schneidersitz einnahm, die Füße unter den Körper geschoben, das Buch auf dem Schoß, das Handy ans Ohr gedrückt. Er fragte sich, ob sie wirklich mit jemandem telefonierte – ihrem Freund, ihrem Mann – oder ob es Teil der Vorführung war. Aß sie dort drin? Machte sie eine Pause, um auf die Toilette zu gehen? Putzte sie sich die Zähne? Benutzte sie Zahnseide?

»He, Mann, ich hab dich überall gesucht«, sagte Steve und löste sich aus den Schatten, sein Drink in der Hand fast leer, keine Spur mehr von einem Grinsen im Gesicht. »Was machst du hier? Weißt du, wie viel Uhr es ist?«

Er wusste es nicht. Er schüttelte langsam, zerstreut den Kopf, als würde er aus einem tiefen Schlaf erwachen, und dann gingen sie die Stufen hinunter und auf die Straße hinaus, Autos krochen als ununterbrochenes helles Band vorbei, und die Mondsichel hing wie ein Haken im Maul des gelben Himmels. Das Handy in seiner linken vorderen Tasche begann zu vibrieren. Es war Joey. »Was ist los, Großer?«, fragte er, ohne stehenzubleiben. »Solltest du nicht schlafen? Schon längst?«

Die Stimme klang leise und weit entfernt. »Der Labrador.«

»Was ist mit ihm?«

»Er winselt. Ich kann es bis in mein Schlafzimmer hören.«

»Ja, gut, danke, dass du es mir sagst – wirklich –, aber mach dir keine Sorgen. Schlaf einfach weiter, hörst du?«

Noch leiser: »Okay.«

Er wollte noch sagen, dass sie morgen mit den Hunden arbeiten, ihnen den ganzen Morgen widmen würden, weil nächstes Wochenende ein Wettkampf stattfände, und wenn Joey brav wäre, würde er ihn mitnehmen, zum allerersten Mal, denn er war jetzt alt genug, um zu sehen, worum es ging und warum sie so viel Zeit damit verbrachten, Zoltan und Zeus zu trainieren, sie auf die Tiere loszulassen und ihr Fressen und ihr Gewicht und so weiter zu überwachen, aber Joey hatte aufgelegt.

Die meisten waren schlicht und einfach Widerlinge – entweder das oder alte Männer, die sie angafften, wenn sie mit ihren runzligen Frauen eincheckten –, aber sie hatte nie etwas mit ihnen zu tun, auch wenn sie ihr zehnseitige Briefe schickten oder Rosen oder ausgewählte Pralinen, Letztere schenkte sie immer den Zimmermädchen, weil sich Süßigkeiten bei ihr sofort an den Hüften und Oberschenkeln niederschlugen. Es war sogar gegen die Vorschriften, Blickkontakt aufzunehmen – Leonard, der Manager, würde ihr an die Gurgel springen, wenn sie jemanden auch nur anschaute, denn das hieße, die vierte Wand der Bühne zu durchbrechen. *Das ist Theater*, sagte er immer wieder, *und du bist eine Schauspielerin. Vergiss das nicht.* Genau. Sie wollte aber keine Schauspielerin sein, im Gegensatz zu neunundneunzig Prozent der Mädchen, die sich sieben Tage die Woche durch die Geschäfte, Bars und Clubs schoben – sie hatte zwei Jahre zuvor das College abgeschlossen, arbeitete morgens als Kellnerin in einem Café und vier Nächte hier als jugendlicher feuchter Traum, während sie Geld sparte und für die Aufnahmeprüfung zum Jurastudium lernte.

War es erniedrigend? War es dumm? Ja, natürlich war es das, aber ihre Mutter hatte zu Hippie-Zeiten oben ohne in einem Käfig getanzt – und zwar in einer Bar, in der die Leute johlen und Dinge werfen und jedes nur erdenkliche schmutzige Angebot herausschreien konnten. Sie war keine Schauspielerin. Jede konnte Schauspielerin sein. Sie wollte sich auf Einwanderungsgesetz spezialisieren, den Leuten eine Stimme geben, die nicht für sich selbst sprechen konnten, etwas Sinnvolles mit ihrem Leben anfangen – und wenn sie ihr Aussehen einsetzen musste, um das zu erreichen, um ihr Studium zu bezahlen, dann war es eben so.

Sie lag also in ihrem Kasten, hielt sich an das Konzept der vierten Wand und versuchte, die Fragen zum logischen Denken in dem Buch zur Prüfungsvorbereitung zu verstehen. Manchmal schaute sie eine Stunde oder länger nicht auf, aber sie war nicht blind. Die Lobby zog an ihr vorbei, als wäre sie unter Wasser, in einem U-Boot, und sie beobachtete, wie die seltsamen Meeresgeschöpfe miteinander interagierten, nacheinander schnappten, Paare bildeten, taumelten, dahinglitten, in der Tiefe verschwanden, und ihr Ausdruck änderte sich nie. Hin und wieder erkannte sie jemanden, natürlich tat sie das, doch sie ließ es sich nicht anmerken. An einem Abend war Matt Damon da gewesen, mit einem Mädchen und noch einem anderen Mann, und einmal glaubte sie, gleich nachdem sie abends angefangen hatte, George Clooney gesehen zu haben – oder zumindest seinen Hinterkopf –, und es kamen Leute, mit denen sie aufs College gegangen war, ein älteres Paar, Freunde ihrer Eltern, sogar ein Junge, mit dem sie auf der Highschool zusammen gewesen war. Es war nicht so schwer, sie einfach alle zu ignorieren.

An diesem speziellen Abend allerdings, einem Samstagabend, als die Massen unterwegs waren und ihr die Wörter vor den Augen verschwammen und niemand, nicht einmal ihre Mutter, ans Telefon ging, warf sie verstohlen einen Blick in die Lobby und zu dem Mann, der sie fünf Minuten angestarrt hatte, bis Eduardo, der Mann an der Rezeption, etwas zu ihm sagte. In diesem Augenblick, als er von Eduardo abgelenkt wurde, konnte sie ihn gut sehen und stellte erschrocken fest, dass sie ihn von irgendwoher kannte. Sie schaute sofort wieder ins Buch, doch sie sah ihn noch immer vor sich: einen schlanken, kleinen angespannten Typ mit den Händen in den Taschen, das blonde Haar hoch frisiert, sein Ausdruck sanft und abwesend, zugleich schön und gefährlich, und woher kannte sie ihn?

Sie brauchte eine Weile. Sie verlor ihn aus den Augen, als er durch den Raum davonschlenderte, und sie versuchte, sich wieder auf ihr Buch zu konzentrieren, doch es gelang ihr nicht. Es trieb sie in den Wahnsinn: Wo hatte sie ihn schon einmal gesehen? Auf dem College? Oder hier? Hatte sie ihn im Café bedient? Zeit verging. Sie langweilte sich. Und dann riskierte sie noch einen Blick, und da war er wieder, mit einem anderen Mann, er ging unsicher durch die Lobby, als watete er bis zu den Knöcheln im Schlamm – betrunken, beide, oder zumindest nicht mehr nüchtern –, und da fiel es ihr ein: Er war der Kerl, der die Kätzchen mitgenommen hatte, der mit dem kleinen Jungen, seinem Neffen. Es musste vor sechs Wochen gewesen sein. Missy hatte zum zweiten – und letzten – Mal Junge bekommen, denn es war unverantwortlich, noch mehr Katzen in die Welt zu setzen, wenn sie in Tierheimen jeden Tag zu Tausenden eingeschläfert wurden, sie würde sie sterilisieren lassen, sobald alle neun Kätzchen entwöhnt waren, und er hatte sich auf ihre Anzeige hin gemeldet. Und wie hieß er noch? Roy oder so. Oder nein: Royce. Sie erinnerte sich wegen des Jungen daran, es war ungewöhnlich, dieser Kombination zu begegnen, Onkel und Neffe, und sie schienen so eine enge Beziehung zu haben, und Royce hatte sie ganz offensichtlich attraktiv gefunden – konnte den Blick gar nicht von ihr wenden.

Sie hatte sich gerade das Haar gewaschen und kämmte die Nester aus, als es klingelte, und da standen sie vor ihrer Wohnung und lächelten sie an. »Hallo«, sagte er, »sind Sie die mit den Kätzchen?«

Sie blickte von ihm zu dem Jungen und wieder zurück. Ein Kätzchen hatte sie einem Mann gegeben, der in der Hotelküche arbeitete, und ein anderes einer Freundin, aber sie hatte immer noch sieben, und niemand sonst hatte sich gemeldet. »Ja«, sagte sie und öffnete die Tür. »Kommt rein.«

Der Junge machte ein richtiges Theater um die Kätzchen, wie süß sie seien, und sagte, dass er sich nicht entscheiden könne. Sie wollte ihn gerade fragen, ob er etwas trinken wollte, ein Glas Limonade oder Coke, als er zu seinem Onkel aufschaute und fragte: »Können wir zwei nehmen?«

Sie hatten es eilig – er entschuldigte sich dafür –, und es war nur eine zufällige Begegnung gewesen, aber sie war ihr im Gedächtnis geblieben. (Geblieben waren ihr auch drei junge Katzen, für die sie keine Abnehmer fand.) Royce hatte ihr erzählt, dass er in einem Maklerbüro arbeitete, und sie hatten einen Moment an der Tür gestanden, während der Junge die Kätzchen nahm, und sie sagte, dass sie sich mit Hilfe ihrer Eltern gern zwei Wohnungen kaufen würde, sodass sie mit der Miete der einen Wohnung den Kredit für die andere finanzieren und umsonst wohnen könnte, aber sie hatte das Thema nicht weiterverfolgt und er auch nicht.

Während sie jetzt zusah, wie er sich an der Tür aufrichtete, fragte sie sich, ob er sie wiedererkannt hatte. Einen Augenblick lang blieb ihr Herz stehen – er ging, war fort –, und dann legte sie auf einen Impuls hin das Buch beiseite und schaltete das Licht aus. Im nächsten Moment war sie aus dem Kasten, eine herausgerissene Buchseite in der einen Hand, einen Stift in der anderen, lief barfuß über den kalten Steinboden der Lobby. Sie schrieb eine Notiz auf die Seite – *Wie geht es den Kätzchen? Ruf mich an. Chelsea* – und reichte sie Jason, dem Türsteher.

»Der Mann da«, sagte sie und deutete die Straße entlang. »Der mit dem Handy. Könntest du ihm nachlaufen und ihm das geben?« In ihrer Hast hätte sie beinahe vergessen, ihre Telefonnummer zu notieren, doch im letzten Moment fiel es ihr noch ein, und als Jason die Finger an den Mund hob und pfiff, eilte sie bereits durch die Lobby wieder zurück in ihre Zufluchtsstätte, den Glaskasten.

Am Morgen brauchte er drei Tassen Kaffee, bis er wieder einen klaren Kopf hatte, dennoch stand er früh auf und nahm sich die Zeit, ein Omelette für Joey zu machen – »Keine Zwiebeln, keine Tomaten«, sagte Joey, »nur Käse« –, bevor sie zu den Hunden hinausgingen. Der Labrador war in seinem Käfig vor der Tor zum Stall und winselte noch immer, er würdigte ihn keines Blicks. Joey sollte ihm später etwas von dem billigen Trockenfutter geben, aber zuerst mussten Zoltan und Zeus aufs Laufband, und er musste dafür sorgen, dass Zazzie, die sechs Welpen von Zeus' Vater, dem Zuchthund Zeus, geworfen hatte, das Fressen und die Aufmerksamkeit bekam, die sie brauchte, solange sie säugte. Zeus der Erste war ein großer Champion gewesen, ein ausgezeichneter Zuchthund mit fünf Siegen, und das Geld, das er allein bei den Wetten eingebracht hatte, war genug gewesen, um Z-Dogz-Zwinger zu gründen – und ein Dutzend oder mehr seiner Nachkommen waren dort draußen unterwegs und gewannen mittlerweile selbst gutes Geld. Royce hatte nie einen besseren Kampfhund besessen, und es hatte ihn fast umgebracht, als er Zeus nach einem Kampf von zwei ein viertel Stunden gegen Marvin Harlocks Champion Kato aufgrund seiner Verletzungen hatte einschläfern lassen müssen. Aber er hatte ungefähr sechzehn Hündinnen gedeckt, und die Gebühren dafür hatten einen nicht unwesentlichen Teil von Royce' Einkommen ausgemacht – vor allem weil der Immobilienmarkt seit zwei Jahren mausetot war –, und Zeus der Zweite, ganz zu schweigen von seinem Bruder Zoltan, hatten beide ihre ersten Kämpfe gewonnen, und das versprach Gutes für zukünftige Deckgebühren.

Die Hunde veranstalteten den üblichen Aufstand, als er und Joey hereinkamen – sie freuten sich, sie zu sehen, sie freuten sich immer –, und Joey lief voraus, um sie aus den Käfigen zu lassen. Abgesehen von dem neuen Wurf und Zoltan, Zeus und Zazzie hatten er und Steve noch drei Hunde: zwei Hündinnen, die Zeus der Erste gezeugt hatte, zu Zuchtzwecken, sobald ihnen der nächste Champion ins Auge stach, und ein

Männchen – Zeno –, das in seinem ersten Kampf den größten Teil seiner Schnauze verloren hatte und wahrscheinlich eingeschläfert werden musste, obwohl er wirklich Courage gezeigt hatte. Im Moment allerdings waren sie eine große glückliche Familie, und sie scharten sich alle um Royce' Beine, sogar die Welpen, sie streckten die Zunge raus, und ihr hohes aufgeregtes Gejaule stieg ins Gebälk hinauf, wo die Tauben, die sich dort niedergelassen hatten, aufflogen und sich erneut niederließen. »Füttere sie alle außer Zeus und Zoltan«, rief er Joey über den Lärm hinweg zu, »wir wollen zuerst mit ihnen auf den Laufbändern arbeiten, okay?«

Und Joey, der dieselbe Jeans wie gestern trug, nur mit Schmierflecken auf beiden Knien, und ein T-Shirt, das hätte sauberer sein können, drehte sich mit leuchtenden Augen vor Zenos Käfig um, den er gerade öffnete. »Und dann lassen wir sie auf die Tiere los?«

»Ja«, sagte er. »Dann lassen wir sie auf die Tiere los.«

Als er Joey das erste Mal hatte zusehen lassen, wie sie die Hunde auf die Ködertiere losließen, hatte er ihm die Sache ausführlich erklärt, damit er es nicht falsch verstand. Die meisten Hundetrainer – und er war einer von ihnen – waren der Ansicht, dass ein Kampfhund regelmäßig mit frischem Blut in Berührung kommen musste, um ihn zwischen Kämpfen scharf zu halten, und wenn ein paar der überschüssigen und ungewollten Tiere dieser Welt dabei umkamen, tja, so war das Leben. Sie würden sowieso ins Tierheim gebracht werden, wo ein Kiffer, der für den Mindestlohn arbeitete, eine Nadel in sie reinsteckte oder sie in eine Schachtel warf und sie vergaste, und so war es doch viel natürlicher, oder? Er erinnerte sich nicht mehr, ob es beim ersten Mal Kaninchen oder Katzen gewesen waren oder ein streunender Hund, aber Joey war leichenblass geworden, und er musste mit ihm rausgehen und ihm klarmachen, dass er es sich nicht leisten konnte, zimperlich zu sein, sich wie ein Baby aufzuführen, wenn er ein Hundemann werden wollte, und Joey – er war damals ganze neun gewesen – hatte nur genickt und die Lippen zusammengekniffen, aber er hatte nicht geweint, und das war ein gutes Zeichen.

So kurz vor dem nächsten Kampf wollte er die Hunde nicht zu stark rannehmen, deswegen ließ er sie nur eine halbe Stunde auf dem Band laufen und steckte Zeus dann in den Ring, den er in einer Ecke des Stalls gebaut hatte, und Joey ließ ein Kaninchen zu ihm hinein, und danach war Zoltan an der Reihe. Schließlich holte er die Labradorhündin aus dem Käfig, verschloss ihr die Schnauze mit Klebeband und ließ beide Hunde auf sie los, nichts allzu Heftiges, sie sollten nur ein bisschen Blut lecken und das Gefühl für einen anderen Körper und Willen bekommen, und ob sie sich wehrte oder nicht von der Stelle wich oder sich fallen ließ und ihren Bauch zeigte, spielte keine Rolle. Das Hetzen gehörte einfach zur Routine. Nach fünf Minuten musste er eingreifen und Zeus von dem Tier wegzerren.»Das reicht für heute, Joey – wir wollen den Labrador bis zwei Tage vor dem Kampf aufheben, okay?«

Joey lehnte an den Sperrholzbrettern des Rings, seine Miene undurchdringlich. In seinem Haar hatte sich etwas verfangen – ein Zweig oder ein Strohhalm, den die Hunde aufgewirbelt hatten. Er erwiderte nichts.

Der Labrador zitterte – sie bebte, wie es Hunde tun, wenn sie genug hatten und nicht aus ihrer Ecke kommen wollten –, und eins ihrer Ohren war so gut wie futsch, aber sie würde noch für eine Runde am Donnerstag taugen, und dann müssten sie sich wieder auf ein, zwei Anzeigen melden. Er beugte sich zu der Hündin hinunter, die versuchte, ihn aus ihrem guten Auge anzusehen, doch so heftig zitterte, dass sie den Kopf nicht heben konnte, befestigte die Leine an ihrem Halsband und führte sie aus dem Ring.»Bring sie wieder in ihren Käfig«, sagte er zu Joey und gab ihm die Leine.»Und du kannst ihr jetzt was zu fressen und trinken geben. Ich kümmere mich um Zeusy und Zoltan. Und wenn du brav bist, gibt's später zum Mittagessen vielleicht Chicken McNuggets, was hältst du davon? Mit der Grillsauce, die du so gern magst.«

Er drehte sich um und ging zum Haus. Er hatte den Zettel in seiner Tasche nicht vergessen – er wartete nur bis zu einer vernünftigen Uhrzeit (zehn, dachte er), bevor er sie anrief, weil sie vermutlich noch länger auf gewesen war als er und Steve. *Ruf mich an*, hatte sie geschrieben, und die Worte hatten ihn mitten auf der Straße elektrifiziert, als hätte man ihn an eine Steckdose angeschlossen – am liebsten wäre er ins Hotel zurückgewankt und hätte sein Gesicht ans Glas gedrückt und lautlos seine Zustimmung signalisiert. Aber das wäre uncool gewesen, rettungslos uncool, und er war die Straßen entlanggeschwebt und Steve hatte ihn den ganzen

Weg bis zum Auto aufgezogen. Rätselhaft war nur, dass sie Katzen erwähnt hatte, und den ganzen Morgen versuchte er schon, sich einen Reim darauf zu machen – offenbar mussten sich Joey und er irgendwann auf eine Anzeige von ihr gemeldet haben, aber er erinnerte sich nicht, wann und wo, obwohl sie ihm vielleicht doch irgendwie bekannt vorkam, vielleicht war das ein Teil ihrer Faszination.

Er ging über den Hof in die Küche, doch Steve saß am Tisch in der Nische, rieb sich mit einer Hand über die Stoppeln auf seinem Kopf und löffelte mit der anderen Cornflakes, deswegen kehrte Royce wieder um und rief sie mit dem Handy an. Und dann, als er ihre Nummer wählte, fiel ihm, so wie es häufig passiert, alles wieder ein: die Kätzchen, die Paradiesvogelblume im Topf auf dem Treppenabsatz, die Eigentumswohnung – oder nein, zwei –, die sie kaufen wollte.

Sie meldete sich nach dem ersten Klingeln. Ihre Stimme klang verhalten, vorsichtig – selbst wenn sie seine Nummer im Display sah, bedeutete das nichts, denn sie kannte ihn noch nicht.

»Hallo«, sagte er, »ich bin's, Royce, von gestern Abend. Ich sollte dich anrufen?«

Ihr gefiel seine Stimme am Telefon – sie war weich und melodisch, selbstsicher, aber nicht großspurig, überhaupt nicht. Und ihr hatte gefallen, dass er am Abend zuvor ein gut sitzendes Sakko getragen hatte und nicht nur ein T-Shirt oder eine Trainingsjacke wie alle anderen. Sie plauderten, Missy rieb sich an ihrem Bein, vor dem Fenster leuchtete ein Kolibri an der Flasche mit Zuckerwasser wie ein Finger aus Licht. »Also«, sagte er, »interessierst du dich noch immer für Eigentumswohnungen? Keinerlei Verpflichtung, und auch wenn du jetzt noch nicht kaufen willst, wäre es mir ein Vergnügen, eine Ehre und ein Vergnügen, dir zu zeigen, was so auf dem Markt ist ...« Er hielt inne. »Und ich würde dich gern zum Mittagessen einladen. Hast du Lust?«

Er arbeitete in einem Büro in einer Seitenstraße vom Ventura Boulevard, keine zehn Minuten von ihrer Wohnung entfernt. Als sie auf den Parkplatz fuhr, wartete er vor der Tür eines langen dunklen schweren Suburban mit Reifen, die fast so groß waren wie ihr Mini. »Ich weiß, ich weiß«, sagte er, »er schluckt wahnsinnig viel Benzin und ist definitiv nicht umweltfreundlich, aber du würdest dich wundern, wie groß manche Familien sind, die ich herumfahren muss ... und ich bin ein Hundemann.«

Sie fuhren bereits vom Parkplatz, ein Heft mit Wohnungsangeboten aufgeschlagen auf der Konsole zwischen ihnen. Sie sah, dass er ein paar eingekreist hatte, die ihren Preisvorstellungen und der Gegend entsprachen, auf die sie hoffte. »Ein Hundemann?«

»Ein Züchter. Und ich halte den Wagen absolut sauber, wie du siehst. Aber manchmal brauche ich den Platz hinten für die Hunde.«

»Für Shows?«

Er winkte mit der Hand ab. Sie hatten sich in den Verkehr eingereiht, und jetzt sah sie ihn im Profil, der Sonnenschein loderte in seinem Haar. »O nein, nichts dergleichen. Ich bin einfach nur ein Züchter, das ist alles.«

»Was für Hunde?«

»Die beste Rasse, die es gibt«, sagte er, »die einzige Rasse, Pit Bull Terrier«, und auch wenn sie ihn weiter danach ausfragen wollte, was sie hätte tun sollen, so hatte sie keine Gelegenheit dazu, denn er sprach bereits über die erste Wohnung, die er für sie ausgesucht hatte, und dann waren sie schon dort, und sie sah nur noch Möglichkeiten.

Beim Mittagessen – er führte sie in ein schickes Restaurant mit einem gefliesten Innenhof, in dem sie unter einer riesigen knorrigen Platane saßen, die mindestens hundert Jahre alt sein musste, und auf das Plätschern des Brunnens in der Ecke horchten – sprachen sie über die Wohnungen, die er ihr gezeigt hatte. Er war höflich und beflissen und wusste alles über Immobilien, was es zu wissen gab. Sie tranken eine Flasche Wein, aßen genüsslich. Sie verspürte eine wachsende Aufregung – sie konnte es gar nicht erwarten, ihre Mutter anzurufen, obwohl es natürlich noch viel zu früh war, solange sie nicht wusste, wo sie Jura studieren würde, doch wenn es an der Pepperdine University wäre, dann wäre die letzte Wohnung, die in Woodland Hills, perfekt. Und während die Sonne durch das Laub brach und der Brunnen plätscherte und Royce über die Einzelheiten der Finanzierung sprach, wie viel er bieten würde und wie viel die dazugehörige zweite Wohnung einbrachte – und außerdem kannte er einen Handwerker, der billig arbeitete, und einen guten Maler, und glaubte sie nicht auch, dass das Wohnzimmer um tausend Prozent besser aussehen würde in einem dunkleren Gelb, eigentlich Gold, das einen wunderbaren Kontrast zu den Eichenbalken darstellen würde? –, wusste sie, dass sie es machen würde, sie wusste es in diesem Augenblick mit einer Gewissheit, wie sie im Leben noch nie etwas gewusst hatte.

Und als er sie fragte, ob sie noch mitkommen und sehen wollte, wo er wohnte, zögerte sie keine Sekunde. »Es ist was ganz anderes als das, was du suchst«, sagte er, als sie zu seinem Wagen hinausgingen, »aber ich dachte, vielleicht bist du neugierig, weil es wirklich ein super Ding ist. Allein stehendes Haus, viertausend Quadratmeter Grund, oben in den Hügeln. Es gehört meinem Mitbewohner und mir, und wir wären verrückt, wenn wir es verkaufen würden, vor allem jetzt, aber wenn wir es doch irgendwann tun sollten, könnten wir uns beide zur Ruhe setzen, so super ist es.«

Die Frage war – und er stellte sie –, wollte sie zuerst zum Büro zurück und ihren eigenen Wagen holen und ihm folgen? Konnte sie noch fahren? Oder wollte sie mit ihm kommen?

Die kleinen Entscheidungen, die kleinen Augenblicke, die sich immer wieder auftun: Sie vertraute ihm, sie mochte ihn, und wenn sie vor drei Stunden noch unsicher gewesen war, so hatte er sie mittlerweile für sich gewonnen. Doch als er ihr die Frage stellte, sah sie sich selbst in ihrem eigenen Auto vor sich – und sie würde keinen Wein mehr trinken, obwohl sie überzeugt war, dass er ihr Wein anbieten würde, sobald sie bei ihm wären –, denn mit ihrem eigenen Wagen konnte sie sich zur rechten Zeit verabschieden und käme pünktlich zur Arbeit. Was an einem Sonntag um acht Uhr abends war. Und jetzt war es wie spät, halb vier?

»Ich fahre dir nach«, sagte sie.

Sie kannte die Straßen nicht, schmale, gewundene asphaltierte Straßen, die sich weiter und weiter in die Hügel hineinschoben, und sie begann sich gerade zu fragen, ob sie je wieder zurückfinden würde, als er den Blinker setzte und sie auf eine Schotterstraße abbogen, die sich unter einem durchbrochenen Dach aus Eichen dahinzog. Sie schloss das Fenster, obwohl es im Wagen heiß war, und folgte ihm in einiger Entfernung, fuhr vorsichtig über die Bodenwellen, die die Autotüren im Rahmen rattern ließen. Überall war Staub, ein ganzes Universum davon erstreckte sich von der Straße in die Buscheichen und Mesquitebäume, deren Laub mit Schmutz überzogen war. Ungefähr alle hundert Meter stand ein Briefkasten am Straßenrand, doch die Häuser waren zurückgesetzt, sodass man sie nicht sehen konnte. Eine Wachtelfamilie, dahinjagende Beine und auf und ab hüpfende Köpfe, schoss vor ihr über die Straße, und sie musste bremsen, um sie nicht zu überfahren. Landschaft, jede Menge Landschaft. Gerade als sie ungeduldig wurde und sich fragte, worauf sie sich da eingelassen hatte, waren sie da, rollten im Schatten von Bäumen vor ein niedriges weitläufiges Haus im Stil einer Ranch aus den vierziger oder fünfziger Jahren, gestrichen in einem dunklen Schokoladenbraun, die Zierleisten weiß, rechts dahinter ein Stall in denselben Farben.

Der Staub legte sich. Er stand neben seinem Wagen und grinste, und da kam der Junge – Joey – über den Hof gehüpft, als hätte er Sprungfedern unter den Füßen. Sie stieg aus, roch Salbei und noch etwas anderes, etwas Süßes und Undefinierbares, Wildblumen vielleicht. Aus dem Stall drang Hundegebell.

Royce hatte Joey den Arm um die Schultern gelegt, als sie auf sie zuschlenderten. »Toller Ort, oder? Hier ist die Straße zu Ende. Und du solltest die Sterne sehen – nicht wie in der Stadt mit der ganzen Lichtverschmutzung. Und kein Lärm. Nachts ist es hier still wie in einem Grab.« Dann senkte er den Kopf und stellte noch einmal Joey vor.

Der Junge war größer, als sie ihn in Erinnerung hatte, und sein Haar so blond, dass es fast weiß war, mit einem Pony, der bis zu den Augenbrauen reichte. Er lächelte sie rasch an, seine Augen blitzten im getüpfelten Schatten unter den Bäumen blau auf. »Hallo«, sagte sie und neigte sich vor, um seine Hand zu nehmen, »ich bin Chelsea. Wie geht's dir?«

Er starrte sie an. »Gut.« Und dann an Royce gewandt: »Mr Harlock ruft schon den ganzen Tag an und will dich sprechen. Wo warst du denn?«

Royce ließ sie nicht aus den Augen und grinste. »Mach dir keine Sorgen«, sagte er und blickte kurz zu dem Jungen hinunter. »Ich ruf ihn später zurück. Und jetzt« – er wandte sich wieder an sie – »will Chelsea vielleicht auf der Veranda sitzen und ein frisches kaltes Soda trinken? Oder vielleicht können wir sie auch dazu überreden, noch ein Glas von dem Santa-Maria-Chardonnay zu nehmen, den wir zum Mittagessen hatten?«

Sie lächelte ihn an. »Den hast du wirklich? Den gleichen?«

»Hältst du mich etwa für einen blutigen Amateur? Natürlich haben wir den. Eine ganze Kiste direkt vom Weingut – und mindestens eine, wenn nicht gar zwei Flaschen im Kühlschrank ...«

In diesem Augenblick, als ihre Entschlossenheit ins Wanken geriet – was würde ein Glas mehr schon ausmachen? –, wurde die Fliegengittertür aufgestoßen, und der andere Mann, der größere, vom Abend zuvor steckte den Kopf heraus. »Marvin ist am Telefon«, rief er, »wegen nächster Woche. Kann nicht warten, sagt er.«

»Mein Mitbewohner Steve«, sagte Royce und nickte ihm zu. »Steve, das ist Chelsea.« Er entfernte sich ein paar Schritte von ihr, drehte sich um und deutete auf die Veranda. »Da, komm, setz dich und genieß die Landschaft, während ich kurz telefoniere – ich bin gleich wieder da, versprochen –, und dann bringe ich den Wein. Ich seh es dir an, dass du dich entschieden hast, noch ein Glas zu trinken, stimmt's?«

»Okay, du hast mich überzeugt«, sagte sie und freute sich, fühlte sich heiter, alles war so still, die Hunde bellten nicht mehr, kein von Menschen verursachtes Geräusch war zu hören, kein Laubbläser, keine Fehlzündungen von Autos oder Motorrädern oder quasselnde Fernseher, es war wirklich schön. Einen winzigen Augenblick lang, als sie die Stufen zur Veranda hinaufstieg und die Möbel dort sah, den Tisch mit der Glasplatte und die Sessel, ausgerichtet auf die Bäume und den Hügel jenseits davon, stellte sie sich vor, wie es wäre, bei Royce einzuziehen, mit ihm ins Bett zu gehen und mitten in dieser natürlichen Schönheit zu erwachen und die zwei Eigentumswohnungen zu vergessen – sie wäre hier sogar näher an der Uni, oder? Sie setzte sich und legte die Beine hoch.

Und dann knallte die Tür, und Joey, der ins Haus und wieder herausgelaufen war, stand vor ihr und starrte sie an, eine Dose Limonade in der Hand. »Möchtest du?«, fragte er und hielt sie ihr hin. »Schmeckt gut. Kiwi-Erdbeere, meine Lieblingslimo.«

»Nein, danke. Es ist ein verführerisches Angebot, aber ich warte lieber auf deinen Onkel.« Sie neigte sich vor, um eine Stelle an ihrer Wade zu kratzen, eine gerötete Erhebung, vielleicht ein Mückenstich, und als sie wieder aufschaute, fiel ihr Blick auf den Käfig, der vor dem Scheunentor im prallen Sonnenschein stand. Darin lag eine dunkle Gestalt, ein Hund, und als ob er spürte, dass sie hinsah, begann er zu winseln.

»Ist das einer eurer Hunde?«, fragte sie.

Joey sah sie komisch an, als hätte sie ihn beleidigt. »Das? Nein, das ist nur ein Ködertier. Wir haben richtige Hunde. Pit Bulls.«

Sie wusste nicht, was sie darauf sagen sollte, zu der Unterscheidung, die er machte – ein Hund war ein Hund, soweit es sie betraf, und dieser hier litt offensichtlich. »Vielleicht braucht er Wasser«, sagte sie.

»Ich habe ihm schon Wasser gegeben. Und auch was zum Fressen.«

»Du magst Tiere wirklich gern, nicht wahr?«, sagte sie, und als er nickte, fügte sie hinzu: »Und wie geht es den Kätzchen? Sind sie schon stubenrein? Und wie heißen sie – hast du ihnen Namen gegeben?«

Sie neigte sich auf dem Stuhl vor, ihre Gesichter waren auf gleicher Höhe. Er antwortete nicht. Er scharrte mit den Füßen, wich ihrem Blick aus, und sie konnte ihm dabei zusehen, wie er sich die Lüge ausdachte – *Ködertiere* –, dann zuckte er die Schultern und murmelte: »Denen geht's gut.«

Royce kam mit zwei Gläsern Weißwein in einer Hand und einem Teller mit Käse und Crackers in der anderen aus der Tür. Sein Lächeln erlosch, als er sah, wie sie ihn anschaute.

»Sag mir eins«, sagte sie und stand auf, die Sehnen an ihrem Hals so angespannt, dass sie kaum atmen konnte, »nur eins – was genau sind Ködertiere?«

Am Abend wurde es schlagartig dunkel. Als ob es im einen Augenblick helllichter Tag war – Insekten tanzten wie Punkte in der Luft, die Mauer der Scheune stand bronzefarben in der Sonne – und im nächsten war es kohlrabenschwarz. Er saß auf der Veranda und rauchte, und er rauchte nie, außer er war betrunken, und jetzt war er betrunken, denn was hätte er mit einer offenen Flasche Wein tun sollen – sie wegwerfen? Er hatte Joey kein Abendessen gemacht, und deswegen hatte er ein schlechtes Gewissen – und er hatte ein schlechtes Gewissen, weil er ihn so zusammengestaucht hatte –, aber Shana würde ihn bald abholen und sich um ihn kümmern. Steve war irgendwo unterwegs. Alles war still, abgesehen von den zischenden und prasselnden Geräuschen von Joeys Videospiel, die durch das offene Schlafzimmerfenster zu ihm drangen. Er wollte aufstehen, ins Haus gehen und etwas essen, als die Labradorhündin vor dem Scheunentor zu winseln begann.

Das Geräusch war ein Ärgernis, nichts anderes, und er stieß leise einen Fluch aus. Er fackelte nicht lange, und im nächsten Moment hielt er ihre Leine in der Hand. Vielleicht war es sinnlos, vielleicht war es zu spät, aber Zeus tat Training immer gut. Und wenn er fertig wäre, käme Zoltan an die Reihe.

IN DER ZONE

Sie werde Knochenkrebs bekommen, sagte man ihr. Die Mäuse seien Ungeheuer, so groß wie Hunde, und sollte sie in ihrem Garten Tomaten oder Gurken pflanzen, so werde sie nichts davon essen können, weil die Erde voller Gift sei. Und die Pilze, die sie so liebte? Die man nach einem Regen an schattigen Orten fand, die Steinpilze und Röhrlinge, deren Geschmack an den von Fleisch erinnerte? Die seien am schlimmsten. Die speicherten das Gift, das sich in ihrem Körper anreichern und strahlen und sie töten werde. Ob sie das denn wirklich wolle? Ob sie denn verrückt sei?

Nein, keineswegs. Und als sich ihr nach beinahe drei Jahren in einer menschenunwürdigen Wohnung in einem heruntergekommenen Wohnblock für Evakuierte in Kiew die Gelegenheit bot, in ihr verlassenes Dorf zurückzukehren, zögerte sie keinen Augenblick. Leonid Kowalenko – siebenundsechzig Jahre alt und Besitzer von Ohren, so groß wie die eines Esels – war ein Freund ihres verstorbenen Mannes Oleksyj gewesen. Seine Frau hatte Angst und wollte in Kiew bleiben, doch er kannte einen Mann, der einen Wagen und Kontakt zu einem von der Miliz hatte, und der würde sie gegen ein kleines Schmiergeld hineinlassen. Zurück dorthin, wohin sie gehörte. Wo der Wald kühl und feucht und voller Schattenstreifen war und der Rauch vierundzwanzig Stunden am Tag wie eine Fahne über dem Kamin hing, sodass man ihn, wenn man in einer mondhellen Nacht zum Brunnen ging, dort sehen konnte: eine Erscheinung, die über dem Dach schwebte wie ein sehnsuchtsvoller Seufzer der Vorfahren.

»Was willst du dafür?«, fragte sie Leonid, während sie auf dem Markt die mickrigen Kohlköpfe und matschigen Tomaten betrachtete, die Steckrüben, die sich anfühlten wie aufgeweichte Pappe, den übertreuerten Honig in Gläsern ohne Waben. »Viel habe ich nämlich nicht.«

Er zuckte die Schultern und wog einen Kohlkopf in der Hand. Auf der Straße fuhren Reiche, sowohl korrupte als auch gebildete Reiche, in röhrenden, bullernden Wagen vorbei, die das Sonnenlicht als flächiges Gleißen zurückwarfen. »Für dich?«, fragte er und musterte sie unter Augenbrauen hervor, die sich ausnahmen wie wild wuchernde Hecken. Er war ein stark behaarter Mann – Haare krochen aus dem Kragen und den Manschetten, aus den Nasenlöchern und den Muscheln seiner großen Ohren –, im Gegensatz zu Oleksyj, der bis zu seinem Tod, abgesehen von seinem Schamhaar und einem derart schütteren Bart, dass man kaum von einem Bart hatte sprechen können, so unbehaart wie ein Kleinkind gewesen war. »Für dich«, wiederholte er, als wäre der Handel bereits abgeschlossen, »ist nicht viel schon mehr als genug.«

Der Mann mit dem Wagen war jung, in den Dreißigern, schätzte sie, und er trug eine Lederjacke, als wäre er ein Bandit. Er rauchte ununterbrochen und zündete jede Zigarette am Stummel der vorherigen an. Anstatt sich zu unterhalten, ließ er das Radio laufen. Es rauschte und zischte und gab Fetzen von etwas von sich, was man in Prag oder Moskau vielleicht als Musik bezeichnete, aber für sie war es bloß irgendein Geräusch. Sie hatte sich auf den Rücksitz neben ihre beiden Taschen gesetzt, während Leonid, dessen breite, massige Schultern an dem billigen, zerrissenen Schonbezug aus Vinyl lehnten, auf dem Beifahrersitz saß. Es war Nacht. Die Straße war voller Schlaglöcher. In den Gräben quakten die Frösche, die aus der Winterstarre zum Leben erwachten und ihren Laich ablegten, der wie winzige, blasse, in durchscheinendes Gewebe gebündelte Trauben aussah. Als sie zu dem Kontrollposten und dem Zaun kamen, der die Sperrzone in einem Radius von dreißig Kilometern umschloss, stieg der junge Mann aus und redete mit dem Milizionär, während Leonid zum ersten Mal in dieser Nacht eine Zigarette anzündete und sich umdrehte, um im trüben Licht des Wachhäuschens ihr Gesicht zu studieren. »Sei unbesorgt«, sagte er. »Nur ein kleines Schmiergeld.«

Sie war nicht besorgt, jedenfalls nicht sonderlich. Angeblich drückte das Ministerium für Katastrophenschutz ein Auge zu und gestattete einer kleinen Anzahl von Menschen – nur solchen, die über fünfzig waren –, in ihre Dörfer zurückzukehren, weil sie entbehrlich waren und kein anderes Leben kannten. Je früher sie starben, sei es aus natürlichen oder unnatürlichen Ursachen, desto mehr Rente sparte der Staat. Es gab Gerüchte über Kriminelle, die sich in der Zone herumtrieben, über Plünderer, die Maschinen demontierten und in den Wohnblocks von Pripjat, der Stadt, die dem Kraftwerk am nächsten lag, nach Fernsehern, Stereoanlagen und so weiter suchten, um das giftig strahlende Zeug hinauszuschmuggeln. Ihr war das gleichgültig. Sie sah an Leonid vorbei zu dem Fahrer und dem Uniformierten, die lachten und abwechselnd aus einer Flasche tranken. Jenseits des Wachhäuschens war finstere Nacht, die undurchdringlich schwarze Nacht des Urwalds, in dem es keine Wohnungen, keine Autos, keine Geschäfte gab. »Ich mag ihn nicht«, flüsterte sie. »Ich mag ihn nicht, und ich traue ihm nicht.«

Im Dämmerlicht des Wageninneren schob sich Leonids große, schwielige Hand zwischen den Vordersitzen hindurch und legte sich ganz leicht auf ihr Knie, und da wurde ihr etwas klar, und sie begann, die Dinge auf die Weise zu verstehen, wie die Frösche in den Gräben sie verstanden. Leonids Taschen, zwei dunkle Bündel, die sein komprimiertes Leben enthielten, lagen zu seinen Füßen. »Alles«, sagte er mit belegter Stimme, »wird gut.«

Und dann saß der Bandit wieder im Wagen, und das Tor schwang wie von Zauberhand auf. Sie holperten auf einer Straße dahin, die keine mehr war, über tote, vertrocknete Pflanzen hinweg, die hier in vergangenen Jahren gewuchert waren und nun am Bodenblech schrammten und kratzten, sie wichen umgestürzten Bäumen aus, die niemand weggeräumt hatte, weil niemand mehr da war, der sie hätte wegräumen können. Nach kaum zwei Kilometern riss der Bandit plötzlich das Lenkrad herum, sodass der Wagen schleuderte und mit laufendem Motor stehen blieb. »Weiter fahre ich nicht«, sagte er.

»Aber es sind noch zehn Kilometer bis zum Dorf«, protestierte Leonid. Und dann kam ein bittender Ton in seine Stimme. »Mascha Sischylajewa ist eine alte Frau – du kannst sie doch nicht den ganzen weiten Weg laufen lassen. Durch die dunkle, kalte Nacht.«

Noch bevor sie überhaupt wusste, dass sie etwas sagen würde, hatte sie die Worte bereits ausgesprochen: »Ich bin zweiundsechzig, und ich will nicht leugnen, dass ich dick bin, aber ich kann weiter laufen als du, Leonid Kowalenko, mit deinen knarzenden Knien und deinen großen, ungeschickten Füßen.« Sie sah vor ihrem geistigen Auge das Haus, das sie und Oleksyj aus geschälten Baumstämmen gebaut hatten, und das Strohdach, auf dem im Frühjahr Wildblumen blühten – und den Ofen, ihren ganzen Stolz, den sie bis zu dem Tag, an dem der Evakuierungsbefehl gekommen war, niemals hatte ausgehen lassen.» Und auch weiter als du«, sagte sie zu dem Fahrer mit der schwarzen Lederjacke, und der Ton ihrer Stimme wurde schärfer, »wie immer du auch heißen magst.«

Sie hatte nicht daran gedacht, eine Taschenlampe mitzunehmen, aber Leonid hatte eine dabei, und das war gut, denn es schien kein Mond, und die Straße, die sie in Hunderten von Nächten im Traum gesehen hatte, war so gut wie unsichtbar. Für April war es nicht kalt, jedenfalls nicht sonderlich, aber ihr Atem hing wie ein Schleier vor ihrem Gesicht, und sie war froh, dass sie den Pullover und den Wollmantel angezogen hatte. Hier waren die Frösche lauter; sie quakten, als gälte es ihr Leben. Es gab noch andere Geräusche: die unregelmäßigen Schreie der Eulen auf ihren unsichtbaren Warten, ein gelegentliches verstohlenes Rascheln im Unterholz und dann, zu ihrer Überraschung, ein plötzliches lautes, anschwellendes Heulen, wie sie es seit ihrer Kindheit nie auch nur von fern vernommen hatte. »Hörst du das?«, fragte sie und stapfte weiter. Die Tragegurte der Taschen schnitten in ihre Schultern.

»Wölfe«, sagte er schnaufend. Sie hatte in letzter Zeit weite Märsche unternommen, um Kraft und Ausdauer zu bekommen, und war nicht im mindesten müde oder außer Atem, doch nach ein, zwei Kilometern musste sie langsamer gehen, damit Leonid mit ihr Schritt halten konnte. Er keuchte – seine Raucherlunge –, und in diesem Augenblick machte sie sich Sorgen um ihn: Was, wenn er es nicht schaffte? Was sollte sie dann tun?

»Dann stimmt es also«, sagte sie. »Dass die Tiere zurückkehren.«

Seine Füße schlurften über das dürre Gras, das die Risse im Asphalt der Straße erobert hatte. »Ich habe gehört, dass es hier jetzt Elche gibt«, sagte er und blieb stehen, um zu verschnaufen. »Ganze Herden von Rothirschen. Wildschweine, Kaninchen, Eichhörnchen. Wie in den Zeiten von Adam und Eva. Oder jedenfalls in den Zeiten unserer Großeltern.«

Sie stellte es sich vor, während vor ihnen etwas über die Straße huschte. Im Geist sah sie ihr Haus wiederhergestellt, ringsum grasten Rehe, die Felder standen in üppigem Grün, Kaninchen sprangen aus dem Fell und geradewegs in den Topf, kaum dass sie ihn auf den Herd gestellt hatte. Doch dann löste das Bild sich auf. »Und was ist mit dem Gift? Es heißt doch, man kann keine Tomate aus dem eigenen Garten essen, geschweige denn ein Kaninchen, das die ganze Zeit hier gelebt hat und –«

»Lachhaft. Blödsinn, nichts als Gerüchte. Das ist doch bloß ein Vorwand, um uns von hier fernzuhalten. Was glaubst du denn – dass das Fleisch auf dem Teller strahlt? Niemand weiß es, niemand, und wenn du meinst, dass Wilderer sich nicht die Bäuche mit Wildbret und Kaninchen und Gänsen vollschlagen, bist du verrückt. Und wir werden das ebenfalls tun, darauf kannst du dich verlassen. Denk doch nur an all das Wild und all die Fische in den Flüssen und Seen, wo drei Jahre lang niemand war.«

Sie wollte ihm zustimmen, wollte sagen, dass ihr die Strahlung und alles andere egal waren, weil wir alle sterben müssen, je früher, desto besser, und dass sie nichts weiter wollte als den Frieden des Waldes und ihrer Heimat, wo sie vor vierzehn Jahren ihren Mann begraben hatte, und doch hatte sie Angst. Sie stellte sich Ratten mit fünf Beinen vor, Vögel ohne Flügel, sie stellte sich vor, dass ihr unter den Röcken ein langer pelziger Schwanz wachsen würde, während das Fleisch in der Pfanne glühte, als würde es von innen beleuchtet. Die Nacht wurde noch dunkler. Leonid schnaufte. Sie ging weiter.

Nach der Explosion, die die Menschen aus dem Schlaf schrecken ließ und den tiefschwarzen Nachthimmel erleuchtete, und der unnatürlichen Dunkelheit der folgenden Tage, die sich zu fast einer Woche addierten, während deren sich zahllose Gerüchte verbreiteten und alle, die nicht die Felder bestellten, die Kühe melkten oder in den Obstgärten arbeiteten, vor den Radios saßen, kam der Evakuierungsbefehl, und die Regierung schickte Soldaten, die für die Durchführung sorgen sollten. Der Reaktorkern erhitzte sich wieder, sodass eine zweite Explosion möglich erschien. Der Aufenthalt hier war nicht mehr sicher. Ausnahmslos alle mussten in die Busse steigen, die in die Dörfer geschickt wurden. Und jeder durfte nur zwei Gepäckstücke mitnehmen – das wurde im Radio bekanntgegeben und in den Lautsprecherdurchsagen der Soldaten wiederholt, die mit Jeeps und Armeelastwagen von Haus zu Haus fuhren. Und was ist mit unseren Sachen?, fragten die Leute. Was ist mit unserem Vieh, unseren Tieren? Die Regierung versicherte ihnen, dass sie in drei Tagen würden zurückkehren können und dass man auch das Vieh evakuieren werde. Die Regierung sagte allerdings nichts davon, dass die Hunde, zur Vorbeugung gegen Tollwut, allesamt abgeschossen wurden – fast zehntausend in ganz Polesien. Und das Vieh, auch Maschas Milchkuh Rusalka, wurde geschlachtet, und das Fleisch wurde mit dem unkontaminierter Tiere vermischt, als Futter für die glücklicheren Hunde und Katzen in Gegenden, wo es keine Evakuierung gegeben hatte und das Leben weiterging wie immer.

Sie glaubte der Stimme im Radio. Sie glaubte den Berichten über das unsichtbare Gift. Sie glaubte, was man ihr sagte. Es gab keine Alternative. In ihrem Haus gab es elektrischen Strom – er kam durch einen Draht, der von Mast zu Mast gespannt war, immer weiter, unendlich weit –, doch ein Telefon hatte sie nicht, und so ging sie in jener Woche der Ungewissheit, als niemand irgendetwas wusste, zu den Melnitschenkos, um – gegen Bezahlung – deren Apparat zu benutzen. Und was hatten die Melnitschenkos gehört? Dass die nördlich von ihnen gelegene Stadt Pripjat verlassen sei und man sämtliche 49 000 Einwohner in Busse verfrachtet und weggebracht habe; aber darüber hinaus wussten sie genauso wenig wie sie selbst. Sie stand am Ofen im Wohnzimmer der Melnitschenkos, dessen aus behauenen Baumstämmen bestehende Wände wie die ihres eigenen Hauses mit Ikonen und bunten, aus Zeitschriften gerissenen Fotos dekoriert waren, und telefonierte mit ihrem Sohn Nikolai, der Professor für Sprachwissenschaften in Charkow war. Er würde wissen, was zu tun war. Er würde die Wahrheit wissen. Leider kam aus dem Hörer nur ein Summen, und als der Bus vor ihrer Tür stand, nahm sie ihre zwei Taschen, stieg ein und setzte sich zu ihren Nachbarn.

Und so ging sie jetzt in den dunkelsten Stunden der Nacht durch eine unheimliche Gegend, die einzige, in der sie je hatte leben wollen. Sie stapfte mit Leonid Kowalenko auf einer vom Unkraut überwucherten Straße dahin und wartete auf das erste Licht des Tages, um zu sehen, was aus ihrem Heim geworden war. Waren Plünderer da gewesen? Oder Tiere? Was war mit ihrem Bett, ihren Laken, ihren Decken? Würde sie überhaupt irgendwo schlafen können? Standen die Wände noch? War das Dach noch da? Ihr Vater hatte immer gesagt, wenn man eine Scheune, einen Schuppen oder ein Haus loswerden wolle, brauche man nur ein Loch ins Dach zu machen – den Rest werde die Natur erledigen. Der linke Schuh drückte an der Stelle, wo ihre Zehen gegen das abgewetzte Leder stießen. Ihre Knöchel waren geschwollen, und ihre Schultern schmerzten unter dem Gewicht der Taschen.

Leonid war längst verstummt, und das Licht seiner Taschenlampe wurde trüber. Sie ging immer langsamer und passte ihr Tempo dem seinen an. Am liebsten hätte sie ihn zurückgelassen, sein Schlurfen und Schnaufen ging ihr auf die Nerven – er war nichts weiter als ein alter Mann –, und nur mit Mühe unterdrückte sie den Impuls, ihm die Taschenlampe abzunehmen und in der Nacht zu verschwinden. Wieder hörte sie die Wölfe. Ihr Heulen klang wie eine Radiointerferenz: Es begann mit einem tiefen Ton, der immer mehr anschwoll und mit einem schrillen Klagen abbrach. Ein Geruch nach Sumpf und Schlamm und brachliegendem Land lag in der Luft. Sie setzte einen Fuß vor den anderen und ging dabei in Gedanken ihren Küchenschrank durch – die Konserven, die Gläser voller Reis, Mehl und Zucker, die sie in das oberste Fach gestellt hatte, wo sie vor den Mäusen sicher waren, die Gewürze, das Geschirr und die Kochtöpfe –, als der Himmel im Osten heller wurde und sie die Welt sah, wie sie einst gewesen war. Fünf Minuten später – sie beeilte sich jetzt und dachte nicht mehr an Leonid und seine Taschenlampe – stand sie in ihrem Garten, wo die Blumen wild wucherten und der Apfelbaum, den sie selbst gepflanzt hatte, bereits blühte und die dunklen horizontalen Linien des Hauses aus den Schatten zum Vorschein kamen, als wäre sie nie fort gewesen.

Der erste Tag war einer der glücklichsten in ihrem ganzen Leben. Sie fühlte sich wie ein Vogel, der all die Jahre eingesperrt gewesen und jetzt frei war, sie war ausgelassen wie ein junges Mädchen. Und das Haus, das Haus war wie ein Wunder: Alles war so, wie sie es zurückgelassen hatte, und die Gerüche riefen tausend Erinnerungen wach: an Oleksyj, an die schönen Zeiten, die Sommerabende, an denen es geschienen hatte, als würde das Licht nie vergehen, an die Winter, in denen sie eingeschneit gewesen waren und am Ofen Schach und Dame gespielt hatten, während die Katze auf ihrem Schoß geschnurrt und der Samowar gesummt hatte und die Stille so absolut gewesen war, dass man sich darin hätte einhüllen können. Das Bett war noch gemacht. Zwar war die Decke feucht und schimmlig und der Kissenbezug fühlte sich glitschig an, aber das machte nichts – das konnte man waschen, alles konnte man waschen. Natürlich war einiges kaputt, das sah sie auf den ersten Blick. Eines der hinteren Fenster war zerbrochen, die Scherben lagen auf dem Teppich. Und eine Birke, so dick wie ihre Taille, war umgestürzt und lehnte am Dach. Wo einst ihr Garten gewesen war, wucherten Unkraut und junge Bäume, im Ofen nisteten Mäuse, und auf dem Küchenschrank hatten Vögel gebrütet, aber es waren keine Plünderer da gewesen – die hatten sich an die Städte gehalten, an Pripjat und Tschernobyl. Alles war mit Staub bedeckt, es gab Spinnweben und Mäuse und Vögel, aber das war nichts, was man mit Besen, Wischlappen und einem starken Rücken nicht hätte in Ordnung bringen können.

Sie stand am Ofen und legte drei Jahre altes Anmachholz in die Brennkammer; die Mäuse würden sehen müssen, wo sie blieben. Sie würde Feuer machen, um die Feuchtigkeit zu vertreiben, und dann würde sie ein Stück Pappe über das zerbrochene Fenster kleben und Wasser zum Kochen bringen, um das Bettzeug zu waschen und den Tisch und die Spüle zu putzen, und hier, an dem Haken, an dem sie ihn aufgehängt hatte, war ihr größter Topf, in dem sie aus dem Schweinefleisch, dem Kohl und den Kartoffeln, die sie mitgebracht hatte, eine Suppe kochen würde – vielleicht würde sie noch etwas von den Vorräten im Küchenschrank hineingeben, denn solange die Dosen unversehrt waren, konnte man sie doch verwenden, oder nicht? In diesem Augenblick hörte sie hinter sich ein Geräusch, und als sie sich umdrehte, sah sie Leonid, in dessen Gesicht nichts mehr war außer Erschöpfung. Er trat mit schweren Schritten ein und ließ sich in den Sessel sinken. »Ich muss mich kurz ausruhen«, sagte er, und sein Atem war ein dünnes Pfeifen, das sie an einen losgelassenen Luftballon erinnerte.

»Dann ruh dich aus«, sagte sie. Auf ihrem Gesicht erblühte ein Lächeln, und sie spürte, dass ihre Wangen sich röteten. »Ich werde uns einen Tee machen.« Und dann konnte sie sich nicht mehr beherrschen, und sie stürzte durch den Raum zu ihm und drückte ihm einen Kuss auf die Wange. »Niemand ist hier gewesen«, frohlockte sie, »niemand.«

Genau in diesem Augenblick gaben die Türangeln des Schranks unter der Spüle ein kurzes Knarzen von sich, und der schlanke Kopf und die zarten Schultern eines Wiesels erschienen. Das Tier verharrte, einen Fuß erhoben, und warf ihnen einen empörten Blick zu, und dann glitt der braune Körper schlängelnd aus dem Schrank auf den Boden und verschwand durch ein Loch in der Wand, das nicht größer war als ein vorzeitig vom Baum gefallener Apfel. Leonid sah sie, jetzt ebenfalls grinsend, an und sagte: »Niemand?« Sie brachen in Gelächter aus.

Während er im Sessel in tiefen Schlaf fiel, holte sie Wasser vom Brunnen, füllte alle Töpfe und schürte den Ofen, bis das Wasser sprudelnd kochte und es im Raum ein wenig wärmer wurde. Als Nächstes schrubbte sie das Schneidbrett, die Messer und alle Teller, um allen Schmutz – und das Gift, natürlich auch das Gift – zu entfernen, und dann zog sie das Bett ab und wusch die Laken und das Federbett im großen Zuber. Im Garten, der so von Unkraut überwuchert war, als wäre seit hundert Jahren niemand hier gewesen, stellte sie fest, dass ein herabgefallener Ast die Wäscheleine zerrissen hatte. Die faserigen Enden des Seils lagen durchnässt auf dem Boden, doch es gelang ihr, sie zu verknoten und die Laken und das Federbett aufzuhängen, in der Hoffnung, dass sie bis zum Abend getrocknet sein würden. Als sie durch die Tür trat, sah sie, dass Leonid wieder munter war.

»Wo ist der versprochene Tee?«, fragte er und klang so fröhlich, als hätte er soeben einen guten Witz erzählt. Er fühlte sich wie sie: befreit, erleichtert, so ausgelassen und verjüngt, als hätte er in der Lotterie gewonnen.

Sie schenkte Tee ein, wollte sich aber nicht setzen, sondern stellte ihre Tasse neben das Schneidbrett, wo sie Schweinefleisch und Gemüse in Würfel schnitt und in den Topf warf. Es gab so viel, so unendlich viel zu tun, und das Komische war, dass sie überhaupt nicht müde war, obwohl sie die ganze Nacht nicht geschlafen hatte und zehn Kilometer im Dunkeln gelaufen war.

Leonid saß im Sessel und sagte im Ton einer Vermutung: »Das ist doch das Fleisch, das du mitgebracht hast, oder? Und das Gemüse?«

»Was denkst du denn – dass ich ein Wildschwein erlegt habe, während du geschlafen hast? Und wie im Märchen einen Garten angelegt habe?« Sie drehte sich, die Hände in die Hüften gestemmt, zu ihm um, und dies war der Augenblick, in dem ihr Zweifel zu ihrem Tun kamen, in dem sie froh war, dass er hier war, und sei es nur, um seine Meinung über diese eigenartige neue Welt zu hören, die sie nun bewohnten. »Aber was ist mit dem Reis in dem Vorratsglas da? Ich will ihn verwenden, denn wir werden sehr sparsam sein müssen, bis wir einen Garten angelegt und Kaninchen und Fische gefangen haben. Glaubst du, das Gift dringt durch das Glas? Oder durch das Blech der Konservendosen?«

Er war aufgestanden, stellte die Teetasse auf den Tisch und griff nach dem Besen. Er fegte den Boden und wirbelte Staub und dürre Blätter auf. Hatte sie wirklich »wir« gesagt? Als wäre es bereits beschlossene Sache, dass er nicht zu seinem eigenen Haus gehen, sondern hier bei ihr bleiben würde?

»Nein«, sagte er über die Schulter, »das glaube ich kaum – nicht nach drei Jahren. Aber bei allen Konserven müssen wir aufpassen, dass sie unbeschädigt sind, sonst vergiften wir uns tatsächlich mit Ptomain oder wie das –«

»Ja«, unterbrach sie ihn, »und dann sterben wir schnell, noch heute Nacht, anstatt zu warten, dass die Strahlen das erledigen.«

Sie wollte witzig oder wenigstens schnoddrig sein, doch er lachte nicht. Er fuhr fort zu fegen, öffnete die Tür und beförderte den Schmutz hinaus. Dann stellte er den Besen beiseite. »Ich hole lieber die Säge aus meinem

Haus und mache diese Birke zu Kleinholz. *Wir*«, sagte er und betonte das Wort, »wollen doch nicht, dass das Dach kaputtgeht.«

In der ersten Nacht schliefen sie in Maschas Ehebett – nicht wie ein Paar, sondern wie Geschwister. Es war praktischer, denn wo sonst hätte er schlafen sollen? In dem schmutzigen Bett in seinem eigenen Haus, einen Kilometer entfernt? Am Morgen aßen sie Suppe mit Reis, und dann ging er hinaus und die Straße hinunter, während sie alle möglichen Arbeiten erledigte und unter anderem mit Hilfe der Reste in einer Flasche Bleiche den Schimmel von den Wänden schrubbte. Es war nach Mittag – die Sonne stand hoch am Himmel, der Gesang der Vögel war wie eine Symphonie, im Garten ästen Rehe, und das aus seinem Schlupfwinkel vertriebene Wiesel sonnte sich auf dem Holzstoß –, als Leonid zurückkehrte. Er brachte eine Schubkarre mit, in der Lebensmittel aus seinem eigenen Vorratsschrank, Bettlaken, eine Felldecke, seine Flinte, seine Angelrute und eine Rolle Draht zur Verfertigung von Schlingen lagen. Außerdem trabte ein Hund hinter ihm her, den sie noch nie gesehen hatte. Es war keiner von denen, die ihren Nachbarn gehört hatten – jedenfalls konnte sie sich nicht an ihn erinnern. Sie musterte ihn misstrauisch: Seine Rippen zeichneten sich ab, und er wedelte mit dem struppigen Schwanz, als er den Geruch der Suppe wahrnahm, der durch die offene Tür hinaustrieb. Er war mittelgroß, nicht groß genug, um einen ordentlichen Wachhund abzugeben, und sein Fell hatte, bis auf einen dunklen Fleck über dem einen Auge, die Farbe von Schmalz. »Wir können ihn nicht behalten«, sagte sie knapp. »Wir werden es auch ohne ihn schwer genug haben, über die Runden zu kommen.«

»Zu spät«, erwiderte er mit einem breiten Grinsen. »Ich hab ihm schon einen Namen gegeben.«

»Als würde das irgendwas bedeuten.«

»Sobaka«, rief er und pfiff leise, während er die Schubkarre im hohen Unkraut abstellte, und der Hund lief schwanzwedelnd zu ihm.

»›Hund‹? Du hast ihn ›Hund‹ genannt? Was für ein Name ist das denn?«

Leonid stand in der Tür und hielt ihr die Felldecke hin, die, dem Geruch nach zu urteilen, eine lange Geschichte hatte. Seine Ohren waren gerötet. Er grinste in seinen Bart hinein, der über Nacht noch dichter und grauer geworden zu sein schien. Dann nahm er sie in die Arme – harte, starke, sehnige Arme, ganz und gar nicht die Arme eines alten Mannes – und drückte sie an sich. »Was für ein Name das ist? Ein passender Name. Und vielleicht, vielleicht – sofern du dich gut benimmst, Mascha Sischylajewa – werde ich dich ›Frau‹ nennen. Na, was sagst du dazu?«

Als die Nacht kam und die Petroleumlampe mit kleiner Flamme brannte, schliefen sie wieder im selben Bett, doch diesmal ohne praktische Erwägungen vorzuschieben.

Die Zeit verging. Die Tage wurden länger. In ihrem Garten wuchsen die Pflanzen aus dem Saatgut, das sie aus Kiew mitgebracht hatte, so kräftig und gesund heran, als stünden sie in jungfräulicher Erde. Leonid zog einen Drahtzaun, den er von einem brachliegenden Feld entliehen hatte, um die Kaninchen fernzuhalten, und erlegte mit der Flinte die Wildschweine, die ihre Kartoffeln ausgraben wollten, und bald hing über dem Garten der Geruch nach geräuchertem Fleisch und lockte eine ganze Menagerie aus Füchsen, Luchsen, Marderhunden, Bären und Wölfen an. Als die Wölfe auftauchten, die es ebenso sehr auf die zahlreichen Rehe in der Umgebung wie auf Leonids Wildbret abgesehen hatten, blieb Sobaka in der Nähe des Hauses. Im Lauf der Zeit aber bekam er Fleisch auf die Rippen und verbellte die Eindringlinge wütend. Er war ein hervorragender Mäusefänger, besser noch als die große gestreifte Katze – Gruscha, ja, so hatte sie geheißen –, die Mascha hatte zurücklassen müssen. Im Leben einer Katze waren drei Jahre eine sehr lange Zeit, und alt und an das Leben unter Menschen gewöhnt, war sie gewiss eine leichte Beute für Fuchs oder Habicht oder einen der großen Seeadler geworden, die, mit reglosen Schwingen kreisend, wieder über der Zone erschienen – oder das Gift war ihr zum Verhängnis geworden, ja, ganz bestimmt das Gift. Aber wenn der Hund überlebt hatte, dachte sie unwillkürlich, dann vielleicht auch die Katze. Vielleicht würde Gruscha eines Tages miauend vor der Tür sitzen, als wäre die Zeit stehengeblieben. Wäre das nicht ein Wunder – wie so vieles andere?

Was ihr nicht aus dem Kopf ging, war die Tatsache, dass das Gift ihr zunehmend nicht wie eine Gefahr, sondern wie ein Segen erschien. Die Regierung, die so viele Bauernhöfe nördlich und östlich von hier kollektiviert und alle Freiheit, alles individuelle Streben unterdrückt hatte, war verschwunden und hatte sich in die Sicherheit der Amtsstuben in den vom Gift gereinigten Regionen des Landes zurückgezogen. Und die Menschen, die das Land jahrhundertelang gezähmt, geschunden und ausgebeutet hatten, waren ebenfalls fort. In ihrer Abwesenheit waren die wilden Tiere zurückgekehrt und hatten sich vermehrt. Weder sie selbst noch Leonid waren einen einzigen Tag krank – er war jetzt schlanker, seine Schultern waren straffer, sein Gesicht war gebräunt, und auch sie war durch die Arbeit kräftiger geworden und hatte die Fettpolster verloren, die sie in dem Wohnblock in Kiew angesetzt hatte. Die eindringlichen Warnungen, die Prophezeiungen von Krebs und Mutationen und dem ganzen Rest erschienen ihr jetzt wie Altweibermärchen. Was konnte sie sich mehr wünschen? Eine Kuh vielleicht, damit sie Milch, Butter und Käse hätten. Und dass Gruscha zurückkehrte. Aber sie war zufrieden, und wenn sie Leonid Knödel oder *golubzi* vorsetzte, sah sie in seinem Gesicht nichts als Liebe. Über seine Frau verlor er nie ein Wort.

Und dann hörten sie eines Morgens, als sie beim Frühstück saßen – Haferbrei, am Vorabend gebackenes Brot, Erdbeermarmelade, die sie vor Jahren gekocht hatte, und eine Kanne guten, aromatischen chinesischen Tee, den Leonid bei seinen Streifzügen durch die Wälder in einem verlassenen Haus gefunden hatte –, mit einem Mal ein seltsames, schreckliches Dröhnen, das den Gesang der Vögel und das Summen der Bienen übertönte. Im ersten Augenblick dachte sie, der Reaktor sei erneut explodiert und ihre letzte Stunde gekommen, doch dann verwandelte sich dieser Lärm in ein Geräusch, an das sie sich erinnerte: Auf der vergessenen Straße, die zum Haus führte, näherte sich ein Fahrzeug.

Sie sprangen auf, gingen wie in Trance zur Tür, die offen stand, um die leichte Brise einzulassen, und sahen einen Wagen, einen Jeep mit verbeulten Kotflügeln und ohne Verdeck. Es saß nur ein Mann darin, und jetzt drehte er am Lenkrad und fuhr bis vor die Tür. Sie hätten nicht verblüffter sein können, wenn es der Premierminister persönlich gewesen wäre – oder ein Marsmensch. Ihr sank das Herz. Sie würden wieder vertrieben werden, dessen war sie sicher. Doch dann sah sie sich den Mann am Steuer genauer an und begriff: Es war Nikolai, das Gesicht gerötet, das blonde Haar zerzaust, die Augen hinter einer Sonnenbrille verborgen.

»Mama«, sagte er, stieg aus dem Jeep, ließ sich von ihr in die Arme schließen und drückte sie an sich. Dann stellte sie ihn unbeholfen Leonid vor, den er natürlich aus Kindertagen kannte – später war er auf das staatliche Internat gegangen, von wo er nie zurückgekehrt war. Schließlich überreichte er ihr Geschenke: Lebensmittel aus der Stadt und ein Buch von William Faulkner, dem amerikanischen Schriftsteller, der über das Leben auf dem Land geschrieben hatte und dessen Werke er seit Jahren übersetzte – dabei hatte sie ihm schon vor langer Zeit gesagt, dass ihr die Bibel und Tschechow vollauf genügten.

Ach, wie dick er geworden war! Als sie ihn zum Tisch führte und ihm Brot und Tee vorsetzte, bemerkte sie unwillkürlich seinen Bauch, der so fett war, dass er die unteren Hemdknöpfe nicht schließen konnte. Auch seine Wangen waren schwer geworden vom guten Leben. Er war sechsunddreißig. Er war ihr Sohn, der Professor. In all den Tagen, Wochen, Monaten während der drei Jahre, die sie in dieser Wohnung in Kiew wie lebendig begraben gewesen war, hatte er sie genau einmal besucht.

Anfangs redeten sie über dies und das – das Wetter, die Streiks und Unruhen und Tragödien in der Welt dort draußen, die Gesundheit seiner kränklichen, kinderlosen Frau –, aber dann, nur wenige Minuten später, war er bei dem Thema, über das er mit ihr sprechen, nein, nicht einfach sprechen, sondern predigen wollte: das Gift. Wusste sie eigentlich, welcher Gefahr sie sich aussetzte? Begriff sie das? Hatte sie überhaupt eine Vorstellung? Seine Hände waren wie Butterklumpen, seine Augen waren blau blitzende Schlitze in einem geröteten, kugelrunden Gesicht. Das Brot schob er beiseite. Den Tee rührte er nicht an.

Er griff nach dem Glas mit dem Honig – er stammte von wilden Bienen, und sie hatten ihn selbst gesammelt, die Waben waren unversehrt gewesen – und schwenkte es vor ihrem Gesicht. »Hast du eine Ahnung, wie radioaktiv dieser Honig ist? Du könntest dich nicht gründlicher vergiften, wenn du Arsen in deinen Tee rühren würdest. Bienen sammeln Pollen, das weißt du doch wohl. Und jedes Pollenkörnchen ist voller

Radionuklide – die Bienen konzentrieren das Zeug, Mama, verstehst du das nicht?«

An seinem Gürtel war etwas befestigt, ein kleiner Apparat mit einer weißen Plastikabdeckung, und nun nahm er ihn ab, drückte auf den Knopf an der Oberseite und hielt das Ding an das Honigglas. Sogleich ertönte ein atemloses hohes Zirpen, als wären zahllose Grillen darin eingesperrt. »Hörst du das?«, fragte er, und dann stand er auf und hielt den Apparat an die Wände, die Teller, die Vorräte im Schrank, und das Zirpen verstummte nicht eine Sekunde lang. »Das«, sagte er, »ist das Geräusch, das der Krebs macht, Mama, die Krankheit. Er steckt in der Umwelt, Mama, in allem, was du anfasst, aber vor allem im Essen, im Fleisch, in dem Gemüse, das im Garten wächst. Wenn du hierbleibst, bringst du dich um, Mama – langsam, aber sicher.«

Das war der Augenblick, in dem Leonid sich seufzend erhob und hinausging, wo die goldene Sommersonne seinen massigen Körper beschien. Sie blieb allein mit ihrem Sohn, dem Professor, und seinem kleinen weißen Apparat. Er hielt ihn an das Geweih des Hirsches, das Leonid über dem Sofa aufgehängt hatte, und prompt stieß das Ding seinen insektenhaften Warnschrei aus. »Strontium-90. Es konzentriert sich in den Knochen, Mama, auch in deinen.« Dann ging er zu dem Eimer voller Asche neben dem Ofen. »Im Holz ist es am schlimmsten«, sagte er, »am allerschlimmsten, denn die Radionuklide sind im Holz gebunden, und wenn man das verbrennt, werden sie wieder freigesetzt. In die Luft. Die Luft, die du einatmest. Die Leonid einatmet. Die der Hund einatmet.«

Sie sah ihn erbittert an. Was hatte er vor? Wollte er ihr Angst machen? Ihr Leben zerstören? Damit sie schlecht träumte und nachts nicht schlafen konnte?

»Mama«, sagte er und legte die Hand auf ihren Arm, »ich bin gekommen, um dich zurückzubringen.«

Und jetzt sprach sie zum ersten Mal, seit er diesen kleinen zirpenden Apparat hervorgeholt hatte. »Ich werde nicht mitkommen.«

»Doch, das wirst du.«

Plötzlich stand Leonid wieder im Raum, und neben ihm war der Hund. Leonid schien etwas in der Hand zu halten – einen Axtstiel, wie sich herausstellte. Sobaka, der sich bei der Ankunft des Jeeps versteckt hatte, wich jetzt nicht von der Stelle und zeigte die Zähne. Leonid sagte: »Du hast gehört, was deine Mutter gesagt hat.«

Sie konnte nicht schlafen. Sie stellte sich das Gift in ihren Knochen vor, stellte sich vor, dass es sie von innen leuchten ließ wie auf den Röntgenbildern von ihrer Lunge, die man gemacht hatte, als sie in dem Wohnblock gelebt hatte. Die Fäulnis griff in ihr um sich, und sie hatte sich die ganze Zeit etwas vorgemacht. Jeden Augenblick konnte sie krank werden. Oder Leonid würde krank werden, er würde in sich zusammensinken, sein Fleisch würde schwinden, und sie würde ihn an den abgemagerten Knöcheln packen und hinausschleifen und neben Oleksyj begraben müssen. Sie sah es vor sich, sie sah ihn als Leiche, während er nichtsahnend und laut schnarchend neben ihr lag, hingestreckt wie ein umgestürzter Baum. Sie lauschte seinem Schnarchen und dem Rascheln der Kreaturen der Nacht vor dem Fenster, und schließlich, kurz vor Morgengrauen, schlief sie ein, während draußen der uralte Jagdruf der Wölfe erklang.

Am nächsten Morgen stand sie auf wie immer, arbeitete im Garten, kochte, wusch und putzte wie immer, doch das Gefühl der Schwere wollte nicht weichen. Leonid schlich um sie herum, als spürte er ihre Gedanken. Er brachte ihr zwei Kaninchen, die sich in den ausgelegten Schlingen verfangen hatten, und tat dann, was er am besten konnte: Dinge reparieren. Sie versuchte, ihr Unbehagen zu überwinden, aber erst gegen Abend, als die Kaninchen auf einem Bett aus Zwiebeln, Karotten und Kartoffeln schmorten und die Brise so angenehm war wie eine Hand, die ihre Wange streichelte, gelang es ihr, sich ein wenig zu entspannen. Sie trug einen Stuhl in den Garten, saß mit Leonid in der Sonne, nippte an einem Glas von dem Wodka, den er geduldig, Tropfen für Tropfen, destilliert und mit Bisongras aromatisiert hatte, und dachte an eine seiner Geschichten über die Zeit, als er sich über die Grenze in die Türkei geschlichen hatte und in der türkischen Handelsmarine zur See gefahren war.

Einer seiner Schiffskameraden stammte aus Tobago, einer tropischen Insel, und dieser Mann – seine Haut war so schwarz und wettergegerbt wie der Gummiball an einer alten Fahrradhupe – hatte eine Krankheit namens Ciguatera, die man sich durch den Verzehr bestimmter tropischer Fische zuzog, in denen sich ein Gift anreicherte. Dieses Gift beeinträchtigte das Nervensystem, und das hatte zur Folge, dass der Mann ständig unkontrolliert zuckte. Er hatte alle Zähne bis auf einen verloren, und auch seine Augen waren in Mitleidenschaft gezogen, sodass er eine sehr dicke Brille tragen musste, um auch nur schemenhaft sehen zu können. Als sie eines Tages in einem tropischen Hafen Landgang hatten, schlenderten Leonid und ein anderer Schiffskamerad an einem Café vorbei und sahen den Mann dort sitzen, ein Bier in der Hand und vor sich einen gebratenen Barrakuda. »Mein Freund, was machst du da?«, sagte Leonid. »Weißt du denn nicht, dass das genau die Art von Fisch ist, die dich krank macht?« Und der andere lächelte ihn mit vollem Mund an und antwortete: »Ja, das weiß ich, aber es ist der beste Fisch, den es gibt.«

Genauso war es. Sie sah Leonid mit seinen großen Ohren und dem faltigen, gelassenen Gesicht an und hob ihr Glas. Er stieß mit ihr an und lächelte breit. »Auf deine Gesundheit«, sagte sie.

In diesem Jahr kam der erste Frost spät, und als er das Laub bunt gefärbt hatte und die Blätter der Tomatenpflanzen verwelkt waren, folgte gleich darauf eine kurze Rückkehr des Sommers, eine jener herbstlichen Idyllen, wie man sie alle Jubeljahre einmal erlebte. Mascha war im Garten, im prallen, warmen Sonnenlicht, und erntete Kürbisse und Gurken und Bohnen, während die Töpfe auf dem Herd kochten und Leonid ihr nach Kräften beim Einmachen half, einer Tätigkeit, die sie von morgens bis abends in Anspruch nahm. Plötzlich hörte sie auf der Straße vor dem Haus Huftritte. Sie hob den Kopf und erwartete, einen Elch oder einen der großen, majestätischen Rothirsche zu sehen, von denen die Wälder wimmelten und deren Anblick sie jedes Mal mit Freude erfüllte, doch sie erlebte eine Überraschung. Auf der Straße stand ein Mann, ein junger Mann in den Zwanzigern und mit demselben Gesichtsausdruck wie der Bandit, der sie im vergangenen Frühjahr in die Zone gefahren hatte. Für einen Augenblick verschlug es ihr den Atem, und sie fürchtete, dass es Ärger geben würde. Doch dann sah sie, dass er schlicht gekleidet war – keine Stiefel, keine Lederjacke – und dass sein Gesicht von der breiten Krempe eines Filzhuts beschattet war, wie ihn Bauern trugen. Und noch überraschender – verblüffender, verwunderlicher – war, dass er an einem Seil zwei Milchkühe führte, die mit seinen in Sackleinen gewickelten Habseligkeiten beladen waren.

Er schrak zusammen, als er sie erblickte – sie hatte sich von den Knien erhoben und wischte sich die Hände am Rock ab –, doch dann rief er einen Gruß, und im nächsten Augenblick war er im Garten und kam den Weg entlang auf sie zu. Sie wusste nicht, was sie tun sollte. Seit Nikolai da gewesen war, hatten sie keinen Menschen mehr gesehen – sie wusste gar nicht mehr, wie sie sich in Gegenwart eines Besuchers verhalten sollte. Als sie seinen Gruß erwiderte, war ihre Stimme wie eingerostet.

Er war keine fünf Meter entfernt, die Kühe zerrten am Seil, wandten sich hierhin und dorthin und senkten schließlich die Köpfe, um zu grasen, und da erst bemerkte sie, dass der Mann nicht allein war. Eine junge, unter dem Gewicht eines Rucksacks gebeugte Frau kam um die Kurve der Straße. Sie hatte das blonde, im Sonnenlicht schimmernde Haar aufgesteckt, und hinter ihr gingen zwei Kinder, schlank und langbeinig, die mit ihr Schritt hielten, obwohl sie kaum älter als sieben oder acht sein konnten. »Hallo«, rief der Mann, und jetzt war Sobaka da, er bellte und fletschte die Zähne, und Leonid erschien in der Tür und hatte die Flinte in der Hand. »Ich wusste nicht, dass hier jemand lebt«, sagte der Mann, und wenn der Hund – oder der Anblick von Leonid – ihn einschüchterte, so ließ er es sich nicht anmerken. Ja, er machte einen so entspannten Eindruck, als stünde er in seinem eigenen Garten, als wäre dies sein eigener Hund und sie und Leonid wären die Eindringlinge.

Eines der Kinder stieß einen Schrei aus, und dann rannten beide mit wirbelnden nackten Knien und Armen durch den Garten, während Sobaka um sie herumtänzelte und die Frau ihnen folgte und den Rucksack in das hohe Gras legte. »Wissen Sie, ob das Haus der Ilenjuks noch steht?«, fragte die Frau und kam näher, bis sie neben ihrem Mann stand.

»Das Haus der Ilenjuks?«, wiederholte Mascha begriffsstutzig, doch sie spürte, dass sich etwas in ihr öffnete: Der Gedanke an das, was hier geschah und was es verhieß, tauchte in ihrem Kopf auf wie ein kleiner Vogel, der von einem Baum geflogen kam, um sich im Gras niederzulassen.

»Sind Sie nicht Mascha Sischylajewa?«, fragte der Mann – aber er war ja kaum ein Mann, eher ein zu großer Junge. »Ich bin Sawa, Sawa Ilenjuk – erkennen Sie mich nicht?«

Im nächsten Augenblick hatte Leonid die Flinte beiseitegestellt, war im Garten und umarmte diesen Jungen, diesen Sohn verstorbener Eltern, diesen Sohn der Erde, diesen Sohn des Dorfes, der heimgekehrt war. »Ja«, donnerte Leonid und trat einen Schritt zurück, um die hübsche junge Frau und die beiden Kinder zu betrachten, die mit dem Hund spielten, »ja, wir kennen dich, natürlich kennen wir dich. Willkommen, willkommen!«

Und Mascha kam zur Besinnung und streckte erfreut die Hände aus. »Ihr müsst müde sein«, sagte sie. »Kommt, kommt herein. Ich habe Suppe auf dem Herd, Tee, Brot und Marmelade für die Kinder.« Sie hielt inne und warf einen sehnsüchtigen Blick auf die Kühe. »Allerdings leider keinen Käse.«

Der Mann und die Frau wechselten einen Blick und wandten sich wieder zu ihr. Er war derjenige, der ihr antwortete. »Tja«, sagte er schulterzuckend, »das lässt sich ändern.«

Der Schnee, der erste Schnee, war leicht und nass. Er zeichnete die Konturen der kahlen Pappelzweige nach und beugte die Äste der Nadelbäume. Der Ofen zischte und tickte den ganzen Tag. Alles war still. Im Backofen schmorte der Fasan, den Leonid am Morgen geschossen hatte und den sie mit Kartoffelknödeln und Sauerrahm servieren wollte. Sie las zum zehnten Mal, mindestens zum zehnten Mal, Tschechows Geschichte über die Bauern und ihr elendes Leben und darüber, wie ein Elend das nächste hervorbrachte, und schließlich legte sie das Buch beiseite und trat in den Garten, um die Schneeluft zu riechen und dem Wirbeln der dicken Flocken zuzusehen.

Die Bäume standen da wie Wachtposten – schwarze Gestalten, die sich vom Schnee abhoben. Zwei Eichhörnchen machten sich am Fuß des Apfelbaums zu schaffen, kleine dunkle Flecken, die in der weißen Fläche scharrten. Mascha sorgte sich nicht mehr um sich selbst oder um Leonid, wohl aber um die Kinder, um Ilja und Nadja Ilenjuk, und darum, was die Zukunft ihnen bringen würde. Wie stand es um *ihre* Knochen? Was geschah mit dem Strontium-90 in dem Gras, das die Kühe den ganzen Tag wiederkäuten? Was würde Nikolai dazu sagen? Er würde sagen, dass sie verrückt waren, lebensmüde. Er würde sagen, dass es irgendwie unnatürlich war, in der Natur und unter freiem Himmel zu leben und auf der Erde umherzugehen, die einem alles gab, auch ihre Gifte – als wären die Wohnblocks mit ihrer Beengtheit und den Ausdünstungen der vielen Menschen, die dort lebten, eine Art Paradies.

Sie wollte sich gerade umdrehen und wieder ins Haus gehen zu dem Fasan im Ofen und zu Leonid und dem Wodka, den sie bei ihrer Schachpartie vor dem Essen trinken würden, als sie neben dem Brennholzschuppen eine Bewegung wahrnahm. Dort war etwas, etwas Kleines, Gedrungenes, Geschmeidiges, und zuerst dachte sie, das Wiesel sei zurückgekehrt, doch dann sah sie, dass sie sich geirrt hatte: Es war eine Katze. Grau, gestreift, mit langem, dichtem Fell und einer weißen Schwanzspitze.

»Gruscha«, rief sie leise, »bist du das?« Die Katze – Gruscha war dunkler gewesen, nicht? – sah sie mit einem langen, unverwandten Blick an, bevor sie hinter dem Schuppen verschwand. Mascha wollte das Tier nicht verscheuchen, und so bewegte sie sich ganz langsam und setzte behutsam einen Fuß vor den anderen, doch als sie schließlich am Schuppen stand, war es verschwunden, und sie fand nichts als ein paar undeutliche Spuren im nassen Schnee.

LOS GIGANTES

Zuerst hielten sie uns in Käfigen wie Tiere im Zoo, aber das war zu deprimierend. Nach einer Weile begannen wir das Interesse daran zu verlieren, weswegen wir hergebracht worden waren. Wir dachten nicht darüber nach, jedenfalls nicht oft. Wir waren einfach deprimiert, das war alles, und als sie uns die Frauen zuführten, war es unausbleiblich, dass wir die Sache nur halbherzig angingen. Es war auf jeden Fall schnell vorbei, und dann war es Zeit zum Essen, wieder einmal. Die Verpflegung war gut, das muss man ihnen lassen. Sie sparten nicht an den Kosten. Es war das beste Essen, das ich je zu mir genommen habe, für uns zubereitet von einem Mann, von dem es gerüchteweise hieß, dass er der erste Assistent des Konditors im Präsidentenpalast gewesen war, bevor er einem Franzosen Platz machen musste, der kein Wort Spanisch sprach.

Ursprünglich waren wir zehn, doch einer von uns war verdächtig und wurde gleich wieder ausgesondert, weil sich eine Frau weigerte, mit ihm zu gehen. Und als Korporal Carrera, der die Schlüssel hatte, wissen wollte, warum, sagte sie nur: *Schau ihn dir doch an.* Und er tat es. Wir alle schauten ihn an. (Das war in der ersten Woche, als wir noch keine Gelegenheit gehabt hatten, uns kennenzulernen, und niemand über den Mann groß nachgedacht hatte. Warum sollten wir? Wir bekamen zu essen. Wir hatten Frauen. Das Leben war gut.) Wie auch immer, kaum hatte die Frau es gesagt, betrachteten wir ihn genau und sahen, was sie meinte: Er war ein Mängelexemplar. Er war groß genug, ungefähr zehn Zentimeter größer als ich, und hatte kräftige Gliedmaßen, aber sein Gesicht war wie ein Amboss, und seine Augen schienen nicht fokussieren zu können. Und wenn er etwas sagte, dann war es abgehackt und einsilbig, und er schien die Worte aus einem tiefen Riss in seinem Verdauungstrakt heraufzuholen. Der Mann im Käfig neben meinem flüsterte: »Hypophysenfreak«, und da sah ich, was mir entgangen war. Ja: ein Mängelexemplar. Es hatte keinen Sinn, den Sold, die Köstlichkeiten des Ex-Assistenten des Konditors und alle diese verordneten Frauen an ihn zu verschwenden. Ich war empört, auch über meine eigene Demütigung: Wer immer ihn ausgewählt hatte, hatte auch mich ausgewählt, und was sagte das über mich?

Schlimmer noch, zum ersten Mal im Leben musste ich mich damit abfinden, dass ich nicht der größte Mann war. Mit zwei Meter fünf und über einhundertneunzig Kilo war ich nicht weit davon entfernt, aber zwei Männer waren schwerer, abgesehen von dem Hypophysen-Fall (Freak oder nicht, er schaute auf mich herunter). Mein Leben lang war ich derjenige gewesen, der auf die Welt herabblickte, der größte Junge und dann der größte Mann, nicht nur in meiner eigenen geschäftigen Hafenstadt, sondern in der ganzen Provinz. Und ich war auch stark. Bei der Fiesta de Primavera habe ich einmal zwei Schafe über meinen Kopf gestemmt, eins in jeder Hand, und als Teenager habe ich mir einen Streich erlaubt und das glänzende schwarze Duesenberg Coupé des Bürgermeisters die Treppe zum Justizministerium hinaufgezogen und es zu Füßen der vergoldeten Statue des Präsidenten stehen lassen. Mit zwanzig verdiente ich gutes Geld, indem ich die Winde drehte, die die hölzerne Zugbrücke im Zentrum der Stadt hochklappte, sodass die Fischerboote mit den hohen Masten durchfahren konnten – und wer das nicht bemerkenswert findet, möge bedenken, dass bis dahin drei Maultiere für die Arbeit erforderlich gewesen waren, Maultiere, die jetzt Pflüge durch die Maisfelder vor der Stadt zogen, während der Maultiertreiber sich mit einer kleinen Rente zur Ruhe setzen und in das Haus ziehen konnte, das ihm seine Mutter an der Stelle hinterlassen hatte, wo der Fluss braun in das moosgrüne Meer fließt. Leute kamen, um mir bei der Arbeit zuzusehen – Familien mit Picknickkörben, Frauen im heiratsfähigen Alter, Kraftmenschen, Großmütter, Matrosen. Mein Ruf wurde legendär. Und um eine Legende zu werden, um diesen Status zu erreichen, muss man natürlich Aufmerksamkeit erregen. So fanden sie mich. Und ehrlich gesagt? Ich wünschte, sie hätten es nie getan.

Noch vor Ablauf eines Monats begannen die ersten Gerüchte von Unzufriedenheit unter uns zu zirkulieren. Wenn es am Anfang ausgesehen hatte, als wären wir im Paradies – unsere Tage waren dem Müßiggang geweiht und dafür wurde von uns nur das Wesentliche erwartet –, so begann uns die Routine doch zu zermürben. Tagsüber durften wir über das Gelände streifen, und wir hatten Bücher und ein Radio, wir vertrieben uns die Zeit mit Karten- und Würfelspielen, das Übliche, aber nachts wurden wir eingesperrt, und die Käfige – obwohl sie geräumig und, abgesehen von einem riesigen Bett mit Stahlrahmen, mit einer Toilette, einem Schreibtisch, einer Couch und einer Leselampe ausgestattet waren – drückten auf die Stimmung. Der Mann, der mein engster Freund werden sollte – Fruto Lacayo, ein ehemaliger Kraftmensch aus dem Zirkus, der zwar zwanzig Zentimeter kleiner war als ich, dafür aber zwanzig Kilo mehr wog –, war der Erste, der sich beschwerte.

Wir waren eines Nachmittags im Hof, rauchten, unterhielten uns, orientierten uns an diesem Ort, der allem Anschein zum Trotz kein ehemaliger Zoo war, sondern ein Lager, in dem das Regime Dissidenten eingesperrt hatte zu einer Zeit, als das Dissidententum noch nicht radikal ausgemerzt war. Fruto war unter den wohlwollenden Blicken des Wachmanns im Turm (der eigentlich überhaupt kein Wachmann war, wie uns erklärt wurde, sondern ein *Helfer*) auf dem Weg geschlendert, der an der äußeren Mauer entlangführte, doch dann kam er direkt über den Hof zu mir – ich saß im Schatten mit der neuesten Ausgabe von *Hombre* und betrachtete die Fotos von den Frauen mit den schlanken Knöcheln, die mich mit retuschiert sehnsüchtigen Blicken anstarrten. »Herr im Himmel«, murmelte er und rang nach Luft, »ich fühl mich, als würde mir gleich der Schwanz abfallen.«

Ich lächelte ihn vorsichtig an. Er war ein fetter Mann. Ich war ein Gigant. Wenn Sie den Unterschied nicht begreifen, dann haben Sie keinen Zugang zu meiner Seele und können mich beim besten Willen nicht verstehen. Ich zuckte die Achseln. »Besser als arbeiten, oder?«

Seine Backen waren von einem Schweißfilm bedeckt. Es war damals Winter, Gott und der Jungfrau Maria sei Dank, dennoch war die Luftfeuchtigkeit hoch, und nachmittags kletterten die Temperaturen manchmal auf über dreißig Grad, sodass uns immer unbehaglich war, vor allem wenn unsere Weichteile sich wund rieben. »Ich weiß nicht«, sagte er. »Es sind die Käfige. Wir sind keine Tiere.«

»Nein«, sagte ich, »sind wir nicht.«

»Weißt du, was der Präsident gemacht hat, bevor er zur Armee gegangen ist – beruflich, meine ich?«

Ich wusste es nicht. Er war schon Präsident gewesen, bevor ich geboren wurde, und würde wohl noch Präsident sein, wenn ich in die nächste Welt übersiedelte.

Fruto zwinkerte, als würde er mir ein großes Geheimnis erzählen. »Nein? Wirklich nicht?«

Ich schüttelte den Kopf.

»Also, ich will es dir sagen, ich will dir die Augen öffnen: Er war Viehzüchter.«

Der erste Aufstand war kein ernstzunehmendes Unterfangen – er war bestenfalls leichtfertig –, aber er war zumindest eine Ansage, ein Anfang. Nachdem wir abends mit den Frauen zusammen gewesen waren, versammelten wir uns im Hof um das Radio und hörten mit halbem Ohr das Ende einer Rede des Präsidenten (Rumba, das wollten wir hören, und »Rumba Ciudad« sollte um acht Uhr beginnen), als Fruto sich aus seinem Stuhl hievte, sich an uns alle wandte und brummte: »Ich weiß nicht, wie ihr das seht, aber mir reicht's. Ich gehe nach Hause. Heute noch. Sobald es dunkel ist.«

Es folgte ein erstauntes Gemurmel: *Das kannst du nicht ernst meinen! Bist du verrückt geworden? Weg von hier?* Melchior Arce, ein ehemaliger Hafenarbeiter, der in den Schultern fast so breit war wie ich, aber einen unverhältnismäßig kleinen Kopf hatte und eine linke Hand, die bei einem Unfall zermalmt worden war, sodass sie aussah wie eine zerdrückte Tarantel, die aus seinem Hemdsärmel hing, stieß einen überraschten Pfiff aus. »Mich kriegen sie hier nur in einem Sarg weg«, sagte er. Er biss das Ende einer Zigarre ab und spuckte es auf den Boden. »Was ist los mit dir, dicker Mann – bist du 'n *maricón*?«

»Willst du die Wahrheit wissen?«, fuhr Fruto fort und ignorierte die Beleidigung. »Ich mag keine dicken Frauen. Haben mir noch nie gefallen. Ich mag sie klein und zierlich, so wie Frauen sein sollten – und wenn ich Fett sehen will, brauche ich bloß in den Spiegel schauen.«

Auch ich hatte leise Unzufriedenheit empfunden, aber jetzt erstarrte ich vor Sehnsucht: Ich sah nur noch das Gesicht von Rosa vor mir, meiner Rosita, dem Mädchen, das ich zurückgelassen hatte, als ich die Vereinbarung unterschrieb und durch das ganze Land hierhergefahren war, um mich einsperren zu lassen auf diesem Gelände mit dem Dschungelgestank und den Maschendrahtkäfigen, das einem die Luft raubte und uns vorführte, wie wir wirklich waren. Rosita war in jeder Hinsicht klein und zierlich, fünfundvierzig Kilo, wenn überhaupt, knapp eins fünfzig groß. Auch ich hatte mich immer hingezogen gefühlt zu den Schlanken und Leichten, zu Mädchen, die eher wie Kinder wirkten als wie Frauen, und warum war das so? Weil sich Gegensätze anziehen, natürlich tun sie das – sonst wären wir alle Pygmäen oder Riesen statt wohlproportioniert in der Mitte.

Ich hatte sie gebeten, auf mich zu warten. *Ich werde ein halbes Jahr weg sein*, sagte ich, *höchstens ein Jahr. Und wir werden das Geld sparen – jeden Penny –, dann können wir heiraten, wenn ich zurückkomme.* Sie fragte mich wieder und wieder, was die Regierung von mir wollte, aber ich konnte es ihr nicht sagen. *Geheim*, sagte ich. Und sie blickte aus ihren Kulleraugen zu mir auf, flehentlich, sie wollte mehr, die Wahrheit. *Streng geheim*, sagte ich. *Für das Militär.*

Doch jetzt, kaum hatte Fruto es ausgesprochen, wusste ich, dass ich mit ihm gehen würde. Wir packten ein paar Sachen ein – Fleischscheiben, Brot, Schokoriegel, die vom Abendessen übrig geblieben waren – und warteten, bis um zehn das Licht ausgeschaltet wurde und der nächtliche Krach aus dem Urwald sich zu einem Crescendo steigerte und die anderen *gigantes*, erschöpft von den geschlechtlichen Mühen, sich in ihren massiven Betten umdrehten und zu schnarchen begannen. Wir schlichen durch den Hof zum Haupttor, das mit einer doppelten Eisenkette und einem Vorhängeschloss gesichert war. Der Wachmann schlief. Nichts rührte sich außer einer einzelnen Ratte, die als Silhouette vor dem matten Glühen des Dorfes fünf Kilometer westlich von uns herumwuselte. Ich packte die Kette mit beiden Händen, und sie zerbrach, ohne dass ich mich angestrengt hätte (es war nichts, Kinderspielzeug, ein armes lächerliches Ding, das nur gewöhnliche Männer aufhalten konnte), und dann rollte ich das Tor auf seiner gut geölten Schiene zurück, und im nächsten Moment waren wir draußen in der Dunkelheit.

Fruto war das Problem. Wir waren noch keine fünfhundert Meter auf der Schotterstraße Richtung Dorf gegangen, wo uns Taxis, Busse, sogar eine Bahnlinie Zugang zum ganzen Land, zur Freiheit, zu den Schlanken und Schönen, zu Rosita verschaffen würden, als er sich schwerfällig auf einen Baumstumpf sinken ließ, der mit schwarzen gewundenen Flechten bewachsen war, heftig keuchte und krächzte: »Ich kann nicht mehr.«

»Du kannst nicht mehr? Wovon redest du? Wir sind doch gerade erst losgegangen!« Ich erschlug Moskitos in meinem Nacken. Etwas flatterte über die dunkle Straße.

»Nur eine Minute. Ich muss erst verschnaufen.« In den dichten Schatten konnte ich ihn kaum ausmachen. Ich hörte, dass er ebenfalls nach Moskitos schlug. »Du hast nicht zufälligerweise ein Sandwich zur Hand?«, fragte er.

»Hör mal«, sagte ich, »wenn wir hier rauswollen – nach Hause, du willst doch nach Hause, oder? –, dann müssen wir ins Dorf und eine Busfahrkarte kaufen oder ein Taxi nehmen und verschwunden sein, bevor sie morgen früh die Frauen reinbringen.«

»Geh ohne mich weiter«, sagte er. Die Luft schien seine Lunge zu zerreißen. »Ich komme nach, wenn ich mich ein bisschen ausgeruht und ein Sandwich gegessen habe. Teilen wir die Vorräte auf. Nur für den Fall.«

»Welchen Fall?«

»Dass wir uns nicht mehr sehen.«

Ich ließ ihn sitzen. Er hatte es nicht anders verdient. Das Schlimmste, was passieren konnte, war, dass sie ihn in seinen Käfig zurückbrachten, zu Essen und Freizeit und fleischlicher Lust. Ich meinerseits schaffte es bis ins Dorf, wo mich die Lichter einer Cantina ablenkten. Ich musste mich bücken, um durch die Tür zu kommen. Alle starrten mich an. Zu meiner eigenen Verteidigung muss ich sagen, dass ich nicht zu den Männern gehöre, die sich regelmäßig um den Verstand trinken, aber auf dem Gelände gab es keinen Alkohol – vermutlich aus Angst vor einem Leistungseinbruch –, und nach über einem Monat ohne machte mir der erste Schluck Lust auf einen zweiten und dann auf noch einen. Ich schlief irgendwo, ich erinnere mich nicht, wo. Und als sie mich am Morgen holten, ging ich so fügsam mit ihnen wie eins der Schafe, die ich über meinen Kopf gehoben hatte, als wären sie wollige Wolken an einem heiteren blauen Himmel.

Am nächsten Nachmittag, nachdem wir gegessen und uns der Frauen angenommen hatten, die uns während der Siesta Gesellschaft leisteten, wurden Fruto und ich in die Kaserne auf der anderen Seite des Dorfes gebracht. Ein in Tarnfarben gestrichener Militärjeep fuhr uns durch das Dorf (gewöhnliche Männer, gewöhnliche Frauen, Fahrradfahrer, Straßenhändler, Hunde, die so gewöhnlich waren, dass nicht einmal die Hündinnen, die sie geworfen hatten, sie eines zweiten Blicks würdigen würden) und auf ein mit geweißten Ziegeln ummauertes Gelände, in dessen Mitte ein dreistöckiges Gebäude stand. Korporal Carrera führte uns die Treppe hinauf und in ein großes Büro im zweiten Stock, das beherrscht wurde von einem monumentalen Porträt des Präsidenten und einem Dutzend schlaffer Fahnen, die die Provinzen des Landes repräsentierten. Durch eine Reihe Fenster drang Licht herein. Davor stand ein sehr großer Mahagonischreibtisch, der uns jedoch wie das Schreibpult eines Grundschülers erschien, und an dem Schreibtisch saß in voller militärischer Uniform mit Epauletten und schichtenweise Auszeichnungen ein Mann, den wir als Oberst Lázaro Apunto, Direktor der Ausbildungs- und Landwirtschaftsressourcen der Westlichen Region, wiedererkannten. Es gab keine Stühle oder zumindest keine, die groß genug für uns gewesen wären, deswegen mussten wir stehen bleiben.

Korporal Carrera stand an der Tür, während der Oberst uns eine Weile mit einem Blick zwischen Zorn und Ehrfurcht bedachte. Schließlich sprach er. »Mir wurde zugetragen, dass Sie beide die Erfüllung Ihrer patriotischen Pflicht aufkündigen wollten, ist das korrekt?«

Ich sagte: »Ja, das ist korrekt.«

»Haben Sie Grund zur Klage – legitimen Grund?«

Daraufhin legte Fruto los wie der störrische Motor des Präsidentenwagens, sobald der Chauffeur mit der Stahlkurbel Hand an ihn legt. »Wir sind keine Tiere«, sagte er, »und wir bestehen auf unserer Privatsphäre.

Man kann von uns nicht erwarten, dass wir, dass wir *intim* werden in einem Maschendrahtkäfig, wo uns jeder dabei zuschauen kann, und die Hitze ist unerträglich. Und die Insekten. Und –«

»Und das Essen?«, schnitt ihm der Oberst das Wort ab. »Ist das nicht erstklassig, reich an Proteinen, schmackhaft? Und Ihr Sold, das Geld, das wir jede Woche an Ihre Familien schicken – an Ihre Lieben, deren Heimatadressen wir sorgfältig aufbewahren –, ist es etwa nicht ausreichend? Und was ist mit Arbeit? Lassen wir Sie etwa arbeiten?«

»Das Essen ist ausgezeichnet«, sagte ich und unterdrückte den Impuls, ein *Eure Exzellenz* anzuhängen.

»Gut«, sagte der Oberst, seufzte und lehnte sich auf seinem Stuhl zurück, »sehr gut.« Er war ein kleiner Mann mit Schnurrbart. Doch sie waren alle klein, die Männer beim Militär, die Männer auf der Straße, sogar der Präsident. »Einen Augenblick lang habe ich geglaubt, Sie würden den Vertrag mit der Regierung nicht einhalten, aber jetzt sehe ich, dass es keine große Sache ist, nur eine Frage kleiner Anpassungen. Wollen Sie Gipswände um den Maschendraht? Gut. Kein Problem. Wir werden uns« – er kritzelte etwas auf einen Block – »sofort darum kümmern.«

»Und Fliesenboden«, sagte Fruto. »Um unsere Füße zu kühlen. Und einen Ventilator. Zwei Ventilatoren. Und ein Radio in jedem – *Zimmer* – und einen freien Tag. Einmal in der Woche. Sonntags. Sonntage sind frei.« Er senkte den Kopf und wischte sich den Schweiß ab. Sein Grinsen ähnelte einer Grimasse. »Der Tag der Ruhe. Der Tag des Herrn.«

Der Oberst drückte die Fingerspitzen aneinander und lächelte uns gütig an. Er winkte ab. »Das kann alles arrangiert werden. Ihre Bedürfnisse sind unsere Bedürfnisse. Sollte Ihnen die Bedeutung des Projekts, an dem Sie teilnehmen, noch nicht aufgegangen sein, werde ich Sie jetzt gern aufklären. Der Präsident – das Land – hat viele Feinde, das muss ich Ihnen nicht sagen. Sie vergrößern ständig und immer schneller ihre Streitkräfte, und wer weiß schon zu welchem Zweck – und wir müssen dem etwas entgegensetzen. Kennen Sie Ihre Griechen?«

»Griechen?«, wiederholte ich verwirrt.

»Homer. Aischylos. Euripides. Sie hatten ihre Helden, ihre Champions, ihren Achilles und Ajax den Großen, und so jemanden stellt sich der Präsident für die Streitkräfte unseres Landes vor – und nicht nur einzelne Helden, sondern ein ganzes Regiment, verstehen Sie?«

»Wie Samson?«, mischte sich Fruto ein.

Der Oberst warf ihm einen bösen Blick zu. »Nicht die Hebräer, die *Griechen*. Sie wussten, wie man einen Krieg gewinnt.«

»Der Präsident muss ein sehr geduldiger Mann sein«, gab ich zu bedenken. »Das wird Generationen dauern.«

Ein Schulterzucken. »›Vorausschauend‹ ist das Wort. Deswegen ist er der Vater unseres Landes. Und machen Sie sich keine Sorgen: Wir werden dafür sorgen, dass sich die Abkömmlinge Ihrer Mühen – das heißt die Weibchen – fortpflanzen, sobald sie die Pubertät erreichen. Und wenn deren Abkömmlinge die Pubertät erreichen, werden sie sich wieder fortpflanzen.« Er kramte nach etwas auf seinem Schreibtisch, blätterte in Papieren, bis er ein einzelnes Blatt hochhielt, das im Licht der Fenster transparent wirkte. »Sehen Sie das? Das ist ein Musterbestellformular, das an die Schuhmacher der Zukunft verschickt werden wird mit dem Auftrag, Stiefel in Ihrer Größe anzufertigen, Señor, Größe einundfünfzig extraweit. Überlegen Sie nur einmal.« Er lehnte sich wieder zurück. »Helme so groß wie Vogelbäder, Pullover wie Zelte. Nein, meine Freunde, der Präsident ist ein vorausschauender Mann, ein Futurist, könnte man sagen, und seine Vision ist allumfassend. Sind Sie nicht stolz auf Ihr Land? Wollen Sie es nicht aus ganzem Herzen beschützen und unterstützen?«

Fruto stand ganz benommen da. Ich nickte zustimmend, aber das war nur zum Schein. Kochte ich innerlich? Vielleicht nicht zu diesem Zeitpunkt – wir hatten schon vorher eine ziemlich genaue Vorstellung davon gehabt, was sie von uns wollten, und wir hatten schließlich auf der gepunkteten Linie unterschrieben, so käuflich wie jeder andere auch –, doch ich empfand die Monate, die Jahre sogar, die sich vor mir erstreckten, wie eine Haftstrafe im Gefängnis.

Korporal Carrera öffnete die Tür hinter uns, das Signal, den Raum zu verlassen: Die Sache war erledigt. Doch als wir an der Tür standen – meine Beine bewegten sich wie von selbst, Fruto keuchte und wischte sich das massive Gesicht mit seinem großen nassen Taschentuch ab –, rief der Oberst uns nach: »Jetzt geht und erfüllt eure Pflicht aus Liebe zu eurem

Land und zu eurem Präsidenten. Geht zu den Frauen, die sich freiwillig gemeldet haben – und übrigens nur halb so viel Geld bekommen wie ihr, und so sollte es auch sein –, und denkt an ihn, wenn ihr Qualen leidet.«

Der Oberst hielt Wort. Mit den Verbesserungen wurde sofort begonnen, am nächsten Tag kamen Arbeiter aus dem Dorf, um die Ecken der Käfige mit Pfosten zu verstärken, Wände aus Latten und Gips einzuziehen und auf dem Boden Fliesen in einem hübschen Fischgrätenmuster zu verlegen, das man stundenlang anstarren konnte. Die Dächer waren aus Blech. Jeder von uns bekam ein Radio. Nachts drehten sich Ventilatoren, und Moskitonetze hielten die Insekten im Zaum. Ich meldete mich freiwillig, um bei der Arbeit zu helfen – seien wir ehrlich, das viele Herumsitzen langweilte mich zu Tode –, doch der Oberst wollte nichts davon hören. »Nein«, sagte er bei einer Inspektion des Geländes. »Sie müssen mit Ihren Kräften haushalten« – und hier tauchte die Andeutung eines Lächelns unter dem dunklen Balken seines Schnurrbarts auf –, »für Ihren Präsidenten und Ihr Land.«

In der Zwischenzeit wurden wir mit dem Bus zum Frauenlager gefahren, das sich ungefähr fünf Kilometer nördlich von dem der Männer befand, am Ufer eines namenlosen mickrigen Wasserlaufs, an dem millionenfach widerliche Moskitos und Stechfliegen brüteten, sodass wir uns alle, Männer wie Frauen, die ganze Zeit wie wild kratzten. Was unterschied ihr Lager von unserem, abgesehen davon, dass es viel mehr Insekten gab? Nicht viel. Auch sie lebten in Käfigen, nur dass sie beengt zu viert oder fünft in einen Käfig gepackt wurden, ihr Lager allerdings erstreckte sich, so weit das Auge reichte. Wenn wir neun waren, so ging die Zahl der Frauen in die Hunderte, und das war natürlich Ausdruck einer schlichten Rechnung, die jeder Viehzüchter auf einem einzigen Blatt Papier hätte erstellen können.

Die Frauen, bei denen ich in der ersten Nacht untergebracht wurde, gehörten zu den größten im Lager, sie waren speziell für mich ausgewählt worden. Und mit groß meine ich nicht notwendigerweise die Schwersten – diese Frauen waren für Fruto und seinesgleichen reserviert –, sondern die größten und breitesten, mit den längsten Extremitäten und kräftigsten Knochen. Diese Frauen hätten Wälder fällen, Bergwerke zum Einsturz bringen und das Meer zurückhalten können, indem sie sich einfach beieinander unterhakten. Keine Ahnung, wo der Präsident sie aufgetrieben hatte – doch dann rief eine meinen Namen.

Ich hatte gerade meine Tasche abgestellt und mein Bett in Beschlag genommen, ebenso desinteressiert an diesen Frauen wie an der Phalanx, die in meinem Käfig im Männerlager ein und aus gegangen war, als eine von ihnen ausscherte und sich mir mit meinem Namen auf den Lippen näherte. Es war Magdalena Duarte, aufgewachsen in der Stadt, die ich Heimat nannte, und sie erzählte mir – in scheuem Tonfall –, dass sie als Mädchen oft zur Zugbrücke spaziert war, um mir bei der Arbeit zuzusehen. »Vor meinem Wachstumsschub«, sagte sie und bedeckte den Mund mit der Hand, als sie über ihren eigenen Witz lachte.

Später, nachdem wir uns routinemäßig gepaart hatten, während die Insekten summten und die anderen Frauen vollkommen gleichgültig auf Strohmatten schliefen, fragte sie mich, wie ich mich mit meiner neuen Rolle im Leben arrangiert hatte. Gefiel sie mir?

»Alles für den Präsidenten«, sagte ich.

Ihre Stimme war sanft mit einem leisen Kratzen darin. »Nur Arbeit und kein Spaß, was?«

»So in etwa. Und du – gefällt es dir, deinem Land zu dienen?«

Im Licht des Wachturms, das durch den Maschendraht des Käfigs fiel, konnte ich ihr Gesicht gerade noch erkennen. Einen Augenblick lang glühte es wie ein über dem dunklen Horizont aufgehender Mond. »Sobald wir schwanger sind, bringen sie uns in ein hübscheres Lager«, sagte sie. »Und das Geld ist alles, was meine Eltern in diesen Zeiten zum Leben haben. Ich komme aus einer großen Familie« – sie kicherte leise – »mit vielen Kindern, meine ich, wir sind dreizehn, und als der Anwerber kam, habe ich meine Pflicht getan. Für den Präsidenten, ja, und auch für meine Familie.«

Ich schwieg, dachte darüber nach – Pflicht –, als sie die Stimme noch mehr senkte und flüsterte: »Du weißt, dass es noch ein Lager gibt. Zwei andere Lager.«

»Nein«, sagte ich, »das wusste ich nicht.« In der Dunkelheit neben uns wälzten sich die Riesinnen, bliesen die Luft aus und ließen ihre röchelnden Schnarcher durch ihre Träume krachen.

»Für kleine Leute.«

»Kleine Leute? Wie meinst du das?« Vergeben Sie mir, wenn ich in diesem Augenblick an Rosa dachte, meine Rosa, meine Rosita, und ihre perfekten winzigen Füße, die so groß wie die eines Kindes waren, an ihren Mund, ihre Lippen, daran, wie sie mich jedes Mal gutmütig verspottet hatte, wenn ich mich vorneigen und seitlich durch eine Tür quetschen musste oder mich nicht auf die Stühle im Wohnzimmer ihrer Eltern setzen durfte, um sie nicht zu zerbrechen.

»Keine Zwerge oder Kleinwüchsige – der Präsident will nur normalen Bestand –, sondern Menschen, die dank Gottes Gnade oder Laune sehr zierlich und klein sind.« Sie ließ den Gedanken in der Luft schweben, die Dunkelheit packte mich, die Moskitos wüteten, bis die wilde Kakophonie ihrer Flügel jeden anderen Laut übertönte.

»Aber warum? Warum will er – *kleine* Menschen?«

Ich sah nur ihr Gesicht im Mosaik des Maschendrahtschattens und spürte, wie ihr Achselzucken die Matratze bewegte. »Es heißt, er will eine Rasse erschaffen, die nicht größer als sechzig Zentimeter ist und in jeder anderen Beziehung normal, intelligent, aktiv, Menschen wie Katzen, die nachts kommen und gehen können, ohne entdeckt zu werden.«

»Spione?«

Noch eine Bewegung der Matratze. Jetzt nickte sie. »Unser Vaterland hat viele Feinde«, flüsterte sie, als hätte sie Angst, gehört zu werden. »Wir müssen auf sie vorbereitet sein.«

In dieser Nacht konnte ich nicht schlafen, keine Sekunde, nicht nach dem, was mir Magdalena erzählt hatte. Ich stellte mir Rosa in einem Lager wie diesem vor, wie sie in einen Käfig ging, in dem ein drahtiger kleiner Mann wie ein menschlicher Chihuahua auf sie wartete, obwohl ich wusste, dass es absurd war. Rosa war unschuldig. Sie würde sich nie freiwillig melden, sich nie anwerben lassen, gleichgültig wie groß der Druck war, den man auf sie ausübte. Oder? Wäre sie im Herzen (in den Lenden!) gerührt, ihrem Land zu dienen wie alle diese patriotischen Frauen, die schnarchend in der Dunkelheit um mich herum lagen? Der Gedanke versengte mich, brannte in meinem Gehirn wie die ewige Flamme auf dem Grab der verschiedenen Mutter des Präsidenten. Es wurde hell, als ich endlich eindöste, meine Träume vergiftet und mein Herz zusammengeschnürt, als hätte sich eine Schlinge darumgelegt.

Danach wartete ich ab, und als sie uns in unsere neuen Apartments im Männerlager zurückbrachten, brach ich – noch am selben Abend – wieder aus. Diesmal ging ich geradewegs zum Busbahnhof, und bald schon spürte ich das schwindelerregende Gefühl der Befreiung, als sich die Räder unter mir drehten und ein dunkler Vorhang aus Vegetation an den Fenstern vorbeizog und im ersten Licht des Morgens die Straße nach Hause zu sehen war. Was ich noch nicht wusste, war, dass der Oberst nach unserem ersten fehlgeschlagenen Fluchtversuch eine Meldung an alle Transportunternehmen herausgegeben hatte, auf große Männer zu achten, die die Provinz verlassen wollten. Am Ende der Strecke erwarteten sie mich.

Fügte ich mich widerstandslos? Nein, das tat ich nicht. Als ich sie in der grünen Minna mit dem blinkenden Blaulicht sah, stürmte ich aus dem Bus wie ein Hurrikan und drehte ihren Wagen auf das Dach. Als die Männer aus den Fenstern gekrochen kamen, packte ich zwei auf einmal und schleuderte sie hinter mich, als wären sie Puppen aus Papier. Bedauerlicherweise hatten sie auch das vorausgesehen, und mit ihren Kanistern mit Chloroform setzten sie mich so schnell und sicher außer Gefecht, als wäre ich der Affenkönig in jenem Film, über den wir in argloseren Zeiten gestaunt hatten, als die Bilder über die Leinwand zogen wie Tagträume und Rosa leise neben mir atmete.

Ich erwachte an einem feuchten unterirdischen Ort, der nach der nackten Erde des Bodens und der weißen Farbe roch, mit der die groben Steine der Mauern gestrichen waren. Es war ein großes Gewölbe, dämmrig erhellt von zwei grauen Glühbirnen in Wandleuchtern, ein stiller Ort, an dem niemand meine Schreie der Wut und mein Flehen nach Freiheit hören würde. Ich lag auf dem Rücken auf einem großen stählernen Bett, meine Hände und Knöchel angekettet – nicht mit normalen Ketten, sondern mit den schweren Stahlketten, mit denen im Hafen meiner Heimatstadt am Meer Schiffe vertäut werden. Ich brauchte nicht länger als eine Minute, um zu begreifen, wo ich war – im Keller des dreistöckigen Gebäudes, in dem der Oberst sein Büro hatte, von dem aus man auf die armseligen Hütten und offenen Abwasserkanäle des Dorfes hinaussah. Wenn ich mich anstrengte, konnte ich über mir Schritte und einen Stuhl auf Rollen hin und her gleiten hören. Natürlich zerrte ich an meinen Ketten, doch sie hielten mich fest, nicht an den Pfosten des Betts, sondern an den dicken Kapokstämmen, die in den vier Ecken des Raums aus den Schatten wuchsen und in der Decke verschwanden.

Sobald ich die Augen geöffnet hatte, schwang die Tür am anderen Ende des Raums auf, und eine Frau mit einem Tablett kam herein. Sie war durchschnittlich groß und schwer – keine Amazone –, und wie ich bald herausfand, war es ihre Aufgabe, mich zu füttern, während ich unter dem Gewicht meiner Ketten dalag. »Lass mich frei«, flüsterte ich, doch sie schüttelte den Kopf. »Nur eine Hand – damit ich essen kann. Ich komme mir vor wie ein Baby, wenn ich so daliege. Bitte. Ich flehe dich an.« Wieder schüttelte sie den Kopf und hielt mir einen Löffel der wohlschmeckenden Fischsuppe, die wir als *zarzuela* kennen, an die Lippen. Falls ich vorgehabt hatte, mich zu verweigern, in einen Hungerstreik zu treten aus Protest gegen meine Behandlung – *Misshandlung* –, der Duft und der Geschmack dieser *zarzuela* machten den Vorsatz zunichte. Sie können sich nicht annäherungsweise vorstellen, was es braucht, um die Zellen dieses Körpers, der mich gefangen hält, zu befeuern. Ich aß. Ich aß voll Hunger und Begeisterung.

Und dann kamen die Frauen, drei am Tag, morgens, nachmittags, abends, die großen Frauen, die Riesinnen, sie setzten sich auf mich, während ich angekettet und hilflos unter ihnen dalag. Wollte ich den Akt vollziehen? Nein. Aber ich wurde von Lust verzehrt, war ständig erregt, ungeachtet der Tatsache, dass ich innerlich rebellierte, die Frauen hässlich und die Aufgabe abstoßend fand. Sie müssen mir etwas ins Essen getan haben – eins dieser grobkörnigen braunen Pulver, die man in jedem chinesischen Kräuterladen erstehen kann, zerstoßenes Rhinozeroshorn oder morsche Tigerknochen, aufgelöst in Alkohol. Die Frauen kamen. Ich starrte an die Decke. Meine Wut wuchs.

Am dritten oder vierten Tag ließ sich der Oberst blicken. Er saß in einem Korbstuhl neben meinem Bett, als ich eines Nachmittags aus einem schweren Traum erwachte, und begann mir umstandslos einen Vortrag zu halten. »Es wird Sie vielleicht interessieren«, sagte er, »dass Sie exzellente Ergebnisse erzielt haben, die besten in Ihrem Kader.«

»Lassen Sie mich frei«, sagte ich, die Worte blieben mir nahezu im Hals stecken.

Er las in einem Notizblock. Er strich das oberste Blatt mit den Fingern glatt. »Rund sechsundsiebzig Prozent der Frauen, mit denen Sie« – er hielt inne auf der Suche nach dem angemessenen Ausdruck – »zusammen waren, sind schwanger. Ich gratuliere.«

»Wenn Sie mich freilassen, verspreche ich, schwöre ich bei der Seele meiner Mutter, dass ich klaglos meine Pflichten erfüllen werde, ohne –«

Er hob eine Hand. »Ihrer Mutter geht es übrigens sehr gut, besser als je zuvor in ihrem Leben dank des Soldes, den Sie beziehen. Sie weiß Ihren Einsatz zu schätzen, ebenso der Präsident.« Dann neigte er sich vor, und ich sah ein kleines glänzendes Ding an einem Band in seiner rechten Hand baumeln – einen Orden, wie ihn das Militär an Helden verleiht. Im nächsten Moment spürte ich den Druck seiner Finger, als er ihn mir an die Hemdbrust heftete. »Sie werden zur rechten Zeit freigelassen«, sagte er, »und dann können Sie in das Lager zurück, wo Sie es bequemer haben, aber im Augenblick glauben wir alle, dass Sie hier besser aufgehoben sind angesichts Ihrer, wie soll ich mich ausdrücken, Renitenz, ganz zu schweigen von Ihrer Pflichtvergessenheit. Wirklich, es ist nur zu Ihrem Besten. Und zum Besten des Präsidenten selbstverständlich.«

Später, in meiner Langeweile und Einsamkeit, die mich zermürbten, bis mein Bewusstsein frei dahinschwebte – *Rosa, Rosa, wo bist du?* –, drückte ich den Kopf so tief ins Kissen, wie ich konnte, sodass ich die weite Anhöhe meiner Brust hinaufblinzeln und den Orden betrachten konnte, den sich der Präsident als Geste seiner Dankbarkeit ausgedacht hatte. An dem Band hing eine Gestalt aus Metall – entweder aus Gold oder aus Messing, ich weiß es bis heute nicht. Ich brauchte einen Augenblick – wie gesagt, ich musste blinzeln –, um zu erkennen, was sie darstellte: einen ungezügelten Bullen, dem eine kleine goldene Dampfwolke aus den Nüstern trat.

Das war's. Das war das Ende. Danach war es mir gleichgültig, was aus mir wurde, ich wusste nur, dass ich nicht auf dieser Erde war, um jemandem zu dienen, schon gar nicht dem Präsidenten, dass ich ihn nicht liebte, ihn nicht einmal kannte, und dass die Wut, die sich in mir aufbaute, Herzschlag für Herzschlag, eine Kraft war, die kein Mann, nicht einmal ein Riese, bezähmen konnte. Ich wartete, bis die stumme Frau, die mich fütterte, mit den Resten des Abendessens gegangen war und die letzte Riesin mit mir fertig und aus der Tür gewatschelt war, und dann versenkte ich mich tief in mich hinein, arbeitete mich wie ein hinduistischer Fakir durch jede Zelle meines Körpers, von den kleinen Zehen zu den Knüppeln meiner Beine, weiter zu meinem Torso, der wie ein Eimer aus Eisen war, hinauf zu meinen Schultern, in meinen Bizeps, meine Unterarme und meine Finger, einen nach dem anderen.

Dann begann ich an der Kette zu zerren, die meinen rechten Arm fesselte, ich zog und riss, wieder und wieder, tausendmal, bis sie schließlich nachgab und mein Arm frei war. Danach war es einfach. Ich stand vom Bett auf, die Ketten hingen klirrend an mir und verrieten mich, und wenn der Wachmann, der mich durch ein verstecktes Guckloch beobachtet haben musste, hereinstürzte, so fiel es mir kaum auf. Ich hätte durch die Tür gehen und den Wachmann mitnehmen können, aber das tat ich nicht. Nein, ich lehnte mich gegen den nächsten Kapokstamm und stieß dagegen, bis das ganze Gebäude in seinen Grundfesten zu beben begann.

Das war vor einem halben Jahr. Ich wurde nicht geblendet, niemand scherte mir den Kopf, und als das Gebäude um mich herum einstürzte – schlecht gebaut; wenn nicht ich, dann hätten es die Termiten geschafft –, rettete ich mich unter einen Balken und wurde verschont. Ich grub mich hinaus, und wenn die Behörden annahmen, dass ich unter dem Schutt begraben lag, zusammen mit dem Oberst und seinen Funktionären und dem großen glänzenden Ölbild des Präsidenten, so habe ich sie nicht eines Besseren belehrt. Diesmal mied ich die öffentlichen Verkehrsmittel und fuhr in den Tiefen eines Lastwagens nach Hause, der Vieh von einem Ort zum anderen transportierte.

Rosa und ich flüchteten auf die hohe zerklüftete Ebene zwischen den Bergen, die unser Land von dem unserer Feinde im Süden trennen. Hier leben wir als Mann und Frau in einem Indio-Dorf; die Indios haben schlechte Zähne von den Blättern, die sie kauen und die ihnen die nötige Energie liefern, um sich in der großen Höhe einen ärmlichen Lebensunterhalt aus der Erde zu kratzen. Ich verdiene Geld durch meine Stärke, wie früher, indem ich Lasten die steinigen Pfade hinauf- und hinunterschleppe, die hinter jeder Biegung verschwinden und Hunderte von Metern zu dem fernen gesichtslosen Land weit unten abfallen. Bin ich ein Lasttier? Ja. Aber ich bin niemandes Lasttier außer mein eigenes. Und Rosas. Rosa ist jetzt übrigens schwanger, und wenn wir Glück haben, wird sie nächstes Frühjahr unseren ersten Sohn gebären, und wenn wir noch mehr Glück haben, wird er weder ein Riese noch ein Zwerg sein, sondern etwas dazwischen. Was mich betrifft, so versuche ich, den Kopf einzuziehen und nicht aufzufallen, aber sie werden mich unweigerlich finden, das weiß ich. Wie kann jemand, ganz zu schweigen von einem Mann wie ich, erwarten, dass er in einem Land nicht auffällt, in dem die Menschen so winzig klein sind?

*»Eine fantastische Erzählung
über unsere Zeit, unsere Träume,
Lebenslügen und Irrtümer.«*

Gerhard Matzig, *Süddeutsche Zeitung*

Übersetzt von Dirk van Gunsteren
384 Seiten. Gebunden. Lesebändchen
Farbiges Vorsatzpapier

Der aufstrebende wissenschaftliche Assistent Fitz wird auf eine der LSD-Partys seines Professors Leary eingeladen. Er erhofft sich davon einen wichtigen Karriereschritt, merkt aber, dass Learys Ziele weniger medizinischer Natur sind; es geht um eine Revolution des Bewusstseins und eine von sozialen Zwängen losgelöste Lebensform. Fitz wird mitgerissen von dieser Vision: Sie leben in Mexiko, später in einer Kommune, mit Drogen und sexuellen Ausschweifungen. Ein kreischend greller Trip an die Grenzen des Bewusstseins und darüber hinaus.

HANSER
hanser-literaturverlage.de